U0927379
FONGHONG

暮云深

戎 葵 著

江苏凤凰文艺出版社
JIANGSU PHOENIX LITERATURE AND ART PUBLISHING, LTD

图书在版编目（CIP）数据

暮云深 / 戎葵著. —南京：江苏凤凰文艺出版社，2018.1

ISBN 978-7-5594-0907-2

Ⅰ. ①暮… Ⅱ. ①戎… Ⅲ. ①长篇小说－中国－当代 Ⅳ. ①I247.5

中国版本图书馆CIP数据核字（2017）第175833号

书　　名	暮云深
著　　者	戎　葵
责任编辑	聂　斌
特约编辑	李雪洋
责任校对	孔智敏
封面设计	夏艺堂
版面设计	李　亚
出版发行	江苏凤凰文艺出版社
出版社地址	南京市中央路165号，邮编：210009
出版社网址	http://www.jswenyi.com
印　　刷	三河市金元印装有限公司
开　　本	700毫米×1000毫米　1/16
印　　张	25
字　　数	427千字
版　　次	2018年1月第1版　2018年1月第1次印刷
标准书号	ISBN 978-7-5594-0907-2
定　　价	45.00元

目录

【暮云深】

目录

暮云深

【番外】

暮云深

第一章
西窗望月几回圆，山雨欲来风满楼

出了腊八，天气便一日冷似一日，暗沉沉的云头天顶压着，一场初雪始终将下未下。毓清在六部衙门前下了马，呵出一口气来暖了暖手，抬头看见自己的大哥——当朝太子打门里一面紧斗篷一面出来，于是迎上去唤了句："皇兄。"

毓宁冲他笑笑，"这么冷的天，六弟还过来走动。"

毓清垂了手站着，道："皇兄勤勉，弟弟又怎敢怠慢差事，不过勉力为父皇分忧罢了。"

毓宁知道六弟素日为人冷淡，听着自己一句问寒暖的家常被几句官场话带了过去，便也不再说些什么，起脚要走，想起方才见到的人来，又停了停。

"工部方杜若回京了，刚才到户部说了些沿路所见的农垦之事。六弟见着了吗？"

"还没。"毓清依旧低着头，声音自是淡淡的，却没压住脸上的欣喜神色。毓宁看在眼里，又笑了笑，心道为人处事再怎么老成得当，这弟弟终还是个弱冠刚过的孩子。听见毓清说"皇兄走好，弟弟这就进去了"，毓宁点点头，接过小厮递来的缰绳上了马，毓清恭送毓宁的马行远了，方回身走开。

经过工部大堂，尚书说方侍郎上午过来述过职，这会儿出门去了。毓清心中失望，只得从工部出来往自辖的兵部去，沉着脸色事无巨细地查验了一个下午。

傍晚时分回府，马刚到门口，总管事小糯便迎出门来喊："主人一路安好？

方大人来过了。”毓清下马，心头的郁气又重了一层，闷闷问了句：“几时来的？几时走的？”甩开缰绳便往里走。

小糯笑着跟上去道：“两个时辰前来的，这会儿还没走，在书房院里等着您呐。”眼看着主人果然脚下慢了一步，回头看了自己一眼，唇角一勾，露了个笑出来。

“晚膳备了吗？”

“已经吩咐过了，那些方大人爱吃、府里的厨子又不会做的，也差人去买了。”

“做得好，回头赏你。”毓清撂下一句话，快步向书房去了。

旁边的廊子里缓缓晃出一个人来，眉眼向小糯挑了挑，笑道：“做得好，为点赏赐，自家主人都能被你算计了去。”

小糯笑着凑过去道：“这你就说错了，我家殿下不比你家方大人，一年到头也见不着几回笑模样。哄着主人开开心，也是咱做下人的分内不是？”

小梗横他一眼：“都是你的理。”也不再理他，自向伙房寻吃的去了。

毓清穿过花门向书房刚走了几步，忽听见清冽的笛声破空而来，曲调古雅，婉转之处妙韵盎然，在这晦暗的冬日暮色中听来，竟有早春二月波破冰融的意趣。毓清不由得放轻了脚步，寻声而去，那廊下吹笛之人心思专注，不曾察觉，他便站下细听。屋檐之上，天色依然是苍灰的，但笛曲入耳，音节跳脱，似水波拍荡岸边春草，欣欣向荣。虽然毓清平日对音律不甚留意，此时也觉得这笛音将心头烦闷一扫而空，天地是许久难得的明澈。

一曲吹彻，笛者垂头，在袍摆上按着拍节，像是温习曲中的不熟之处。一刻转过头来，骤然看见毓清，愣住一瞬，又笑起来。

“微臣方杜若，拜见六——”

见他俯身就要拜下去，毓清扬手道：“免了。知道我厌烦这个。”

“君臣之礼总是废不得的。”方杜若说着，将竹笛收入袖中。

“几时回来的？”

“昨天。到家的时候已经晚了，便没过来。”

毓清点点头，“等了两个时辰？”

“也不算等，练曲子来着。这院子里的鸟雀想必被微臣吓走了不少，殿下见谅。”

毓清心想严冬腊月哪来的鸟雀，次次都这样，明明是人家欠了他，非要说成他欠了人家才舒服。但方杜若语气温和又带了些戏谑，毓清心中受用，也不回嘴，只问道："我听刚才是首新曲子，哪儿学的？"

"微臣去巡查东河防务，住在汴梁太守苏瑾谦大人府中。这是苏大人自制的曲子，微臣听着喜欢，便讨了曲谱来，"方杜若想想又笑，"可惜练了这些天，终不如苏大人自奏的意境深远、清新、温厚。"

苏瑾谦？倒是好名字。毓清想着打趣道："我却觉得这曲调陈腐，无甚新意。"

"殿下不爱听，微臣日后不在殿下面前吹奏便是。在殿下堂前练曲，是微臣造次了。"方杜若见毓清不快，不明就里，落了笑正色赔礼。

毓清看他果然着道，心中好笑，心道：你方大人向来君子之交淡如水，不在我这里吹，满京城里又到哪家堂前去吹，冷清清对着你那几个愣头小厮吹去吧。嘴上却不说破，只道："丝竹乐舞，我向来不喜的。"

方杜若拱手揖道："微臣知道。只是六艺之中微臣唯擅乐艺，若是废了这个，微臣便真一无是处了，万望殿下体谅。"

毓清见他着慌，更觉有趣，脸色却还冷着，道："罢了，你若日后在我面前不再自称微臣，我便不再说你这个。"

方杜若深揖下去，"微臣岂敢。"

"怎么不敢？你叫我名字的时候也是有的。"

毓清这话说的是他二人少小时候。

方杜若的养父方平居老将军是本朝功臣，引退之后潜心佛法。毓清出生之日，生母难产而死，儿时被星官判言戾气过重，身负血光，满八岁后送去方老将军处参过半年佛，彼时与方杜若互称名讳，恩如兄弟。而后年岁渐大，加上方杜若入朝为官，便依礼法以殿下称毓清，以微臣自称，毓清多次要他改口，方杜若始终坚持。

"微臣少小无知，至今常觉愧悔，不想殿下记到今天。"

毓清听出方杜若存心用话堵自己的嘴，不由心头火起，沉声道："你还知道称我一声殿下，说出的话却驳我的面。我是什么身份，你好好想想。"

方杜若听出毓清动了气，慌忙长跪于地道："殿下息怒，杜若不该抗命不遵，我日后知道了。"

毓清见他这样，想石地甚凉，伸手便要拉他起来。转念又想，如今二人生分至此，不过区区改个称呼，竟需动用皇子身份。方才的好心情不由堵回去一半，伸手之举改为拂袖，硬声道：“我去用膳，你自己起来。”说罢转身便走。

方杜若起身，缓步跟上。

饭厅之内灯火通明，炭盆生得旺，温暖非常。方杜若粗粗看了一眼，各色菜肴皆是自己的好口，毓清沉着脸色坐在上首，只盯着手边的酒盅，面前的筷子动也不动。

方杜若心中轻叹，取过炉上温的酒为毓清斟满：“廊下冷得紧，方才站了那么久，喝口热酒暖暖身子吧。”

毓清的生母为番邦贡妃。宫中见过杳妃娘娘的老人都说六皇子生得像母亲，一对水色双瞳修长精雅，肤色白皙，发滑如葛丝，又如极品的槐蜜，日光下能耀出一片澄澄光华。现下坐在烛火里，他发上的光泽虽不至耀目，却掺入了些温润的暗金色，更衬得身上的宫绸萤白如雪。方杜若见他像尊玉人一样只坐在那里不答话，又道：“我等了一个下午，冷得厉害了，殿下先饮一杯，我也可吃些东西。”话一出口，毓清果然端起酒杯，慢慢喝了。

方杜若自小受过居士戒，不能饮酒，因而将汤羹给毓清盛了一碗，又自盛了一碗。几口喝完暖了肚腹，见毓清仍不说话，自说道：“出门三个月，惦念京城的烩年糕惦念得厉害，殿下真是费心了。”说话间夹了一块年糕在口中慢慢嚼，停了半刻，又说：“我在外面，也很惦念殿下，不知殿下这几个月过得可好？”

数月以来，京中关于太子的传言不断，朝野人心动荡，毓清心道怎么能好。但又想方杜若既然躲了出去，提此也无趣，于是淡淡回了一句：“很好。”

方杜若看他一刻，“如是我就放心了。今日回来，以汤代酒敬殿下一杯。”话将说完，低头看见自己的汤碗空了，不禁有些尴尬，起身又再去盛，听见毓清说：“就用你那年糕敬吧。”话音里是有些笑意的。

方杜若也知道毓清是在笑自己嗜食糯米，听他消了气，便宽下心来，当真夹起一块年糕说：“恭敬不如从命。愿殿下来年万事顺意，玉体金安。”

听见远处鼓楼遥遥打了二更的鼓，陌楚获放下手中的花剪，起身掸了掸下襟尘土。不一会儿花房的门果然被推开，三皇子毓疏挂着满身寒气走了进来。

“还是你这儿暖和。”来人解了斗篷，随手挂在临门的一棵茶花上。

陌楚荻淡墨画就似的眉眼略抬了抬，虽然心疼花却没说出口来，只回道：“整间大屋就是条火炕，能不暖和？”

陌楚荻的母亲克氏夫人是克贵妃的胞妹、毓疏的姨母。这位礼部尚书嗜好花草，朝中无人不知，但他嗜花到将花房底部纵横贯通，每年烧一冬的炭火为名花取暖，就没几个人知道了。而亲眼见过这些深冬齐放的紫堇、红芍的，陌府之外，只有表兄毓疏一人。

“这么大冷的天，殿下怎么过来了？”陌楚荻见毓疏在房中小几前坐了，走过去为他倒茶。

“你算不出？我却不信。”毓疏接下茶碗却不去喝，挑了眉毛看他。

陌楚荻看他脸色，“太子不听殿下劝，执意要上那封劝谏疏？或是，殿下终于有机会问到陆妙谙，他却果然不应？”

“皇兄那里，我不肯联名，他便罢手了，”毓疏想想叹气，“本来是好事，我这样，是我怕事了。”

陌楚荻在毓疏身边坐下，“臣弟冒死一句，现如今，陛下可肯听劝谏？何况要在香山重修离宫，要新选良家子充盈宫苑，往大里说，皆是陛下荣养天年之意，儿子上疏去劝阻，倘若被指不孝，如何辩解？”

毓疏眉头轻锁，点点头。

“且户部是太子殿下监管，此时说没钱，说扰民，陛下只会当他政务不力。殿下拦下太子，是帮他了。”

毓疏笑笑，慢慢喝茶，“我有心要在皇兄背后使手段，也无从自宽了。是我不敢忤逆父皇的意思，耽误皇兄为国为民的诚心。”

太子便一人去上疏又如何，不过一样是怕事。这话陌楚荻不好说，只有换开话题道：“那今日是陆妙谙的事？他不愿跟随殿下，话说得硬吗？”

“虽未推辞，也未应承。谈了些朝务，说了些御史台中冗员的事。”

陌楚荻想想说：“按陆妙谙的脾性，果真不应，定会斩钉截铁。如今并未推辞，便是仍有转圜。”

毓疏点头，“当初常从陆……”

陌楚荻因他话音中断，抬眼看他，毓疏改口道：“……常从陆小姐处听闻其兄刚直，已料此事难以顺遂，不过姑且一试。”

陌楚荻却摇头，缓缓说：“陆妙谙身为御史中丞，多年来力主整顿吏治，而太子殿下心软，凡与他有些交接的官员，无论大小，都从吏部回护，想来早令陆妙谙心存不满。加上最近户部几桩大案露了苗头，太子殿下依旧打算息事宁人，陆妙谙身负监察之责，怕更失望透顶了吧。相比之下，殿下言行务实，从不一味因循，新办的几件政务皆见实效。若说刚直，假以时日，陆妙谙必定因这刚直投来殿下这边。”

陌楚荻一向言语温润，人情利害由他道出也如谈论花草一般。毓疏听着心中舒服些，笑道：“总是你察人深透，来日果如你吉言，我必谢你。”

“殿下说笑了，我说这些，是为了自己。”

“此话怎讲？”

“小荻素日胸无大志，花草之外，朝局怎样，天下怎样，与我何干？只是来日变天之后，我仍想安生地养花弄草，不靠殿下，又能靠谁？”

毓疏点头，温言向他道：“有你在此，血脉相连，我亦安心。”

他以为会得陌楚荻一笑，然而陌楚荻却未动容，只是深深看着他道：“且世人谁无所爱所好，哪个不愿守其所爱，乐其所好。来日变天之后，不靠殿下，又能靠谁？”

毓疏落了笑，攥着茶碗的手不觉紧了些，也深盯着他，片刻道：“此为‘当仁不让’？”

陌楚荻摇头，“此为‘责无旁贷’。”

“你这志向还不算大？”

陌楚荻向他笑，“赖殿下玉成。”

毓疏闭目，仰头靠上椅背，“你说这些，我是都明白的。”

见毓疏半晌未再说话，陌楚荻道：“殿下乏了？让他们抬张榻来给殿下躺躺可好？”

毓疏摇头，“我再一会儿就回去了。”

陌楚荻犹豫一瞬，轻道："元日近了。"

"那件事我已讲定，筹备典礼本来操劳，你身子不好，不用操心了。"毓疏轻回了一句，又不言语。

陌楚荻眉峰微聚，转头去看花草。

除夕，天子明堂大宴。庆贺新年的系列典礼由礼部各司、光禄寺与宫中少府协同筹备，陌楚荻为便于调度，没有坐在按品秩的正位上，只在殿侧方便出入之处落座。他身边不远处坐着久未谋面的北营都指挥使厉元锋并副将诸人，陌楚荻余光看见厉元锋转头望他，转身正待行礼，那边一片却先拜下去，陌楚荻回拜，不明就里。

厉元锋将座席略凑近了些，问他道："陌大人宴后可有空闲？我们兄弟几个商量着，趁这次回京，将齐陵公子的冠礼办妥了。我们行伍的粗人，礼制的事全不通，想向大人请教。"他身边几人纷纷点头。

陌楚荻知道北营源自当今天子昔日的王府戍卫齐晖的家兵，在前代皇子相争中有定鼎乾坤之功，今上登极后数次扩充编制，令其守洛阳西北诸关，屏驻帝城命门。北营之将多是当年齐府家臣，齐晖病逝后，齐夫人不久追随而去，留下小公子齐陵由北营众人联手养大，今年满二十，是四皇子的近卫。

陌楚荻欠身道："难为列位将军苦心，在下岂敢不尽力。今日宴后便与将军详叙，明日再写一张仪程表，让家人送与将军。"

厉元锋笑着谢他。

陌楚荻对厉元锋辞过谢意，回身坐正。他们方才谈及之人正在明堂中心织滚花牡丹的红绒毯边侍立，为四皇子毓希持着剑鞘。毓希在殿心舞剑，着白缎刺金花的窄袖束腰礼服，显得清俊消瘦。陌楚荻对他剑舞得怎样并不上心，只觉得整套剑法行云流水、招式飘逸。

一时舞毕，毓希收剑，向主座的皇帝施礼。

皇帝点点头，对座下臣子席上为首的丞相史渊道："此子有仙气。"

史渊点头称赞，对面皇子席上太子毓宁亦含笑点头。

毓希接过齐陵递来的剑鞘，让出殿心。六皇子毓清随后入场，穿浅黄色云纹缎袍，衬他发色，颇显神采。皇帝这时道："都舞套路也没意思。"说着看向尚未落座的四皇子处一眼，"齐侍卫，你与毓清拆招给寡人看看。"

齐陵微愣了愣，立刻踏前一步，施礼听令。

"就用毓希的剑吧，佳宴之上，好看些。"

这是皇帝在担心用侍卫作为兵器的佩刀对上皇子作为礼器的佩剑，会对六皇子不利。齐陵有些犹豫地转身，在毓希眼中看到熟悉的不快。然而四皇子并无其他表示，将自己的佩剑递给齐陵，随即退出场外。

毓清已经在殿心站好，沉目看着齐陵，那气势压得满场一静。

陌楚荻心中微动，望向毓疏。那人正好望来，四目对上，向他笑了笑。

有宫人上前帮齐陵解下腰间佩刀，并将剑鞘取走。皇帝说开始，齐陵无暇多想，上前行起手礼。

一个女声忽从主座一侧的帘后传来："清儿，齐侍卫是真功夫在身的，你小心些。"

满座皆吃了一惊，原来那边下着帘子，是克贵妃在皇帝身边侍坐。素闻贵妃循礼持重，这样的场合她本不该说话，想是实在关切儿子，忍不住出声提醒。

六皇子毓清不是克贵妃亲生，只因其生母去世，宫中又无皇后主母，由皇帝亲选当时的克氏昭仪负责养育。殿中众臣今见克贵妃与六皇子之情状与一般母子无二，多在心中有些感然。

陌楚荻感到身边厉元锋微微紧张起来。剑刃相击之声响起，毓清的剑势凌厉，招招攻取要害，而齐陵的招式走得很绵，将毓清的攻势一半带过一半卸下，可数次在剑刃快到身上时才得起手。这样看上去，毓清的剑路能制住齐陵一些，满座大臣虽须持重，陪来的随员中已有人叫好。

毓清与齐陵同岁，他二人功夫有很多是同一批教习教的，武艺上并无天渊之别。十几招过去，毓清的一个直刺突然游摆加速，齐陵不及变招，又不能径直从战团跳出去，眼看剑尖要中肩膀。

厉元锋腾地站起来，但见毓清急收招，却没能全止住，剑尖正抵齐陵左臂，划开一道浅口。血涌出来染在深红的近卫袍服上，看不分明。

齐陵收剑抱拳，"卑职认输。"

毓清笑向那主座旁的帘后道："母亲焉知道儿子不是真功夫在身的？"

明堂之内响起一片赞誉声，皇帝心中欢喜，然而毕竟齐陵受伤，此时不便夸奖毓清，只向齐陵道："齐侍卫辛苦了，下去包扎吧。"

齐陵抱拳施礼，又向毓清笑笑，向场外去了。

陌楚荻伸手碰碰厉元锋的手臂，浅笑示意他坐下。皇帝也已注意到了这边的动静，遥向厉元锋道："厉将军，寡人知道你与齐侍卫的渊源。值此佳节，不如让他散假几日，一来养伤，二来与你叙旧。"

厉元锋忙避席叩首，"微臣谢恩。"

明堂宴散，厉元锋想等齐陵送毓希起驾回府后，跟他一同回齐氏老宅，陌楚荻便与厉元锋一道出殿，在通向上阳宫的廊道避风处立谈冠礼仪程。深冬天气冷得紧，毓疏散了宴找不见陌楚荻，好一会儿出来见他在寒地里站着，不免有些生气，命人去取炭手炉来，自己走过去沉着脸站下。

厉元锋和陌楚荻都问了礼，毓疏正说要带陌楚荻速走，忽听明堂背处正要起行的毓希仪仗那边有厉声责骂的声音隐隐传来。

虽然那边打着灯，隔着这么远，毓疏并没看清出了什么事，然而厉元锋显然是看见了，起步疾向毓希仪仗走去。毓疏本不想管，但也没有容许将官与皇子在明堂下争执的道理，于是看陌楚荻一眼，示意他在原处等着，自己跟上厉元锋。

渐近之后，他听见毓希怒斥："想清楚你身家系在哪边！"

毓希已经登车，半个身子探出去对着站在车下的齐陵说："用着我的佩剑，给别人长脸，你知不知道这是什么场合，现在是什么时候？！"

齐陵垂头站着，并不答话。

毓疏止住想要上前的厉元锋，走到车前道："毓希，这些话能在此地说吗？传出去岂不损你清誉。"

毓希转头看清来人，"你来管我？"

"我是你兄长，不能管你？"

毓希冷笑，"长我一天也来称兄长，还不知这一天是如何长出来的。平日三百六十天不相往来，我竟不知道我有兄长。这大年晚上我教训自己手下的奴才，就有个兄长跳出来教训我了。”

当年克充容与江淑妃先后生产，日期虽翻过一个，实际相差不到五个时辰，因而宫中早年曾有克妃用催产之法为儿子争得排位在先，得封昭仪的传言。毓疏并不想与他理论，只听这“奴才”二字甚为刺耳，正色道：“齐氏平原侯是世袭侯爵，父皇尚以礼相待，你即便惩处手下，也应按名依分。何况你总比我懂武艺，该看得出齐侍卫是怕伤着毓清才刻意避让的。毓清是你弟弟，你想看他比武受伤吗？”

“我弟弟？养在贵妃处，不是你弟弟吗？我当他是弟弟，怕他不当我是哥哥，”毓希坐回车中，唯声音从阴影中传来，“我手下领的衙门前日有人办差返京，居然不先来拜我，到京第一天就谒了他府上。若是小官也还罢了，正四品的右侍郎，如此明目张胆，日后叫我如何服众？今日又在百官面前伤我手下，打狗也要看主人，他三番两次僭越于我，倒是我不顾他的冷热了。”

毓疏心知他话指方杜若，然而臣子在侧，此话不可细论，只道：“此事是那侍郎不妥，你出一令文斥责他就是。毓清孩子心性，必没有想及这层道理。你这样年纪了，何必与他置这闲气。”

车中传来毓希一声笑，“方才教训我时我是弟弟，此刻要让着他时，我又是哥哥了。横竖我这排位不上不下，随你们方便去使吧。”

毓疏心中气到想笑，但实不是长于斗嘴的性子，话已说成这样，虽恼毓希不成体统，又懒怠再与他争吵，只拧了眉头不语。齐陵这时向车内说：“今日之事全是属下的过错，是属下考虑不周，殿下惩处属下是应该的。”复又转向毓疏道，“劳三殿下为卑职开解，齐陵实不敢当，若有万一惹二位殿下不睦，齐陵虽死难辞其咎。今日当受之罚，待齐陵散假返职后，自向四殿下领受。”

话是这样，语气却不卑不亢，倒令毓疏在心中把他名字记深了一遍。

原以为毓希不会罢休，不想车里静了一刻，传声命起驾。待他车驾略走远，厉元锋快步行到齐陵身边，齐陵转身迎向他笑，像是刚才之事全不在意。

厉元锋的怒气消下去一些，转向毓疏抱拳深施礼道：“今日蒙三殿下看顾我家公子，倒惹殿下听这些……话。末将无以为报，日后殿下有用得着末将之处，尽管开口。”

这对毓疏倒是意外，他道："此为小事，将军不必挂心。夜已深了，齐侍卫的伤口不能受凉，都快些回去吧。"

厉元锋点头，与齐陵又拜了毓疏，两相告辞。毓疏回头，陌楚荻仍站在远处廊下，宫灯映出长影子，落在廊外地面。

他走过去，带陌楚荻同乘自己车驾而返。车行在外宫甬道上，轮声辚辚。两人起先聊了几句宴上菜色，毓疏问陌楚荻可吃了些，随后并坐无话。行出宫门不多时，陌楚荻忽道："这北营，来日须拿，或许齐陵是个办法。"

毓疏看着车壁上悬着的宫纱灯火光曳曳，摇头道："他跟毓希日久，若肯背他助我，就不是堪用之人了，看也不像。"

"良禽择木，有何不可？"

毓疏转向他笑，"若荻哥儿与我无这血缘，可会择我？"

陌楚荻也笑，"我非良禽，怎奈殿下木秀于林。"

毓疏被他逗乐了，转瞬又叹气，"你总这样，我自己都信了。"

陌楚荻没答这句话。这会儿外面风声急起来，不久有撒雪籽的声音响起在车壁车顶。陌楚荻躬身挪向车帘处，把帘子掀开，迎着冷风将怀中手炉递出去给赶车人。车夫显然意外，马都被他滞了一下，回过神来连声道谢，又说不敢。陌楚荻摇头向他笑笑，把帘子又放下，退回毓疏身边。

这些细处毓疏是顾不到的，每每看他这样，心上也喜欢。没了手炉，车中又偏冷，毓疏惦记着赶紧送陌楚荻到家，听陌楚荻又道："明日宴上，梁老大人告太子家臣夺人祖宅事，不经太子而直呈天子，殿下踏出这步，再无路回头了。"

毓疏与人商定向皇帝面参太子，事虽由太子家臣自取，但在毓疏看来大小是个阴谋，因此不愿陌楚荻多涉手。此时见他又提，只得细问："荻哥儿想劝我，收手？"

陌楚荻摇摇头，双手互笼在袖里，直视着车行方向，道："此事不由殿下促来告，也或许会有他人促来，即便不告此事，太子身边也不乏事告。何况当年陛下亲征高句丽前，太子殿下得立，满朝皆知是靠皇长子的身份，本人并不甚为陛下属意。陛下既安然度险，朝局稳定至于今日，如今年高，病体不稳，未必不重新打算身后事。太子殿下至今大德无缺，但小处积危，已势如累卵，任谁去推，倾覆恐怕只在旦暮间。”

“那你这是？”

陌楚荻转头向他，“然而宫中无嫡子，太子若去，众皆庶子，皆可一争。可殿下排位在先，姨母娘娘又为六宫之首，若以长为贵，殿下是第一个名正言顺的。殿下此时不备，任他人哪个先行起事控住局面，殿下皆成当锋之的。此中深险，一步踏错，无路回头的。”

史册斑斑血痕俱在，毓疏如何不懂？此时已全明白陌楚荻的意思。他看着陌楚荻，听他道：“因此臣弟劝殿下，一往无前。”

因下了半夜的小雪，初一新晴，青天如洗。礼天之后是百兽朝觐，按惯例展示各地进贡的珍禽异兽，且三年一度的搏虎之戏今又值年。

为这新年庆典中最热闹的一项，一大早，皇公贵戚、王侯眷属、大小官员在西苑搭好的看台中四面坐稳，彩旗宫帷各处高张。天子面南居高位，下方略低坐着太子，其下三位成年皇子里毓疏居中，毓希、毓清分在两侧。太阳尚不高，准备登场的百兽在寒气中传来隐约的叫声，令人兴奋，又感喜气。命妇宫人们扎在西侧台上的各色彩帐中，娇声笑语与环佩相敲之声不绝，在这野地里添上一番绮丽。

齐陵虽然散了假，这样的场合却不能不到，因此一样早早在毓希府门前候着，与仪仗一道前来。这会儿礼乐响起，人群爆发出一阵欢呼，只见朝贺新年的祥瑞之物被锦衣伎人牵入空场，有红鬃雪尾的小马、四角羊和白鹿，还有一架子五彩斑斓的雉鸡，由一对高头大马架着绕场一周，毛色在日光下艳如烂锦。

瑞兽之后是猛兽。为首是一队披红挂彩的山猪，外表孔武，然而行走时憨态可掬，女眷们的帐幕纷纷打开正面，以便观睹。接着一对浑身玄墨的精壮豹子被驯兽人由皮绳缚颈牵入场中，两双金瞳亮而慑人。其后又有金钱豹、云豹等数种，一时令人心中惴惴，满场的议论声小了下去，都知道压轴的搏虎之戏即将上演。

果然，待各样走兽从场中退出，四面栅栏门一一合上，西面独开了一道木门。随着几声响亮的静鞭，一头吊睛白额巨虎被驱进场中。

观者皆没了声响，一直窃窃私语未停的命妇帷帐中都停了动静。当今天子重武功，搏虎之戏历来是庆典大事，然而所用的老虎多为西苑长年圈养，往往性情较为驯顺。今日这头虎却毛色鲜亮，四腿健壮，自从入场便烦躁地绕圈疾走，口鼻中呼出白气成团，仿似一跃便能越过场边的土围，一看便为野物。

皇帝一样心觉疑惑，唤来少府监王翊问道："今年这虎为何如此巨大？"

王翊神色为难，小心答道："回禀陛下，先前为庆典准备的老虎四个月前病死了，西苑余下的非残即幼，因此少府向天下各林苑征虎。这只虎是两个月前由朔方猎户所献，本为猎夹伤了后腿，在苑中养了两月，已然好了。"

虽为无奈之举，但事已至此，断不能临场取消。皇帝只得扬声道："值此大典，天赞猛虎助兴，望众卿奋勇。杀此虎者，赐百金，号伏虎都尉，封母荫子。"

司礼监将话朗声传下去，场中论声重起。这赏赐比寻常战功都重了。

然而杀虎毕竟不同于杀敌。搏命的游戏，已有功名的将军们是不合适参加的；而外营士兵又不得进入西苑，因此搏虎往往是羽林卫、禁宫近卫们扬名立万的机会。齐陵虽属近卫，但上次搏虎时毓希不许他上场，说他已世袭爵位，"莫阻他人进路"。于是他只看着场中左右奔突的老虎，并无他想。

常言道，重赏之下必有勇夫，可面对如此巨兽，即使长年习武之人也无底气，皇帝的话音已落了许久，竟无一人应声。

皇帝心中不快，他不熟悉羽林卫一般兵士，因此皱眉看向自己与诸皇子的侍卫们。这时太子毓宁的僚属中一人起身抱拳，皇帝认得他，名唤谢绍。

"谢侍卫，很好，寡人祝你得胜！"

谢绍大声谢恩，纵身跃入场中。

他跳入的方位正在老虎背后，人进场下，更显出老虎的巨大。那虎一惊之下猛转身，调整两步，警惕地微弓起背紧盯着谢绍。谢绍稳稳拔出佩刀，不等老虎平复惊惧，劈手直取虎眼。老虎弓着的身体猛然弹开，看似笨重的身躯在长尾的辅助下画出匪夷所思的弧度，敏捷躲过一击。谢绍未及拧身调整姿态，老虎已从他身侧暴起，大吼着扬起巨爪重重拍下，谢绍躲闪不及，堪堪将头避开，右肩正迎虎爪。

登时骨碎血溅，四下一片惊叫。虎跃的冲力将谢绍撞开，他整个人翻在地上，呻吟数声动弹不得。场边土围上十余羽林卫弩已上弦，然而指挥官见那老虎似乎不饿，没有径直撕咬谢绍，只伸出爪子将他来回拨动，因怕老虎中箭惊痛反而伤他，一时不敢下令射击。

齐陵看向毓希，决心入场，不想刚要抬手，却被毓希轻移搭在臂枕上的左手，按在他手背上压了下去。

身侧传来毓疏的低斥：“你莫荒唐，与我坐稳了！”

齐陵讶异转头，却见此话是毓疏说向毓清。毓清仍要起来，毓疏起身过去坐在他身边，隔着袖子攥住他手腕将他按在座席上：“千金之子坐不垂堂，你为父皇计，也不可此处逞勇。”

齐陵偷眼看向皇帝，天子沉目望着场中，并不表态。那边老虎已用嘴去拱谢绍，齐陵心中焦急、口舌发干，只道再等不得，情急之下想起昨日，前移凑向毓希耳边道：“属下去为殿下赢回这场。”

毓希一愣，齐陵趁势离了他的手，起身抽刀跃下。

佩刀这样长而细窄的兵器并不适合与兽类搏斗，齐陵心中隐约起个主意。这一跃并非直落，身形移向老虎上方。老虎感到来风，欲起前爪迎咬，齐陵突然变速，一脚踏在老虎头顶借力，一脚趁势向老虎额侧猛踢。

老虎被他踢得头颈一歪，向斜后退出几步，顿了一刻才摆头立稳。齐陵已至老虎正前，将谢绍挡在身后。

老虎动作带上了谨慎和迟疑，缓缓前进两步停住。齐陵提刀而立，姿态镇静。老虎发出几声威胁的低吼，见他不动，突然张口扑来。齐陵此时起手拧腕，竟将手中长刀如弩箭般直直打入老虎血口中，老虎发出一声惨嚎，跌回地面滚向一边。齐陵就势欺身而上，抽出腰间匕首正插在老虎咽喉，随即拧转匕身，听见手臂传来老虎喉骨碎裂的响动，接着双手握匕，借腰力奋力向下一划，整头老虎霎时开膛破肚。

一切发生得极快，满座全都看呆了，直到齐陵浑身是血地走向谢绍，去看对方伤势时，场边才响起疏疏落落的拍掌声。

谢绍仍有呼吸，齐陵抹了把脸上的虎血，大声叫医官来。这时，方觉出左臂上的伤口疼痛钻心，抬头看见毓希和毓清都已站起来，齐齐望着他。

医官将谢绍抬下。那已死的老虎还未冷，一摊血泊的上方凝起白雾。

皇帝也鼓起掌，待四下的议论声略平复，扬声道："齐侍卫今日奇谋搏虎，寡人深为震动。着赐齐侍卫黄金百两，封……"他思及齐陵已是校尉，便没再提品级较低的伏虎都尉，转念道："择配与十公主灵淑为婚，待公主成年后成礼。"

场中一霎皆静，转瞬欢呼山响。齐陵全然呆住，一时不知如何动作。忽然一阵女子的嬉闹声从西侧看台传来，他不觉转头看去，只见一个娇小轻盈的人影跑到帷帐口，又很快被人拽了回去，只看清那人穿着雪青色领子的白貂袄。齐陵心中蒙蒙的，又有些热，跪下向皇帝谢恩。

皇帝命他起来，又存问数句，见他衣上血污，又赐锦袍数领。齐陵心中一动，复抱拳道："陛下，微臣在谢绍之后进场杀得此虎，是借谢绍首战之力，微臣请辞锦袍。然，臣别有一请。"

皇帝少见臣子主动请赏，饶有兴致道："你说。"

"臣求此虎。"

"做何？"

"虎骨泡酒，敬谢今日诸将士。虎皮来日鞣好，奉于陛下，与公主为一聘。"

齐陵言毕，又是满场欢动。

毓疏坐回自己的座席，余光看到毓希正了正衣襟后，也慢慢坐回席上。

皇帝的原配苻皇后无子女，苻皇后去世后，其族妹又被册为皇后，人称小苻皇后，生下十公主不几年同样仙逝。历经两位皇后去世，皇帝悲痛之余决意不再立后，又将十公主亲自养在身边，倍加宝爱。十公主是天家唯一的嫡生，因此这桩指婚突如其来，却非同小可。

齐陵与北营，或许真该从头计量。毓疏思及此，隔空看向陌楚荻，却见那人像是连日疲乏，目视前方，心思全不在场中。

一日典礼皆毕，晚间最后一项，皇帝设私宴于温室殿，只请了当年风波同涉、如今已然致仕的旧臣。方老将军年事已高、远居山林，由方杜若代为出席，只远远坐了下首。方杜若望见毓清恹恹坐在皇子席上，知他白天不得搏虎，扫了兴致，一边心中有些好笑，一边也感念三皇子止住了毓清，免他涉险。

司礼监念过贺表，礼乐轻扬，靓妆宫人于殿心启封酒坛，分注酒器，鱼贯而出与在座进酒，满座同饮醴酒为皇帝寿。随后梨园子弟琵琶擅场，几处歌舞席间流转，诸人随意饮食，故交旧友相见，不免喧哗大笑，亦有牵臂相哭的。气氛渐酣，皇帝起身自陛阶上下来，待逐座劝酒。

上首第一是前安西将军赵漠，他见天子行来，慌忙起身迎接。皇帝取过身旁随侍捧着的酒壶，将自己的碧玉杯与赵老将军的酒杯各自斟满，持杯说："你我皆是一把老骨头了，别的不用祝，长命百岁就好。"

赵漠拜谢道："微臣谢主隆恩。"言毕举杯饮尽。皇帝也将酒杯举至唇边轻抿一下，笑着拍了拍赵老将军的肩膀，向邻座前兵部侍郎贺誉走去。贺誉与正围坐说话的几人一同起身，一一向皇帝问礼。寒暄之辞尚未言尽，皇帝忽听身后一阵乱响，转头去看时，只见赵漠跌伏于地，全身剧烈抽搐，身前的几案已然打翻，杯盘满地。

皇帝几步疾走回去，俯身去看，立时白了脸色，急命道："速传太医！"

殿中人多，并没同时看见这景象，舞乐甚至还持续了一刻。到乐声止息，远处席上才知出事，宾客纷纷起身向殿心望来，有些人急向前凑，又带倒些食案，一时起了乱势。

御前侍卫见势不好，上前将皇帝团团围住。近卫统领韩紫骁在皇帝身旁环视大殿，见诸人皆为惊疑之态，不见异样神色，心道问题怕出在御酒上，当下夺了酒壶，复又俯身察看赵老将军的状况，不想他已然断气。韩紫骁慌忙向皇帝问道："万岁，方才的酒您没入口吧？"

皇帝慢慢摇了摇头。纵然当年久经沙场，如今毕竟年迈，一日已极疲累，欢宴之上突见惨剧，死的又是熟悉之人，身心实难支持，脚下一晃之间，已被韩紫骁扶住。

韩紫骁在皇帝耳畔轻道："万岁受惊了，恐怕，是毒。"

皇帝转头看他，搭在韩紫骁臂上的手微微发抖，然而镇定声音问："何人，能在御酒中下毒？又是为的……"

"怕那人并不知道万岁这几日吃的药犯酒。"韩紫骁一句出口，却想到谋刺之事牵扯甚大，断不是他一个侍卫应该置喙的，于是不再多言，只向皇子席上望去，盼哪个天家子弟能出面安抚局面。不想是年少的六皇子行至近前，从另一侧扶住皇帝，看了看皇帝的脸色，又看向地上的赵漠。

皇帝见毓清来，脸色缓过些，也望向皇子席。惊变之下，太子毓宁一时慌了手脚，只站在座前未曾出来。三皇子毓疏也觉胸口抽紧，又感觉身后的幼弟们十分惊怕，只得向前在毓宁身边低道："皇兄。"太子骤一回神，思及职责所在，匆匆想想，扬声道："事出突然，各位老大人受惊了。然而此事需要深查，且先闭了殿门，待各人将所见情状录下来，身上搜检清楚，再送各位大人回去。"

这是将嫌疑放在殿中人身上，皇帝闻言皱眉向韩紫骁摇头，韩紫骁领会，亦扬声说："太子殿下恕罪，各位老大人年高，再有万一，我们这些侍从担待不了。此案宫中必会深查，如今诸事纷乱，且让各位老大人先散了吧。"

众人知道韩紫骁传出的是皇帝的意思，老臣们纷纷离席，由随从搀扶着，颤颤巍巍辞了出去。一时几案移位，杯盘乱响。方杜若望了望毓清，也只好随之出去。殿中只剩皇帝、宫人近侍与诸皇子。毓疏欲待向前，可四弟毓希一动不动，盯着地上的赵漠尸体。六弟之下最大的十弟懂些事，又不全懂，怕得抽泣起来，余下都搂在保姆怀里，毓疏也就没有越过太子的位置。

太子毓宁走到皇帝身前，知道自己方才的主张不合皇帝心意，躬身惶恐说："父皇受惊了，儿子扶父皇回宫休息，今日之事定会查个清楚。"说罢伸手欲替毓清去扶。不想皇帝不动声色地移开手臂："刑部归你三弟监管，查案他懂，你们兄弟好生商量着如何查办，定要给寡人一个交代！"言毕由韩紫骁扶着，向后宫去了。

毓宁愣在堂下，片刻之后转头看身边毓清，见他神色淡然，眼神中无回应，又回身望向皇子席上他的诸位弟弟。四弟毓希并未抬起头，三弟毓疏神色郁虑，隔着煌煌大殿，远远向他望来。

"新年刚过，你又要走？"丞相史渊看着朝服的青年在堂前坐下，急急问道。

方杜若明白史渊所虑何事，却不知该如何开解，只道："东河河堤年前并未整修完结，开春之后，凌汛接连春汛，事关水火，怠慢不得。加上春耕将至，黄河沿省的水利也需查验，国计民生的大事，派他人去看，总不如自去放心。

因此学生特来向老师辞行。”

史渊低叹一声，“水火之事固大，朝中政局如今一样势如水火，你这一走，为师徒然少去一条臂膀。”

“学生不肖，令老师为难了。只是如今陛下年高，文武百官皆思自保，百姓之事，学生不去做，待何人去做？老师一生为国，学生知道老师必会体谅的。”

史渊苦笑道：“你这样说，为师又能再说些什么。多事之秋，你能离此是非之地，也是好事。”

“学生——”

“为民奔命是你的本心，为师自然知道。官场混浊，你不愿泥足深陷，为师也明白。身为工部次官，生涯大半耽在工地自是应该，做到你这般程度，若说不是大隐于朝，也是假的。”

方杜若见史渊说破，也不再辩解，只郁声说道：“元旦宫中之事已过十日，学生想来依旧心有余悸。若家父不曾隐居，那上首第一必是家父的位置，每每思及此处，学生大幸之余仍存大骇。佛曰世事无常，生死尚无定数，进退荣辱更是身外浮云，学生只愿有生之年做些实事，至于旁的，实是无力去管。”

“并非无力，不过无心罢了。你与你爹倒真是一样的脾性。”

方杜若垂头笑了笑，又听史渊问他：“你自能撇个干净，但六殿下身为龙种，血脉牵系，撇不了也躲不去，他的事你也无心管吗？”

方杜若闻言不语。

史渊心知事涉皇子，话也的确不能再说下去了，想想又问：“你既然要走，为师现在就问你，谋刺之事，你看是何人所为？”

“能在御酒中下毒，当是宫中人。”

“任谁都如此想。如今刑部提了顾弘之和少府监王翊去，三司会审却未查出半点眉目。陛下催得急，太子殿下那里一筹莫展，为师也不知该如何为殿下分忧。”

光禄寺卿顾弘之与方杜若同期举仕，皆算当年主考史渊的门生，颇有私交。宫中筵席出事，光禄寺卿难逃干系，方杜若念及素日情谊，心中悲苦，听见史渊话有所指，沉吟片刻谨慎言道：“如今陛下眼中是谁的嫌疑，老师必定明白。”

史渊闻言握紧了茶盏，“陛下如有不测，自是太子登极，天下谁人不知。只是为师自小看太子殿下长大，深知殿下敦良纯孝，为人柔善，断不会做出此等弑君弑父之事，东宫属官里也不像有这样狼子野心之徒。陛下老来得饶人处且饶人，为师苦思再三也想不出何人竟欲置陛下于死地。谋刺动机一日难解，殿下嫌疑一日难脱，怎教为师不辗转反侧……”

史渊话至此处，方杜若不忍再加搪塞，实言道：“学生觉得，那谋刺之人并非想置陛下于死地。”

史渊闻言大惊，“酒中下毒，不是置陛下于死地？若不是陛下那几日吃的药与酒相冲，后果不堪设想啊！”

“若学生说，那谋刺之人怕是明知道陛下那日不会饮酒，才在酒中下毒的呢？”

此言一出，如醍醐灌顶，史渊不由呆住。

“老师方才也说了，陛下如有不测，太子殿下最为受益，谋刺之人既然不是太子殿下，何苦为人作嫁。”

“你是说……”

“以谋刺之名行嫁祸之实，那人要的怕是置太子殿下于死地。”

个中凶险利害史渊此时已然明了，不由抬眼望向座下门生，心道他久离朝堂，不想心思清明至此，果然是当局者迷，旁观者清吗？

“依你看，是谁？”

方杜若垂头静思片刻，只道：“横竖不是六殿下。”

史渊久久无言。三占贤名，四夸仙质，克氏虽远逊于江家，贵妃在宫中的权势却在淑妃之上。太子若去，情势实难逆料。

皇子党争，乱起萧墙，终于浮出水面了吗？

史渊长叹一声，复又说道：“纵然你我心知，手无实据，如何是好。”

事已至此，贸然去向皇帝说破，无凭无据，与诽谤离间无异。方杜若见此番非但于事无补，反令老师倍添愁苦，想到自古为人艰难，最难不过帝王家，那人不知如何才能安然一生，不禁心中彷徨。又听史渊言道：“现今之计，唯望三司会审有所进展，还太子殿下一个清白。”

三皇子监管刑部多年，焉知御史台与大理寺不是他的天下，若起事在他，即便临堂翻供、屈打成招也不稀奇。方杜若念及顾弘之为人最是刚烈，此番入狱只怕难熬，这桩桩心事汇至一处，一时郁气难平，不觉泪盈于睫。

正月十三是故苻皇后生辰，皇帝遣诸皇子与未嫁公主祭于太庙。苻皇后是天子原配，众人主母，例应举哀，可皇后去世时毓疏年小，只有些模糊印象，实情并哭不出来，只戚容随着太子。太子毓宁却在饮泣，他生母已逝，但无皇后位，不得配享太庙，牌位不在这里，勾他想起伤心事。后面十公主灵淑也在哭，吸鼻子的声音大，她的保姆在旁边轻咳着提醒。灵淑的生母小苻皇后牌位在苻皇后一侧，她痛悼母亲，哀情深切，惹一旁九公主灵善也陪着哭起来。

一行天家子女进香奠酒，叩首礼毕，太子跪地念过祭文，交与礼官焚化。毓疏想到毓清生母去世，牌位一样不在此处，有些担心地向六弟看去一眼，见他神情清冷，眼睛低垂着，却无悲戚色，心中觉些酸涩，也觉宽慰。错眼看见近处四弟毓希也在垂首拭泪，毓疏略感意外。

众人起身，待向太庙殿外散去，十公主灵淑却逆向走至毓希身边，仰头低声说了些什么。毓希起先摇头，拧不过她，看向太子。灵淑拖着毓希的胳膊到太子面前，毓疏听见说："大哥，那个齐陵跟四哥来了，候在外面。平时也不能来拜，让他进来给我娘看看吧。"

此事大不合礼法，人情上却不好拒绝。毓宁犹豫了一刻，攒着眉头看向毓疏。毓疏本意不能答应，太子没直问他，他便没回话。毓宁转回去看着自己的小妹妹，想想说："不是不能进来，可按什么身份呢？没有合适的规矩。"

"大哥是太子，说让他进来不就行了？"灵淑撒娇道，"大哥，大哥！"

毓宁笑了，轻叹气，正要开口答应，毓疏插道："让毓希命齐陵代为向小苻皇后奠酒吧。"

太子闻言看来，眼中有领悟神情，转而看向毓希。灵淑说："对对。"又回去拖着毓希的胳膊，"四哥让他来嘛，这叫那个……代祭嘛。"

毓希只有点头，皱眉看了毓疏一眼，让近侍去叫齐陵。

灵淑欢欢喜喜跑去殿口等着，一边说："早知道让九姐先别走了。"毓疏要与太子同往大理寺办案，毓宁不走，他就退到远处等看。一会儿齐陵前来，在殿外解刀叩首，踏进殿中时，灵淑倒也知道走开，由随侍宫人围着背身站下。齐陵没有往她那边看，大约也知道叫他来的用意，向毓希领了命，从礼官手中接酒，三跪九叩恭敬而奠。

“还是摆在这里好。”

毓疏转头，毓清明亮的眼睛扫了扫他，转回去看行礼的齐陵。

“四哥原来是能说通话的，”一刻毓清又低声说，“方杜若不知怎么惹着四哥了，他要去河上巡凌汛，四哥居然不准。我去说有用？”

毓疏听他语气，知道他去对毓希说也不会是软话。夹在两个弟弟之间自然头痛，但毓疏毕竟偏疼毓清得多，觉得他没有径自去与毓希争执也是懂事，想想说：“你啊，真不知道怎么惹着的？只管让方杜若去赔罪。”

“去也去了，这些天四哥在府上不见人的。”

“那就——”那边齐陵礼毕，太子有意要走，毓疏须随上，匆匆说，“在衙门里赔罪。”

毓清跟他往前走，“他就是想把事情闹大，给方杜若难看。三哥帮我跟太子殿下说。”

毓疏回头，“你自去。”

“大哥去动四哥，怎么可能为我。”

已近赶上太子，毓疏摆摆手，一路跟过去。等真走到太子身边，他想到现下难得毓希、毓清都在，若太子能从中调停一两句，是比再专门找他们来得方便，便将方杜若之事前因后果说了。太子听完停下脚，“正好我也有些话要对四弟说。早上斋戒，这会儿都该饿了，不如叫上他，随我一起回东宫传了饭，咱们再去大理寺吧。”

毓疏领命，回头对六弟给了个眼色。毓清见他果然跟太子说了，两手在胸前小小作了个揖，惹得毓疏一笑。毓疏示意他过来辞太子，自己走去对毓希说太子命同去东宫用饭，毓希已在旁边看了一会儿，大概知道是什么意思，冷脸道：“我随上太子殿下车驾就是。”

三人各自登车，前后向东宫而去。由太庙至东宫不必出皇城，车行甚速，到他们在东宫正厅坐下，日未至午。

依礼法，毓疏请与毓希前往拜见太子妃，毓宁说不必，让坐等吃饭。本朝为了严明等级，对皇子的用度限制颇多，毓疏的府邸与东宫相较，不可同日而语。他上次来已是几年前，此时粗看又添置了些东西，尤其东墙边摆着一架八扇多宝壁障，图案从这里看不真，但其上宝贝嵌映着北窗七色流彩，像自身会发光。

南北两面轩窗皆大开，然而厅中四下置火笼，冷风不透。今日行祭，他三人皆衣淡青色，太子未命宽衣随便，毓疏外氅仍在身上，一会儿额上已渗出汗来，觉得火笼中热气裹着香气熏人而来，燃的应是檀香炭。对面毓希更是怕热，本来他四时衣装皆如夏秋制式，此时已径自袒了外袍领子。

午膳传到，第一道居然是冰酪。毓宁笑让他二人除外衣，以银勺取食。冰酪入喉凉彻爽滑，将周身热意一时化开，片刻肌肤回暖，只觉遍体通泰，与夏日吃时别是一番滋味。毓疏慢慢食毕，额上汗已落下，眉角凛凛生凉。他心道太子元日宴上为皇帝猜忌，如今饮食起居还这样讲究，看来对宫宴之案已有主张，不觉心也定了些。

后续菜式传过四五味，四皇子毓希长年行吐纳之术，注重养生，只拣清淡的吃，太子劝他，他倒也吃了烧鹿筋和雀酢。席间气氛松下来，太子便说：“本来没事时也该叫你们多过来，毓清他们都小，我们三个年纪相近，兄弟间不亲近，倒叫外姓高兴了。”

毓疏和母亲一系的陌家走得近，毓希依赖母族兼妻族的江氏，二人闻言不知太子是否话有所指，对视一眼，都错开目光点头。

毓宁又道：“毓清和那个方杜若要好，是父皇也知道的，不过儿时交情。方杜若官职虽不算高，后面却有方老将军的面子，不好拿捏的。”他向毓希缓道，“今天我的话放在这儿，方杜若不通人情世故，但他有心请罪，你就饶过他吧。他去巡河也是正事，若耽误了，你工部也不好看。再恼了毓清跟你一闹，传到外面，两个天家子弟为这点小事起纠纷，父皇的脸面也败了。”

毓希笑，“都怕毓清闹，都知道我是不闹的。皇兄都这么说了，我还说什么？也不必让他请什么罪了，明天把他那出京表批了就是。”

毓宁笑起点头，不想毓希续道：“弟弟只是不懂，我这工部衙门怎么就跟烧红的铁板一样，不为了回京赴宫宴，竟是一天都不能待了。”

毓宁没接这句话。毓疏听六弟托的事算是解决了，也就垂着眼睛抱定了不作声的主意。又行过一味菜，侍从正在摆盘，毓宁看毓希不想再吃，便在这当口说："此事就这样，我这儿还有一件事对四弟你说。"

毓希一直盘弄着腰间玉佩上的穗子，闻言皱眉停手。毓疏抬头，看向太子。

毓宁道："少府监王翊是你府上出来的，法司碍着你的面子，这些天一直没对他动大刑。但这案子过了元宵不好再拖了，父皇当时向赵漠劝酒所用的剑南烧春是少府的贡物，王翊那里问不出所以，也只好打他一打，父皇查问下来，也像话。"

三法司中，刑部偏管各地方呈报上来的大案，大理寺偏管朝中涉及官员的要案，御史台是言官监察部门，所以历来三司会审多由大理寺主导。毓疏监管刑部，大理寺和御史台他尚插不上话，这投毒案细查起来的手法他能左右的不多。太子寻毓希说话之前并没与他通过气，毓疏想，既然要审案，这剑南烧春又是关键，打王翊便打了，王翊是王翊，毓希是毓希，毓希为避嫌疑也不会说什么。如今这样说起，虽是顾及毓希的面子，恐怕反而惹恼他。

果然毓希登时提高音调："皇兄这话什么意思？王翊进宫多少年了，打不打他与我什么相干？"

毓宁安抚他道："毕竟他姐姐是你屋里侍妾，我想还是告诉你一声为好。"

毓疏心头一凛，一时不知太子此言是否有意将嫌疑引向毓希。毓希闻言满脸翻上血色，疾道："我说今日我哪来的身份上东宫正厅吃饭，原来二位皇兄是缺垫背的人了！"

毓疏看向太子，目光焦灼。他心中清楚法司和太医院反复查验，皇帝劝酒用的那壶烧春中并没查出有毒。太子若是有意指向毓希，不知是掌握了什么其他证据，还是单纯疑心王翊，想诈出毓希的态度。太子着急结案洗脱嫌疑的心情毓疏感同身受，但事关重大，若无实据，他不倾向做这等怀疑。

太子看毓疏一眼，似也察觉话说得不合适，赔笑向毓希道："我们本意是说，王翊若无事，查清楚了落四弟你一个清白，是好事。"

毓疏听他说"我们"，心下认定了太子的确有试探毓希的用意。想来太子知道若与自己商议，自己多半求稳，无凭无据之下不肯在兄弟之间起冲突，所以借这个机会大家一起牵进来。

毓希已起身走至太子面前，冷笑说："皇兄恐怕多虑了，我的清白不用从王翊落下。别说王翊与我不相干，就是王翊自己，真查出什么凭据了，皇兄此时才想起来打他？"

毓希一句话道破关节，太子毓宁略觉尴尬。毓疏插言道："太子殿下就是这个意思，王翊那边等用过刑，程序做到，就能了结，再好向别处去查。"

太子指向毓希，让毓疏想起宴上出事时，毓希的反应似乎有些不自然，当时太子走去皇帝身边，回身看过来时或许看得更清楚。可即使不是凭空生疑，此番非但没试出毓希什么破绽，反而露出了王翊无事，毓疏只能将话往回收。

毓宁明白他的用意，顺着话点头。毓希却转向毓疏，走近几步说："三哥说这话，我倒想起来了，光禄寺、礼部、少府，宫中办宴会哪个也脱不了干系，怎么光禄寺卿和少府监都收押了，礼部尚书还像个没事人似的在外面？"

扯陌楚荻进来刺激到了毓疏生怒的点，他刚要张口，毓希笑着截住他又道："去打王翊，说要落我个清白，三哥的清白就不要紧吗？不能一视同仁，父皇查问下来就像话？"

"天子私宴在内宫，礼部并不参与组织。"

"怎么我却听说，陌楚荻的证言对这案子要紧得很？"

毓疏压住心头的火，放缓了语气道："开宴时向父皇行祝寿礼，所用的醴酒向来由礼部供应。光禄寺为宴会验酒水时陌楚荻在场，当时情景，顾弘之和王翊之外，他是第三个能说详情的，如此而已。"

"还是啊，"毓希不为所动，"王翊的剑南烧春查不出事，要向别处去查，这醴酒赵漠也入过口，是不是该查陌楚荻了？"

当日醴酒一人一盏，满殿同饮，毓疏心中明白毓希这是为找回面子无理取闹，但不觉怒气还是带着声音冷下来，"醴酒有事，你我今日还能在此？"

"那剑南烧春没事，我今日不是一样在此被皇兄们缠问？弟弟我是格外长了张包藏祸心的脸？"毓希说着转回对着太子，"既然皇兄们不跟我客气，就容我再说两句难听的。当时殿上父皇若真出了好歹，皇兄请人吃饭，就不必委屈在东宫了吧。"

毓宁面色生寒，毓希又回头道：“如今父皇没出好歹，黑锅却顶在太子殿下头上，三哥得的好处不可胜计啊。”他说着笑笑，“二位皇兄何不彼此多问几句，不比一起问我有用？”

毓疏低了下眼睛，复抬眼看他道：“你算得比太子殿下与我更清楚，是希望父皇出好歹，还是不出？”

毓希没料到能被一句话堵住嘴，片刻转开头。太子这时道：“四弟说一视同仁，也不是没有道理。‘刑不上大夫’，陌楚荻是礼部长官，自然不能对他用刑，但的确应该传他到法司堂上查问仔细，这也是落三弟你的清白。”

毓疏微怔，看向太子，这才明白太子眼中自己不是没有毓希这样的嫌疑，只是陌楚荻明看着于此事无甚关联，他不好从陌楚荻起头。

今天这一番话，太子一样也有要看自己破绽的心思。

毓疏问心无愧，便道：“弟弟原说陌楚荻证词上写得清楚，法司需要时，自然会传他。让他上堂，皇兄不必问我的。”

毓宁点头，“我的意思，近日就在宫中开一堂三司会审，恭请父皇旁听。将相关人证都传到，口供当堂问一遍，父皇如有疑问，法司可以现场对答。父皇神机圣断，到时结果自见分晓。”

这是要将已经查明的情况都摆在皇帝面前，探出皇帝的态度定个方向。如此虽能推掉裁决的责任，但在皇帝眼里，他二人这差事就办得难看。毓疏还在犹豫，毓希道：“这样好，有话摆在明面上说，看看父皇想要谁的命。”

毓宁看向毓疏，毓疏只有点头。

当晚毓疏进到陌家花房时，陌楚荻正在房中央的曲水流觞池边站着，见他来，遥遥招手道：“殿下来看，溪荪开了。”

毓疏走上前去，只见曲水两岸翠叶丛生，挺秀如剑，其上朵朵紫花隽丽雍容，点上鹅黄纹理的花瓣铺垂如蝶翼，映着水畔燃起的兰膏明烛，更添媚色。

毓疏偏头去看陌楚荻。他俯身向花，神情欣悦，颊上似也被花色衬出些血色来，肩膀与后背却是极瘦削，纵然重衣加身也掩不住病弱之态。毓疏思及如此深冬季节，夏花盛开，人花相对，竟似陌楚荻以己命赁花时一般，不由寒上心头，将他向一旁带开，道："花事辛劳，你让下人多做些，自己看着就是。"

"说来也怪，这房里的许多花，不经我手便开不了。"

毓疏闻言心头更冷，正待开口，闻门上有人轻扣。陌楚荻应声过去接了药盘回来，毓疏同他在小几前坐下，端起药碗抿了一口，苦得皱眉。陌楚荻轻责一句"药岂是乱喝的"，取过碗慢慢喝了。毓疏端起随药送来的蜜枣碟子备着，见他喝净了药便递过去，陌楚荻也不推辞，就着他的手拈起一颗含了。正镇着苦味，听见毓疏问他："我好一阵没来，这几方新药，都有按顿仔细吃了吧？"

陌楚荻略失笑，抬袖在水盂中吐了那枣："我也这么大的人了，即便殿下不看着，再苦的药也吃得的。"

陌楚荻天生体弱，自小汤药不断，小小的孩子哪里忍得了方剂的奇苦，每每只有毓疏去喂才肯吃下，以至陌楚荻病得最不好的那些时日，十几岁的毓疏整日守在陌府，年深日久，倒将陌府看成了半个家。

想到这样宝贝着长大的弟弟要去三司会审过堂，毓疏心中着实懊恼，又怕他难受，将白天在东宫太子与毓希的话大致说了，宽慰他道："皇兄的意思，是将一干人等都传去，案子查得好坏都给父皇看看，不是单对你一个人。你到时也心轻些，此案没有你礼部的干系，只是顾弘之和王翊坚称层层关验符合定制，酒水落封之日你亦在场，当堂对质不得不行，你将写交的证词说一遍就好。"

陌楚荻点头，取茶来冲口中甜味，"有关封验酒水，我应是人证中官职最高的，三法司来传我，我知是早晚的事。但他二位大人说得不错，小年至元日大小宴上所用酒水，是按各宴所需造册，当天一并验讫的。最后这私宴上陛下劝酒所用仅一小坛，是王大人亲自尝试，顾大人现封，说酒中有毒，我不能信。"

原本毓疏因为常在法司，心内遵守着回避规矩，没对陌楚荻直言酒中并未查出有毒，此时听他这些话，心里有些愧疚，但也绕开道："如今是没查出名目，前几天审顾弘之，大刑也上了，我看样子他是不知情。今天皇兄让对王翊也动刑，我总觉得打不是办法。"

陌楚荻想想说："大理寺卿郑朴深解刑名法术，陛下常以国事问之，但听闻他年老多病，临案已不亲审，多是副卿越临川出面？"

毓疏点头。

“越临川在朝中的名声分两极，有说他刻薄寡恩，常顶格用典；也有说他既严且明，审案不喜用刑，长于攻心。殿下看来是哪边？”

毓疏道：“与他交接得少，但‘严明’二字我看恰当。他比你年纪还轻些，处理事务却很有自己的主张，都说他与他的业师陆妙谙性情正好相反，我却觉得其实是一类人。”

“则酒中若果真无毒，越临川不会生造出一个结果，想必太子殿下也清楚，”陌楚荻停下一瞬，续道，“殿下觉得白天太子殿下想看你与四殿下有无破绽，加上着急结案，所以抛出那些空穴来风的怀疑。可多想一步，太子殿下疑你、疑四殿下，殿下便不会疑他，万一太子殿下这样做正是个剖白，就是想让人觉得他没有破绽呢？”

毓疏从未想过毒杀有可能是太子主使，整个愣住。回想白天情景，当时觉得凭空指向毓希不妥，但平素太子的主张他也常有觉得不合适的时候，因此并未多想。可太子若是刻意为之，是能说得通的。

毓疏与太子一同长大，绝不信毒真为太子所下，一时心乱。陌楚荻见他不语，又道：“案情尚未查出头绪，太子殿下就要请陛下出来，想是觉得若陛下也没有更好的办法，就能导向结案了。虽然太子殿下一贯行事如此，可是这一次他顶着弑君的嫌疑，仍没有亲手彻查之心，即便案件不由他起，也足见他轻慢少决断。”

毓疏抬眼看着陌楚荻，陌楚荻道：“既然是太子殿下要结案，殿下正好不用阻拦，臣弟看此案不了了之，其实对殿下最好。”

原本毓疏与前京兆尹梁隼讲定，待皇帝宴上劝酒之时，由梁隼面奏太子家人夺人祖宅事，然而劝酒甫一开始便出毒杀，此事未成。若毒杀查不出所以，皇帝的怀疑多会存在太子那里，自是比这当面状告更重出千钧。然而毓疏受命监理查案，总希望不辱使命，听陌楚荻这样说，便问：“为何？”

“此番查案，陛下既然让太子殿下参与，可见太子殿下往日温良，陛下并不全心疑他，否则让三殿下你一人出面便可，免受太子殿下掣肘。换而言之，陛下虽然疑心太子殿下，但也知道此番若真查出是太子殿下主使，三殿下你受益最大，为免结果由殿下一人左右，因此命太子殿下共同查办，以相互监摄。”

陌楚荻道出这层利害之前，毓疏隐约也是这样判断的，此时沉思不语。

“既然陛下思虑如此，此番若查清了主使，证实不是太子殿下所为，陛下对他的疑心再减一半。且他向不闻政事得力，凭此要案却记上一功，日后或由此发轫，渐可监理法司事务，则殿下积年经营，为人作嫁。”

毓疏点点头。

“但即便此番真查出牵涉太子殿下，陛下原本只疑他一半，却防殿下你三分，这样的结果料陛下不会全信。何况以太子殿下的秉性，事未必全由他起，或许为人裹挟，或许底下人自作主张，万一深查下去，太子殿下得以翻案，陛下眼中，殿下就难脱栽赃之嫌了。”

毓疏一刻无话，末了轻叹气说：“话虽如此，没个结果，父皇那里过不去。”

陌楚荻摇头，将手中茶碗放下，“寻我过堂，不过能将写交的证词口叙一遍，太子殿下定要如此，为的恐怕不是我说什么，为的是我的身份。”

“利于皇兄的证言，由你说出，更可确信？”

陌楚荻点点头，“太子殿下此举，是为解脱自己的嫌疑。然而太子殿下之外，此案并无明确的嫌疑对象，查无实据之下，现今的三法司不会妄下结论。他们要搁置此案，必定说得出交代给陛下的道理。”

一席话说下来，毓疏愁云少解，伸手拍拍陌楚荻的背：“我日日在这案子上，倒不如你明白，这些天多少白愁了。”

“却不是白愁，这全力办差之心，陛下总看得到。”

毓疏闻言不知为何心中有些异样，但念头一晃便过去了，笑道：“说得是，荻哥儿几时说错过。”

理心殿会审当天，大理寺卿郑朴、刑部尚书宋恩枢与御史大夫左恭迟在殿心并坐，将顾弘之和王翊自牢中提来，涉案的光禄寺官吏与中官悉数传到场。一番对证，到陌楚荻时，因顾弘之连日来吃刑狠了，已难久立，太子特赐他座。

陌楚荻行至堂桌前，看了看被大理寺衙差缓缓扶坐的顾弘之，向主审道：“自小年至元日，宫中共有大宴三场，小宴五场，各场宴会中所需醴酒，均由礼部供应。当时年期将近，因宫中事繁，光禄寺寻了一日，约同各司衙门，将各宴所用物品在宫中职房一并验讫，在下便与随员将醴酒送去。”

大理寺卿郑朴身体不适，不愿堂审拖得太久，截断他道："陌大人的供状写得详细，今日只需说明验酒经过。"

陌楚荻欠了欠身："那日说，最后这场天子私宴上，陛下劝酒将用益州专贡少府的剑南烧春，因此由王大人亲尝。王大人尝毕，是顾大人手封，泥封之上加封黄纸，二位大人签名其上。当天每验一物，皆在宴仪册上写备记录，由验者与监者签名。当时在场，各司去人之外，亦有光禄寺官员数名，皆可为证。"

郑朴问："则醴酒是陌大人亲尝的？此为常例吗？"

陌楚荻点头，"顾、王二位大人与我，官属职责所在，皆知验酒水为办宴的头等大事，何况陛下要入口的酒，验封之事我等敢不亲为？各宴所需醴酒是分坛装好，由在下一一尝试的。"

此案初起时陌楚荻呈交的证词上就是这些，与顾弘之和王翊的供词相对并无矛盾之处，郑朴点点头，示意他向下。

"在下元日不在宴上，但想必彼时与历来陛下躬临的宴会一样，酒类均当场启封。启封之时不知封泥封纸可有异样，但落封之时，在下亲眼所见，这烧春中是无毒的。"

只见顾弘之强撑着站起来，颤着双腿几步行到陌楚荻身边。陌楚荻伸手扶住他，顾弘之顾不上言谢，急向主审台道："这酒在宴上启封时不是下官一人查验，陛下身边的韩大人也亲查过，封纸封泥有无异样，大人们不信下官，连韩大人也不信吗？"

近卫统领韩紫骁时刻随护皇帝，现下并不在场，但此事向他查证过，当时酒封的确不见有异。主审三人皆看着眼前的案卷，殿中一刻无人说话。

顾弘之又转向一旁在座的太子和毓疏："微臣还是那话，元日之宴是晚宴，赵老将军一日之内所用的不只有宴上的饮食。何况赵将军那样年老，喝过陛下劝的酒死了，许只是什么病发，时间赶上了，或是烧春太烈，与白天吃的什么东西冲撞到了。宴上出事在微臣是掉脑袋的事，微臣焉敢草率啊。这酒落封之前是王大人亲口尝过，大杯见底，陌大人与我亲眼所见，王大人此时活得好好的，这酒怎么有毒了？！"

他又转向主审台，急切道："大人们若还不信，将酒拿来，下官喝与众位大人看！"

王翊此时亦从旁边出来，行了两步耐不住腿上新伤，跪倒道："这酒下官尝过的，大人们不信，下官亦可再喝。"

陌楚荻扶着顾弘之，插言道："在下斗胆一问，赵老将军中毒而死，可得确证？"

主审台静了一瞬，刑部尚书宋恩枢看向殿侧，"翟太医。"

太医院院判翟怀羽扬起声道："太医院会审的意见，从尸首的死状上看颇似心疾，但剖尸验时，虽然银针试肠胃未见变色，但心器也未见足以致死的病灶，因此推断是某样攻心之毒中毒而死。"

"推断，某样？"陌楚荻看主审一眼，又问道："却是何毒，可有定论？"

翟怀羽也看主审，摇了摇头。

其实殿中诸人心知肚明，若于毒上查出所以，不致案发十日后还从供词审起。听身边的太子轻叹一声，毓疏道："也无须瞒着了，这烧春与酒器中并未验出有毒。"

郑朴似乎松下一口气，翻开案卷，缓道："那日宴上其他饮食，座中俱是一样的，只这烧春唯赵将军一人饮过，但并未查出有毒。赵将军元日早午的饮食也查过，均是平日所用，不致与烧春冲撞。若赵将军因某病而死，或家中饮食有人下了东西，就是京兆尹辖下之案，暂不由三法司过问了。"

宋恩枢亦道："赵老将军自请致仕，在家已经五六年，若果然有人起意加害他，大半可能因为家事。嘱京兆尹，按此去查吧。"

"……或，果然如坊间所言，"王翊跪在地上惴惴道，"赵将军当年与西沧战时杀降三千，如今当不起天子敬酒的福气……遭受天罚？"

"荒唐！"皇帝的声音忽从理心殿深处一面屏风后传来，"你家府上原信这些，如今做宫官已这些年，说出话来你真相信？"

王翊慌乱伏身谢罪："微臣万死。"

在座皇子与主审皆起身，只听皇帝道："查来查去查成这个样子！越临川，你是什么主意？"

大理寺少卿越临川因品轶不够，今日不得坐，一直站在一侧未出言。此时闻皇帝问他，便道："陛下，案发之后，当日劝酒所用的剑南烧春先用银针验过，未见变色；又添于犬食中验过，见犬无恙；又使死囚验过，担心用量不够，换过一名死囚，令其饮三杯又验一回。这烧春中无毒，已为定论。”

皇帝行出屏风，沉着脸色遥遥看他。

“然而方才顾大人说得有理，赵老将军一日入口的并非只有这烧春，烧春中无毒，不能排除它与别的什么东西冲撞了，或是，这酒中添有什么东西，与别的东西冲撞上方致有毒。”

一语言毕，皇帝之外，满殿诸人神色皆变，自四面紧盯着他。

“这别的东西，宴上饮食、赵将军家中饮食、路上饮水皆有可能。就宴上说，当时查看，赵将军鱼肉尚未动，小菜不可数，但他至少饮过醴酒，也可能喝过茶水汤羹。醴酒当日，每人一觞须饮尽，且事发后现场混乱，并无留存。茶水由宫人现煮，汤羹由御膳房送至，若动手脚，每人碗中的或可不同。但赵老将军毒发时将几案打翻，汤水泼地，验时已干，无从取证。早午餐中之物或一日饮水，如今更不可得。”

皇帝骤然提了声音：“你的意思，此事只可放过了？”

“陛下，常言‘查案’，于法司这里查的是证据。证据未得，微臣方才说的都只是‘可能’。如今到案的证据，各位大人为人证，烧春和酒器为物证，加上太医院验尸的结果，没有一条可以确证赵将军是因元日宫宴上的饮食而死，”越临川说着抬头看向皇帝，“何况，若这烧春与宫宴上另一物冲撞而致毒性，谋事者至少须在宫宴的两样饮食中下药。几位大人也说了，宫宴所用之物皆有封验之制，如今一切程序符合定制，酒水来源分明，验者监者记录俨然，即便真论‘可能’，赵将军非因宴上饮食而死，更有可能。”

皇帝看了越临川半刻，又看太子一眼，对越临川命道：“直说结论。”

越临川无丝毫犹豫：“证据之下，微臣以为应向赵将军家中查去。顾、王二位大人应无罪释出，方不伤国体。”

此番会审之前，三法司对这样的结论实际已达成一致。主审三人听他讲完，皆转向皇帝欠身附议。

皇帝看着殿心诸人，心道毓疏在此，事情又牵涉毓希家臣，光禄寺、少府、礼部、刑部、大理寺、御史台，六个衙门多是太子插不进手的，没有伙同起来蒙蔽他的道理，想也不会有其他结果了。

皇帝向殿外行去，身后近卫和宫人紧随上。行至殿口，皇帝回身道："话说重了怕你们不懂，再做出些出格的事来。赵漠死在寡人宴上，对他家人总要交代，光禄寺卿与少府监，换人来做。"

顾弘之与王翊闻此皆下泪，叩首泣谢。殿中诸人长揖恭送。

自此，宫宴毒杀案移交京兆尹，光禄寺卿顾弘之与少府监王翊无罪释出。然二人情难自安，皆自请去职，归返原籍。

方杜若临行出京之日，毓清在府中摆宴为他饯行。方杜若到时，毓清一身轻装短打，正在后院练刀。方杜若也不搅他，站在一旁看了小半个时辰。等到天光落尽，廊下起了灯火，毓清收了刀，衣服也顾不得换，直向他来，边走边道："刀势既起，中途难收，又劳你等了。"

方杜若笑，"不妨事，我是爱看的。"

除夕宴上见过毓清与近卫拆招，更令方杜若确信他的武艺在皇子里稳数第一。方杜若虽为方老将军养子，从小却只知参经念书，对武艺之事全然不解，回回看毓清习刀练武，不过喜他翩若惊鸿、矫若游龙的身姿气韵，并看不出门道。毓清知他不懂，也不再说解，只说："还要劳你再等片刻，你若不耐烦，练你的苏曲好了，反正汤池离此甚远，我听不见。"

方杜若低头又笑，掏了竹笛出来。

一会儿，毓清换过衣衫自来寻他，蜜一般的头发湿着，披在堇色的常服外袍上，洇开一片水渍。方杜若见了拧眉道："天气冷成这样，也不擦干了头发再出来，受了风寒如何是好。"毓清伸手拨开挡在脸边的头发，眼里起了丝笑影："我与那些个文弱书生不同，别说是洗个澡，就是现在下河游泳也不会病的。"

方杜若听出毓清拿自己打趣，心道这小祖宗哪里下过一月的河水，自己是尝过滋味的，那样的冷，便是经年筑堤的河工也要大病一场，别说这皇宫里养出的宝贝。心中这样想，嘴上却说："殿下不冷我却冷了，堂里炉火生得暖和，进去说话可好？"

毓清与方杜若进了屋，刚刚坐下，听见方杜若说："殿下的鬓发这样长了，不碍事吗？早晚该剃了吧。”

毓清自小天地不怕，却莫名其妙怕那剃刀，小时候不通事理，回回修鬓角都跟天塌了一样闹腾。大了之后虽不再闹了，却始终拖得一时是一时。这会儿听方杜若提起，也不好不理，只得说：“‘身体发肤，受之父母，不敢毁伤，孝之始也’，一介榜眼竟不懂得？”

方杜若笑得跌脚：“‘容止可观，进退可度’也是孝经的话吧，不修边幅一样是不孝，堂堂皇子竟也不懂得？”

毓清闻言冷了脸色，方杜若自觉失礼，讷讷落笑，却见毓清目光一转，说道：“你工部侍郎，云梯石炮见你用过，不知可会用剃刀？助你出京，你可欠了我一个大人情，你替我剃，我便愿意。”

方杜若连连摆手：“可使不得，若剃坏了，赶明陛下怪罪下来，杜若如何担待得起。”

毓清一双水色眸子笑意又现：“我让你剃，自然怪不了你。”

方杜若无奈，出房门向婢子讨了剃刀进来，待婢子端来热水，他使手巾将毓清鬓发打湿了，上些皂角，用剃刀小心清出边界。毓清翻着眼睛看着他，忽问：“你的鬓角清整得很，平素是谁修的？”

“我府上的抱琴。”

毓清一笑：“新买的？你还会添丫头使唤呢，通房的？”

方杜若闻言停下手：“殿下说笑了，当日她插草跪在街边，小小年纪饿得没个人模样，如今都会使唤小梗了。杜若是受过居士五戒的，戒杀生、予取、邪淫、妄语、饮酒，殿下忘了？”

毓清静了一刻，又问道：“你果真打算一世不娶？”

“杜若不能娶。”

“佛门规矩，只要告与一人知晓便可除戒，不是吗？”

“杜若的戒是烫在额上的，除不得。”

方杜若此时微微俯着身子，毓清看见他眉心隐隐的戒疤，放在心里许久的话终是问了出口：“让五岁的孩子受居士戒，你可曾想过方老将军为的什么？”

方杜若将最后一丝残发自毓清襟前拈去，用毛巾将他鬓角擦净，“家父自然有家父的道理。”

“心如止水吗，真是菩萨，”毓清淡淡一句，起身掸了掸衣襟，“我饿了。”

方杜若随毓清转过回廊向饭厅走去，行了几步，忽听他道：“贵妃娘娘寿辰将至，宫中的案子也了了，前几日传我们进宫筹划。座中陪着的，三哥自不必说，还有礼部陌大人的妹妹、娘娘的甥女如虹。”

毓清的生母早亡，因他年小，克贵妃疼他犹胜亲子毓疏，方杜若素日思及此事常感庆幸，今天听毓清提起，却觉心上一冷。

“娘娘的意思，许是想请父皇将如虹指给我为正妃，虽未明说，也算八九不离十了。”

方杜若缓缓拖着步子，择言道：“……陌大人风姿惊世，陌小姐的才貌想必亦举世无双……杜若向殿下贺喜。”

毓清并未回礼，径自在前边走边道：“你果真如此想？我却觉得，他一家姻亲外戚，贪心太过。”

方杜若无话可答。

毓清续道：“昨日我去参见父皇，他老人家元旦宴上受了惊，这几日病情又有起伏，加上西北边界吐谷浑又犯，父皇殚精竭虑，夜夜寝不安枕。我向父皇请缨宁边，又举出霍去病‘匈奴不灭，何以家为’的话来，父皇很是欢喜，出兵的旨意，料想不日便会下了。”

方杜若停了脚步。毓清又向前走了几步，也停下来。

方杜若只觉得千言万语无从说起。自从元日宴上出事以来，他于毓清在诸皇子中的位置上想过许多，掌兵权、离京城、不远不近仔细处理与克贵妃和三皇子的关系，皆是方杜若想对毓清说却犹豫着难说出口的。从来只将他看作天之骄子，不识这些世间烦扰，却原来自己明白的他都明白，自己懂得的他都懂得。

“此去塞上，山长水远，刀箭无眼。殿下……好生珍重。”

风雏龙子，将翔九天。再顾念些什么，多余罢了。

“至此方知，你为何将这京城视为囚笼，”毓清的声音隔着夜色漠漠传来，“我倒也要出去看看，天下之大究竟有什么灵动风采，让你不用回来。”

第二章

铁马冰河浑入梦，连枝比目复关情

入二月后，洛阳天气稍暖，太子太傅陆将如在宅中恢复了清晨的早课。他在国子监祭酒任上致仕，又长年与太子讲授五经之业，如今虽已不向宫中供奉，但仍在为子弟兴办的家学中授课不辍。此日无朝，现官御史中丞的长子陆妙谙代了平日幼弟的位置，侍立一旁为家父备笔研墨。课至一半，正书声琅琅，忽有门上家人来报，却不敢直报与陆老太爷，绕过书馆来，与陆妙谙匆匆附耳。

陆妙谙粗闻此事，心下颇惊，自道不可不令家父闻知，便趁堂中子弟诵读之声未歇，向陆将如道："大门外有自称京城东北沈庄住民一二十人，道太子家人侵他祖宅，求见父亲。"

陆将如闻言锁眉："为父已然致仕，此事不该由我听闻。"

"儿子亦如此想。只是门上说，这些人带来许多祖宗牌位，就摆在正门之前，往来人等无不围观，劝不走也赶不得。父亲不去，怕不能平息。"

陆将如点头道："既然如此，请其中一两个年高主事的，入府来谈，其他人请先回去吧。"

陆妙谙听命而去，一会儿带进一位老者、一位中年至书馆后堂。陆将如已在堂中坐等，那二人俱是乡里秀才打扮，手中各抱着两三个牌位，一见堂上坐着陆老太爷，跪下将牌位堆在一边，先砰砰砰磕了几个响头。

陆将如心生惊异，起身走向他们，想伸手去扶。不想二人执意不起，又磕了几个头，争说："若太傅不与小民做主，小民们今日只有碰死在太傅门前了！"

陆妙谙从旁道："二位也是读书人，有话好说，先起来。"

二人于是起来，将牌位抱回怀里，自陈老者名沈亦才，崇熙十五年的秀才，中年名沈志，两人为叔侄。陆将如细问来意，不想那老者竟哭起来，老泪纵横地将怀中牌位递与陆将如看，道："太傅看看，我家祖宗牌位，被人砸成什么样子了。"

陆将如接过两个牌位，放在眼前稍远，眯眼细看，方看清这些牌位竟是砍碎后重新补好的，一书曾祖某某，一书世祖某某，那世祖的一块曾碎成三片，粘补的胶痕从"祖"字中间贯穿过去，甚为刺目。

陆将如将牌位递还，"缘何致此？"

沈亦才哭得说不清话，沈志向前道："是太子的奶兄弟朱家，去年年关刚过，说要为太子修离馆，看上小民家祖宅。小民家虽没什么好山好水，却是从前金谷园的所在，因此被他们惦记。此乃祖上传下的宅子，给钱我们也不卖，他们还不愿给钱，说这宅院是前朝昏君赐下的，属贼赃，要缴给太子。"

沈亦才此时边泣边道："小民家这宅院是前朝皇帝赐的，传到小民这代已有一百多年，本朝以来也有快五十年了，哪是什么贼赃……小民对朱家人说，即便要缴给太子，也要朝廷的人来收，没有他家来收的理……他们哪管什么青红皂白，见我们不搬，就纠结一帮乡里的豪强子弟，将小民家大门拆了，箱柜床架一概扔到当街去……女眷披头散发地赶出来，小民家人要拦着，又被他们拿棍棒殴打，伤了十几个人……"

沈志见其叔哭得狠了，扶着老人帮他说："他朱家横行乡里向是如此，我们惹不起，这些事硬忍也就忍了，但我们实在不能忍的，是这个。"

他将怀里的牌位又递出来，"小民家的宗庙传了三百多年香火，本来也不在宅内，我们苦求，宅院便给了，宗庙怎的也要留下。他朱家不依，冲进去又是一番打砸，所有牌位一概拿刀斧打碎，扔到庙后乱岗。小民的父亲抢出去捡，又哭又气，一时失脚，跌落山涧不治身亡了。"

沈志言及此处也哭了起来，叔侄二人哭作一团。陆将如听他们讲述，亦觉心惨，软语安慰了几句，问道："已无法无天到这步田地，你地方的父母官竟不管？”

“……知县哪里敢管，自册封太子以来，七八年间，已逼走四五任知县了，如今这个，锯口葫芦罢了。”

沈志接道：“这一年多来我们也向京兆尹告过，以为这样的大官总有些威势，结果一听是朱家，一样不管。好容易上一任的京兆尹梁大人是位清官，又是小民的同乡，答应元日宴上将此事告知皇上，我们感激梁大人的大恩，不想听说宴上出事，梁大人又不及禀告。小民秉着一死之心，来京城到刑部去告，结果说是越级上告，刑部衙门都不让进去。小民只好又去御史台，递了状子，在大门口日日守着，终于拦住一位大官的马，是御史大夫左大人。左大人慈善，引小民到堂上说话，却说太子的事连御史台都管不了，没有一条路能保我等草民告倒太子家人。”

此为实言。陆将如父子对视一眼，皆觉心中沉重。

“小民道，这天子脚下，如此冤屈，竟无处可申了吗？左大人道，唯有一个办法尚可一试，太子之位在百官之上，只有太子太傅身为太子的老师，可以申斥。又道如今的太子太傅里，只有陆太傅您最德高望重、最清廉刚直，若小民求您无用，也不用再求他人了。”

说话间沈亦才与沈志又跪了下去，满脸是泪，叩头连连。陆将如命陆妙谙将他们扶起，沉吟说道：“二位既然如此艰难找至老夫处，此事老夫便管了。唯与二位说明，老夫如今致仕在家，太子太傅只是荣衔，早已不与太子殿下授课了。凡今之计，老夫只能将二位所言写奏太子，恳请太子惩治这朱家，归还二位的家宅。”

不想沈志却抬起头说：“太傅，这信能写给皇上吗？小民怕写给太子是没用的。”

“为何？”

“他朱家的事，太子恐怕知道，今年夏天那离馆建成，太子去过的。”

太子出巡为国之大典，不可能私幸臣下园馆，这话陆将如不敢信：“是否误传，可有凭据？”

“小民家从前的园丁因为治花有手段，被朱家召回园子去，太子两次过去他都在园中。若非亲耳听到朱家人称‘太子殿下’四字，我等草民如何知道是太子前来。”

“你可记得日期？”

“去年八月初三一次，九月十八一次，”沈志说话间从怀中掏出一叠已磨旧的纸，“小民这状纸上都记着。”

此事出格太过，陆将如心中对太子动了真气，然而只能道：“太子殿下温良淳厚，应是受了朱家蒙蔽，并不知道这离馆如何得来。待老夫上奏，料此事必解。”

好一会儿没说话的沈亦才此时抬起头道：“太傅，事到如今，小民也不怕死了。若这事告给太子，小民知道，不会有结果了。我家宗庙他们抢去后改了座道观，蓄了二十几个年十五六的女冠在里面，宗庙之制哪会与道观一样？至今里面连尊元始天尊也没塑，那些女孩子是做什么的，小民也说不出口了。太子去时，这道观他也进去了，太傅如今说太子不知道这宅子来得不明不白，小民不信。”

陆将如皈依道法多年，闻这荒唐事，气得心口发紧，然而他与太子师生近十载，自问深知太子的为人，此时并不信太子知情，只恨朱家猖狂太甚拖累太子。他仍将沈家叔侄扶起，向他二人道：“太子家臣乱法，还是应当先报与太子殿下，由殿下整肃。此事老夫既然管起，便会管到底，老夫应承二位，若太子殿下当真不管，老夫定将此事奏与陛下。”

沈氏叔侄口呼大恩，拜谢不迭。陆妙谙取过纸笔，让他二人将状词誊抄两份，签字画押留下，又将二人送出大门。回到后堂时，见父亲仍坐在原处，低头沉思。

陆太傅见他进来，叹气一声：“为父本以为晚年可得轻省，不想今日又要生事，拖累你们了。”

陆妙谙上前道：“父亲说哪里话，若非儿子知道此事父亲必管，何必将事报知父亲。”

陆将如点头，愁容稍解，“你我父子同心，为父甚慰。只是事涉储君，历来大凶险，你妹妹的婚事既然她愿意，还当速定。嫁过去之后，万一来日我们这里出事，不致牵连于她。”

陆妙谙点头，郑重应承。

带兵出京一路行军已月余，今日营盘总算扎在了草原腹地。毓清看过探子传回的前报，心知吐谷浑骑兵来去如风，纵使前路未见敌情，依旧怠慢不得。眼见天色将晚，帐外炊烟已起，毓清卸下重甲，换上贴身软甲出帐巡营。策马行过半座大营，只见营墙紧固，营帐齐整，大小军士各司其职，井然有序，毓清心中的忧虑卸了几分。正待回帐，却听不远处大营北门旁一记鞭啸，抽下去一声钝响，似是打在肉上。毓清回头望了一眼，见一个都尉模样的军官立在营墙矮垣上，手中的鞭子扬着正要再向下抽，地上歪着个没有品衔的下等军士，见鞭子又向下落，一面想躲，一面仍仰头辩解些什么。毓清只道那下等军士犯了军纪，并不想管这等小事，拨马正要走，不想那都尉此时扬声嚷了句："叫个毓清，就当是皇子爷了？敢对爷爷我发号施令，今日不打死你，你就不知道你祖宗是谁！"

毓清从小到大几时受过这样的辱，登时心头火起，磕马疾奔过去，一鞭子将那都尉抽落垣下。那都尉吃痛落地，正待回骂，抬头见毓清一双秀目怒成明王般模样，顷刻骇去半个魂魄。其实那都尉官职低微，并未近看过毓清，但凭那一头夕阳下泛着澄金的头发也知道他是哪个，一时只吓得叩头连连，抖如筛糠。

"殿下……息怒……小的不知……殿下在此……是这小子叫喻青……小的不是说殿下……这小子……犯了殿下的讳……小的是无心，殿下开恩，殿下开恩……"

毓清多少听出些意思，拿马鞭一指那方才挨了鞭子的下等军士："你的名字，写给我看。"

那军士已在一旁静跪了半刻，听见毓清命他，低头拿手在尘地上画出名字，仓促之间字却极标致。毓清不禁将他仔细打量，见他颊上的鞭痕淌着血，脸上却沉静冲和，全无惊惧之色。毓清心奇，想起方才的争执，便问道："他为何打你，告诉我。"

那军士俯身轻叩一下，答道："回禀殿下，小的所在的兵队今日负责扎筑营墙，小的向都尉大人进言应将营墙之外方圆十丈的野草一并拔去，都尉大人罚小的多事。"

毓清见他言语知礼，心中对他起了几分好感，听他这样说，便道："多说一句也不致挨鞭子，还有什么，据实讲。”

“回禀殿下，是小的坚持要拔，恼了都尉大人。”

“为何？这拔草有什么讲究吗？”

“塞上冬季干冷，枯草早已燥透，若不拔出隔离带来，敌军一点星火便可烧我整座大营。”

毓清心中一骇，握着鞭子的手捏出条条青筋，扬声斥道：“此等大事，何不及早禀报？”

“前几日我军未入草原，无须顾忌，小的以为多一事不如少一事，故此未及禀报，恳请殿下恕罪。”喻青言毕俯身叩头。

“多一事不如少一事？是多言一句，不如少挨顿鞭子吧？”毓清说话间转向那都尉，“今日不是我来，你倒当真要将他打死？身为带兵曹将，如此不知缓急轻重、延误军机、滥用苛刑——留你何用！”

都尉见毓清动念杀他，吓得魂魄俱散，只知叩头不迭。这当口喻青抬头道：“兄弟们一日行军，未及休息又接连筑墙，已是累得紧了，都尉大人心疼部下劳苦，以是觉得喻青多事，万望殿下开恩体谅。”

“他这样打你，你倒替他说话——也罢，护营要紧，带你的部下速去拔草。”

都尉连连叩头，挣扎起身，却听毓清道：“说的是他，不是你。”

喻青叩首道：“小的谢殿下信任提拔。”

毓清只道：“你既对草原熟悉，日后行军安营再有不妥之处，只管自来报我，若再误事，一样罚你。”

喻青叩头称是。

吃过晚饭，毓清思及日间之事，仍觉心存疑问，便差人将喻青叫进军帐。白日里喻青起先躲鞭子，后又始终低头循礼，他生得如何模样毓清并未看真，如今他叩过头站起身来，面孔竟极为俊俏，若不是身量过高，乍看之下竟似个清丽女子。毓清心道，如他这般性情样貌断不该招人厌嫌，那都尉借点小事动鞭子打他，必是与他素有过节，于是问道：“那人对你甚为不喜，为的什么？”

喻青听他没头没脑问了这一句，揣摩了一瞬方明白过来。原本喻青性情老实，从不与人多话，加上做事轻巧，那都尉常用他在身边差使。此次出征之前，那都尉花下血本从青楼要了几个姐儿带进营中，为了显显身份，命喻青端茶倒水在旁伺候。不想那几个姐儿见了他，几双眼睛似是黏在了他身上，对那掏了银子的正主儿反倒不好生搭理起来。那都尉恼羞成怒将她们打出营去，却是赔了银子又赔人，从此对喻青嫉恨入骨，处处挤对。喻青心想私带女人入营是杀头的罪，如今都尉已然免官，何必再提及此事害人性命，于是只道："小的平日里做事手脚慢，都尉大人嫌我也是应该的。"

他说得自然，毓清也没听出不妥，见他仍称那人大人，便说："如今你是都尉了，不必'小的小的'招人厌烦。你那名字很好，以后见我自称名字便是。"

他两人名字谐音，喻青听出毓清话中一丝玩笑意思，勾起嘴角笑了笑："喻青知道了。"又听毓清问他："看你年纪不大，草原上这些事是如何知道的？"

喻青怔了一刻，似是忆起什么伤心往事，缓缓言道："喻青今年二十有二，家在京中，祖上历代经商。十三岁那年我随家父向西域货丝绸，经过吐谷浑辖地时商队被劫，家父惨死，我被卖与吐谷浑大户为奴，牧羊五年方攒够粮食得空脱出，徒步逃回京城。无奈家业已散，亲族尽死，为求生计只得投入军中，供职至今。"

原也是个可怜人。毓清想来便问："你在吐谷浑境内待了五年，对他们的运兵之术可有了解？"

"喻青只是个牧羊的奴隶，镇日里除了羊群狼群，人都难见半个，他们的用兵之术喻青全然不知。"

毓清心想也是，却听喻青续道："但喻青知道吐谷浑人为何今年犯境。"

吐谷浑为游牧民族，行踪向来难料，毓清听他这样讲，不由心中大奇："为何？"

"喻青牧羊五年，晓得些牧草的门道，今日白天我见冬草低矮，想是夏季大旱。南方草原尚且如此，北面的状况只会更加不堪，草低牛羊瘦，羔奶必定锐减，若不是吐谷浑人已无冬食，断不会接连犯境，盗掠猖獗。"

毓清听他说得极为在理，便又问道："听你话意，似有解法？"

"开放边贸，互通有无，兵戎之事可免。"

若能借通商之事化干戈为玉帛，不只今次边患可解，万代边民亦得安宁。

毓清想到此言实为标本兼治之法，不由赞道："我竟不知自己帐下埋没了这般人才，升你做中军参赞，明日就任。"

喻青一日两升，忙叩谢道："谢殿下提拔。"

毓清挥手让他起来，续又说道："不过，若不能先赢几场，日后规划通商难免受他掣肘，仗还是不能不打的。你对草原地理熟悉，对我军行进路线有何想法？"

"草原广阔，寻找吐谷浑主力无异于大海捞针。不过冬季无雨，王庭多驻近水之处，吐谷浑境内只有一个大湖，我军向湖而去应该无错。"

"引蛇出洞，原来你也懂些兵法。"

"自古兵商同理，喻青知道的只是家父所传的商法罢了。"

毓清心中对他的赞赏又添了几分，见他白日留下的鞭伤红肿微溃，便叫侍从取了上等创药给他，道："拿下去仔细搽用，这般面孔落了疤痕岂不可惜。"

毓清自己相貌出众，因此从不吝赞他人相貌。喻青接了药却有几分脸红，低声道："这张脸孔给喻青生了不少事，若真破相倒还好了。"

毓清觉得有趣，忍了一忍，轻笑出来，见夜色已深，命喻青退下，自去休息。那守帐的亲兵见喻青竟能逗笑六皇子，怎会不知道殿下对他的赏识，忙不迭地将他送出帐外，倒比对那些参将副将更为殷勤。

再两日便是克贵妃寿辰，毓疏进宫帮忙操办，自各处送上的贺礼中拣选了些奇巧别致的送入克贵妃寝宫，指望母亲睹物开心。入得内室，见克贵妃笑容满面，正与陌楚荻的母亲克氏夫人说话，毓疏迎上前去问礼道："母亲安康，姨母安康。"克贵妃笑着拉了他的手说："快坐下，可有大喜事。"

毓疏心道克氏夫人也在，莫不是父皇准了毓清与如虹的婚事，却听克贵妃道："荻哥儿的婚事成了，开春就能办下。"

毓疏一愣，回口便问："荻哥儿？母亲说错了吧？"

克氏夫人喜不自禁接下话头："哪里能错，荻儿看上御史台陆大人的妹妹陆漓姑娘许久，却是年前才和他爹与我说，扭捏着央我们去提亲，说是今年秋闱、明年大比，入夏之后他们礼部就不得闲了，想赶在春季办妥。又怕人家不应承，招姐姐和三殿下笑话，让事情定准了再入宫报喜。这不，女方家的庚帖昨日送来，今早下头道聘礼过去也没说二话，可不是实打实地成了？”

“陆漓”二字甫一入耳，毓疏似觉胸口被冰锥子扎了一下，正恍惚间，听见克贵妃接口道：“前儿日我将清儿和如虹的亲事提给陛下，陛下虽然欢喜，却说清儿还小，如虹长兄又未娶亲，于礼不合。若不是陛下记得明白，为娘还真犯了忌讳。要不说陛下金口玉言呢，这么随口一句，荻哥儿的喜事果然来了。如今清儿出去打仗，为娘心中憋闷得很，幸好有这喜事，也算一桩吉兆。陌家最近好事连连，还不快向你姨母贺喜？”

毓疏定了定心神，喜字尚未出口，又听克贵妃向克氏夫人问道：“那陆家姑娘的才貌妹妹见过吗？想来荻哥儿看上的，必是极标致的人物。”

“姐姐纵没见过陆姑娘，总听过当年状元郎陆妙谙的名声。陆家书香门第，累世官宦，这陆漓姑娘虽是侧室所出，但生母早丧，由陆大人的母亲正室夫人抚育。陆姑娘在她府上，身份、教养与嫡室无二。不瞒姐姐说，我这要做婆婆的，初见陆姑娘时也看傻了，那样的风情体态，天下间怕只比姐姐差些。怨不得荻哥儿看上她，妹妹若是男子，也要动心呢。”

克贵妃美目一转，半嗔半笑道：“你若是男子，这把年纪看上人家也是为老不尊。疏儿你瞧这做婆婆的，媳妇还没娶进门，已经被她当成宝了。”

克氏夫人掩口笑道：“三殿下见笑了。”

“姨母说哪里话，陆小姐……望若仙子临尘，毓疏这里先给姨母道喜了。”

克贵妃闻言笑向克氏夫人道：“仙子临尘？说得跟他见过一样。”

克氏夫人却面露回想之色：“这陆小姐少时在太学任过女史，按媒人说的时间，三殿下说不定当真见过。”

克贵妃闻此亦拊掌道：“是了，疏儿上太学最末那一年，是听说有个姓陆的女史，文章做得比他们这些念书的学生还好，我还说要见上一见。后来疏儿结了业，又忙他的婚事，竟忘了，却是她成了荻哥儿娘子？”说着贵妃转向毓疏，“你看她人材怎样？和荻哥儿的脾性可还合适？”

毓疏一刻方才回话：“……再合适不过。”

克贵妃又笑，望向克氏夫人：“瞧他说得不情不愿的，吃起新人的味来了。”

毓疏心头一凛，却听克氏夫人道："三殿下素来将荻儿看成亲弟弟，如今荻儿成亲，他心中别扭也是自然。我家那如虹还不是一样，哥哥聘礼才下，已是日日闹得不可开交了，将来姑嫂之间怕也难处。"

克贵妃道："来日如虹出嫁，还能找谁闹去。"言毕与克氏夫人相视而笑。

又谈几句，贵妃忽想起问："这陆小姐当年为女史，怎样也有十四五岁，算到如今已过花信之年了，岂不年长于荻哥儿，怎么此前未嫁？"

克氏夫人答道："为母守孝，竟守了七年。年岁既长，又耽搁了两年。"

克贵妃缓缓点了点头："还真是，冥冥之中一段好姻缘，就等着荻哥儿呢。"

三人一时皆不语，挂在窗边的黄莺儿因笼架被风吹动，婉转叫了两声。

克氏夫人低声道："姐姐打小看着荻儿长大，总觉得他小，其实荻儿立秋便满廿六了，三殿下成亲时比他现今还小两岁。"

克贵妃摇头："荻哥儿原不是我看着长大的，竟是疏儿抱着长大的。记得疏儿十岁不到，那年荻哥儿刚满三岁吧，一场大病才算好些，来了宫里又说要出去玩，疏儿从我这宫里一路抱到玄武门，门上的侍卫要拦着，他还上去闹了一场。你平日看疏儿对哪个下人使过性子？只有为荻哥儿能心疼成这样。"

"哪回荻儿在园子里玩，三殿下不是前脚跟着后脚看着，拽着抱着生怕有个好歹？就算我家老爷，也是疼孩子的人了，对这亲儿子也没见如此，"话到此处，克氏夫人一面笑，一面却红了眼眶，"若说真心话，我家老爷和我，真不知该如何谢过姐姐和三殿下，妹妹常觉得，若没有三殿下命硬体贵，时时看护，荻儿定活不到今天。"

"荻哥儿命好，自有神明加护，岂不闻'少时多舛，老来平顺'，妹妹多虑了。"

毓疏已无话多时，此刻插言："荻哥儿身子这般弱法，调理之间多有忌讳，如今娶亲……若冲撞到了，岂不糟糕？"

二位长辈皆知他所言何事，半刻无话。一会儿克贵妃道："男大当婚女大当嫁，千古正理。"

克氏夫人亦道："冲这一喜，荻哥儿的病或有转机，也未可知。"

毓疏自知已无回旋余地，再若多语，只恐言辞之间泄露本心，此刻唯有抿唇忍痛，强又陪了一时，托词离开。

是夜毓疏一宿无眠，次日上朝，见陌楚荻官袍清整，意兴飞扬，神采奕奕。虽然知道他向来只以光鲜示人，从不愿在朝堂之上显露病势，却仍觉得今时不同以往。这从小抱大的人竟已变得如此陌生，仿若初识。

又四日行军，所经之处尽是霜天衰草，满目肃杀。毓清遥遥望去，见行进在前的兵士已露疲态，心道怨不得本朝与吐谷浑交兵胜少败多，这茫茫草原千里死寂，无边无涯，真能将人的精气熬干，今日再不得交兵，士气恐怕尽落了。

忽听勘地兵高声报道:“有马自西北方来,不下五百匹！”毓清目中精芒乍现，扬声令道:“按二阵展开！杀敌枭首论功行赏便是我的规矩，放手打！”

众兵将轰然响应，一时蹄声疾起。毓清见属下诸人皆按阵形带开骑队，也自抽刀拨马，直视西北。

来得正好，怕你不来！

天际一线骑尘骤然腾起，毓清挥刀磕马，带动身后浩浩骑阵直向前敌。那吐谷浑骑兵来如狂风，顷刻兵马相交，杀声震天，黄尘蔽日。

敌军攻势凶猛，仗精湛骑技左冲右突砍杀不绝，汉兵强持之下，节节后退，终在毓清令下集体回马，疾奔撤去。吐谷浑兵哪肯放过，呼起马哨蜂拥追来，不想毓清直属皆配大宛良驹，此时奋蹄狂奔，皆为千里之速。吐谷浑战马良莠不齐，战阵渐被拉长，落后的骑兵们见前马难追，已起怠慢之意，却听左右两翼杀声突起，已被击溃的汉兵竟如从天而降般策马攻来。

吐谷浑兵慌乱应战，却不知道现下攻出的汉兵原不是方才撤走的一支。毓清佯败，为的正是将敌军分而围之、各个击破。此时，吐谷浑强兵已随毓清行远，余下大部落入汉兵团团埋伏，如俎上鱼、刀下肉。纵使吐谷浑兵个个以一当十，此刻汉兵合围已成，数倍于敌，加上毓清以皇子之身许下重赏之诺，兵将无一不奋勇向前、杀敌争功。一时马践残肢，鲜血成泥，战局大定。

那厢毓清听得身后杀声已起，便扬手挥刀为号，身侧骑队顿时一分为二，左右回转疾速包抄，毓清亦随右队回转，拦腰插向追兵肋侧。吐谷浑追兵见汉兵突然转向，一时惊疑减速，刹那失却突围先机，骑阵被汉兵自两侧突入，人吼马嘶乱作一团。

那引兵而来的吐谷浑首领毕竟久经沙场，高声喊出几句命令，顷刻压服手下乱势。眼见吐谷浑兵重向阵心集结，毓清驱马直向吐谷浑首领而去，沿途敌军骑将见他锋芒甚锐，纷纷抵近阻挡。毓清视若无睹，用刀大开大合之间，恃威势不减骑速，将来将甩与身后紧随的亲兵应对，直至吐谷浑首领马前，如入无人之境。

吐谷浑首领鞭马迎来，狰狞大喝。毓清骋座下宝马奋蹄一跃，两马瞬间错身让过袭来的刀锋，他借机探手扯住对方背后腰带，猛一磕马腹，将吐谷浑首领连人带马向后一挣，随即松手避开，回马正对。那吐谷浑首领急拨马，座驾的步幅乱了一瞬，毓清再度策马欺上，低伏于马背，使刀削向对方腹侧，霎时见红。吐谷浑首领掩住伤口，引马欲退出战团，毓清再激宝马玉髓轻雪大跳赶上，一刀砍中对方肩膀。敌将忍痛换手持兵器，回马死战，两马相交不过五合，毓清手起刀落将其首级斩落马下，血浸战袍。

远近汉家兵将见主帅身先士卒独建奇功，个个早将生死置之度外，刀光起落之下血肉横飞、天光无色，直将吐谷浑军砍光杀净，半个不留。

毓清抹开脸上的血水，看着马下狼藉遍野的修罗场，冷冷绽出一个笑来。

傍晚整队安营，毓清见营房各处登记军功与战利品的摊子一片热闹忙乱，心中得意，便向中军大帐去看总计结果。喻青就着放倒的推车正在誊抄各队送来的条子，见毓清进帐，忙起身行礼。毓清走过去拈起一张誊好的单子略看了看，道："你的字很好，儿时拜过名师？"

"殿下过誉了，临过陌帖而已。"

这陌帖原是陌家先人书豪陌阙容传给本族子弟习字用的正楷书帖，不知从哪一辈上流出府外，被商家添上几幅陌阙容的传世行楷，合为《陌氏帖》贩卖，时至今日国中幼童十有七八自陌帖临起。毓清道："便是人人临的帖子，临出这样的风骨也算少见，你这字迹倒有几分像那陌家嫡传的陌楚荻。"

喻青几分腼腆地笑了笑，片刻道："莫说是有几分像，便是像上一分也是喻青天大的造化。"喻青当年孤身牧羊，镇日无事，便以鞭代笔在地上练字，日日不辍。今日听了毓清这句话，只觉得多年的孤寂辛苦似有了些报偿，一时又是欣喜又是酸楚，匆匆答了一句，兀自低头发起呆来。毓清从小觉得毓疏偏心，对陌楚荻十分吃味，此时既然想到了他，也低头静下来，帐中半刻无人说话。

一会儿，毓清问：“今日步卒与各营勤务可有伤折？”

“拜殿下奇谋所赐，仅有一名步卒因闪避不及被吐谷浑战马踏死，余下诸人因战事远去，皆未受伤，粮草物资也得保全。骑兵那里也折得不多吧？”

“若不是知道吐谷浑战马无草可食必定羸弱，我也不会用这计策。你的功劳不小，记得记上。”

喻青慌忙拜谢，起身之后思及心头所虑，择言道：“方才喻青带属下收拾战场，见吐谷浑士兵尸身干瘦，肠肚破处尽流黄水、全无内物，想已饥饿多时……那俘获的七八十个伤兵，殿下可否开恩，赏顿粥饭？”

毓清闻言眉头猛挑：“这倒真奇了，我千里运来的粮草凭什么耗给敌兵？他们赢了自然吃得，如今输了，饿着等死也是应该，你既这样说，我给他们个痛快便是。”说话间扬声向帐外道：“传我的令，那班俘虏仔细审问之后全部杀了。”

喻青见毓清瞬间变色，再不敢多言一句，纵使强咬嘴唇也止不住浑身颤抖。

经此一役，汉兵折一百七十名，杀敌六百五十余名，投降敌兵尽被处死，总计七百四十余名。六皇子毓清初阵临敌即大获全胜，加之旗下将士势如虎狼、手段苛烈，“御修罗”之名渐生。

次日起寨拔营，为了不拖下行军速度，毓清命将伤兵留在原处，不随大部前行。喻青心知伤兵随身的粮草不够三日，加上无人照料，脱队与已死无异。但昨日他一句请求催死近百性命，事到如今不敢再劝，只能暗从兵器车上取出一把短剑来，匆匆放在一个上身尚能动作的伤兵身边，指望他实在难熬时能自行了断。回身刚走了几步，那伤兵从身后用挂着血沫般的声音向他道：“喻青，你是好人。”

喻青虽已辨不出那声音，却知道此时此刻能这般叫他的必是那与他交恶的前都尉，一时热泪上涌湿了双眼，却万万不敢回头，大步逃开。

大军向北又行了数日，沿路荒草渐趋衰败，莫说人马，连野兔沙鼠都难见半个。日日狂风加上寒冷干渴，逼得诸将士委顿不振，马也只是缓缓拖着步子，所过之处遍地烟尘。这一日勤务兵报告存水已所剩无几，眼看到湖边还有数日路程，毓清犹豫再三，决定改变行军路线，向喻青印象中附近一条浅河而去。

行了半日，水声稀疏入耳，那渴了数日的兵卒战马一见水源，无不争先恐后欢叫着奔过去，一时裸露出水面的大片河床上乱声四起。

毓清先前听喻青说天气旱成这样，只怕河已干涸，此时看见河心的一脉细流，不由心中大松。他驱马向河边走了几步，沿途兵士纷纷让开道路。毓清正要下马喝水，心中猛然似被鞭子抽了一下，拨马回头之际，恰见远处乏人看管的粮草车上浓烟骤起，几个吐谷浑人骑在马上手持油囊四下泼洒，顿时火焰冲天。

毓清高喝："整队救火！"一面抽马疾奔过去。离火场较近的几个将士回过神来，驱马上前杀退了吐谷浑兵。然而大火已起，风助火势更借油力，直如狂龙怒虎，如何扑得救得。战马畏火，场边诸骑皆被热浪浓烟逼得连连后退，只能徒然呆看那火舌肆虐。无计可施之际，却见几个勤务步卒裹着浸透河水的帐房毡布冲入火场，其中一个大声吆喝着些什么，混在噼啪作响的火声中听不真切，其余步卒似在他的指挥下将体外裹的湿毡布压在着火的粮食上，层层叠叠自上而下包个严实，一车的火苗便被压熄了。周围的火星溅过来落在湿毡上也不再燃着，似这般救下了两三车未烧尽的粮食，余下的兵卒照他们的样子也来扑救。无奈火势过猛，已然误了时机，只勉强救出几堆烧尽的焦炭来。

待到火苗全被扑灭，那几个最先进入火场的步卒脱力躺倒在烧得焦黑的土地上，身上最后一层毡布已被烤干燎焦，一个个满脸烟泥、难辨颜色。毓清大步过去揪起那个领头的步卒，抬起袖口蹭开了他脸上的尘灰，不是喻青又是哪个！毓清只觉得满腔的懊恨、不甘、感激都涌上了喉咙，抓住喻青的肩膀抑声道："如今叫我如何赏你！"

喻青却双膝跪下，叩首道："若非喻青建议来此取水，我军也不会中此埋伏，喻青万死难辞其咎，恳请殿下重重责罚。"

"此番火情并非埋伏，河道漫长，吐谷浑兵焉知我军何处取水，必是依照我们的行进痕迹一路跟来，伺机下手的，若要怪罪，只怪我疏忽怠慢，中了敌兵以逸待劳、釜底抽薪的奸计。若非你扑救及时，后果不堪设想，这桩大功劳先记下，来日凯旋回朝，封你千户。"

喻青再拜辞道："喻青一不曾上阵杀敌，二不曾参议军机，救下的这几车粮食也不够我军行到吐谷浑王庭，如何受得起这般重赏，恳请殿下收回成命。"

毓清只摇头不理，复又说道："这几车粮食虽不够行到吐谷浑王庭，取食物于敌总是够的，吐谷浑人多住近水之地，不是你说的吗？"说完扬声令道："整好军阵，全速沿河前进！"

次日日落之前，果然一片吐谷浑毡房出现在天际河滩，偌大的营场几无炊烟，零落的牛羊散在沿河的草地上取食。毓清扬手停了兵马，向身旁参将何澄林道："吐谷浑人若真聪明，必会在此埋伏，你带一队快马过去，牛羊之外只管烧杀，看那些伏兵能忍得了几时。"

何澄林领命而去，喻青押着粮车停在毓清身后，深深皱了眉头。

一忽儿远方火起，人喊马嘶声隐隐传来。毓清将人马向前带了带，停在一处略高的丘陵上，抱起手臂冷眼望着下方吐谷浑营场中汉兵骑兵冲杀往来，那吐谷浑妇孺四下奔逃哭喊不绝，一个个被砍倒在地，火光乱溅、鲜血横流。如此过了几刻光景，四野不见半个吐谷浑兵来救，毓清打定主意不将大部驱入营场，只等先锋肃清了局面后取食回来。喻青却已按捺不住，行至毓清马侧道："殿下，看来此处并无埋伏，我军取食便是，恳请殿下停了这无谓的杀戮吧。"

毓清望着火场没有转头，只道："你几次三番为吐谷浑人说话，不怕他人疑你通敌？"

喻青闻言心中大骇，慌忙跪下："喻青自进入草原以来日日紧随殿下，如何通敌？望殿下明察。"

"我若对你有半分怀疑，绝不会留你到今天。你倒说说，替敌人请命为的什么？"

"吐谷浑人也是性命，既然胜负已定，何苦徒造杀孽，万望殿下仁爱为念，慈悲为怀。"

"战场之上讲什么仁义礼信，你倒真将打仗看成做生意了！"

"殿下，前方并非战场，那营场里的都是手无寸铁的牧民啊！"

毓清嘴角一挑轻笑出来："离了个菩萨，倒又遇了个菩萨。罢罢，你不自想想，取走了他们的吃食，他们在这荒天野地里横竖是死，倒不如此时去死来得舒服。"说罢偏头示意，一个传令兵策马向吐谷浑营场去了。

喻青心头刚松了些，忽听身侧蹄声疾起，骇然转头之际，只见一道刀光疾似闪电，直向毓清喉头而去，毓清身姿不动，抽刀回手，瞬间架上来人颈项。

势成僵持。

周遭马匹惊嘶几声，兵士纷纷转向毓清，几名参将欲上前来，但见那刺客刀尖微侧，已在毓清喉管之上，皆不敢有大动作，一时无人出头说话。

毓清冷笑向来人："行刺的招式不尽全力，你还真自信。"

"看在狼儿，你不用死。"来人穿着汉兵骑服，面目仿佛被火烧过，操一口极生硬的汉话，说话间瞟了一眼马旁的喻青。

毓清闻言，怒火如利刺般扎遍全身，瞠目斥道："好个喻青！"

"别乱猜，"行刺的疤脸动了动刀尖，"我认识他，他不认识我。我是吐谷浑第九王子，我们商量。"

毓清亦将刀尖前递，紧紧贴住对方颈上筋脉："何时轮到你来要挟？"

"你乱动，死一起。"

"纵然我死，汉兵铁骑一样踏平吐谷浑王庭！"

喻青急道："殿下！君子爱身，殿下三思！"

吐谷浑王子此时向喻青道："不要在地上，你立起来。"

喻青一愣，却不敢不听他安排，起身向他道："这位王子殿下，要商量些什么直说便是，如此刀剑出鞘如何谈得？"

"我不杀他，他要杀我。"

毓清闻言收回了兵刃，直视着吐谷浑王子的碧色双眼："这样如何？"

吐谷浑王子亦放下战刀："这样好。五十里外有我的兵，到晚上来杀你们，现在不来了，我们和好。"

毓清一时难以置信，只疑惑看他。

"你们没粮食，我们也没有，打仗没有粮食。"

"你们没有粮食却有牛羊，我们自己来取，只怕你们没本事来拦。"

"牛羊是故意放的，有毒，你要吃就吃吧。"

毓清锁起眉头，攥紧了缰绳："好计策，自己的百姓都能用来做饵！"

"她们的男人被你们杀了，她们要报仇，她们愿意的。"吐谷浑王子说话间扯下覆在脸上的烂皮，向后拢了拢乱发，露出一张英气逼人的面孔，犀利的眉眼带着几分妖野的狂气，仿似如来座前的护法。周围诸人见他这般本相，皆暗自心惊，喻青更是睁大了眼睛，连声道：“你……你是……”

吐谷浑王子偏头向他一笑：“我是善阐哲，欠你一个命，现在来还。”

原来喻青早年牧羊时，看草原上残老的孤狼生计艰难，心中不忍，常拿些病羊死羊喂给它们。这些孤狼常年在喻青的羊群周围逡巡待食，倒使得其他狼群从不来袭。那时善阐哲不过十六年纪，争强好胜带队猎狼，却被发疯的狼群冲散了骑队，孤身一人骑着伤马躲避狼群的追咬，一路逃进草原腹地。坐骑失血力竭，人被摔落马下，眼见数十野狼即将追至，万念俱灰之时，忽听身后一阵牧铃。那骑马赶来的牧人挥动牧鞭挡在善阐哲与狼群之间，厉声呵斥，更有几匹老狼跟在牧人马旁高声嗥叫。那追红了眼的狼群居然集体停步，观望一刻，慢慢散去。

善阐哲惊魂甫定，万分感念那牧人的勇气和善意，连连向他道谢。那牧人回过头来冲他一笑，一双眼睛竟比错嘉湖的湖水更干净，十四五岁的年纪，隽秀得仿佛雪山神女化入凡间。善阐哲生平第一次红了脸，只觉得遇见这样的人儿全是上天的恩赐，连忙报上自己的姓名，又问对方的名字。不想对方全似不曾听懂一般，只是笑着摇头，声音清亮，却全是听不懂的句子。

善阐哲这才明白对方是哪个大户买下的汉人奴隶，无奈语言不通，无法让对方知道自己的心意。喻青常年不见外人，分外高兴，跳下马来指了指远处的毡帐，善阐哲懂了他的邀请，随他过去吃了些羊奶和糍粑，两个人说着彼此听不懂的话，却也一派和乐融洽。临走之时，喻青将自己牧马的缰绳递进善阐哲手里，善阐哲不收。喻青指给他看自己还有一匹马，善阐哲便笑着收下，静了一刻，正色对喻青说：“我善阐哲对天发誓，定要娶你为妻，我回去带赎金、聘礼和会汉话的土官来，你等着我，我让你做吐谷浑草原最尊贵的新娘！”

喻青听不懂他说些什么，因而不晓得自己纤瘦清秀的样子让对方当成了女子，只笑着挥手，送他离开。

善阐哲回到王庭，因为猎狼闯祸，被吐谷浑王禁足三月，带好聘礼翻译去寻喻青时，喻青已逐草远去。吐谷浑草场广袤无垠，善阐哲多方查探也没有找到他的行踪，只得发动政令，向全境的大户询问哪家有十四五岁的汉人女奴。

那些大户只当王子要夺自己的财产，漫说没有，有也不据实上报，终于不了了之。那厢喻青因为失了一匹马，倒在主人查验时挨了一顿棍子。后来善阑哲掌了兵权，曾发动手下兵卒在整个草原范围内筛查，但此时喻青已逃，更是难寻下落。善阑哲却从未死心，多年来用心学习汉话，指望有朝一日与喻青重逢，能亲口交谈，又因为不知道喻青的名字，这些年来在心中只以“狼儿”代称。

这次善阑哲趁汉兵干渴懈怠，设下火攻投毒连环之计，又穿上从汉军伤兵身上剥下的军服，以烂羊皮覆脸，装作被火烧伤的汉兵混入汉营，只为与旗下吐谷浑兵里应外合，全歼汉人。他万万没想到能在这里找到喻青。如今喻青蜕了稚嫩童音，善阑哲已知他是男子，数年的日夜思恋虽成泡影，此时却顾不得怨懑伤怀，见喻青仍如往日一般洁净善良，倒觉得此番重逢亦是上天所赐。加上看见毓清听从喻青的劝谏收手止杀，考虑到吐谷浑军经过上次大败，精兵尽去，元气大伤，最终决定自退一步，两厢息兵，却害怕贸然揭穿身份，寡不敌众枉送性命，因而打算挟持毓清之后将话说开。不想毓清武功高超、气势凌厉，倒叫善阑哲没占到什么便宜。

这厢喻青站在马下，对毓清简略说明了与善阑哲的渊源。毓清听他并非通敌，心中的气平了些，向善阑哲道：“如此计谋胆色，你倒不枉是个英雄。既然双方军队都在此处，不妨正面交锋分个胜负，也好对你那些以身做饵的百姓有个交代。”

善阑哲摇头道：“我认得汉字，汉人的兵书我看过的。你们说了‘哀兵必胜’，真打了不一定是你赢，即使是你赢，我命令迁走沿河所有的营场，你的兵也不能活着走出草原，你想清楚了。”

“你们刚遭大败，如今既敢引兵前来，人数必然超过上次，纵不上千，也有八九百，靠吃你们战马的马肉也够了。”

喻青此时插言劝道：“殿下，所谓不战而止兵戈，善之善者。我军此来原为和议通商，如今九王子殿下诚意殷切，天遂人愿，岂非上苍佑我？良机当前，恳请殿下切莫错过。”

“你的意思，我若不答应便是逆天而动了？你倒伶俐得很。”

“喻青不敢。”

善阑哲道："什么不敢，狼儿说得很对，通商很好，我们用毛皮马匹换你们的粮食，很公平。"

毓清本已打算顺着喻青的话意点头，此时听了善阑哲这句话，扬声言道："通商是我的本意，只怕你做不了主。"

善阑哲抽刀划破自己的手腕："以血结盟，你敢不敢？"

"汉家皇子的血可是很金贵的。"毓清说着朗声笑起，亦将手臂划破，颗颗血珠滴落黄尘。

太子毓宁接到陆将如叙沈家之事的书报附着沈家状词，心惊之下一时没了主意，急传朱亭素到前。

这朱亭素是太子的乳母谢氏之子，长相清秀伶俐，自小随侍毓宁前后。自毓宁封为太子，朱亭素不得随住东宫，但常以家臣身份出入，太子私用之物的采办筹备多假他手。朱亭素匆匆入宫，踏进麟华殿还未站稳，毓宁劈头便问："去年夏天我去你家那离馆，今日得太傅陆将如的书报，道是抢来的，可有此事？"

朱亭素先拜了太子，整好衣襟，思揣一瞬道："那沈家人都告到太傅处去了，也真能无理取闹。先前讲好买他家宅院，他家欢喜得紧，银两都已付讫了。不想我们这里一动工，盖了几座楼台，他们听说新起的离馆是供殿下游赏之用，料这宅院我们必拿的，又料工程花销必大，竟要坐地起价。"

毓宁忙问："是给了钱，复又要的？"

朱亭素点头，向毓宁走近几步："少要一点也就罢了，竟翻了三倍。小的去说，生意没有这种做法，这离馆盖好是供太子殿下游赏之用，但殿下贵脚来踏也要待盖好之后，没有此时价钱就涨的理。我们工程都已经开了，原本他家就搬得慢，小的想，他家老幼也多，渐渐地搬完就是了，并没去催促。如此一来，他家竟搬也不搬了，说宅子不卖了。"

"原本就是他家的宅子，不愿卖了就算了，你与他们去争什么。"毓宁坐着垂头叹气。

"殿下，"朱亭素上前，招呼宫人给太子换杯热茶，又道："小的说，便如此，银两要分割清楚。我们已起的楼台，为供殿下的赏鉴，无一处不是精工细料，光造价已过宅子价钱的一半了。如今他说不卖了，这楼台就白给他家了？银子还来不说，楼台的造价也要赔偿才是吧？沈家却说，这楼台他是不要的，使人拆去还要花工钱，宅子的价钱用来拆楼还不够呢，竟要我们再加价给他。又说楼台一起一拆，坏他家宗庙风水，须迁宗庙，又要一笔银子，简直与讹诈无异。小的一时生气，与他们争了几句，他们一家老少持棍拿棒的就与这边的工人打了起来，到头来却说我们欺人。"

"你啊，就是太惜财，"太子也不喝茶，只是叹气，"总叫你们谨言慎行，少去生事，总是不听。在人家地面上，动人家祖宅，既被人家拿住了，你花钱雇人将那楼台拆去又如何？物料日后别处复用就是了。还有那宗庙之事，太傅信上说，见沈家祖宗牌位为人砍碎，可是你下令干的？"

朱亭素闻言跪地，开口时声带委屈："殿下，什么祖宗牌位？小的不知啊。祖宗牌位上或有阴魂所附，小的平日最怕鬼了，怎会去动这种东西。可见他家为了栽赃，什么话也说得出来。"

太子心中亦道砍人牌位之事太不合常理，此时疑沈家处已有七八分，复又问道："后来究竟如何？怎么我去之时离馆已成，他们如今又出来告？"

朱亭素抬头道："虽然沈家这样刁难，但小的想，殿下在宫中日日为国事操劳，好容易寻到这个前朝金谷园的地界，山清水秀的，指望盖座离馆，供殿下出来散散心，如今不能成事，如何甘心？于是小的虽然恼怒，还是按他家的意思，三倍价钱给了他。他家仍是拖拖拉拉地不肯全搬，银钱放在堂屋上，使人看着，也不说拿，也不说不拿。这一再反复，小的心急，也用了一些手段，自此恼了他家，满世界去告。因他不占理，知县、京兆尹都不管他，如今不知用了什么门路，又告到太傅那里。"

朱亭素跪直，伸手扶上太子椅边："他家告状都告出本事来了，尤其会哭，又会夸大其词，太傅听他一面之词，必是被他们蒙蔽了。"

太子垂头看他，为难了一刻，道："话虽如此，他是民家，咱们是官家，我的位置又在这，有这些流言总不好听。"说着将陆太傅的书报与沈家状词递与朱亭素："你看看这上面写的，若有的，速去改来。这园子我看也不必要了，平息此番口舌要紧。里面新添盖的，若沈家想要，便给他，若不想要，便原样恢复了给他。你银钱真有不够的地方，既然是为我办事，便从东宫支去吧。”

朱亭素连连摇头：“小的家里一分一厘都是殿下的赏赐，此事是小的不对，累殿下烦心，小的还没得殿下的惩戒，怎么还敢向东宫支钱？”他将书报与状词接过跪看，快看完时，听毓宁又问：“那宗庙改道观之事又是怎样？那些女孩子平日里不是做道姑的？”

朱亭素抬头恨道：“讲到这一节就纯是他沈家胡扯了，是他家说宗庙败了风水，一定要换址重建，我们也给了钱。这留下的空房子宅不宅、庙不庙的我们拿来何用呢，便选配了些洁净的女孩子，从了道，令她们为殿下祈福。这道观殿下当时进去看过，哪有什么不堪之事呢？”

太子点头：“没有便好，只是闲话难听，也将她们速速遣散去吧。此事一定尽快了结，回头要给我个说法，莫再让我从他处听闻了。”

朱亭素重重应承了，叩头起来，将那状词带在身上听令而去。太子又坐了一刻，思前想后，再去取茶饮时，已然全凉了。

陆将如不日得到太子简信回复，信道谢太傅告知沈家之事，已严责查办，定给沈家一个交代。陆将如接信心安，等过月余，却又生疑。他道沈家若果然索回家宅，或得赔偿，依人之常情，必会送来喜信，为何至今毫无消息？于是遣家人去沈庄打听。不想非但朱家没有搬出沈宅，那宗庙仍做女冠居所，连沈家人亦寻不见了。陆家家人在沈庄盘桓了三四天，好歹问到一个敢说话的，原来半月多前，不知朱家怎的又使人冲进沈家借住的房屋一顿打砸，撕扯之下沈志竟被打死，沈家人连发丧都不敢，连夜扶尸而去，不知所终。

回京后，家人将此话报与陆将如。陆老太傅苦恨自己行事莽撞，竟害死沈志性命，又怒太子一味姑息，为巨恶张目，当即且书且泣，下笔千言，与沈家状词同封，命陆妙谙当日以天子特赐太子太傅的金封筒呈交中书省。

登极这三十余年来，荣臣重戚直呈天子的金封筒皇帝一年也难见一回，一旦动用必是大事。皇帝下朝，见书案上摆着这个，思及元日以来宫中一事未平一事又起，深觉累心，但仍将封筒取过，拆开细看。一看之下，又翻上一层心火，只觉头晕目眩，耳鸣如裂哨，不得已闭目伏于案上，将一干近侍唬个半死。待太医传到，皇帝躺下吃了药，头晕稍止，不及多歇，急命将十岁以上的皇子尽传入寝宫。

一时除六皇子出兵在外，皇子到齐，在榻下帷幕内站了一地，由太子领头跪拜。皇帝也不叫平身，命近侍诵读陆将如上书并沈家状词，皇子们跪听。虽已三月，然而深殿金砖地面甚凉，几个小皇子听到后来瑟瑟发抖，太子颊上却滴下汗来。

近侍刚念毕，太子慌乱伏地道："父皇！此书不实，求父皇容儿臣分辩！"

皇帝身后垫着几个金花大引枕，自榻上皱眉看他，片刻道："如何不实？"

毓宁抬起头："儿臣原本不知道朱家这园子来得不正，陆太傅告知此事后，儿子着朱亭素问时，他道给了三倍价钱，并不是抢的。儿臣当时申饬朱亭素，既然沈家不愿，便速将沈宅返还，他不会与沈家再起争执啊。"

皇帝冷笑："陆太傅一世儒冠的老夫子，还知道存个心眼，派人打听后续如何。你这主事之人，状子告到你的头上，先不论你究竟有无申饬，纵申饬了，就当此事已了，管那朱家去翻江倒海了？"

"父皇，后续事儿臣岂敢不问。也就，四五日前，朱亭素再来时，手里有沈家写的收据。儿臣不知地价给多少合适，但朱亭素说，给了五倍，将房契也给儿臣看了，说双方合意，已经了结了。他怕儿臣不信，还带来沈家一人，远在堂外站着，好像就叫……沈志，三十来岁，还向儿臣叩首行礼了。怎么太傅信上却说沈志半月前已死？儿臣……儿臣现今真糊涂了，儿臣见的沈志，是个活人，这活要见人死要见尸的……沈志的尸首，可有人见过了？"

太子心中惶恐，说话有些混乱，但皇帝已听明白事有蹊跷。毓疏在太子身后跪着，心中也深起疑惑。原本梁隼在元日宴上告此事未成，毒杀案查起，毓疏未再顾他，不想沈家人竟一路告到御史台。御史大夫左恭迟一向避事，想来是自己不愿管，又怕毓疏有天知道他按下了告太子的案子，会心生芥蒂于他，因此支招捅给了陆将如。陆家两代一脉相承，刚廉少变通，陆家家丁在沈庄并未见到沈家人，更未见沈志尸首坟冢，陆太傅凭一传言，就以金封筒状告太子，怕是被人坑算了。

然而传言难听，太子那里不事先澄清，惹皇帝一场大怒，不可能只为坑陆将如一个诬告太子的罪名。毓疏自揣，虽然当日梁隼与他商议过，但其后这些他全不知情，应也不会有人觉得陆太傅的上书能为他左右，但转念忽想起陌楚荻与陆漓的婚约，心头一紧。他尚未想清前后，听见太子看皇帝不语，又道："收据与房契，儿臣可命人取来与父皇看。沈志之事……儿臣速命朱亭素将他找到，带他们来父皇面前对质，可好？"

不想皇帝闻此从榻上坐起，以手捶床怒道："什么腌臜东西，也传来寡人面前？事到如今，错在哪里还不知道！"

毓宁大恐，又伏下去，连连道："儿臣知错，儿臣知错了，儿臣不该听他们搬弄口舌，儿臣既知此事……应该，派东宫属官查证处置，还应重重责罚朱家。儿臣还应该……抚恤沈家，挽回天家颜面……"

"你此时竟知道天家是有颜面的。"

听见皇帝的声音突然冷下来，太子不解意，抬头望向皇帝。

"寡人只问你，去年八月初三、九月十八，你去朱家离馆，可有此事？"

太子不敢隐瞒，轻轻点头。

"那蓄女冠的道观，确有其事？"

太子忙摇头："儿臣只当那是个道观去的，略站了站，见无甚意思便走了。儿臣不敢诓骗父皇。"

皇帝闻言，气似平了些，又靠回引枕上。殿中静了好一刻，皇帝见小皇子们冷得可怜，命叫众人起来，只留太子仍跪着。毓宁低伏于地不敢动，听到皇帝说："你做储君也有近十年，可曾真想过为何天子出巡时太子留朝监国，余下皇子都可领皇命出京办差，历朝历代却少闻太子出巡之事？"

"储君……为国本，若有不测，国家动摇……因此须长留京内，安定天下。"

"书上是教你这么说。寡人一直奇怪，怎么太子出巡若有不测国家动摇，天子出巡若有不测国家倒不动摇？"

太子答不出，只伏地摇头。

皇帝靠在引枕上，看着榻顶的帐幔："寡人看，一在仪制上，太子出巡的阵仗自然不能与天子一样，有心加害太子的却不比天子少，太子出巡自然凶险些。二在接驾的人上，他若怠慢于你，来日你为天子时必没有他的好下场——"

“儿臣不敢……”

“——他若高抬了你呢，来日又教他如何接驾天子？三在出巡一路的所见所闻上，见的东西多了，想要的自然也多，一时要不到，自然要谋划如何早些到手，这国家动摇的根源便起了。”

太子再说不出什么，眼泪在金砖地上洇开一片。

“让你去见去闻的这些人呢，自有他们的算盘。”话到此处，皇帝转向四皇子道：“希儿，你熟汉武故事，讲与你大哥听。”

毓希忽得此问，起先不知道皇帝为何话引汉武，粗略想了想方才皇帝话锋所向，心觉父皇此时怒的似乎不在宅产纠纷或沈家之事上，而在太子私自出宫这一折，于是道：“父皇说的，莫不是昔年平阳公主延请汉武皇帝，席上足备美人供选，歌者卫子夫最得武帝意，随入宫中，生武帝长子，又册为皇后。卫氏宗族一门五侯，后更有霍光以大司马大将军之位为武帝托孤，擅朝政，行废立天子之事。”

皇帝点头：“如今说来，卫青霍去病皆成美谈，可当时人称‘卫子夫霸天下’，岂是虚言？何况汉武一代英主，是你们可比的？你们身边姻亲近臣，又哪有一个卫霍！”皇帝侧过身以手指着太子：“如今这把戏用在你身上，他们辛苦修那园子引你出去为的什么？不过因为你在宫中有太傅、太保约束，难受他们摆布。那观里的女子若有一两个在你这儿得了道，他们多少人跟着鸡犬升天。你若是个寻常皇子也就罢了，储君来日恐怕要登大位，你是太子时，这朱家尚敢让你仪驾不备，出京城入险地，你若为天子，他又能做出什么事来！”

太子已泣得说不出话，强道：“父皇……父皇往日的教诲，儿臣一刻不敢忘……儿臣真是鬼迷了心窍了，怎么连这些好歹都想不到了……”

皇帝回手撑在榻侧，似是乏力再骂，又像起了伤感：“平日教你们知正庶，自珍自贵。你那太子妃是寡人与故皇后千挑万选的，万一故皇后仍是无子，将来祎衣花冠她要配穿戴得。她家几代子孙繁茂，寡人也使人问过，她几个姐妹如今皆有生养，怎么你宫里十余岁的孩子已有好几个，太子妃那里却一无所出？叫贵妃召来她问，你竟一年也难去一回，父皇母后选给你的正妻就做了摆设，我穆氏莫非也得有个皇后从外面捡回来！”

毓疏听皇帝的关心始终不在沈志未死的误告上，略略安了心，忽听皇帝道：“远的不比，就拿你三弟说，寡人知道他府里也有几房妾，但他两个女孩都是正妃所出。如今听说正妃又有身孕，若得男孩，既嫡且长，来日省去多少麻烦。”

毓疏将头又低下些，身侧毓希投来一瞥。

“当年寡人苦盼嫡子，怎奈福薄。你既立为太子，当思社稷之重，当有如履薄冰之心，方不空负这福德！”

太子又泣一回，抽咽道：“儿臣经此真知大错了，儿臣回去……将朱亭素绑交宗正寺，将那园子拆除，原样盖起。儿臣……上表请罪……自请闭门思过，请裁东宫今岁用度……请减东宫宫人近卫。”

皇帝未再说话，一会儿命下床帐，近侍示意皇子都退下去。毓宁叩了头，跪伏着向后退出，直退至帷外才敢起身。毓疏亦躬身而退，退出帷幕时正待去扶起太子，方十岁的十四皇子伸过手来，抓住他的手。

毓疏知道十四弟从未见过父皇发怒的阵仗，因此心中害怕。他自己亦心有余悸，握紧弟弟的手，同向殿阶下走去。四皇子毓希在他们身后一步，直到下完那二十七级台阶，两人风中分道，未交一言。

陌家的喜宴设在谷雨后，向晚风凉，残霞倚天。那新妇头顶大红喜帕款款而行，身姿曼妙、举止合度。毓疏带笑看着，心道昔年女史官服一色青碧，午夜梦回时，也曾想过此等人物来日着红，于归何处。得夫如此，终不致辱没了她。

一拜天地，二拜高堂，只因毓疏在座，新人向天家再行一拜，接着夫妻对叩，喜婆唱礼，送入洞房。

毓疏挂着笑，与那新郎自始至终视线相避，默契非常。

喜宴过半，毓疏心累难持，见诸人酒已半酣无暇他顾，抱过两坛桂花春径自离席。今夜陌府花房未点灯火，月光自敞开的天窗泻下，暗香浮动，一室素洁。毓疏拍开泥封大口灌酒，只觉口口腥涩。无端忆起十一年前春闱大比，由会试到殿试日日掐指，足盼了一月有余，盼那十四岁的孩子大魁天下，穿上朱红灿银状元袍。那时一厢是仿佛父盼子荣般的舐犊心态，一厢却只是慕那明红艳色，想看穿在他身上会是怎样风华。陈年宿愿，两袭红衣，却原来偿在今天。

月上中天，清辉凄绝，毓疏饮至坛尽，席地枯坐默对月色。不想此时花房门被轻推开，来人手秉明烛喜服加身，远远见他，怔在原处。

“花烛之夜，千金一刻，新郎官何故来此？”

“……臣弟算今夜有株昙花将开，此刻到了时辰。”

“为花草弃春宵，却真像你。”

陌楚荻只道：“殿下醉了，想来身上不合适，臣弟去前面取些酸汤与殿下醒酒。”

“如此良宵，不值一醉？”毓疏抬手指指面前不远处将放未放的花朵，“你那昙花千日一现，你不怕此刻离去失之交臂？”

陌楚荻闻言，回身关了房门，缓步走过毓疏身边，在花房一角停下，吹熄了手中蜡烛。

冷月无声，他红色华服上织绣的纹理在月光下浮起一层缥缈的薄晕，出尘遗世，望若仙人。

毓疏想起那日自己“仙子临尘”的话来。果然是天造地设，为何此夜灯前月下，两处光景？

“凡此十年，你是知道的。”

陌楚荻背立不动，一无回应。

“天下女子万千，何必逼你我如此？”

陌楚荻双肩一颤，拂袖回头：“天下万事，不过得失相权，一念之间。殿下当日既娶高门炽族的罗氏女，便是将她让与天下男子，何独不可是我？”

毓疏一臂抱住酒坛，仰头望他不语。心道，你娶的娘子，怎样也要中我的意。你娶的娘子，竟是中我意的那个。这些话，你让我怎么说？

昙花此刻在陌楚荻身后绽开，寒香突如剑锋，对视两人皆心下一惊。陌楚荻一阵轻咳涌上，掩口转过头。

好一时，毓疏在他身后缓声说：“你成亲这样的大事，我竟最后知道，你看上陆小姐许久，却从不告诉我。换我是你，你作何想？”

“殿下糊涂了，”陌楚荻的声音偏冷，又似带笑，“内子是深闺淑媛，守孝七年闭门不出，喜帕未揭，我今时今刻尚未谋面，何来‘看上’二字？”

毓疏闻言一怔，前后因果霎时清明："你为拉拢陆妙谙向陆家提亲？陆妙谙当日不曾拒我为的是这层瓜葛？！"

陌楚荻并未回头："若非陆妙谙不拒殿下在先，我何苦费这周章。陆妙谙素性刚直，即便今时心向殿下，难保日后见殿下计谋渐深，不会起抽身之意。如今陆老太傅已参太子一本，以这姻亲关系再将两家荣辱相连，陆妙谙他日决断也会多一分顾忌。"

毓疏听他言"陆老太傅"，又是一怔，转瞬挥手摔开酒坛："你连陆太傅告皇兄也算进去！"

陌楚荻被坛碎声惊了一下，急回头看毓疏手上是否无恙。毓疏见他这样，心上一酸。陌楚荻未待他开言，复转回身背向他道："沈家告到御史台时，左恭迟不便告知殿下，寻我商议过。我原有意向陆家求亲，怕她多年不曾允嫁，亦不会允我，因此劝左恭迟教沈家向陆太傅处去告。以太傅的脾性，料此事必管，则无论向太子殿下告其亲信，或向陛下告太子殿下，总要招惹储君，见我陌家的求亲，未必不为女儿考虑。臣弟是想，陆家累世官宦，门生故吏遍及天下，这门亲事对殿下全是好事。"

毓疏在他身后笑出声来，"对我全是好事，你就能拿自己去换？连自家娘子也为我算进去，我该如何谢你才是！你道自己算无遗策了，你可知陆太傅向父皇状告皇兄时，有人故意放些不实之言与他，幸而父皇未加深究，否则这姻亲关系，岂不累我搬弄是非之名！"

毓疏原本平生未气到这地步，口不择言，刚说出来就后悔了，见陌楚荻无回话，他慌忙起身去拉他的袖子。陌楚荻由他拉着，镇了一刻气，淡淡道："我若是太子身边的人，一样放这些消息与太傅。又如何？太子私自出宫是实，陛下管什么朱家沈家。"

毓疏听他开言仍是这些谋算，心想他大喜之日，在这素日与他欢言之地，竟与他做这无谓争吵。一面自责，一面气苦，松了陌楚荻的袖子，沉声说："从来你说什么，我总觉得有理，但你真以为她是会为了避祸允嫁之人？你真以为你是他人避祸才肯允婚之人？荻哥儿，你于此真大错了，知不知道？"

陌楚荻静了一刻，抬起袖子弓下身去，几声抑在喉中的咳嗽，手里的烛台一个没拿稳，跌落地面。毓疏大惊，绕至他身侧看他样子。陌楚荻手按喉下又咳几声，摇摇头，垂目喘了一时。毓疏已顾不上方才说了什么，慌乱说道：“我醉得狠了，说了些胡话，你莫气了，气坏了怎么得了。”

陌楚荻看着目下昙花，已有渐颓之象，细瓣纷卷，森列若犬牙。

他转过身看向毓疏，双肩上月光映起的纹路如流云卷地：“臣弟只不知殿下气些什么，横竖要娶个有用女子，如今竟得迎娶到她，不是喜事？”

毓疏直起身，与他良久对视，终于说：“你有此心，便是喜事。”

他双手扶住陌楚荻肩头，深深看他，“唯愿你二人此生不负，白头到老。”

陌楚荻唇角浮起一丝轻笑。

——白头，到老。

他带着那笑，后退离了毓疏的手，回手折下那昙花：“负与不负，来日方长，心底自知之事。”他向毓疏深施一礼，向花房外走去：“谢殿下吉言。这千日之花，百年之贺，臣弟带去与她。”

第三章

黄水虽浊有清日，玉人无处教吹箫

暮色渐沉，微雨连江，汴梁太守苏瑾谦与方府的长随小粳撑着纸伞沿河走了大半个时辰，方寻到出府巡视的方杜若。时值暮云暗积，堤下黄水浩荡，时有浮冰相触，传裂空之响。河风怒急，方杜若长衫着雨已然半湿，人却全然无识，只将笛曲一折反复吹奏，音调凄然。

小粳上前为他遮了雨水，扬声道："堤头风冷，主人仔细身体。"

方杜若笛声骤止，转头见他，浅淡笑起。又见苏瑾谦执伞立于小粳身后，忙施礼道："此处景色幽阔，杜若一时怅然忘归，劳烦苏兄前来寻找，杜若失礼了。"

苏瑾谦点头辞过，听方杜若续道："眼看凌汛将过，今春河上无碍了。河堤及时竣工，全仗苏兄督河有力，杜若代工部诸公谢过苏兄。"

苏瑾谦却不想与方杜若讲这些官样客套，只直言问道："方才大人一曲《思美人》，凄恻郁厚，全无儿女情态，却似追思凭吊，是否……故友新丧？"

方杜若闻言微怔，片刻轻道："……苏兄诚为知音。"

苏瑾谦目视江水缓缓言道："苏某亦愿与大人互为知己，大人如有心事，不妨说与苏某，也好两厢开解。"

方杜若心道苏瑾谦久为外官，生性恬淡，更与顾弘之素昧平生，何苦拿京内之事添他忧烦，于是只说道："故友去官返归原籍，原道可清养余年，却因染病离世，杜若初闻噩耗，一时心中郁苦。苏兄关怀，杜若感激不尽。"

苏瑾谦听他言辞闪烁，只郁郁一笑，不再多问，一时两人并肩观水，各自无话。方杜若见苏瑾谦眉有愁色，知他介意前言，于是话锋暗转："上次自苏兄处学得的曲子，机缘之下曾为六皇子殿下闻得，殿下呼之苏曲，杜若觉得颇有意趣。"

"野曲粗鄙，能得殿下玉听，苏某荣幸之至，更得殿下赐名，苏某虽觉受之有愧，亦感激涕零。"

方杜若笑道："殿下不知曲名，只以苏曲代称，想来杜若习曲甚久亦不知名，还请苏兄赐教。"

苏瑾谦道："此曲为苏某随性偶得，并未命名，既然大人问起，姑且名之……石泉。"

方杜若拊掌道："杜若亦觉此曲温润跳脱，似流水深意，此名甚恰。"

苏瑾谦闻言垂目，静默无语。

山中人兮芳杜若，饮石泉兮荫松柏，君思我兮……然疑作。

知音易觅，知己难寻，千古如一。

"今早接到京中公文，道陛下委任大理寺少卿越临川大人为钦差，前来验收河堤工程，大人今日不在府中，想必不知。"

越氏祖上为开国重臣，越临川少小成名，丰神俊逸、才华横溢，近年甚受皇帝赏识，升迁不断，廿五年纪已官至大理寺副席。然则其人恃才凌物、性情倨傲，加之家世显赫，日常起居规矩极多，甚难相与。方杜若虽与越临川同榜登科，但无甚私交，听他要来，不由眉头轻锁，然则自问为人行事皆无愧于心，越临川于王法之内也断无无故发难之理。思及此处，方杜若向苏瑾谦开解道："黄河水利百年大计，派钦差点验为本朝惯例，苏兄不必多虑，你我全心配合上使便是。"

苏瑾谦点头道："大人监查之下，今次工程施工精严，账目清明，虽历来河务多事，越钦差此次却必定无功而返了。"

小粳在一旁得空插道："天色已晚，府中斋菜已经备好，主人与苏大人早些回去歇着吧。"

方杜若低头看时，浩浩黄河已隐入夜色，唯余涛声，亘古不绝。

通商协定签好的时候，草原上第一缕绿意也隐隐露了头。吐谷浑王本要设宴为毓清和随他驻留的几百汉兵饯行，毓清以救急的粮食远道运来实属不易为由辞了去，只到善阑哲的大帐里喝了些马奶酒。

向京中请旨拨粮的这段时日里，大部军队已被打发回国，毓清镇日无事，常拉着善阑哲比量武艺、切磋兵法，倒从昔日的敌人做成了半个朋友。两位王子清闲逍遥，喻青却日日忙得额顶生烟，只因土汉双方皆将通商细节交与他拟定安排，协议公文亦是由他起草。喻青为了定出对两厢有益的办法，多方协调使尽浑身解数，直到协议完签、尘埃落定方有时间坐下喝酒。

善阑哲坐在喻青身边，叼着杯沿盯着他看。喻青被他看得心慌，问道："怎么了？"

"你脸上有一个疤，以前没有的，被鞭子打的？"

喻青抬手摸了摸脸颊，"已经不显眼了吧。"

"是谁打的？我杀了他。"

喻青想起都尉已死，心中蓦地涌上几分酸楚，轻声道："一条性命竟比不上一条疤？常人说来全是真心体谅，由执掌生杀大权的人说来只是可怕。"

毓清听喻青对善阑哲说话全不似与自己说话那般拘谨，心中别扭，插道："打他的人我已罚过了。"

善阑哲皱起眉毛，闷了一刻，又说："你三天不去看云火，它不精神。"

这云火原是善阑哲的坐骑，绝世宝马，善阑哲当年骑走了喻青的牧马，如今硬要拿云火还上。喻青再三推辞，说那牧马原是自己主人的，还也不该还给自己，无奈善阑哲全讲不通道理，弄得喻青不得不收。

"我这几日忙成这样，哪里去得了，就说殿下把它收回去正好，放在我这儿只是委屈它。"

"我要帮你，你又不让我，把我赶出去。"

"殿下在边上看着，与我一起做事的吐谷浑人总是战战兢兢、手忙脚乱，想必殿下平日王子架子十足，待人苛严。"

"毓清就不是？让你跪来跪去。你到吐谷浑来，我以后随和。"

毓清听着好笑，板起脸孔道："我还在这儿坐着，你便明目张胆来挖我的人，吐谷浑的待客之道就是这样的吗？”

“狼儿不愿意打仗，跟着你不好，我这里有大事给他做。”

“他离乡多年，久思故土，必定想回京城，你自己问他。”

善阑哲看向喻青，喻青迟疑片刻，点了头。

毓清勾起嘴角向喻青道：“以你的脾性的确不该待在军中，我回去向父皇请旨，荐你去户部做官可好？”

“只要能回京中故土，漫说能在户部做个文书，便是当街扫洒喻青也愿意。”

“什么文书，你总把自己看得太轻，若不是你未经科举年资又少，做郎中都是委屈了。”话到此处，毓清忽似想起些什么，水色的眸子瞟了一眼善阑哲，笑道：“更何况，哪个敢叫你当街扫洒，还不得把那些被疯狗追咬的花子都捡回街衙来？”

善阑哲纵没完全听懂，也知道毓清在拿他调笑，倒也不恼，只说道：“我被狼追，上苍派狼儿来捡我了，你被追时谁来捡你？”

毓清心中微动，落笑无言，听善阑哲续向喻青道：“你在吐谷浑也能有家，我最小的妹妹那兰格尔，她母亲是楼兰公主。她是吐谷浑最漂亮的，西沧的国主都看上她，嫁给你。”

“公主的身份尊贵无匹，喻青如何担当得起？”

善阑哲笑着抓过喻青拍他的背：“我们吐谷浑人与汉人不同，什么身份，只要喜欢，嫁谁都行。那兰格尔从小听我讲你，一直说要嫁个敢拦狼群的勇士，正好就是你！”

“当日喻青是个牧羊奴隶，你贵为王子，若他真是女子，你当真娶做正妻？”

善阑哲听毓清这样问他，微红了脸，声音却扬了起来：“若他真是女子，纵然上苍拦我我也不管！”说罢奉酒向天，沉声对喻青言道：“苍天在上，来世你是女子，我必娶你；我是女子，我必嫁你。就是这个话，你到来世别忘记。”

喻青垂下眼睛看着面前的杯盘，毓清将杯中的马奶酒静静咽下，席间一时没了声音。一会儿毓清说：“吐谷浑人果然直率不羁，我受汉家礼法规束已久，再坐下去便不自在了，你们说话，我去点验明日行装。”说罢起身离席。

喻青仍不说话，善阑哲静了一刻，低声问他：“你不高兴？你不愿意？”

“……愿意。所以不知该说什么。”

“就说愿意嘛，汉人规矩真麻烦，”善阑哲说着笑起，“干一杯，说定了。”

“……公主的婚事……”

“你不愿意，就算了。”

“我想回京，让公主随我背井离乡，于心不忍。”

善阑哲笑着拍拍喻青的头：“你又说汉人的假话。你想要她，多远都能跟你去。是你不想要她，我不会把妹妹嫁给不要她的人。”

善阑哲说得这样直率，顿令喻青困窘不已，只能低声道：“对不起。”

“什么对不起，喝酒，”善阑哲说话间将喻青的酒杯添满，“其实你这样，我很高兴。娶不到我想要的，我也不会娶别人。”

喻青抬眼看进善阑哲的碧色眼睛，片刻之后淡淡笑起，拾杯饮尽。

天将全黑的时候，喻青点验过最后几车粮草和储水，寻到毓清向他禀报。毓清坐在错嘉湖岸边，落日余晖荡漾在青灰的湖面，静得仿佛洪荒初生。听过喻青报上的清单，毓清望着水天尽处没有转过头，只向他道：“似这般洁净洒脱、无拘无束，你羡慕吗？”

“人到何时也不会全无拘束。”

毓清轻笑一声：“喻青啊，有时我真觉得你是上天专为提点我送来的。”

“喻青岂敢，殿下过誉了。”

“仔细看看吧，这样干净的地方，回了汉土再见不到了。”毓清说着站起身来，经过喻青身边时，轻轻拍拍他的肩膀。

喻青心间轻愁涌起，低头去看腰间的短刀。刀柄上粗砺的花纹已被磨得光亮，想来是用惯的。

用云火换了这个来，一是想要件他随身的东西，二是觉得，那样好的马，只应由最合衬的主人驾着，在离天最近的草原上纵横驰骋。

而自己，来路已尽，去路尚远。此时待从头。

就着最后一线天光，湖岸上一行字迹深深浅浅。喻青蹲身去看，是用草茎画在湿泥上的毓清的清遒笔体。

“千里其如何，微风吹兰杜。”

运河上的浮冰全化净了时，随着京城航来的第一批商队，钦差的船到了。

方杜若与苏瑾谦往上河码头迎接。越临川自船上下来，一袭玄青的官袍穿得挺括妥帖，再看相貌时，当真是松墨描的眉眼、丹漆点的唇，斜飞的眼角透出几分倜傥风流，错眼再去看，却又变了狷狂。汴梁的百姓看惯了苏瑾谦，只道世上再无比苏太守更标致的男子，此时见钦差大人的相貌比那水神庙里供的哪吒三太子更光鲜，早一传十、十传百地嚷嚷出去，不大的码头一忽儿围上了半条街的人。

越临川自小最恶被人指摘相貌，等到岸边已是黑了几层。苏瑾谦不敢耽搁，更怕百姓越聚越多挤出事来，上前尽了见面的礼数，招呼轿夫过来请越临川上轿。百姓们见“三太子”进轿要走，低低的嗟叹声响成一片。方杜若听着好笑，只抿唇忍着，却听近岸那边一个汉子爆出一句惊恐的高呼：“可不得了了！水里有个死人！”

人群中响起一片惊疑之声，看热闹的百姓们纷纷向河边挤过去，一时局面混乱。这当口苏瑾谦几步登上为越临川下船准备的木阶梯，扬声道：“各位乡亲，码头近水，地域狭小，各位聚在此处，若失足落水，或是相互踩踏，叫苏某如何同各位的亲人交代。如今越钦差与工部方大人俱在此处，亦不可惊了车驾。浮尸之事苏某定会全力查办，各位今日先散去吧。”

苏瑾谦在汴梁城中威德甚隆，深受百姓爱敬，围观的百姓听见他这番话，果真止了推挤，慢慢散去。自他身边经过时，许多父老抬头问安，苏瑾谦一一答过。方杜若心中感然，忽听身侧有人问道：“对治民以姓自称，他平素一贯如此吗？”

方杜若惊了一下，愕然转头，却是方才已经上轿的越临川，不知他已在身边站了多久，自己竟全无觉察。想到他身为典狱官，似这般悄无声息的脚步和呼吸怕是这许多年为了方便查探练成的，方杜若只觉微微心悸。

“苏大人爱民如子，以姓自谦想来只为亲切平易。”

“爱民如子？下官看来怕是事民如子吧。”

“常言将百姓称为衣食父母，事民如子原也应该。”

越临川笑了笑，从方杜若身边走开。太守府的衙役此时已将浮尸打捞上岸，方杜若见那尸身被水沤得不成样子，心中默念经文，远远望着并未近前。越临川却缓步走了过去，停在尸首旁边，掏出块雪白的绢帕掩了口鼻，弯下腰去仔细察看。苏瑾谦纵使心中惊惧，职责所在，也不得不走上前去向越临川道："大人舟车劳顿，早些回驻馆歇息吧，余下事务交由下官属下的仵作与捕快去办，待案情查清之后下官即刻向大人禀报。"

越临川直起身，带着几分难解的意味向苏瑾谦笑了笑："下官的船吃水深，想是搅到河底的污泥了，若下官不来，也搅不出这档子麻烦。不过大人治下的事，下官的确不该插手。"说罢将绢帕随手扔掉，回身向轿子走去。

苏瑾谦为大郡太守，品衔高过越临川，但越临川贵为钦差，代表的是天子意愿，因此两人互以下官自称。苏瑾谦见越临川初到本地便遇上此等恶性案件，却没说什么刻意为难的话，不由暗暗宽心，嘱咐了衙役几句仔细办差，又命人将码头区域暂且封闭等仵作过来。正想送越临川与方杜若回府，却听一阵撕心裂肺的哭喊远远传来。

苏瑾谦回身去看，越临川与方杜若亦转头张望，只见一个蓝衣女子跌跌撞撞地奔跑而来，身后跟着几个似是邻里的男女。那女子奔至码头岸边，看见那尸首，身上晃了晃，脱力跌坐在地上，哭声益发凄凉："夫君啊……我只当你嫌我怨我，弃我而去……不想你竟寻了短见……或是有奸人害你……必是有奸人害你，夫君啊……你死得好惨……夫君啊……"

周围诸人见她伤心至此，皆相陪泪下。苏瑾谦走到那女子身边，安慰道："这位娘子，人死不能复生，千万节哀。"

女子转头见是苏瑾谦，抓住他官服的下摆哭求道："苏大人，青天老爷……替小女子的夫君做主啊……他必是被人害了，他平素开朗得很，不会寻死的……苏大人我求求你……替小女子的夫君做主啊……"

苏瑾谦柔声劝解道："苏某应承你，苏某是一郡太守，必会严查此案，还你家相公一个公道。事已至此，哀痛过重恐伤身体，千万节哀。"

那女子兀自哽咽，远处越临川蓦地绽出一个笑来："为你家相公讨说法，你求苏太守有何用处？"

一言既出，四下众人皆诧异望他。越临川续道："只怕如何追查此案，苏大人此时还不及你明白。”

方杜若见越临川依仗钦差身份，如此公然取笑比他位高年长的苏瑾谦办事不力，心中不快，正待出言规劝，听那女子强抑住喉头的抽咽问道：“大人说的什么，小女子不明白……”

越临川笑得更舒心了些：“不明白？你倒是生了一副好精明的相貌。”

苏瑾谦见越临川无由发难，更调戏自家百姓，心头怒意难遏，扬声道：“大人说的什么下官也不明白，还请大人赐教！”

越临川也不直言答他，只转向随那女子而来的众人，问道：“各位可认得她家相公？”

众人纷纷点头。

越临川指着地上的尸首又问：“这尸首是不是她家相公，各位哪个能给本官一个确认？”

众人顺他手指去看，那尸首不但被泡得肿胀变形，衣物全失，皮肤更是几乎全被沤烂，面目难辨。又听见越临川续道：“混淆案情、敷衍官府可是重罪，各位千万认准了。”众人迟疑再三，无人作答。

越临川向那女子问道：“这些人都说认不真切，你一不曾近前细看，二不曾查验身上的胎记、痣记，你怎知道这是你家相公？”

旁边一位邻人看不过去，低声道：“夫妻连心，一望便知，也是有的。”

不止众邻里，几个衙役亦点头赞同。

越临川转向那插话的妇人：“这位娘子，若这地上躺着的是你家相公，你也这般跪下便哭吗？”

“你！”那妇人听他这话，恨得怒得只差啐在他脸上。旁人有读过书的，见越临川的官服服色比苏瑾谦低些，仗着本地父母官在此，鼓起勇气斥责他道：“敬你是官，不要欺人太甚！”四下纷纷应和。

越临川不怒反笑：“好好，不说你们，说本官自己。这位娘子哭得如此伤心，必当这尸首是她至亲之人，如若本官的至亲之人……”话到这里，越临川咬了咬嘴唇，似是话难出口，然而很快续道：“如若本官的至亲之人失踪多日，蓦然出现一具无主尸首，本官唯愿那不是她。即便人人都说是她，本官没有亲眼看见，断不可能愿意相信。即便亲眼看见，不仔细查验，直到找到不得不信的证据，断不可能放弃一线希望。试问各位，如此境况来至眼前，又有哪个会与本官不同？”

众人听完他这番说辞，皆消了声息暗自沉吟，再无一人开口反驳。

“而这位娘子一路行来已然哭得仿若奔丧，见到尸首更是看也不看，径自哭倒，一来二去，倒像是早已知道自家相公确实死了。试问各位，她又是如何知晓的？”

众人惊疑抬头，看见越临川脸上的笑，皆将目光投向跪着的女子。

苏瑾谦迟疑问道：“大人的意思，是这娘子谋害亲夫，沉尸河底，今日听闻尸首浮出水面，唯恐他人疑指，故而演了这场戏？”

“这尸首是不是她家相公的下官并不知道，这娘子既然谋杀亲夫，必是藏起了尸首。她声称自家相公弃她而去久不归家，虽瞒得了一时，年深日久难免遭人怀疑。今日听闻河里浮起一具无主尸首，她想使个偷梁换柱之计平息此事也是有的。大人若想验明正身，就让仵作剖尸详检，这点小事下官就不亲自动手了。”

越临川说话要走，那地上的女子猛然抬起头来，挂着半干的泪水直向他道：“我不杀他，终有一日被他打死，这样的冤屈你们这些青天老爷为何不管！为何不管！！”

越临川心中一动，蹲下身看进那女子的眼睛，片刻凑向她耳边轻道：“若依我说，你全无过错，只是太沉不住气。好些人叫我越判官，我今生取了你的命，来世判你一个美满姻缘就是，你自瞑目吧。”

那女子俯身拜倒，一双素手紧紧捂住双眼，脸埋进泪水打湿的泥地中，一面大笑，一面失声痛哭起来。

越临川起身掸了掸衣襟：“这么一折腾，我倒不乏了。驻馆也不必去了，直接送我上堤便好，早一日查出隐患，我也早一日安心。”

苏瑾谦白着脸色略怔了怔，方才回身去唤轿夫。方杜若思绪方宁，听越临川的话意似已认定河堤必有隐患，不由眉头轻锁。

三月十六是靖国公江文继的七十寿辰，一早江家在京城府内接了皇帝与淑妃的贺词和赏赐。白日里门上拜谒的车马塞住几里大街，五品以下难进二门。晚间大张筵席，贺礼入册者皆受邀请，靖国公府各院院门洞开，彩灯高炽，数百大桌连绵，往来上菜的仆使川流不绝。

丞相史渊为江文继贵客，与他同坐主桌。此夜月满，然而院内华灯千盏耀如白昼，数十舞姬冰肌玉质，衣饰流彩，献舞于中庭，使座中无人存赏月之心。此舞既罢，又上八名红衣丽人，俱持长剑，穿梭交错，似战似舞，又三两为组，作腾挪巧计，引阵阵喝彩。

史渊心道人谓江氏富甲天下，诚不虚言。他户部出身，此时约略一算，江家此宴花销已过少府年供宫中的一成，何况有些菜色他亦不知名，无从估价，而宴上的舞姬女伎才色更胜梨园。他心有钦羡之意，又虑江家若长此坐耗，有败身之虞。旁边江文继见他半晌无话，当他疲乏了，便将史渊延请至内堂，恭请宽衣随便。

史渊于是解去外袍，向堂中矮榻上坐了，打量屋内。倒不是金碧的装饰，但陈设贵重，字画屏风俱是前代名家手笔，四壁所饰帷幔如同鲛人织就，虽繁纹重理，却如烟似雾，同样难辨名目。

一位侍女奉茶上来，却不是现成的，而是一套金碾、金筛等物置在螺钿镶的大茶盘里。侍女在史渊榻前跪下，茶盘放于史渊腿边的榻上，将茶罐打开，夹出数粒摆在碾槽中细细研起，一双雪腕戴着水精钏，如水痕一抹，通透至无物。

茶香漫起，其间又混着兰草香，那香气不是寻常脂粉，由侍女身上淡淡暄发出来。

史渊觉察自己看这侍女久了，略感失态。抬头时见江文继在陪客的榻上坐了，看着堂门口像在等人。一会儿外面有报，四皇子毓希踏进门来。

史渊、江文继起身见礼迎接，毓希还礼过，又命摆了垫子，请江文继正坐，自行跪拜礼为外祖父贺寿。江文继受过礼，连忙请他起来，转瞬却道："史台辅也在，殿下向台辅也行一拜吧。"

史渊一时惶惑，见有侍女上来移垫，毓希竟真要向自己跪拜，心念电转，不去辞让，当真坐受了这一拜。

江文继大喜，待毓希起身，让他亦在榻上坐下，自向史渊道："史台辅肯受这一拜，在下古稀之人，心愿就能了了。”

史渊知他所言何事，略沉吟道：“国公既然托付，在下尽心。”

“依台辅看，太子那里景况何如？”

方才毓希拜时，奉茶侍女走至一旁，此时回来复跪下，用锦帕裹着银壶，将小炭炉上滚开的水倾至筛好的茶粉中，捧起茶托，把茶碗放在史渊榻上小案。史渊看她一眼，又看江文继。江文继笑道：“台辅放心，我家的使用女子皆是哑子，又不识字，没什么能出去说的。”

史渊闻言惊心，想方才宴上所见，使用女子总有上百，尽皆妙龄。若江家自天下网罗这许多既美且哑的女子，是何等财力；若是先将美人买来，用药致哑，又是何等残酷。

毕竟家事，史渊不想多问，听江文继道：“她此时虽不识字，台辅的才学冠绝朝野，带她回去随便教她些，不一二年便能写诗笺了。”

那奉茶侍女此时抬头望向史渊，眼波温润堪怜，史渊心道带她离这牢笼也是好事，便未推辞。侍女向他一笑，收拾茶具下去。史渊待她出门，道：“太子那里，朱家初审，朱亭素已定了动摇国本的大罪，秋后将斩，四个主事非斩即徙。看陛下的意思，是要将他家连根拔去，连乳母谢氏本人的情面也不打算留了。”

“陛下英明，此举大快人心。只是他朱家本无官位，不过是依附太子的爬虫，台辅看朱家这一除，可动得了太子的根基？”

史渊看向江文继：“国公知道，灵善九公主昨日被陛下指给了陆家的嫡室次子陆妙辨？”

江文继摇头：“这事还没听说。”

“旨意已在尚书省了。陆将如参太子一本，言过其实，结果非但无事，儿子还得尚公主，这不就是陛下昭告天下，太子危墙将倒，等众人来推吗？”

江文继面露喜色，看向毓希一眼，又起了些愁容：“话虽如此，上头还有那一个。怪我那女儿太不争气，将这孩子晚生了几个时辰。明明她入宫时就封淑妃，时至今日还是淑妃，倒叫克氏那心机妇翻在她头上。”

毓希看江文继一眼，示意他注意言辞，江文继尴尬笑笑，带过了这节，“但这孩子是好孩子。台辅也知道，这孩子生时，淑庆宫殿顶有瑞鹤翔集。他满二十岁那年，在下求钦天监鹿大人将他星盘细推演过，鹿大人道是皇子之中最贵之相，天命在此，只是不能心急，须待天机而起。在下看如今正应了鹿大人的话，太子自败身家，陛下又不回护，这位子一空出来，岂非这孩子的起时？”

史渊宦海沉浮半生，不全信这些天命祥瑞之事，但江文继说得不错，太子的位子一旦空置，可向上争的只在三、四皇子之间。从皇帝的态度上看，毓疏、毓希并看不出偏爱，任哪个把握住当下的机会，都有可起之机。为人臣子，此处的抉择真可谓性命攸关，后半生荣辱安危俱系于此。

史渊身加太子太保之衔，在朝中人看来，本是太子之属。当日朱亭素得知陆太傅向太子去书后，也是托人求与史渊商议。史渊因听闻陌家在向陆家求亲，便定计将沈家人藏起，放出沈志被朱家打死的消息，原为将诬告之嫌引至三皇子身上。不想皇帝先不知道陌陆联姻，其后沈家如何也未深究，竟放过去了。如今陆家子弟和尚公主，这姻亲一系再系，三皇子那边反而更得势了些。

太子一倒，他史渊必须重安其位，这些日来也反复考量。若真要在三、四之间分个先后，三皇子毕竟年长，其母位次亦高，陆家之事于他算是恩恤，他必然觉得皇帝有意于他，承太子位是顺理成章的事，即便史渊投效过去，不过被视作墙头草，不可能为他倚重。何况三皇子城府深稳，来日手握大权，也难以为人左右。因此，史渊本已心向四皇子，今日江家伸手来握，正好一拍即合，倒免去些布局的麻烦。

“在下亦知天命在四殿下处，只是知天命还须尽人事，三殿下那边不会拱手相让。”

江文继急道：“这正是我们求台辅之处。在下久为外官，朝廷之上使不了力，陛下身边更指望不上我那女儿。需美言、需筹划的地方还请台辅多加关照，若有需要打点的用度，台辅尽管开口。”

听江文继说得露骨，史渊心中略有不快，未接他银钱之话，只道：“如此大事，难以一蹴而就，须将殿下在朝中的棋阵步步摆好。如今三殿下的势力多在法司，若案件不起，实际并无大用。六部之中为重的只在兵、吏、户，太子若去，吏、户释手，四殿下这里怎样也要取之一二，此为一事。”

江文继点头：“台辅说得极是，全靠台辅于朝中安排。”

“另有一事，”史渊看向毓希，“殿下那里有个人，在下想来，当可一用。”

毓希心中一动，已知他所言是谁，却问：“何人？所做何用？”

“十公主未来的驸马爷。”

此言一出，江文继并不解意，但史渊看出毓希已明白大半，便道：“公主年小，他这一两年无封号，做殿下的近卫不过耽在这里。陛下既然对他有心，殿下何不将他荐到兵部为官，怎样也能做个主事，殿下岂非一根钉子扎进这最紧要处？”

江文继连连点头，转向毓希道：“台辅此言至关紧要，兵戎事至今连太子也插不上手，此人当真是天赐的。”

毓希一刻未有回话，摇头道：“齐陵，生性特别，我与他并无寻常主从之义，若放他出去，未必有助于我，或许反成他人膀臂。”

史渊问：“此话何解？齐陵与三殿下已有交道了吗？”

“那倒没有。只是他那个人，自幼无父无母，总存一种不归天地收管的气性，我亦常看不出他究竟想些什么。恐怕三哥与我，在他是一样的。”

“这话从何说来？”江文继道，“他十来岁就跟着你，在你身边已有七八年，老夫常听说你对他连句重话都不肯讲，此时却说老三与你在他是一样的，那这人也太没心肺了吧？”

毓希自己却知道平日里虽不想对齐陵讲重话，但齐陵真有不合心意处，往往训得更狠。何况他在身边日久，总有些不可为人道的把柄握在他手，尤其是新近这件。然而此话不可提，因此毓希只是不语。

史渊见他不答话，自去喝茶，片刻道：“齐陵此人非池中物，他来日得封驸马，必不会再在殿下这里，到时殿下于他还少去这一项恩惠。殿下此时制不住他，来日更制不住，反而让他觉得耽在这里，心生怨恼。不如此时荐他出去，指望他有意来日图报吧。”

毓希虽不甘愿，也知史渊说得有理，只得点头应下。

次日清晨，毓希梳洗起来，念过一通导引诀，见齐陵已在当职，便叫人在小花厅中摆早膳，请齐陵同餐。毓希叫他一同吃饭也是常事，齐陵本没多想，坐下之后见没旁人，心里却起了些疑惑。

早餐自然无酒，毓希因存求仙清体之念，日日不过薄粥素菜，有一搭没一搭慢慢吃着。齐陵已用过早点，便喝了一碗粥，放下筷子看毓希吃饭。外面花园里鸟雀声喧，鸟影子不时从花窗格掠过去，投在桌上倏忽一下。

毓希用毕也将筷子放下，没叫人来上水盂，看了齐陵一刻，道："你从今出去吧。"

齐陵一愣，皱眉问道："属下去哪里？"

"荐你到兵部去。"

齐陵心道不年不节怎么突然想起这话，转瞬忆起这些天听闻的太子家事，明白了意思。能去兵部是好事，他也愿意，但于毓希这里，又有些不放心。

"属下去兵部一两日，也不能突然就做个侍郎。殿下这里乏人手，等配齐了属下再去不迟。"

齐陵看到毓希闻此明显高兴了些，也就明白他也并不想让自己走，只是有人出的主意。

如此倒是该走了。

"你还是去兵部，也不是一两日就要做侍郎，只是于你好，在我这里难出头，"毓希转目看着窗外晨光，"来日我若有事，你能想着我点，就是了。"

齐陵想起这些年毓希对自己，好的时候是真好，骂的时候也是真骂，总归好的时候比骂的时候多。毓希是摇摆的性情，明明心在仙道文学这些缥缈事上，身份在此又想争胜，因此难见开心的时候。他跟毓希年深日久，心中有畏他之处，亦有怜他之处，此时要走，也有不舍。转念又道，若来日当真有事，或许在兵部任上多少能对他好些。

齐陵于是起身，向毓希躬身施礼道："齐陵谢殿下举荐之恩。"

他没说来日图报的话，毓希也知他的意思，向他笑笑，点头。

临辞出厅，齐陵犹豫一瞬，问出心头久放之事："殿下，王翊那里……"

毓希已在喝水，闻言并未抬头："我既应了你不伤他性命，自然不会反悔。你应我的事，也要记得。"

"属下信殿下所下非毒。"

毓希抬眼，与他对视。

“因而于此事上，属下处，殿下自可放心。”

毓希复又低头饮水，未再说话，只闻齐陵离去脚步。

出府前一日，齐陵去向王氏辞行。王氏乳名蔚儿，当年是毓希的正妃江氏嫁入之前，由江家派来的“教女”。原本这样的女子在正室婚后只做通房的使女，或即便纳了身份，因不是正娶，易被主夫厌嫌，难有好结果。王氏蔚儿却深得毓希数年宠爱，后来得一子，临产夭折，自此败了身体，才爱眷少弛。她姐弟二人是江府家生，弟弟王翊幼时成了不全之人，以便在内院使用，毓希因荐他到宫中少府当差，一路官至少府监，后因元日宫宴出事，辞官返乡。

齐陵总信毓希对王氏仍有情意，否则以王翊身负之事，凭自己几句言辞就被毓希放过，总不大可能。

他在门外问了礼，王氏忙来开门，将门扇大开，请他在迎门的桌前坐下，往来人等皆能看见，不必避嫌。齐陵与王氏年纪相差近二十岁，称她蔚姨。当年刚入府时，齐陵因从未离过北营诸人，又在军中长大，有股野气，在皇府里只觉拘束。彼时王氏有宠在身，疼他年小，多有照应。齐陵自小无母，身边长年只有行伍之人，如今让他想个母亲的模样出来，眼前便是蔚姨的影子。

侍女小玉上茶来，王氏笑着伸手向碗，请齐陵喝茶。齐陵端起来喝了一口，王氏用手指在桌上做出“走”的动作，又在桌面上画了个“几”字，看着他。

“明日便去兵部报到了。”

王氏的笑容有些凉下来，看着齐陵端着茶碗的手，回过神来，又笑深了些，抬眼看着齐陵，翘起拇指，示一个“好”。

齐陵笑着点点头：“一直想去兵部，有赖四殿下举荐，从此要勉力差事，力争上游。来日争了光，回来谢四殿下，也谢蔚姨。”

王氏抿着唇深深点头，想了想，双手自肩上起做了个蒙盖头的动作，怕齐陵不懂，又在头上比了个垂花的冠。齐陵点头：“陛下说公主成年后成礼，到时一定给蔚姨喜信。若公主愿意，来日齐陵也将她带来，见见蔚姨。”

王氏连连点头，眼里沁出泪，偏头抬手抹了，又伸手将臂上的袖子拎了拎，看看齐陵。齐陵道衣物都已包封，有些已送去兵部值房了。王氏点头，又起身从柜上拿出一大包备好的糕点，都是齐陵素日爱吃的，让他带走。

别时伤感，两人静坐了一刻。王氏复想起一事，自袖中取出一封书信，递给齐陵。

齐陵接过细看，果然是王翊来信，便向王氏笑了笑，拆开待帮她念。王氏示意小玉去拿笔砚，回头笑向齐陵伸出一指。

齐陵知她意为“烦你最后一次”，鼻间一酸，想自己出府后，她不知还能寻何人念信。小玉将笔砚取至，齐陵把信摊开在桌上，一字一字念给王氏听，都是家常报平安的言语，也说些乡间趣事。

王氏听得极认真，有认识的字便空过去，不认识的便在旁边拿认识的字小小地写上注音，实在没有能用的字了，就画些她自己认得的符号。齐陵见她大半的字旁已是空的了，心中宽慰了些，道：“翊叔这信写得真勤，必定天天想着蔚姨，齐陵若有这样的家人就好了。”

他说这话原只为让王氏开心，不想王氏抬起眼睛静静看着他，又将垂花冠在头上比了一次，然后在怀中比了个抱婴儿的样子。

见齐陵懂了，她向齐陵一笑，也指了指自己。

陌府后院西小厅轩窗大开，帘帐高卷，仍散不去满室药气。

大散痰瘀的药吃下去，陌楚荻一阵剧咳，伏榻歇过片刻，复又呕了两回，方止住些。太医院院判翟怀羽守在房中，将他在榻上安顿了，取水与他漱口，又拿药炉前的拨火钳子过来，把铜盆底的檀香木屑翻上来盖住呕出的秽物，然后端盆子至轩窗下，夹了两块红炭丢进去。

带着腥的异香随烟气升起。

“实不敢劳烦怀兄这些，日后还是待下人来吧。”

翟怀羽见陌楚荻略撑起身来看着自己，向他摇头笑笑：“人人皆知你病，却不知病到这地步。你既怕人知道，下人就防着些，多一事不如少一事。”他走回陌楚荻身边，想想问：“只是如今尊夫人进府，她对你这病知道多少？”

陌楚荻伏回枕上，闭目片刻说：“内子解医方，看怀兄历次的单子，已知大略。”

翟怀羽颇感意外：“用这烈药，她不劝你？”

“我与她言，只信翟太医便是。”

翟怀羽叹气，一时又笑，语气带讽："若信我，早该停了这方子。你当自己还剩多少元气？再这样败下去，我当年讲的可作不得数了。"

陌楚荻睁眼，伸手扶住他手臂："这一方下去，我在外面能好十天半月，若非怀兄良方，楚荻不过病榻缠绵的废人罢了。"

翟怀羽听他这话，心里虽恼，也怜他，便没答这句，取了他的腕子将胳膊塞回毯子掖好，觉得窗外吹进的风向变了，又将榻上的围屏换了个位置。陌楚荻闭起眼睛静静趴着，背上呼吸的起伏稳下来。翟怀羽当他要睡，想着再劝他一句，低声道："上面病情安妥，你何必操之过急。三殿下新得嫡子，其势稳如泰山，东宫之事，从长计议吧。"

陌楚荻轻轻摇头，声音亦极低："怀兄方才也说了，我当自己还剩多少元气。"

他的病情没人清楚得过翟怀羽。翟怀羽心头一紧，在陌楚荻榻上坐下，凑向他道："你又何苦？他来日便真位登九五，你如此下去，有命去看？"

陌楚荻闻言翻过身，侧躺着看向他。翟怀羽以为他多少会有些恼，不想陌楚荻道："此非楚荻有命无命之事。下任天子哪个做得？不过今上一念之间，来日若不是三殿下位登九五，今日这'稳如泰山'，就是他来日的大逆不道、万劫不复。"

翟怀羽见他全无顾惜身体之意，只一味为毓疏考虑，这些年为他辛苦调理的功夫竟是白费了，心中生怒，不禁将忍了多时的话问出口："元日宴上的相见欢，是你下进去的？"

陌楚荻将头向后仰了些，静了一刻，道："楚荻还未谢过怀兄。若怀兄未将此药给过他人，何必问我？"

"我只问你，此事他知道吗？"

陌楚荻看着他，摇头。

翟怀羽冷笑："你敢在御酒中落毒，却到今天都不敢让他知道？你是怕他知你使这龌龊手段，从此生分于你罢了。你道苦心为他，却连你自己都明白，万一来日揭出来，他非但不会谢你，反而会恨你拖累。他来日位登九五又怎样，你去时他赔几点眼泪，至多配享太庙，修个好坟茔，你是为这些的人？"

"万一来日揭出来，难保无人逼问毒从何来，怀兄却全不担心自己，只顾楚获的安否，不是一样？”

翟怀羽一愣。

“怀兄自然知道，即便万一来日揭出来，楚获万死也不会供出怀兄。楚获也自然知道，三殿下知我苦心之时，必然深惜这九五之位，我纵无命去看，也可安心。”

翟怀羽看着他的眼睛，忽然第一次明白了陌楚获这为毓疏种种，未尝不是为他自己。多年来只将他视作病人，竟是将他想浅了。他虽困在这病弱之躯里，但内心却从没认过命。

陌楚获见他不语，眼中似起一丝苦意，像翟怀羽从前每次夸耀自己在太医院中春风得意，看穿他时那样，像初遇时翟怀羽从师傅身边折返回来，实话告知他活不过三十岁，那个十五岁的少年一样。

那时翟怀羽见他这样神情，对他说“你若信我，我必保你活到三十岁”。一个太医院无出头之日的二等学徒的话，那孩子居然从此相信。而如今听他直承于宫宴落毒，翟怀羽发觉自己竟然不觉得有朝一日，这是可以用来左右他的筹码。

至此方悟，此间种种无关信赖，是陌楚获真懂得他。

翟怀羽转开眼，想说些什么，一时找不到话头。窗边的檀香屑已烧完了，炉上药味再次充溢满室。翟怀羽起身去看炉火，忽听门外清脆的女声由远及近：“我的两个哥哥又在商量什么鬼点子呢？”

翟怀羽回头，见陌楚获的妹妹陌如虹在门口，起脚正要进来。

陌楚获略撑起身，向她做出责怪的样子：“翟太医这方药煎来费神，说了多少次闲杂人等莫要近前，你不先通报，又来浑搅。”

如虹半点不怕他，倚门笑向翟怀羽道：“太医哥哥你倒说说，我是个闲人呢还是个杂人，怎么就不能来了？”

陌楚获自小多病，鬼门关上来去数次，可自从得翟怀羽看顾，病情竟有渐好之象。陌家早将翟怀羽视为神医圣手，毓疏更亲向皇帝引荐。彼时如虹尚幼，陌家深恐病似其兄，哪日哪月不战战兢兢含珠捧玉般护养，光寄入道观就寄了两回，京城大小寺院钱米更舍了无数。既然结识了翟怀羽，陌家便起意让如虹拜翟怀羽为义父，然而细论起来，翟怀羽与毓疏同岁，辈分上颇为不便，于是拜为义兄。其后如虹竟真无灾少病，平安至今。

今日如虹着一件暗金小团花绿锦袍，蹀躞带下垂着玉蝴蝶，虽是男装样式，但裁剪合宜，衬得她玲珑娇巧。头上却是随云髻，插着珠翠三五。翟怀羽心思还在方才的事上，只望一眼，不敢细看，施礼垂目道："令兄是怕这药气难闻，小姐受不了。"

如虹亦向他一礼，皱起鼻子来闻了闻："不就是药吗，你们都受得了，怎么单我受不了？"

陌楚荻扬手让她后退："总不是好气味，再染了你的漂亮衣服。你略站站，或是到莲涟亭去，一会儿太医去用茶饭，我不能起来，你陪着吧。"

如虹却不走，仍倚着门向内看，像只花叶间探头的青雀。陌楚荻拿她没办法，摇头浅笑，听如虹道："我也说是，太医哥哥每每远道来，又要听着宫里的差使，有时茶饭不吃就快马回去，今日必要吃了饭再走。"又问："这方子如何费事？不如教会我煎，太医哥哥岂不省事？"

翟怀羽一时没作答，陌楚荻接道："不用煎这方子，你太医哥哥可不得来了。"

如虹眼睛看着翟怀羽。

翟怀羽笑起对她道："令兄是唬你，天子之室也只有请我去的道理，来你家却有人阻我吗，怎么不得来了？"

如虹点头，复又笑开："就是，太医哥哥只管常来。只有为我哥煎药才能来吗？我哥纵不接待，不还有我？"

翟怀羽笑着点头。

虽与陌楚荻斗嘴，但陌楚荻不让，如虹倒真始终不曾进厅，又说笑几句，自向莲涟亭去了。翟怀羽看她背影，直到她穿过垂花门，转弯再看不见。

他眼睛仍看着垂花门的方向，对陌楚荻道："若说言谢，你向宫中常传我来，便是谢我了。"

陌楚荻垂了眼睛，没有应他。

依本朝惯例，查验堤防通常是在郡城周边指定几段各三十里的河堤，白日上下人等乘车前往，到得河边后骑马自堤上经行，一路检查，验毕回府，明日换址再查。这典狱出身的越钦差巡起堤来却与工部或州府的官吏全不相同，只将官船开至河上，白日同几个算师在舱中翻看河账，看掉一本半本之后便叫人将船靠岸停下，时停左岸时停右岸，然后带几个石匠并工部小吏徒步在堤头走上一二里，乏了再上船看账，夜间也不回转，索性睡在船上。方杜若与苏瑾谦原要陪着，被他几句冷语挡了驾，眼见着官船越行越远，一去一回花去十日光景，竟似将汴梁辖下的黄河水程细细航了个遍。

这一日官船终于回了汴梁郡城，越临川坐上太守府大堂的主座喝了杯接风的茶，也没说什么寒暄客套话，只向方杜若道："方大人的河堤修得很好，下官一路验去，纵非无懈可击，但大的疏漏隐患似是没有。这般报将上去，下官亦觉面上光彩。"

方杜若只笑了笑："蒙大人谬赞。苏大人督河有力，此番工程不负圣恩，多是苏大人的功劳。"

苏瑾谦正待辞过，却听越临川道："苏大人若有功劳，下官自当一并上报，只是表功之前，账目上有几处地方下官先要苏大人说清。"

苏瑾谦心中一凛，抬头望向越临川，见他一双眼睛沉沉盯着自己，一副似笑非笑的神情，同当日揭穿那杀夫女子时别无二致，无由悸出半身冷汗。

"……下官不知大人所言何事，还请大人明言。"

"此次治堤，共发河工两千四百一十九名。年前工程虽未完结，陛下见新春将至，悯河工辛劳，特旨以豫州州府库银预支工钱，总计四万八千余两，无错？"

苏瑾谦点头。

"预支工钱，原为河工过年之用，陛下特别嘱咐须在小年之前完结。苏大人并属下差役果然不负圣恩，这河账上记着腊月二十库银运抵，因天色已晚，封存一夜，次日开封散支，一日发尽，可是真的？"

"银钱大事，汴梁郡府自然不敢耽搁。"

越临川听见苏瑾谦这话，似抓住庄家破绽的赌徒那般笑将出来："一锭库银足色五十两，一人工钱二十余两，不将库银化开重铸、仔细称好，如何发得？那近千锭的银子如是发来，又岂是你区区一个太守府一日之内发得尽的？"

苏瑾谦微微白了脸色，额上渗出汗来，只道："如此大笔银子，下官唯恐久留生事，故而敦促属下连夜赶铸，白天散发工钱时多数银子已然铸好了。”

“这‘封存一夜’实为诳语了？”

“想必账房笔误。”

越临川摇头笑道：“笔误笔误，此也误彼也误，到头来账面上的哪句话能清白无误，又叫下官该信哪句，不信哪句呢？”

苏瑾谦俯身拜道：“下官督账不力，恳请大人责罚。但这二千四百位河工的工钱确于当日完发，半分不少。下官府中收条俱在，或是大人向城中寻几位河工前来，一问便知。”

“如此小事何需大人提点，下官今日既然坐在这里，自是已经问过了。”

此时不止苏瑾谦，连方杜若听他话含刀锋，也已悸出汗来。但凭与苏瑾谦多年交往，方杜若断不相信他会与贪赃舞弊扯上半分关系，此时只提起了一颗心，等越临川说些什么。

“下官不止问过，还看过。下官命几户河工呈上来些当日领到的工钱，分量足不足如今已不好说，成色却是不够的，更加上多是些散碎边角，断不会是库银重铸所得。下官今日只问苏大人一句话，用来发工钱的这些银子，大人究竟从何处得来？”

话至此处，苏瑾谦知道再瞒不过去，起身行至堂中，双膝跪下，道：“下官万死。全为向城中富商暂借的义款。”

越临川勾起嘴角笑得舒畅：“——那这四万八千两库银，又向何处去了？”

苏瑾谦只抿唇不答，方杜若此时再坐不住，起身向他言道：“苏大人，方某知道其中必有隐情，如今钦差在此，天恩清明，大人还在犹豫些什么，据实以告方可解脱嫌疑啊！”

越临川轻笑一声：“解脱嫌疑？早听朝中人称方大人为方菩萨，自古知人易知心难，竟连菩萨都看不透吗？四万八千两白花花的银子，怎么能凭空就没了？要么是被人吞了去，要么是——银子不是没了，是从来就不曾有过。”

苏瑾谦猛然抬头，定定望向越临川。

越临川见自己的猜测已得确证，脸上又露出几分笑来：“若不是州库无银可提，事民如子的苏大人怎会向治下的富商去打这个秋风。”见方杜若渐露了然之色，越临川续道："河工们年关能过自然欢喜，这几位被苏大人看上的富商是自愿是被迫，却又两说。当日既然许诺暂借，就不知道苏大人打算再向哪里伸手去补这项债务了，莫非你那恩师过上几个月便能凭空变出银子来？"

苏瑾谦见越临川将话引至豫州丞宋新儒身上，沉下面色叩首言道："下官私吞库银，勒索商贾，自然不敢令州丞大人知晓。"

越临川见他这样，似是见到了什么新鲜物什，睁大眼睛笑出声来："苏大人也知道这桩罪行算到自己头上便是私吞库银、勒索商贾啊？本朝虽无连坐成法，但先人犯下此等大罪，后世子孙如何做人？苏大人纵使不为自己考虑，也该为后人考虑一二，何苦替人背下如此黑锅？"

"钦差大人明察秋毫，下官岂敢将己罪诬予他人。"

"好好好，那大人说说看，这四万八千两银子哪里去了？即便埋入土中也要好大的坑呢，即便一月之内花光造净也要好大的动静呢，即便用来打通关节贿赂上官也要有人敢收呢，莫非苏大人将银子沉入黄河了不成？沉在哪里？下官倒要派人捞捞看。"

苏瑾谦见越临川精明至此，已然无话可答，木然跪在地上。

越临川看着神色震惊的方杜若笑了笑，复向苏瑾谦言道："若论治土为官，苏大人堪称良守；若论知法为人，苏大人怕连市井小民都不如些。邻人犯法，小民尚知向官检举，如此大贪，苏大人竟然知情不报。下官知道宋新儒是你当年主考，他在吏部为官之时想必对你多有提携，但他吞下的银子不是他宋新儒的，亦不是你苏瑾谦的，而是百姓缴与国库的，你因一己私情包庇于他，是对陛下不忠，对百姓不义。堂堂三品大员，进士出身，这些道理还要下官讲与你知吗？"

"库银周转不灵，宋大人道开春之后定能充平，现下必然已经补足空额了。"

越临川讶异地撇撇嘴角，似是不知再该如何笑好，片刻道："这样的鬼话苏大人都相信？下官是该夸苏大人君子胸怀，还是骂苏大人愚鲁幼稚啊？"

方杜若急向越临川道："苏大人秉性纯直，从来只以君子之心度人，此次犯错实为遭人蒙蔽。他为官多年清正廉洁，深受百姓爱戴，万望钦差大人体察下情，天威明断啊！"

越临川摇头："下官虽然身代天威，这明断之事却不敢僭越，只当将所闻所见如实上报，叩请陛下裁决。方大人想为苏大人缓罪，劝我不如劝他自己，揭发同党协助办案有望减刑，大人劝他将知道的都说了吧。”

苏瑾谦此时言道：“若非此次工钱之事，下官焉知州库无银，现下又能说些什么？”

“这倒是句实话，”越临川说着微微一笑，“州库存银充平之时少说也有十万两，宋新儒当日既连四万八千两都拿不出来，下官倒要看看他今时如何填上。——劳动太守府的车马，送下官向州府去一趟吧。”

豫州州库亏空案的折子送到案头时，一并送上的还有毓清率部回朝的喜讯。皇帝拿着两张折子反复观瞧，一喜一忧。喜的是自己最宠爱的儿子得胜归来；忧的是宋新儒身为资深老臣，惩处起来甚为棘手，若罚得太重，恐老臣们寒心；若罚得太轻，又怕难平民愤。按说皇帝的位子坐了这么些年，八九万两银子在眼中算不得巨贪，怎奈越临川查案查得如此仔细，什么收受贿赂、纵子放贷、任人唯亲，竟连太后国丧之时私纳姬妾的事都被他翻出来。违制事大，纵是皇帝如今也保不得他，只得将豫州州府并汴梁郡府的相关人等撤职的撤职，查办的查办，为首的宋新儒并苏瑾谦，朱批斩立决。

毓清回京当日，带领几个有功将领入宫参拜，皇帝迎出殿外，父子相见分外欢愉。近卫统领韩紫骁看见毓清身后的年轻尉官，只觉眉眼之间像极了儿时玩伴，无奈陛下在前，不敢上前询问。入得殿内，皇帝对毓清仔细存问，问行军之间可有吃苦，作战之时可有受伤，又问塞上风土。毓清一一答过，更将喻青与善阑哲的趣事前前后后讲给皇帝，听得皇帝哈哈大笑，连问喻青是哪个。毓清指着立在殿中远处的人道：“便是他了。”

皇帝听闻他数次建言有功，正待夸奖，却听身后的韩紫骁低低一句：“果真是……”

皇帝回头问道：“果真是谁？韩爱卿认得他？”

韩紫骁与喻青离散多年，今日重见只觉心情激荡，以是自语出声，不想被皇帝听见。韩紫骁忙答道：“回禀陛下，若微臣没有认错，这位喻小将军是微臣儿时的邻居，当年他随父亲出塞行商，再未回转，微臣以为……”

此时喻青带着疑惑与惊喜的声音也远远传来：“……韩大哥？”

皇帝笑道：“一别经年，殿上重见，真如传奇一般，寡人亦感欣慰。——传旨，赐殿内诸将士黄金各五十两，韩爱卿你也散假一天，同故人聚聚去吧。”

殿内诸人见沾了喻青的喜气，个个笑逐颜开，叩谢而去。韩紫骁连连谢恩，从皇帝身边辞去，匆匆出了大殿赶上喻青，两人见面，他一把抱住喻青道：“这些年来你在哪里，怎么半分音信全无！”

喻青见了儿时倚重的大哥，似见到多年失散的亲人，只觉得阵阵心酸涌上胸口，霎时落下泪来，将这些年的经历粗粗对韩紫骁说了。韩紫骁亦陪着湿了眼睛，道：“你竟吃了这样的苦，这么多年亏你如何忍得下来……喻叔父……果真不在了……”

喻青被勾起伤心事，只落泪涟涟，听韩紫骁道：“如今云开月明，你也莫要伤心了，今后我家便是你家，今日到家中去，叫你云英嫂子亲手做桌好菜，我们三人好生聚聚！”

喻青听他这话，挂着泪抬起头来：“韩大哥娶了云英姐为妻？”

韩紫骁点点头，竟微红了脸。喻青见他这样的豪勇男子也有这般儿女情态，不由轻笑出来。

殿内皇帝与毓清继续说话，毓清为属下向皇帝一一请功。说到喻青时，言道想将他荐至户部为官。皇帝道：“最近豫州州库亏空的案子细查下去，户部会有些人事变动，到时拿他补上也算才尽其用。”

“豫州？儿臣刚刚回京，尚未听闻。”

“豫州丞宋新儒侵吞库银，汴梁太守苏瑾谦知情不报，俱已批了斩立决。”

毓清听见苏瑾谦的名字，心中惊了一下。他知道方杜若在豫州监河，因此多问了一句，不想真问出事来。

“苏瑾谦一向廉政爱民，儿臣觉得，他是否无故受了牵连？”

皇帝闻言一笑：“苏瑾谦的名声已传至我儿耳中了吗？怕是方杜若对你言讲的吧？”

毓清点头称是。

“他倒是上了一封极长的折子为苏瑾谦开解，看来两人素日交情不错。”

毓清知道皇帝生平最恶臣子结党，以是没有回话。

皇帝叫人将方杜若的折子拿给毓清，毓清从前到后匆匆看完，道：“苏瑾谦治守汴梁多年，广有政绩，深得民心。此次向富商借银凭的是信誉威望，并无强迫手段，又全是为了给河工救急，自己并未截留一分半毫，纵使有错，罪不至死。何况汴梁百姓如今正联名上书为他请命，父皇可否宽限几日，待百姓书至，再加定夺？”

“你道他罪不至死？州库亏空，他向富商的借贷如何还上，信誉威望能变出银子吗？即便宋新儒真从州府兑银给他，那银子也必是从豫州其他郡县搜刮来的。你只道他对自己治下的河工恩慈有加，却不见他不顾他郡百姓的死活吗？”

“宋新儒私吞库银，苏瑾谦并不知情，这折子上说宋新儒对他言讲只是周转不灵，开春必能充平。若无这桩许诺，苏瑾谦纵有天大的胆子又岂敢借下四万八千两债务？”

“他不知情？”皇帝看着自己的六儿子笑了笑，“他不知情，为何起初想为宋新儒顶罪？若宋新儒本来无罪，他又顶些什么？”

毓清无言以答，皇帝续道：“若论行军打仗，你那些哥哥们没一个及得上你；若论政务，你却要多向你三哥学些。我将方杜若的折子给毓疏看了，你道他说些什么？”

“儿臣不知。”

“他说杀不杀宋新儒原是小事，苏瑾谦却是不能不杀。”

毓清不解，睁大了一双水色的眼睛望着皇帝。

“苏瑾谦是好人、好官，寡人自然知道。这样的好人为何回护宋新儒那样的坏人，你想过没有？”

“宋新儒于他有恩？”

皇帝嗤笑一声：“当年苏瑾谦高中进士，宋新儒是他的主考，这座主门生之谊原是天下最大的恩情。天子开科取士，为的是谋取治国贤才，如今却成了官员士子们网罗关系的手段。主考、副主考个个将天恩视为己恩，将国士视为家臣，登科进士只知谢座主结同年，不知为国效力为君尽忠。我朝已历几世，科举朋党愈演愈烈。长此以往，那些公卿士子还知不知道这国家是谁的国家，天下谁的天下！”

毓清平日只知带兵习武，或是仔细打点与皇家兄弟们的关系，这些朝堂上的利害牵扯却从未想得如此深透，此刻只是垂目不语。

“这些道理你三哥很是懂得。他向寡人道，苏瑾谦劝富赈贫，即便来日无钱还贷，亦算情有可原，这只知有恩师不知有天子的大罪才是必斩的因由。明旨杀了他，以一儆百，科举朋党必然有所收敛，如若留他不死，天下人倒真将他视为知恩图报的楷模了。”

毓清明白天理大过人情，毓疏的主张字字切中要害，纵然苏瑾谦的做法再怎样无可指摘，这份动机在此，已经注定保不住性命了。思至此处，毓清向皇帝道：“此番儿臣得胜回来，旁的封赐通通不要，只求父皇赐苏瑾谦一具全尸，也算父皇体谅他多年政绩堪为天下表率。”

皇帝犹豫片刻，道：“你说得亦有道理，寡人也怕贸然斩他，难平汴梁民意。只是朱批已发两日，此时再改，怕来不及了。”

毓清起身言道：“恳请父皇即刻下旨，儿臣的战马千里良驹，儿臣亲去传旨，必定赶得上的！”

皇帝闻言皱起眉头，“你征战数月刚刚回京，这般劳筋动骨为了哪个？”

毓清只跪下言道：“恳请父皇下旨！”

皇帝虽觉得毓清这番决断有些荒唐，无奈实是疼他，加上他宁边归来立下大功，此时不想拂他的意，唯有点头应允。

行刑当日天色阴沉，至午浓云不散。方杜若命小粳备下一壶陈酿，几碟精肴，到府牢为苏瑾谦压行。入得牢中挚友相见，双双落下泪来。小粳在一边陪出许多眼泪，哽咽道：“我家主人喝不得酒，我替主人先敬苏大人几杯。”

苏瑾谦忍了眼泪，举杯道：“苏某一介罪人，粳小哥莫再叫什么大人了。方大人与粳小哥这份心意，苏某无以为报，唯有来世再还了。”

小粳瘪嘴又哭，胡乱饮了几杯，又劝苏瑾谦吃菜。方杜若在一旁不断垂泪，小粳道：“主人莫再哭了，主人这般哭，苏大人走得也不痛快。”

方杜若强笑言道：“是我不通事理。苏兄一世为人善良纯正，死后必往极乐净土，杜若回京之后定请白马寺高僧为苏兄往生超度。”

苏瑾谦笑道：“方大人果是修佛之人，苏某却不信这些生死因果。只请方大人往后清明忌日为苏某抚笛一曲，苏某泉下有知，也便瞑目了。”

方杜若只觉心痛难当，唯有强自忍泪，点头应承。

午时二刻，监斩官向牢内提人，苏瑾谦镣铐加身上了囚车，一路行过州府主街。城中百姓大多知道他为官的声名，一一面露愁色，更有自汴梁赶来的百姓，个个在囚车两侧跪倒，沿路哭声不绝。刑场周围早已被汴梁百姓围满，见苏瑾谦下得车来，行至斩墩前跪定，纷纷失声痛哭，呼冤叫屈之声凄恻震天。监斩官见民情激动，唯恐拖延下去生出事来，眼见时辰将至，不愿再等下去，抽出令牌掷于地上喝道：“行刑！”

百姓哭得越发凄惨，纷纷向刑场中央挤去。刽子手不敢耽搁，手起刀落，霎时鲜血喷涌。方杜若不忍再看，只闭目垂泪，几乎咬碎牙床。忽听周遭百姓一阵惊呼，睁眼再去看时，银衣少年骑着白马跃过人群，蹄溅鲜血，看见地上的首级，生生怔在场中。

瞬息不停鞭马狂奔，终是晚了一步。毓清越过淤满鲜血的刑场望着面色惨白的方杜若，嘴唇动了动，低低唤他的名字出来。

第四章

云横秦岭家何在，遍插茱萸少一人

“春日宴，绿酒一杯歌一遍，再拜陈三愿……一愿郎君千岁，二愿妾身长健，三愿如同梁上燕，岁岁长相见……”

绿衣歌女柔曼曼持着红牙板，浅吟低唱。锦服的恩客懒懒歪在矮榻上，手中的酒杯在榻沿上轻轻叩着拍子，待一曲终了，拊掌言道：“分别数月，绿娘子的歌艺又有长进，听得人骨头都酥了。”

美人眼波一转，娇笑道：“知道越爷爱听奴家唱曲，越爷这些日子不来，奴家想得厉害，苦练来着，心道等越爷再来，定要用曲子将越爷拴住了，免得越爷三天两头不见踪影，叫奴家将心肝都想碎了。”

越临川扯了她的手腕拉进怀里一阵乱亲：“瞧瞧瞧瞧，漫说歌喉越发可人了，这小嘴也越发甜腻起来。如此下去，若爱死了我，哪个再来疼你？”

绿蕊只笑得浑身轻颤，伸手解他的衣物。两人拉扯调笑之间，忽听房门一响，一个男声在门外冷冷道：“越临川可在里面？出来相见。”

越临川心中一惊，推开绿蕊猛地坐起来。绿蕊见他面色古怪，知道门外的人与他有些瓜葛，令他不好直接回话，于是径自开口道：“门外是哪个泼皮，恁地不通事理，人家夫妻在床上玩耍，你是想进来看看怎的？”

绿蕊在青楼混迹多年，早听出门外之人是那从不进窑馆的所谓君子，以是用了正经的妓女口吻答他，望他无趣羞惭，罢休离开。门外果然没了动静，越临川拧着眉毛低着头，一张面孔时青时白，阴晴不定。一忽儿门口道：“我在这凝芳楼外等你，玩耍够了就出来见我，你早朝之前总要回家换官服吧？”说罢脚步响起，那人转身离开。

绿蕊重又偎进越临川怀里，道：“这是哪个？与越爷有过节？竟追到这里来。”

越临川勾起嘴角笑笑，一双眼睛却看着锦被上的花纹，不知在想些什么。绿蕊凑过去把弄他，又舔他的耳垂，越临川将她轻推开，道：“我今天刚回来，身上乏得很，你陪我先睡一会儿。”说着裹了被子躺下。绿蕊知道他是被那人败了兴致，也不好再说什么，随他躺下，将整个身子偎了过去。

似这般不知躺了多久，蜡烛也燃尽了。绿蕊正待沉沉睡去，却听见越临川披衣起身，她蒙蒙眬眬向越临川问道：“这深更半夜冷风刮着，越爷往哪里去？”

越临川匆匆穿戴衣物，道：“明日要向衙门述职，我刚想起还有几条档案尚未准备妥当，这就回家去了。”

绿蕊是聪明女子，也知道不应再问下去，只披衣道：“奴家送越爷下去。”

“不必了，天还早，你再睡吧，恩银我结在柜上。”

绿蕊看他匆匆出去，躺下咬起被角，闷出几滴眼泪来。

越临川出得楼外，见那人果真正在门对面的墙下站着。花街不夜，人流灯火在他身前来来去去，浪语谑笑不绝于耳，他却只是袖着手垂着头等，背挺得笔直，全像身处别方世界一般。

越临川走上前去，作揖问道：“陆师傅有何指教？学生听着。”

陆妙谙微愣一下，抬头见他，皱起眉头道：“你还知道叫我一声师傅？堂堂大理寺少卿，司掌法典狱令，甫回京城，一不参驾，二不述职，夜宿青楼，成何体统！”

“陆师傅不说，又有哪个知道学生已经回来了。学生还没问过陆师傅是如何知道的？”

陆妙谙转开眼睛，只道：“今日去你家中，见你行李到了，问了下人，竟说你大约在此，便寻了来。”

“陆师傅是第一次到花街来吧？学生带你周游周游？”

陆妙谙气得紧抿嘴唇，越临川道：“此处人多口杂，两个朝廷大员站在这里争吵，传扬出去总不好看，陆师傅不怕，学生还怕呢。”

陆妙谙又气又恼，甩手便走。一路生着闷气，避开人流七转八绕，走了不知多久，猛然停下时，却已是黑漆漆的巷子。陆妙谙转回头去，明晃晃的花街在巷口露出几许亮光，那个再熟悉不过的身影裹在光里慢慢踱了过来。

陆妙谙叹了口气，转身向他走过去。巷子狭窄，他要走回街上，须得越临川转身先走或是让开。行至面对面，越临川停下脚步，退也不退让也不让，背着光也不知道是什么神情。陆妙谙等得不耐，伸手推他，却被他抓住胳膊往前拽了一下，抱个满怀。

“这是做什么！都这么大了，让人看见成何体统！”

“这是凝芳楼的后门，姐儿们传这里闹鬼，平素从不过来，你不嚷嚷谁来看见？”

陆妙谙只好低了声音，道：“这又是怎么了？谁又给你委屈受了？”

越家祖上对陆家有恩，两家代代多有往来。陆妙谙成名甚早，二十三岁得中状元，之前之后都帮越家子侄带过些课程，因此越临川称他师傅。越临川在越氏宗家排名最小，母亲原是歌女，生子之后被接进府内，却从来没得过半个名分，早早死去。因越临川出身低贱，其余兄弟姐妹皆将他视为欺侮的玩意儿，越老爷亦从不将这个儿子放在眼中，甚至不让他进入家学。那日陆妙谙正在讲习《大学》，错眼看见窗外有个小小身影，陆妙谙一走过去，那孩子便跑开，过些时候再悄悄过来。终有一次陆妙谙脚下快了一步，伸手出窗抓住那孩子的衣领，逮个正着。

那八九岁的孩子吓得浑身发颤，一双漂亮的眼睛怀着极深的恐惧看过来。陆妙谙原本全无恶意，见他吓成这个样子，连忙柔声安慰，又问别的孩子这个是谁。越家的长子随便答了几句，陆妙谙大致懂了意思，便问越临川躲在窗外可是为了听课。越临川怯怯地点了头，陆妙谙笑道：“既想听课，何必蹲在窗下，直接进来坐着便好。”

后来这句话，越临川一直一字不差地记着。

第二日越临川早早到了课堂，越家的其余子弟见他进来，一片嘲弄之声。他的三哥拿毛笔蘸了墨汁向他眼睛上画：“瞧这狐媚的一双吊梢眼，全与你娘一模一样。既然这般像个下贱伶倌，三哥给你画上脸，你给我们唱上一曲正好……”

越临川低头闭着眼睛，既不躲开也不回嘴，只默默忍着。余下兄弟将更多墨汁书本，甚至镇纸砚台向他招呼，他被砸疼了也只是弯弯腰，绝不离开坐着的椅子。一会儿陆妙谙进来，看见这般光景，几乎气炸了肺，却只是向讲案前冷冷一坐，道：“今日课开得早，先考你们几个对词。”他见越临川那日穿着一件青绿色的旧衫子，便道：“绿衣。谁能对上？”

一时堂中有对红花的，有对彤云的，有对碧裳的，闹得不可开交。陆妙谙见越临川咬着嘴唇不说话，便向他道：“临川，你说。”

越临川听陆师傅这般唤他的名字，蓦地抬起头来，明魅的眼睛中流露出一丝欣喜，眨了眨眼，扬声道：“黄鸟。”

陆妙谙听他开口便是心中正解，笑道：“对得很好。只怕他们还没听懂，你再讲讲。”

“《绿衣》《黄鸟》同是诗经篇名，又皆为悼亡诗，文辞哀切，古意深远。”

“讲得也好。不过这个原不算难，我再问你一个，恒河沙。”

双字变为三字，堂中的孩子都没了声息，兀自思索，却听越临川亮亮答道：“不烬木。”

陆妙谙没想到越临川答得这样快，答案又是这样新奇，便问：“这是什么？讲来听听。”

“《神异经》载，南方有炎火山，其中生不烬之木，昼夜火燃，得暴风不猛，暴雨不灭。”

陆妙谙沉吟片刻，道：“恒河沙对不烬木，虽不是完全工整，意境却有深远之处，这个也不错。这《神异经》你又是在何处看到的？”

“是……我娘留给我的。”

底下的孩子哄笑成一片，陆妙谙明白越临川的母亲出身青楼，这志怪之书应是她闲来无事解闷用的。既然带进府来，这小小的孩子饥不择食，倒也看得细记得牢。陆妙谙想来便道：“对词虽然对得好，旁门左道终非正路，日后还要多看些圣人经典才是。”

不想那小小的孩子却道：“人人都看圣人经典，全将天下看成了一个样子，我偏要看到些旁人看不到的东西。”

陆妙谙被他说得一愣，讶然于他小小年纪便有如此见识，此番言论虽有些离经叛道，却能突破历代陈风，颇有新意。陆妙谙不便夸他，但也不想责他，只笑着让他坐下，向其余弟子道：“今日的对词，是临川对得最好，既然对得好，便是这里合格的学生。你们哪个想叫他出去，需得先学得过他。若是个个都学得比他好，为师自然不会再让他坐在这里了，听懂了吗？”

众子弟虽不情愿，也纷纷点头。

越临川知道陆妙谙只比自己的大哥大上一岁，不过廿二年纪。看他一副一本正经的师长模样，越临川低头偷偷笑出来。

当日结课，陆妙谙将越临川留下，向他解释道：“今日你哥哥们欺负你，我是看见了。但我若是责罚他们，难保他们日后不会怀恨在心，加倍报复于你。只要你勤奋读书，处处强过他们，他们对你心生不甘，再生佩服，自然不会再欺负你了。你自己虽争气，但有什么委屈也要说给我，我纵不能惩处你家兄弟，替你排解些也是好的。”

两家算起来，陆妙谙与越临川是平辈，故而对这个小小的弟弟甚为心疼。越临川亮着眼睛望着他，他说一句便点一下头。

陆妙谙又道：“你方才说要看到旁人看不到的东西，志向很好。只是如今的世道下，想伸张这样的志向，先要举仕，因此圣人书也要仔细读，明白吗？”

越临川还是点头，见陆妙谙收拾东西打算回府，咬着嘴唇闷了一刻，突然扑过去两只手抓住陆妙谙腰间的衣服，将脑袋埋进他怀里。陆妙谙见他这样，知道他平时受了太多委屈，今日好不容易见到个对他慈善的人，因此舍不得自己走，于是轻轻拍拍他的背，安抚道：“我明日还来呢。我今天看你被欺负成那样也不愿离开书堂，就知道你总有一天会是这里所有人中最有出息的。你好好读书，来日中了进士，你全家人都会将你当成宝，再没人敢轻侮你了，知道吗？”

越临川将脸埋在陆妙谙胸口，轻轻点头。

次年陆妙谙大魁天下，九年后越临川得中二甲进士。陆妙谙当日说的果然无错，越临川在越家这一代子侄中第一个登科、第一个举仕，如今官位也做得最高。越家现在果然将越临川当成宝贝，越临川却不将他们放在心上起来，不时流连秦楼楚馆，接连数日不返家中。陆妙谙虽然常常说他，但也觉得自己没什么道理去管，话从来说得不重。今日见他远游归来却不来探问，以为他出了什么事，去越家问时，却是直接去了凝芳楼。陆妙谙一时生气，一路找来，现在见他这样，才知道他确实遇到了什么不痛快，于是柔声劝着，又问了许多句，越临川只是不答。

陆妙谙知道越临川脾气拗起来便不用指望他开口了，只得轻拍他背。这么过了一刻，渐渐听出越临川的呼吸又短又断续，竟似抽咽。陆妙谙慌忙伸手去摸，触手全湿，这下可惊得心慌意乱，心道从小看他长大，再受怎样的委屈也少见他哭成这样，今天定是遇到什么了不得的事了。陆妙谙连声急问："这是怎么了？啊？究竟怎么了？你倒说话啊？"

越临川摇头，离了他侧身靠在巷子墙上，一时只是抽泣。

陆妙谙回想此日情景，慌乱问道："出了什么要命的事了？你喜欢的姑娘查出痨病了？纵是痨病，现在宫中的翟太医医术高明，我去求他，没有治不好的……或是，你喜欢的姑娘许了人了？她若愿意跟你，你出更高的价金赎她不行吗？就说你早该将人家赎出来，青楼总归不是人待的地方……"

越临川看他着急，不觉好笑，也便止住了难受，开口时嗓子仍有些哽："我今儿刚回来，听闻吏部衙门里闹了个笑话。说是韩王家给郡主选郡马，让将朝廷四品以上、年纪三十以下尚未娶亲的，造名册呈过去。"

陆妙谙听他话断在这里，忙道："前日是有这话，此事甚荒唐。却又如何？"

越临川垂着头只说："事出紧急，吏部一面按人头裱好了册子，一面知会各部衙门将本部符合标准的详写年庚履历送去，等到吏部文吏往册子上誊抄的时候，抄到最后，那册页却少了一面。"

陆妙谙听到此处，已猜出十之八九，一时气得浑身发冷。

"只得连夜叫了裱糊匠过去，现拆换出一页。又责那文吏粗疏，不识京中人物，又笑大理寺办案精明，为奉承堂官却真能装傻，这样出身，也能腆着脸送来选郡马。"

陆妙谙双手攥拳，肩膀都在抖："四品以上、三十以下，哪条不符？你大理寺少卿朝廷所命，轮到他们来指摘出身？吏部主此事的是谁？我去同他讲理！"

越临川抹了下眼睛抬起脸："我这样的腌臜东西，哪里配你次次为我得罪人？这些话外面未传，我有法子知道罢了，此时闹开只有败我的脸面，且待来日分解。跟陆师傅讲出来，是为了心里舒服，又惹你生场大气，倒不值当了。"

陆妙谙强忍了一刻，深深叹气："按说郡主择郡马，像你这样的才情相貌年纪，本当排在第一，但是世间俗见积习已久，品评人物殊难唯以品貌才学。但话说回来，娶郡主成郡马便是好事吗？如若夫妻离德，倒不如娶位寒微女子两情相悦，出身一事，全无可论之处。"

越临川笑起："你是大家的嫡室长子，弟弟都能娶公主，出身于你自无可论之处。只是陆师傅多虑了，什么郡主郡马，我那履历是下面人不懂事写来送去，若我在京里，教他们做这等蠢事？师傅尚未娶亲，我又急些什么？"

陆妙谙还在气头上，闻言苦笑："我丧妻之人，你和我比些什么？"

越临川却摇头："我在外面，'判官''酷吏'名头极响，一生令名到头来怕只得'陆妙谙高足'这一项，焉敢不肖尊师啊？"

陆妙谙摇头只笑："无非怕我再来这些花柳之地寻你。罢、罢，你的终身我是不管了。"

小皇孙满月当天，三皇子府并未大摆酒宴，只请了几家近亲小聚。毓疏见陌楚荻带着夫人陆氏与妹妹如虹从花厅外进来，起身相迎，区区数步却觉脚下艰涩。

陆氏随陌楚荻走至前来，款款行了礼，眼睛却没有抬。陌楚荻笑对她道："三殿下最是随和的，从小对我多加看护，仿似亲哥哥一般。夫人莫要拘那许多礼数，只当自家人便是。"

陆氏夫人点点头，这才抬头去看毓疏。盈盈一双眼清澈见底，明媚温和，几如初见。

毓疏嘴边的笑只滞了一瞬，点头招呼他们落座。

自从听闻这桩婚事，毓疏心里最暗的地方存下个对自己都难启齿的念想，想或许这多年之后，她亦想再见一面，再谈几句。或许她十年不嫁终允下这桩求亲，多少因着这血亲联系。然而方才对视一眼，才惊觉这般心思轻薄如是，那干净的人心无挂碍，她什么都记得，也什么都忘了。

毓疏二十岁那年出阁读书，原本心里是很不乐意的。因陌楚荻身子不好，在家由父母延西席教授，并不来上太学。毓疏这一上学，就被拴住了，没法时常聚在一处。他从小性情沉闷些，对身边人尚话不多，何况彼时他是太学里唯一的皇子，同窗也畏他，自己又常被近侍绕着，连一个能说话的朋友都没有。

这样过了小半个月，每天早起去学里，无论刮风下雨还是响晴天气，毓疏总觉得心头是灰蒙蒙的，一进那太学的大门，更漏就走得格外慢，每日都难熬。

直到那天，毓疏记得清楚，苗条高挑的女孩子穿着嫩青色的女史官服，捧着一刀堆雪一样的宣纸，从堂外进来。在那个时刻，堂中景物在他的记忆里明亮起来：是春末，轩堂三面敞开，讲师背后的大屏风上题的原来是荀子《劝学篇》，丁香开着，暖风里香气馥郁，晨光自堂东斜斜照入，透彻如温泉水。

在那明亮所在的中心处，那女孩自己对她带来的一切一无所觉。她扬头向堂中扫视，记下人数，然后拈起纸的一角一张张细数，微低下的头使她的脖颈和后背拉成一道极优雅的弧线，像那些春草顶起花苞的样子。

那天那张雪浪纸，她最终也没有亲手递来，只是交给近侍后就几步行开，甚至没有向这边看过来一眼。

在用午饭时，在先生小憩、午课未开时，毓疏也总听见官宦子弟们品评议论学中这些女史。有说是为了赵家小姐才每日来上学的；也有说白家小姐不肯再与人多交接，是因为有了婚约。可这位陆家小姐，谈论的人并不多。一言半语里，有说她父亲陆学士授课严厉脾气又大，把女儿也教成了书呆子，总不会笑；也有说她姿容不胜傲气，自视过高，从不正眼瞧人；也有说她是侧室所生，本来与那些来寻高婿的正出小姐存心不同，又怕被人看轻，自然不肯多假辞色。

毓疏听见这些话时，不是在默默吃饭，就是在默默温书写字。在他眼里，好女子本就该如玄女下降，双脚不沾世上泥土的，对俗人自然严厉些。反正看见她心里就喜欢，听他们这样说，也生气，也高兴。生气是因为他们贬损了心上的仙子，高兴是因为没有别人惦记着，好像她是只属于自己的。

有次回去见陌楚荻，没忍住对他说女子还是单字名好听，又说陆学士果然才气，给女儿取名为“漓”，大异俗常。陌楚荻当时是个十三岁的孩子，也没全明白意思，只附和他说“明秀之极”，毓疏心里便甜丝丝的，好像被肯定了似的。

如此到了夏至，太学堂中例行大考。因从前有过某学生因哪位女史不当值，便不肯来上课，女史们的排班学生是不知道的，又经常改换。那日恰是陆漓当值，夏服比春服更薄些，她迎光抬臂时袖子是半透的，能看见纤细的小臂，毓疏这考试的心便飞了三分。

卷纸发好，主考讲师宣布考题，是极熟烂的“必也正名乎”，本来在宫里上课时也作的，很难作出新意。太学考试有个不成文的规矩，当值女史可以在堂中走动，替主考巡卷，遇见学生奋笔疾书不及研墨时，还可以代研，是谓“捧砚”。当然实际行时，女史们总对心仪之人才肯屈身跪坐。为这捧砚之事，那些容貌上佳学业又好的学生，往往考起试来，倒比别人麻烦了些。

本来毓疏身份极贵，个性又严肃，有些不怒自威的架势，这捧砚的殊遇他是从没得过的，只陆漓在堂中走动，哪怕在他身后只停一刻，他已觉得心直跳笔下发涩了。文思不畅，只好用些熟典，将始皇帝公子扶苏之事论了些套话。写到快结尾处，想着多少有些拔高的句子，一时专下心，那绿衣身影就这么在案侧跪坐下，挡住了窗边漫入的光。

毓疏抬头，第一次与她四目相对，整个人都愣住了。陆漓却低头，向砚中添水，挽了袖子慢慢将墨研起来，后颈上映光见一层柔腻的浅浅绒毛。毓疏只好也低头，觉得卷纸上自己写的字都不认得了，想了一半的句子早忘得一干二净，笔都快不知道怎么拿了。

总觉得好一会儿工夫，又像是只一刹，毓疏的视野里见那水葱一样的手将墨在砚边架起，放开袖子要起身的样子。他不由抬头想看，这时案上只听咚的一声，应声低头时，墨泼出来一长片，整张卷子都污了。

陆漓向后挪出一步拜下去：“殿下恕罪。”

毓疏只顾上看她袖子也被墨污了，连说：“不碍事不碍事，我再写出一份就是，不碍事。”

周围的学生都往这边看，主考讲师也走过来了。陆漓略抬起头看着毓疏，眼神里有些提示的意思，毓疏低头看了看自己的卷子，突然心头猛醒。陆漓见他悟了，上来将那几张脏纸折卷起来捏在手里，又向主考赔礼。主考当然也不责她，让她下去先把衣服换干净。毓疏看着她去的背影，人生第一回这样明白了自己的位置。

这天考毕，毓疏在侧门那里等了好久，才见到陆漓与一个小丫头提着个小包袱出来。那是毓疏第一次见她穿私服，上衫是极淡的绯色，像早春开的山桃花一样。本来准备了好多句话，此时一下也说不出来了，陆家的丫头看着他笑，走到远处与毓疏的近侍一起等着。

平日毓疏看她时，总在学堂上，毓疏是坐着的，陆漓站着。在毓疏的印象里，一直觉得陆漓是高个的女孩子，现在两人相对，才发觉她刚过自己的肩头，仰头看过来时眼睛显得特别大，此前只是她纤瘦长颈给的错觉。毓疏不知道眼睛往哪放好，看她的脸，觉得唐突，往下垂眼睛时，便看见她襦裙束着的胸前鼓鼓的，也像花苞一样，更觉得唐突，耳朵都开始发热了。

倒是陆漓先开口说："今日冲撞殿下了，谢殿下不怪罪。"

毓疏忙摆手说："不不，是我要多谢小姐，帮我大忙了。"

陆漓笑了，"还怕殿下嫌我多事，现在放心了。"

毓疏见她笑容，也忘了这是第一次看她笑，只觉得好看，也随起笑脸。听她自称"我"，觉得她态度洒落，更是一番动心。又听她担心自己对她的态度，一时竟有些受宠若惊了，低声说："宫中无储君，公子扶苏之事确实不是我可以论的，那卷子若交上去不知是个什么结果，今日得小姐指教了……怎么谢过才好？"

陆漓却摇头说："殿下若觉得是为求谢，我才如此，我心里倒过不去了。真的只是一时起意，若不是平日里见殿下的样子，我也不敢。"

这是堵住再往下交接的路了，毓疏心里深深失望，不觉脸上神情也凉了，想想道："那小姐的衣服，我总要赔一件……"

"本来也是太学发的呀。"

毓疏只好不说话了，陆漓辞过了他，带着小丫头轻快去了。

这天起毓疏在学里就更闷了，总觉得像经历了什么变故，提不起精神。陆漓当值时，他心里好些，但可望不可及，又是另一种难受。

一日午休，他在院子里看荷花消解烦闷，听见那边有人说话，本来嫌聒噪想走，却有"陆漓"的名字漏进耳朵，便站下了。他起先觉得几个读书人凑在这里对女子称名道姓的实在无礼，后来听见说"以为她是清高，结果是不见兔子不撒鹰啊"，"王侯都看不上，人家是冲着皇子来的"，"这手段也不新鲜啊，墨能泼几回？这些天看下来，皇子爷也不像要搭理的样子"，"你们想多了吧，她真当自己能做皇妃啊"，"她不是侧室生的吗，去做个侧室正好啊"。

毓疏气炸了，要过去理论，旁边的近侍扯他。毓疏拧眉要挣开，那近侍悄声说："殿下过去了，他们不是更有话说？小的去暗看一眼都是哪些人，殿下收拾他们还要今天？"

毓疏想也有理，但实在吞不下这口气，晚上回去跟陌楚荻学了一遍。陌楚荻半跪在廊子的侧边椅上，一边往莲池里丢饵料喂锦鲤，一边听着。本来毓疏只是想自己发发火，不想陌楚荻比他还生气，抓起一把饵料哗啦一声砸进水里，"让他们逞嘴快，他们高兴了我们气着？一定得赚回来才行！"

陌楚荻是最不饶人的，毓疏笑了，问他："怎么赚？"

"这些话传到陆小姐处，她要避嫌，更不理会殿下了。"

毓疏也是忧虑这个。

"殿下就给她写封信啊，把听见说什么了，殿下心里怎么想的，为什么不当面整治那些人，还有安慰陆小姐、懂得陆小姐的话，都写在里面。陆小姐一看，殿下这么知礼数，又好心，"他转过身来冲着毓疏，"这么一想，那些人生出这些事来，倒是帮我们了。"

毓疏心里一下松快了，陌楚荻年纪小，心中没那么多礼法约束，反而能提出直截了当的办法。那些人说什么当然远比不上能给陆漓写信要紧，何况这信写过去，礼数上也一定能得她的回信。毓疏心喜着，低着头把想说的话盘算了好久，再抬头时天已经黑漆漆的了，四下虫鸣。

陌楚荻在夏日晚上总穿生色丝，这会儿皮肤和褂子差不多是一个颜色，在暗的背景里浮出来。看毓疏抬头了，他说："殿下要写就别回去写了，就到我书房拿笔。殿下回去再想三想四，又写不出来了。"

这封信递过去，次日果然得到陆漓一封长信回复，自此两人断断续续就通起信来。往往也就抄写些生僻的诗词交换，有时三两句问候节气，毓疏都当成至宝，一张张仔细收着，夜里翻看，自己也能傻笑一半个时辰。如此过了半年，虽然在学里两人再没单独说过话，毓疏心里却觉得亲近了不少，有时见她站在远处向自己这边望，虽不敢冲她，也低下头笑笑。

到元宵节时，洛阳不禁城，官私张灯结彩竞夸繁盛，满城无论老幼俱往街上观灯，总要天快亮时才肯返家，男女相约此夜亦不禁。毓疏大胆写了信去，不想陆漓当真答应了。那天毓疏也不记得穿了什么，总觉得上身的都不合适，足换了三四身，到快赶不上了，匆匆出去，路上却堵，马也骑不得。下了马疾走了一段，分开人群，果然看见陆漓在等了，站在曲坊桥旁最大的那棵灯花树下，怕被挤，后背紧贴在身后铺面的墙上，从往来的人流里时时露出脸来。

那一刻毓疏觉得上空满树灯火都是她的首饰，世间只她是独一无二的，真将一颗心全许了。

走过去，两人见面，毓疏忘了赔礼，陆漓也没怪，她说："我父亲哥哥都不爱看灯的，往年也不让我们出来。殿下常来吗？"

如今想想，陆家当年未必没有允婚的意思，恐怕放他们这样相约，是肯嫁陆漓为妾的。但那时毓疏满心认定这就是他一生所愿之人，全没有往纳妾处想，只觉得她二七年纪，两情相悦，到太学念完时她正好足年，向母亲求告一句便可遂愿。当年开科，入春之后陌楚获要考试，太学也散了长假，毓疏虽然心中惦念，也就多去顾陌楚获了。不想放榜之后再去上学时，听闻陆漓的生母突然病逝，从此要守三年孝期，不再来了。

毓疏想她不知哭得怎样，心中惨伤，但不曾灰心，只道是等。起先也写信，可不能见面，回来的信语句上只剩礼节存问，文辞隔膜下去。不想太学还没上完，克贵妃给定下了与罗家的亲事，毓疏说不愿，说心上有人。但他素来孝顺，克贵妃不改口，他也只能答应，又不舍得陆漓做妾，也知她本心未必肯，便至于今天。

凡此十年，起先陆漓不嫁，毓疏当她不能忘情，自己背人处也流过眼泪，虽与罗氏举案齐眉，喜欢她的容貌性情，却再未觉得真动过心。后来陆漓年岁渐长，外面流言也有，毓疏心觉她被自己耽误了，世人觉得她被皇子弃过，便再难有像样的人家去提亲事，她自心高，不肯屈就。每过一年，她的名字、相貌、她对答讲师的音调、行走的姿势、看过来的笑意，都在毓疏心上堆得更重，像无价的宝藏，也像还不起的债。

他曾经怕她嫁过，愿她嫁过，愿她嫁时又怕她所嫁非人过。如今她的郎君在她身边坐着，毓疏想起当时那孩子在暮色里向池中丢鱼饵时激起的水声，说不清上天这样安排是好意还是考验。

如虹与毓疏是闹惯了的，黏上来恭喜哥哥贺喜哥哥地叫。毓疏一面应她，一面看着陌楚荻对陆氏笑着讲解堂前院落中的一架古藤。她今日也穿浅绯的衫子，下裙间破朱紫，绾一个低髻，别无首饰，只在压鬓处簪一支细工的金芙蓉。陌楚荻言笑晏晏，陆氏听得专注，明艳的眼睛时而看花，时而看着陌楚荻，即便成亲已有月余，她看着自家郎君时，脸上仍带一丝娇羞甜蜜。

毓疏转开眼，带笑喝茶，去与如虹说话。

一会儿正妃罗氏将小皇孙抱出来，两个早生的女孩子跟在后面。女眷们纷纷围过去看，罗妃将孩子递给陌家的新媳妇，陆氏夫人接过来，却不知如何去抱，孩子不舒服地蹬蹬腿，吓得陆氏手足无措。罗妃笑道："想来妹妹在家中父母娇爱，从没让带过孩子呢。"陆氏红着脸点头，将孩子递回去，罗妃却只是从下面托住，并不接过："不妨事，正好学学，不久便能用上了。"

众女眷纷纷笑开，陆氏埋下头，满脸羞红，陌楚荻在远处笑道："借嫂嫂吉言了。"

罗妃向陌楚荻招手道："探花郎过来，抱抱你这小侄子，也让我儿沾你几分风采灵气。"

陌楚荻走上前去，笑道："小皇孙天潢贵胄，是臣弟沾他的福气才是。"说着将孩子从自家娘子的手中接过，抱在怀里轻轻拍着。不想孩子到了他的怀中竟变得十分乖顺，明亮的眼睛向上张望，可爱非常。陌楚荻笑着逗他，又问罗妃："陛下赐过名字了吗？"

"今天早上赐下的，叫庆麟，'麒麟'的'麟'。"

陌楚荻闻言拿手指轻轻点着孩子软软的鼻尖："庆字辈也排了不少了，这么好的'麟'字，皇帝爷爷哪个也没舍得给，原是等着给你呢。"

孩子睁着一双大眼睛，亮亮地看他。

毓疏听见陌楚荻的话，心中微动，扬声对罗妃说："你们妯娌姊妹带麟儿去内室玩吧，有我们这些老爷坐着，你们的私房话也不方便说。"

罗妃笑着点头，依言带着众女眷离开。毓疏起身向书房去，陌楚荻跟上。到得屋内，毓疏吩咐下人倒上茶水后关门下去，两人静默坐下，一时无话。炉里的熏香袅袅而起，窗户开着，院中架上的紫藤艳丽如堆锦。陌楚荻看着花，忽然轻轻咳了一声，毓疏起身熄掉熏香，走过去一只手搭上他的肩头，静了一刻，道："又瘦了。"

陌楚荻只道："开春衣服穿得少，是殿下想多了。今年殿下这里的藤花开得比我宅中的还好。"

风从窗口进来，吹散了熏香的味道，带来藤花暖蜜一般的香气。毓疏收回手，抑住胸中叹息。

"方才借你吉言了。"

"有身份的众位皇子里，唯殿下的长子是嫡子，臣弟方才说的只是实话。"

"父皇原先也提过，只是你说之前，我听这名字都没想起来。"

"陛下对殿下的倚重，臣弟不说，殿下也该知道，"陌楚荻将视线转回室内，"此番库银亏空一案，一来殿下处理得当，深受陛下赏识；二来越临川审案精严，益得陛下器重；三来宋新儒多年侵吞库银肆无忌惮，与户部放任不无关系。此案之后，陛下下旨彻查户部舞弊，显见已对太子殿下多年的疏忽心生不满。这一出一入之间，殿下势涨，太子势亏，庆麟的名字已将陛下的态度说解明白了。"

毓疏淡笑，"使一支箭打下许多鸟来，荻哥儿的建议从来没有不好的。"

"建议是臣弟的建议，但非越临川不能做到。他为殿下办成大事，殿下谢过了吗？"

毓疏闻言略觉心酸，心道才这几日，已然隔膜至此。

"前日晚间在上书房，我看父皇高兴，建言越临川此次办案于国有功，然他身无荫封，年未而立已然位在从四品，无赏可加，不若诰封其生母，也显我朝以孝为先。父皇当时即允，今早上谕在门下省盖印，想明日便到礼部了。"

陌楚荻闻言也是怔了怔，事涉礼部，平素早当面说了，何至上谕不到竟不知晓。片刻他整理心神，笑道："这对越临川真是再大不过的礼。他那么精明一个人，即便不当面说破，也定会感念殿下的恩德。依臣弟看，殿下不如趁热打铁，向陛下请旨代办户部彻查之事，若能一举革除积弊，向陛下显示政务能力不说，户部的势力亦能握入殿下手中。”

毓疏点头，“明日上朝便奏此事。”

陌楚荻笑笑，转头看着窗外明花照眼，又想及一事，“殿下，欲成大事，为长久计，还需防范一人。”

毓疏正向案上取茶碗，手上一顿。

“……史渊自陛下登极以来，从户部主事历任京中要职，为相五载，又加太子太保之衔，已盘踞朝堂多年。臣弟料想，太子势危，他若重选其主，不会站在殿下一边。”

“为何？”

“他当年起自户部，便是因为前代立储时未站在后来选立的太子一边，而是对当今陛下、当时的七殿下多有美言。他那时位卑言轻，朝廷上无人在意，但陛下显然记在心里，因此登极后对他一再重用，他也堪任，至于今天。如今他若想如法炮制，太子之下，立殿下为储，顺理成章，他无从以功臣自居。何况，史渊家中用度颇大，皇子的岁供皆是一样的，余地有限，史渊若要伸手，需向外戚处取。罗家与我家在财力上是无从和江家相比的。”

毓疏端起茶碗轻啜，心中安慰。他道陌楚荻非但没有因为成亲那日的争吵存心怪他，反而太子之事未了，已为他虑出将来许多，可见为他日日悬心。思及此，毓疏也懒去想史渊如何，只笑道：“我当是谁。本来也没将他算在我这儿，他随毓希便去吧，不过各凭本事。”

陌楚荻笑了笑，慢慢嗅着空气中的花香，不再说话。

方才口边的话并非这些。四殿下从来不是合格的对手，如今皇子里得碰军权的只有那一人。

事关六殿下，却是说不得。

后事且住。他转头看向毓疏的侧脸，心道无论前路几人阻挡，若真有天命，天命当在此。

如若不在，即便逆天而动，东宫的那只大鸟，也要先结结实实打下地来。

夏时将至，白昼转长。这天王氏蔚儿正在房中将弟弟王翊近日的来信摊开温习，忽闻门响，抬头见外面天将擦黑，毓希朝服未却，顶着向晚天光踏进门来。

王氏忙起身相迎，未及行礼，毓希回手关上门，一把抱住她。两人已有数月未曾独处，这么静静抱了一刻，王氏心中欢喜，也有些疑惑。毓希松开她，低头看了看她眉眼，带她回桌前坐下，看见桌上的信，略扫了几眼。王氏见他无心细看，笑着将信拢在一处叠起，仍放回柜上的匣中收好，然后坐下看着毓希。

毓希见她不去倒茶，只等着自己说话，深感她善解人意，伸手握住她放在膝上的手道："今日上朝，三哥请旨代办彻查户部积弊。父皇正犹豫着，史台辅说，工部由我监管，赋税徭役本一事，不如户部一并归于我，由他佐理，便利地方。父皇便说，史台辅治户部是有手段的，此法甚好，当时准奏。"毓希说着笑对王氏，"下朝的时候，三哥的脸色可太好看了。"

王氏并没完全听懂，但也明白毓希得皇帝重用了，更赢过三皇子一场，了却他长年心愿，是大喜事，因也喜上眉梢，连连点头。转念想到毓希方回家，朝服都没来得及换就来寻自己分享喜事，果然情意存在他心里，只是平日不好表露，又有些酸楚。

她怕毓希看出来，起身去为他备茶，又帮他把朝服脱换下来，以手势问他是否在这里传饭。毓希让她备酒，又说想吃鱼脍，王氏便笑应了，到门口传给侍女小玉准备。

一时食毕，因毓希在，房里多点了两盏灯，两人相对玩起六博棋。方才吃饭时，毓希心中快意，讲了许多新年以来京中见闻，尤其将元日齐陵在西苑搏虎之事细细讲与王氏听。一边讲着，一边见她听老虎伤谢绍时花容失色，听齐陵跳入虎池时敛眉屏息，听皇帝赐婚时又拊掌而笑。毓希想她日日困在这三间房内，因怕招江氏嫌恶，花园都不敢多去，心觉怜惜，也觉亏欠。

因王氏无法说话，毓希一人讲话难得长久，两人只终了一盘棋，熄了灯早早躺下。温存过后，睡意未至，毓希头枕在王氏肩上，由她轻轻抚着脑后的头发。月亮照在地上，明晃晃一片，好一刻，毓希低道："还是你这里好，外面没一处不聒噪。"

王氏将脸颊在他额上贴了贴。

“这次既然让我彻查积弊，我得办个好差事，让人说不出二话来。跟史台辅商量了，要速见大成效，最好是仿前朝的输籍之法。”

王氏点点他手背，示意不懂。

“就是……清查户口。我想，既然要查，就查个大州，叫他们把隐匿的户口多吐出来。还要查算田产，今年的户税、亩税都得缴进州库来，看哪家再敢私减税率，招小户依附……”

王氏知道毓希这是自己想事，并不指望她听懂，便搂着他陪着。听他声音越来越低，自己也打算睡了，忽听毓希的声音又清楚起来：“我看青州就好，蓬莱不是在那地界上吗，指不定将山里的散户都赶出来，还能查到一两个神仙呢。”

王氏笑了，毓希感觉到她嘴角在动，笑道：“真找着了，请回来给你看啊。”转瞬却又道：“要能带你一起去就好了，你也得散散心，却不能够。”

王氏知道毓希在这家中受江家牵制，长久以来也想出去得些自由，因此懂她愁闷。但她也知道无从奢望，便摇摇头，听毓希又说：“我过几日出去了，你可要小心看顾自己。”

王氏脸上的笑容慢慢落了。虽然没有对面明说过，但他两人心照。当年孩子八个多月时滑胎，不会没有缘由，只是不能深查，否则王氏在这家里也难存下。毓希得了这教训，无法在人前生怒，只能陪着王氏落了一回泪，自此刻意疏远，免她再遭算害。方才两人欢喜，未想及这一节，此时真谈到要走，心里都起些忧虑。

“我明天起来，得嘱咐小玉上心，”毓希叹了口气，“倒是该让齐陵晚些走了。”

王氏又摸摸他的头发，将他搂紧了些。

原本是草熏风暖的暮春天气，到晚间竟淅淅沥沥下起雨来。陆妙谙不知御史大夫左恭迟深夜传唤所为何事，只一路频催轿夫。匆匆入了御史台衙门，左恭迟正在后堂等候，见他来，急急将他引至书房密室，不待坐下便掏出一封折子和几封书信给他。陆妙谙粗粗看过，大惊失色道：“咸阳太守章端瑞密奏雍州牧卢衡勾连太子图谋造反？！”

州牧之职与州丞不同，名为执掌一州政令，实握军权，多授予边远州府的封疆大吏，一为守土，一为宁边。雍州地处东西要道，民风强悍，历来为兵家必争之地，雍州牧的地位自与寻常州牧又不相同。卢衡是太子外戚，其父卢权为太子生母故卢氏贤妃的长兄，若非如此身份，卢衡占不得这般高位，但正因如此身份，一旦有所异动便是一场腥风血雨。

陆妙谙心知此事非同小可，忙向左恭迟道："这些东西是几时送到大人手中的？"

"今日夜间送抵。老夫见事关重大，未敢声张，只唤你前来商议。"

陆妙谙心知左恭迟所虑何事。历代臣子卷入天家谋反之案，向来凶多吉少。若谋反是假，参而不倒，上书之人必遭秋后谋算；若谋反是真，天子痛杀亲族，难保事后迁怒起事之人。但若扣而不发，章端瑞来日再向他处去告，必将扣折之人视为谋反同党。思及此处，陆妙谙道："左大人，谋反事大，不可不上告天听，妙谙愿修书上奏，成我臣子之忠、言官之义。"

左恭迟闻言摇头，"老夫朽矣，时日无多，你年纪尚轻，前程无量，上奏之事自然我去。老夫此番唤你前来，只想与你斟酌些文书词句，其余事体你一概莫要过问。"

"妙谙无妻无子，全无挂碍，左大人膝下子孙满堂，便是为子孙着想也该让我前去。"

"你纵无妻子，尚有父母兄弟。先前令尊已参太子一次，如今你再出头，后果难料。陆家百年望族，你也当为家门考虑才是。"

提及"家门"二字，陆妙谙道："大人或亦听闻，妙谙幼弟将尚九公主，陆家既与天家结亲，陛下不会重加责罚，此本由我上奏，两厢无碍，还请左大人放心。"

左恭迟沉吟一瞬，点了头。

次日朝堂，一石激起千重浪。

陆妙谙上书言毕，满朝文武惊疑失色，论声骤起。太子行出几步跪叩呼冤，额上几乎磕出血来，丞相史渊亦出列为太子保奏。毓疏沉目望向陆妙谙，再望太子，又望皇帝。毓希皱眉注视毓疏。越临川抿唇垂首，盯着脚下地面。陌楚荻淡淡的眉毛微微蹙起，视线停在面前虚空。

史渊话音方住，毓疏跪下言道："皇兄素性温良，断不会做出此等谋逆之事，万望父皇明鉴！"

陌楚荻微微吐气出来，抬起眼睛。

座上皇帝面色铁青，默默翻阅随章端瑞的折子呈上的密信，忽然扬声道："陌楚荻！"

陌楚荻出列行礼："微臣在。"

"你是书法大家，这些书信是不是太子的字迹，你看仔细！"皇帝说罢将手头信纸向下掷来。那些纸片飘飘落地，并未飞远，旁边的近侍将信捡起，给陌楚荻递去。

陌楚荻将那几页信纸反复看了几遍，叩首道："回禀陛下，微臣……不敢认。"

"什么叫不敢认！寡人现在叫你认！"

"回禀陛下，这信上的字迹看似与太子殿下的无二，但微臣万不敢相信此信真为太子殿下所写，或许居心叵测之人寻高手伪造，微臣不可妄下论断污太子殿下清名。"

"高手伪造？高手伪造到连寡人都难辨真伪？！'毓'字的写法是寡人亲手教他，你看那信中'毓疏'二字的最后一笔是否以顿带钩，洇得比别处开些？纵使有人能仿出笔体，这样的细部如何仿来？！你们个个都说不信，现在让寡人如何不信！！"

陌楚荻叩首，"微臣眼力钝拙，微臣万死。"

太子毓宁此时慌乱道："父皇，父皇！儿臣是给卢衡写过几封书信，但皆为家常闲语，全无谋反之心啊父皇！"

"'近日天威难测，朝堂不安'，寡人是责了你几次，便成了喜怒无常、残害群臣的纣王？！'毓疏贤治，毓清武隆'，毓疏为你出言脱罪，你倒在这里以小人之心妒君子之能！'不可不谨小慎微，细做筹谋'，若非图谋不轨，何必谨小慎微，你那细做筹谋又要筹谋些什么？！筹谋寡人的性命不成？！"

"父皇！儿臣全无此意啊父皇！！"

皇帝只摇头痛道："拿下去！将这逆臣贼子给寡人拿下去！！"

韩紫骁闻言，用眼神向属下示意。两个御前侍卫上前扣住太子的双臂，不顾他的挣扎呼喊，直拖出殿外。

朝堂安静下来，百官各自忍着额上冷汗，全无一人敢抬手擦拭。史渊仍想说话，被皇帝厉色止住。盛怒之下，皇帝疾声问道：“谁去，将这犯上作乱的卢衡为寡人讨平！”

殿侧毓清扬声道：“儿臣愿往！”

皇帝见最宠爱的儿子挺身出列，不由喜上心头：“好，好，寡人即日为你发兵！”

这时工部列中有一人行至殿中叩首道：“陛下，微臣请随六皇子殿下前往雍州。微臣素日与卢衡有旧，愿劝卢衡息兵束手，止此干戈。”

此言一出，毓疏回头望向方杜若，陌楚荻仍旧低头跪着。毓清道：“你去劝些什么？纵他已有万全准备，我一样将他的首级提来复命。”

“殿下虽为用兵神手，唯恐战火殃及雍州百姓。若卢衡一意孤行，殿下用兵不迟。”

皇帝道：“反臣不同异族，战火燃于国土，恐伤我朝元气，你去试试也可。准。”

皇帝话音落下，殿内寂静，仿佛火药引燃前的那一瞬。兵部尚书出列，向皇帝请示出兵日程，皇帝命众人都起来，余怒未息，考虑的时间略长。忽然殿侧匆匆跑过一人，近卫统领韩紫骁按剑转头，见是领前三殿东便门防务的禁卫长，心知必定出了大事，几步跨下陛阶向他过去。兵部尚书为此分神，皇帝也转头看去，整座大殿唯闻那禁卫长对韩紫骁附耳时上气不接下气的喘息声。

皇帝问：“什么事？大声说！”

韩紫骁犹豫片刻，示意说出来，禁卫长扬起声音，然而语调慌乱，在殿中嗡嗡震响颇难听清。皇帝皱眉喝向韩紫骁：“你说！”

“陛下……方才，押太子下去，不知怎地消息传出去，惊了随太子上朝的仪驾，三十几个东宫近卫突入东便门，劫了太子而去。”

“还真反了他！”皇帝震怒拍案，复向韩紫骁喝道，“你们这些宫门禁卫都是吃素的？！”

韩紫骁跪地，禁卫长也随着跪下，知道性命已不得保，伏地而泣。韩紫骁仰头道：“临近下朝，东便门未闭，一时生变没能压制，臣等万死。然而皇城九门紧闭，乱党无非退回东宫，东宫戍卫裁汰后仅二百余人，请陛下发羽林卫，臣请领禁卫，誓为陛下讨平！”

皇帝看向殿中沉默，片刻目光瞥向毓清，毓清仰头对视，皇帝垂目想了想，尚未给出决断。这时又一名侍卫匆匆从殿侧来，韩紫骁示意他只管报告，那侍卫咳了一声，大声说：“劫太子的人闯进太庙，又去了一队东宫的人，带着兵器，还有粮草，闭了太庙大门。”

皇帝忽地笑起，向丞相史渊道：“我这老大，还不算太蠢。”

史渊垂首无言。

“看来他早料到有今日，早想好了这最后一搏。”皇帝怒气似乎退了下去，淡淡道，“他敢占太庙，一是对祖宗剖白问心无愧给天下人看，二是料定无人敢带兵去攻太庙、在祖宗灵位前杀伤储君。寡人若在他的位置，也只有如此。”

毓疏垂着头，牙关紧咬，心跳声几乎将皇帝的声音挡住。

“他拿列祖列宗来要挟寡人，是个办法，”皇帝说着向殿侧望去，“可寡人一世，最恨人要挟。陆妙谙，此事是你告起的，废太子的诏书就由你起草，让寡人看看你状元郎的妙笔。”

陆妙谙愣住一瞬，深施礼道：“陛下，废立之事，恳请陛下详查后慎议。”

此言一出，越临川扬头转向他。

皇帝笑，“告也是你，劝也是你，你们陆家夫子倒有意思。”

陆妙谙急道：“微臣一不可蒙蔽天听，二不可累陛下因怒废立。”

“在寡人殿前动武，即便是个庶人也是必杀之罪，何况储君，”皇帝转向史渊，声调冷下去，“陆御史不肯草诏，便由丞相草来。寡人今日必废太子，再有敢拦阻者，以同罪论。”

史渊领命，满殿无声。

皇帝又向韩紫骁道：“太子既废，他一介庶人侵凌太庙，人人皆可缚而诛之。传寡人旨意，将太庙四面围定，不许进水米，里面的人先将毓宁绑交出来的，赐百金，封爵荫子弟。”

这时四皇子毓希声音响起：“父皇。”

皇帝看他。

“赐金封爵，儿臣想起一个人来。儿臣从前手下齐陵现在兵部，东宫的戍卫长谢绍元日虎口下为他所救，已经复职，应该就随毓宁在太庙中。何不让齐陵去规劝谢绍，或能尽早平息事端。”

皇帝看他一刻，道：“试试无妨。”

太庙之围已至第十四日，东宫戍卫起先扣太庙属官为质，其后带入的粮食和庙内所存祭品眼看耗尽，不可再多支持人口，便放东宫之外人等出庙。太庙内有井四眼，用水不缺，然而食物一日紧似一日。前日夜间有小队原属太子的人马试图突入太庙送粮，被迅速打平。

谢绍始终不肯出面与齐陵相见，今日连雨终于晴些，毓希命齐陵以木架登高，向墙内喊话。齐陵明白废太子的境地已是降亦死、不降亦死，然而齐陵武人世家出身，敬重尽忠守节之人，心内对于肯为太子做这必死一搏的谢绍怀有佩服。太子若不发话投降，他现下等于劝谢绍背主，话说得并不情愿，也无力度。喊了一刻，不想谢绍当真自太庙殿中出来，站在院中仰首看他一眼，深施一礼。

“谢统领……”齐陵犹豫一瞬，劝说道，“收手吧，再抗下去也无结果的，反而让……大殿下多受罪。”

谢绍听他已避称“太子”，仰头看他道：“齐令史，元日西苑，谢绍谢你救命之恩，来世必报。可我受太子殿下知遇恩重，殿下蒙冤遭难，我只能与殿下共进退，齐令史想必懂得。”

齐陵几不可察地点点头，想再寻话来劝，听谢绍又道：“今日有此一会，还请齐令史向上面带两句话去。”

齐陵忙道：“你说。”

“一是这次章端瑞来告，靠的是太子殿下写给卢衡的家信，既然是家信，如何落入章端瑞手中？卢衡府里必然有居心叵测之人安排的内线，只为伺机坑害太子殿下。恳请陛下对这内线和这居心叵测之人加以彻查，治他们在太子殿下和陛下之间挑拨，动摇国本的大罪。”

这话相当于承认了信本身是真，齐陵隐隐觉得不是最好的办法，但只能一口应下来，“好，还有什么？”

“二是殿下问心无愧，但愿遵孝道，逊太子位，请往为列位先帝守陵一生。”

齐陵心中凄凉泛起，点头说：“在下一定将话带到。还请谢统领先将殿下请出太庙，解开目前的局面，才好说话啊。”

谢绍摇头，“殿下不在这里，就无从说话了。”

齐陵急道：“殿下困在这里也不是办法，昨天我们在外面听见杀马的声音了。就算把马全杀了，你们一百来人能吃几天？再拖下去，只有让殿下更无退路啊。”

谢绍笑了笑，“殿下被御前侍卫拖下大殿的一刻，我们已无退路了。三天为限，若方才两条上面不答应，我们只有焚烧太庙，追随太子殿下同赴黄泉，请列位先帝之灵评判是非主持公道了。”

齐陵看着谢绍的眼睛，知道他心意已决，无法再劝，只得匆匆辞了他，从木架上下来，向已等候多时的韩紫骁和毓疏、毓希两位皇子禀告。虽然墙内的人声听不真切，但几位主事人已明白大概，听齐陵叙述一遍，一时皆不语。还是韩紫骁首先道：“二位殿下，恕卑职直言，焚烧太庙这事情太大了，咱们谁都担不起，还是速向陛下禀报吧。”

毓希点头，“既然他们真威胁到列祖列宗的灵位了，我们发兵去攻就是应该的，此事禀明父皇，不可再犹豫了。”

韩紫骁点头，欲寻人报与皇帝。毓疏此时说：“且再想想。那两条父皇能答应最好，可皇兄不从太庙出来，又说三天为限要烧太庙，在父皇眼中还是要挟，恐怕父皇不会答应的。”

“所以说只有发兵，不能再容他拖下去了。”

毓疏向毓希摇头，“一旦起兵戈，里面困兽之斗，必然点火。且不说子孙烧太庙怎么写在史书上，皇兄一旦点火，就再没有活路了！”

事到如此地步，三皇子仍在考虑如何保全太子，令韩紫骁颇感意外，一时想不清他是掩饰还是真心。正待开口，听毓希道：“攻是现在点火，不攻是三天后点火，你也说了那两条父皇不会答应，攻进去兴许还能控制局面。不发兵，你有什么好办法？”

毓疏望向太庙紧闭的正门，深深吐出一口气，“我进去劝吧。”

韩紫骁立时道："不可！他们现在除了困守毫无办法，殿下进去就是他们的人质！"

毓疏没有转回头来，"皇兄现在需要的，是能往后退的机会。我与他算亲近的，有些话只能我去说。"片刻他转头看着韩紫骁，"你们的人都先往后退。方才的话，且先别让父皇知道，否则父皇顷刻就会发兵，局面再无从收拾了。"

韩紫骁犹豫着，心内确信了无论三皇子想不想得到太子去了留下的好处，他此时要保太子的心是真的。

毓疏没有再等韩紫骁的反应，向远处的侍从道："将我的食盒拿来。"

侍从送过毓疏还未用的午餐的提盒。毓疏解了斗篷，以示未佩兵器，又看向韩紫骁一眼。韩紫骁垂下头转开眼睛，不再阻止。毓疏起步时，听毓希在一旁道："三哥……"

他没有回头。

行至太庙门前，毓疏拍门高声道："三皇子毓疏，与皇兄送餐食来！"

接连喊了几次，有东宫侍卫自墙头察看，好一会儿门内终于传来下栓的声音，接着门开出仅容一人的窄缝。毓疏侧身迅速进入，还未看清太庙院中场景，门已在背后重重关闭落栓。

东宫侍卫中品轶较高的都已来至院中，兵刃出鞘列于通向正殿的甬道两侧。毓疏不能细看，经目者有的对他做出威吓之态，有的目露狂意，如穷寇之色。谢绍在前引路，不发一言。

入得正殿，毓疏只见毓宁坐在太祖画像前一张极狭小的榻上，倚着几个摞起的蒲团。才十余日未见，毓宁的形貌已消减得厉害，衣裳褶皱不堪，像是起卧皆不离身，头上冠还束着，却发髻松散，勉强支持插冠的玉簪。

毓宁见他进来，没有起身，反而将眼睛转开。毓疏几步快走过去，将食盒放在他眼前打开盒盖，话音很轻，几乎怕惊了他："皇兄恕罪，弟弟来晚了，这饭……凉了。"

毓宁无回应。

毓疏又道："这是我今日午饭，皇兄若不放心，我为皇兄尝试。"

毓宁轻轻摇头，声音发哑，"我吃了你送的饭出事，外面他们必定不会饶过你，你哪里是这样不周全的人。”他说着从食盒中取出一枚蒸饼，咬了一口，起先慢慢嚼，不久加快了速度，接着拈起筷子开始吃菜，到最后两口并作一口地向嘴里塞。毓疏转身找茶，见旁边只有一个白瓷壶和一只碗，倒出来只是白水，也只好向毓宁递过去。毓宁接过来灌了整碗，食盒已经空了。

那碗拿在毓宁手里，他仍低着头，笑笑说：“昨天他们拿来烧熟的马肉，没油没盐的，我起先不肯吃。可这饿的滋味，真不好受。”

毓疏在他榻前半跪下，拿过水碗放在一边，“皇兄，我们一起出去吧。弟弟会尽一切办法，去求父皇，不会再让皇兄受这样的苦了。”

“毓疏，”毓宁盯着那空掉的食盒，“你说我要是把你扣下，会是个什么结果？”

毓疏犹豫一瞬，道：“若扣下我能解皇兄的困局，皇兄但扣无妨，可——”

毓宁点头，“即便我以你为质，能安然出这太庙，出这皇城，甚至出这京城。可我押着你，最终能停在哪里？‘无所逃于天地之间’，便是如此了。”

“皇兄在列祖列宗前剖白心迹，父皇在朝上已有所触动。今日皇兄若退一步，父皇面上好过，不一定……会走到最坏的结果。”

毓宁向他看来，“哪还有一个好结果留给我？日日打坐，我也想透了，我自从立为太子起，就在这个困局里了。”他抬手蹭了下嘴角，拢了拢鬓边散开的头发，“我亲近谁，疏远谁，会干什么，不会干什么……喜欢什么，讨厌什么，到需要时都能列成罪状，将我困在这局里。我真烧了太庙又怎样，自以为不肯引颈就戮，轰轰烈烈了一场。明天，明年，千载之后，我还是个昏庸的废太子，只不过又多一条大罪，我变不成英雄豪杰的。”

毓疏一阵心酸，柔声说：“皇兄比我想得透彻，既是如此，皇兄早些退出来。我同皇兄一起，面见父皇请罪，皇兄提的去为先帝守陵，我看是个办法，可以一试啊。”

“这些年有心肯帮我的，也只有你了……可父皇不跟人打商量，也好些年了。”

毓疏摇头。

毓宁转开眼睛，看向正殿之外，“其实闭上太庙大门的一刻，我就知道我得自己出去。父皇困住我，有一百种方法，我对父皇不过蚍蜉撼树。我连挨饿都受不住，烈火焚身，想想就可怕，父皇想必也明白，我没有那个魄力的。”

毓疏忙道："要烧太庙这话，外面还没有传到父皇处，皇兄只要出去，就没有这话了。"

毓宁诧异转头，片刻低道："谢你周全我，外面究竟怎样？"

"父皇命毓清领兵讨卢衡，但带了工部方杜若去，说他与卢衡有旧，能劝卢衡，往好处想，或许，不会交兵。诏书……是那日就下了。"

毓疏未直言是何诏书，毓宁也明白，点点头道："那我也就能松快些出去了。"他垂下腿，欲从榻上起来，乏力歪了一下，毓疏扶住他，两人一起站起身。毓宁忽又道："你说让谢绍他们绑了我出去是不是更好？我反正已是如此了，他们绑了我，是不是能救下他们些？"

毓疏攥紧他的胳膊。

"别说是他们，弟弟我也不愿负上策反了皇兄的属下，使他们绑了皇兄的名声。"

毓宁深看着他。

"皇兄，我们先出去吧。"

主帅很开心。

虽然一样是嘴唇紧抿冷冰冰一张脸，这些同他摸爬滚打多时的将士们又如何看不出来。

开心的缘由嘛……竟然连最心爱的玉髓轻雪都让出来给人骑……那位方大人，不知道几辈子的修为。

见步卒骑将们纷纷拿余光瞟自己的宝马，再瞟马上的方杜若，一脸对人羡慕、对马惋惜的样子，毓清心中好笑，磕着坐骑踏云骢远远赶到队伍之前，挥手出发。

这一路走了个不急不徐。方杜若原道以毓清的性子，既然得了讨逆的任务，必定百里奔袭速战速决，不想大军一路行去，遇路垫土遇水架桥，风光奇丽之处甚至慢下步伐细细欣赏，全不似出征，竟如出游。将在外，君命尚且有所不受，方杜若一介随军文官，更是不能多加置喙，对着毓清时仍是一张平和笑脸。

由豫入雍，取道秦岭天险，入山以来，栈道坎坷，行军愈发迟缓。毓清见方杜若面色忧虑，便拿眼神询问，方杜若道："杜若在想，若卢衡派兵埋伏于此，我军岂非无可还击？”

毓清道：“一侧为绝壁，一侧为深渊，卢衡的兵士若非身插双翅，如何攻来？”

方杜若笑起，“殿下知道杜若不通兵法，是杜若多虑了。”

“原也不是多虑，所谓兵无常法，水无常形，若是别人，当真命令手下攀上这绝壁顶端向下投石洒火亦不稀奇，换成卢衡，我却不担心。”

“为何？”

“朝中皆言卢衡善战，并非妄语。他封疆多年，虽常与西沧、吐谷浑交兵，上任以来却未失一城，堪称善守之将。然则尺有所短，寸有所长，卢衡的短处，在于他善守不善攻，我出来前在兵部看过他历次作战的记录，向来只是将攻城敌军打退了事，从不见他主动出城迎敌。据城垣尚且如此，据此天险，他有反心，又怎肯冒险离巢？必定已在前方关隘稳稳驻扎，候我多时了。”

“殿下是说，蓝田关？”

蓝关扼西出要道、秦岭余脉。此关一出，便是陕中沃野，扬鞭催马，长安一日可临。

毓清勾起嘴角，“蓝关自古难下，今次若能被你三寸灵舌说破，也算千古奇闻。”

方杜若只笑道：“事在人为，试过便知。”

毓清不再说话，望向前路的眼中寒色渐生。

大军行至蓝田关下，天色尚早，毓清命埋土造饭，就山安营。方杜若欲向关门投拜，毓清只道行军辛苦，先歇几日再谈不妨，这般拦了下来。

次日粮草辎重一概运抵，工兵开始在阵地上搭建攻城塔楼，各营勤务亦协助组装石炮云梯，步卒整枪，骑将刷马，蓝田关下一派工地景象。方杜若不得入关，只能发挥职务特长，四处指点，倒使工程进度比平时快出许多。两日后塔楼势起，石炮安座，云梯排开，战垒夯实，毓清向蓝关城头眺望良久，向方杜若道：“你若一定要去，今日，便去得。”

方杜若持使旗向关前请入，亦有弓手将拜帖射上关头。等了许久，关门一角的行马小门缓缓打开，一将策马出迎。

来人道：“卢大人请方大人入关一叙。”

方杜若驱马向前，忽听身后一阵马蹄疾响，毓清的踏云骢顷刻已至关前。

关中来将见攻城军中突出一骑，惊疑拔刀，却听那青骢马上的将军扬声言道："我是六皇子毓清，回去对卢衡说明白，两军交战不伤来使，约时一个时辰，放他安然出来。如若少去半根头发，我发誓叫你蓝关上下，三族灭尽！"

来将早听过毓清修罗之名，如今对着那一双刀锋般的眼睛，只觉浑身上下冷汗涟涟，不敢多应，带着方杜若仓促进门。

蓝田天下重关，形制甚严，方杜若入关下马，被引至关墙边一处作为调度的小院，院中诸人往来奔走，神情压抑。卢衡坐在正厅，见他来，起身迎道："几年不见，杜若贤弟别来无恙。"

卢衡的兵法师出方老将军，与方杜若自小相识，人道师门如亲门，论起交情，又与旁人不同。方杜若俯身拜道："衡兄康健，小弟有礼了。"话一出口，只觉心酸，又道："小弟来迟，衡兄见谅。"

卢衡道："两军交兵，各安其理，贤弟也是身不由己。"

方杜若借机言道："想来衡兄亦身不由己，否则本无反心，为何起兵？"

卢衡笑道："贤弟聪明，所谓君逼臣反，便是如此了。"

"此番小弟正是奉君命前来。陛下圣意已决，只要衡兄就此收兵，为雍州百姓止此干戈，陛下必保衡兄全家无恙。"

卢衡并未直言答他，只道："贤弟知道先皇时，安西将军钟承恩勾连废太子密图逼宫一案吗？"

"此事朝中无人不知。当年事败之后，钟将军举兵投降，朝廷嘉他迷途知返，只将他贬而不诛，全家远迁戍边，并未伤及一人性命。有此先例，足见朝廷宽仁，衡兄亦不需多加顾虑。"

卢衡道："看来恩师未将实情讲于你知。"

方杜若听他话含深意，一时不知如何作答。

"那钟承恩是你生身父亲，若朝廷果真未伤一人性命，你家其余亲族现在何处？"

此话一出，如晴天霹雳，方杜若惊诧失语。

"钟家于远戍途中为官军尽杀，弃尸荒野，唯独一个未满周岁的婴孩因带兵的参将一时心软偷偷匿下，那参将便是如今的方平居老将军，那婴孩，便是你方大人！”

“……如此密事，衡兄如何知晓？”

“当时为了行事机严，那主谋之人只拣选了旗下最为得力的几名亲族和近卫，家父亦在军中。话到这里，你还不知主谋是谁？”

方杜若望着卢衡，听那几个字从他口中缓缓道出——

“那时的七殿下，当今天子。”

方杜若垂下双眼，心乱如沸，听卢衡续道：“那时我卢家是他心腹近臣，我姑母入嫁皇府，生长子毓宁，两家诚如一体同心，纵使当年情谊如此，如今一样不由分说便起刀兵。话说伴君如伴虎，天家的儿子若心存皇位，又有哪个不是虎狼之心？如今旧戏重演，即便天子肯恕，那得势的皇子也断不会将我放过，只不知发难的会是那‘贤德’的三殿下、‘明慧’的四殿下，还是关下恩宠日隆的御修罗。六殿下今日待你恩深意厚，来日皇袍加身，一样能翻脸无情，历朝历代哪个天子能结骨肉之谊？他是你灭族仇人之子，与你血仇深重，你起先不知，愿为他入敌卖命，如今既已知晓，你不助我报仇雪恨，还要劝我休兵止干戈吗？”

“太子之事，与六殿下全无干系。”

卢衡笑道：“全无干系？那为何不见他上朝为太子殿下保奏，反而自荐出兵、百里杀来？想要坐上天子宝座，军权向来比玉玺要紧，贤弟这样信他，只是太天真！”

方杜若心知毓清自荐原为拖延与陌家论婚，如今无话可解，只直言说道：“衡兄仓促起兵，如何与天下抗衡？倘若来日事败，必定祸及雍州官员百姓，衡兄即便不为自己考虑，也该为雍州众人考虑一二。”

卢衡一时无话，末了叹道：“百无一用是书生！我卢衡堂堂武将，既然战亦死、不战亦死，与其束手就擒，不若痛快上阵，成我一世威名！何况，你道我出兵仓促？我卢衡身为太子外戚，兵戎之事自然早有准备，即便无法夺取天下，割据潼关以西亦不算难事。这些属下平日既受我诸多恩惠，如今用人之际，竭力用命亦为人臣之义。至于百姓，事已至此，我又如何顾得？”

“……咸阳太守告你频繁动兵，原来谋反之事并非冤枉。”

“漫说太子外戚这样的身份，便是三皇子与四皇子的外家，若说不曾留条后路，朝中人、天下人，哪个能信？”卢衡说话间笑了笑，“贤弟不顾身家血仇，无非贪图天家荣禄，如今若愿入我帐下，天子能给的，我雍州王一样能给。你我自小兄弟，万事好说，你意如何？”

方杜若轻笑，“雍州王，衡兄好大口气。杜若身为天子朝臣，即便衡兄自封神州王，杜若也是不能下拜的。”

卢衡闻言火起，道：“贤弟执迷至此，在下与你已无话可说。不过既然故人远道而来，在下亦不能失了礼数——来人！寻间上房，带方大人下去歇息！”

门外侍立之人闻声入内。方杜若起身，凝视卢衡片刻，抬手抚额，示卢衡以眉心戒疤。

“六殿下曾经问我，家父为何要让五岁的孩子受居士戒，我那时不知，现在却懂了。”

卢衡见他神色宁和，吐纳之间竟似风行水上，一时呆住。

“家父怕我有朝一日得知真相，会依托他的地位兴兵乱国，因此早早离朝引退，亦从不教我兵法武艺，更用杀生大戒将我规束。衡兄看重武将声名、地位野心，指望分裂华夏，令属下诸人为你无辜丧命；家父看重的，却是天下苍生。死者已矣，衡兄道我百无一用也好，贪图荣禄也罢，杜若参佛之人，为人为事，唯愿慈悲。现下只望蓝关早克，速解雍州百姓兵戎之灾。杜若身为来使，不可不返回复命，今日辞过，衡兄，好生担待。”

“好一个方菩萨，”卢衡冷笑站起，抽刀架于方杜若颈上，“我只道你禀性懦弱，不想却生出一张利嘴。你自升天去做你的菩萨，我倒要看看这菩萨的头，我这柄钢刀砍不砍得下来！”

那堂下的将领方才迎方杜若入关，如今见此情景，慌忙向卢衡道：“大人息怒！斩使不祥！”

卢衡笑向他道：“想来王贤弟不知道，别看他一副迂腐模样，当年却中过一甲二名，拿来祭旗，没有更吉利的了。”说罢举刀便要砍下。那姓王的将领虽只见过毓清一面，却已深知他是说得出做得到的，想到那“三族灭尽”四字，不禁浑身发颤，上前拦住卢衡的手臂道：“大人若想要个榜眼祭旗，雍州之大，何愁没有，别说榜眼，便是状元也能找到。这斩使不祥却是军中千古传下的规矩，大人不怕，小的却怕得紧。如今关下列阵森严，那领军的六皇子说若一个时辰后使者不返，便要挥兵攻城，横竖一个书生，对战局全无影响，大人还是放他回去吧。”

卢衡闻言笑道：“我若放他回去，六皇子便不会攻城了吗？横竖对战局全无影响，留他在此，虽不至于牵制毓清，能让他多少有些顾忌也算好事。人先留着，带下去好生看管，等旗开得胜战局大定，再杀不迟。”

王将领依言押方杜若下去。那厢毓清立马关下，看着水漏一滴一滴走过一个时辰，蓝田关内却全无动静。毓清咬牙低头，闭目良久，终是拨马返身，领军回营。

蓝田关守将见毓清撤走，皆不解意，一厢暗自松神，一厢心底又起惊疑。两军半日无事，向晚天色渐沉，造饭之后便至全黑。几个营兵在关墙上往来巡逻，彼此擦肩时，难免交换几句日间闲话，提到卢大人似将来使斩在堂下，个个面色发青。如今卢衡兴兵造反，普通兵士大多受上级辖制，被迫跟随。穷关固守，本已令人心焦，加上斩使不祥，更使关上的不安重出几层。巡至后半夜，忽听远方喊杀声起，众兵士扶墙前望，关下却全无灯火，仔细再听，那杀声似是从关内传来。众人恐慌难定，面面相觑，其中一人忽道：“我听人说六皇子是明王降世，如今可是……招下天兵来了？”

众人惊惧失声，更有几个从上至下抖将起来，那守城的将领此时赶至，听见这话，扬声吼道：“什么天兵！全活得不耐烦了吗！还不速去各处查探！”

众兵士慌乱奔散。那喊杀声越来越大，当真是从关内方向攻来。守城诸将措手不及，指挥下属调度回防，一时城中大乱。卢衡半夜惊起，带领亲随冲上关墙，拦住一名守将急问：“战势如何？！”那守将抖着声音道：“忽有大军从关内攻来……看见的兵士说……说……是天兵！”

“关内？——长安方向？！”卢衡抬头望向西北天际，忽见火光冲天而起，伴着如雷杀声，直烧红了半面夜空。卢衡万万不曾想到毓清的军队能越过秦岭天险从后方攻来，犹疑之际，蓝关薄弱的后门已传来撞击之声。卢衡命属下全力回防，自己亦向城后赶去，行过大半城墙，忽听身后杀声又起，转头去看时，东南天幕亦燃起火光。

毓清望着已在蓝田关下的夜色中无声等候了两个时辰的大军，扬声道："第一个入城的，封千户，赐白银千两。"言毕拨马回身，挥刀喝道："入城之后所有人等一律留活。现在，攻！"

城下顷刻石炮齐发，飞矢如雨，登城士兵在箭阵的掩护下推动云梯奔向城墙，杀声震天。蓝田关建成六百余年来，第一次露出如此空虚脆弱的本相，官军一个个攀上城头，踊跃如鱼。守城兵士不思反击，纷纷逃命，一些守将把逃过身边的属下杀死，连刃数人仍无法止住溃败之势。撞门车在数百兵士的驱动下行至蓝关门前，重击九次，城门大破，官军如潮水般涌入城内，众多守军纷纷放下兵器跪于道路两侧，几无一人再加抵抗。毓清入城之时，甚至有降兵大呼佛号，引得一片祷念之声。毓清正想命人去开蓝关后门，却见派往翻山奇袭的参将何澄林自道路对面策马奔来，行至毓清马前时，先将座后一人抛下马去，复下马施礼道："这几日想必殿下等得焦心了，末将恭贺殿下奇谋得成！"

毓清道："此次事成，全赖你与属下冒死越险不辱使命，来日回京，我在皇子府摆酒为你们庆功！"

何澄林朗笑拜谢，又将马下捆着的人拎起向毓清道："殿下道坚壁之城需由内部瓦解，耗他这些时日，果然耗光了城中定气，这叛贼被他的属下擒住送来，蓝关后门亦为守军所开。"

毓清见是卢衡，飞身下马，手持马鞭狠抽上去，吼道："方杜若现在何处？！"

卢衡已被捆住手脚，此时却仍笑得出来，歪在地上看着毓清的眼睛道："你既率兵大肆攻城，如今还来管他的死活？我却没有你这般好心——"

毓清一鞭子上去抽瞎他一只眼睛，向属下喝道："给我吊起来剥皮！即便……即便人已死了，也要让他供出死在哪里！"

何澄林忙握住毓清的胳膊将他向旁带了带，道："殿下，这人本事不大，骨头却硬，他说这些话只是为了令殿下动怒，殿下莫要遭他谋算气坏了身子。依属下说，咱们突发奇袭，卢衡守城尚且不及，哪有心思再去杀人。属下这就派人去寻，蓝关城就这么大，不一时便能寻到的。"

毓清抬手按住眉头，轻轻点头，看何澄林离去安排，自己亦翻身上马，带着几个亲兵向关中调度所去。匆匆找过几间屋子，忽听后院高喊执事房有人。毓清疾奔过去，门口的亲兵慌忙让开。毓清夺过火把走进房中，那炕角手脚俱缚向他望来的清瘦书生不是方杜若又是哪个？毓清一瞬之内委屈得几乎掉泪，回头向身后亲兵道："传令，屠城。"

那亲兵转身离去，方杜若张口欲喊，奈何近一日一夜水米未入，喉咙如着火一般疼痛，只能勉强发声道："殿下……不……"

毓清将火把插在灯架上，上前解他身上绳索，方杜若哑着嗓子声声唤他，毓清全不相应。院外已有哭喊之声隐隐传来，方杜若双手得解，按住毓清的双肩急向他道："殿下……毓清，放过城中诸人，莫要再造杀孽了，毓清！"

毓清直盯着方杜若的双眼，静了一刻，咬牙道："若你少去半根头发，定叫蓝关上下三族灭尽。我穆毓清说过的话，从来没有不算的。"一面说，一面却像个受了惊吓的孩子那般微微发抖。

"那杜若也便，再活不下去了。"

听见佩刀出鞘的声音，毓清偏头。方杜若的手腕抵在露出刀鞘的刀刃上，浓腻的血线沿着刀面缓缓流下。

毓清按住刀柄，抬手摁紧方杜若腕上的筋脉为他止血，然后转头看着窗外微微发白的天空，声音带着一丝轻颤："闭上眼睛，我带你出去……下令收手。"

方杜若闭上双眼，起身攀住毓清的胳膊："好了，别怕。我在这里，不会走了。"

"三殿下又去看废太子了？"刑部尚书宋恩枢在大理寺正厅的厢房中坐下，问向案前正看卷宗的越临川。

越临川起身施了礼，道："一刻前进去的，还没出来。"

"都说天威难测，这皇子的心思也不好猜啊。按说卢衡兵败，加上方杜若折子里的那些话，谋反之事已然坐实，废太子必定翻不了身了，三殿下还去看他，为的什么？"

越临川笑，"这便是三殿下与平常皇子的不同了。"

"做给……"宋恩枢思及陆妙谙在此，压低声音，"做给上面看？这可是着险棋。按说三殿下冒险劝废太子出太庙，姿态已做了足够，若没个限度，万一陛下疑三殿下矫饰，或是当三殿下同情废太子，岂不适得其反？昨天四殿下领了皇命去青州办差，送行的人排出一里地，三殿下纵不避他风头正劲，也好歹不用在这是非堆里扎着。”

陆妙谙此时拿着些条陈从里间出来，正巧听见。他与宋恩枢见过礼，道：“孝悌之心为人之常情，若以功利揣度，恐失殿下本意。”

宋恩枢知道陆妙谙虽为三殿下一派，却与大局牵连不深，于是一笑带过。

越临川见宋恩枢不以为然，向他道：“陆大人此言并非没有道理。这些人之常情放在此时三殿下身上，更生出一番不平常来。依下官说，宋大人不必忧虑，三殿下心思难猜不是坏事。若俱能按常理猜透，如何堪为人君？”

陆妙谙闻言叱道：“如此妄语，若为有心之人听去，枉陷三殿下于不义！”

越临川看着宋恩枢眨眨眼，转向陆妙谙道：“陆大人多虑了，大理寺衙门里说出的话，外人若能听去一句半句，我们这些典狱的官儿全将自己的舌头拔下来喂狗算了。”

陆妙谙见越临川一句无礼之言将宋恩枢也牵了进去，顿觉尴尬，宋恩枢却摇头笑起，像是见惯了这般口无遮拦。陆妙谙只得转开话题，道：“现下三法司齐聚，案情如何审过，还需我等仔细商议。”

宋恩枢道：“如今卢衡那里谋反的证据确凿，废太子那里抄检东宫的结果，内院藏甲胄，养马数量逾规制，加上武力侵夺太庙之事，定罪也够了。”

越临川轻点头，却听陆妙谙道：“太庙之事，废太子困守十四日，但对庙中殿堂陈设一概未行侵凌，反而日日在太祖灵前斋戒悔过。东宫抄出的甲胄、马匹数量有限，废太子占太庙时甲胄实际也未使用，卢衡起兵更非废太子授意。下官看废太子之事可定忤逆，定谋反太过，我正打算写封折子，明日早朝向陛下说明。”

越临川一时心惊，扬声道：“万万使不得！陛下都说了‘告也是你，劝也是你’，你不想要命了吗？”

陆妙谙正待分辩，宋恩枢将案上的茶盏向他推了推，笑道：“自古言官不惜命，在下今日总算见识了。我说陆大人哪，忤逆虽为家事，可废太子的亲爹是天子，向天子忤逆，与谋反何异？罪名定作忤逆，废太子就能有个好下场？”

陆妙谙拧眉不语，宋恩枢又道："有些话百姓家的儿子说得，天家的儿子却一辈子不能说，更不能白纸黑字写个分明，何况还持兵执锐落下口实。这些道理废太子不明白，我们法司中人，卷宗堆里摸爬多年，还不懂得？陆大人信我一句，再要上折开解，徒惹灾祸罢了。"

陆妙谙无话可解，望向越临川一刻，垂首无言。宋恩枢续道："虽说罪名定实，多拿些证供总少些是非。下一步，还是该将废太子的家人仔细审过。"

废太子如许家业，若问口供，事不可能止于甲胄马匹。越临川与宋恩枢四目相对，心下了然。

以戏来比，今方开锣。

蓝关大破，卢衡被俘，余下的小股叛军不成气候，毓清旗下势如破竹，两日全掌长安局面。卢衡主雍州多年，家宅建制形同王府，毓清带兵毁门而入，正欲下令抄家，思及身边的方杜若，向何澄林道："女眷勿扰，人命勿伤，明白吗？"

何澄林点头，指挥兵士向府中散去。方杜若起先不解，见入府的兵丁个个兴奋非常，疑向毓清道："殿下这是……"

毓清拖着他的胳膊向府外走，"你看不过去，我们到外面歇着。"

方杜若站着不动，"仗兵劫掠乃军纪大忌，殿下不申饬，反而纵容吗？"

"此次赢得太容易，将士们多数未占军功，若不让他们趁机捞些便宜，来日哪个还愿为我卖命。"

见方杜若仍怔着发呆，毓清续道："你以为他们奋勇杀敌为的什么，为君臣之忠、袍泽之义吗？"

"平生多志气，箭底觅封侯。"

"志气是假，封侯是真，'名利'二字罢了。"

"杜若读史时亦有同感，只没想过——"

"没想过我的兵和他们一样？"毓清笑起，拉着方杜若在门廊中坐下，"若依我说，胜败有凭，无非三点——师出有名，主帅有谋，将士用命。将先不提，那些士兵与我素昧平生，刀头舔血不为名利，还能为我吗？即便是将，空有黄金台上意，如何肯提携玉龙为君死？那些诗家之言好听是好听，全无用处。"

话虽有理，让将士听去难免寒心。方杜若有些顾虑地回头望去，却见毓清的亲兵早已暗暗退开，像行军休息时那般障起了锦帷，五丈之内全无一人。方杜若心中微动，不知毓清是几时定下的回避规矩，便道："毓清，回了京城，不能再这样了。"

毓清一时不解其意，方杜若指指帷幔："你是带兵之人，若时常行事遮掩，难免招惹猜忌。"

"是你爱清静，怕他们吵你。"

"为我更不必如此，也少嫌疑。"

毓清沉下眉头道："你是受戒之人，谁敢说些什么，我亲手割他的舌头下来。"

方杜若见他又犯起阎王脾气，只得缓声劝道："幼时参的那些佛全忘光了吗？你是皇子，有天神护佑，命硬体贵，即便身负戾气亦不妨事，身边之人却要折阳寿的。"

毓清抬眼望来，神色有些惊慌。方杜若心中叹气，从小到大，想要劝动他时，唯有将自己牵扯进去。

"真的，会折你阳寿？佛经上说的？"

方杜若见他果然被唬得不轻，不免心疼，想到能让他有所顾忌也是好事，只得说："诸业有报，因果无常，纵你不信，我是信的。"

毓清的脸色都有些白了，"已经折寿了吗？……我吃斋念佛行不行？"

方杜若不由笑："临时抱佛脚？旁人不明白我还不知道吗，神佛之事你从小就没真信过，念经有何用处。积业得报，不是顷刻就死的，你只再莫滥杀，便是为我修的最大功德了。"

毓清抿着嘴唇兀自思揣。方杜若又道："还是方才的话，回了京城，不能再这样了。京城人多口杂，利害牵扯甚为繁复。陛下向来不喜皇子私宠臣下，曾因与钦天监鹿大人过从甚密责过四殿下，前车之鉴，不可不察。"

提及回京，毓清的脸色又沉下来，"此番得胜回去，必有喜上加喜之论，那桩亲事如何辞法，你也帮我出个主意。"

方杜若半晌不语，看毓清盯着自己，只道："君命在上，我又能出什么主意？陌小姐纵非你心上之选，总是书香重族之后，品貌想想也知必是世间少有的。

成亲之后是你二人过活，相处下来若情投意合，岂非一桩良配？”

毓清冷笑：“如虹相貌没的挑，梨园里称绝色的十四娘我看也不如她。说性子，富贵家娇宠出来的女儿左右都那样，我的妹妹们更是如此。她的不好在于，是克妃娘娘的外甥女，陌楚荻的妹妹。”

方杜若看他无话。

毓清起身在廊下行了几步，回身向他道：“娘娘那一层，我虽奉她为母，但不愿终身大事亦受她拘缚，一生系在她家裙带。陌楚荻那一层，我与三哥纵无嫌隙，却犯不着容人安枚棋子到我身边来。”

话皆在理，与方杜若所想别无二致。太子一去，三殿下要入东宫，能拦在路上的只剩四殿下与毓清，锋芒当面，能避则避。然而宫中无皇后，克贵妃代行其事，皇室子弟的婚娶本是她分内之责，此话既出，天子没有驳回的道理。毓清有属意之人也还罢了，向陛下那里撒娇闹一闹，许能改口，偏又没有。

无法可想，方杜若只能说：“既无嫌隙，陌小姐便做不成棋子。”

毓清近他一步，“你是要我这后半生在自家宅内也要谨小慎微忍气吞声？”

方杜若摇头锁眉，再无言语。

毓清看他一刻，略低了声音：“我生而丧母，母族远在万里之遥，又为西沧所灭。我寄在克妃娘娘膝下，在这后宫险地长至如今，自然念她的抚育之恩。但话说从头，看父皇待我素日之情态，我娘若得不死，父皇待她又会怎样？我娘这一死，最得益处的又是谁？”

方杜若低声断喝：“此为诛心之论，万不可再提！”

毓清闻言笑笑，“我穆毓清孤悬于世，唯你一人知己，又向何处再提？”

方杜若心中震动，复而深愧，不可胜言。

然而此事总须转圜，半晌，方杜若慢道：“陛下疼你，你去和陛下仔细说，说年纪还小尚不想娶，没有说不通的。你若硬抗，陛下即便想依你，唯恐后人效尤，也是不能依的，若逼紧了，双方都不好过。”

“不能抗，便想个法子反。将一生喜乐质与他人，我绝不能忍！”

“毓清！”方杜若从没想过他能决绝到这个地步，此时起身直面他：“你我现今身在何处？蓝关城下血浸黄土你看得还不够多吗？”

毓清思及方才“折阳寿”的话来，扭开头止住话头。

方杜若站了一会儿，又缓缓坐回去，“为今之计，唯有你来选。京中仕女我不识名姓，你便留心吧。”

毓清背面静了一刻，一声笑：“你可千万照顾好自己，一定不能比我早死，你若死了，我指不定犯下什么滔天杀孽，到时谁也再拦不住了。”

方杜若也笑起，胸中却隐隐涌出一丝不安。

一时两人各怀心思，彼此无话。忽听帷外报道：“六殿下，何澄林有事请见。”

毓清扬声道：“进来说。”

何澄林掀开锦帷走进来，施过礼，道：“卢府的一位女眷坚持请见方大人。方才殿下说对女眷客气些，末将不知如何安排，还请殿下示下。”

毓清转头看着方杜若。

方杜若亦觉惊讶，向何澄林问道：“何将军问过名姓吗？”

何澄林略现尴尬之色，笑笑说道：“女子的闺名，卑职不便相问。”

毓清道：“带来见见便是。”

何澄林依言下去，片刻带上一个素衣女子。那女子远远立着深施一礼，抬头望来时，竟为天姿国色。

“弄碧姑娘？”

那女子顷刻双泪滑落，“感念方大人……竟还记得妾身。”

毓清坐在一旁，淡淡皱起眉头。

方杜若迎上前道：“姑娘原来嫁入卢府了吗？”

两年前方杜若因巡查田渠水利来过长安，其时弄碧为长安绛仙阁第一歌伎。卢衡慕她才色，常向绛仙阁捧场，因此款待方杜若的几顿筵席皆摆在阁中，弄碧数次席间陪酒，与方杜若有过几面之缘。绛仙阁的歌伎俱为自由身，以方杜若当时看去，虽然卢衡对弄碧厚意殷勤，弄碧谈笑间却少有亲近辞色，似非两情相悦。因此今日府中重见，又见弄碧身怀六甲，略感意外。

弄碧道：“精诚所致，金石为开，弄碧一介女流，亦不免俗。”

方杜若原想道句恭喜，思及当下情势，只觉喉头滞涩难言。

“……姑娘此番前来，所为何事？”

“弄碧已嫁，大人还是唤妾身卢娘子吧，”弄碧说着双膝跪下，“我家老爷多年无子，妾身腹中是他唯一骨血，求方大人念在同我家老爷有多年情分，放过我儿一条生路。”话到此处，弄碧绝色的面颊已然泪水满溢，却仍极力撑持着身形，不致失态哭倒，“求大人宽限几月，待妾身将胎儿诞下，必会认罪伏诛，追随我家老爷而去……只求方大人发发慈悲，放过这未出世的孩子……方大人，你是善心人，妾身求你发发慈悲，方大人……”

方杜若心中痛悯，正要伸手扶她起来，却听身后毓清冷笑道：“你求他念在同卢衡的情分上放过你腹中孩子，卢衡怎不念在同他的情分上放过他？若我晚些攻破蓝关城池，他现在已然身首异处，你又去求哪个？”

方杜若回身道：“卢衡犯罪，妻子无辜，殿下莫要责她了。”

“谋反是三族死罪，她身为卢衡妾室，当诛全族，‘无辜’二字从何说起？”

方杜若无话可解，只转向弄碧，静默无语。

毓清道：“国法无情，卢衡既敢起兵谋反，就该料到必会断绝子息，此时再来说什么慈悲放过，只怕太晚。若方杜若真是菩萨，许能救你，他不过一个四品文官，我堂堂皇子在此，我都救不得你，你来求他，只是搅他几夜清睡，于人于己全无好处。识趣的话就速速下去，我的人不会为难你们，安心等死便是。”

弄碧跪地饮泣，泪落不止。方杜若于心难忍，上前搀她起身，送她向帷外走去，行至半路，知前后人远，低声向她道：“安心。”

弄碧心思清明，虽然脚步慢下一瞬，并未转过头来。

后几日毓清着手收整雍州军务，接连几天不得抽身。这一日方杜若借口向长安城中探访旧友，自驻馆辞了出来。他架上车马雇好人手到了卢府大门后，脚力自车中抬下一口桐木大箱，守门的士兵皆认得方杜若，只道他是向府中取什么东西，并未多加阻拦。到得女眷居住的内院，看守的两个兵士见他带了口箱子要进门，其中一个上前问礼道：“方大人安康。方大人这是……”

方杜若笑道：“不瞒二位小哥，我与卢衡旧日有交情，知道他家内院藏着些宝贝，今日来取，想着献给六殿下也好让殿下开开心。”

另一个兵士听了，眉开眼笑道：“大人真比我们这些底下人聪明多了，想来好宝贝必定都藏在闺房内院。”

方杜若自怀中掏出两锭碎银子递到他们手中，“六殿下此次下令女眷无伤，你们不得进入内室，少下了好些收入，这个拿去贴补贴补。”

那两个兵士忙不迭收下，为首那个四下望了望，道：“大人手下快着些，虽说大人的身份在这里，小的是半分不怕的，但毕竟违了六殿下的令，让旁人看见总是不好。”

方杜若笑，指挥脚力抬箱子进院，回头道：“不会为难小哥们就是，二位小哥也替我看着些个。”

两个兵士忙全神向外观望，半刻后脚力将箱子自院中抬出来，沉甸甸似装了不少东西。方杜若向看守笑了笑，没再说话，带着箱子径直离开。路上碰到几个守卫的队长，都知道方杜若在毓清那里的身份，一个个忙着见礼，并无一人过问箱子的内容。顺利出了卢府，方杜若辞退脚力，自己架上马车一路出城，到得城门，凭借毓清给下属颁发的出入门牒过了关。守城士兵见他官高位重，也没仔细查验。似这般一路行至长安远郊，方杜若停下车马，向车内打开木箱的箱盖，关切问道：“一路颠簸，卢娘子身上可还合适吗？”

弄碧自箱中坐起，新泪混着旧泪漫在脸上，向方杜若道：“妾身无事。妾身感念方大人救命之恩。”

方杜若淡淡笑起，摇头道：“卢娘子莫要谢我，谢神佛慈悲天道轮回便是。在下当年也是个被这般放过的孩子，上天多赐在下一条性命，在下今日只是还回。”方杜若说着将弄碧从箱中搀扶出来，问道：“卢娘子乡关何处？日后生计有何打算？”

“妾身是舞阳人士，只是……如今乡关，怕再回不去了……”弄碧说着抬手擦了擦眼泪，笑起言道，“不过只要能保下一条命，能守着这孩子，去哪里都是一样的……妾身听闻江南繁华，酒肆众多，想来改名换姓重操旧业，靠唱曲卖艺也能谋口饭吃。”

如此一个弱女子，遭此大变仍不堕志气，方杜若心中感然，伸手取过车内包裹，道：“这里是些寻常百姓穿的衣裳，还有帷帽，并些散碎银两。卢娘子容色倾城，提防起见，安顿下来之前容貌不要外露。”

弄碧点头。方杜若又道：“我在长安没有得力人手，现已修书向我府中的下人小梗传话，他会由洛阳道逆来迎你。你驾着这辆车慢慢向前行上几日，他看见车篷上挂着的艾草便知是你，到时相遇，让他一路将你送到江南安顿。他是在下心腹之人，又懂些武功，有他护你，卢娘子全可放心。”

弄碧眼中又涌出泪水，“大人安排这样仔细妥帖，叫妾身何以为报？”

“你好生将孩子生下养大，你母子平安，在下便心满意足了。”

这厢方杜若送弄碧远走，那厢两个看管卢府内院的兵士晚间进院送饭时，起先不曾注意，只因弄碧容貌出众，加上身怀六甲，平日甚为显眼。其中一个兵士向排队领饭的女眷中看了一刻，忽然看出她不在其内，问其余女眷，皆道早间还在房中。兵士找遍整个院子不见人影，方想起方杜若箱中的机巧。

让人在眼皮底下运人出去可是失职大罪，加上受了人家的银两，纠缠起来愈发讲不明白。何况以方大人与六殿下的关系，焉知此事不是六殿下授意，即便六殿下真不知道，事发出去，也只会护着方大人。六殿下的脾气可不是吃素的，若到时迁怒泄露生事之人，自家的脑袋恐怕就要搬家了。那两个兵士这般商量着，便悄悄在手边的女眷名册上勾去一个不起眼的服侍丫鬟，只道记录之时名字写错、涂后重写，失人之事全未声张。

毓疏最后一次去看废太子毓宁时，檀香盘上承着金屑酒。

碧玉杯中酒浆青绿，金屑沉浮，诡艳不可方物。

鸩羽浸酒，酒愈醇毒愈烈，七步断肠。

“父皇终是下旨了吗？”

毓宁的声音平静。

毓疏将托盘轻放在牢床上。

“众兄弟与朝臣苦劝，无力回天。”

毓宁将碧玉杯拈起，转动杯子注视着其中流离的光色，道：“以金屑酒赐死，也算至高哀荣。太子妃她们呢？”

“太子妃令出家，余者赐白绫自尽。”

“庆琰、庆琮？”

“红绫缢死。”

“余下家人呢？”

“大辟。”

毓宁涩声笑起，“真干净。”

“皇兄还有什么想吃的、想得的，臣弟现在去操办。”

毓宁坐在牢床上，抬头看着他，“现在也只有你还肯叫我一声皇兄。”

毓疏低眉无话，毓宁续道：“这些日子你常来看我，大理寺上下蒙你关照，也丝毫不曾为难于我。古往今来，废太子做得这么舒坦的，我是第一个。”

“皇兄本无大错，只被卢衡牵累。”

毓宁摇头，笑，“有无卢衡都一样，是父皇……罢，我从来不是受宠的儿子，只因身为长子，父皇不得不立我为储。我小时候傻，以为父皇从不抱我亲我，是因为长子与弟弟们身份不同，后来自己得了儿子才知道，同是亲生，亦有亲疏之分的。”

“父皇对皇兄从来看重，满朝俱看在眼里。”

“看重和疼爱原不相同，换成是你，你想要哪个？”

毓疏低声道：“皇兄知道，父皇亦不疼我。”

“我是知道，所以对你说这些。”

毓疏抬头看向毓宁，目光闪动片刻，继而深沉。

毓宁轻轻言道：“你许不是我们所有兄弟中最聪明的，却是我们所有兄弟中最适合做皇帝的，哥哥将位子腾给你，原也应当。”

毓疏跪下叩道：“弟弟不敢僭越，望皇兄收回前言。”

毓宁探身向前扶住他的肩膀，亦屈身跪在他面前，两人咫尺相对，毓宁淡淡笑起，“我知道这儿是你的地方，在这儿没有话不可以讲。皇兄无能，忝列太子之位，来日做不了好皇帝，如今将位子腾来给你，皇兄心甘情愿，你只不要再给他人。”

毓疏望他不语，毓宁道：“父皇最疼的是谁，你心里比我明白。来日动手，即便为了哥哥我，也莫要心软，知道吗？”

毓疏喉间哽塞，只闭目点头。毓宁凑过来单手轻轻搂住他，脑袋放在他肩膀上说：“小的时候，弟弟里面只有你不怕我，也只有你愿意伸手抱我。”说话间他将酒杯慢慢向唇边送去，浅尝一口，轻道："真是好酒。"

毓疏身上一震，毓宁将杯中鸩酒饮尽，凑向他耳边道："毓疏，好弟弟，来世为兄弟，莫生帝王家……"

玉杯坠地，声调脆烈，怀中人像突受寒风那般微微发起抖来。毓疏搂紧自己的哥哥，听他的呼吸变得绵长断续，起伏无定，最终静静止息。

他的心中有刺骨的痛，有寻不到去处的憎恨，有无涯的茫然，但是没有愧悔，一丝都没有。

来世为兄弟，莫生帝王家。

第五章

太仓谁为散红粟，怜君何事向天涯

中伏将过，陌府花园池塘中自天竺来的蓝睡莲初次开了花。用过晚饭，陌楚荻与夫人陆氏在池边垂杨柳下坐着，陆氏拿些散碎点心逗弄池中的锦鲤，陌楚荻静静看着花草。如虹自父母那院过来，一路未让通禀，行至他夫妇二人背后低唤了声："哥……"

陆氏转头见她，起身问候道："小姑过来了。"如虹向嫂嫂点了点头，又唤一声："哥。"

陌楚荻这才听见人来，回头看她。

"哥，如虹有话跟你说。"

陌楚荻见妹妹的神色与平素的活泼开朗大相径庭，并未直问，只向陆氏道："园中的芍药该培肥了，劳烦夫人去向采葑提醒一声。他那粗枝大叶的脾性，准是忘了。"

陆氏心知夫君明白自己与小姑向来处得不好，怕待会儿小姑开口撵人，两相尴尬，于是笑着点点头，辞过如虹向院后去了。

陌楚荻转头看着如虹，等她开口。

"今天听娘亲的意思，如今六殿下凯旋，陛下许要下旨将我……指婚给他？"

陌楚荻笑，"这门亲事是贵妃娘娘看上的，对娘亲早提过，你这傻丫头今日才知道吗？哥哥与你嫂嫂看来得着手准备贺礼了。"

如虹在陌楚荻面前蹲下，拉起他的手说："哥，我知道你最疼我，我不想嫁六殿下，你帮我跟娘亲说说。"

陌楚荻落了笑，脸上的表情很淡，看不出惊讶或恼怒。如虹看在眼里，只当他是答应了，正想笑起道谢，却听陌楚荻道："贵妃娘娘的意思便是娘亲也不敢违逆，你也这么大了，这点道理还要哥哥现在教你吗？"

如虹摇着他的手，撒娇笑道："如虹想好了，如虹嫁给三殿下哥哥，左右都是娘娘的儿子，娘娘疼我，准会答应的。"

一阵腥气自喉间翻上来，陌楚荻轻咳几声，将手从如虹手中抽出，起身言道："荒唐至此，我没什么可对你说的了，你要耍赖发疯，有胆量去爹娘那里，别来缠我。"

如虹见他要走，跪下拖住他的手，开口之时已带哭腔："哥，哥……如虹不是耍赖发疯，如虹从小喜欢三殿下哥哥，如虹是真心实意的……哥你成全我，你帮帮我，哥……"

"三殿下已有一妻四妾，我陌家的嫡室女儿嫁去做他第五房妾室吗！"

如虹从小到大从没见过陌楚荻对自己发火，一时只是愣着。陌楚荻甩手仍向前走，如虹扑过去抓住他的衣角，哭道："如虹不在乎，哥你别走，哥……"

陌楚荻回身将她从地上扯起来，抬手去擦她脸上的眼泪，一边道："哥哥向你说句实在话，六殿下不肯与我陌家联姻，哥哥亦不想让你嫁给他。无奈君命难抗，你信我一句，只管顺从应着，六殿下比你更不情愿，请旨辞婚之事他必会办下，这门亲事必不能成。但你想嫁给三殿下，却不行，爹、娘、我……即便是三殿下自己，哪个也不会依你！"

"哥哥怎知道三殿下不会依我！我听罗妃嫂嫂说，三殿下哥哥的那几房妾室都是高官或重亲送去的，他不得不收，但自从过门便从未同过房，否则殿下哥哥的两女一子为何同为罗妃嫂嫂所出？可见殿下哥哥爱的是情义，他从小疼我，哥哥怎知道他不想要我！"

陌楚荻只觉胸中气血翻腾，忍不住又咳一阵，缓过气来手扶着如虹道："这话不好听，哥哥也只能说了。你以为天家婚娶为的是情义？你以为那四房妾为何在他府里生放着？三殿下怕的是她们个个自有来路，万一生出情义，难保心中忘记防备。平日的只言片语，家里当没要紧的东西，若被她们传到背后人处，生出多少枝节！你此时搅进去又做什么，爹只娶了一房正妻，你全不知道人家妾室如何过活。你在家里千娇百宠，是爹娘和哥哥愿意，过去那边，你以为府中上下会如待罗妃一般待你？你以为罗妃会如今日一般待你？”

“如虹纵没见过，也听娘亲与姑母们讲过，如虹知道妾室地位低微，但如虹是陌家女儿，是殿下哥哥的至亲表妹，身份自然与那些妾室不同。罗妃嫂嫂又最是大方知礼的，如虹与她处得比亲嫂嫂还亲，她又怎会为难于我？这些如虹都想好了，殿下哥哥从小最疼哥哥你，哥哥帮我去说，一定能成的，”如虹说话间晃着陌楚荻的手，眼中又涌出泪来，“哥，你一定帮帮我，如虹一辈子求你最后一次，哥！”

“长兄上月赐死，自己还张罗纳妾，三殿下成何等样人了！”

如虹没虑到这一层，呆了一刻，“……六殿下，不也……”

陌楚荻摇头，回手按在胸前压住气喘，“太子废为庶人，礼法上已不算六殿下的兄长，陛下指婚，明媒正娶，有何不可？……你侧室婚配，无父母之命，你可知道太子的金屑酒是三殿下捧去的，他绕得过天理人情吗？”

如虹涌泪不止，掩面泣道：“哥哥不为如虹考虑些？哥哥说六殿下必会辞婚，可是六殿下亲口告诉你了？若他不辞婚呢？若陛下硬要指婚呢？如虹这一世，就赔进去了吗？”

“你求两相情愿何苦去三殿下处？三殿下不喜欢你，莫再任性了！”

一句出口，陌楚荻思及陆氏，惊觉失言，一时急火上蹿，撑着肩膀剧咳不止。如虹看他动了真气，也不敢再说什么顶撞言辞，只呐呐道：“……哥哥怎么知道？哥哥问过？殿下哥哥……对哥哥说过？”

“……你也十八了，三殿下真想娶你，三年前就能提亲，何必拖到现在？要么是他不喜欢你，要么是他怕委屈你，这些话还要当面说了才明白吗？”陌楚荻甩开如虹的手向房中走去。远处陆氏夫人已等了半天，见他兄妹争吵，不敢上前，此时见陌楚荻要走，忙迎上去扶住他，轻轻抚着他的背帮他顺气。陌楚荻由她扶着走了几步，听见如虹在身后道：“哥哥只以为如虹在任气使性是吗？”

陌楚荻回头。如虹抬手擦干了眼泪，微微笑起，“如虹也请哥哥信我一句，即便三殿下真不喜欢我，如虹也要嫁，只要能有他的名分，能日日陪着他看着他，如虹便心满意足……不嫁三殿下哥哥，如虹便落发为尼，替爹娘哥哥修佛祈福。这个，也是想好的。”

“——你去，你自己去和三殿下说，”陌楚荻转头背对如虹，声音哑得几乎听不见，“我替你和娘亲说，你自己去和三殿下说。”

如虹哽了一下，声音中顿起惊喜：“如虹就知道，到什么时候哥哥都是最疼如虹的！”

陆氏夫人闻言向陌楚荻道：“这是喜事，老爷该高兴才是。”

陌楚荻摇头，轻轻放下她挽着自己的手臂，“夫人那里陪嫁来的乳母管事，挑两个老成持重的，陪她去三殿下府里。她一个姑娘家，去为自己提亲总不像话。”

陆氏夫人有些错愕，扬脸看他，片刻道：“妾身家里陪来的是陌府外人，又是下人，这向皇府提亲之事怎好前去呢？还是老爷过去最合适。”

陌楚荻只觉千芒刺心，匆匆向陆氏道：“此话既说出去，唯有必保成功，否则如何善后？不得三殿下首肯，此事万不能成。三殿下看她带去的人，一问根底，便知你我的意思，此时夫人还不明白我吗？”

陆氏看着陌楚荻，似有所悟，转头看向几步外的如虹。

陌楚荻的声音像哽着血：“提亲之事只可尽快，要赶在陛下下旨赐婚前同贵妃娘娘说解明白。夫人挑好了人，让随着她，今晚便去。”

陆氏夫人仍看着如虹不作声，好一会儿，点点头，转身去安排。

陌楚荻未再与如虹交言，径自向本宅去见母亲，刚行了几步又咳个不住。掌房丫头采菲过来扶住他，道：“少爷今日咳得吓人，向宫里请翟太医来吧。”

她是从陌家本宅随来的下人，以是惯称陌楚荻少爷。陌楚荻闻言摇头，“是方才塘边冷风激的，你同他们说清，日后莫自作主张唤翟太医过来。”

“婢子知道了。今日本宅不去了吧，婢子扶少爷进屋歇着。”

“扶我去花房。”

“花房湿热，翟太医道待久了对少爷的病不好。”

“我自己知道分寸，待一刻就出来。”

“花房从来不让我们进去，少爷进去了便不出来，我们想劝也不得劝。”

陌楚荻有些无奈地看向这常随的丫头，心中的气倒消下去些，“我今日必定早早出来，若不出来，便卖株牡丹花分与你们吃酒。”

采菲这才点了头，扶陌楚荻过去，掩好花房的门。

花房的确湿热，陌楚荻方才病发得厉害，此时将怒意愁火硬吞下去，只觉身上疲乏不堪，伏在房中矮榻上不一时昏睡过去。再醒来时天已全黑，陌楚荻整好汗湿的头发，起身望向满室花影，片刻之后，略带一丝自嘲地轻轻笑起。

原说了，什么都能算，什么都能给。原来真有算不起也舍不得的。

不合时节的牡丹花在夜色中暗自繁华，有风自天窗漏下，丝丝透骨。

采菲在园中廊下坐着等了半夜，见陌楚荻推门出来，慌忙跑过来给他披衣服，道：“三殿下方才来过。先前少爷说，以后三殿下夜间过来，全说少爷与少夫人歇下了，婢子便是这般说的。”

陌楚荻一怔，脚下骤停，采菲仍向前走，扶着他的手便将他向前轻拽了一下。采菲回头看见他的神情，忙问道：“莫非今日少爷同三殿下有事？是婢子说错了吗？”

陌楚荻轻轻摇头，笑起向她道：“说得不错，说得好，日后还要这般说。今日我在花房里待得长了，明早叫采葑卖株牡丹花，分钱给你们，吃酒。”

次日毓疏约毓清、如虹一同进宫，在克贵妃面前将话说清。

克贵妃初闻此事，华容微敛。毓疏道：“儿子恋慕如虹妹妹许久，只怕委屈了她的身份，因此从未提起。如今知道如虹妹妹亦有此意，我二人两相情愿，万望母亲成全。”

几句违心的话，倒讲得这般自然。

克贵妃犹豫再三，缓缓言道：“宁拆十座庙，不破一桩婚。你二人情意深厚，为娘原不该阻拦什么，只是……清儿与你俱是为娘的心头肉，手心手背总难两全，只怕清儿——”

毓清此时插言道：“母亲多虑了，儿子虽与如虹妹妹亲厚，却只以妹妹相看，正想着如何对母亲说明，辞下这门婚事，却又担心如虹妹妹觉得委屈。如今听闻三哥与妹妹的情意，儿子只觉得欢喜，没有半分不愿意的。”

克贵妃仍蹙着眉头，向毓疏道："如虹的身份，嫁作侧室，叫为娘如何同你姨母交代。"

如虹笑向克贵妃道："回禀娘娘，我哥已同我爹娘讲过了，爹娘道全凭娘娘定夺。"

毓疏亦道："儿子有个主意，母亲听听妥当与否。儿子……儿子思慕如虹妹妹……对旁人并无情意，儿子那几房妾室均是收了身份但从未同过房的，儿子以为，不如母亲下道懿旨，将她们遣返归家另择婚配，一来如虹的地位得升，二来也是一番善事。"

克贵妃笑道："我儿想得周到，如此很好。或者你亦可将罗氏贬去，娶如虹为正妃，岂不两全？"

毓疏忙道："罗氏与儿子成亲日久，加上已为儿子育有后人，所谓一日夫妻百日恩，还望母亲体谅。"

如虹的眼中涌出泪来，撇嘴忍了忍，道："罗妃姐姐待我很好，如虹年少，不应僭越，身份之事如虹全不在乎。"

克贵妃拉起她的手道："难得你有这份大度心思，姨母只怕委屈了你，你既这样说，姨母便放心了。陛下过几日许会令疏儿去益州办差，那便一两个月不得回来。依姨母说，择日不如撞日，侧室婚配也不合大办，不如马上挑个吉利日子，姨母替你们张罗。"

如虹羞红了脸，看向毓疏一眼，娇笑点头。毓清遂了心意，笑向毓疏和如虹道恭喜。毓疏只点了点头，默默靠在椅背上，不再说话。

他将娶的娘子眉目如漆，艳丽明快，在微微抿起嘴角时，略有几分像陌楚荻。

克贵妃留如虹说些闺房叮嘱，毓疏与毓清辞出去，一路走着，毓清心中快意，向毓疏道："恰逢三哥喜事，我府中今晚宴请有功将士，三哥过来一起喝酒可好？"

毓疏从静思中回神，听毓清居然邀请自己同他属下的将士一起喝酒，心道六弟果真对自己全无心机，于是说："你可真是孩子，哥哥抢了你的娘子，你不闹我，反要请我？晚间哥哥带几坛好酒过去，也算向你赔礼。"

毓清一听亮了眼睛，"那我要三哥府中藏的陈年竹叶青，就是上次尝过，流金澄碧的那种。"

毓疏笑起，“好，依你。”

自洛阳出来，一路暑热，停停走走，毓希抵达青州时已入七月。兖青徐三州户部巡官柳迎在青州境上接到他车驾，一路引至州府接受诸官拜谒，复又送毓希至事先选定的蓬莱县，已租好一套大户人家的庄院，为毓希安顿。

毓希生平第一次出京，起居饮食多有不惯，加上路途疲累，竟病了三四天。稍有起色，只惦记着差使，急命柳迎到前商议清查户口事。

柳迎听名字是个温和人物，然而人不如其名，个性严肃，毓希这些日来与他交接四五面，竟没在他脸上见过一丝笑影子。他进得堂来拜过毓希，先看了看毓希身边几个打扇的随侍，又看了眼一侧摆的冰桶，似眉心微蹙，又似天生就是这副表情。

毓希来前打听过，这位巡官在户部风评不错，有干练之名，他料想能人总有些独特性情，因此并不以为意，只问他蓬莱县逃户的情况。

柳迎道：“启禀殿下，蓬莱在青州诸县中地缘较为偏僻，物产不富，民以渔业盐业为生者多。渔民盐民只服力役，贡其出产，不必输租，因而户部历次彻查中，逃户一事在蓬莱不著。”

毓希涉户部日浅，役、贡、租这些名目尚不太懂，此时怕细问柳迎，被他看轻了，想了一刻，道：“渔民盐民便无逃籍的吗？若不录在簿上，役也不必服了，贡也不必出了，不是一样？”

“力役属工部事，贡物悉归少府。”言下之意，即便查出来，好处也不落在户部账上。毓希听他这样说，觉得也有道理，又问：“如此说来，你道应往何处去查？”

“青州近海，诸县情况相似。其实兖州、徐州皆以农为本，州县富庶，地方上豪强林立，大户藏匿小户户籍屡禁不止。殿下真欲查逃户事，不如移驾兖州或徐州。”

这竟是不愿为毓希在青州办差的意思。毓希登时火起，“我进青州的时候你不说这话，一路都走到海边了又来放这马后炮，当我连地图也不会看了，青州岂是各个郡县都临海的？连一个务农的地界也没有了？”

柳迎面色动也没动，垂着眼看着地面不说话。旁边的随侍向毓希耳语几句，毓希点点头，道："闻青州之内，潍县甚富，便从潍县查起。姑且与你五日，各保里细查过去，五日后我要亲验结果。"

原以为柳迎会嫌时日短，不想他辞拜了毓希，径直领命而去。

这五日毓希一来养病，二来散心，不让蓬莱的官员陪着，过得十分轻省。也去海边望过，料海市蜃楼不是那么容易见的，因海风腥咸，略站了站，便向近海的各观中寻高人谈道去了。也尝了些海味，只海参清淡些，勉强可入口，余皆苦腥。

到了五日的期限，柳迎带着潍县旧有的和新查的户口簿子而来，有潍县县令与户籍官随着，道查了一遍，查出二十三家逃户，一百零二人，另有十四户户等不实，俱添改了。毓希听着数字小，命随侍将两套簿子取过来细看，都列着户等、户主、家人、田产等，也看不出怎么叫多了怎么叫少了，便问："这五日是怎样安排，如何查来的？"

柳迎看了潍县户籍官李凭一眼，示意他说话。李凭毕竟初见皇子，加之天热，汗涌如流，惴惴道："启禀殿下，原本每年正月都查的，这几日期限紧，县令大人便派微臣等出查，将里正、保长叫来问话，又让大户相互检举，因得此数。"

潍县县令温旭跟着点头。

毓希看李凭的样子，本就心中嫌恶，一听这话更恼："竟是道听途说，根本没去实查？"

县令温旭忙道："殿下，一来期限紧，二来按制，逐户实查三年一次，今年不在年份。"

毓希怒拍桌案，"我吩咐的事，你们这样搪塞，我身负皇命千里迢迢来此，是当摆设用的？"

柳迎插言道："近日不合实查，还有个缘故。"

连日下来，毓希对这位户部巡官已心存不满，但钦差并无就地贬免官员的权力，何况当下还要指他办事，忍到回京后才能发落，此时只有怒目转向他。

"近日荞麦即将落种，农人日待天候。殿下恐怕不知，荞麦此物'早播三天不结籽，迟播三天霜打死'，若因为查户扰民，耽误荞麦落种一两日，便整季无收。

下等户冬天糊口的粮食没了，如何挨到明年。”

一句话噎得毓希不知如何回嘴，愈觉暑气当面，心头燥热。

京中已传来消息，皇帝将派三皇子毓疏向益州赈灾，恐怕有令他二人比试之意。虽然赈灾的差事必定难过查户口，但若办好了，反而出彩。毓希思揣着，青州这些人摆明拖延省事，然而此事不能再等，必须办出些大动静来，否则岂非行在前头，却落了下乘。毓希想来道："我不亲去，你们只有怠慢。此事不必再论，三日后我去潍县，与我定出一镇来。事先说好了，要种荞麦的赶快落种，到我去查时胆敢不出来的，这辈子也别惦记着再吃什么荞麦了。"

温旭和李凭看向柳迎，见柳迎拜下去领命，二人也忙跟随。

出得堂来，县令温旭向柳迎道："柳大人，原本你说这位四殿下生性散淡，不会与民多生事端的，如今看来……"

李凭也道："种荞麦也不是一天说种，种下去就能行的，殿下恐怕没听懂？"

柳迎转向他二人道："二位大人多虑了，堂堂一位皇子殿下，即便真耽误了荞麦落种，还能支不出钱米来赔？"

"赔偿这话可要柳大人去说啊。"

柳迎向温旭点头："自然。"

流金澄碧的酒液自羊脂白玉的壶中斟出，落在雨霁天青色的酒杯里，荧荧流光。

"都说越大人是酒内行家，在下今日带了它来，越大人尝尝是否合口？"

越临川伸手拈起杯子，看着杯中幻色离合，"这稀绝天下、喝一口少一口的东西，不用夜光杯盛，真是可惜。"

对面人正望着西天锦琉璃般的火烧云，听他这样说，转回头道："是在下疏忽了，越大人见谅。"一双眼睛映着橘色云霞，增出几分冶魅之色。

越临川心中叹了一句，心道三殿下自小对着这样一双眼睛，想来疼也不是怨也不是，少不得容他生事。

"今日三殿下府中喜庆热闹，陌大人不去贺喜？"

"三殿下娶的是在下的妹妹，喜宴之上娘家人只有女眷能入，在下亦不可坏了规矩。”

越临川闻言一笑：“大人的女眷，也去了吗？”

陌楚荻心知陆氏是他尊师的妹妹，越临川起这话头应无恶意，便接他的口吻向下道：“天下事全瞒不过越大人一双慧眼。他还只道此事唯我一人知晓。”

越临川笑使指节敲在桌面上：“青春豆蔻，公子佳人，这可是坊间最爱之谈资。何况是天家的公子、翰林一样的佳人，便传出三分似，也传作十分真了。不过下官看来，发乎情止乎礼，成一段佳话，有何不可？三殿下是太爱惜羽毛了。”

陌楚荻却明白那公子是为那佳人计，并不分辩，因那句“翰林一样”，笑道：“说来内子的文采我竟未试过，回去当向她讨教些。我这愚俗之人，是作不了诗的。”

“陌大人的志向自然不在诗上，今日既请下官来，大人要做的，恐怕是局？”

陌楚荻轻笑点头，“成事与否，全看越大人慷慨胸襟。”

越临川将酒杯递至唇边轻抿，“陌大人要向下官借东西？”

陌楚荻持壶将他酒杯添满，“上次越大人向在下提的那个人，在下确想借来一用。”

越临川握着酒杯有一口没一口地呷，说道：“三殿下此时娶亲，传到陛下耳中自然不是好事，下官也约莫猜出陌大人借那人来要做什么。但，为这几口酒借出两条性命，下官觉得，似乎不值。”

“有借自然有还，一来在下并不着急，那条小性命许能留在大人这里；二来那条大性命亦可全身而返，来日事结，在下还会送她一桩大礼。”

“她此时出来，死罪无疑，陌大人如何保她全身而返？”

“此番陛下遣三殿下向益州，原为解救蝗情旱情，越大人不知？”

越临川闻言笑起，“陌大人这做局的功力冠绝朝野，下官今日领教，佩服之至。”

陌楚荻只笑道：“越大人谬赞了，不知大人可愿解囊？”

“陌大人开口求人，千载难遇，下官若不趁机敲些竹杠，来日梦中痛悔，必定吐出血来。”

陌楚荻仍是浅笑道：“只要在下能给，大人直说无妨。”

越临川向他凑近了些，盯着他的眼睛说：“若要得太高，以大人的本领，来日必然算将回来，下官是不敢的。退而求其次，下官向大人求两幅字。”

“在下当是什么。宣纸松墨随意写来，能蒙大人赏识是在下的荣幸。”

“大人写着随意，那些外人得来却不容易呢。大人平日除了替陛下抄些碑题旨意，一年之中写几次祭文贺表，几无半篇墨迹传世。下官听说有人花重金向你府中的下人求买你日常练笔的残篇碎纸，也不知他们受过你怎样调教，竟无半个动心。大人的字稀罕至此，我那陆师傅一向风雅，下官若送幅大人的墨宝给他，必能博他开心，何况……”越临川说着愈向陌楚荻凑了凑，嘴角一勾，眯起眼睛道：“来日大人过身，遗字必为稀世珍品，下官亦想弄上一幅压压家底。”

陌楚荻听他直言“来日过身”，只觉有趣，笑着说：“真如大人所言，也是在下的造化。内子从未向在下提过，在下竟不知道舅兄大人亦看得上在下几笔俗字。既然写给二位大人，在下必定全力以赴。只不知越大人要在下写些什么？”

越临川原不懂求字可以指定内容，此时皱起眉头想了片刻，道：“说好两幅，一幅《绿衣》，一幅《黄鸟》。”

陌楚荻亦轻皱眉头，“悼亡之词甚为不祥，越大人果真……立意独特。”

越临川扬声笑起，“这两首诗与下官甚有渊源，别人看来不祥，在我只是喜气。今日下官先敬陌大人一杯，来日裱好了字，以我那陆师傅的脾气，无端受此大礼，必定还要摆酒酬谢的。”

陌楚荻道：“竹叶青性凉，在下的身子只能喝些花雕，越大人见谅。”

越临川唇角的笑深了些，“下官去点状元红上来，大人就肯赏脸少饮吗？今日大人心里左右不是滋味，不想饮酒，下官明白，不会为难的。”

两个聪明人坐在一起，陌楚荻笑笑，也愿对他说些实话，“换成旁人，越贤弟这几句话，真能怄出血来。”

“若非知道拿这些事怄不到陌兄，小弟焉敢造次，”越临川说话间又翘起嘴角，“今日既喝了陌兄的酒，小弟再卖个人情。尊夫人从那府的宴会出来，心中万一也不能十分痛快，明日恰值七夕，小弟就写几个洛阳城里顶好顶贵的绸缎庄啊首饰铺啊，与陌兄解一时之围。”

他说话间便摇铃待向酒保取纸笔。陌楚荻果然不曾想到，顷刻被他逗笑了：“贤弟在这些地方，当真是朝中少有的行家。”

酒保退下，越临川下笔列单子，道：“陌兄与小弟的立场上，尊夫人高兴，皆大欢喜。小弟愿与陌兄做个讲真话的朋友，日后这些地方，陌兄尽可下问。”

陌楚荻淡淡落了笑，看着他运笔的手。

一忽儿越临川写完，陌楚荻接过他折好递来的单子，持起白玉壶为自己斟满：“蒙越贤弟不弃，为兄今日不能不与贤弟同饮一杯。”说着举酒向前，清声道：“‘邂逅赏心人，与我倾怀抱’，三生有幸。”

次日七夕，宜晒书晒衣，官员休沐不朝。用罢午饭，陌楚荻指挥家人将书房里不常翻阅的书悉数晒在了堂屋前的空场上，嘱咐轮流翻面。回到卧房的院中，他见陆氏和自己的衣服也已晒了出来，占掉小半个院子。陆氏正行在他的衣服下，一件件地看。陌楚荻也去看陆氏那些，虽也有嫣红姹紫的，但多半是些浅色，料子以练与绢为主，间些绫缎，与往年如虹晒衣时那占满一院的耀目锦绣大相径庭。

陌楚荻想起昨日越临川的话，行至陆氏身边道：“夫人好兴致。”

陆氏微吓了一跳，转头见是他，笑着施了一礼。

“不过是些旧衣服，夫人看得这样入神？”

陆氏有些不好意思，低了头，笑着说：“妾身是在想，老爷穿这些衣服的样子，妾身大半没见过。”

陌楚荻骤然想起成亲那夜对毓疏“来日方长”的话来，心中震动，他看着陆氏的发顶映着的日色，道：“这些旧的晒着吧，夫人同我去买些新的可好？”

陆氏抬头，神情惊喜，看了看陌楚荻，又低头看自己身上，道：“老爷容我去换身出门的衣服。”

陌楚荻点点头，看陆氏走去那边的衣杆处，站在那儿想了好一阵，自正在晒的衣服中挑了衫裙取下，向房中去了。

待穿戴整齐，二人由家人驾车，来至东市。陌楚荻打发家人回去，让不必来接，便与陆氏进了东市坊门。虽公事私事时常经过，但陌楚荻也只在少时随毓疏来过几次，早已不识得店铺了，因将越临川写的单子掏出来，向坊门边的官亭去问。那市丞看他服色，又看他腰间悬的金鱼袋，已猜出他是哪个，忙要带路，看见亭外站着陆氏，知道不便，就细细地将此店在此彼店在彼说了，却有两间在西市内。

陌楚获谢过他，出来随上陆氏，两人在人流中慢慢走。今日尤其是女子的佳节，又值盛夏，街上行走的仕女俱鲜衣靓妆，地上时见掉落的珠翠，因人潮来往，无人弯腰捡拾。陌楚获以为这样嘈杂的街市陆氏会不喜，却见她神色欣快，一双眼睛留意着迎面而来的仕女们的新鲜衣饰，有时又看街边摊子上的玩意儿。陌楚获于是低了头，由着她的步子走，看她柘黄的裙摆上贴绣的一串金鹡鸰随着禁步的拍打，像在其间翩飞。

好一会儿走到单上的一家绸缎庄。一进门，室内凉爽安静，并无别的客人，想来越临川那“顶好顶贵”所言不虚。陌楚获生平第一次进绸缎庄，见那四壁货架交错颜色排开，满目斑斓，只觉眼花。欲待陆氏挑选，见她亦望向自己，两人面面相觑，直看得那迎上来的店家也不敢说话。

一会儿店家道：“这位大人，可容小的挑几匹拿来，供尊夫人选看呢？”

陆氏仍看陌楚获，陌楚获想想，从袖中取张名刺出来，递给店家道：“我见家妹在宅中选过衣料，你家可以送去宅里选看吗？”

店家忙道：“可以可以，小的的娘子，专向贵人家中与女眷送料选看的。”

“那你挑些上好的，”陌楚获看了看陆氏，“合适的，明后日送去我宅里，在永昌坊，新辟的陌宅。”

店家忙不迭答应下来。陌楚获与陆氏出了店门，都松一口气，两人转头对视，皆是一笑。

又进一间叫“喜鳞阁”的首饰铺，四海奇珍咸聚，列在架上，摆了三间大屋。店中行售的众女子亦着绫罗，似入龙宫一般。这店中客人略多，有识得陌楚获的，上来招呼，一时站下寒暄。陆氏见了礼，自向店中看了，陌楚获说完话寻到她，见她正看海珠，因取了支单镶的大珠钗，与她试戴上。陌楚获原不觉得怎样，却见陆氏羞得满面红，旁边的店家女子亦抬袖子掩口浅笑。一会儿铜镜拿来，陆氏也不去照，只抬头看着陌楚获。她平素绝少首饰，头上插钗不过一二支，这珠钗重，斜斜将至额边，映她脸上颜色愈明一分，有照人之态。陌楚获道：“这个很好。”陆氏就笑着点头。

陌楚荻便又取名刺，让店家女子明日送去宅中。女子却向陆氏道："夫人只管戴走，价款明日我们到府上拜领，怕您这三品的夫君坑我们东西不成？"

陆氏双颊红晕又重一层，低头只笑。

逛逛停停，出了东市，日已西偏，略凉爽了些。陌楚荻要雇车回去，陆氏却说想再走走，两人便向永昌坊慢慢行去。陌楚荻心中想着明日的朝事，不留神陆氏已不在身边，回身只见她停在两丈开外的地方，转头看着左手边的一个路口，静静出神。

"夫人？"

陆氏转头向他，浅浅一笑："此处是妾身与老爷初遇之地。"

陌楚荻茫然看她。

陆氏笑，"老爷果然不记得。"

陆漓十五岁上，母亲春天病殁，因是侧室，不能大行操办后事，匆匆就要下葬。请阴阳先生看过后，近期唯五日后是吉日，便定下来，却没想过那日正值新科进士放榜。当日陆漓守在灵旁胡乱睡了半夜，早早地起来，点主祭席烧化挽幛。陆老爷奠了酒，一应程式完毕，因陆漓是此房独女，重孝披麻，怀抱神主牌位挽棺起灵。陆氏宅在洛阳城极北，要向南门出城去归葬，陆漓分明记得行出家门时日头尚不算高，但抬着大棺，送殡的一行无法快走，愈向南去，愈见人群汇集，皆向朱雀大街聚拢而去。

陆漓几日恸哭，已不知世间何事，问过左右方知天子今日宴东上苑，新科进士们在宫中谢恩领赏后，要沿朱雀大街过去，宴后还有三甲巡街。往年此日已是极热闹，今年更有位十四岁的陌家少爷高中探花，其姨母便是宫中的克昭仪，其人听闻亦是钟灵神秀、人间少有，因此洛阳人争相竞睹，朱雀大街那边人比往年更胜一筹。眼见人潮在前，向南已是行不通了，陆漓命向西绕。那雇来的抬棺人道朱雀大街横贯东西，何处能有开口，不过白费气力，只是不肯。

如此只得仍向南去，越行越挤越慢，路人虽避忌她家送殡，神情嫌恶，不至撞上来，但前方实是观者如堵，至朱雀大街的路口已能看见，大棺却再行不得一步。陆漓上前几番求告，求请众人略散开些，趁进士的马队还未来，容她一行先过街。观者们为谋个好位置，哪个不是早早起来赶路到这儿，都怕散开再聚占不到当下的地方，即便后面的人愿让让，排在前面的断然不肯。陆漓无奈，命人使木架将棺架起停下，自己抱着母亲牌位，只是垂泪苦等。

等了有多半个时辰，听朱雀街上有快马鸣锣而过；不久又一片蹄声，足有四五十匹马，能看见人墙上方露出金吾卫的牙旗；又过了一会儿，人群开始骚动起来，见有五色大旗成对地过去，想是进士们到了。陆漓看着前方几步的人群，人人盛装引颈拍手欢闹，儿童骑在大人肩上，花枝招展如同过节，朱雀街上鼓乐喧天。人间佳境俱在此处，而自己一身重孝，头顶是引魂白幡，身边是母亲棺木，亲族无一人陪来，不知何时才得出城，何时才得落葬，何时才得返家，返家之后又是怎样光景，一时心死如灰，唯掩面吞声而哭。

忽然有人扯她的袖子，陆漓抬头，见眼前的人墙不知为何开了个口子。她只是呆立，那人墙缝中露出个公子骑在紫花马上掣着缰绳，远远向她道："这位小姐，死者为大，你们先行过去吧。"

她怔怔地命起棺，又将棺绳挽起，向前行去，观者也都左右让开。那公子已然下马肃立，她望了一眼，见与自己相仿年纪，袍色青翠。她乍悲乍惊，心绪恍惚，连谢也未谢，只行了一礼。一行人过了街，那边的观者亦向两侧让开，陆漓回头去看，那公子的目光随着魂幡，神色清愁。

直到这一日完结，她深夜坐在亡母房中望着一豆灯火，方想起今日那位公子，应就是陌家的探花郎。

"那时妾身想，这位公子是天下再温柔不过的人，他只看见魂幡，并不知是哪家，竟愿意在大喜之日让棺木从他马前通过。若妾身此生适人，只适此人；若不得适此人，妾身便一生在家侍奉严慈，勤读诗书，以学留后世而已。"

陌楚荻看着她，心绪翻卷。这件事陆氏提起，他依稀记得，当时不过举手之劳，他全不曾放在心上，不想十余年后阴错阳差，当日两人此刻相对，已是如今光景。

他抬眼望着陆氏背后的天空，胸中酸涩之感不堪言说。

"妾身亦知是痴心妄想，我是女子，婚姻事哪由得我做主，不过枯等。二十已过，又过廿五，本以为此生无望了，那天姆妈拿来陌府的庚帖，我看见上面老爷的名字，又哭又笑，原来世上真有神明的。及进了家门，老爷又是这般待我，我有一腔话，只是说不出来罢了。"

陌楚荻摇头道：“夫人谬赞了，相遇之时能得夫人青眼，是我的福分。”

陆氏亦摇头，向他走近几步：“妾身知道，老爷如此待我，是老爷的秉性，老爷娶了哪家小姐做夫人，一样是如此待她。妾身能来老爷府里，是妾身的福分。”

陌楚荻只摇头而笑。

陆氏又道：“因而妾身极佩服如虹，也极懂得她。”

陌楚荻落了笑，看看她。

“妾身佩服她，婚姻事敢自己出口，敢自己上门提亲，纵知道会招人谑笑，仍一往无前。妾身懂得她，若此生不得适此人，宁可终身不嫁，若得在此人身边，莫说是王府富贵地，便是饮露餐风，也是甜的。”

陌楚荻第一次觉得，从前听人言讲的陆漓女史，正在眼前。

陆氏走至陌楚荻身边，她头上的珠钗映着天光，微微泛紫，“因而如虹去三殿下家，是如虹的喜事，老爷该为如虹高兴才是。”

陌楚荻心中深叹，点点头，伸手牵住她。

毓希至潍县当天，暑热正盛。他来青州时曾因暑气病倒，此时不敢过分操劳。好在潍县县令知道尽心，在选定的肖家镇寻了一块空场，搭起高台，上以毡棚遮蔽，台下四面命人不断泼水。台上摆好一套桌椅，毓希坐定，觉得虽然环境简陋，但水气送爽，不至难熬。

场中肖家镇住民已聚集大半，由县衙的胥吏导引，分家按户向摆在台下的一排条案前申报，尚未排到的被衙役持大棒挡在稍远处。因天气炎热，众人都想尽快了事，只见场中戴巾的、戴草帽的人头攒动，场面略混乱，但潍县本地官吏尚弹压得住。

毓希考虑到愿意听令而来的必是守法之家，匿户必定想办法继续匿下去，因此一早派了从州府借来的衙差向肖家镇每户住宅与镇外方圆十里的农田中搜检，不时有零星几人新被带进场来。这时他远远看见一队农人被衙差驱入，却似乎不服管，看见父母官后，大声吵嚷起来。

毓希命柳迎带一个随侍过去查看，见那边又乱了一阵，柳迎干脆带了几个人过来，到台下行了礼，仰面看着他。

“殿下，此几位道今日荞麦必须落种，求殿下开恩，放他们回田中去。”

毓希皱眉，“早令你们告知尽快落种荞麦，怎么今日还因此生事？”

柳迎还未回答，为首的农人抢话道：“老下雨，土都泡水里咋种？今天土干些，不让种等荞麦一挂籽就给霜打了！”

农人眼中皇子和县太爷一样是大官，没大分别，何况自己在理。但在毓希看来，一品大员也不敢用这个语气跟自己说话，虽然因为口音听不全懂，但他心中已十分不快，转念又想，也犯不着与他们一般见识，争回去更不像话，于是对柳迎道：“带他们先去查验，验完放他们回田。”

柳迎听令，招呼这一队农人先向文吏的条案而去。还没与文吏交接完事，后面排队的众人大不乐意起来，纷纷向前推挤，有人大喊：“俺家也得种荞麦！”还有人喊：“先来先登，哪家不急！”喊声乱成一片。

远处忽又有人喊：“有人热倒了！”一处小孩子的哭声响起，不一会半边场上的小孩全哭起来。户籍官李凭从人堆里挤出来，向正往台下洒水的衙差喝道：“还浇什么水！赶紧抬着桶去浇人啊！”衙差忙三两一组将水桶抬至人群近处，使瓢往人群身上洒水降暑。不一时有浇得难受想往后退的，有热得难受想往前淋点水的，人群愈乱一层。维持秩序的衙役怕挤踏生事，拿大棒将人群向后打，霎时响起呼痛号泣甚至呼救之声。柳迎顾不上请示毓希的意思，推开一张条案上的文书，站上条案大呼：“都镇静！镇静！今日查验到此，各家回去，要种荞麦的赶紧，还没查到的明日一早再来！”

人群一哄而散，场中黄土飞扬。县令温旭怕毓希怪罪，将衙役召集到身边额外吩咐道：“一会儿传下去，明日过后还敢不到验的，等你们上门去绑吧。”

待乱况稍解，柳迎拧眉回头望向毓希，见毓希亦眉头紧锁，起身直望着他。

晚间毓希让柳迎一同用饭，坐在为毓希到来大加收拾过的潍县县衙后堂。白天柳迎当机立断，不致出事，毓希心中有谢意，让随侍为他斟酒。柳迎并不谦辞，取杯喝了。两人都不是善寒暄的个性，虽席上海陆俱备，但毓希不习海味，肉禽又嫌油腻，吃不几口，柳迎也不相劝。

默默吃了半顿，柳迎道：“殿下，明日再查，微臣有个主意，殿下听听看。”

毓希本就想问他明日再查怎样好些，闻言点头。

“殿下既然来了，明日的验法只能与今日一样。但暑热之下，让百姓白排大半天，为的又是正月验过之事，难免生出民怨。微臣看，不如明日来的每人发几个小钱，一来是听闻有钱，家家户户愿意过来；二来是殿下到地方上来，也是殿下的恩典。”

此事毓希原本也想过，但不知多少合适，便放下筷子细问柳迎。

“五文钱在此地，值中户人家一人一顿饭钱有余，已不算少。若殿下开恩，十文可值一天。”

本来毓希印象中钱都是按两算的，柳迎说起文来，他倒难办，“银两我带来些，铰碎了发倒可，这铜钱到哪儿找去？”

柳迎愣了愣，才明白这位皇子殿下的意思是拿自己的钱出来发。自从听闻四皇子挑了青州，欲仿前朝貌阅、输籍之法，柳迎原本只觉得他迂腐，不查政务实情、劳民伤财，又认为他是柿子专拣软的捏，放着兖州、徐州这些逃户严重无人管得的州府不去，偏来青州，不过是空图政绩，并不愿真办实事，因此从一开始便没有全力配合之心。此时听到毓希一提发钱，首先想的不是从地方或户部支取，柳迎初次觉得这位殿下存心不坏，想来平日在京中也不行侵霸之事，没有开出白条让人兑款的习惯。如此说来，若四殿下出些体己，青州百姓得些实惠，也非坏事。

柳迎想来便道：“既然殿下开恩赐钱，那便不是明日一日、肖家镇一地之事。若青州此次彻查俱按此办理，按青州人口一百二十万算，每人十文，需银一万两千两。若只赐中下户，上户不给，还可省些。这钱……殿下看可出得？”

一万余两在毓希眼中虽然是个数目，但不算很大，一个绝色婢女买来往往也要数千。但他还是头痛发钱的方法，又问道：“我此来未带这些，只一千两现银随身，后续所需命他们回京去取也可，只是铜钱何来？”

毓希第一次见柳迎笑了笑，向他道：“微臣有个便宜的办法，借殿下印鉴一用便可。”

次日仍在镇中空场，毓希坐在台上，台下洒水的衙役减了一半，余出来的每人担两桶水，上扣两个碗，在场中穿梭，供排队等候的民众取饮。文吏的条案这边，每验讫一户，给一张写单，上书户中几人，共给几文，以抵岁赋云云，拿去旁边加盖毓希用印，告知下次征赋税时交给税官即可抵赋。家中口数多的能领几百文的写单去，验完的百姓个个高兴，有的还向台上毓希行礼言谢。又有昨日验过的，今日又来讨单子，文吏一样写发。

毓希看着台下秩序井然，心道柳迎这个办法果然方便，到时全州汇总了人口，他这里只用按数将相应银两兑给州库即可。看来柳迎能干不是虚名，今次的差事是能办好了。

转念又想，办得好，也要上面知道才行。到时成事了，还得提点着他们往上写折子才是。

去冬今春，蜀中大旱，小麦绝产。初夏数日淫雨，入伏重返赤日无涯。飞蝗漫天而起，所过之处草木尽催稻苗尽灭，白石曝于山冈，红壤裂于原野，昔年天府胜地沦入凄惨灾景。益州丞姜宜连发四匹快马向朝廷告急，毓疏结亲次日即受命离京，带领户部官员星夜赶赴锦官城。入得益州境内，钦差队伍由船转马，只见沿路饥民流徙于道，衣衫褴褛面容枯槁，个个目中全无亮色，几若待死，望向官差的锦衣肥马时，又露癫狂之色。毓疏一路心惊，鞭马急赶，入得锦官城内，见家家大户门扉深掩，半死饥民倒伏于地，城中日常劳作俱废，加之天气酷热，蚊蝇虐舞，腐臭盈天。益州丞姜宜当日未闻旨意，听钦差已至，慌乱迎出府外，见马上之人衣色明黄，一时不知如何称呼，只跪地叩首。

“不记得了？我是三皇子毓疏，你授官之时我同在殿中。”

姜宜授官那时诚惶诚恐，哪里敢看殿中其余人等的相貌，如今听三皇子居然记得自己，言辞又是这般冰冷，只顾得冷汗涟涟，全不敢有半句回话。

“天子隆恩，授你封疆高位，就是让你这样尸位素餐的吗？”

“回禀殿下……旱蝗乃天降灾厄，微臣……”

毓疏翻身下马，边向州府大门行去边道：“州库有银太仓有米，现下民生衰败至此，为何不曾开仓赈济？”

“仓廪大事，无天子令，微臣不能擅做决断……”

“城中大户家有存粮，为何不曾劝富济贫？”

“国无此法……若大户不愿，微臣……总不能抢……”

毓疏已行至中庭，此时回头看他一眼，“看你脸上并无菜色，想来府衙仍有存米，即便大户不肯赈济，你镇守一方为民父母，为何亦不出粮？”

姜宜本已起身跟上，此时慌忙再跪下去，道：“微臣府中存粮只能勉强维持微臣家人与差役一日一餐，今日家中……便要断炊了……”

毓疏吩咐他平身，回身仍向府内走去，“你虽无能，并非无理，升迁贬谪归属吏部，我现下不能立即罚你。既然皇命已至，救灾赈济之事还需你益州上下勉力同心，若灾情得缓，算你功过相抵，若灾情愈烈，怕你当效前朝渔阳太守商秉忠，焚身献祭向天乞雨。”

这几句话讲得极淡，言辞虽冷，语气中却无甚怒意，乍听之下只是寻常吩咐，却吓得姜宜应诺连连抖如筛糠，几乎再跪下去。

毓疏行至堂中坐定，向姜宜道：“执掌仓廪、户籍、城防的官，带过来。”

姜宜招呼之下，几个大小官吏张皇上前，施礼站下。

“哪个是太仓令？”

“……微臣在……”

“叫什么？”

“……付为鑫。”

“益州全境存粮多少？”

“回殿下，大约……四万石。”

“俱在锦官城？”

“各县仓库亦有少存。”

“司民令？”

“……微臣寇忠。”

“按益州人口计，四万米粮够吃多久？”

“这个……”寇忠自颔上滴下汗来，“微臣一时……难以算清……”

“现在去算，算得报上。金吾令？”

“微臣张悯慈。”

“带你手下城防差役整顿府衙前空地，开设粥场，先救一时之急。”

“殿下——”

闻得身后有人插言，毓疏回头，见一个五品的户部郎中躬身施礼，似有话言。

“讲。”

“微臣造次。微臣以为，粥场不应设在锦官城内。”

毓疏皱眉一瞬，道：“城中厚积疫气，加之巷陌狭窄，恐民塞生变？”

那郎中拜道：“殿下英明。”

毓疏向来擅长记人相貌，如今见他甚为眼生，想是户部新官，因一路急行未加注意，于是问道：“叫什么名字？”

“回禀殿下，微臣喻青。”

毓疏微露恍然之色，回头向金吾令张悯慈道：“择锦官城外平旷之地设粥场，命差役缓导饥民出城，大小道路亦可发布施粥告示。一日早晚两施，锅灶多设几处，疏导之事亦需多加注意，勿使灾民拥堵，明白吗？”

“微臣明白。”

毓疏低头沉吟片刻，复道：“米粮分配算得之后，留足锦官城所用，余下分派各县，亦按此例施粥。——姜宜，我朝兵民分治，然则天灾之下略可权益变通，你以钦差令向州营孙统领借些兵丁，协助押运粮食维持治安，兵粮所费，让他从军饷支出。”

姜宜面露难色，然而叩道：“微臣听令。”

毓疏言罢示意他背后户部诸人向前，道：“单凭州库存粮坐吃山空，仅为治标之法。如今大户门扉紧闭存米不售，恐为囤积居奇哄抬米价，你们惯掌流通，可有打压之法？”

同来的户部侍郎农乡惟道：“大灾当前，富贾不以国难民生为重，行此贪婪不义之事，望殿下下令严责，命其开仓售粮，并以政令规束米价。如此赤贫食粥，小户买米，灾情可解。”

毓疏正欲点头，却听喻青言道：“微臣僭越。微臣以为此法欠妥。”

毓疏早知喻青是毓清赏识荐上，心中已存几分好奇，此时见他两次插言，不由将他暗自衡量，口上道：“但讲无妨。”

“殿下方才提到‘流通’二字，微臣以为，适逢灾年，大户存粮亦有襟肘之忧，即便廉价出售，恐日久难持，与坐吃山空无异。不若开州库库银做本，以救急之名向大户高价买米，天下商人趋利而动，见有州库做底，可图厚利，必然争相运米入蜀。待米商云至，再以存米已足为名停止官购，到时米商积货在手，加之蜀道艰险，长途运回得不偿失，不能不低价抛售。如此一来，米源既足，米价亦平。"

毓疏凝目看他片刻，颔首赞允，向他问道："听闻你家中世代经商？"

"殿下明鉴。"

"果真商贾出身与平常科举起家的士子思虑不同，我惯养天家，今日亦觉受教。"

喻青跪地叩道："微臣惶恐，全赖殿下提点。"

毓疏挥手叫他起来，复向农乡惟道："此事依喻青之计，为免官库损失过重，动静要大，收手要及时，你仔细去办。"

农乡惟得令下去，毓疏又将户部其他官吏分派监督分米运粮施粥抚民之事，几声令后，堂中仅余喻青。

"户部是毓希监管，有司要务我不甚懂得，如今留你在锦官城总领协助我，望你勉力用心。"

喻青拜道："微臣定全力以赴，不敢负殿下重托。"

毓疏轻笑了笑，道："喻青啊，我知你行伍出身，军中上下尊卑严格，你言辞之间谨慎拘礼是日久习得。不过如今既入户部，你周围的官吏相处融洽，即便与我说话也不似这般诚惶诚恐，只你如此，恐为他人难容。智者随势而动，明白么？"

最后一句似含深意，语气之中却听不出别有用心。喻青犹疑一瞬，点头道："微臣知道了。"

毓疏起身，笑道："不再添上一句'谢殿下提点'，想你真的知道了。我出去向城中访些民情，调度之事由你全权执掌。"

次日锦官城外三里坪上十数粥棚依次排开，锅中白粥微沸，水汽蒸腾迷蒙成阵。毓疏早起向城外查看，见施粥官吏大汗淋漓忙碌不停，受粥百姓秩序安定，个个焦虑翘首，那滚烫的粥饭盛至碗中，不及稍凉便大口吞下，全似不觉烫痛。毓疏欣慰之余亦感酸楚，由随侍护卫着，缓步向场中边行边看。排队的百姓久饥盼食，加上毓疏为免招摇，只穿了件宝蓝常服，行走在队间并未有人察觉。似这般走了多半个时辰，错眼看见场边竖的大字告示，一为“来者有份”，一为“严禁拥挤”，那楷体字迹竟让毓疏看得一愣。

随侍见毓疏忽然停下脚步，看他汗透后襟、发粘额上，当他累了，便道：“天气炎热，殿下玉体要紧，属下牵匹马来送殿下回城吧。”

毓疏只是反复看着那两张告示，面上露出些古怪神情，似在忍笑。随侍不明就里，听毓疏向他道：“你去问问，这两张告示是谁写的。”

那随侍与身边同僚对视一眼，依言离去。毓疏仍看着那告示觉得好笑，想着回京之后也要那人这般写上两张，到时挂在中堂，不知是怎样光景。

那告示上的陌体楷书丰逸之中略欠劲骨，微露青涩之意，像极了陌楚荻十三四岁时的笔体。

二十寿诞那日他送上的全套亲抄《昭明文选》，今次离京仍有一册带在身边。

那时亲昵情分，却是去难再返……

那返回的随侍见三皇子轻蹙眉头，迟疑一刻，道：“殿下，马牵来了。这告示是户部喻大人所书。殿下上马回城吧。”

“天气酷热，你们不必都陪着，留下两个便可。我去尝尝粥饭。”毓疏言毕回身向粥棚走去，随侍们不敢违逆，两个年资较深的跟上毓疏，余下远远随了一刻，向场中散去协助维持。

毓疏到得粥棚，随意择了一口锅命人舀起一碗。随侍见那瓷碗粗砺破旧，粥上浮着一层薄土，端在手上不愿递过去。

毓疏道：“不妨事，想来我那六弟在塞上行军时，碗里的沙土不会少过这个。”

随侍不得已吹凉了粥送到毓疏手上。毓疏端起碗抿了一口，面色骤沉，问道：“太仓新开，米量充足，为何将粥熬得如此稀薄？”

金吾令张悯慈此时已至，闻言向毓疏道：“回禀殿下，水米配比全按户部喻大人的吩咐，微臣不敢有半分差池。”

初握大权即有侵吞之嫌，这喻青究竟是何样人品。毓疏心中疑惑，向张悯慈道：“将喻青找来，我来问他。”

一会儿喻青赶至，白净的面庞已被烈日晒得通红，脸上热汗混着尘泥道道纵横。毓疏见他这样，皱眉问道：“做什么去了？”

喻青抬手拿袖口擦脸，“方才后面的饥民等得不耐，生了些小乱，微臣过去安抚，已然平息了。”

“今日熬的粥你亲口尝过？”

喻青点头。

“一日两次仅吃这样的稀粥，换作你是饥民，你做何想？”

喻青一时有些呆住。旁边张悯慈道：“回禀殿下，喻大人今日也只在粥棚中喝过那一口粥。”

毓疏略觉尴尬。喻青忙道：“殿下，将粥熬成这样，并非无理。一来……许殿下不知，久饿之人不可骤然饱食，否则害命。二来，昨日农大人一句‘赤贫食粥、小户买米’提点了微臣，微臣觉得，若粥饭过浓，食粥可饱，那些有能力自谋餐饭的小户人家亦会来此就食，真正支给赤贫百姓的米粮便会减少。若商米未至仓米已罄，恐无米为继。……大灾之下能省则省，以此稀粥为饥民续命，保其不死，来日灾情得解，以稀粥活命者必较浓粥为多。”

毓疏自幼养尊处优，这些道理听来有理，但一时并未全懂，复又问道：“你怎知道稀至何种程度可保不死？”

喻青思揣片刻，道：“所谓久病成医，微臣也是饿过的人，一日几餐、怎么分配，曾是微臣数年之中第一大事。如今微臣以己度人，又将米量微增，定下此粥。微臣打算先施几日，待效果得显，再做调整。就好比……”喻青抬头看向毓疏，“微臣听医家讲，顽疾需用猛药，但若只为延命，需用温方，且视病情起伏随时调整……微臣以为或可借鉴。”

温方延命，毓疏思及陌楚获，如何不懂，心中顷刻酸苦不已，嘴上却道：“讲解得很好，我已懂了。如此甚为妥当，依此办理吧。”

喻青点头笑起。毓疏将手中的凉粥递到嘴边正待再喝，被随侍拦下，道：“殿下，日已过午，殿下回城用膳吧。”

毓疏道：“此粥算作一餐。民生疾苦我不懂得，必得尝尝。”

喻青落了笑，淡淡看他。

回京已有半月，除了工部衙门中南方抗旱的一些条陈外，诸事平顺，唯有弄碧至今下落不明，令方杜若隐隐不安。

这一日公务结毕，方杜若出了工部大门正待上轿返家，见越临川自大理寺方向慢慢晃了过来，脸上挂着笑，道："方大人，工部的班点儿果然严谨，下官候你多时了。"

经苏瑾谦一案，方杜若与越临川多有罅隙，如今见他带笑而来，不快之余心头微紧。

"越大人寻在下何事？"

"大理寺衙门中现下有个人，方大人或许认得。横竖不远，大人随我过去见见可好？"

方杜若一怔，"弄碧"二字浮上心头，却又觉得事无这般巧法，口中只道："今日天晚，在下要回府用餐，越大人衙门中有事，明日向工部寻我便是。"

越临川笑，"事关生杀，下官不敢怠慢，方大人素有菩萨之名，就不怕如此拖延，误人性命？"

方杜若沉吟一瞬，低声吩咐身后家人道："你们暂且回府，全当轿中有人。此事切勿使六殿下知晓。"

家人点头离去。越临川侧身让路，伸手请方杜若先行。

到得大理寺内堂，方杜若在堂侧坐下，有小吏恭敬上茶。越临川在他下首坐定，吩咐道："人带上来。"

一忽儿镣铐声响，狱吏押上一名囚服女子，长发散乱容色憔悴。方杜若仔细去看，当真是弄碧！

方杜若惊得几乎稳不住身形，然而只是紧攥茶盏，没有其余动作。

越临川并未看向方杜若，见狱吏踢弄碧跪下，向她道："你是何人？讲给这位方大人知道。"

"……妾身弄碧，为前雍州牧卢衡妾室。"

"你抬头看看，这位方大人你可认得？"

弄碧缓缓抬起头来，看向方杜若一瞬，低头道："妾身不认得这位大人。"

"'方杜若'的名字也从未听过？"

弄碧摇头。

“你昔年在长安绛仙阁为歌伎，你那亡夫卢衡曾于阁中摆酒款待这位方大人，绛仙阁诸人说你数次陪座，你如今却不认得了？”

“弄碧一介歌女，不过逢场卖笑，陪座之事一日几桌，自然不能将全体宾客个个认得。”

“不愧为常年卖笑之人，话说得滴水不漏，”越临川笑了笑，“那本官问你，你全家上下俱已在长安问斩，为何独你逃出？”

“妾身当日趁看守不备，孤身逃出，唯恐人多口杂，并未……知会家中他人。”

“让你挺着将近七个月身孕的肚子从卢府一路逃出，莫非六殿下手下的兵丁那日全瞎了眼吗？”越临川笑着勾了勾手指，有狱吏将夹棍搬入堂中，道，“不动些真功夫，你也不会说实话。”

方杜若起身拦在弄碧面前，“堂堂大理寺司法衙门，竟要当堂屈打成招吗！”

“方大人，”越临川亦起身，立在方杜若对面笑着盯住他的眼睛，“您是朝廷命官，言辞之间应多加注意，切莫落得诬蔑同僚之嫌。所谓‘屈打成招’，是指人本无罪，以严刑逼之，强其认罪画押。如今这女子逃狱之罪已然定实，下官不过用些手段促她说出如何逃法，焉能算作‘屈打成招’？何况大人扪心想想，这女子方才说的可是实情？若连大人都不相信，她如今咬死嘴唇不讲真话，碰又不能碰，打也不能打，大人叫下官如何审案呢？”

“当日是在下私自放她出府，大人不必审她，审我便是。”

越临川扬声笑起，拊掌道：“方大人果真慈悲心肠，认得比下官想的还快呢——”说着行至主座案前坐下，“既然如此，还请大人将当日实情详细告知，若赶得上，下官明日早朝便要递折子了。”

方杜若回身望向弄碧，道：“卢娘子，委屈你了。”

弄碧垂头跪在地上，轻轻摇头。

接连施粥数日，饥情得缓。农乡惟开州库向益州全境富户高价购米，一时米车连绵于道。毓疏得知已有邻州商贾运米入境，决断之下，命将官购再延几日，待米源充足之时渐渐停止。锦官城内已恢复了几许日常秩序，街道污物俱已清理干净，大灾前期惨死的饥民尸骨也被分处掩埋。这日毓疏向一处饥民墓场祭拜完毕，骑马回城时恰逢晚粥开施，本想静静路过粥场，不知哪个百姓最先认出了他衣上龙纹，高呼一句："是皇子钦差啊！三殿下来了！"

排队受粥的百姓霎时全体望来，毓疏向人群点了点头，却见百姓顷刻之间呼啦啦全跪下去，谢恩问礼之声四面响起。

毓疏虽为天家皇子，但只随皇帝太子受过百官朝拜，从未见过此等场面，一时有些无措，凝神片刻，扬声道："天降重灾为家国不幸，陛下以万民为念，寝食难安，特命毓疏前来赈抚。如今益州上下官民同心共度此劫，情可感天，灾情不日必解。毓疏请列位放心，有我毓疏一餐，必有益州百姓一餐。毓疏在此，定不叫益州红土再添新坟。"

叩谢之声轰然响起，毓疏望着马下跪拜不息、骨瘦如柴的饥民，暗暗攥紧缰绳。

那一声声"救苦救难贤德三殿下"，鞭子一样抽在心上。

粗略用过晚饭，暮色已深，毓疏看过常务条陈，嫌房中气闷，带了两个随侍向城中街道缓步而行。路过一处巷口时，忽闻暗处幼童啼哭，声调凄惨。毓疏命随侍过去查看，一会儿带过一个三四岁的男孩。随侍举灯去照，毓疏见那孩子满身脏污，瘦得皮包骨头，心生恻隐之心，蹲下抚着他的肩膀问他："你叫什么？爹娘呢？"

许是那孩子年幼，听不懂官话，只是不停地边哭边咳，始终不曾回话。

那些细弱的咳嗽一声一声敲在毓疏心上，他伸手将孩子抱起，身旁的随侍微露嫌恶之色，伸手想替他接过，却被毓疏挡开。一路抱回府衙，毓疏命下人盛了碗温粥上来，将孩子抱在膝上，粥碗递到他嘴边。孩子张嘴便咬，大口猛灌，呛得剧烈咳嗽，毓疏将粥碗撤开，轻拍孩子的背，孩子见食物撤走，哭得更加厉害。毓疏一手捏住孩子的下巴一手端碗，喂他一口，便将他的头向后扳开，待他咽下，再喂一口。那些随侍从未见人这般仔细妥帖地喂过孩子，更不要说那堂堂天家三皇子，一时立在堂下只是看呆。毓疏喂了小半碗，想起喻青说过久饥之人不可饱食，命人将粥撤去。孩子仍哭着要食，毓疏低声去哄，也不管他是否听得懂，声声道："好了好了，待会儿再给。"那孩子许是听他声音慈善，闹了一刻，渐渐平顺下来。

堂中诸人见那小小的孩子一双脏手紧紧抓着毓疏天青绸的常服袖子，各自有些复杂心绪。毓疏回神抬头，见堂中寂静，一时有些疑惑，然而只是开口问道：“喻青呢？”

喻青已从外面回来半刻，方才站在门边同众人一样看着孩子闹腾毓疏劝哄，此时上前道：“微臣在。”

“我看这孩子许是家人尽死，他年纪小，看不懂告示，也不知道排队领粥。似这样的孩子必定还有，若无人看顾终会饿死。你安排些人手向城中与州内各县搜寻搜寻，将这些年幼失怙的孩子集中起来给粥养育，”毓疏说着低眉片刻，“还有子女早丧的老者，许因老病无法自去领粥，似这样的也集中供养，将粥饭递到手上。”

喻青低头领命，鼻间有些酸涩，道：“殿下慈悲。是微臣疏忽了……”

毓疏看着孩子笑了笑，“若不是看见他我也想不到，速去办吧。”

下人这时过来带孩子下去梳洗，孩子见有人要将他从毓疏怀中抱走，又是一阵踢打哭闹。毓疏无奈，抱着孩子起身要将他带下，喻青道：“殿下，微臣还有一事请殿下决断。”

“讲。”

“如今施粥治标，集米治本，但灾情未过，还需灭蝗治根。”

“前几日未顾蝗情，只因百姓饥疲无力兴治，如今饥情暂缓，可着司农令向下分派，组织各县百姓灭蝗。你先斟酌安排，选一处蝗灾最重的郡县，我明日前往亲临。”

“殿下，灭蝗原非难事，但益州古风淳厚，百姓皆道蝗为天罚，捕之不祥。”

毓疏略感惊讶，“率民捕蝗前朝本朝俱已有之，益州之地至今仍传捕蝗不祥？”

“益州史上罕有蝗情，今次飞蝗突起，若非百姓不敢捕杀，不致有此大灾。如今百姓更道……道有良守之地，飞蝗不入其境，现下殿下坐镇益州，飞蝗不日自会避去。”

毓疏几分哭笑不得，“我在此处，他们反而益发不肯捕蝗？”

喻青点头，“若要劝民捕蝗，恐需殿下亲自出面，并且……”想了一刻，找不到其他形容，只得直言道，“寻个为百姓信服的由头。”

怀中的孩子已然浅浅睡去，毓疏将孩子递到下人手里，沉吟一刻，道：“此事我会细做筹划，你先将人手职责分派下去，还依刚才说的，选个蝗情最重的郡县，明日启程。”

方杜若被扣的消息由小糯传回六皇子府。原本毓清这日得了宫中赏赐的御制荷叶豆沙包，知道方杜若喜欢吃甜馅儿的糯米点心，让小糯给送过去。小糯到了方府见方杜若不在，随口问了个下人去哪了，那下人言辞支吾。小糯觉得蹊跷，便寻得小粳仔细盘问。小粳只道会客去了，再问去哪家会客，又说许是同朋友到茶肆吃茶。小糯越问越起疑惑，直逼问了小半个时辰，才问出原来人被扣在了大理寺衙门。小糯慌忙回府传信，毓清一听，登时摔了杯子，起身便向马厩牵马。小糯赶紧拦住，道：“主人主人，大理寺是朝廷衙门，这要人之事可去不得！”

毓清边向腰间佩刀边道：“你也知道大理寺是何样衙门，青天白日下什么话不能谈，偏要在夜里将人扣下，这会子指不定在用什么刑罚，你说去得去不得！”

“主人即便要人，也千万挨过今晚，明早宫门一开，主人入宫去跟陛下说解，只要陛下下道旨意，哪个也不敢为难方大人。”

“明早？那今晚怎么算！”毓清说话间推开小糯翻身上马，鞭马直冲出府外。

小糯深悔言辞太急，实不该将此事令主人知晓。仓皇之下，只得向营兵驻馆去寻升至毓清副将的何澄林，一路上又耽去小半时辰。

那厢大理寺正门已闭，毓清策马直至门前，使马鞭抽门，喝道：“六皇子毓清在此，开门！”

门内一时起了灯火人影，大门匆匆打开，几个看门的狱吏迎至门前。

“工部方杜若人在哪里？速去放他出来！”

一个狱吏抖着声音道：“方大人现已收监……小的……做不了主……”

毓清劈头给他一鞭，将马驰进大理寺院内，高声道：“找个能做主的出来！”

越临川今日宿在衙门内，此时披着官服从后院赶来，看见马上的毓清，拜道：

“微臣越临川参见六殿下。”

毓清就着灯火瞪了他一刻，道：“放方杜若出来，今晚两厢无事，如若不然，要你仔细担待。”

越临川低着头，道：“殿下不问问方大人因何事收监？”

毓清只道：“放他出来便是，有事无事，我亲口问他。”

“如今方大人是大理寺牢囚，现下夜已深沉，并非探视时间，殿下想见方大人不妨明日再来。”

毓清气得牙关紧咬，“好，你倒说清，他因何事做了你的牢囚？”

“殿下此言差矣，方大人犯的是国法，入的是天牢，并非‘微臣’的牢囚。”

“哪条国法？”

“包庇谋反，私纵死囚。”

毓清心头一寒，“……弄碧？”

越临川抬头，望着毓清笑起，“看来殿下知道。”

毓清攥紧马鞭，片刻道：“我是知道，人是我指使他放的，放他出来，要关关我便是。”

越临川摇头笑道：“虽说王子犯法与庶民同罪，微臣却没那个胆子不经陛下许可便将殿下押入牢中。何况，方大人的供状上写得详细，他此事前后全不曾令殿下知晓。如今殿下既说知道，那方大人讲的便是伪供了？”

妄言加罪。毓清恨得只剩咬碎牙齿，却不敢再将罪责揽在身上，只寒声问道：“你们用什么手段逼他说的？”

“大理寺问案自然有大理寺的规矩手法，殿下监管兵部，这司法衙门中的事，恐不是殿下应当过问的。”

毓清冷笑，翻身下马，手按在刀柄上向越临川走去，“这样同我说话，你还真是不怕死。”

越临川看着他笑，“微臣怕死，微臣怕死得很，但是微臣只有一个脑袋，今日不依殿下坏了礼法，殿下杀我；依了殿下坏了国法，陛下杀我。微臣是典狱官，宁坏礼法不坏国法，横竖是死，还是留给殿下来杀吧。”

毓清被那一张诡谲的笑脸扎得周身怒意鼎沸，扬手便要抽刀。此时何澄林赶至，匆匆扑上前来按住毓清的手道："殿下，殿下！越大人是朝廷命官，殿下万不可逞一时之意啊！"

"朝廷命官？不是我天家臣子？他今日放肆至此，按犯上论罪也该杀他！"

"殿下即便要杀，需待陛下下旨，不能当庭动手啊殿下！"

毓清气得面色铁青，何澄林攥紧毓清的手腕跪下向他道："殿下想杀人解恨，杀末将便是，末将是殿下手下的兵，末将杀得，但越大人万万不能杀！"

毓清猛地转过头来，慑得何澄林向后一缩。然而毓清看了他一刻，甩手回身道："今日事结，明日朝堂再见分晓。"

越临川躬身而拜，"微臣恭送六殿下。"

毓清跨鞍上马，拨马便走，再未回头看他一眼。

越临川抬头望着他的背影，微微绽出一个笑来。

次日毓疏带领喻青、姜宜并益州司农令杨能等人前往德阳。昨日捡到的孩子睡了一夜，早起吃了一顿饱饭，精神变得十分欢快，洗干净了身子，换上新衣服之后在州府衙门中四处乱跑，看见毓疏，扑过去紧紧抓住他常服下摆，哄他拽他都再不松手。

毓疏笑，"这是将我当成管饭的主儿了。带着就带着吧。"说着将孩子抱上马去，自己也踏镫上去。孩子见他握上缰绳，又是紧拽住他的袖子。毓疏问随侍："问出名字了么？"

随侍道："问不出。本地官吏说益州贫民这么大的孩子多半没起名字。"

毓疏策马行在路上，看了孩子一会儿，笑道："你这么爱抓着我，就叫'握儿'吧。"

随行的本地官吏讲给孩子听，也不知孩子听懂没有，只是仰着小脑袋盯着毓疏看。

毓疏一路骑着马想事，怕孩子闷了不老实，有一搭没一搭地跟他说些话。有时孩子开口答两句，毓疏多半听不大明白，下属用官话翻过来，毓疏也没用心在听。行了半路，毓疏忽然想到孩子没有名字总该有姓，于是问道："握儿姓什么？"

孩子脆生生地答："程！"

这个毓疏听得懂，便笑了笑，不想孩子仰头问道："殿下姓'殿'？"

毓疏回神，轻笑出声，"握儿怎么知道我叫殿下？"

"他们都管你叫殿下。殿下是姓'殿'？"

周围官吏皆忍俊不禁，毓疏道："殿下姓穆。"

"皇上姓穆。"

身边骑马随行的众人相视而笑，毓疏笑向握儿道："握儿这么小，还知道皇上姓穆啊？"

"我爹说的。"

"握儿的爹姓什么？"

"程啊。"

"握儿的爹姓程，握儿便姓程，殿下的爹是皇上，所以殿下姓穆啊。"

握儿微微张大了嘴，"殿下的爹是皇上？"

毓疏点头。

"那殿下回家不？"

毓疏一时不很明白，握儿又问："殿下回皇上家不？"

毓疏笑，"过几日便要回去了。"

孩子立马咧嘴哭了，毓疏有些无措，心中又有几分感慨，无奈这样一个干干净净的孩子，实在不想将他带回京城去蹚那潭浑水，于是只能说道："等握儿长大了也能到京城去，好好念书，将来也能到皇上家去。"

"……殿下在不？"

"殿下在，殿下的家就在京城。"

"……京城远不？"

"不远，坐上船航到长江头，再转运河就到了。"

喻青驾着马，听着那紫花马上的一问一答，眼前的荒凉灾景慢慢退向身后。

三殿下到德阳的告示刚贴出，德阳县衙外的空场已经挤满了百姓。德阳县蝗情严重，县城内的树木俱已秃完，许多牲畜的畜毛亦被啃噬干净。毓疏大致看过灾情，命人暗地捕一篓蝗虫带上，出县衙大门登上空场中心的高台。

他已换上皇子衣饰，台下百姓见他上来，纷纷跪地叩拜。有官吏向四面传令，高声叫百姓平身。毓疏持香奠酒向天地祭拜，复走向台前扬声道：“今日毓疏奉天子令，为捕蝗之事前来。”

台下百姓惊恐大哗，毓疏抬手按下人声，道：“蝗为天遣灾使，通神性，知民情。先前益州疲敝，故上天遣使来罚，如今益州上下官员用命、百姓同心，天威得感，将弥此灾。今日毓疏前来德阳路上，沿路为灾民向天祷祈，忽见数百飞蝗云集而至，争相自入捕蝗篓中。”

台下百姓惊声四起，毓疏略停一刻，续道：“以是毓疏得知天意，想必苍天高远，蝗使既出，飞难返天，于是入篓求死，以期魂魄早归天界。”

百姓瞠目一刻，个个点头。

毓疏待民声静下，复又说道：“然则蝗使数众，毓疏一人难以全助，望列位各出己力，助蝗灵早返，天意早安。”

姜宜此时持捕蝗篓上前道：“三殿下为皇子龙孙，与上天……心意相通，故飞蝗自入殿下篓中。我等凡夫俗子……难与蝗灵相感，助蝗使升天之事，还需……敲锣持火以为导引，将蝗使催入捕蝗篓中，裂其肉身，释其……神魂。”

毓疏见他说得这般支吾，知道此番说辞是喻青教他，只抿唇忍笑。听他说完，又扬声道：“如此甚妥，望列位勉力助天，以积福德。”

百姓纷纷跪拜，高呼佛号与天子尊号。毓疏偏头，用余光看了一眼立在台侧的喻青。那个高而瘦的身影微微垂着肩膀，不知眼中藏了几分笑意。

越临川在早朝上递上了弄碧事件的折子，皇帝大略翻了翻，看到“方杜若”三字，眉头一紧，不动声色地抬头瞟了一眼自己的六儿子。

为他亲传旨意，为他下令屠城，为他夜闹大理寺，今日又要为他折腾出些什么事来。

“此事已得确证？”

越临川立在殿心道：“回禀陛下，弄碧如今押在天牢，方大人对此事前后供认不讳，人证口供俱在，事已定实。”

“按律判来该当何罪？”

“包庇谋反，私纵死囚。”

“当何刑罚？”

“轻则斩，重则剐。”

殿中一片抽泣之声。

丞相史渊出列道：“方杜若素日敦良守纪，为人为官多有口碑，此事恐有隐情，望陛下明察。”

“寡人知道他是你史台辅门生，是否也算隐情啊？”

一句入耳，史渊思及宋新儒与苏瑾谦科举朋党的案子，不敢再做他言。

皇帝道：“方杜若为方平居养子，其父于我朝有功，可按轻施刑，着——”

“父皇。”毓清此时出列叩首。

皇帝暗暗有些头痛，只道：“讲。”

“当日儿臣执掌长安治安，卢府亦由儿臣手下兵丁看管，方杜若放人出城，全因儿臣疏忽渎职，肯请父皇同罚。”

“渎职与纵囚轻重有别，罚你半岁俸银，着方杜若——”

“父皇，方杜若一介书生，若非儿臣监管不严，断不能将人犯放出，轻罪在他，重罪在我。”

“他是当朝四品、朝廷命官，知法犯法到如此地步，罪行仍轻？”

“儿臣身为皇子，当为朝堂表率，更不应将己罪推与他人。”

皇帝见他以私废公无理取闹，气得嘴唇发白，然而天家不睦朝堂不稳，不好当堂因私情教训儿子，只道：“先前你征卢衡时，他道与卢衡有旧，前往劝他息兵，谁料卢衡兵败，他竟纵出卢衡的唯一子息，想他劝卢衡息兵是假，为卢衡留后路是真。如今寡人赦他谋反重罪，给他个痛快斩刑，你还嫌寡人罚得不够轻？”

“父皇若不肯按罪施刑，唯有父皇罚他，儿臣罚己。”

声音淡淡出口，以命相逼。

文武百官此时全不敢喘半声粗气，只恨三殿下出京办差，又盼殿中地板能突然多出一个洞来，集体进去避避风头。

皇帝怒目瞪着毓清，面色青白不定。他原下定决心必杀方杜若，如今却怕伤及爱子性命，心中一时怒，一时痛，话已出口，又无回转余地，怒火愁火烧得病体难持，只得倚在龙案上略做缓冲。礼部排首一人这时行至殿中，施礼道：“陛下，请容微臣进言。”

皇帝坐直身形，话音勉力出口：“讲。”

“微臣以为，方大人不可杀。”

此言一出，殿中一片窃语之声。

“……为何不可？”

“回禀陛下，一则近日益州大旱，天降蝗灾，值此之际，不可滥动生杀惊惹天怒。二则方大人素日勤勉，深谙工部政务，治理黄河兴修田渠多建功绩，贸然杀之，痛失国才。三则方大人自幼参佛，此次私放人犯应为一时慈悲，卢衡当日扣方大人为质，险些将他杀害，可见二人并无勾连。四则人犯如今已然追回，朝廷隐患已绝，方大人此举并未酿成大错。五则方老将军昔年为陛下至交，于我朝我国功勋卓著，若其子当恕不恕，恐老臣寒心。”

天理至国法，国法至人情，丝丝入扣鞭辟入里。一言既毕，殿中默然，百官皆暗自心道不愧礼部尚书陌楚荻。

皇帝暗暗吐出一口气来，心中对这个敢于此时出头的臣子平添几分感念，向陌楚荻道：“依你之见，此事如何处理？”

“礼部下属鸿胪寺尚缺一名可使吐蕃的寺丞，方大人修佛日久，精通汉藏经典，正堪此任。”

连降五级，远放天边，诚为现下最好的安排。皇帝扬声道：“准。”

一锤定音。毓清低头跪在地上，放松了肩膀。越临川转头看着陌楚荻，见那人素净的脸色，水一样淡。

捕蝗助天的旨意传下，益州上下民情激昂。米粮官购已停，各地米商将手中积米陆续抛售，米价冲平。一些缓过元气的农户已经开始掘井引水，补种秧苗，然而旱情未解，烈日曝晒之下，秧苗多半难以存活。毓疏自农田察看归来，坐在州府较为阴凉的后堂大口喝水，眉头郁结。握儿在他脚边铺设的凉席上躺着，睡得浑身是汗。

随侍不断打着扇子，毓疏仍觉心中燥热。喻青从堂外进来，晒得满面赤红，汗水干在脸上结了白霜。毓疏看着有些心疼，命人打凉水过来给他擦洗，喻青站在堂角挽着袖子往脸上泼水，脖子后面露出层层的爆皮。

“你好歹也是五品的官儿，日头烈成这样，叫下人打把凉伞都不会吗？”

喻青回头笑起，道：“殿下不知，微臣以前在草原上的时候，日头比这烈得多，就是没这么热。”

“看你白净得很，不像常晒的人。”

“晒多了就掉皮，是不怎么晒得黑。”

毓疏笑，拿汗巾沾额上的汗，道：“日日旱成这样，也不知几时是头？”

喻青放下手巾走过来，“是头不是头，微臣有个法子知道。”

毓疏见他将话含下一半，向身边随侍道：“握儿睡着了，莫吵着他，我自己打扇就好，你们下去歇着吧。”

随侍依言下去。毓疏看向喻青，待他再讲，却见喻青从怀中掏出一把短刀。

毓疏瞬间心惊，然而有种微妙的直觉令他没有闪身避开。喻青将刀递上，并未拔出。

“此刀为吐谷浑九王子所赠，为吐谷浑秘宝。”

毓疏接过短刀，轻轻抚过刀鞘上粗砺的花纹，“秘在何处？”

喻青转过刀身，指给毓疏看刀柄末端镶嵌的一块石头。那石头外表呈杏黄色，无甚可观之处。

“此石以吐谷浑语唤为‘呼雨’，有示水之能。”

毓疏惊异地望着他，喻青道：“吐谷浑草原历来缺水，此石可示三里之泉、两日之雨，故为吐谷浑人尊为秘宝。”

“如何示法？”

“若三里之内有大水露于地表，或两日之内大雨将至，此石会由黄转赤，告与人知。”

“你亲身试过？”

“屡试不爽。”

毓疏抚上“呼雨”，沉吟道：“你想建议我……”

“伺机祈雨。”

身为皇子，若亲身祈雨，两日之内甘霖得降，必传真龙之名。毓疏凝神看向喻青一刻，心道如此机心，竟有几分似于……陌楚荻。

“毓清于你有恩，为何最终选我？”

喻青跪地叩道：“乱世需英主，治世需明君。”

“英主明君，你如何判定？”

“微臣听金吾令张悯慈讲，那日殿下于棚中尝粥，随侍恶粥上浮土，劝阻殿下，殿下道六殿下塞上行军之时碗中的沙土不会更少，坚持喝下。”

“确有此事，却又如何？”

“六殿下塞上行军之时，每日由专属厨师于帐中以小灶造饭，精致不下京中餐宴，若食之不尽，悉数弃去，六殿下的碗中从未有过半粒沙尘。”

“行军辛苦，他贵为皇子，顾念身体原也应该。”

“待士苛严，恼则鞭、怒则杀？”

“若军纪不严，如何克敌制胜？”

“仗兵劫掠，屠戮平民？”

毓疏一时无话。

喻青道：“英主明君，差于恻隐之心。微臣明白，当日殿下尝粥，原只为以体察民情之态收买民心，但殿下此后日日以稀粥一顿替过午膳，个中深意，恐‘收买民心’四字难以概全，即便全是姿态，这忍饥挨饿之事也要殿下肯做。何况……”喻青看了看一旁睡着的握儿，“殿下对握儿之情全无虚假，当政者有慈父之心，必能体民疾苦、惜民性命，有此两条，堪为明君。”

“我若对你有半分疑心，只此一言，可杀你十次。”

“微臣方才支开殿下随侍，又骤然掏刀，殿下竟无半分躲闪之意，足见殿下对微臣，全心信任。”

毓疏深深吐气，低声道：“你究竟是何许人也，上苍派来助我不成？”

喻青笑起，“微臣是殿下帐中一个五品小官。”

毓疏拉他平身，让他在身侧坐下，道：“方才祈雨之计虽为良策，然而父皇年高，若民间传我真龙之名，反而不妥。祈雨之事由你代我，我到时出席便是。”

喻青点头道："殿下所虑极是。现下唯盼'呼雨'早日转赤。"

毓疏道："待它十日。我向京中请旨大赦天下，不妨赌上一赌你我二人运势如何。"

方杜若起行之日，毓清闭门思过，无法前来相送。陌楚荻此时已为方杜若直属上司，代表礼部诸人将他送至京城西郊。两人各自出轿下马，随从在长亭中摆上几盘散点并两盏清茶，陌楚荻举杯道："你我俱为厌酒之人，在下以茶代酒，为方大人饯行。"

方杜若躬身致谢，道："若非陌大人于朝堂之上出言相助，下官已为天牢死囚，救命之恩尚未谢过，如今更蒙大人厚意相送，下官感念之余，全不知何以为报。"

"方大人不必多礼，在下当日不过适时说了几句话，大人要谢，谢六殿下便是。若非陛下疼惜六殿下，在下再说什么也是无用的。"

"下官身犯国法，幸得陌大人与六殿下相助，苟延性命至今。每每思及，惭愧不已。"

陌楚荻轻笑，"方大人救人积德，无须惭愧。一来陛下不愿将六殿下逼上死路，必会下旨宽赦；二来益州久旱无雨，陛下已准了三殿下的上书，开狱大赦，即便当日定下死罪，大人如今亦可保命。在下帮的这些小忙，大人全不需放在心上。"

方杜若淡淡笑起。陌楚荻向他身边陪侍的小粳道："这位……"

"小的名叫小粳。"

"这位粳小哥，此去吐蕃路途艰险，还望你好生看顾你家大人，切莫出些闪失伤及性命。"

小粳低头道："小的知道了，小的谨遵大人训诫。"

陌楚荻起身，"如是，趁天色尚早，方大人早些上路，恕在下不再远送了。"

方杜若施过辞别礼节，送陌楚荻上轿回城，转回身来时，见小粳还望着那顶远去的蓝绸轿子。

"昔年有位十四岁登科的探花郎，与状元、榜眼一道披红簪花、策马巡过京城街巷时，万人空巷争相一睹，事后人言风姿惊世，说的就是这位陌大人。"

小粳笑了笑，走回长亭边牵过方杜若的马，"小的当时不在京里，但也听说过。今天一看，真是好看得不得了的人。”

方杜若自他手中接过缰绳，翻身上马。

也是心机深得……不得了的人。

崇熙三十六年八月初八，三皇子毓疏率益州官民祭于锦官城龙王水殿，户部郎中喻青主祭，行礼合仪。礼毕半日，益州全境降倾盆暴雨，连绵三日不息，自此旱情全解。

船行过巫峡时，正值中秋之夜，清天一线如水，朗月如银。

毓疏命将酒席摆至舱外，犒劳户部诸人。酒过三巡，众人皆有醉意，或两两促膝深谈，或静默观天。喻青坐在毓疏身旁，席间一直不曾说话，默默摆弄着那把“呼雨”短刀。左右无人，毓疏道：“这样珍奇的东西吐谷浑王子也愿意给你，可见情谊至深。”

喻青低着头将刀在手指间盘弄，“微臣是拿一匹宝马换的，那马叫‘云火’，也是他给微臣的……微臣换的时候并不知道这刀的珍奇之处，只当是他随身的东西，后来是从信里得知的。”

“你们现在仍然通信？”

“如今两国通商，已无通敌之嫌，故我二人……通信不绝。”

毓疏笑起，“喻青啊，你那日说只是我帐下一个五品小官，回京之后我想荐你去做大事，你可愿意？”

喻青抬头望来，“微臣全凭殿下差遣。”

毓疏略略放低了声音，道：“明眼人都知道，京城里最重的官不是丞相，不是侍中，也不是户部尚书这样的当朝三品，而是一个五品小官，唤作紫门都尉。”

执掌皇城各门出入，统领帝宫下等侍卫，扼皇家咽喉，握天子命脉。

“现下的紫门都尉年事已高，然而此位干系重大，一直未加替换，如今我想荐你去做。”

喻青微微睁大眼睛。

“你行伍出身，有行军经验，统领侍卫可算本职。加之陛下对你甚为熟悉，你与近卫统领韩紫骁殿中相认之事几次为陛下当作美谈提及，今次祈雨得成，陛下更会将你视作有福之人。尤为紧要的是，你先后由我与毓清两次推荐，当下又是毓希监管之下户部的人，在陛下眼中，你定是平衡皇子势力最好的人选。待我上书，此事必成。”

喻青道：“微臣谢殿下信任。微臣定将勉励用心。”

毓疏点头笑了笑，片刻问道：“毓清先前让你以名自称？”

喻青点头。

“以后若无旁人，你在我面前亦可自称姓名，这个‘臣’字，我不喜欢。”

喻青正待点头，远处诸人突然发出阵阵惊呼，个个抬头仰望岸上峰顶。喻青亦抬头张望，顷刻喜道：“殿下，神女峰！”

苦守千年的巫山神女静立月下绝壁，风姿凄绝。

毓疏仰头望去，片刻之后，寂寞笑起。

“佛家言人生七苦，你可知道？”

喻青诧异转头，见毓疏凝望着巫山绝顶，缓缓言道：“生、老、病、死、爱别离、怨憎会……至苦莫若，求不得。”

第六章

仙人远游悲黄鹤，姮娥逐影怨素心

由于中秋佳节耽在江上，毓疏回京后，罗妃于三皇子府中张罗了一场家宴，请来几户近亲为毓疏接风洗尘。皇府一家与陌家同桌坐在内堂，席间谈笑甚为欢愉。毓疏与陌楚获分别月余，隔着桌子看着他为陆氏布菜，忽听身旁如虹道："殿下还不知道吧，我哥近日纳了一房妾室，漂亮得真如天仙一般。"

毓疏手上一抖泼出去了半杯酒，转向如虹，几疑听错。

如虹笑起："我就知道哥哥还没来得及对殿下说。"

"几时的事？"

"在外宅养了许久，也就七八天前纳进家门的。"

毓疏撑着面上的表情，转头看见陆氏此时带笑低着头的神情，心中一股火慢慢升上来。

耳边罗妃说道："妹妹不提我还疏忽了，今日怎么不带过来一起热闹热闹呢？"

陌楚获道："一房妾室，不便出府，何况她即将临产，臣弟也怕惊了胎气。"

毓疏起身，道："……一路乏了……我现在头疼得紧，你们说话，我先下去。"

罗妃与如虹慌忙起身看问，罗妃问："可是受了暑气？妾身叫下人送凉茶过去。"

毓疏摇头，只道："获哥儿过来，我向你问些事。"言毕转身离席。

陌楚荻放下筷子，“嫂嫂与她们好生吃着，臣弟少陪了。”

“殿下若不舒服，朝事少谈些，让他早些歇着。”

陌楚荻点头，“臣弟知道。”

一路到了皇府书房，毓疏推开门，站在门边看陌楚荻迈过门槛，也自进去，回身重摔上门。

陌楚荻闻声回头，直向毓疏道：“殿下发的哪般脾气？”

“这又是哪家女儿？丞相？吏部尚书？”

“她是惯常流民，臣弟与她偶遇路上，她家人尽死，并无任何身份。”

毓疏怒道：“那你究竟为了什么？”

“贱内容色倾国，臣弟一时情难自已，殿下亦有一妻一妾，不知殿下怪臣弟什么？”

“她怀胎足月，得这孩子正在你与陆漓成亲之前。你纳她入府也便罢了，是怕传到陆家耳中，坏你求聘之事，所以放在外面？我听如虹讲，你在家中是百般体贴的好夫君，心中总觉安慰，原来竟是作戏？你在外宅养人本就是违令事，临到生产接进府里，你道她正室夫人心中如何？怎样自处？如今来问我怪你什么！”

陌楚荻冷笑：“殿下这番话，是作为臣弟的哥哥？”

毓疏瞠目看他。

“若不是，就不合适了。”

毓疏心口骤痛，不觉以手攥拳：“不是作为你的哥哥，我以什么身份？我自小捧你在心尖上长大，是为了教你做此等样人吗！”

陌楚荻牙关紧咬，看他不语。

毓疏当他知错，终是心疼他，好一刻按下怒火，略缓声音道：“‘情’之一字，我知你有不得已处，向陆家求聘亦是为我，方才是我失态，实不该怪你。此事姑且不论，日后你有为我之处，当与我商议，否则桩桩件件砸至面前，我措手不及，难保尽能掌控。你我之间还有不能说的话吗？”

陌楚荻又笑，向后退，靠在毓疏的书案上：“我问殿下，当日向陆家求聘之事若与殿下商议，殿下真能容我？嫁如虹之事若与殿下商议，殿下真能许我？臣弟自深知殿下，殿下却不知我。”

两问入耳，毓疏无话可答，一时分辨不出自己是怒是恼，向前逼近他道：“我不知你什么？”

陌楚荻微扬头直视他：“臣弟向陆家求聘，固然为了陆妙谙在御史台的声名，但更是为了他身边越临川在大理寺门下网织的势力。若非越临川与本家不睦，娶他的姐妹无甚用处，臣弟何必舍近求远。连内子亦明白臣弟秉性如此，娶了哪家的小姐一样温存看顾，殿下竟看不出，还道我二人夫妻和美，如今又来责我作戏。”

毓疏看着他，脸色铁青，嘴唇微微发抖。

陌楚荻背手撑住书案，将那案缘紧扣在手中：“臣弟嫁如虹与殿下，一来合如虹心意；二来我陌家与殿下同在一条船上，来日变天，总没有追随六殿下的道理，那时如虹岂非一枚弃子？不若让她在殿下身边，臣弟助殿下大业得成，来日如虹纵然不能如姨母娘娘那般显贵，一品内命妇总少不了她，我陌家也得再荣一世，保全无忧。这些为殿下之处，臣弟当真能与殿下商议？殿下与臣弟之间，当真无话不可说？”

毓疏偏头离开他，双手撑在他身旁一侧的书案上，后背起伏，只闻吁气之声。陌楚荻自己嘴唇亦咬白了，死命抑住要起的咳嗽，但好容易借毓疏话头说到此处，陌楚荻深恐功亏一篑，硬着声音道：“殿下以为知我，不过因从小看大，血脉相连。然寻常巷陌之内同胞兄弟亦分彼此，况你我日临天子阶下。我与殿下称手足，却并非殿下之手之足，殿下以己心推我，只作仍是当时少年心性，不过闭目塞听而已。若无警醒之心，终有一日——”

“——好了，够了……足够了，”毓疏双手仍撑在案上，“你道我不知你秉性也罢，我现下全明白你的意思。我既选这条路走，血脉手足顾惜不得，史书我也日日读，全记在心里。我只不想听这些话从你口中说出来。”

陌楚荻看他侧脸，一时怔住。

毓疏转头向他：“我纵亲手奉鸩酒验过兄长的尸身，纵来日仍要舍手足亲情，荻哥儿，你是我不能舍的，你可明白我吗？”

陌楚荻硬撑了片刻，张口欲言，不想胸中一震，他弯腰抬手掩口，却掩之不及，一口鲜血大半喷咳出来。他抬眼见毓疏的衣襟上溅上了血，无意识伸手去擦，伸到一半看见自己手上也有血，停了手看向毓疏。

对上的眼睛一片死寂，像洛阳城刹那熄掉所有灯火。

那一刻他真害怕了，心中已开始飞速地计算说辞。然而毓疏只将他扶至矮榻上取引枕过来倚住，疾步出门，甚至在门槛上绊了一下，大声唤人速传翟太医。

像他自小到大每次发病时那般。

自从如虹嫁入，翟怀羽是第一次踏进三皇子府。他由人引着进到府内书房，见房中摆着一张短榻，陌楚获倚在上面，咳已不咳了，但喘得厉害，像是四面累架的书压下来让他吸不进气。毓疏站在榻旁拿着一杯水，盯着陌楚获败着脸色。见翟怀羽进来，毓疏没说一句话，退出几步看翟怀羽诊治，翟怀羽也没问礼，径直去顾陌楚获，倒是陌楚获向他笑了笑。

翟怀羽放下药箱诊过脉，又使竹筒听了陌楚获胸口，因为一向知道他病得如何，诊断之后，心慌的感觉倒平下去些。

他让再抬一张长榻来，让陌楚获躺平静养，又从随身药箱里配了药让速去煎来。一会儿榻抬过来，翟怀羽与毓疏扶着陌楚获安顿下，因煎药总要一会儿，毓疏又只是不说话，屋内气氛凝重。陌楚获看了看毓疏，转头对一旁的屏风后说："如虹，你来拜见义兄。夫人也不必避，来日免不了要烦太医看顾的。"

如虹和陆氏从屏风后行出来，向翟怀羽有礼。本来听见那边妇人啜泣的声音，翟怀羽心中料想陌家夫人是个极柔弱的样子，不想出来相见，陆氏虽眼眶红着，神情却很镇定，乍见之下不觉得十足惊艳，但的确神采入心，令人过目难忘。

毓疏在榻前坐下，看着陌楚获的气色。翟怀羽抬眼打量如虹，她今日衫色水绿，下裙石青，罩一件栀黄色翘肩半臂，与同色蔽膝皆饰繁绣，配合靓妆云鬟，虽眉染愁色，仍端丽如供养菩萨。翟怀羽心觉她与在家中时似有不同，但礼数所在不得多看，一时也道不出怎样不同。

下人将药端来，陆氏上前，没避旁边的毓疏，俯身捧药给陌楚获喝了。毓疏见陌楚获喝完药，看了看陆氏，向翟怀羽道："太医，借一步说话。"

翟怀羽知道他要问什么，随他出房后小门来至院中。毓疏性喜简素，后院虽谓花园，但实际无甚花草，也未设池馆，只几处山石起伏，茂植松竹。翟怀羽与毓疏在一棵松树下站定，听毓疏低声问："获哥儿这咳血，可凶险吗？"

翟怀羽转开眼，见有日光顺着松枝间的缝隙投到毓疏身上，叠着襟上血痕。陌楚荻千叮万嘱，他此时倒想将实话说出来看看。

“比先前是不好。”

一时无回应。翟怀羽抬眼，见毓疏站在原地盯着他，似是连往下问都不敢。他心中略觉快意，又觉些伤感。

“若说凶险，还不至于。”

毓疏明显地松下一口气，肩膀都垮了些下来，行出几步，转回来又问他：“从前向秋冬去时是咳得猛些，可这咳血是新症候，真不妨事？”

翟怀羽笑笑：“殿下不信，传孙老太医再来看吧。”

毓疏摇头，急向他道：“荻哥儿这些年全仗太医看顾，我岂有不信太医之理。只是这症候既起，如何调理还望太医明示。”

“调理之事微臣自会尽心，殿下这里莫与微臣背道而驰就好。他肺气弱而旺于肝火，尤其不能动气，这话微臣说过多次，还不算明示？”

毓疏望他一眼，垂目不语。

“微臣不知殿下与他吵些什么，但他高兴怎样随他就是。他如今成家立业，眼看妻子俱全，殿下还想将他拴在手上几年？”

“太医说得极是，我记下了。”

原本翟怀羽心中怀怨，不觉间言辞不敬，此时听毓疏应出这样一句来，倒接不下去了。两人一时皆静，听松风在这夏末天气吹起些秋意来。

房中陌楚荻歇过一刻，执了陆氏的手，轻轻捏着安抚她道：“我到了吃药的日子，今日来赴宴，药吃晚了。平时吃这药前也有难受，只是这回在外面，一时没法压住，让夫人受惊了。”

陆氏摇头，泪噙在眼眶里。陌楚荻知道她在别人府上总不好去哭，怕她难受，对她道：“夫人到前面陪着嫂嫂吧，我们来赴宴的，倒把嫂嫂一个人晾在堂上，实在失礼。”

陆氏点点头，回捏了捏他的手，动身向前堂去了。如虹过来在榻上坐下，道：“哥哥躺着吧，别说话劳神了。”

陌楚荻躺了一刻，想这样单独说话的机会也少有了，看着她，问道：“你在这里，比在家中怎样？有什么短缺的吗？”

如虹摇头，“这里地方大，人少，我在家中的箱笼有一件也搬过来了，陪嫁又好些，身上这套还是第一次穿呢。”

陌楚荻笑，“哥哥还说，比在家中还漂亮了。”

如虹低头也笑，听陌楚荻又问她：“这里，待你怎样？”

如虹明白陌楚荻是问她毓疏待她怎样，但话不好说，说好或不好似都对不上她感受，只能说：“姐姐待我很好，从没有生气的地方。只是皇府里规矩多，没那么些好玩闹的，有时没意思。”她向四壁看了看，“哥哥知道我又不爱看书。”

“出门看戏，或到集市上去呢？”

如虹抬头向陌楚荻笑：“哥哥疼我，可我如今不像在家，可以随意出去，真要出去，大大小小得随十几号人，我也懒得。向宫中供奉的伶人，还有梨园里上好的，都随时能传来，不过殿下好静，我也不想他们总来。”

陌楚荻点点头，心中有隐痛，只能自压下，想了想，看着如虹道：“哥哥并不愿你折损性情，但你嫁过来，有心体谅他的性情，是你长大了，哥哥也高兴。”

如虹鼻间一酸，咬唇忍了一下，听陌楚荻又道：“三殿下是长情之人，你记得。”

这天傍晚，靖国公江文继谒丞相史渊府上。江家一行共骑来八匹突厥骏马，虽天已擦黑，也看得出皆为铜颅铁骨、龙筋凤颈之相。丞相府的门房马夫看得眼热，接到马匹，正欲带往门旁供客的马厩好料饲喂，江家的随侍却笑向他道：“哥哥带去贵府中的马棚就好。”

马夫片刻明白了意思，看向迎门的管家。管家思揣一瞬，施礼笑道：“代我家主人多谢你家国公美意了，一会儿请乘我家马匹回去吧。”

那随侍摆摆手，点头快步跟上已向府中行去的江文继。

进得府内，随行诸人放下拜礼，被引至二门内的客室坐了，由史家子弟招呼。史渊迎出二门，请江文继至正堂落座。往日江文继虽贵，却没有面子上过相府正堂，不由红光满面，史渊却一日朝事，有些疲乏。两人喝过头道茶，寒暄一阵，江文继道：“明日毓希便回来了。”

史渊点头，“陛下遣礼部侍郎明日迎出洛阳东门。国公可去？”

江文继喜不自胜，“自然去，老夫听说明日的仪式比前几天老三回来的时候隆重，怎么不去！”

史渊知道三皇子急赶回京，之前并未大肆宣扬，加上礼部由他监管，礼部尚书又是他亲上加亲，安排的时候当也有避嫌之心。但史渊没扫江文继的兴，道：“四殿下此番差事办得出彩，是该得的。”

江文继大笑点头，“老夫还听说，有青州本地官员颂扬毓希的折子，已经递到陛下那儿了？”

有关这折子，史渊倒有几句实话讲：“话是颂扬的话，但折子上写的，未必全让陛下高兴。”

江文继笑脸一顿，急道：“台辅这话是怎么说？”

“四殿下此番在青州清查户口，的确颇有成效，事情办得也好看，未生民怨，反而得到顾惜民力、善抚民情的令名。”

江文继越发不解，盯着史渊听他向下。

“然而此次差事办成，青州来的折子上有详述，四殿下靠了个新办法。这办法细论起来，有些不妥。”

江文继探身向史渊，“什么办法，怎么不妥啊？”

“本次查验，青州全境之内，每人验毕给钱十文。这钱是四殿下用自己的用度出的。”

江文继长出一口气，“老夫当是什么，青州能有多少人？豁出去两万银子也足够了，在我江家不算事。”

史渊为穆氏臣子数十年，并不高兴听江文继将四皇子视为“江家人”，但想到来日四皇子大权在握，未必不与这跋扈外戚翻脸，于他史渊倒非坏事，因此也没露在脸上，对江文继细剖解道：“这些钱在国公眼中自然不算事，但在陛下眼中，未必。”

江文继愣了愣，“陛下富有四海，还能比我江文继更在乎钱？何况毓希用的不是他的钱哪。”

史渊将手在凭几上叩了一下，“这不妥就在，四殿下用的不是陛下的钱。”

江文继看着史渊，似是懂了，又像没全明白。

“若殿下用的是陛下的钱，或是得到陛下的旨意用殿下自己的钱，对青州百姓而言，这是天恩浩荡。但殿下未得陛下的旨意用了自己的钱，在陛下眼里，未必不是越过天子私加恩惠，以收买民心。钱虽不多，但名声远播出去，是大忌讳，此其一。”

江文继急了，“怎么，还有其二、其三呢？”

史渊取茶过来喝，待江文继催他，才道：“其二，历来清查户口，未闻给钱之事，青州开了这先例，若说是四殿下的私恩，则余下州府再行清查时，朝廷反而不给钱，陛下的面子放在哪里？若说不是四殿下的私恩，从今往后全国州府人人发这十文，朝廷的银子又从何来？”

江文继的兴头彻底被史渊打下去，垂头叹气。

“与这其三相比，前两条还是轻的。”

“台辅莫吓老夫了！”

史渊摇头向他，“国公知道这每人十文如何发法？”

江文继拧眉想想，“不……不是给钱？”

“并不是给现钱，是四殿下将整银子兑给青州州库，来验户口的百姓每人给一张写单，凭殿下的印鉴可抵十文税赋。此法在下不敢说前朝无有，但近世以来闻所未闻，往小里说，是未经三省户部，于征税赋上开一先例。往大里说，就是在朝廷之外，私行金券了。”

江文继脸都吓白了，“这单子的事青州来的折子上也写了？这么要命的折子台辅怎么不扣下来啊！”

史渊向江文继笑笑，于袖中抽出一物，递到他面前。

江文继接过忙看，折上密密小字他老眼昏花看不分明，但结尾落款处为“臣兖青徐户部巡官柳迎顿首”，可不就是青州来的折子！

这一惧一喜之间，江文继自觉像重活过来一样，冷汗出了一头，折子放到一边，一把抓住史渊的手道：“毓希这孩子太不懂事，怎么办这蠢事！台辅这回是救我江家一命啊！”

史渊笑着抽回手，“国公言过了。其实提这每人十文的不是这一个折子，何况一州皆知之事，早晚也会传到陛下耳中。但千里之距，传也有不同的传法，此折叙述太细，尤其将写单兑换之法所言甚详，这个柳迎竟是当作四殿下的头等政绩写出来的。不过国公放心，在下已亲自派人去青州申斥此人，待他将折子重新写来，过了这风头，这位子他也不必在了。”

江文继早将史渊视为天降救星，道谢不迭，一时又问：“台辅说折子不止一个，余下那些怎么处理啊？”

史渊将江文继放在一旁的折子收回来，“国公放心，青州丞那边，四殿下动身回京前，在下已打好招呼，有他吩咐下去，各县官员下笔都有留意，若只道发钱，想必陛下也问不到如何发法这样的细处去。只这柳迎是户部官，想来不听他青州丞的劝。在下既然扣下这个，别的不好再扣，若四殿下已到京，青州还没些折子递上来，反惹陛下生疑。”

江文继连连称是。

“何况天心难测，在下前面说的都是常理而论，但陛下沙场出身，少负奇谋，并非因循守旧之君。四殿下拿出自己的钱来行个新办法，若朝堂告表之时将功绩归于陛下，陛下反赞殿下慷慨爱民，也未可知。”

江文继喜道：“那毓希的告表，还请台辅多多指点啊。”

史渊缓缓点头，听江文继又问：“老夫也觉得陛下的心思一向不好猜，万一嘴上称赞，心里却不痛快，咱们岂不空欢喜一场？台辅可有法子探探虚实？”

史渊拿手点了点身边柳迎的折子，“办法都在这折子里。”他看着江文继笑了笑，“出京办差行事出格的，不独四殿下。如今让不让陛下知道，怎么让陛下知道，个中可都是学问。”

节至重阳，天气清和。近半年来，先是毓清征卢衡，再是毓希、毓疏出京办差，皇帝身边难得有儿子齐聚的时候，因此格外重这节气。先在明堂举行大朝会，接着携近戚宠臣同往太液池边的寿山登高。

一路攀至凭云楼，皇帝自走了前半，乘肩舆行了后半，自觉身体还是朗健，随行众人赞叹不息。凭云楼前的空场摆了酒席，预先伐去了山坡上几棵生长过高的树，此时皇帝落座，眼前空阔，整座皇城一览无余。三面更远处，洛阳城中坊巷相连，酒肆星罗、高楼棋布，多有彩幡临风耀眼。皇帝心中愉悦，命开筵宴，由教坊名伶和着笛子清歌历代登高名篇助兴，席间传递摆好茱萸和菊花的彩盘，供众人取簪。

盘子传至毓疏面前，他为身边的正妃罗氏选了一枝深紫的墨菊递过去，自取了一枝茱萸。罗氏笑着抬手将花插在髻边，又伸过手来帮毓疏将茱萸佩在襟上。毓疏看着罗氏背后方向，觉得皇帝身侧的位置空落落的，想起从前每年那里都摆着太子毓宁的座席，心中一瞬刺痛。罗氏停下手时见毓疏呆看着那方向，唤他“殿下？”毓疏猛醒，转回头来，见对面的毓希正面向着他，目光虚浮，似在盯着他看，又似只在出神。

毓疏不愿理会，转头向山下望去，见天高云淡，城郭历历，觉郁气稍解。错眼又见陌楚荻因场地有限不得坐，站在空场下首一众臣僚排头，深红的朝服衬他头上宫纱插的一簇略小的水晶菊，像鬓边染雪，有安然到老的意味。毓疏心觉此为吉兆，心情微微向好起来，回头与罗氏闲谈，评点诸曲，认真存起了过节的心思。

酒过三巡，丞相史渊起身，率群臣向皇帝表贺，祝天子万寿，国泰民安。皇帝欢喜，多有赏赐。待群臣退下，史渊与侍中张长载、尚书令严明之等几位大员仍在场中，史渊复向前道：“陛下，值此佳节，诸气和畅，宜行吉庆之事。臣等固有一请。”

此非典礼程序，皇帝意外，但乐意听他说些什么，便道：“丞相请讲。”

史渊将手中笏板插于袍带，抬手正冠，复执笏板向皇帝深拜，起身言道：“凡今盛世，九州丰泰，黎民归心，诸夷宾服，思帝室之恒继，望江山之永延。陛下登极以来，宗室和顺，子孙昌茂，诚古今稀见。然自先时册立太子，陛下为明上下之别以安储君之位，执天子之义而忍骨肉之私，除慰亡追封外，未尝封一子为王。怎奈庶人毓宁乖张肆恶，自弃景福，陷社稷于危殆。幸而陛下圣德隆祚，乾纲独揽，解西陲之倒悬。今天下复一，乾坤归位，为绝异姓窥伺之念，臣等伏请陛下择龙子中贤德者，分颁茅土，殊赐千乘，以拱卫帝室，藩屏疆土，固千秋之基业，系万世之咸安。”

史渊一番言毕，皇帝不语，四座皆掩声息。毓疏、毓希沉着脸色隔空对看，只毓清因为方杜若私放弄碧事被罚思过，知道封王没他的关系，好整以暇仰脸看着皇帝和史渊。

片刻皇帝道："丞相的意思，当封何人？"

史渊朗声道："三皇子殿下诚孝爱亲，克勤于邦，克俭于家。今出抚益州大灾，临危能断，开州库调军饷以养百姓，精诚所至，神蝗消弭，更感通龙王祈得甘霖普降，万民戴德，功昭天地。臣等窃以为宜封晋王。"

张长载、严明之等附议，座中四下亦有附议之声。毓疏感到身边的罗妃伸过手抚在他膝上，他心中却不敢妄喜，深觉史渊此举必有后手，封王之路吉凶莫测，一时难以想清全局。他想去看陌楚荻的神情，但知道自己现时是众人目光焦点，不可顾左右去对这眼色，只能正襟危坐目视史渊。尚未想好谦辞，听皇帝又问："只此一个？还有何人？"

史渊复道："陛下圣明。另有四皇子殿下贞善淳和，玉质多文，监理工、户两部，所决之事无不妥善。近赴青州彻查户籍，政务精严，百姓相安，地方官吏皆称贤明。且殿下慈慧，闻查验期间或耽误农家天时，便自出用度一力担当，青州人言足见天家教子有方，诚为下民之幸。臣等窃以为宜封秦王。"

待史渊言毕，皇帝点点头，看向毓疏、毓希。

毓疏避席行至史渊身边，向皇帝跪拜道："蒙史台辅谬赞，儿臣何德何能堪受列土封疆之任，恳请父皇息绝此议。"

毓希亦行前拜辞。

皇帝沉吟一刻道："你二人是太祖苗裔、寡人爱子，长年为寡人分忧尽孝，操劳朝事又治理宗亲，若你二人不堪封王授土，寡人这帝系一脉也成笑柄了。"

毓疏、毓希叩首称不敢。

"然而，封国采邑为天下之公器，的确不可轻举私授。既然有封王之议，须按成制，审慎行之，"皇帝言及此处，扬声向场后道，"礼部尚书。"

陌楚荻出列听令。

"着你部先详查吉期以奏闻。"

陌楚荻施礼领命，抬起头时却道："陛下，臣有奏。"

"讲。"

"虽吉期尚未查定，但微臣窃以为，若二王同封，今年之内，恐不宜成礼。"

此言既出，臣僚队中未敢议论，但国戚皇亲们已在座席上抬袖交耳，都奇怪这竟是阻挠毓疏封王的意思。以陌楚荻的身份，不愿毓希封王还属自然，既说二王同封，就是将毓疏也拦在里面，实在匪夷所思。

皇帝同样疑惑拧眉，陌楚荻未待追问，续道："益州神蝗消弭、天降甘霖，赖陛下大赦天下，费乾德以饷黎民。若三殿下以此封王，无异于亏天之功加诸己身，臣恐伤三殿下福报。"

四下窃语平息，皇帝露恍然之色。陌楚荻又道："不若待来年一元复始、万物苏生之后，再议此礼，则天地元气已复，想于殿下无碍。"

毓疏跪地未动，毓希拧身看向陌楚荻。皇帝看陌楚荻一刻，点头道："此话有理，封王之事容后再议。"

寿山宴毕，皇帝一行逶迤下山，去太液池泛舟赏曲。三品以下官员因方才宴上无座，未曾进餐，皇帝特赐时令饮食摆在凭云楼中，命众人不必继续随驾，饭后听任嬉游返家。陌楚荻当窗坐下，几名同僚过来闲话，多是祝贺毓疏即将封王的言语。一会儿越临川将食案搬过来，众人惧他"判官"名声，都怕言辞间被他握住把柄，一时皆寻机避去，远远隔开。越临川也不以为意，看着周遭的空地儿笑笑，向陌楚荻敬酒。

陌楚荻自喝了一杯，也为他敬上。两人便各自饮食，看着楼外青天飞鸟数点，凭送爽秋风，很是静用了一餐。饭后两人一同下楼出来，因马停在宫门外，沿着太液池曲慢慢行去。前后无人，越临川打趣道："这等好事还有往外推的，陌兄不怕三殿下怪你？"

陌楚荻行了几步，看着面前垂杨道路神色未动，"若遣就国，奈何？"

越临川笑，"若叫景王福王的，或许还真割出个小国去就。方今天下，秦晋之地真能实封给亲王？小弟看陌兄多虑了。"

陌楚荻转头看向他，"事无绝对。即便不遣就国，于京中开府，将另辟新所，给家令、宦官、宫人、侍卫，现府中的使用人等除侍读之外一概裁汰，此我朝成制，则与禁管何异？"

越临川敛眉，一瞬道："但近世以来，秦、晋一字封王卓绝诸王之上，何况晋王更贵，若得此封，岂不距天一步？"

陌楚荻又转而看路，笑了笑，“除了太子当真距天一步，余下皆是虚数。高处难久立，秦晋本无先后，如此多事之秋，何必虚担这一步。”

见越临川并未认同，又前行几步，陌楚荻道：“况且方才丞相话说得凶险，当着全体荣臣重戚的面，道三殿下感通龙王。试问天下之大，可容得下两条真龙？”

越临川心中一凛，低头回想陌楚荻方才对皇帝的话，明白了若不是他拦这一下，将祈雨的结果归到大赦天下去，则三殿下即便封王成功，长久也怕凶多吉少。尤其陌楚荻话说得合情合理，则皇帝高兴，封王也能拖延，目前的局面得以维持，对三殿下的确是最有利的。

越临川想来道：“如此看来，丞相是四殿下那边的？他先只提三殿下封王，若陛下不追问，四殿下那些他尽可以吞回去，则只将三殿下抛在风口浪尖上。”行了两步，又说，“陛下这一追问，也中他下怀。陛下既然有意二王同封，等于替他告示在座这些人，四殿下在陛下心里，并没矮出三殿下一步。”

陌楚荻点头，“为兄也如此想。二王同封，对四殿下的好处远大于三殿下，等于将彼此地位上原有的差距抹平。但陛下没有当时即允，又顺水推舟同意容后，恐怕朝中新立二王，不是陛下此时乐见的。”

“小弟也觉得丞相猛一说出封王的事来，陛下从头到尾应得不情不愿的。恐怕太子的事刚过了几个月，各人的位置怎么摆法，陛下还没全想清楚。”

陌楚荻轻叹一声，“局势未明，我这里也只有拖延。丞相的手段必定不止于此，若贤弟心中有助益三殿下的方法，无论大小，还请不吝指教。”

越临川点点头，“一时想不到陌兄这样深远，小弟尽心。”

两人一路沿岸前行，至太液池西时，池面变窄，曲水蜿蜒，如江南景物之深致。后方传来丝竹之声，回头看时，是皇族贵戚游幸的画舫也行至此处，陌楚荻他们于是停步，面向池上欠身有礼，欲待船队经过。

皇帝的头船过去后，随后诸王、各位国公并眷属的船也行过去。陌楚荻一直低着头，忽觉有什么东西砸到身上，抬眼去看时，正行至面前的船上盛饰华衣的贵人小姐们争相凭栏将头上簪的菊花取下向他与越临川掷过来，莺声笑语自水面腾起，引得前面几艘船也驻桨观看。

陌楚荻粗略扫过，认出几位后妃姊妹的国夫人，年轻的小姐们应也是外戚贵主。陌楚荻少时骑马在街上也有被掷香花的时候，但近年不多遇见，他笑着转头看越临川，越临川倒是熟谙模样，来者不拒兴致勃勃，但凡花砸中身上的，即便落地也捡起来向宫纱帽上插，不一时插得满头。陌楚荻索性牵起袍摆，将身边掉落的花捡起兜住，船上的仕女们见他愿收，又是一阵纷纷掷来，有些担心手劲不够掷不过水面的，还拆了金钗耳坠将花别起扔过来，陌楚荻且接且拾，一会儿袍摆沉甸甸地快兜不住了。

他心中些许好笑，想这些接下的钗环如何处理，得问问身边这位个中高手。转头看见远处的曲水面上，天家眷属聚在头船的船尾处，罗氏倚在栏杆上正看着这边笑，毓疏站在她身边，神情莫辨。

方才陌楚荻对越临川话未敢说全。当今天子的皇位是宗室血海中蹚出来的，在这位“七殿下”之前封王的同辈皇族没有一个活过他登极，如今的韩王、赵王都是他做皇帝之后亲手册封，作为明示臣服的褒勉。史渊说得不错，至今皇帝只封太子，未立一子为王，为的是明别上下，削弱皇子的地位以防旧事重演，如今也不可能改弦更张。因而史渊这步，最凶险之处在于，探到了皇帝的态度。

面前国夫人们的画舫在嬉闹过后重新起航，陌楚荻仍执着袍摆，带笑躬身礼送。

若皇帝属意三殿下承大统，则史渊抛出晋王之论，皇帝不会再问还有何人。既然有此一问，陌楚荻知道史渊与自己一样明白，这是皇帝于佳节之时在众人面前不好回绝，但实际不愿毓疏独自封王，与其他皇子拉开分别。王位尚不愿独与，何况太子之位。

然而这些话对毓疏也不能细说。一来免他灰心，二来史渊此举深沉老到，又生生提起四皇子，不用非常手段恐怕难以化解。但毓疏笃信各凭本事，尤其不愿见陌楚荻行暗计，冷暖相知的自小情谊反而成了与他谋局的最大阻碍。陌楚荻直起身，望着对岸远天，双眉微蹙目光凝寒。

越临川俯身过来在他袍摆中翻看究竟掷了些什么来，仿佛不经心道：“满船丽人，倒引小弟想起一桩奇事。”

陌楚荻看向他。

“——这些东西陌兄叫人拿去复善行当了，得钱写帖子舍给护国寺就好。”

越临川将首饰都自花中拣出来，握了满把，对着艳阳玩赏，一面说：“小弟的职务常交接些仵作、殓人，约莫一个月前，从城南义庄得个消息。说是一天绝早，拉去一个年轻妇人，衣裳看着是奶娘杂使的样子，但头上梳着巧髻，是平常街上看不到的式样，尤其细皮白肉、修眉俏鼻的，漂亮得吓人。”

陌楚荻将袍摆中的菊花投进太液池水，沉目看着他。

“这行当里，一个死人漂亮得吓人，十有八九是中剧毒而死，尸身难败。几个殓人见过的人也多，马上明白这是哪个大府里出来的，多半是姬妾争宠所致。他们这些义庄殓人最不肯多事的，银子给够了不会细问，只是既然这样偷偷摸摸连夜送来最荒僻的义庄处理，想必是那家主夫不知道的。”

见陌楚荻皱眉，越临川点头道：“一个大活人没了，又是受宠要紧的，即便烧埋的时候不知道，能瞒住那主夫几时？小弟原想，必然是那争宠之人笃定这妇人没了便没了，主夫只要当时护不住，事后也不敢发作。对丈夫有这等威势的，小弟也只好斗胆向几位公主处猜想。”

陌楚荻听越临川说到这里，也约略是这个结论，见还有后话，便取了袖袋将那些首饰装起，与越临川又慢慢前行。越临川道：“但故事说下去又有个关节。因为是极难得的美人，那几个殓人起了些歪心，欲将尸首买下，再好价卖去配冥婚，想着将尸首送来的人必定是争赢了那边的，若得银钱好处不会阻拦。想不到来人坚持要现发送，他们将实话说了，又许了十几二十两的价钱，来人不许，也不肯添补些钱了事。这些殓人知道他也不可能青天白日再拉去别处，便拖着。不想来人被逼急了，说死者是他主人有位分的房里人，他主人的身份非同寻常，若要动这脑筋，等着折寿吧。”

越临川话到此处转头看着陌楚荻，陌楚荻与他对视片刻，点点头，“主夫甚贵，一个月之前不在家中，回来知道要紧的姬妾被家里人谋害了也不敢发作。四殿下，江家。”

越临川点头，“要送殓超度，怎样也要写个牌位。当时知道这没了的妇人姓王。”

陌楚荻看着脚下道路，静思不语，听越临川又道：“小弟知道的时候人已经殓化了，所以消息是消息，如何用法没想出来。不知对陌兄可有用处？”

陌楚荻默默行了几步，转头向他：“或可解三殿下急难。为兄无以言谢，来日当报。”

“陌兄不必言谢，”越临川应出这句时声音极冷，“小弟唯愿陌兄将此事尽用。”

陌楚荻第一次在他一双眼睛里看不到任何一种笑意。

越临川道：“当年我娘送出去的时候，我绑在柴房里。我都不知道她得没得个牌位超度，都不知道送殓她的人……知不知她名姓。”

齐陵按品秩不在参加重阳登高饮宴的范围，但以十公主准郡马的身份列在名单上。宴上高官他多不相熟，也不想刻意结交，一日仪程跟下来没说过几句话。凭云楼赐宴了事，他独自出来，因为没来过太液池馆，起兴在今日开禁的范围里四下转转，遇见其他官员时不过施礼错身。

太液池水面由两道长堤区隔，堤上古树森然，池中仿蓬莱三岛，起楼阁玲珑，飞桥相连，颇堪远眺。游至日暮，齐陵至一处半山幽僻所在，望见前方挑檐像个亭子，想过去坐下歇息片刻后，就出宫回去了。转过树丛时，他见亭中已立着一人，身影极熟悉。许久未见，齐陵心中起些欣喜，快走几步唤道：“四殿下。”

毓希像被惊了一下，回头看见是他，点了点头。

齐陵走上前去问礼，“殿下怎么独自在此，湖上画舫游完了？”

毓希转回方才望着的方向，答非所问道：“此亭名‘不言亭’。”

齐陵知道这些亭台的命名多半有些典故，但他想不起来，不明白毓希用意，只随他望去。亭前深树枝叶张开，恰在向湖一面放出一片无遮挡的通道，如幽窗一扇，下视湖上暮色入画。

毓希不说话，齐陵陪他静了许久，忍不住问道：“殿下，前月殿下在青州，我想大气炎热，担心蔚姨身体，得了一个假就去府上探望。门房想必觉得殿下不在，我去探女眷不合适，硬挡了我不让进。”齐陵说着笑笑，“齐陵也不是要告门房的状，就是想问问蔚姨现在怎样？”

毓希好一阵不动不说话。

齐陵心觉不对，正待再问，毓希道：“你有个能说话的地方吗？”

齐陵心头一紧，不知怎的冷汗从脊背上冒出来，急问：“蔚姨她？”

毓希转过头来，齐陵惊见他眼底含泪，正愣怔着，听他又道：“你可有个能说话的地方？”

齐陵匆匆想想，点头道："殿下随我来。"不想毓希道："你随我来。"便在前引路。他对太液园池熟悉，一路引齐陵经山曲小径，又穿林圃。齐陵大约明白他在避什么人。至毓希车驾处，果见平日在府外几乎寸步不离毓希的几名高阶随侍还未返来。

毓希对候在车前的侍从说："偶遇齐陵，晚间我去与他饮酒叙旧，车不坐了。侍卫也不必跟着，有他在，比你们都强。"

侍从们神色犹豫，然而齐陵如今已是外人，他们不好当他的面违逆主人。毓希便命齐陵去取马，自己也取一匹，与他汇合出北宫门而去。

齐氏老宅在洛阳城北，乘马不远。齐陵不常回来，开门的老仆见他颇意外，又见毓希是个衣饰华贵的生面孔，看向齐陵露出疑惑神情。齐陵请毓希进门，向仆人道："这是……"他想毓希既然甩了随从出来，想必今日不愿念及身份，便改口道："这是我的上司。家中有好茶好酒便取来，没有就向外面买些。"他知道家里只有几个仆役，不会有正经吃食，又说："去向那个张娘子店里叫几个菜来。"

仆人慌张去安排，毓希也不发话，一路沉默跟着齐陵。暮色四合，到堂上点灯坐下，以往齐陵并不觉得，今日毓希华服在座，周围家具陈设显出旧来，一派灰暗模样，反衬得毓希面无表情的脸也像透着沉沉死气。

茶上来，两人都未动，齐陵急要问他王氏怎样，毓希先开口道："蔚儿，没了。"

齐陵僵住，一刻问出："没了……是说……"

"人没了，不知生死。"

毓希语气平淡，听不出一点始末，齐陵张了张嘴，又感到那种脊背上的寒意，远甚他下虎场前感到的惊惧。毓希目视前方，目光无所着落，轻道："婢女小玉一并没了，无人可问，无人肯说。我平生未有此大怒，换来一句横竖已不在府里，休书写好，被她当场撕碎。她不会让蔚儿活着的。"

"殿下，"齐陵痛似丧亲，周身微微发抖，"主妇杀妾，告官吧。"

"她是江家嫡女，是我正妃，我去青州好容易办出些声色，回来得父皇嘉许，今日封王虽被陌楚获搅黄了，明年再议时想必成事，"毓希语调无起伏，像在叙述他人之事，"当此之际，这等丑事怎可张扬？"

齐陵听他视此为"丑事"，心生不满，不觉声音扬起："殿下掩盖此事，蔚姨岂不枉死！”

“或是我自暴自弃，绝了他们推我上位的念想，让他们收心去做富贵家翁。或是我忍下去，夺下那高位，来日将他们严刑正法，拿他们的血染红孝服白幔，饰殿铺街，再娶蔚儿一次。你说哪个更痛快？”

齐陵汗毛竖起，无话可答。可他想此事即便世人不知，有一个人总不能瞒。

“那，那蔚姨没了，王翊可知道？”

毓希无回应。

“他是蔚姨唯一亲人，他们姐弟情深……他总给蔚姨写信，他要有天知道蔚姨这样没了，他的信都寄了空，他——”

“他们姐弟情深，他若知道蔚儿这样没了，我寄在他身上的事，就保不住了。”

齐陵知他所言何事，头脑一刹发木。毓希又道：“我不能冒这个风险。蔚儿不会写字，王翊写信她是不回的。王翊获罪回乡，不会轻易返京，就真算到府前找人，说我不让见，他也无办法。事分轻重，我从不动念要灭他的口，对得起他了。”

若让王翊知道，可能反而给王翊引去杀身之祸。齐陵心中深痛，然而束手无策。

毓希看向他，目光沉寂，“你放心，我忘不了蔚儿。我母亲性情偏冷，小时候在宫里，多少次我一个人在太液池边拣石子捉虫子来玩，身边跟着几个哑巴似的内侍。后来建府，全是江家操办，父皇乐得不用花钱。江家训出来的那些仆役，个个是不乱说话的，连笑的样子都有规制，我就像围在一群假人里。”毓希转回头，看着外面已全暗下来的天色絮絮说：“十七岁就要成亲，怕我年纪大了，主意也大。那天把蔚儿用青布小轿从偏门抬进来，我那时不知人事，心里多少害怕，让他们带着我在远处看。她一下轿便看见我，冲我笑，我才知道有人是这样笑的。”

齐陵湿了眼眶，咬牙垂下头。

“她是真哑，但她什么都能说明白，什么都能听懂，我不说，她也懂。再不会有人像她一样懂我了。”

齐陵抬头时，见毓希已是满面泪痕。

他恍然明白，今日四皇子是想寻个能哭的地方。

他起身走至门口，闭了门扉，回身站在门前看着毓希哭。毓希双手掩面，身体蜷下去，一刻倒伏在榻上，哭声抑在喉咙里。

门外仆人几番踟蹰经过，齐陵知道大约要问饭菜叫来了摆在哪里，他抬手擦眼睛，没有答话。

九月未半时，陌府初传孩啼。

采菲抱着孩子，向掀帘进来的陌楚荻夫妇道："恭喜少爷少夫人，是个好漂亮的女孩儿。"

陆氏将孩子接过来，疼惜地看了好一阵，低声道："多好看的孩子，更像妹妹些？都说女儿像爹，等长大了，会像老爷？"

陌楚荻向采菲知会一眼。采菲点头下去，关好房门。

"来日夫人腹中才是陌家长子。"

陆氏低头，羞涩笑起，"还没个动静，老爷怎么知道就是男孩儿。"

"我是说，"陌楚荻将孩子接过，"来日夫人的孩子，才是陌家第一个孩子。"

陆氏疑惑抬头。

"这孩子今日之前并非我的骨血。"

"……老爷说的，妾身不明白。"

"这孩子的父亲已然故去，有友人将她孤儿寡母托付于我，只因她们被仇家追杀，为保安全起见，我将她们接进府来换个身份。"

陆氏呆了一刻，断线般的眼泪滑落面颊，陌楚荻伸手揽了她，道："前些日子她刚进来，我怕再有什么变故，故未对夫人明言，让夫人受委屈了。"

陆氏夫人摇头，哽咽道："……是妾身不该妄揣老爷，是妾身不该暗自埋怨老爷……"

"夫人即便心中委屈，也半分没有露在脸上，这样的开明知礼，倒让我无地自容。是我不该欺瞒夫人，向夫人赔礼，万望夫人宽恕。"

陆氏连连摇头，"老爷莫要折杀妾身了……即便老爷真的再娶一房，妾身也不该……"

“若我不将她的身份告知夫人，少个人知道总少些麻烦。只是，我怕夫人不知实情，伤心郁苦，如今既然告诉夫人，夫人就万万不要再告诉别人。”

陆氏连忙点头，“妾身知道的。她母女身世这般可怜，妾身定将这位妹妹当作自己的亲姐妹，将这孩子当作陌家的亲生女儿。”

陌楚荻笑起，“最知我心的还是夫人。”

弄碧从昏睡中醒返，已然静静听了一刻，此时思及经年身世，又想到越临川，眼泪淌下来打湿了枕头。

陌楚荻见她醒转，向陆氏夫人道：“人已醒了，她现下必定身子虚弱，夫人去叫采菲熬些鸡汤给她补补。”

陆氏点头下去，弄碧挣扎着想要起身，陌楚荻道：“你我今后不必拘礼，躺着就是了。”

弄碧靠在枕上，陌楚荻将孩子抱给她看，道：“从今之后，你便是陌家妾室——当然，只有名分。这孩子，再没有其他身份，只是我的亲生骨血。”

弄碧点头，白皙的面颊上眼泪纵横，“妾身不知前世修了怎样福德，能为陌大人这般看顾。”

“越大人将你母女重加托付，我自然不能稍有怠慢。”

弄碧抬头，双眼中闪出欣喜，“是越大人……”

“越大人尚未娶亲，与本家也多有不和，平日常宿在衙门里，没有合适的地方安置你们。人道侯门一入深似海，似陌家这样的深宅大院是藏人的最上之选。越大人与我素日交好，以是将你母女托付于我。”

“陌大人的大恩大德，妾身来世结草衔环定当回报。”

“这点小事是我应当报你的，你前后两次助我得成大事，如今只是在家中住下，何必言谢？”

“妾身……助大人？”

陌楚荻点头，“传太子密信出卢府、出面指证方杜若，你帮越大人便是帮我。如今只是一个名分两双筷子，我还觉得不堪为报呢。”

弄碧看着枕边的孩子，眼中又涌出泪来，“妾身……负过卢大人，负过方大人……做了这许多坏事……哪里配受这样的福分……”

“你负卢大人，又负方大人，却从未负过越大人。人一辈子能对一个人一生不负，怎样的福分都配得。”

陌楚获的目光平静。一瞬之间弄碧觉得，她早年被释出凌迟之冤，今日被赦出谋反之罪，半生跌宕辗转，终于被这一双眼睛真的救出了人世浊难。

她本名素娘，是舞阳一介平民，因爹爹早死娘亲改嫁，十四岁时即被聘与同县张家为媳。结婚三年尚无子息，丈夫突然病死，她年少守寡，原想侍奉公爹静度残生，不想公爹贪她美色，竟要强占。她奋力逃出屋外，扭打之间将公爹失手推落院内井中，须臾事发。舞阳县令见她姿色动人，亦想在狱中轻薄于她，她抵死不从，厉声大骂以致狱中其余人犯大哗闹变，更用枷锁将县令打伤。县令恼羞成怒之下诬她谋杀公爹、投尸下井，判凌迟之刑。

越临川其时初任大理寺巡判，恰好巡至舞阳地界，看她卷宗藏疑，便翻案重审，亲验尸首后见肺内有水，于是当堂问她实情。素娘据实以告，越临川判定她公爹行禽兽之行在先，她为保名节拼死力抗，应为烈女楷模，故将她无罪释出，更将舞阳县令撤职查办，不久朱批问绞。越临川将出舞阳时，素娘寻至他处，求问如何报答他解救剐刑之恩。越临川看她一刻，道：“你有姿色亦有胆色，若真愿助我，可愿为我弃守名节？”

自此素娘之名死，弄碧之名生。越临川将她藏于京城楚馆调教两年，后送至雍州为伎。果然弄碧一出，姿容歌艺惊动长安，不久为卢衡求聘，嫁入卢家为妾。两三年内与越临川暗通消息，更由越临川授意，将太子密信传于与卢衡素日不睦的咸阳太守章端瑞，引发太子谋反案件。待毓清带兵攻入长安，弄碧原道此命休矣，却偶然听说方杜若同在讨伐军中。她善于察人，也听越临川讲过方杜若与毓清情非寻常，故冒险求他一试，不想果真得脱。她原可自此远走天涯，怎奈早已将心暗许越临川，只想回他身边，生死不论。其后越临川命她出面指证方杜若，她亦依计行事，虽再次陷落天牢，但因祈雨大赦得以出狱，更避过流徙，为陌楚获接入了府中。

“你如今既然换了身份，最好将名字也换一个。”

“妾身全凭……‘老爷’安排。”

陌楚获笑起，思索刹那，轻道：“从今往后，你叫浅香。”

孩子满月那天，陌家也摆了酒宴，却只请了皇府一家。如虹抱着孩子，一边逗弄着一边笑，“这才刚满月呢，就生得这般清秀水灵，来日必是个比小嫂更标致的人物，还不得折去全天下的男子心。”

浅香笑道：“小姑谬赞了。”

“哪里是谬赞，小嫂不知道，我哥心高气傲得紧，当日左挑右拣挑上我这大嫂，不想竟对你一见倾心。小嫂只管将自己当成京城第一美人，没有半分不合适的。”

陆氏夫人转开头去。罗妃见状，向她言道：“弟妹也是早晚的事，到时若得弄璋之喜，获哥儿便儿女双全了。”

陆氏欠身施礼，“借嫂嫂吉言了。”

“这孩子的名字起了吗？”

“尚未起过，请嫂嫂赐名吧。”

罗妃笑，“我一个妇道人家，这怎么使得。殿下在这儿，殿下给取一个吧。”

毓疏在主座坐着，慢慢喝着茶，陌楚获坐在下首，两人一直未发一言。听见罗妃的话，毓疏垂目想了一刻，道：“叫碧情吧。”

如虹拊掌笑道：“碧晴，碧空晴日，陌上花开，好雅的名字！”

陆氏夫人亦看向陌楚获，低声道：“真好听。”

然而陌楚获并未看见她的神情，只低头出神。浅香跪地叩首，“妾身代碧情叩谢三殿下隆恩。”

毓疏起身，“一个名字不算什么，弟妹元气未复，不需行此大礼，快些起来吧。我明日上朝要些准备，先回去了，你们妯娌姊妹慢慢说话。”

罗妃想送毓疏出门，毓疏摇头辞过。陌楚获起身道：“嫂嫂坐着，臣弟送殿下出去。”

随出后堂时，远处的人影已然行过半条回廊，陌楚获跟了几步，停在廊中。

夜已微凉，秋蝉在树顶声声嘶鸣，时续时断，音调凄苦。

身后堂中笑语迭起，隔了一刻，传出一阵婴儿的哭声。

陌楚获掩住几个带着血气的咳嗽，回身向堂内走去。

……陌碧情。

五更疏欲断，一树碧无情。

秋尽冬来，一季无事。小雪节气后，连下了两天雪，好容易天放晴些，虽然道路泥烂难行，菜市中前来采买的人也多起来。王翊那只失了鞋的脚上冻疮已破了，流着脓。他拿一捆稻草胡乱扎着，脏棉袍因雨浸霜打夜里结冰，白天冰又化成了水，一天也难干，反复多日，已硬成木板一样。但他没觉得疼，也没觉得冷，蹲在杨家鱼店旁巷角的泔水沟边，一双眼睛死盯着出入买鱼的人。时已近中午，终于他目光一紧，悄悄起身，摸到店边停下的一辆大板车前，趁赶车的人没注意，蹲下用一筐萝卜挡住脸，等着进店的人回来。

不久，进店采办的人招呼店家搬出两个大木桶来放上车，鲜鱼在桶中扑腾。王翊瞅准采办人没回身上车的时机，扑过去抱住那人的腿，用家乡话嚷道："贵人赏口吃的吧，活不下去了！"

四皇子府的后厨采办薛贵刚买完鲜鱼，转脸就这么被一个乞丐模样的人抱住腿，心中嫌恶。他拧身挣开，抬脚就踹，听那"乞丐"仍扑过来"贵人，贵人"地叫，声音忽地令他心中一动。薛贵低头仔细看了一眼，转头对赶车人道："被这泼皮缠住了，你先把车赶到外面大街上，我打发了他就来。"

赶车人依言鞭驴而去，薛贵扯起王翊棉袍的前襟，一路拽进旁边腥臭难当的巷子里，见无人注意，将王翊好生扶起，凑近低问道："王哥你这是……"

王翊一把抓住他胳膊，急道："感念兄弟还记得咱小时候的称呼，王哥只问一句话，绝不拖累你，贵人弟，求你跟哥说句实话。"

原来王翊姐弟的父母与薛贵的父母皆是江府奴婢，因是同乡，私下多有联谊，几个孩子幼时也常在一处。后来薛贵和王翊的姐姐蔚儿先后被选去了四皇子府，王翊由毓希举荐进宫在少府当差。王蔚儿不能说话写字，加上是报喜不报忧的性情，王翊反而有时需赖薛贵才能得到些她在皇府里的真消息。但四皇子府与江家治府的办法一脉相承，对下人管制甚为严苛，尤其忌讳消息外传，薛贵自从得了采办的肥差，就不再肯与王翊多接触。王翊知趣，小两年没再见过他。

现今王翊毫无把握是否能从他嘴里问出实情，然而实在没有其他能信的门路，他跪下在泥地里重磕了几个头，仰脸向薛贵道："贵人弟，求你实话告诉我，我姐是不是没了？"

薛贵神色一僵，转开眼睛没开口。王翊向他膝行一步，扶着他裤脚道："我这些日子心里一直发慌，前些天又有——”他顿了下，似理了理头绪，“前些天我去那府门上，找了个人跟门房说送东西给我姐房里的小玉，门房把东西接了。那府上哪有私自给丫头递东西的规矩？必定是门房知道小玉不在了，他匿下东西也没人能翻后账。小玉才刚十五，我姐和小玉好得很，不会把她突然聘出去的。我越想越不对，贵人弟，求你说句实话……我爹娘早死了，我又不中用，丢了官回去……我姐可怜一世，若她真没了，我只图个为她披麻戴孝，请法师来念场经啊贵人弟……”

王翊说着哭得不住，泪水将方才磕头时溅在脸上的泥化开，纵横满脸。薛贵看他这样，实在心惨，蹲下身凑近王翊道：“只一句，厨上没有你姐和小玉的伙食份了。”

王翊哭声一滞，颤着唇看着他，双眼血红。

薛贵起身想走，王翊扑过去扯着他问：“可发丧了？怎、怎么办的？”

薛贵拧不过他，一脸为难回头低道：“实在不知道。你也知道府里，不能问的。”

王翊喉咙里漏出几声悲号，那声音太惨烈，听起来几似怪笑。薛贵被王翊的样子慑住了，愣着听他把哭声硬吞回去又问来：“小玉呢？两个人能一起没了？”

薛贵看着王翊，心中不是没摇摆，最终一个念头道，若此时还瞒他，自己也不算是人了。

薛贵重蹲下身，凑近王翊道：“你知道府上办凶事的那个。”

王翊回想了一瞬，“马三？”

“他那会儿发了笔小财，好酒好肉地吃了一两个月。”

王翊头是炸的，一下没明白过来。

薛贵咬了下牙，心一横说出来：“传说不明不白没了的下人，都是马三办的，还说要是年轻漂亮的，马三会卖尸首。”

王翊愣了一瞬，一屁股歪在地上。他已想懂了前后，骨子里烧出一把冷火来。薛贵见他神色，慌道：“我说的是小玉，你姐的事不会在马三。你是大出息的，知道轻重，这事不要再问了，你顾好自己要紧。”见王翊没反应，薛贵从怀中掏出钱袋来，整袋塞进王翊手里，“王哥，这些拿着赶紧出京吧，弟弟只能劝你了，去个天高皇帝远的地方，别回来了。”

王翊握紧钱袋，重新跪好，向他深拜在泥水里。

王翊揣着薛贵的钱袋浑浑噩噩从菜市出来，在大街上不知站了多久，直到被人撞了一下才发现天已将黑，不得已又回菜市去，与几个乞丐挤在烂菜堆里又挨过一夜。第二天早市开后，他寻到间附近的澡堂子，多给钱胡乱洗了洗，向店家买了一身旧衣旧鞋，穿得像个样子了，到没打过交道的当铺，把从家带出来一直贴身藏着的几件细软当了，几块整银子兑成散钱，买了香炉香烛，找到间偏僻客栈住下。

入夜王翊将香点起，整跪了一宿，眼泪流无可流，心中明白姐姐是无望去找了，一捧残灰都不知可有个葬处，又不知被撒进哪条水里，水都不知可是干净的。想到这里，王翊哭出几声“姐”，却觉得对姐姐的在天之灵，说出什么来，都是辜负的。天窗外已透日色，王翊擦干泪，跪直默道：“姐，我知道是谁害的你，也知道她为什么敢害你，我也知道是谁不给你发丧，也知道他为什么瞒着你死的消息要来害我。姐，他们一个也跑不了，弟弟有办法，让他们一个一个血债血偿。”

他又跪了一刻，看着眼前的香渐渐燃完了，没再续上，心中又道：“姐，你只再等几天。弟弟没用，没处去给你磕头，但小玉是被咱们连累死的，弟弟既然知道了马三的事，不能不顾她。我得知道小玉最后到哪儿了，得过去给她磕头烧纸，给她赔罪，得谢谢她陪着你这么些年。姐，你只再等几天……”

当天从客栈出来，王翊买了一头驴，将手脸用泥抹了，扮作待雇的脚夫模样，用破帽遮着头，等在从四皇子府后巷出来向南去必经的街上。他知道年深的仆人成家之后一般都住后巷这边，马三的样子高大黑壮他也有些印象，自揣不会看走眼。因为要避人耳目，真有人雇他行脚时他也真去，因此十几天只跟上马三两回，一次马三是办杂事，一次是去了间娼馆，夜宿在里面。

王翊牵着驴望着那娼馆大门，心想这样下去不是办法，四皇子派人到家乡来杀他，既然没能得手，未必想不到他逃回京城来。马三无缘无故不会常去处置尸首的地方，万一拖下去自己暴露了行踪，非但姐姐和小玉大仇难报，他王翊也要尸骨不全。难道小玉的事只能放下？等到起了事身不由己的时候，还有去寻小玉的可能？王翊思前想后，怔怔看风吹动那娼馆门口悬的红灯，不知怎的心念一动。

活人总比死人值钱。马三卖的，要不是小玉的尸首呢？

他仰头看天，见孤月高悬，深觉这是姐姐冥冥中给的提点。

得了这个主意，王翊匆匆赶回客栈，换上干净衣服，数着更声等了一夜。一大早又回去躲在那娼馆外的街角，见马三从里面出来走远，正要进去问，却见那馆中有人出门下了灯拿回门内，又闭上大门。

王翊心中猛一醒。以他现下的处境，向娼馆找人只能扮作客人，那就没有大白天去的道理。何况马三是被上面要求处置小玉的，若昧下人来卖了，也不可能冒这风险卖到自己常去的馆子里。

王翊虽是奴籍出身，但自幼生长在王公府邸富贵家，加上身体有缺，对这样的地方一无所知。偌大个洛阳，他并不知道能去哪里找个被卖掉的女孩子，若卖去了城外更无从找起。他一日停停走走，有时向路上闲人打听，多半人一听说他问下等娼馆开在哪里，都侧目而视不愿理他。到一日将尽，王翊没想起吃饭，失魂落魄站在街口看哪家门前上红灯，忽然有个人走向他身边搭话："这位郎君，今夜要找娘子吗？"

王翊转头，见是个中等身材酒保打扮的人，却比一般酒保看着斯文些。王翊想了想，用家乡话道："找是想找，我是外面来的，不知道找法，烦哥哥告诉我。"

那人笑开来，看了看王翊，走近道："什么找法看这个了。"他将手指比了个圈，"多有多的找法，少有少的找法。"

王翊见这人不像单给哪家馆子揽客，像是专给生人向花柳巷里引路挣钱的，觉得于自己是个转机，思揣了一瞬，将那人向街边带了带，也将手指比个圈道："这个对我家主人不是事，只是我家主人喜欢的那种不好找，能有，怎么都好说。"

那人听这话，眼睛一亮，自夸道："这京城里只要花钱能买的，没有小的不知道的，别管哪种，郎君尽管说。"

王翊做了个为难的神色，低道："我家主人喜欢不会说话的。"

那人一愣，张了张嘴，反应过来说："哑巴？"

王翊摇头，怕那人起疑，想想解释说："我家主人……喜欢在皮肉上玩点手段，又不爱听哭叫，要的是……根本发不出声音来的。"

那人皱眉看着王翊，眼神里升起些鄙夷，然而毕竟想挣钱，转开眼睛想了一刻，应下道："是不好找，但也不是没门儿的事。郎君先把订金下了，下榻的地方告诉我，等找着了，小的过去商量怎么见面的事。"

王翊没问他定金多少，直接从怀里摸出一块大约半两的银角子递进他手里，告诉了住的地方，又道："真找到了，哥哥直接把人带来，总比在人家的地方方便。我家主人大方得很，只要满意，哥哥的好处少不了。"

那人见了现银子，高兴不迭应承下来，"小的潘六，哥哥记下小的的名字，不出明天，准把人带去。"

王翊回到客栈，又是一夜一天焦心苦等，到晚间那潘六果然带来一个女子。王翊心口直跳，慌忙上前查看，却哪里是小玉，是个二十余岁肤色略黑的女子，穿着旧得快没颜色的粗绫袍子，红肿着一双眼，像是哭坏了的，又像是冻的。

王翊心中极失望，本想找个由头打发了她去，让这潘六再去寻来，但转念又把这女子留下了。他取出二百钱来给潘六说："这个恐怕不行，姑且带去给我家主人看看，明早哥哥领人回去，若是没有多的赏钱也别怪我。哥哥只管再找好的来，要年纪小的，只要好，开价不是事。"

潘六叹了口气点点头，拿钱回去。王翊装作要将女子送去给"主人"的样子，直接去店后牵出驴来扶那女子上去，还与潘六同行了一段，分道之后，另寻一间客栈要了间房。

进得屋内，那女子垂头在地下站着，王翊关了房门，向她深行一礼："这位娘子多体谅，我做这些是为了找我妹子，委屈娘子在这待一晚上，明天送你回去。"

那女子呆看着他，抬手开始解自己的袍子，王翊吓了一跳，连忙摆手让她不必。那女子也被王翊抬手吓到了，往后退了好几步。王翊又解释几句，发现那女子全无反应，才明白她与姐姐和小玉那样原本好好的人长到十三岁被灌药致哑不同，是因聋致哑，难以与人沟通，又在这种地方，更加可怜十分。

王翊经历近日诸事，愈发看不得女子受苦，比画着好容易让那女子明白了不用做什么，又要掏钱出来给她。那女子不要，抬眼看着王翊，用拳头捶自己几下，王翊大约明白她是说收私钱怕被打，没有办法，从店家叫了好吃食上来让她慢吃，自己一旁坐着，这么过了一夜。

第二天早上，王翊和女子回到自己住的客栈时，潘六已经在等。王翊还没说出主人叫一定再找的话来，潘六上来道知道了一个好的，十四五岁，保证满意，让备下银子。王翊按他说的付了钱，心中明白自己已经钱袋见底，今晚真是最后一遭了，若还不是小玉，只能放下，去行下一步了。想自己也曾管过天子钱库，一朝翻覆，捉襟见肘至于如此，深起人世无常之念。

潘六收了钱，带那女子回去，她出门前回头看王翊一眼，红溃的眼里满是泪，王翊不敢对视，心酸低头。

到晚间王翊将该穿戴的都穿戴齐整了，就在客栈大堂里坐着等。天将擦黑，潘六带人过来，王翊只看那姑娘逆光走过来的步态就知道人对了，连忙起身迎过去。待那姑娘抬头与他对视，王翊反而不敢认了，人已瘦脱了形，一双眼睛大得吓人。可小玉认出他来，张大了嘴却发不出声音，王翊面上没敢应她，小玉聪明，愣了一瞬又把头低下去。王翊装作打量她的样子，对潘六说："这个是不错，还是老规矩，哥哥跑腿儿的这两百钱我先给了，明天我家主人的赏赐肯定还有。"

潘六笑嘻嘻收了钱，像要等王翊带上人一道出去。王翊道："哥哥先行一步，我这……先验验。"

潘六坏笑，连连点头，出了客栈门。

王翊抓住小玉的胳膊，一路将她带到自己房中。小玉见门栓上了，扑通一声跪下，眼泪已涌了满脸，她仰头看着王翊，急得又比画不出来，忽然一把扯开自己的领子，袒出一侧的胳膊给王翊看。

王翊一下没明白意思，仔细去看时，小玉的上臂系着一根麻布条，与她的胳膊一样已污得不见本色。小玉连连指那系得紧抠进肉里的布条，一面又哭。王翊心中一抖，原来这是小玉在为姐姐披麻戴孝。

王翊面对小玉双膝跪下，伏地恸哭，又怕引客栈的人怀疑，不敢放声。他断续低声说："好妹子，难为你……我姐的事我知道了，我知道是江氏害的她……当时究竟怎样，你知道多少，就告诉我……"

小玉抽噎着向四周看了看，起身从床旁熄了火的炭盆里拿了块炭过来，在地上画出个碗的样子，然后丢下炭，一边回想一边又有新泪涌出来。她抬起一只手卡住自己的脖子，另一只手像要取那地上画的碗，然后仰头，摇着头将那取碗的手塞进嘴里。

房中没了声音，两人跪地对看，好一会儿，王翊说："我姐，可走得快吗……受罪了吗？"

小玉无声而哭，一只手扯住另一只手的腕子往一边带，不住地摇头。

她被扯去外面处置了。她不知道。

王翊低着头又跪一会，擦了擦眼泪，起来到香炉处点上两支香，向那袅袅香烟道："姐，托你在天之灵，小玉找着了，弟弟这就去好生安顿她，然后给你报仇。"

小玉从后面扯了王翊一把，王翊回头，见她扬手做了个持刀的动作，将那不存在的刀向身旁的虚空中一下下猛扎。

王翊抓住她的手，看着她的眼睛说："对，他们都得死，一个也不放过。"

当晚王翊用驴驮了小玉出门，没带任何行李，因为昨天已有一回，客栈店家并未生疑。他们一路向城北而行，到夜渐深，怕一男一女行在路上太过惹眼，寻到家通宵营业的酒肆在角落里坐到天亮。白天又是专拣冷僻的小道行路，好容易赶着天黑，到了陌府偏门前。

王翊将小玉从驴上扶下来，最后一次对她说："妹子，我给姐姐报仇，顾不了你。正好我要帮这府上的大人一个大忙，所以把你托付在这，他会好待你，你放心。"

小玉抓着他的袖子，眼中含着恐惧，王翊道："我信他人品，你别害怕。"说着他牵住小玉，踏上石阶拍门。不一刻有门房过来开门查看，王翊向门内道："在下姓王名翊，与府上陌大人有旧，带来一段仙人公案，说给陌大人知道。"

陌楚荻很少在夜里到三皇子府来，皇府的家人迎了他的马，一路牵进驮马二门，也没通禀，扶他下马，引他往后院去。管事良凡边走边向他道："二姐病了好几天，殿下每夜看着，总不是办法，正好郎君来了，劝殿下歇歇吧。"

陌楚荻问什么病，良凡道太医看过了，是出疹，若能退烧便没事。

陌楚荻心中重出几分，一路走至西跨院，见厢房点着灯，外间却是翟怀羽在值守，见他来也颇意外。两人简单见过礼，良凡已向内间报了一声，打起帘子请陌楚荻进去。

进得屋内，灯点得不亮，毓疏在大榻上向他看过来，面前的榻桌上堆着些文书。陌楚荻问过礼，毓疏点点头，良凡上来帮陌楚荻把外衣除了。陌楚荻走过去，隔着榻桌坐在毓疏面前。

毓疏没问他来意，只叹了声气。陌楚荻道："刚才路上，听说若能退烧便没事。"

毓疏点头，"翟太医说，按常情一般烧三四天。这已到第四天，若明早烧还不退，岂不焦心？也不敢让翟太医回去。"

"二姐也五岁多了，如虹五岁的时候也出过一回疹，也是烧了四天就好了。"

"如虹在里面陪着，"毓疏看了下西暖间那边，"你去看看吧。"

陌楚荻起身到西暖间，如虹原在床边伏着，听见人来回头，看见是他，起身迎过来道："怎么哥哥来了？"

旁边的乳母和侍女们都向陌楚荻问礼，陌楚荻想有这许多人照看，如虹还熬得双眼发红脸色疲惫，一面欣慰，一面心疼。如虹见他的神情，轻声说："庆麟还小，晚上离不了娘，殿下又熬了好几天了。我就昨晚和今天陪了一下，哥哥就来了，殿下准以为我差人向哥哥诉苦了。"

陌楚荻轻笑了笑，走到床边探望。毓疏的二女儿谧娘仰面睡着，脖颈和脸颊上像出了些小红点，有侍女轮番用凉水毛巾擦她的前额、脖子和四肢。小孩子娇弱可怜，眉头倒是舒展的。

如虹过来摸摸谧娘的手心，回头对陌楚荻道："我总觉得比昨天这会儿烧得轻些。"

"告诉殿下知道，让殿下宽宽心吧。"

如虹点头出去，一会儿毓疏和翟怀羽都进屋来，翟怀羽试了试谧娘的鼻息和耳后，又把了脉，向毓疏道："烧是在退。"

满屋人都松了口气笑开，有人去给罗妃传信，如虹上来搂着陌楚荻的胳膊说："哥哥带来好消息了。"

陌楚荻笑由她搂着，向毓疏道："是给殿下带来了个好消息。"

毓疏看他，点点头，又去看了看谧娘，向翟怀羽道："太医费心。"便带陌楚荻出了屋，到对面厢房点灯坐下，因怕陌楚荻冷，上来两架火笼摆在榻前。

谧娘的病情好转，毓疏的心松下来，连日的疲惫泛起，又因久不与陌楚荻静夜对坐，他不由看着铜架中明红的炭火出了一会儿神。回过神来，转向陌楚荻欲起话头，却见那人也在看炭火，苍白的肤色影影绰绰映上些红，眼神幽暗，不知想些什么。

陌楚荻感到毓疏转头，抬眼看过来，"今晚王翊去臣弟家中了。"

"王翊？"毓疏皱眉，"年头回去的那个少府监？"

陌楚荻点头，"他带来一个哑女，请我照看。"

毓疏听得一头雾水，"王翊有亲眷托人照看，为何求你？"

"因他不日要帮殿下一个大忙。"

毓疏垂目想了一刻，看向陌楚荻问："毓希有什么把柄在他手里？他若捅出来，要到安排后事的地步？他已去了将近一年，无缘无故突然出来。他要帮我的忙，找我便是，何必绕到你那儿？此事大有蹊跷，先前太傅告太子时已有过一回，我怕有人下计要赚你，王翊要做什么随他去，你不要理会他了。"

陌楚荻听毓疏仍称故去的毓宁为"太子"，心中一滞，慢慢说："皇府的大门难敲，王翊总共和殿下没说过几句话，如何来找殿下？臣弟同他倒还有些交情。我听王翊说得不假，此事因他姐姐而起。殿下知道，王翊的姐姐是四殿下的侍妾。王翊说，他姐姐八月上被四殿下的正妃谋害了，彼时四殿下出京不在，但回来后也未发丧，等到王翊得他姐姐托梦，偷回京城来问，才知道他姐姐没了。"

毓疏想想摇头，"王翊的姐姐没了或许是真的，没人能拿自己亲姐姐的命说谎，但后面的话不像。"他皱眉道，"毓希惧内，是有此一说，但死者为大，纵使毓希再怕江氏，总归他是皇子，没有身边人被害死了都不敢发丧的道理吧？"

"王翊的意思，正因为他手里有四殿下的把柄，四殿下怕他姐姐死了，再无可钳制他之处，因此不敢发丧，更不敢令他知晓。"

"究竟是何把柄？"

"王翊说，他知元日宫宴上，赵漠将军因何而死。"

毓疏看着陌楚荻，一时没说话。

陌楚荻续道：“陛下劝酒所用的烧春中果然有异，却不是毒，是四殿下命王翊下进去的蛊药。”

“……什么蛊药？”

“细处王翊也说不知道，说四殿下给他一包药粉，让他下进陛下必饮的御酒里，叮嘱要化开滤过，只说是药，于人无碍。情状上看，当是求父母钟爱之蛊。”

毓疏按下惊异，想了一刻，觉得王翊的话能说圆，皇帝的日常饮食不由少府监经手，只有办大宴时，有些名酒会从贡物中取来，不是元日，也没有下蛊的机会。他想来又问：“既然是蛊，求父母钟爱常理而言并非恶事，何至致人于死？”

陌楚荻点点头，“臣弟也是这样问王翊，他道我少接触这些东西，自然不知道。蛊之一物向来是因人下定，一人求生之蛊，于另一人或为害死之蛊。王翊至今认为，是赵将军曾杀降三千，血光过重，与蛊冲撞所致。”

当日理心殿三司会审之时，王翊也说过这话，彼时只当他迷信，不想另有隐情。毓疏默默想着，当时太子曾疑王翊，查无实据，自己还觉得不妥，难道太子的直感竟是对的？太子被废处死，宫宴投毒案是个发端，可以说今日朝中局势皆由此起，却是阴错阳差，毓希下的这第一刀？如今王翊又出来告发毓希，毓希若倒，还是自己得利，世间真有这等巧事？

他抬眼看着陌楚荻，陌楚荻与他对视，神色如常。

“王翊打算何时起事？”

“他说，总觉得四殿下派人追杀他，他东躲西藏已一个来月。我让他今晚在我家住下，明日一早他要到宗正寺去告。”

毓疏听陌楚荻留王翊在家，惊道：“万一毓希真派人杀他，那些人最后关头定要灭他的口，闯进你府里去怎么得了？”

陌楚荻没想到这层，愣了一下看着毓疏，一瞬道：“即便真有人跟着王翊，要下手也只有在他进我家门之前，否则闯进皇亲国戚的三品官宅中杀人，又是另一桩大事了。”

毓疏没答话，陌楚荻又道：“若是王翊一个人便罢了，他带着个女子，这样天气，没法让他们出去。不过留他一夜，明天一早着人暗送他到宗正寺去罢了。”

提起这女子，毓疏想起来问："你说是个哑女，是王翊的什么人？"

"说是他姐姐的侍女，年十五岁，他姐姐出事后，被卖到外面，好不容易才找回来。"

毓疏静了一刻，心跳略平复些，轻道："也是可怜，你要管她可以，不能长放在府里。"

陌楚荻点头。

火笼中炭火爆了一声，毓疏转去看火，陌楚荻在一旁道："本来王翊要告四殿下，成与不成，都没有殿下和我的关系。但他既然有求于我，说了始末，臣弟想，还是该让殿下知道，也好心中有所准备。"

这是个和解姿态。原本自从毓疏怪陌楚荻事事瞒他，两人争吵致陌楚荻咳血，毓疏怕再有闪失，有意与他避谈正事，陌楚荻也就闲聊不出亲眷花草之外，两人始终未曾将话说开。今日倒是陌楚荻先说了软话，毓疏心中含愧，看他一眼，垂目看火不语。陌楚荻也不再说话，静观炭火。

一会儿毓疏道："前两天二姐烧得厉害时，想起你病得最不好的那几年，觉得天下事大不过孩子的病去。现在想想，毓希这样也无趣，一个家里，权柄不握在自己手中，尚且连身边人都护不住。我这位置若不去争，来日变天，纵有王爵之位，上面若是不肯，为你为他们，我可叫得来太医？"

陌楚荻心中感慨，转头看着毓疏，听他道："你让我争，你为我争，都是对的，反而要顾虑于我，岂非是我辜负？"

陌楚荻低声说："明日之后，殿下前路又宽一重，何谈辜负。"

毓疏笑笑，只道："先看王翊明日说些什么。"

又静坐了一刻，陌楚荻道："如此臣弟先回去了，家中住进外人，内子恐怕不惯。"

毓疏原想天气这样冷，让陌楚荻索性住下，听他这样说，也觉得陆氏独在家中不便，便命人套车送他回去，又对管事说："翟太医已熬了半宿，二姐既然没事了，也送太医回去吧。"

陌楚荻说："与我同车就好。"

他二人同车出来，行不一时，陌楚荻一阵咳嗽。翟怀羽知他近来后半夜常会如此，便递帕子给他，陌楚荻摆手，取出自己的用，边咳边道："脏了不好洗。"

翟怀羽一声叹息闷在心里。片刻，车中漫起一丝淡淡的血腥。

对这病情，他二人早已无话可谈。翟怀羽听着陌楚荻断续的咳声沉默，忽闻他哑着声音问："怀兄那里，可有相熟的女医？"

翟怀羽转头看看他，笑一声，"怎么？陌大人有不信下官之处了？"

陌楚荻摇头，帕子半掩着口，"怀兄说笑了。是我家中来了位女客，在外面吃过苦，我家掌房丫头看她羸弱，想为她延医看诊。一来不敢劳动怀兄，二来是……我堂上初见时，礼数所在问她名姓，她尚浑身发抖，男医恐怕不好见。"

翟怀羽笑而皱眉，盯着陌楚荻问："又是个什么人？你倒是藏人藏出爱好了。"

翟怀羽和毓疏一样，以为改了名字的浅香是陌楚荻藏在外宅的妾。陌楚荻闻言只笑了笑，将王翊带来小玉的事大略说了。翟怀羽听完凑近他低道："怎么又混进一重蛊来？莫非你那时候敢下手，是因为起先就知道这个？"

陌楚荻未答是否，只说："说给怀兄知道，是望再问太医院时，怀兄当作不知道。"

翟怀羽看他一刻，直起身道："这个自然。王翊跳出来揽下这桩事最好，我也安心。"

一时车辆前行，两人不语。快到翟怀羽家时，陌楚荻问："怀兄看如虹的脸色，是否不好？"

很久没有回话。陌楚荻细去看翟怀羽时，发现他脸上带着一丝悲悯。

翟怀羽目视前方说："如虹落了一个孩子，月份小，没敢声张。"

陌楚荻张大眼睛看着他。

翟怀羽扯出个像是笑的表情，"如虹总觉得自己选的路，不能回家撒娇诉苦。可你不知道也还罢了，连他，从头到尾都不知道。"

陌楚荻乍听妹妹这般受苦，一时话都说不出来。

翟怀羽少见他这样，转头看着他，嘴角勾出一个讥笑，"怎么了陌大人，连当着我，都怨不出你那殿下一声？你们全家，是质给他了，还是卖给他了？"

"……何必瞒着三殿下。"

"这话你得去问如虹，是怎么了，得了孩子，掉了孩子，都不敢说。是怎么了，三四个月的时间，总有吐的时候，有累的时候，那位殿下居然视而不见。"

“这些日子，殿下总是，事多……”

翟怀羽又笑，“这话我也不好说，你自想想，事情明摆着，那位殿下眼睛里能看见如虹的，一个月里能有几回？如虹小产还没出月份，跪在榻边顾他正室的孩子，他的心是瞎的，连你这亲哥哥也是吗？”

陌楚荻心烧一般地痛，然而毓疏无情的样子他真想不出，一瞬之间竟觉得是毓疏因浅香怪他亏待陆氏，用如虹报复。他惨白着脸色垂着头呆怔着，一时又咳。车已在翟怀羽家门前停下，翟怀羽紧了斗篷起身欲下去，又回头低声道：“不是让你提着刀去同他理论，普天下妾室都矮人一头，那位殿下对他正妃之妥帖，在宫中是有名的。你当日既然嫁了如虹做妾，今日就算把心肺都咳出来，也收不回去了！”

陌楚荻仍低着头，翟怀羽躬身到他近前：“我只要你对那位殿下，好话歹话一并说，他在你家，只对你高看一眼，你看不出来？你不为如虹出面，她去靠谁？你们全家，只当她是件东西，送过去便罢了吗？”

“谢怀兄这样挂念着如虹，楚荻知道了。”

“……挂念。”翟怀羽一声轻笑，揭开厚重车帘，下车去了。

王翊到宗正寺当天，交了两份写状便不再开口，坚称兹事体大，只可亲禀陛下。本来宗正寺是个轻省衙门，不过管些皇室宗族事务，本朝还未遇到过去臣子告皇子的事，因此不敢耽搁，一边将王翊留在堂后看管，一边立即上报。果然第二日动静就传进皇帝耳中，早朝之后直接命有司移驾理心殿，提来王翊面审。

一时当日三司会审的诸人大半在理心殿聚齐，牵连去官的小吏之外，只少了已故的毓宁和顾弘之，多出皇帝命叫来的六皇子毓清。

冬日天光薄，理心殿出檐高远，纵然殿中点着高烛，仍不免昏暗。皇帝居中，因早朝时已经久坐，此时用了一张宽椅，有引枕倚着，皇帝斜身靠在其上，神情有些许疲惫。

因四皇子是王翊旧主，王翊先按仆告其主领了六十杖，带上来时已跪不住，双手撑着伏在地上。皇帝命他说话，王翊受杖责的时候未曾呼痛，开口前泪却流了一脸，抽噎说：“罪民有幸，今生又见着陛下了。”

皇帝皱眉摆手，让他不必。

“罪民愧对陛下隆恩，若非血亲之死，罪民也不敢将此事告发。”

皇帝的声音传来，细处需费力听清，王翊心中暗觉，一年未见，皇帝已老态尽显了。

“你的状子给他们看过，你说四皇子以你姐姐为质，强令你向寡人御酒中下蛊药。你王翊与他利益相系，真有此事，也该你是共谋。”

王翊以袖拭面，仰脸道：“陛下圣明，罪民做共谋也好，四皇子大胆厌胜天子，欲窃国祚，他外家江氏几代贪暴，穷奢极欲，又凌虐百姓，伏请陛下万不可姑息。”

王翊深伏叩首，上面静了一刻，听皇帝问：“厌胜之事，你一人口说而已。当时赵漠的死因查了一个月，也无结果，你说因蛊药而死，有凭据吗？”

“罪民当日未将蛊药全部下入，留下一些，请陛下查验。”

王翊说着从怀中掏出一个油纸小包，仔细打开，双手呈上。殿中诸人暗自吃惊，待去看时，是些灰黑色的粉末，不辨名目。

皇帝未叫内侍去接，只道：“叫太卜和咒禁博士来看。”

一时太卜署的卜正孙崎和太医院的咒禁博士上官通传来，二人将那药粉持往殿口，对着天光细看。皇帝倚在椅上，扫视座下两位皇子，毓清一副无聊的模样，视线向上看着对面远处的殿顶，毓疏正襟危坐，目视前方，神色沉和。后方臣僚们成群站立，法司之外，纤瘦的礼部尚书显得突兀。

“陌楚荻。”

陌楚荻听见皇帝唤他，出列行礼。

“王翊说，剑南烧春中下了蛊药，你们封验酒水时，你果然没觉出任何异样吗？”

陌楚荻垂目想了想，“回禀陛下，当天元日将近，诸事繁杂，微臣只记得程序合制，细处印象不深了。”

“王翊的神色，也无可叙之处嘛？”

陌楚荻摇头，躬身道：“陛下恕罪，当时微臣也未有心去看王翊神色。况王翊知道是蛊药而非是毒，想来若非赵将军事发，他也不惧查验。”

这时孙崎和上官通返回殿中，咒禁博士上官通道：“陛下，微臣见药粉中有未烧尽的细碎虫甲残片，映日闪光，且闻起来有毛发焦味，看来的确是蛊。”

皇帝闻言起盛怒之色，但似乎体力难支，手攥引枕缓了缓呼吸，道：“做何之蛊？”

“已成药粉，难以得知。”

皇帝沉默，面如玄铁望着殿外冬天。殿中诸人惴惴，低头屏息而等。一刻，皇帝看向法司众人问道：“若此事为真，依律，问何罪何刑？”

无人答话，好一阵后越临川道：“子孙为求爱媚而厌咒祖父母、父母者，流二千里。”

皇帝的脸色似乎缓和下一些，起身欲向大殿深处走去，侍卫统领韩紫骁连忙与近侍一同扶住，皇帝道：“越临川过来。”

越临川随皇帝行至殿后一角，皇帝由韩紫骁扶着，立对他道：“寡人的意思你当体会，一年之内，寡人不可再失骨肉。”

原本越临川冒了个险，因众人皆知他是三皇子一派，他有意将四皇子的罪名向轻处说了些。此时见皇帝合意，越临川行礼称是。

“看王翊的样子，肯豁性命去，不像有假。但毓希的轻重，寡人清楚，他敢如此，是寡人这些年宽纵江家太甚。他江家哪分哪寸不是从寡人手中拿去，如今猖狂至此，是该叫他们还回来了。”

越临川揣测，当时皇帝疑心废太子毓宁，乃至一路而下以毒酒赐死，世人眼中皆自宫宴事起。皇帝此时将怒火强压下，看来不想将案件翻起闹大，或许是偏疼四殿下些，又或许是担心若在四殿下头上大张旗鼓重新查办，会引人觉得废太子含冤。王氏之死本是江氏下手，这样结果越临川倒也乐见，他顺着皇帝的话点头。

“话虽如此，蛊咒皇帝，又在寡人饮食中下物，如不严惩，难儆效尤，毓希流二千里，不可再轻。此事由王翊实行，他当时不报，现在人死到他头上才来出头，可厌之极。他既然愿死，便给他死。”

越临川轻点头。皇帝深叹一声，更向韩紫骁倾了些身，“今年事多，寡人懒怠操心了。赵漠的命案在你们手上没结果，今日既然牵出这事来，你就善始终，尽心办理，其间无须再令寡人听闻。”

越临川深拜领命。

这日克贵妃召如虹入宫小住，如虹进殿拜见时，见毓清也在，略觉窘迫。克贵妃笑说："都是自家兄妹，见外什么，快坐下吧。"

如虹行礼落座，克贵妃叫宫人取来许多冬日稀见的瓜果和精细点心让她随取。如虹吃了些，克贵妃打量着她，语带疼惜："是瘦了不少。你母亲来哭了一回，说听你哥哥说你近来身子不适，可嫁出去的女儿，也不好叫回家中休养。我说正好进宫来陪我，我这儿你爱吃的爱玩的什么没有，来陪婆母总没错。"

如虹笑，不觉将外衫前襟整了整，"只是换季有些不惯天候，我娘疼我，让娘娘操心了。"

克贵妃叫她来身边坐，搂着她道："说哪里话，你这个文静模样，姨母还看不习惯了。我那疏儿，千好万好，就是规矩大，他进来我这儿也是恭恭敬敬的，怎么行怎么走，都像书上写的，想必在家也拘束你们。"她将如虹搂紧些，步摇轻拂在如虹脸上，"你来了这儿可别管他，要玩要闹，姨母看着高兴。"

如虹点头笑，闻着贵妃身上清雅的香气，觉得有人疼爱，委屈也散下去些。毓清在一边说："宫里有什么好玩的，跑两步还怕撞着东西。那天我在前面领着侍卫摔跤，没半个时辰就过来七八个劝收声的。"

克贵妃笑着斥他："你在禁足，就这个跑野马的样子，看你父皇还罚你。"

毓清翘起嘴角，翻了翻眼睛。

克贵妃又对如虹说："清儿也是可怜，陛下说禁足，也没说禁到什么时候。他在我这儿困了两个多月了，也不能出宫，也不能上朝，天天我们娘俩你看着我、我看着你，他不厌烦我，我也要厌烦他了。"

毓清笑着叫了声"母亲！"。

"正好你来了，你们也能说说话，姨母也能听着，"克贵妃说着抚了抚如虹的胳膊，"听疏儿说了几回，你嫁过来十分知道操心家事，对孩子也亲，尤其谧娘爱跟着你。姨母总想，你在家里自由自在的，过来这边日日要劳心劳力，恐怕还要侍奉正室，罗氏也是个养尊处优的，未必反过来心疼你。这虽然是你乖巧，可也是我们没有照顾好你，如今病瘦了，姨母怎么同你母亲交代？"

如虹咬了咬下唇，想说几句，又忍住了，摇了摇头。

“这回索性，在宫里多闲些日子，凡事让他们去做，等养胖了再回去。”克贵妃说话间看了毓清一眼，又看如虹说：“疏儿最近也少过来，听说淑庆宫的殿下出了什么事，户部也让疏儿去管了，他忙得脚不沾地的，你这媳妇，就当替他尽尽孝吧。”

如虹听克贵妃称她作毓疏的“媳妇”，心头一酸，又是感激，几乎要哭出来。她低了下头，还是偎向克贵妃笑道：“娘娘这里好，殿下不来接我，我不回去了。”

克贵妃喜得搂着她点头。毓清道：“来了个替三哥尽孝的了，儿子这都尽了好几个月的孝了，母亲跟父皇说说，早点放儿子出去吧。”

克贵妃笑看他一眼，没理他这句，又向如虹道：“你过去坐着再吃些。都有什么新鲜事，说给姨母听听。”

如虹回去坐下，她总在府里，一时也想不出什么，还没开口，听克贵妃问：“获哥儿是得了个女儿吧，他那个妾是怎么回事？”

如虹替陌楚获有些窘，看了看毓清，略犹豫道：“是我哥成亲前，在外面看上的，没敢带回家来。后来得了孩子，生产时总不能在外面，带回家来时我们也都吓了一跳。”

克贵妃讶异道：“几月的事？是大着肚子带回来的？”

如虹点点头，“中秋之前带回来的，当时有，九个月了。”

克贵妃想想好笑，“要说多添人口，也不是坏事，只是看不出按获哥儿的性子，也是会外宅藏人的？”

如虹有点脸红，从桌上拈了颗杏子，在手中团了一会儿，替陌楚获辩解道：“娘娘没见过，我那小嫂，说倾国倾城也不为过。如虹也心高，爱挑别人相貌的，但对她我也心服了。我哥说与她路上偶遇，一见倾心。她是逃难的流民，无依无靠才肯让我哥照顾，我哥说是自己的运气。”

“运气，”克贵妃低念了一句，像是感慨，“看来她是得获哥儿的心了。那阵子获哥儿要求亲时，疏儿说获哥儿看上的媳妇美若仙子，如今又来一个倾国倾城的妾，获哥儿真是有艳福的。”

如虹一怔，没想明白怎么陌楚获成亲之前毓疏就能夸陆氏美若仙子了。克贵妃又问了些陆氏有无身孕的事，如虹答得有些走神，忽然她感到对面有目光炯炯而来。

如虹转头，见毓清紧盯着她，若有所思。

克贵妃这时说：“荻哥儿的美人说得姨母心痒，可惜她的身份不好叫进宫，连上次想叫荻哥儿媳妇，疏儿都说恐怕要先有命妇封，否则不合规矩。”

毓清插言道：“如虹妹妹不是会画画吗？母亲小书厅里挂的昭君出塞图不是妹妹画的吗？我看很好。”

克贵妃笑说：“对了，把这个忘了。”她转向如虹，“你画来给姨母看看怎样？”

如虹愣了愣，又看了毓清一眼，点点头。

“王翊，你急着报仇，本官急着交差，咱们不说闲话了。江家的事你尽可告来，但四殿下的事，你呈上的药粉太医院虽确证是蛊药，但你姐姐死在四殿下府里，也有你不知从哪里弄到些蛊药，拿来栽赃四殿下的可能。人证也好物证也罢，你可有凭据，证实四殿下确实命你下蛊，这蛊药确实是四殿下给你的？”

王翊当堂跪着，越临川未用书案，只一张椅子坐在他面前。越临川是皇帝钦点的主审，因而虽然刑部尚书宋恩枢和御史大夫左恭迟都在，但只有越临川一人问话。

王翊仰头看着越临川，回想不一时，高声说：“有！有人证！齐陵，以前跟四皇子的侍卫，他知道此事！”

越临川紧抿起嘴，看了书记一眼，俯身向王翊低道：“王翊，你求死，也有诸般死法。齐陵如今不是四殿下的侍卫，是丨公主的准郡马，你想清楚说话。”

王翊看着越临川的眼睛，意识到他这也是好意，但王翊已顾不了这些，依然大声道：“大人问凭据，当时四皇子与我闭门面会，二人之外，唯天地见，罪民能有什么凭据？只是罪民想着此事要是败露了，罪民只有一力承当，等我有去无回了，世间不是剩我姐孤苦一个？当时我只有去求齐陵，说若我出事，请他照看我姐一二。齐陵见我那样，再三盘问我，我想是我有托于他，不好瞒他，于是就说了七八分。”

“七八分？”越临川直身靠在椅背上，“则齐令史不知你所下何物了？”

“罪民只说并不是毒。”

越临川看向宋恩枢，宋恩枢轻点头，越临川向狱卒道：“今日到此，先带人犯下去。”

王翊被带下，一干文吏也随之出去，越临川拎起椅子到宋恩枢、左恭迟面前，与他二人对坐。

左恭迟道：“虽说齐令史不知实情，但老夫以为，这证词不用为上。”

越临川点头，“下官也是这个主意。但将来要定罪时，若真没有其他凭据，也只好让他证言了。”

宋恩枢道：“越大人，陛下换个准郡马容易，但十公主要是心仪这个，后事难料啊。”

越临川想想道：“明天还是先问四殿下，若本人承认，旁的证词也不用有了。”

宋恩枢看了看左恭迟，道：“越大人，我和左大人商量着，这审问皇子之事，干系重大。当时殿中，陛下只对越大人一人面谕，我二人怕有些深浅拿捏不到，明日还是越大人独自断问吧。”

有此一句，越临川心知自己虽无大理寺正职，但提三法司时，实权已系于他一人。他经营多年，此时倒未觉心喜，只是险路迎面，觉得有些血热。

次日问询四皇子毓希，越临川选了御史台中一间雅室，香茶细点齐备。毓希进来，径自坐下，越临川见过礼，站立着问话，可无论问什么，毓希全无对答。

越临川也好耐性，毓希坐了两个时辰，他站了两个时辰。到天色向晚，越临川道：“殿下不问，今日三法司为何只微臣一人？”

毓希抬眼看着他。

“微臣劝殿下，真有冤屈，还请直言。否则微臣也不必再问，因殿下的刑责，陛下已定过了。”

毓希转开眼睛。

“殿下若真无话，微臣少不得按王翊所言写奏，请殿下画押。”

毓希看着案上的茶盏面色不动，越临川正待离去，外面叩门，进来一位中官。

“越大人，陛下急传，命与四殿下同去。”

皇帝已说过此案不必使他听闻，越临川疑惑问道：“所为何事？”

那中官只说不知详情，越临川只好用车驾送毓希入宫。两人被引至重华宫正殿，越临川知道此处离皇帝寝殿不远，是召见近臣之所，心中更起疑惑。

进殿之后，越临川见皇帝倚在短榻上，两边侍立着毓疏、毓清，地上跪的竟是齐陵。

毓希看见齐陵时便站住了，垂下头去像是自嘲般笑了笑，上前默默跪下。越临川行礼，皇帝示意他站到一侧，对齐陵道："你方才说的，再说一遍，让四皇子听听。"

"齐陵知道四殿下命王翊下药之事。"

毓希转头看着他，神情淡漠。

"但殿下当日要下的不是蛊，是为陛下求长寿的符丹。"

毓希双肩一颤。

越临川深愕，原本他见齐陵在此，以为此人是怕王翊供出他知情，抢先到皇帝面前告发，以求减罚，想起他当日搏虎的英姿，还觉得有点惋惜。不想他却是不惜牵出自己来，要为毓希减罪。越临川看向毓疏一眼，毓疏正看齐陵，眉头轻锁。

"你怎么知道是符丹？"

齐陵跪直道："回禀陛下，这符丹稀有，要用一种海外的灵虫，微臣见四殿下用过一回，当时四殿下说只得了两个，研出药粉来还给微臣看了新鲜。后来，王翊要去下药之前，找微臣照看他姐姐，微臣疑心，他就把药粉给微臣看了。微臣一看眼熟，知道是这个，便找四殿下问，四殿下说是，微臣也劝了，四殿下说……"

齐陵看看毓希。皇帝追问："说什么？"

"四殿下说，陛下不信仙家术士之道，这种事只有起效了之后去请功，不然这虫子做的丹药，怎么劝陛下服用？"

毓疏心中升起一声叹息。

皇帝冷脸看了毓希一刻，向齐陵道："寡人奇怪，还有人能看出药粉眼熟。"

齐陵急道："那符丹看不错，里面的虫皮是宝石一样血红的，混在酒里之后，再一筛，筛网像血染一样。微臣听说王翊剩下些药粉，请陛下筛来看看。"

皇帝冷笑，“蛊也好丹也好，总之是偷喂寡人吃虫子。你的胆子也大，知道劝，不知道举发，现在还敢替他诡辩。”皇帝说着愈发生怒，搁在榻上的手开始抖，“寡人唯一的嫡生公主指婚给你，原道你父齐晖有些功勋，你看着也忠勇，该知道感恩。当时御酒还没启封，你说一句话出来，哪来今天这些事！”

齐陵叩首，但争辩道：“微臣有负陛下隆恩，微臣万死不辞，但四殿下当时实在不是坏心。而且王翊说四殿下派人杀他，微臣也不能信，当时我应四殿下不会举发，四殿下也应我不会伤王翊性命。蔚姨……王氏死后四殿下伤心欲绝，与我说时哭至昏厥，四殿下不会伤她弟弟的。”

皇帝怒目不语，齐陵又道：“再者这药求长寿，四殿下自己也用的，赵将军之死不会是这药的缘故，求陛下明察。”

皇帝从榻上抓起个把件掷出，正砸在齐陵肩上，齐陵猛然吃痛歪向一边。毓希动也没动，余下三人都惊了一跳，跪地请皇帝息怒。

“求长生的丹药？不是坏心？你恐怕不读书，秦皇汉武都是怎么死的，你恐怕不知道。寡人为君一世，从未见过敢负圣恩如你的！”

皇帝大声道：“来人——”

“父皇，”毓疏膝行扶住皇帝膝头，“齐陵此言实为救他旧主，是他的忠勇，父皇当日并未看错他，今日也求父皇三思啊。”

“你也不用次次出来做好人，”皇帝指向毓希、齐陵，低头对毓疏说，“他们没了下场，最高兴的不是你？”

毓疏愣住，与皇帝对视，皇帝一把搡开他，仍向殿外叫道：“来人！”

越临川心猛跳。这时听见一阵帘响，殿后跑出一个人来，他抬眼看，见是个华服盛饰的女孩，觉得眼生，一瞬反应过来应是十公主。

公主跑到皇帝身前抓住皇帝的胳膊，皇帝见是她，喝道：“有你什么话？外臣在此，还有没有一点体统！”

越临川忙低下头。公主一瞬双眸垂泪，看向齐陵抽噎起来，毓清见状，起身揽了她向殿后去，低声道：“你先回去，父皇气过了再说。”

公主的泣声远去，皇帝被她打断，倒也没了意思，停了一刻，正欲再下处罚，毓清从殿后匆匆跑回来，扯着皇帝道：“父皇快来。”皇帝随他过去，这边殿中只听后面又是一阵大闹，毓疏起身想去看看，行了几步觉得不合适，一时回身看向毓希。毓希也在看他，眼中有话，但始终未启口。

后面乱声平息，接着一声响亮的耳光。毓疏心中一酸，回头见皇帝摔了帘子快步行出来，内侍在后面紧随。一刻毓清也出来，经过毓疏身边时，耳语道："十妹把头发剪了。"

毓疏正心乱，见皇帝坐回榻上，像卸掉了全身力气。殿中静了好一刻，皇帝低道："毓希，你就不说话？"

毓希躬身叩首，自袖中取出一封信笺，举过头顶。

皇帝意外，命越临川和齐陵下去，对毓清道："你念。"

毓清取信展开，朗声念道："父皇陛下永寿：儿臣万死。王翊所奏俱是实情，儿臣认罪乞刑。我妇江氏残杀我妾王氏蔚儿，又匿其尸首，伏乞陛下彻查。我外祖江文继……"毓清抬眼看了看毓希，"我外祖江文继于兖徐二州匿籍过万，年利不可数，江家内宅蓄宦者，一宴动辄使钱万两，逾君王之制。江家庄院中使女长至十三岁皆灌药致哑，以严控人身，不令祸心外泄。更于宅内设私堂行私刑，男女仆使一年陨命不报者可十余人，卖尸下人竟致小康。"毓清越念语速越慢，"伏乞陛下除此巨奸大恶。然我母江氏淑妃久居宫内，以上种种全不知情，伏乞陛下宽恕放过——"

"你还知道开脱母亲，也不是坏得无可救药。不用摆一副必死的样子，寡人原本没想杀你。"

毓希摇头笑笑，看向毓清。毓清又念："——若陛下决意责罚我母，伏乞加于儿臣一人之身，虽车裂腰斩，儿臣甘心不辞。"

皇帝止住毓清，对毓希道："你母亲不会有事，这些漂亮话你就自己说吧。"

毓希仍是不语，皇帝皱眉，一旁毓清的声音又响起："儿臣……"

皇帝看他。

"儿臣今生不孝，未养父母，先铸大错。王氏去后，儿臣于尘世已无话可说，自此吞服哑药……剩一残躯，以供陛下惩处。"

皇帝瞠目看着毓清，又转去看毓希，未及说话，身子晃了晃，向后仰去昏倒在榻上。

第七章
等闲识得东风面，梨花满地不开门

习字是陌楚荻的晚课。如今陆氏有孕，他格外怜惜，晚间也在书房榻上摆张小案让陆氏坐，好随时照应。因怕她看书入神被烛火燎到，摆了一架水晶桌屏在灯前，也挡烟气。

陆氏在那边写写画画，陌楚荻写字久坐，起来踱了两步。陆氏起身过来，双手拎着一张才写好的尺幅，放到陌楚荻书案旁，抬头说："老爷帮妾身写这个吧。"

陌楚荻低头去看，见陆氏用行楷写着："偶因药酒欺梅雨，却著寒衣过麦秋。岁计有馀添橡实，生涯一半在渔舟。"她的字结构精当，撇捺潇洒，尤其字体尺寸合宜，说是男子之笔也能有人信。

陌楚荻看向陆氏，笑道："这诗眼生，夫人博闻。"

"是前朝朱庆馀的诗。我家大哥去南边时，在寺墙上抄来给我的。"

陆氏做出些得意神色，双瞳闪闪。陌楚荻少见她这样，想到她在家中被父母兄姊宠爱，未必不如自家宠爱如虹。果然女子出嫁去到别人家里，夫家未必知道她往日如何，少不得要随夫就便，心爱之事恐怕大半要舍去。

他自己不爱诗学，在这些事上没顾过陆氏多少，思及如虹，不免心酸，此时有心让陆氏高兴，便道："朱庆馀？"他看看陆氏眉梢，"那不如写幅'画眉深浅入时无'。"

陆氏脸一红，低头看字。陌楚荻又道：“夫人写的这幅就很好，明天拿出去让他们裱上。”

陆氏抬手将她写的那张诗页撕去一角，又抬眼看着陌楚荻说：“老爷写吧。”

陌楚荻觉得好笑，点点头，换上一张新纸，坐下边抄诗边道：“夫人真是喜欢这些清寒之辞，以后我到外面见有好的，也抄回来给夫人。”

陆氏看着陌楚荻运笔，想想道：“清寒之辞？老爷怎么知道？”

“——‘锈剑已埋青霜地，桃花空起艳雪时’。”

这是陆氏少时习作的残句，也写得不好，她一下羞到，红着脸撇开陌楚荻走回榻上坐下。不知陌楚荻从哪里知道的这些，她一面想恼，一面心里又觉得甜。陌楚荻还在她身后自言自语：“‘青女素娥俱耐冷’，看来是真的。”

陆氏回头，“素娥在哪里？”

陌楚荻抬头看她，面上明显一窘，想是与她一样，记起当时骗她浅香是妾的事了。陆氏看唬着了他，破颜一笑，陌楚荻也笑起摇头，咳了两下，低下头去将最后几笔写完。

又在书房待了一时，陌楚荻想让陆氏早歇，这时采菲来报，说三殿下到了前堂。自从陌楚荻成亲，毓疏极少过来，来过两次陌楚荻也说歇了不见。但现下他俩话已说开，多少能像从前那般交心，陌楚荻虽然奇怪，也高兴知道毓疏来了。他对陆氏说：“夫人同我去拜见一下吧。”

本来毓疏居上位，按国礼家礼过去拜见是应该的，但陆氏听陌楚荻这是与她商量的意思，想想起身道：“妾身身子重，想不过去，又怕老爷当妾身有什么。”

陌楚荻笑：“我当夫人有什么。怕三殿下当大人有什么。”

陆氏抿唇看了看他，笑起点点头，向后面换衣服去了。

毓疏在堂中等了一会儿，见陌楚荻与陆氏同来，有些意外。原本从王翊告发毓希起，两月以来江家被抄举族收押，其后毓希圈禁，王翊拟问腰斩秋后决，齐陵贬出兵部充军，皇帝一场大病时有反复，十公主又为婚约几次绝食。年关上宫中愁云惨雾，这还未出十五，又出一桩大凶事。毓疏从母亲宫中出来，深觉心力交瘁，只想和陌楚荻说话。

此时他见陌楚荻带陆氏出来，知道他不疑自己，是他的好意，不由心中生暖，忙回他二人的见礼。

陌楚荻先扶陆氏坐，自己过来坐到近处。陆氏换了银鼠灰的缎面暗纹交领袄，膝下露出缃色的裙子。毓疏看她像是怕冷的样子，茧袄絮得鼓鼓的，映光泛出暖紫，与头上珠钗颜色相应，别有惹人倾目处。毓疏不敢动心，问她身上可好。陆氏笑答："劳殿下挂心，这个月来已经好了。"

毓疏本不是问她身孕，陆氏这样一答，他才想起来，不由心上一涩。但转念又想，这两个人的孩子出世，也是大喜事。他不好接这句，看向陌楚荻，陌楚荻道："她现在不显，但容易累，臣弟替她告个罪，殿下容她先进去吧。"

毓疏当然点头，起身送了一下。陌楚荻进去安顿了陆氏回来，与毓疏同榻坐下，问道："殿下过来，该是有事？"

毓疏面上一紧，轻轻吁了口气出来，"江淑妃没了。"

"几时？几时的事？"

"今日午上。早上刚去祭了皇后，回来已经出事。"

"……并没消息出来。"

毓疏转头看着地面，"江淑妃名分还在，父皇的意思，若立即发丧，两天以后就是元宵，则国丧之下灯会需要取消，百姓眼里这年过得更不像样，所以让宫里，瞒过十五再说。"

陌楚荻知道皇帝此次并没有为难江淑妃，便问："怎么回事？"

"应该是听说了江文继判了斩决，是自尽的。"

陌楚荻垂下眼睛，一刻没说话。

毓疏又道："父皇让严防消息透给毓希，怕他也跟去。"

陌楚荻并没见过江淑妃，只听过一些她早年与姨母克贵妃争宠的传闻。故事里两个人都风华绝代，情节像秾丽的宫词话本。今日之前，他从没觉得江淑妃是个活生生的人。

"宫中现在怎样？"

毓疏轻叹了口气，"父皇不发话，不知道用什么规制好，棺木这些也都没备过。宗正寺的陵寝官不知从哪里调来了一个，就先停在淑庆宫里。娘娘说，前年有金丝楠木料上贡，给父皇打制的时候父皇也赐了娘娘一副，应该就在宗正寺放着，看哪天父皇声气好些，去和父皇说先给江淑妃用吧。”

听见克贵妃居然要把自己御赐的身后用物让给江淑妃，陌楚荻不由讶异地看着毓疏。毓疏停了一下，道：“她们也没有外面说的那么不好。娘娘以前曾说，她自己有宠，若去就江淑妃，难保江淑妃心里难受，这些年都是这么过的。今天娘娘哭得那样，我做儿子的看着也心惨，大约物伤其类吧。”

陌楚荻点头，向小桌上取茶给毓疏，“娘娘至诚纯善，世间能如此的，可有几人。”

毓疏也点头。他说了这些话，心中顺了些，其实他想说即便克贵妃这样，难免有人要笑兔死狐悲，但那天皇帝讥他“高兴”的事他没对陌楚荻提过，此时想起，一阵心冷，只慢慢喝茶。

“娘娘现在好些吗？”

“有如虹陪着。”

陌楚荻道：“这件案子，也不会再有风波了吧。”

“只有一件。”毓疏抬眼看着陌楚荻，“你说拿户部，父皇一早给我了，但你说一并倒去史渊，我看不行。”

其实相较江文继，陌楚荻更在意的是史渊，此时听毓疏不愿动他，急问：“为何？”

毓疏按了按他的手，“我知道，他在重阳日提封王，是要害我。但这事急不得，丞相是朝堂支柱，宫里已经乱成这样，朝上再出事，政务恐怕无法运转，你也说史渊是能臣。再者毓希去了，江家也全盘倒了，史渊从头到尾是自保之态，收治江家的手段比谁都利落。至此他即便不会转来投我，也没道理再来与我对立，否则落下个反复之徒的名声，后半生如何安身呢？”

陌楚荻心中不全认同，转开眼不看毓疏。他想重阳日史渊对毓疏等于寒锋出鞘递在喉头上，常理来说即便毓疏不再计较，史渊也不可能相信毓疏不再计较。何况以毓疏的身份，史渊也要考虑改换天子之后自己的下场，此时只有愈发阻挡毓疏登位。四皇子虽去，还有一个更得皇帝心意的殿下。

但他也知道毓疏说得对，短短一年宫中已太多事，若再出事，万一皇帝将疑心转向毓疏，适得其反。自己总在倒算岁寿，是否太过心急？

毓疏见他不语，又道：“况且你说向户部去查史渊的把柄，我这些日子还真没找到。臣子分派历朝历代都有，这些皇子放着，他史渊总要选一个去站，若他没有别的错处，我也不能把朝中不站我的尽数倒去吧。”

这是毓疏的宽宏，也是他惜才。陌楚荻知道在这些地方，毓疏的眼界远高过自己，心中折服，想想道：“殿下说得极是，臣弟受教了。但……丞相为四殿下谋划，总不可能只靠江家空口许诺，金银珠玉送来显眼，流通不出去等于无用，通常都是送些宅产地产，现今一样没有，岂不奇怪？把柄即便不用，也先握在手里为好。”

毓疏点点头，但又说：“可能是我管户部日子还浅，不得门道，但现在看来的确是没有。江家倒是送过史渊一个姬妾，这事江家问捕后，史渊向陛下禀告过。”

陌楚荻凝神看他。

“后来查，史渊说得不错，这女子他带回家后不久，就按养女的礼聘嫁人了。史渊说当时知道她被灌药致哑，觉得江家残暴，带她出来也是好事，所以没有推拒。”

或许是史渊当真好心，或许是史家夫人出了名的凶妒，不容这女子，总之是史渊做了个好事，又救了他自己一回。他将此事说出来，即便有人要疑他与江家有瓜葛，也只能打消了。陌楚荻姑且在心中将史渊排后，他对毓疏说：“臣弟也愿见朝堂安稳，今岁大比，臣弟再没有更操心的事了。”

素日毓疏不喜欢大比之年京城的扰攘，但今年不同，等举子上来，皇帝也能分些精神听听各地舆情，也是一番新气象。毓疏点头道：“是没有比春闱更要紧的事，但你操心也要有限度，不能累着。”

陌楚荻点头应承。

因陌楚荻时有细细的咳嗽，毓疏搓搓手，“你这堂上真冷，知道给花烧火取暖，倒在屋里省炭。”

陌楚荻笑，“等外面花开了就好了。”

工部奏伊水龙门段开河之日，皇帝命在两仪殿外东西廊下赐食，百官食后放归返家，以庆春讯至帝京。

廊下就食，一面当风，并不十分舒服，加上如今朝廷不富，廊下食的用料比先帝时远逊，丞相史渊也就随便吃些。他下午在省中还有些事，并不急着走，看着两仪殿由日头斜斜投在广场上的影子，觉得那明暗相交处有些画趣。这时有人上来见礼，唤："史台辅。"

史渊转头，见是吏部尚书鄂连书，心中生厌，但也请他同坐。

鄂连书坐下，闲聊些春讯之事，史渊也就等看他正题要说什么。一会儿鄂连书道："听闻汴梁那边河水也开了，今年没有从前工部方大人盯着，凌汛不免令人悬心啊。"

听鄂连书提起被贬至吐蕃的方杜若来，史渊缓道："方杜若出使吐蕃，也是为国效命。工部官吏熟谙河务，在下看来，他在与不在，凌汛都不用鄂大人悬心。"

"台辅说得是，"鄂连书笑，往前凑了凑，"下官不过觉得，这朝中人事，实在难料，去年此时方杜若还在河上巡凌汛，今年已到了万里之外的吐蕃。台辅这位高足从前在工部时，政务是出了名的漂亮，每次考功，那考功单我们吏部里面都想裱起来挂上。出使之事虽然重大，但毕竟浪费了他专务的才学，下官心里实在可惜啊。"

史渊越听越知道不对，方杜若当时为什么贬的，满朝心知肚明，此时既不会扯上他史渊的干系，也没有转圜的可能。鄂连书的资历深过史渊，家门亦高，一向对史渊做丞相不甚服气，平素说话明褒暗讽的时候也有，史渊知道难动他，也就听着，今天没头没尾跑来说这些废话，倒是少见。史渊知道他后面必定还有话，便道："他去吐蕃参参佛，参回什么大道来，也未可知啊。"

鄂连书笑笑，"说起来，户部从前也有一个，三十出头，政务也是出了名的漂亮，就是耿介，在京里干了几年，为人所不容，出去做巡官。听说这人查逃户尤其有办法，那与地方大族对着干，可是提着脑袋的事儿，下官有时看他的考功录就跟看话本似的。这不，今年下官也让底下人拿来看看，一看奇了，怎么没见出什么大错，五品官却成了七品官。五品以下的迁动虽然不用下官过目，这变动得也太厉害了吧？"

鄂连书开始说时，史渊并没想起说的是谁，说到做巡官的时候，才隐隐觉得不好，等听见查逃户，史渊幡然想起青州那个叫柳迎的户部巡官，背上汗毛乍起。

鄂连书还在说："下官只有着人问啊，这就看见台辅那张条子了。"

话到此处才是正题，当时史渊扣过柳迎的折子，为的是不让皇帝对四皇子在青州给百姓发钱的办法知道得太细。因为怕有后事，自然须将此人从巡官任上抹掉，但史渊知道鄂连书这个吏部尚书与自己不对付，便写了条子给吏部侍郎贺寻，办成此事。五品官的迁动本来不是大事，史渊自此也没放在心上，但今天看来，这张史渊亲笔的字条，就是他为四皇子谋权的铁证。

史渊看着鄂连书，知道他今天既然在不避人处说出这些话来，就是明晃晃的威胁，他必定早找过柳迎，前后事已瞒不了他。史渊不由向左右看了看，好在丞相位高，其余食案都离得远。鄂连书见他这样，笑得更开，不知道的还以为谈到了什么喜事。史渊低声道："鄂大人的意思在下已懂，鄂大人的目的不妨明示。"

"下官哪敢有什么目的，"鄂连书看向历年举行殿试的两仪殿，"这不是春闱要开了吗？"

鄂连书的幼子今年考试，史渊隐约听过此人不学无术，去年乡试秋闱时就传有手脚。史渊牙关紧了紧，道："春闱之事，何问在下？"

鄂连书还是笑，看着两仪殿顶说："台辅是国家砥柱之臣，今年这局势，知贡举之事，舍台辅其谁啊？"

看来他是从宫里先听到什么消息了。史渊知道无从推拒，心念电转，道："知贡举事，历来必有礼部尚书，那陌家小子，恐怕不是你我能左右的。"

鄂连书转头看他，眼中放出光来，"下官不过要得台辅一句话，余下事情下官能不操心？他礼部官员在科场上就是个监管职，最终排位还不是主考说了算。只要有办法封住那姓陌的嘴，台辅自可以放开手脚嘛。"

"什么办法？"

鄂连书笑了笑，"台辅只用静候佳音，一两日之内自见分晓。"

廊下食毕，陌楚荻返回礼部衙门为春闱开考做些筹备，回到宅中时日已偏西。家人报吏部尚书鄂大人带着公子在堂上等，陌楚荻一瞬明白所为何来，便将官服换下，过去迎见。

进堂时，鄂连书和鄂家公子在客座坐着，看他来，忙起来相见。鄂连书将幼子鄂春恒引见给陌楚荻，客气非常。其实陌楚荻与吏部一系一向没什么交接，今天也愿听鄂连书说什么，请他上座，请鄂春恒对面坐，又换好茶。

鄂连书坐下，寒暄几句，看了看自己的儿子，笑道："陌大人不是俗人，在下也就直说了。在下这犬子今年考试，他三个哥哥都得了进士出身，剩他一个，在下也是头痛。这不，想请陌大人关照一二。"

陌楚荻想想道："在下亦愿鄂公子高中，则鄂大人一门五进士，天下稀有。"

鄂连书听他将自己也算了进去，实在识趣，连连笑着点头。鄂春恒倒没陪着他父亲笑，一直盯着陌楚荻看。

"但鄂大人知道，我礼部官员虽云知贡举，但于考试实为举办和监理之责，文章高下，还须主考与副主考定夺。在下虽有心关照贵公子，恐怕无力。"

鄂连书早知他会这样说，摆摆手道："在下既然来求陌大人，主考那边自然打好招呼了。何况……"他看了看鄂春恒，"我这儿子，也并非不堪，只是进了场中，发挥高低难料。来求陌大人，不过是保个稳。到时候史台辅定下名次，大人不说话，我们就感恩了。"

看来鄂连书也听到了今年主考会是史渊的风声，史渊不止一次任过主考，当下情势确实也该是他。但年上四皇子的案件刚刚完结，若这位鄂春恒果然不堪，史渊在此时会肯冒这个风险？

陌楚荻心里清楚，史渊不可能如此不知轻重，他因此认定史渊答应鄂连书只是虚意客套。既然自有史渊推回去，陌楚荻道："史台辅的才学声望举朝钦服，台辅的决断，在下岂敢置喙。"

鄂连书喜道："在下与犬子多谢陌大人。陌大人肯帮这个忙，在下无以言谢，听闻陌大人喜欢莲花，在下近日得了一盆……铁线金莲。"他一边说一边起身招呼人抬上阶来，"人说花色甚奇，请陌大人留下赏鉴。"

陌楚荻跟过去，见鄂家下人抬上一樽开口二尺有余的小缸来，缸中盛水，水上浮着几片圆圆的睡莲叶子，花已挂苞，挺在水面一角。

这缸是寻常瓷器，这花陌楚荻也见过，花色黄，萼上带黑色细纹，故名铁线金莲，虽然此时挂苞不合节气，但也不算极难得的。陌楚荻在朝中人看来有些孤高，与他交接往往是送花，所以这花也就收下，想晚上取件古物让家人送去算是回礼。

鄂连书见他收了，又是一番心喜，也就告辞。陌楚荻送他二人出去，经过前院时，鄂春恒忽道："陌大人平时有空，都去些什么地方？我家有几处园子不错，请大人过来玩赏。"

鄂连书在一旁瞪他。这位鄂公子与他矮胖的父亲不像，身形纤细眉目秀丽，带些京城富家子常有的纨绔之气。陌楚荻没把精神放在他身上，闻言道："待郎君高中，在下定往祝贺。"

鄂春恒笑起，连说"一定来啊"。他父亲赶忙告辞，急带着他走了。

陌楚荻走回前堂，见陆氏出来，站在那看莲花。她身孕近四个月，春衣又薄，已有些显怀。他过去挽住陆氏，解释道："暖和一些才会开，得十来天的样子。"

陆氏没有回话。陌楚荻看看她，见她似乎不是在看花苞，而是注视着莲叶下面的水里。

"这铺缸的石子……"陆氏说着想伸手去捞，"有些奇怪。"

陌楚荻怕她弯腰，拉住她手腕，自己牵起袖子，伸手进缸中水里。缸底有层薄泥，上铺五色石子，陌楚荻抓了一把出来，摆在手心细看。

天光向晚，日色发红，那些"石子"映光莹莹闪耀。陆氏拈出一颗红色的在缸水中涮了涮，举起对着光，日光透过，一点深红映在她脸上。

"是红宝。"

再去看时，深色的是蓝宝，碧色的是翠玺，白色明黄色的不用说是海珠，大如雀卵。

他夫妇二人对看，都有些傻住。

陌楚荻又向缸中去看，这满满铺了一层，价不可数。

"还是，送还回去吧？"陆氏说着将她手中那颗投回水里。

陌楚荻亦将手中的掷回，擦净手想了想，吩咐家人将缸抬回内室封存。陆氏不解意，一路跟着他。

陌楚荻本心不想对她细说，又怕她担忧，对身体不好。看缸封好了，执了她的手道：“我留此物，并非想要，夫人可信我？”

陆氏点头，“这个自然。可是鄂大人来，必定为他儿子考试之事。等科场开了，他无舞弊还好，他真有舞弊，老爷再去还时，人也不信了。”

“他送这贵物前来，必定是要舞弊的，以此来封我的口。”

陆氏当然也这样想，便道：“那老爷还……”

陌楚荻将她带向寝室去，隔开下人，“这科主考，应是史台辅，这位鄂大人知我与史台辅立场相对，方送这样的大礼给我。即使是宫中，寻未镶的珠玉来铺满这一缸，一时怕也不易，我想这鄂大人并非临时起意，是前后详细计算好的。对我礼部官尚下这样的力气，主考那里，他必定有万全之备。他说史台辅已经应他，不是虚的。”

“老爷是想……先纵史台辅犯案，然后举发？”

见陆氏灵犀如此，陌楚荻有些心暖，又有些心愧。他刚要承认，听陆氏又道：“可，事出之后，再行举发，旁人未必不觉得是老爷起先想要东西，后来看事情大了，又想抽身。若礼物轻，或许说得过去，可这位鄂大人既然送这样大礼来，就是知道旁人眼里谁能不动心，若开科之前老爷不送回去，日后就说不清楚了。”

陌楚荻扶陆氏在榻上坐下，自己坐在旁边，仍牵着她的手说：“夫人明理，说得无一句不对。只是我既在这科上，若此时将礼物送回，丞相不敢放手犯案，则无从举发了。”

“能绝舞弊之事，不是也好？”

陌楚荻心中叹息。他从来只愿陆氏清净于事外，此时懂了几分毓疏对他的心情，但话至此处，知道以陆氏的聪明也瞒不过，也不愿与她之间起一重隔阂，只有横下心实言道：“史台辅曾欲置三殿下于死地，彼时我束手无策。后来四殿下事发，以为多少能牵连到他，不想他亦安然脱身。当下机会若不尽用，后事不可期啊。”

陆氏不语。陌楚荻想想又道：“况我举发舞弊，又原样交出礼品，虽然有过，总非无功，左不过免官、罚银。”他说着轻轻抚上陆氏的肚子，“到时在家，还能与夫人一道照看孩子，不是也好？只要夫人不疑我，不怪我令家门蒙尘，旁人想什么，有何所谓？”

陆氏红了眼圈，又怕对孩子不好，不敢哭，低声说："妾身知道老爷为三殿下之心，既说了史台辅有意置三殿下于死地，妾身也明白为何老爷只好将自己舍出去。妾身只愿老爷早些起事，能得轻罚……也愿到时……陛下与法司，能秉公办理。"

陌楚荻揽住她，"有三殿下在，陛下与法司自不会格外为难于我。夫人只管安心，顾好身体要紧。"

陆氏点点头，侧身将脸埋在他肩窝里，泪还是涌出来。

这厢鄂连书连夜至史渊府上，告知他陌楚荻礼已收下，答应当看不见，又将所送礼物细与史渊说了。

史渊在小偏厅见他，闻言沉吟良久。鄂连书知他疑心陌楚荻不真收礼，欲有后事，便道："在下过来之前，家中已收到那姓陌的回礼，是张三尺长的帖子，陆士衡的真迹。虽然远值不上在下送去的东西，但也算稀罕物，可见这姓陌的，收礼回礼的心思，相当认真啊。"

史渊隐隐不信陌楚荻能为珠玉买动，但又想他一个书家，陆士衡的长帖必是他心爱之物，愿意用作回礼，这收礼之心的确也不像假。何况按鄂连书的说法，那缸中宝物真可谓价值连城，即使是他史渊听来，心中也有一瞬悔道：若无此字条之事，这些宝物该是他的。

想到字条，史渊心中一动。

"那陌家小子平日在朝堂上，事不关己高高挂起，但若关系到他，他脑筋转得也快。何况他在宫中的靠山如今朝野已无人可比，万一他要生事，只需将礼物原样交出，还怕撇不清自己？"

鄂连书急了，"台辅的意思，是也想撇清自己了？"

史渊抬手在空中按了按，"在下的意思，是得将他板上钉钉、确凿无疑地绑进这件事来。"

鄂连书压下怒火，看了看史渊，讥笑道："台辅是有板上钉钉、确凿无疑的办法了？"

史渊也笑，点头道："只是还需鄂大人破些费，费些事。"

冬天既去，开春之后进京赶考的举子如同软泥里冒出的春芽层层不绝，放眼望去，整条洛阳天街尽是青衫身影。春闱三年一度，为天朝第一重典，朝廷上下一派兴奋忙乱，就连寻常的洛阳百姓都人人带了几分喜色，更不要提那经营酒肆的商贾、执掌青楼的鸨母，家家早将店面收拾得光鲜齐整，洛阳上下竟如欢庆佳节般热闹繁华。

毓疏骑着马慢慢分开人流。

他天性好静，小的时候每到大比之时，看洛阳街巷挤得满都是人，觉得闹心非常。到十八岁那年，进宫路上偶然碰见状元巡街，当年的一甲一名陆妙谙穿着火红的状元袍、骑着紫骝马，衬得原本就天人一般的相貌更加光彩熠熠，加上沿路百姓那欢呼雀跃的样子，毓疏心里暗暗落下个念想，指望他的荻哥儿有朝一日也能这般风光。三年后陌楚荻年方十四，陌家人原让他过三年再考，他却硬拖着毓疏跑到洛邑府衙报考了乡试。

到会试时，说要锁院，一场三天连考三场，九天待在贡院里不让出来。毓疏从小到大从没跟陌楚荻分开超过五天，一听这话坐立难安。陌楚荻就劝，说那贡院里好得很，每人一个单间，有床有案，有专人送餐，毓疏大略一想，也和家中分别不大，于是急归急，倒也生等了九天。等到考完开场，毓疏亲到贡院去接，这才看见那一人一间有床有案是个什么说法，直气得恨不得一把火将整个院子烧个干净。陌楚荻笑嘻嘻地出来，人瘦了整整一圈，毓疏心疼得难受，又怨不到陌楚荻身上，一腔恶气全倒给了科举。

等到殿试，人人皆道陌楚荻天纵奇才，乡试会试皆为魁首，必能连中三元、大魁天下，毓疏也便一心等着那三年前的念想不日成真。不想主考拟好了三甲送给皇帝钦点时，皇帝虑到陌楚荻年小，又为皇亲，若点为状元难免天下士子有所微词，于是向下绌了两位点为探花。金榜一揭，皇帝一解，毓疏险些呕出一口血来，自此将这倒霉的科举恨了个十足十。加上后来陌楚荻任职礼部，每到大比之时忙得日日不可开交，有时累到发病，毓疏从此看见科举二字都觉得讨嫌，与科举相关的一概事体是能不插手便绝不插手，以至于时至今日仍不知道今年的主考是谁。

眼见宫门将至，毓疏向身旁的随侍问了句：“陛下公榜了吗？今年是谁知贡举？”

随侍听他这样问，心中有几分奇怪，答道：“回主人，陌家郎君自然有，主考已说是史台辅，副主考是御史台左御史。”

毓疏在心中深深叹气，翻身下马，递过鞭子进了宫门。

上次春闱时，陌楚荻还不是礼部尚书。如今廿六的年纪考试天下，不知为何，显得这般不祥……

踏上金殿天阶时，恰好三位主考领过任命一同从殿中出来，毓疏答过史渊与左恭迟的见礼，行至陌楚荻面前停下，两位老臣见他有话要说，便远远等着。

“这就过去锁院了？”

陌楚荻点头。

“药呢？”

“陛下恩准每日晚间由家人送进去。”

毓疏点头，看了他一刻，想说些什么，但还是转身向殿内走去。

陌楚荻看着他的背影，叫他道：“殿下——”

毓疏回头。

“……内子那里，请殿下照应。”

毓疏微微皱起眉。

未待他开口，陌楚荻回身跟上史渊与左恭迟。

贡院里的山桃开了二三株，六日过后诗赋、帖经两场考毕，诸事平顺。第三场策论为会试重头，开考前夜，贡院上下气氛有几分阴郁。几位主考坐在一起翻看留中的诗赋卷子，陌家的下人准时将药篮送到，陌楚荻打开盖子，端碗出来慢慢喝了，刚要放下碗，忽然感到左恭迟正以异样的眼神看着他。

陌楚荻低眉一瞬，抬头看了看送药来的采荇，见他眼神闪躲，陌楚荻慢慢挪动手指，果然在碗底处摸到有什么粘着。

他转头看着史渊。史渊只低着头，像是对这边的动静全未在意。

陌楚荻垂下眼睛，手指在碗底流连许久，终是将那东西抠下来，这边放下碗。

左恭迟紧张地盯着他。史渊这时抬头看过来一眼，又低头看卷。

陌楚荻细去看时，手中是个叠成心字结的小条，他又看了看史渊，将条子拆开，就着灯光慢慢看毕，其后将条子扣在桌上，看着灯火不语。

史渊放下手中阅卷的朱笔，双手十指交叉搁在案上，好整以暇看着他。陌楚荻垂头笑了笑，抬眼与史渊对视。史渊不为所动，左恭迟至此似乎明白些意思，有汗从额上滑下。

陌楚荻将条子从桌上揭起来，一瞬之间像要将内容公开，却还是紧了紧牙关，将条子凑近烛火点燃。

白纸慢慢烧尽，陌楚荻没再顾史渊、左恭迟的神情，扫开案上纸灰，将药碗放回篮中，吩咐采荇带篮子回去，然后若无其事般重又低头阅卷。

左恭迟看向史渊，史渊也又拾笔，左恭迟也便没说什么，三人各怀己心，一夜无话。

其后两日，每次陌家下人前来送时药，篮内都会夹带纸条。陌楚荻始终看毕即烧，淡淡的脸色看不出心思。

策论考毕，举子被放出贡院，待试卷全部誊抄完毕、封好卷头姓名，由阅卷官初阅后，一样将留中的试卷送至。三位主考案前坐下，将策论卷子一一摊开，依次传阅。若三人各自验毕合格，便签好姓名置于匣内。似这般默然验看了半日，左恭迟忽道：“将此卷留中，下官似觉不妥。”言毕将卷子向史渊递去。

史渊觉出左恭迟试探之意，伸手接过，略看了看，道：“虽文辞略欠华美，策议主张却写得极为精辟，依在下看来，大有可取之处。陌大人看呢？”

陌楚荻接卷子过去，从头至尾看了一遍，点头道：“就依台辅的意思。”

左恭迟看陌楚荻不再说话，也只好将卷子拿回，签上姓名。

此后又有几张史渊决议留中的卷子有几分古怪，其中一张甚至有些别字。但左恭迟见陌楚荻自始至终不置一词，也就清楚史渊对他打过什么商量，既然无法直问，便也不再开言。

待会试成绩公出，士子群中似乎无甚非议，左恭迟只觉暗自宽心。殿试验卷时，史渊亦有将几份考卷擢高之嫌，但左恭迟见陌楚荻打定主意视而不见，史渊也是一副泰然模样，便只道多一事不如少一事，双唇紧闭息事到底。

钦点状元、殿赐锦袍、御街走马、琼林设宴，洛阳城的春花开得再盛，也比不上新科进士放榜的盛事。大小庆典统统完毕，原说今年春闱就这样过了，洛阳城的百姓还有些惋惜，不想也就三五日后，又出一桩大热闹，落榜举子往太学院正门泼墨，连匾额都污了。

御史台派人下来查问，提了五六个闹事的举子去。今年春天，看也不会太平了。

"——私相授受，舞弊科举？"

听龙座上皇帝质问出口，毓疏心头一紧，不自知地攥紧手心。

陆妙谙道："回禀陛下，吏部尚书鄂连书之子鄂春恒素日顽劣，其张扬放荡、不学无术，京城上下无人不知，此番居然高中二甲二十三名，如今京内士子物议沸腾，纷纷上书要求重验考卷。"

科举为举国头等大事，每次科举案发，必定血流成河。皇帝如今病榻缠绵，唯望朝野安定，何况今年副主考左恭迟是陆妙谙的上司正职，皇帝也有些疑心他为权多事，于是转向史渊道："史台辅，你多次出任主考，向来德高望重，今日之事，望你说清。"

史渊为两朝老臣，皇帝亦尊他一声台辅，他此时出列，面上无半分异样，只施礼道："落第举子心怀妒恨之意，常常在公榜之后借故生事，微臣以为不足为虑，请陛下明察。"

皇帝点头，"话虽如此，总要将此事细做说明，以平天下士人之心。"

史渊道："据微臣所知，鄂尚书之子幼时固然顽劣，然近年为鄂尚书严加管教，已大有收敛，鄂尚书更聘名师为之训导，想必学业亦有精进。古时先有孟子断机之悟，后有李白磨杵之悔，浪子回头金不换，若有心之人仍以旧事严加苛责，恐失之偏颇。"

皇帝向鄂连书问道："大有收敛、学业精进，可是真的？"

鄂连书出列道："诚如史台辅所言。"

皇帝闻言面色渐平，想想说道："既然如此，不妨验卷，若果真无可指摘，那些士子也便无话可说。"

一会儿鄂春恒的殿试卷呈至，皇帝略看了看，见行文之间尚有可观之处，便向陆妙谙道："这里只你取过状元，你来看看这卷子值不值得上二甲二十三名。"

陆妙谙接过近侍传下的卷子，前后翻看一刻，道：“此卷并无不妥，然则……此卷未必真为鄂春恒所写。”

皇帝大愕，“什么？！”

“若有心之人明白鄂春恒并无真才实学，早已料到名次公布后定会引来士子非议，或许早已备好一份出众的卷子，伺机偷梁换柱以混淆天听。”

史渊喝道：“你身为言官，奏事当依真凭实据，怎可妄加揣测、血口喷人！”

陆妙谙道：“下官若非手握实据，焉敢将此事奏上朝堂。”

“有何实据？”

“回禀陛下，换卷之事微臣并无实据，然而舞弊之事，微臣握有当堂人证。”

此言一出，鄂连书的脸色骤然发青，皇帝探身疾问：“谁？”

“礼部尚书陌大人。”

陌楚荻此时出列叩首，默然跪在殿中。

殿内一时无人说话。

其实科举舞弊，历来有之，官员向主考打通关节为子侄谋个方便并非稀奇，今次只是稍微闹大了些，按说也不会无法平息。陌楚荻素日在朝中作风低调，加之容止优雅、待人谦和，同僚们见举子闹事牵扯上他，多有几分忧虑同情，如今却见此事居然由他发难，心中愕然之余，又纷纷生出几分鄙夷。那些参与舞弊的官员更是一面从额上淌下汗来，一面在心中用最恶毒的言辞咒他速死。

皇帝靠回龙座，默默向殿中扫视片刻，向陌楚荻道：“有何凭据，仔细讲来。”

“回禀陛下，史台辅左右名次擢拔劣卷为微臣亲眼所见，陛下可将留中的试卷全部开封重验，一看便知。至于鄂春恒，可命他重考一次，有无才学，立见分晓。”

“你既亲眼所见，为何当日不报？如今皇榜已出，你不觉得为时太晚？”

“回禀陛下，微臣……”陌楚荻抬起头来，犹豫片刻，“史台辅命人将擢拔之人的记号纸条放入微臣药篮夹入贡院，如若事发，微臣百口莫辩，故而……未敢上报。”

皇帝微微皱起眉头，“你如今见士子起事，恐此事再瞒不住，故抢先下手以求解脱干系？看不出你平日安静本分，事到临头竟如此精明。”

陌楚荻只跪地无言。

史渊知道一旦重验全部试卷，或令鄂春恒重考，舞弊之事必然坐实，此时怒目瞪着陌楚荻，恨不能将他食肉寝皮。

皇帝见他神情，道："史渊，令鄂春恒重考，你敢不敢？"

史渊已知再无遮掩余地，叩首言道："微臣祸乱考纲，万死难辞其咎，然则，微臣望陛下切莫放过那奸佞小人！"

皇帝轻笑了笑，"奸佞小人？他明哲保身固然堪厌，你设计构陷就是君子了吗？"

"陛下明察，那些条子并非微臣授意，他此时信口雌黄只为将自己脱解干净，陛下明断！"

陌楚荻叩道："微臣素日与这些传条舞弊之人无半点交情，鄂尚书也只有开考之前去过微臣家中一回，当时送来一盆莲花。微臣以为礼轻，便收了，科场之事，半分未敢答应他。若非史台辅授意，这些人的纸条为何入我篮中？"

史渊厉声反问："纸条为何入你篮中？若无下人帮你传递，纸条为何入你篮中？"

"下官管教下人不严，下官知罪，但舞弊之罪下官绝不敢认。"

"你篮中接连三日都有纸条，左大人与我俱是亲眼所见，即便首日真是管教不严，你若训斥一句，下人焉敢再收？你似这般放任不管，次次将纸条看细记牢，想的不是金榜出后一体结账？！"

陌楚荻转向他道："下官想的是，来日舞弊案发，知道事涉何人，总为自己留条后路。"

"够了！"皇帝拍案怒喝，"朝堂之上岂容你们这样张狂争吵，一派乌烟瘴气！——越临川！"

越临川出列道："微臣在。"

"此案交你统合三法司审定，前因后果，事涉何人，定要给寡人查个清楚！"

越临川用余光看了看身侧的陌楚荻，俯身拜道："微臣领旨。"

陌楚荻垂头跪着，察觉到毓疏的目光，慢慢闭起双眼。

审讯之日，越临川未让陌楚荻跪，两人各一绣墩在大理寺后堂隔案对坐。

“陌大人，今日下官审你，只有秉公办理，有得罪处，陌大人担待。”

陌楚荻欠身有礼，“谢越大人容坐。在下岂敢。”

“目前已经查实，会试、殿试试卷出问题的，至少涉及吏部尚书鄂连书、兵部侍郎古洪思和越州牧荆岑的子侄。越州牧还在提来京城的路上，余下这些官员和进场考试的本人，首次供状都已录到。与陌大人有关的，下官逐条问你。”

陌楚荻点头，垂着眼睛。

“荆岑之子说，他父亲曾经送你得自天竺的蓝莲花？”

“前岁之事，花在我家池塘中。”

“靡费千里，送来几盆莲花？莲花得子可种，当日送的必是莲子吧。”

陌楚荻感慨于越临川的聪明，却只是抬头看他，并未回话。

越临川在手中的册子上写注几字，勾去一条，“古洪思那边没什么话。吏部尚书鄂连书说，开考之前曾送你一缸珠玉，内有大粒红蓝宝石四百七十余颗，白玉翠玉千余颗，明珠斛数。这就是陌大人此前报上的铁线金莲之事吧？”

陌楚荻点头，轻咳几声，“并无这样的大数，只是小缸底部铺了一层。当时我只当是花收下，后来在科场上见史台辅行事有异，方才起疑，锁院结束后回家去看，才发现缸底的玄机。”

越临川看他不语。陌楚荻抬眼与他对视，越临川笑了笑，“供词上是得这么写，但这话讲来，我也不信。”

陌楚荻垂眼，点了点头。

越临川搁下笔，“别人疑的，或许是陌兄本来想要收礼，见出了事，又将东西交出来，矢口否认知道。小弟疑的，是陌兄从一开始，就想要现在的局面吧？”

陌楚荻听他这样说话，知旁人已退，抬头看着他道：“收时是不知道，后来知道，便不想还了。”

“为让史渊放手犯案，顺水推舟本是高明计策，但他以字条构害你时，陌兄实在应该当时发难。如今的人证物证之下，陌兄恐难全身而退了。”

“条子是我家下人传进去的，我便当时将条子亮出来，指责史台辅，他必然说是条子粘在碗底，为他和左大人看见，我见事情败露，诬陷于他。那时会试结果未出，他并无舞弊之实，莲花缸又放在我家里，则无法全身而退的，只有我了。”

越临川皱眉看着他。

“这一折，是史台辅赢了，为兄心服。”

越临川摇头，“陌家的下人素闻管教严格，千金求一纸尚不动心，为三百两银子传字条入贡院陷陌兄于不义，小弟觉得有些蹊跷，故而今日来前，我先问了当时给陌兄送药的下人，采荇。”

陌楚荻看着他不语。

“他也没实说什么，前言不搭后语，只是混搅，但小弟已知道，关于这字条，陌兄说的不是实话。进了大理寺衙门都不松口，这采荇对陌兄真是忠诚。小弟只想提醒陌兄一句，他替别人传字条进贡院陷害你，是仆害其主；他听你的指令传字条入贡院，是仆从主命，一样是罪，可论起刑罚来，大不相同。”

陌楚荻终于一笑，摇头道：“果然瞒不了越贤弟，为兄只是想练练这套说辞，看对三殿下如何。”

越临川却没随着他笑，仍皱眉问道：“你又想瞒三殿下什么？”

陌楚荻没有续下这个话题，只道：“采荇的确忠诚，三百两已不是小数，他一个下人，一生可能挣到这个数？即便他真收下钱，将字条传给我也不奇怪，可他好心，也聪明，假意收下钱，将事告与了我家夫人。”

越临川不由惊讶，手在案台上扣了扣，“尊夫人居然不拦着？”

他看到陌楚荻的脸上浮起一缕温柔神色。

“那第一次送来的字条，叠成心字结，里面是妻子存问丈夫之语，是封……情信。”

越临川不解意，紧盯着陌楚荻，听他续道：“信后说，三表叔来，问我是留下，还是先送走。我母亲家里一门独户，哪有什么表叔？”

“所以……尊夫人在太学做过女史，知道科举场内严禁夹带，仍这样带条子进来，是想问陌兄的态度？”

陌楚荻点点头，“那‘三表叔’，我若不肯留下，只需将字条当场示于史渊、左恭迟，再斥责采荇不许再带夫人的条子进来，则史渊的计谋无从得逞，即便真要举发我夹带，也就是罚俸之事。”

“但陌兄看过即焚，一言不发，尊夫人便知将其后的条子送来？”越临川想想，又是惊讶，又是不解，“尊夫人跟她父兄，还真不是一个性子。”

陌楚荻摇头，那缕温柔神色还在他脸上，却微微转凉，“她是懂我，为三殿下之决心。”

越临川一刻无话，半晌捏了捏眉角，“则当时收下那个装珠玉的莲花缸，前因后果，尊夫人也清楚？”想想又笑，“小弟今日才明白，这陆女史的风姿，为何令陌兄和三殿下都心折。”

陌楚荻本在咳嗽，闻言低道：“三殿下……怕不在这个，还请贤弟在三殿下那里瞒过这层。”

他回应自己那句，越临川有些意外，未及深想，听陌楚荻又道：“越贤弟方才提醒得极是，传递夹带之事，我会按史渊的说法认下，则采荇是仆从主命，望贤弟于他多予宽赦。”

越临川猛地起身，“这个我不敢应你。”他踱了几步，回身道：“这案子我就不该来查！小弟真不知道陌兄究竟在想什么，哪怕是怕史渊不敢犯案，你才留下礼品和字条，可会试锁院之后、殿试放榜之前，多少时机给你举发。你若当时起事，一来能拖史渊下马，二来自己也得轻判，如今发难太晚，已难洗脱同罪之嫌了。以陌兄的手段，不会当真是怕‘百口莫辩’吧？”

见陌楚荻不语，越临川走近他道：“陌兄你现在，家中有鄂连书送的珠玉，数目还跟他供出的对不上。这条子，朝上陛下问时，你道是史渊陷你的，如今又要认了是你指使采荇的，这是欺君，是当堂翻供！陌兄，你为三殿下之心，小弟诚然佩服，可你这样已经没有一条后路留给你自己了知道吗！”

“一副残躯，换一个两朝元老的性命，贤弟觉得值不值得？”

越临川心头一寒。

“所谓百足之虫死而不僵，若只按会试舞弊论处，以史渊的资格与身份，虽能将其拖下丞相之位，却未必能将他在朝中的影响彻底根除。而如今他够上的，却是操纵殿试、改换试卷、欺君罔上的不赦死刑了，”陌楚荻说着，像有一声叹息从喉中漏出，又像只是咳嗽，“采荇助我成大事，我岂可有负于他？没有后路，也是为兄自己行来的，如此而已吧。”

越临川执掌狱令多年，从不曾想过有人会不惜抛自己的官职、名誉甚至性命出去也要将政敌置于死地，不由心中阵阵发冷。过了一刻，思及陌楚荻此举只为毓疏，又渐渐生出几分感然。

"……凡今之计，"他匆匆想了想，转回过书案，慢慢在绣墩上坐下，"唯有从史渊入手。年前四殿下出了那么大的事，朝中就有传言说史渊和江家有些关联，按说他不该在这个时候铤而走险，恐怕那些求他舞弊的人手里，有他什么了不得的把柄。"他见陌楚荻点头，将手肘撑在书案上续道："若将这把柄牵出来，则史渊的罪行不止科举舞弊一条，他定死罪，你只有轻于他。何况你举发虽晚，总有作证之功，礼品的数目，我去促鄂连书说实话，你原数交出去，我们也将折子仔细斟酌。有克妃娘娘和三殿下在，总不至于流配……"

"若为兄想要的，正是流配呢？"

越临川面上一紧，瞠目看他。

陌楚荻垂头笑了笑，"从前也没想过这些，只说挨一日是一日。"他淡淡语气，像在叙述春日天气，"但为兄现下顽疾日深，夜夜咳血，不说内子时常陪泪，三殿下处，我也无从交代。"

越临川怔住。

"三殿下的重情之处，为兄不必再说。现今局势，若我死在三殿下眼前，他恐怕悲而心冷，若耽搁数月，一旦天下有变，岂非前功尽弃？"

"你为——"越临川脸上的神情一瞬之间似深痛，又似深悯，"……你为三殿下……做到这个地步？"

陌楚荻起身深揖："为兄去日无多，万望贤弟成全。"

堂中静默良久，越临川低声道："横竖是你的命，你想如何，便如何。"

由于事涉陌楚荻，今次的科举舞弊案毓疏理应回避，他接连求了几日，好容易请下恩旨，匆匆到大理寺翻看供状。越临川知道他想先清楚案情，再去见陌楚荻详说，便坐在旁边陪着，忽见毓疏面色一沉，骤然起身直向后堂而去。越临川一眼瞟见他看的是鄂春恒的状子，立刻起身言道："大理寺是朝廷衙门，殿下不可滥用私刑。"

"他那腌臜的舌头既然敢说，就早该等着有人去割！"毓疏说话间仍向外走，越临川道:“殿下，一个皇子两个皇子都来大理寺生事，我们这些典狱的营生统统不要做了。”

毓疏停步，强忍了一刻，走回案前点着鄂春恒的状子恨道:“什么，陌楚荻外宅养妾，人和宅子都是他给物色的？什么常于该处欢聚，因与他姬妾有染？这个什么，鄂春恒，这名字我连听都没听过，几时轮到他与荻……几时轮到他与陌楚荻交接？”

毓疏见满堂法司官员吓得不轻，缓了缓气，坐下道:“他不过是觉得，这等私事，他一张嘴陌楚荻一张嘴，欺负陌家清贵家门，不可能把妾室送来法堂对质，什么脏水都敢往上泼！”

越临川岂不知道如此，但陌楚荻那房“妾室”是谁，他和陌楚荻都清楚，万一与鄂春恒计较这些，真需送人上堂对质，后果不堪设想，因此只能不去反驳。越临川只有道:“殿下，殿下也说了人不可能送来，实情如何明眼人想也清楚，这些小事只有由他去说了。”

毓疏咬牙，一把抓起鄂春恒的状子掷开，又点着下面那张道:“这个鄂连书，也能浑扯，几斛明珠，装在一个二尺开口的缸里？我给他个花缸让他看看装不装得下！”

“殿下，这礼品的数目臣等也知道不对，已对鄂连书严加审问，实数他已说了。”

毓疏看越临川一眼，将这些人的状子统统扫开，找出陌楚荻的那张细看，看过半页，双手一紧，险些将那纸页撕碎。

越临川忙道:“殿下，那是证供，殿下千万手下留情。”

“这屈打成招的证供也有脸面呈来！”

毓疏素日待下宽和，三法司众人全没见过他发如此大火，顷刻跪了一地。越临川道:“陌大人的身份大理寺上下哪个不知，加上他的身子这般弱法，微臣们还真怕打出个好歹，自然是一个指头都没敢碰的，这‘屈打成招’四字可冤杀臣等了。”

“这状纸上一派胡言，你们不打，他是自己写的？！”

“殿下，陌大人就押在天字一号间，殿下不信，就请……自去查问吧。”

毓疏怔了一瞬，迅速起身，疾步而去。

天字一号是间独牢，建在大理寺牢院深处，半入地下。毓疏下了台阶，一阵阴气自幽暗的过道中扑面而来，他站在阶口停了一刻，抬起脚步慢慢向牢内走去，未行几步，一阵心口疼痛。毓疏撑住牢墙，几乎直不起身子。

“殿下？”掌管天字一号间钥匙的狱吏这时跟过来，“那锁，小的给您打开？”

毓疏胡乱点了点头，一阵下锁的声音响过，陌楚获裹着被子缩在牢床一角，抬头望来。

狱吏离开，毓疏推门进去，陌楚获从牢床上起身，问礼道：“殿下安泰，臣弟有礼了。”

毓疏只摇头拉过他，揽在臂中伸手去摸床上的被子，又冷又潮如冰窖一般。陌楚获见他的脸色白得吓人，抬着眼睛一直看着他。

“殿下……身上不合适？”

毓疏心口痛的毛病已经落下近一年，从未对陌楚获说过，此时只是摇着头，将他揽得紧了些。

“大理寺对臣弟已算额外宽待了，其余牢房俱是草垫蓑盖，臣弟这里有被有褥，并不算冷。”

“你将供状写成那样，是想一辈子住这儿？”

“坦白交代有望减刑，臣弟是据实写的。”

此话出口，毓疏揽在陌楚获背上的手臂一僵，陌楚获低头，用力遏住喉头的咳嗽。

毓疏将他转过身，双手扶着他手臂问：“那鄂连书的礼品？”

“送来的时候真当只是花的，后来发现缸底有东西，想着这样的送法也巧妙，光天化日下送来，外人却不知道，收下也就收下了。”

“……史渊说的字条？”

“大约鄂连书他们看臣弟收了礼，就找到采荇说，试卷要糊名誊字，想找到具体哪张，只有约定关节记号，不看到考题又不好约定，只有当时传出来，再由他传进去给我。采荇收了银子，过来问我，臣弟只好让他答应了。”

“那个鄂春恒说，你家浅香是……”

“不然以她的姿色，臣弟向何处寻来？”

“不可能，”毓疏松开陌楚荻，向后退了一步，“我不能信。你必定是想为我除掉史渊，被他拿住了。你跟我说实话，你有什么话是不能跟我说的呢？”

陌楚荻低下头，“臣弟就是这些实话了。殿下说过不动史台辅，臣弟岂敢违逆。本来想着，臣弟在朝堂中也无甚人脉，如此一来，也交接些人，也不得罪人，与史台辅这样绑在一处，来日也有好处。臣弟是没料到能闹出这样大的事来。”

“不可能！我的位置，你想交接他们，他们能踏破你家门槛！平时全不见有来往，一场科举下来，不合他们的意了，个个跳出来咬你。那个说装玉的缸子，你说什么外人不知道收下也就收下了，你要那些散碎珠玉做什么呢？你从小到大什么时候喜欢过这些东西？他们是要栽赃你，你跟着他们闹什么？”

“殿下……”陌楚荻伸手抓住毓疏的胳膊，抬头看着他，“殿下也知道，六部之中，只有礼部是无实权也无实利的。户吏刑且不说，兵部的军饷、工部的工程，我礼部都没有，若非如此，臣弟一介外戚，陛下怎肯让我做这个尚书。殿下的脾气他们也都知道，平日他们哪里用得着我？只有三年一考时，我礼部官的手里，略有些左右结果的权力。殿下说我不爱珠玉，可我每年一冬为花房烧炭火，就不用使钱吗？”

毓疏抽回手，指节抵住自己胸前，边摇头边道：“罢了，今日我就去了，我也心乱，你又只是胡说。”

陌楚荻想拉住他，毓疏反手攥住他胳膊，“我昨天去你家时，家里都还好，只是她怀着身孕，当着人不敢哭，鼻尖都是擦破的。你就算不为我想，也要为她想想，我只说了大理寺留你问话，有间值房给你住，能瞒住她几时？万一她再有个好歹，我——”

他看着陌楚荻的眼睛，骤然想起当时在这间牢房内，他大哥毓宁临死前的情景，不由满心大恸，扯过陌楚荻搂进怀里，缓声说：“荻哥儿，你让我省些心吧，你在这里待几日，我能来时一定过来，你别再说什么吓人的话了。”他感觉陌楚荻往下低头，知道他在压咳嗽，抚着他的背说：“那些供状我都看了，你检举的他们，你不是大事。父皇素日是喜欢你的，我去好好求他，不说法外开恩，法理之内，会有个最好的结果的。你忍些时候，等这风波过去，我接了你，送你回家去。”

“殿下……臣弟不能回家去。”

毓疏抓住他的肩膀推开一点，愣着看他。

“是臣弟去御史台做证，检举他们的。没有我做人证，陆大人的折子即便递上去，这风波也就这么过了。他们哪一个不想咬我，岂止是咬，他们哪一个不想咬死我。若以上那些都不作数，我居然得了轻判，他们只会变本加厉，用尽一切办法，告出更多事来。”

“你还怕他们告你什么事？连、连你与他姬妾有染都能胡诌出来，他们还能告你什么事？”

陌楚荻摇头，离开毓疏后退坐在牢床上，“有件事，臣弟没敢对殿下说过。”

毓疏矮下身，半蹲半跪看着他问：“是什么事？”

“……去年元日……赵漠将军之死。”

“什么？赵将军之死，跟你——”

陌楚荻抬头，“那毒，是臣弟下进去的。”

“什么？”毓疏只觉得自己一个字都没听懂，摇摇头，站起身想往外走。陌楚荻扯住他的衣摆说：“那毒叫相见欢，是臣弟向胡商高价买来。那药分为雌雄二药，单用都无毒的，合在一起才致死。雄药下在礼部供去的醴酒里，雌药下在，陛下劝酒用的剑南烧春里。”

毓疏回身，将陌楚荻扯着他衣襟的手紧攥进手里，顷刻之间只想让面前的一切毁去灭去，睁眼醒来，噩梦一场。

“你今日发疯了？你说这些胡话是要求死吗！我记得清楚，那剑南烧春是少府的贡物，顾弘之、王翊当场封验的，你什么时候能往里面下毒了，啊？”

“是……时机赶巧。本来，各样酒水按制，都要在光禄寺现场查验，可当时，少府送去的剑南烧春是提前封验好的，虽然封纸上有王翊和次官的签字，也有现场记录，可顾弘之觉得不合规制，又感觉封纸像有动过的迹象。他不敢放过，又怕一旦重验，万一无事，得罪王翊之余，还有影射四殿下之嫌，因此来寻我商议。……臣弟当时猜到，这剑南烧春中，王翊下了东西了。”

“是，王翊下的。蛊药，符丹，是王翊下的啊！”

陌楚荻垂下眼睛，咽了咽喉头，“臣弟一时糊涂，前后算了算，不想放过这样的时机。臣弟对顾弘之说，不如由光禄寺传文，将元旦节气各个宴会上所用的酒水，寻个场合统验一遍，到时醴酒由我亲验，王翊自然不好推辞亲验这烧春，则酒中有物无物，自然清楚。”

毓疏已经说不出话来，松开他的手，向后靠在牢门上，只是看着他。

“当时臣弟从翟太医处知道，那几个月内，陛下都不会饮酒。那天，臣弟送去光禄寺的醴酒是下好雄药的。臣弟饮毕醴酒，轮到王翊试饮烧春时，他果然神色慌乱，冷汗不止，但还是咬牙喝了。本来光禄寺验酒的人大约都知道，是为王翊……才统合验这一回，自然全部精神都在他身上，只等着看他结果，臣弟不过将烧春的小坛取过，作势查看……抬袖一遮。”

牢房内很久再没人说话。陌楚荻也没再看毓疏的神情，手拢在嘴前咳一阵，止一阵，断续又说：“如今顾弘之虽然病死，但当时在场的光禄寺官吏，有去官的，有复职的，也有去其他衙门的，何况王翊本人还在待秋决……当日陛下御审王翊，曾问我验酒之时王翊神色是否有异，我只有答不见有异，想其他人也不愿意惹事上身……但若有心人将此事翻出来，再去详查，非但臣弟再无活路，举家举族，连殿下都会受臣弟牵累。越大人说……臣弟的舞弊事可按流配定刑，臣弟看来，这就是最好的结果了，陛下恕我不死……但我也得此重罚，大约也能让他们心平，不再下别的力气了。”

“陌楚荻——”

陌楚荻闻声，抬头看着毓疏。

“你到什么时候，能对我说句真话？”

陌楚荻想再开口，但所有词句都被毓疏的眼神堵在喉中。

“你做这些，真是‘一时糊涂’？先有父皇为赵将军之死疑太子，再有王翊用下药之事告发毓希，你翻覆一个手段，除掉两个皇子。我说王翊在千里之外，怎么知道他姐姐在毓希府里没了，当真是‘托梦’？他说感觉毓希派人追杀他，才起意回京，那所谓‘杀手’，是你派去的人？”

陌楚荻不语，但他的眼神承认了。

毓疏用拳抵在胸口，抱起肩膀，“还有科举场上这些龌龊事，你当真不是为了让史渊将舞弊闹到天下皆知，在大金榜上丢尽父皇的脸面，定他个必死无疑，才一步一步引他至此？挡在我前面的，你一个一个除掉，你可有问过我的意思？你直说是为我，污名罪名我们一起担着，不可以吗？”

陌楚荻摇头，“殿下的手，是不能脏的，来日写在史书上也好看——”

“陌楚荻，你当我是什么？我只是成你志向的一面大旗，你扯在前面的一个幌子！我将多少真心付你，从来可有不信你一次？你从头到尾，可有对我讲过一句真话！”

陌楚荻紧咬着牙，再说不出一句话。

“你这些为我，不过是觉得以你的位置，我最好用……我最好骗。你想流配，好，合你的意，留你在京城，不知道你还能生出什么事来！”

毓疏转身，掼门而出。

陌楚荻坐在牢床上，低下头，一忽儿胸口一震，强忍了忍，一片红雾自喉间喷出来，伴着剧烈咳嗽，每一声都激出更多鲜血。他从牢床上滑下去，撑着双手跪在地上，大口大口地咳血，那些漫地的鲜红颜色连他自己都被骇住，抬手紧捂住嘴，血水却从指缝中不断喷咳出来。牢门被人推开，来人环住他的腰将他从地上抱起，放他倚在牢床上，慌张说道：“你忍一会儿，我去唤翟太医。”

陌楚荻一把攥住他的手腕，“别去……三殿下……还没走远……”

越临川又痛又怒甩开他的手，厉声喝道：“让你死在这儿，我去同谁交代！”

陌楚荻扯过被角掩住口鼻，越临川奔出牢外，高声急唤狱吏过来，命他传话给前堂的陆妙谙，避开三殿下速去宫中叫翟太医，复又回到牢中将陌楚荻的领口解开，抚着他的背帮他顺气，又想起暖肺用体温最好，于是亦将自己的前襟解开，从身后抱住陌楚荻，隔着单衣将他的后背贴在自己胸前。

陌楚荻又咳了几次，血染半边被角，然而两肺传入的体温令呼吸通泰少许，喘息渐渐平复。越临川在他身后狠狠言道：“小弟执掌刑狱，许不是什么忠臣良吏，但手上命案，还没有一桩放过的！”

“……堂堂大理寺少卿，居然偷听。”

“天字一号间里的话，以小弟的身份，不能不听。可惜，物证已失，这偷听来的话，陌兄不认，做不了呈堂证供。”

陌楚荻垂头一笑，“原来贤弟，还是疼我。”

越临川叠在他双臂上的手紧了紧，“你若无命归来便罢，你若有命归来，小弟只好以此事向新帝写奏，求一圣裁，多少平我执法之念！”

“若苍天肯恕，容我活到新帝登极之时，为兄听凭发落，”陌楚荻说着偏了偏头，乱开的发丝在牢室的薄光中晃出些虚影子，“贤弟何妨以我作动摇社稷、离间天家骨肉的乱臣贼子，求新帝严旨查办，以正视听，则朗朗天下……气象一新。为兄也便人尽其用，死得其所。”

越临川心中难受得发恼，听着只觉好笑，哧一声道：“本朝刑事，无连坐成法。但陌兄方才说出那些话，三殿下心里，你已负他如此，来日对你身后事，他未必有意为难，恐怕也不会多加恩恤。”

陌楚荻静静缓着气，并无答话。

“小弟只不知道，陌兄身家俱舍，摆下这殉道的阵势，当真只为成你天下大志的一个主君？”

怀中人向后仰来，轻靠在他的肩膀上。

越临川以为不会有回答，然而听到陌楚荻低声说：“若贤弟在十五岁时，便知自己活不过而立之年，这剩下的不到十五年中，贤弟想做些什么？”

越临川摇头，“实难设身处地。”

“贤弟会不会想，做一件大事，令有生之年，不至于日日待死，徒然荒废，令自己过身之后，能在世上留些什么？”

“陌兄想留的是？”

“三殿下的家国，三殿下的天下。”

越临川低下头，额头碰在陌楚荻的头发上，“说了半天，只有这个是句真话。”

陌楚荻轻轻笑起，举起浸满鲜血的手，送至越临川眼前。

“为兄生而如此，岂不曾有怨天恨命之时？可到而今，我于天命，唯余感激。这天下……与三殿下，我皆不愿舍，上天生我此身此处此世，是我之万幸。”

“这些话，来日对三殿下去说。”

陌楚荻摇头，垂落下手臂，“三殿下自与那些殿下不同，此番世间也能看清。”他偏过头，淡笑了笑，“方才为兄不是说笑，今日三殿下收治我，我是他的‘收束外戚之决意’；来日新帝收治我，我是他的‘明主无私情’。贤弟你看，为兄还有用处，到时刑名狱令，还请贤弟写得痛快漂亮些。”

越临川冷笑出声，“这‘心如铁石’是个什么样子，小弟到时还真想挖出来看看。”

陌楚荻脑袋靠在他肩头，轻轻笑道：“待为兄神魂寂灭，贤弟但挖无妨。”

有些柳絮伴着春风从天窗吹进来，在漏进的光线中飘浮。越临川越过陌楚荻的额顶，看着它们，起起落落静了一刻，手无意识地拍着陌楚荻的胳膊：“说到刑名狱令，陌兄这流配的定刑，小弟是得早些递折子上去，以免夜长梦多。”

陌楚荻点头，“贤弟知心，为兄先谢过了。”

那染血的被子还搭在陌楚荻腿上，两人静默坐了许久，听牢外脚步疾起，越临川抬头看去，翟怀羽惨灰着脸色携着药箱匆匆赶来。

越临川扶着陌楚荻坐直些，将自己衣襟揽了下，向翟怀羽道：“方才陌大人咳得骇人，在下帮他暖肺，这会儿才刚好些。”

翟怀羽看着满地的血迹，揖道：“下官来迟，多劳越大人救治。”

越临川看了看陌楚荻，想这诊治事自己在此也无用，论起病情来反而不便，凑向陌楚荻耳边低道：“小弟真的去了。”

陌楚荻知他承诺不再偷听，偏头笑了笑，也向他耳边道：“不必，我没了，有个全知全觉的也好。”

越临川一瞬后点点头，转向翟怀羽道：“既然翟大人来了，在下就不搅病人的清静了。大人好生看顾，押在这里的人若有个三长两短，在下面上也不好过。”

“下官自然知道，越大人慢走。”

越临川除掉外衣披在陌楚荻背上，起身出了牢房。翟怀羽上前扶住陌楚荻，从药箱里取出银针刺通几处穴道为他镇气止血，一边行针一边问道：“惹你这样大动肝气，方才是谁来过？三殿下？”

陌楚荻只道：“日日都咳，今日只是咳得多了些，狱吏们见识少，大惊小怪劳动怀兄过来，楚荻倒觉得过意不去。”

“他是嫌你活得不够长怎的？！”

“怀兄见大理寺的牢房精雅有趣，是想进来住住怎的？”

翟怀羽咬紧牙关不再说话，取出应急的药粉让陌楚荻就着冷药汁喝下，又道：“我从你家过来，所以迟了。”

陌楚荻浑身一抖。

“早说胎象一直不稳，你这出事又激了尊夫人一场，已经下红，孩子怕保不住了。”

陌楚荻一把攥住翟怀羽的手腕，“怀兄快回去顾她啊！”

翟怀羽抽回手，按住陌楚荻的肩膀，“自然有女医守着，真有事时我也帮不得忙，你先顾好你自己吧！尊夫人的体质不算虚的，我传些好话回去给她听听也就是了。”

陌楚荻动了动嘴唇，恍惚道：“……我阴德太亏，命里无子……合该的……”

翟怀羽摇了他两下，让他抬起头看着自己，“‘阴德太亏’也是自己说的吗？作践身子我还能救你，连心都作践了去谁能救你？你二人这样年纪，容后再图也可，怎么就无子了？”

陌楚荻摇头，神情多少恢复些，慢慢说：“楚荻如今定刑，应为流配，何图后事。”

翟怀羽一愣，半蹲下身子正面看着他，“你要流配？三殿下……”

“国法无情，纵是皇子，也无计可施。”

“药怎么办？能让下人跟着吗？我辞官，再随过去，前后差的这些日子……”

陌楚荻抬头，愕然着看他。

“能让下人跟着吗？你又不会煎药。”

“怀兄，”陌楚荻一时无措，心中念头纷起，不觉扬了声音，“怀兄在宫中要顾着陛下的身体……你我相交这些年，从前说的，都不作数了吗？”

“作数，就是要作数！”翟怀羽在他身边的牢床上坐下，凝目看着他，“我说过必保你活到三十岁，此言一定要作数！”

翟怀羽的反应全出意料之外，陌楚荻惶惑不已，匆促思虑之下，择言道：“楚荻流配出京，内子也好，如虹也好，只能托付怀兄多加看顾，若怀兄不在京城，楚荻如何安心？”

“你不提如虹还罢了，”翟怀羽的声音中怒意乍起，“我对你说过的，你可有放在心上？那位殿下只有看她是你妹妹，才好待她些，你如今这一犯事，她就是罪臣之妹，日后在那府里还能抬头？你再流配出去，她连个能说委屈的人也没了！原道你是知道分寸进退的，你做那些丑事之前，就不为家门考虑吗？”

这些话只有翟怀羽能对陌楚荻骂出来，陌楚荻一无可辩，且痛且愧。翟怀羽见他不语，忍了一刻，又道：“我原最不愿算你几时死，但说实话，你与上面竞命数，该赢的是你。到时朝堂改换，你那殿下不会不留你的位置，哪怕只有一年半载，如虹在宫中，也自有她的位置，到你去时，他做个姿态，如虹或许还可加封。若无你在朝，四妃九嫔三宫六院，谁可保住如虹是哪个？就算为了如虹，你的命也要留到他登极之时！”

陌楚荻怔怔看着翟怀羽，半晌道：“我竟从未为如虹虑过这些……. 怀兄此心，楚荻相较，惭愧之至……”

翟怀羽见他这样，再骂不出来，倒笑了笑，仿佛自伤，又似自嘲，“我有什么‘此心’？我的心早不知搁在哪里。我若惦念她，愿她好，她是别人怀里人。我若不惦念她，不愿她好，你们谁将她放在心上第一个？这普天之下最为如虹考虑的居然是我，我可不可笑？你们可不可笑！”

陌楚荻的手攥起被角，心中挣扎再四，还是说出：“……楚荻当日，有负怀兄。”

翟怀羽却摇头，起身在牢中踱开几步，“我知道，是如虹自己选的，否则我能放过你们哪一个！你负的是我？我知道你为逼那位殿下答应，提亲都是如虹自己去的。你道这叫什么？你这是让她称心遂意了？你这叫漠然不顾！你这是让她自负其责、自生自灭！”

陌楚荻摇头，但说不出任何反驳的话来。

翟怀羽面对着他，眼睛隐在即将从牢中退出的暮光里，“从如虹自己去提亲的那天，她就能明白什么都得靠她自己了。她好了坏了，若回家去讲，你都有话说，‘当日不是你自己去的吗？’陌大人，你的聪明，只在这些地方好用。那位殿下也是‘好心’，想是怕传出去，如虹不好再嫁。他有这好心点头答应，人纳进家里，三五日厌腻了，就连做做样子的好心也没了吗？”

“原本如虹要去时，我想他二人性情未必相合，也曾阻拦。但三殿下是重情之人，不可能有意慢待她，天长地久下去——”陌楚荻不禁为毓疏辩解，转念想到此时不能违翟怀羽的意，一时停口。

翟怀羽见他这样，反而笑了，“你又怕我什么？我说这些是为我自己？我是巫医之流，虽然如虹不嫁我不愿娶，从她十来岁我动了这个念到如今，我也从没当这妄念能成真。”他走近一步，附身过来，“说来，我倒该谢你，你看在眼里，却从没拿如虹来拴我。否则你将如虹当成什么，又将我当成何等样人了？”

他的眼睛里烧着异样的火，陌楚荻对视一刻，正色道：“我岂不深知怀兄自珍之意。若怀兄无此傲岸气，楚荻敢托残生？”

他大病甫宁，苍白的脸上浮着一层潮红。翟怀羽看他一刻，转开视线，慢慢在他身侧坐下。

“三殿下是皇子，怀兄亦称国手，所谓‘巫医’之论，怀兄与我交心至今，不妨扪心自问，楚荻可有一分一刻起过这等俗念。可如虹是我一母同胞，世间亲近更无他人，我岁寿如此……岂不唯愿她得一可心人，一世康乐美满？当日如虹泪眼问我，若不得其所爱，这一世就赔进去了吗，怀兄想想我能答她什么？”

陌楚荻一时动气，又咳起来，翟怀羽抚他的背，将越临川那件外衣为他更披紧了些。陌楚荻忍着咳嗽，仍说：“你我心知，怀兄自有三殿下不可及处，方才怀兄所言种种，无一不是，此时自恨身世，无非气话。但如虹比怀兄看得清楚，选下的路，须自去走。如虹这条路，是怀兄自己，选了避行。”

翟怀羽看向他，目光闪动，却没有转开眼。

陌楚荻的声音低下去，“可楚荻身后事，怀兄之外，更托何人？”

“休言‘身后事’，”翟怀羽抓住陌楚荻垂在身侧的手腕，“你要我留下顾如虹，也对，也可以。你要我监控龙床，协助那位殿下，一切照旧，都可以。事已至此，我也愿如虹来日贵无可加，总好过那位殿下一朝倾覆，连带她为人鱼肉。”

他挪动位置，直看进陌楚荻的眼睛，“可我行医至今，对病人仅此一诺，若连你这三十的寿数都不可保，也再无颜面自负悬壶之技。你只记牢，无论流去哪里，好好顾念身体，珍惜性命，归来相见。就算为如虹考虑，三殿下登极之前，你不能死……”

崇熙三十七年四月，科举舞弊案结。主考史渊定为舞弊主谋，更有私扣奏章、阻断天听事，越权操纵官员迁贬事，党附江氏合谋乱政事，数罪并罚大辟抄家。副主考左恭迟知情不报，杖责五十、革职返乡。礼部尚书陌楚荻揭发有功，然以实行受贿、君前妄语，流配古北口外徒河充军。吏部尚书鄂连书、越州牧荆岑、兵部侍郎古洪思等以行贿舞弊、搅乱科场之罪革职问绞刑，涉案子弟流三千里，永世不得叙用。案情前后共惩处大小官员四十七人。

流配诸人起行之日，皇帝恩旨收押在监的采荇可随陌楚荻同往，陆氏夫人与采菲送采荇来至长亭驿。陆氏旬日前小产，此时强由采菲扶着，与陌楚荻相见，几乎哭倒。陌楚荻心中痛似刀绞，双膝跪地向她深拜，因知她个性，也不敢说劝改嫁事，唯伏地道："我这一生，最对不起的就是夫人。万望夫人与浅香碧情好生过活，于家严家慈处留心在意，来日碧情若得高婿，夫人也可半生无忧。望夫人千万顾好身体，为我持下陌家家业。"

陆氏夫人脱开采菲的手臂滑跪下来，点头应承，痛哭不绝。夫妻二人对叩于尘埃。

采菲上前架起夫人，道："少爷放心，从今往后二位少夫人与小小姐便是我们这些下人的天，昔日我们怎样伺候少爷，今后便怎样伺候少夫人与小小姐，少爷只管安心去。"

陌楚荻慢慢点头，"不信你们，我还能再去信谁？"

押运流配人等的狱吏此时高喝几声，送行人群中一时哭声四起，陆氏全身倚在采菲身上才能勉强站稳，陌楚荻起身，抬手为她拭了眼泪，又深深一揖，转身向囚车行去。身后妻子声声哭喊，陌楚荻慢慢攥住手心泪水，心底的歉疚怜惜一丝一缕蔓延至四肢百骸。

长亭背后的梨花开得极盛，落英一地如雪。

梨花旁的紫衣身影，不需细看，也知是谁。

陌楚荻由采荇扶着登上囚车，静静向那人望去。

熏风自身旁吹远，春草王孙，此生别过。

纵然心如铁石，也有清泪漫上，模糊一片洛阳花景。

第八章
萧墙乱生人事变，梦魂不到关山难

弄碧事件后，毓清被罚闭门思过，已满八个月。

听上去是重责，其实只有前三个月是关在宫中不让出去，后期毓清移回自己府中居住，除了不能上朝，行动并无限制，暗地里宫中赏出的珍玩美食连月不绝，工部又自毓希转入他手，与兵部同样条陈日日送入皇子府内裁决。毓清一样读书骑马、习射演武，不时还入宫存问克贵妃，与宫廷侍卫们玩些拆招蹴鞠，几个月下来，闭门思过几如荣养怡情。皇帝身上轻快时常常过来看问，见毓清与侍卫们玩得开心，也在一旁笑着观战，父子感情倒比往日更近几分。

时近端午，毓清解禁，皇帝接连几日病情稳定，便在御花园里摆了家酒。席间皇帝贵妃与毓清笑言不断，毓疏看着满园暮春花景却觉心绪纠结，席间一直独自饮酒。克贵妃忽然转头看见他，笑向皇帝道："陛下，疏儿不爱说话，似这般不声不响的，被咱们晾在这里了。"

皇帝回过神来也觉得好笑，向毓疏道："你这闷脾气打小这样，也不知道改改。"

毓疏正待回话，毓清插言道："三哥从小只跟陌家荻表哥话多，如今荻表哥贬去了关外，三哥便益发不爱说话了。"

毓疏听毓清这几句话说得十分松快，只似小时候对陌楚荻吃味时讲出的抱怨，便笑了笑，向皇帝道："父皇知道，儿臣讲话全无半分情趣，方才见父皇母亲与六弟相谈欢愉，儿臣也怕插言进去搅冷了。似这般在一旁听着，儿臣心中也觉得欢喜。”

克贵妃知道毓疏从小顾念陌楚荻，对亲弟弟毓清欠些关怀，今日听毓清这些话，当他还记得儿时的委屈，便柔声劝道：“那时荻哥儿身子不好脾气又娇惯，若你哥哥不去管便不肯吃药，疏儿疼他福薄，既然常常过去照看，亲近些也是自然。如今荻哥儿……”克贵妃猛地顿住，抬头看了皇帝一眼，低下声音道：“漫说是你哥哥……便是为娘也……”

当时陌楚荻陷罪，克贵妃向皇帝求过情，但皇帝道后妃为外戚干政为古之大忌，大发一通脾气。克贵妃不敢再求，只得央毓疏出面，不想毓疏同样被拒绝。如今想起这些事，克贵妃觉得又是心痛又是忧愁，眼泪在眼眶里打了几个转，强忍着没有掉下来。

皇帝见插进毓疏果然气氛冷了下来，不免有些不快，皱起眉头道：“一个流配的刑囚还有下人跟去照看，已是法外开恩了。寡人只罚了他一个，未动陌家半分根基，若再觉得委屈，只是不通事理。”

毓疏忙道：“母亲慈善，一向疼爱晚辈，如今只是心疼荻哥儿，绝没有半分埋怨父皇的意思。”

皇帝笑了笑，向克贵妃道：“好了，若不是知你如此，寡人怎会将清儿交给你养育。你为寡人养出了好儿子，是家国之福，即便稍微任性些，只要识得大体，寡人不会怪你。”

千般荣宠也比不上天子的一句真心纵容，即便已是多年相伴，两子在座，克贵妃还是微红了脸颊。

眼见气氛稍宁，毓疏略略宽心，却听毓清又道：“说到荻表哥，儿子想起一桩怪事。”

水色眼睛含着笑意，然而寒锋深藏。

“怪事？陌家干干净净的宅子，能有什么怪事？”

毓清笑起，摇摇头说，“不是那些神怪之事，这桩怪事出在人上。母亲知道，荻表哥去年秋天纳了一房妾室，如虹妹妹几次提起，说是生得天姿国色世间少有，母亲与我心奇，便请她画了一张小像来看。”

克贵妃点头。

“妹妹的丹青最是精妙的，画出来的人儿果真形神兼备。说起来怪不好意思，”毓清笑了笑，“儿子当时一看，就觉得眼熟，心里还想，是不是这美人合我眼缘。”

因谈的是陌楚荻的妾，克贵妃略觉不妥，看了毓疏一眼。毓疏似没觉得什么，神情平和，皇帝也是兴致盎然的样子，克贵妃便没阻毓清往下说。

“便落下这么个念想，时不时地还想起一回，总觉得在哪儿见过。”

皇帝笑着看了看克贵妃，“我儿这是想要个自己的美人了吧。”克贵妃也笑。

毓清撒娇笑笑，又说：“结果昨天，儿子这不是解禁了吗，就到兵部衙门去，翻看文档的时候，骤然想起来像谁了。”

毓疏抬眼看着毓清。明修栈道，暗度陈仓，莫非疏忽掉的，反是身边这一个？原来这几个月的天真游乐全是掩饰，今日既然趁机抛出此事，想必已然思虑多时，只是浅香一介流民女子，能落下什么把柄给他……

皇帝和克贵妃正听得专心，见毓清停下，都好奇地催他向下说。毓清顿了顿，笑道：“儿子这一想起来啊，荻表哥的这妾室浅香，生得竟与儿子在长安见过的卢衡侍妾一模一样。再细想想，不只是相貌，儿子见到那个叫弄碧的侍妾时，她大约有六七个月的身孕，荻表哥家的浅香九月生产，连日子都能对上，父皇母亲听听，是否怪事？”

毓疏眉头紧扣，只觉毓清的起事由头太过荒谬。皇帝亦感匪夷所思，想了一刻，缓缓言道：“我儿是说，陌楚荻娶的是本应在牢中的卢衡侍妾？”

“儿子只是觉得蹊跷，瞎猜罢了。那弄碧是谋反死囚，父皇查查清楚岂不更好？”

皇帝转头看向毓疏。

毓疏回话道：“陌楚荻的这房妾室常年养在外宅，只因将要生产才正式纳入府中，他二人相识的经过他对儿臣亲口提过，绝不可能与弄碧是同一个人。”

“两个女子生得一模一样，世间真有此等巧事？”

“儿臣从未见过弄碧，不知是否真的一模一样，单凭一幅小像，也不好讲。何况……昔年汉武帝宫中钩弋夫人酷肖早亡的李夫人，可见同为倾国容貌，长相相似亦有可能。父皇若心存疑惑，儿臣向大理寺一问便知。”

毓疏应对迅速，言辞间神态也十分安宁，皇帝看不出什么纰漏，便道：“此事暂且放下，明日早朝寡人向越临川问个明白。”

克贵妃心中并无半分忧虑，向毓清半叱半笑道：“别说是牢囚，你荻表哥那样的清高脾气，怎会将个嫁过人的女子纳进府里，为娘看你是闲闷了，无事可做瞎想去了。”说着重拾碗筷给毓清布菜。

毓清撒娇赔笑，转开话题去说些寻常言语。皇帝看着这一母一子觉得开心，转头对毓疏说话时，声音却不觉淡了几分：“今日好容易一家团聚，疏儿也宿在宫中吧。”

毓疏欠身领旨。

一句话堵住了与越临川暗通消息的机会，想来父皇心中疑虑已生。

毓疏看着身旁亲情和乐如寻常父子般的皇帝与毓清，默默拈起酒杯。

——“父皇最疼的是谁，你心里比我明白”。

天心九重，若有半重分予你我，背了的负了的，抛了的弃了的，不会如此不值得。

“卢衡谋反案于去岁九月全部审结，妾室弄碧逢大赦出狱。”

皇帝闻言坐直，“她腹中怀有卢衡余孽，为何得赦？”

越临川答道：“回禀陛下，大赦之前，弄碧于大理寺中生产，诞下的是一名女婴。如此卢家绝后，她弱母稚子按律优先赦免，亦得陛下朱笔亲批。”

当时大赦的名单庞杂冗长，皇帝哪里仔细看过，如今听越临川这样讲来，心觉并无不妥，续又问道：“陌楚荻的妾室浅香可会是她？”

“浅香夫人是内室女眷，微臣不曾见过，但陌家小小姐既然诞在陌府，浅香必定不是弄碧。”

皇帝点头，正待了结此事，毓清出列道：“父皇，儿臣有一事想向越临川询问。”

皇帝一怔之间，约略想起他二人从前因方杜若闹出的过节，犹豫片刻，点头准许。

毓清向越临川道：“我知谋反之罪即便遇赦，需由斩改徙，但兵部后来接到的流徙名单里并无弄碧之名，不知是何原因？”

越临川转头看着毓清。

今日你是来要我的命的，是吧？

“回禀殿下，弄碧母子并未流徙，是无罪赦出的。”

皇帝原未思及这一层，此时愕然看着越临川。

“感天大赦古有恩例，不诛幼子不诛少母。弄碧母女一为未满月期的产妇，一为初生幼子，若千里流徙必定半途夭亡。何况，卢衡虽诛，却为皇亲，六殿下也知流徙的女子是向边关去充军妓的，微臣当时以为，若令弄碧入军为妓，礼法多有不便，故而免除她流徙之刑。”

“闲话不谈，我只问你弄碧现在何处。”

越临川闻言扬起声音：“殿下，大理寺是司法衙门，如今人已无罪赦出，天下之大，微臣怎知她母女现在何处？殿下若想查问人口之事，去户部民司怕更便宜些。”

毓清笑起，“我是不能问你大理寺的人，大理寺上上下下勾连统辖如铁桶一般，已然看不出究竟是朝廷的司法衙门，还是酷吏只手遮天祸乱朝纲的私堂了。”

毓疏闻言微皱眉头，心道这些话合当交由御史代讲，如今御史台中敢言的只有陆妙谙，事涉越临川却应避开。毓清平日看似不留心于朝堂，对朝中人事居然这般明白。

越临川一双凤目狠狠挑起，疾声道：“‘只手遮天祸乱朝纲’？微臣审案从不曾动用法典未设之刑，断案亦只依真凭实据，微臣哪一点合得上‘只手遮天祸乱朝纲’？”

“安插弄碧入卢府，以此起事，令天家骨肉相残，算不算祸乱朝纲？为报答这样的有用之人，先拖延死刑，后以恩例为由赦免活罪，更将此事埋于浩浩书档不向陛下禀明，算不算只手遮天？”

越临川扬声笑起，“殿下怎不再加上一条鼓动弄碧向方杜若求情，构陷朝廷命官啊？六殿下的戏文编得如此精彩，再加这样一折，岂不更为有趣？这样无凭无据的指责当头砸下，微臣只能妄揣殿下对微臣心怀不满，因私废公秋后算账了！”

毓疏闻言喝道：“放肆！便是争执之言，上下礼法不容败坏！”

越临川叩首谢罪。毓清转向毓疏道："皇兄说得是，越临川是皇兄辖下的人，这样的话只合由皇兄来说。皇兄在朝堂上管得如此及时，他私下里使那些翻云覆雨的手段，皇兄为何不管？"

皇帝原道毓清只为替方杜若出气，此时见朝中势力最隆的两个儿子可能当堂翻脸，不由一阵心悸。

越临川冷笑抬头，"这'莫须有'的罪名，自古是排除异己的至上手段。所谓君命臣死臣不得不死，殿下若一定想要微臣的脑袋，直说一句，微臣焉敢不给，平白扯上三殿下又为什么？"

"弄碧既然安置在陌楚荻府中，三哥焉能不知？何况太子势倒，诸皇子排位依次上扬，既然二哥早丧，三哥便是顺位第一，既然受下弄碧这般好处，陌楚荻帮忙报答一二也是应该。"

如同脑海中炸开一声惊雷，毓疏猛地看向毓清。他原本从未想过陌楚荻连此事也对自己说谎，此时听见毓清的最后一句话，却突然明了了前因后果，连陌楚荻为何说这谎话都已彻底懂得。心口一瞬之间如同滚油煎炙，痛得几乎稳不住身形，毓疏清楚此时此地万不可显露异状，然而实难撑持，按紧胸口弓下身去。

皇帝在宝座上冷眼看着，见他脸上全无慌乱神色，震惊之外只有痛楚，心道若全是假扮，这做戏的手段未免太过高明了些。

"疏儿？怎么了？"

毓疏竭力忍痛，半刻择言道："……自小兄弟，落得这般猜忌，儿臣……"

"叫内侍扶你下去歇息？"

"……儿臣无事，儿臣只想与六弟将话说清……"

毓疏在朝中的声誉远胜毓清，百官见毓清逼他至此，一片低怨之声。

越临川此时言道："话说到这个地步，既然六殿下将意思挑明，微臣便替三殿下将话说清。方才那段戏文微臣换个讲法，戏到此处，这弄碧已然用尽，那居心叵测之人必会将她远遣天边，甚或杀人灭口一了百了，何苦放在府里引火烧身？何况，彻查科举舞弊时，鄂连书之子供出陌楚荻这房妾室是他帮忙物色，时间、地点、前后经过，供状之上历历俱在，这一节书家自然不提，不然故事可说得圆？不过是陌楚荻纳妾入府的时日与弄碧出狱的时日相近，书家竟给他安上此等罪名！”越临川说着直视毓清，“退一万步讲，说到三殿下排位得升，六殿下同样身为皇子，更受陛下百般——”

“越临川！”毓疏厉声断喝，“天家之事岂容臣子妄论，下殿领杖三十！”

越临川生生吞下半句言语，看向毓疏一刻，转头对皇帝叩首，起身出殿。

殿中一时寂静，虽听不见施刑的声音，文武百官个个冷汗湿衣。

毓疏转身向毓清施礼，道：“方才越临川张狂太甚，哥哥这里向六弟赔礼。如今哥哥只有一句话，横竖浅香不是弄碧，诚如越临川所言，这纳妾之事前后经过鄂春恒已供了清楚，陌楚荻也不可能傻到引火烧身。”

“陌楚荻会不会引火烧身，看他在科举案中的手段便知。为将史渊拖入不赦死刑，不惜陷罪于己千里流配，皇兄觉得他还有什么事是做不出的？”

毓疏骤然怔住，定定看进毓清的眼睛。

当局者迷，但这旁观者未免太过清醒，原以为干干净净毫无心机的一双眼，竟能将一切起承转合瞬间看透，包括那自己都曾经看不分明的陌楚荻的心……

他想起最后一次抱住陌楚荻时那牢房里湿冷的温度，疼痛刹那遍体蔓生。

“越临川也好，陌楚荻也罢，皇兄手下真是人才济济。一场库银案加一场蛊咒案，皇兄收束户部；一场科举案，皇兄接管吏部；如今丞相位缺，朝中六部皇兄已据其四，更将三法司统合旗下，想必不日便会全掌局面。弟弟手中有兵部，还有从前四哥的工部，皇兄想要哪个，弟弟双手奉上，免得来日落到同大哥、四哥一般的凄惨下场。”

不愧为兵家里手，只此一役，可令对手十年苦心凋落殆尽。

毓疏看着自己的弟弟，心中渐有笑意泛起。

“哥哥手中的每一份权力都由父皇赐下，哥哥原以为抗旨不孝，今日却明白遵旨不悌。方才那句话应由哥哥对你说，哥哥手下的四部、三法司，你要哪个，哥哥双手奉上；如若全要，哥哥便都给你。只要能避过萧墙之乱，能令朝堂安定父皇安宁，哥哥可以回府静养，此生再不参政。”

毓清淡淡笑起，“以退为进，皇兄这番话说得真漂亮。不过皇兄不必忧虑，弟弟想要的只是弄清浅香到底是否弄碧，不如你我同请父皇下旨宣她上殿对质，若真不是，弟弟愿受任何责罚。”

“——六殿下，容微臣说句公道话。”

听见御史中一人出列，毓疏垂眸。

你还当真为我算好了一切……陌楚荻。

陆妙谙行至殿中向毓清浅浅施礼，抬头言道：“殿下说，三殿下趁朝廷要案之机伺机弄权，微臣却想问问六殿下，豫州州库亏空是真，王翊于御酒中下药是真，莫非越临川应当含糊差事视而不见？史渊舞弊科举是真，莫非陌楚荻应当同流合污知情不报？三殿下依陛下旨意接管户部、吏部，殚精竭虑整顿积弊，不出数月令有司要务一片清明，莫非六殿下宁愿政务凋敝，也不想见三殿下能者多劳？微臣不明白，为何这些为国为民的君子之举，到殿下眼中全成了阴谋弄权的小人之心？”

你早已为我算好了这些立场，算好了会出面讲这些话的人。

“讲到故太子一案，微臣记得十分清楚，谋反之罪最终定实，靠的是时任工部侍郎的方杜若上报的卢衡言行。若六殿下硬讲故太子实为三殿下构害，方杜若便是第一帮凶，殿下觉得是否荒唐？殿下自弄碧无罪释出推得越临川有意纵她，却不念其时益州久旱无雨，若大赦之下诛杀少母幼子，一旦苍天震怒，益州百姓疾苦难解。越临川不过依前朝恩例办事，如此讲来，莫非大赦出狱的全体刑囚俱是同党？”

伺机而动，步步为营，将所有的阴谋纠葛吞进心里，留我一张清白面孔，即便被人当堂指控也可无辜面对。你流配千里去得痛快，却将我密密层层，撇得这般干净。

“讲到浅香夫人，陌楚荻为微臣内弟，微臣本不应多言。但越大人方才说得清楚，这位妾室之来历，科举舞弊案时已然详细查明。六殿下只因一张小像，便要将陌家女眷拖来朝堂抛头露面，礼法何存？微臣记得方杜若陷罪之时，陌楚荻于朝堂之上挺身求情感动天恩，如此才保全他一条性命。如今陌楚荻流配出关，陌家母女独活尚且不易，殿下这般横加猜忌处处紧逼，于理何安，于心何忍？”陆妙谙说着双膝跪于毓清面前，“越临川方才言辞顶撞，三殿下已然罚过，若六殿下还不解气，微臣亦愿出殿领杖三十，只求殿下略发慈悲之心，放过陌家孤母弱子。”

一番至情之言缓缓言毕，朝堂之内论声四起，一些同情毓疏的官员纷纷出列随陆妙谙保奏。毓清盯着毓疏，片刻摇头轻笑，转向皇帝。

皇帝已然沉默许久，此时如极度疲乏般靠在龙座上怔怔地看着毓疏，低声道：“越临川言辞犯上，停官半年闭门思过。自吐蕃招回方杜若。此事到此为止，再有提起论及者，杀无赦。”

殿中诸人齐齐下跪领旨，各有几分奇怪于这突如其来的不了了之。毓疏跪在大殿冷硬的金砖上，没有看见陆妙谙向他望来的目光。

他只是想笑，非常想。

多完满的一场局，全身而退，无懈可击。

纵你倾绝天下机关，陌楚获，如今看来，却漏算了不止一折。

我再有千般道理万种支持，父皇信他，便足够了。

他敢当堂发难，一来算有十全把握，二来想令父皇看清我在朝中究竟有怎样声望。

多年苦心织就的亲信人脉，到现在全成了结党营私的证据。

现下我仍有些用处，因此父皇不愿办我，诏回方杜若只为安抚毓清，令他宁心等待。

……获哥儿，人心从来不能用计谋左右，父皇的天下从来没有打算给过我，而天下，也未必是我最想要的。

自从齐陵为四皇子出头、被罚充军后，十公主灵淑剪了头发，几次绝食大闹，好容易保下皇帝没有明旨取消婚约。皇帝被她闹得心累，敕令她往清凉观静修思过。这么过了三四个月，这天她在净室里坐着无聊，隔着窗子拿香粒打前廊挂着的鹦鹉，听那鹦鹉呱呱直叫，更觉心烦无趣。又掷出一颗，不想外头“哎哟”一声，她姐姐灵善的脸从窗子露出来。

灵淑喜不自胜，慌忙出门去迎，却见姐姐不是一人前来，后面还跟着位年长女子，身量比她圆圆脸的姐姐高些，薄肩素服，楚楚动人的样子，尤其眼睛明亮。灵淑盯着她看，九公主灵善上来道：“秃子，快来见见我家姐姐。”

灵淑瞪她九姐一眼，手不觉在胸前攀上了因剪得太短披垂下来的发梢，心想自己头发剪了人又没傻，哪儿多出来这么个姐姐。

那女子上前行国礼道：“是妾身该见过公主。”声音也是柔柔楚楚的。

灵淑回了个礼，看向灵善。灵善皱眉道：“是陆郎的姐姐！”

灵淑这才明白过来，原来是九郡马陆妙辨的姐姐。她知道九姐和九郡马好得紧，肯定不愿看自己怠慢他姐姐，赶紧又补了个礼，道：“是陆姐姐。他们没来报，不知道姐姐来了。”

陆漓又回礼，心想有说十公主娇蛮，初见看相貌，也觉得可能傲气，不想是极随和知礼的。

灵善高兴了些，引着陆漓随灵淑进净室坐下，打量屋内一刻，看向四壁道：“这墙白得我都想写字儿了，你这三四个月怎么过的啊？”

灵淑叹了口气，也看了看墙，“墙就罢了，尤其是茶，难喝得要命。你尝尝？”

灵善赶紧摆手，倒是陆漓起来，寻了空碗，给每人斟上。

灵淑谢了她，又说：“可惜我没有一个好姐姐，三四个月只把我一个人扔在这白屋子里。我姐姐得了个好夫君，就不顾妹妹的死活了。”

灵善有点脸红，看了一眼陆漓，道：“我哪知道怎么出门？再说我嫁到人家，回宫看父皇一年也只两回，怎么告假出来看你这个受罚的人？要不是姐姐帮我跟婆母说，你就一个人闷死在这儿吧。”

“那以后就能常来了？”

灵善笑，“那你得赶紧跟我家姐姐说说好话，她不带我出来，我可不会出来。”

灵淑转向陆漓道：“好姐姐，姐姐也常来嘛。”

天家公主都有种落落大方的态度，陆漓看灵淑这自来熟的娇憨模样，心里也喜欢她，点头道：“妾身也是想出来散散心，公主若不嫌弃，妾身也多随九公主过来。”

灵淑听她这样说，好奇问道：“姐姐是为的什么想散心啊？”

灵善在那边对她使眼色。陆漓迟疑一刻，低声答道：“妾身夫君获罪流放，之前……妾身又小产，夫家准妾身回娘家休养，若不是九公主常来照应，妾身也不知道如何栖身。”

灵淑的未婚夫充军，自己又被皇帝罚禁闭，觉得天下再没有比自己更可怜的女子，此时听陆漓的遭遇更重一筹，一是同病相怜，一是觉得不独自己如此，有些宽慰，心中大起知己之意。她刚要说话，灵善在一旁说："你关的这些日子事出得多，你就别再问了。"

灵淑没顾她，仍说："姐姐今天真是来对了，姐姐知道我的事吗？去年元日搏虎戏时，不知姐姐听过没有，有个叫齐陵的侍卫，救人杀虎。父皇当时将我俩指婚，满场欢呼，那虎皮他还送给我了。"灵淑说着有些不好意思，但还是看着陆漓说，"他父亲是平原侯，他本来也袭了爵位，后来还去兵部当官，也当得很好，有节庆的时候还总写贺表给我。"

她看了下灵善，灵善点点头，表示自己看过。

"结果四哥给父皇下蛊那件事，他也是傻，他以前跟四哥的，就到父皇面前去给四哥开脱，父皇就生气了。本来没他什么事，他硬顶着和父皇吵，为了四哥连命也不要了，我就只好去劝，父皇就把我给打了。"

灵淑说这些时，倒也没有太过伤心或生气的样子。陆漓看着她，边听边点头。灵淑揉了揉眼睛，又说："本来他要不那样，我对他也就那样了，觉得他英武、年轻，比别人当郡马好。结果他那个时候出来维护四哥，我就没法不喜欢他了，连三哥也说他是忠勇。反正父皇也是心疼我吧，也不可能真看我饿死，就让他去充军，也没说婚约怎么样了。反正我头发剪了，这么难看，他不回来我也不嫁人了。"

灵淑一气说了这么多，觉得大出了一口心中郁气。陆漓听到后面，也是自伤身世，尤其那句"我就没法不喜欢他了"，惹她一下涌出泪来。她掩面忍了一刻，抬头说："公主这样也好看，这样头发其实跟羽冠更相称。"

灵淑笑起点点头，"我觉得也是。"她将头发抓起挽了挽，"等他回来的时候就长长了，到时候也能挽髻。"

陆漓笑，灵善也是边叹边笑。

灵淑又拉了陆漓的手说："姐姐也别灰心，不就是等吗？姐姐这么好看，那个姐夫肯定舍不得不回来的。"

陆漓低头笑，一刻想想却道："其实，妾夫向徒河，也是去充军籍的。妾身只愿国家少战事，容妾夫安然归来。"

徒河在北，齐陵却是向西，是国家战事最频仍之地。这事灵淑从不敢多想，此时陆漓提及，连她也笑不出来了。灵善公主劝道：“哪有那么些仗打，父皇以前是爱打仗，现在年高，脾气也改了，多久都不打仗了。”

灵淑还在沉思，陆漓慢慢道：“从前可能是无将，近来六殿下战神新起，在雍州，在吐谷浑，打了好些胜仗。即使打仗，也望能随六殿下，则火海刀山不惧了。”

灵淑仍不说话，灵善想转个话题，便道：“你这个清修啊，也不知父皇让你修到什么时候，真看你头发与羽冠相称，让你做道姑啊？”

灵淑瞪她，“我姐姐不说来想个办法，还来取笑我。”

灵善笑，“我有什么办法，父皇生起气来连你都打。你就……上篇谢罪表啊，首饰拿出来给父皇在观里捐个功德啊……”

“这不都是正经主意嘛，我姐姐还是有用的嘛，”灵淑公主又高兴起来，“首饰我有，谢罪表怎么写啊，我三四个月没拿过笔了。”

陆漓这时说：“妾身略通些文墨，若公主不弃，妾身为公主代笔吧。”

“对，我家姐姐在太学做过女史的，文章写得可好了。”

灵淑赶紧说，“好，好。”

“另外……公主若觉得观里闷，妾身有个主意，或许能让公主去远处走走。”

“说了冰凉了再端来！”

陆妙谙刚一推门就听见紫绡床帐里没好气的一声吼。

“是我。”

帐子里立马没了声音。

陆妙谙掩上房门向床头走过去，“厉害成这样，哪个还愿意伺候你。”

越临川在帐子里低声嘟囔，陆妙谙正要问他说些什么，听见里面说：“我现在是闭门思过的罪臣身份，陆师傅过来做什么？”

“若没半个人过来看你，怕他们当你没了指望，不好生待见。人家愿意伺候，你脾气倒大，把人全轰了去，饿了渴了谁来管你？”

“天气热成这样，看他们人来人往的没个消停，闹心得要死。”

陆妙谙在床边坐下，抬手去掀帘子，“倒是我错怪了。”

越临川忙使胳膊压住帐边，口中道：“是方才皇子爷来过。我给他们挣下了这样的大面子，还不得好好哄着供着？”

“三殿下？”那紫绡布十分稀薄，陆妙谙扯了一下没扯动，也不敢再加力道，“若说我来不合适，如今朝中这般形势，三殿下岂不更不该来？”

“赏了我一顿板子，若不过来看问便不是三殿下了。”

陆妙谙教训他：“三殿下打你是为救你，不可心生怨气。”

越临川只管死死压住帐边，“我若连这个都看不透，也不用半年后官复原位，直接烂死在家里算了。只是来日三殿下若不能得承大统，我有几个脑袋都留不住了。”

“被你顶撞成那样，漫说是六殿下，换了哪个不会记恨？”陆妙谙说话间又扯了扯帐子，“你这张嘴，几时能改？”

“方才听三殿下大略讲了后续情形，什么‘横加猜忌处处紧逼’，陆师傅那番话说得就算客气吗？如今你我拴在一条绳上了。”

“那个，”陆妙谙隔着帐子伸手推他，“你动得了吗？这帐子压住了，我掀不开。”

越临川支吾几声，道：“掀它做什么？”

“我好容易过来一趟，总要看看伤势啊。”

帐中人压着声音嘀咕，闷闷说道：“……打得乱七八糟，有什么好看的。我这腚，从前在洛阳城里，好看是出了名的，如今打成这样，若养不好，再没一个姐儿要看了……”

陆妙谙起身恼喝道：“这说的是些什么！”越临川当他要走，慌忙将脑袋自帐子里钻出来，这么猛一动作，伤处一阵钻心辣痛，疼得他哀叫一声，一张俏脸拧得不成样子。

陆妙谙看他这样，又是心疼又是好笑，忍了忍，复在床前坐下，伸手整他睡乱的头发。

越临川索性顺杆而上，哼了几哼，整一副半死不活的样子趴在枕头上，又是喊疼，又要陆妙谙给喂水。陆妙谙把水碗递进他手里，板着脸看着他，见他虽然装得夸张，但也的确疼得满头是汗，只好在衣摆上擦擦手，四下看看，取了把扇子过来给他扇着，一边问："却究竟，要不要紧啊？"

越临川眼睛随着那扇子，十分受用，笑说："是紫门督卫喻大人安排手下打的，全是花活儿，别看这么样皮开肉绽鲜血横流，大夫说不出半个月全能养好，一点筋骨没伤着。"

陆妙谙闻言放下心来，停了一刻，慢慢道："如今朝中这景况，你不在，也好，我也少一个担心。可你不在，也不好，三殿下……"

他说话间向门口望了望，越临川看他忧虑，也收了嬉皮模样，"这会子正中午，哪个下人不偷懒眯个一觉半觉的，断不会有人过来。"

"……三殿下，更凶险些。"

越临川偏过头，看着他不说话。

陆妙谙看他神情，问他："怎么？"

"弟子是在想，如今朝中这景况，已到了让我这从来没有半分心机、只向好处度人的陆师傅，也讲出'凶险'二字的地步了。"

陆妙谙轻叹了口气，慢慢摇着扇子，"那日朝堂，六殿下有一件说得在理。我虽不愿向心机处猜度人，但从家妹素日言我内弟之情状，他的确不像是会为钱财舞弊之人。莫非他在科场上的行事，当真是为了倒去史渊？"

在越临川心里，他的陆师傅，如同高堂正殿的白玉菩萨，是纤尘不能染的，因此在朝野内外暗地里一切所知所见，他从未对陆妙谙提及分毫。相交这些年，这是陆妙谙第一次开口谈论阴谋暗计，越临川心中震动，仿似他审问最纠缠的命案时，预感到自己终于将看到真相的关节。

这样的人，都无从置身事外。取这天下，真难。

"陌楚荻……之为三殿下，常人不可及。"

他终是不想把这些难看处剖出来示于陆妙谙，陆妙谙也未再深问，两人又静了一时。

"只是，"陆妙谙又慢慢说，"故太子去了，三、四两位殿下之间分个先后，还属常情。但四殿下去了，三殿下较六殿下年长十二岁，克氏贵妃是其生母，殿下品行政务亦无可挑剔，舆情所属人心所向，为何六殿下向他无故发难，陛下反而袒护？原以为朝局至此，终可安定，陛下如今的态度，岂非动摇根本？"

越临川在心中深深叹息，断刑决狱时，总觉得明察秋毫容易，不过因为眼前皆为既成之事。可世无常情，再聪明的人，也看不清前路。

陌楚获至此，竟是满盘皆输了。

越临川轻道："为人作嫁，莫大于此，以为故太子去了，四殿下去了，六殿下受罚离朝，连史渊也去了，三殿下身前从此康庄大道了。不想六殿下的罚期，反而是他韬光养晦的时机，其间种种，陛下自然知道与他无关。他此时出来，将朝局变动的缘由全推给世人眼里最得益处的三殿下，陛下疑心的矛头自然转向，他不费吹灰之力，坐享其成。"

陆妙谙的扇子已停下许久，他看着搭在越临川背上的绡帐紫浪般的边缘，面色凝重。

越临川单手支起头，向他更近了些，"如今想来，我们眼中只见故太子的错处、四殿下的错处、六殿下的错处，其实三殿下的无可挑剔，反倒是最大的错处。我史书读得少，可曾有一个天子，容得下自己在时，有个儿子誉满天下，代掌朝局？"

陆妙谙缓缓摇头。

越临川待向下说，听陆妙谙道："可无过之下废长立幼，自古取乱之道。且不说三殿下是否拱手相让，九州四海野心蠢动之徒，若以新帝受国之正统为托词，变乱天下，岂不苦害黎民。"

"可陆师傅，当今陛下，昔年行七。"

陆妙谙一阵沉默，复说："可我读秘档，崇熙初年，血流成河。"

房中静下来，窗外群雀鸣声盈耳，无止无息。

越临川侧着头，有些费力地仰视着陆妙谙的脸。这样一个人，若让他背下天下间最大的谎言，他真能平心？自己真能忍心？

陆妙谙低下头看着他，"我知你在想什么。我答你一句'民为重，社稷次之，君为轻'。"

越临川点点头，深呼出一口气，将脸埋在两臂之间。

平心忍心，最后都是决心。

"行至这一步，向下只有非常手段。我已停官在家，成与不成，殿下不会再有赖于我了。但看陛下的态度，是不会再立太子，将以密诏成法传位了？”

陆妙谙点头，“嗯。”

“这密诏成法，陆师傅知道吗？”

“一式两份，其一由陛下随身携带，其二封于太庙太祖画像之下暗格中。验诏之时，由……御史大夫，率九卿，向太庙祭洒请香取诏，送至大行皇帝灵前，与随身遗诏两相核对，由一极贵皇室监摄，御史大夫宣明。”

“此‘极贵皇室’，可能是天家嫡女的十公主，无论是谁，三殿下自当把握。这‘御史大夫’，科举案后，吏部、礼部两尚书与御史大夫的位置都空置着，以副职代行常务，陛下的意思，看来要将这些高位留作新帝对臣下的恩赏。则验诏之时，负责宣明的，十之八九，会是陆师傅你。”

陆妙谙轻轻吐气，片刻道：“我知。”

两人便都不再说话，陆妙谙又将扇子慢慢摇起。春日迟迟。

紫门督卫统辖皇宫下等侍卫，其职责若说可与近卫统领比为内外，不如说类似内廷之外的内廷总管。皇城九门以里、内宫五门以外的大小事体俱需由此经手，下辖侍卫营、扈力司、御马监、辛者库，运作数千粗使人等供养着煌煌如天上宫阙般的内廷。自从喻青上任，政令宽缓，放出许多体恤底层宫女与苦力的潜规，使这两重宫墙圈禁起的阴戚世界渐渐生出几分人情暖意，而那些慢慢向喻青靠拢来的无处不在的眼睛和从不多话的嘴，也在这一方天地间盘结出一个隐形王国。

“三殿下今日不曾早朝，递了告病牌？”

昨夜职守的宫门司卫点头。

“……昨天来御马监借马时，是特别吩咐说要耐长途的吐谷浑姚骐马吗？”

御马监监司正在一旁坐着，听见问话，点头称是。

喻青握着茶碗，手指在碗口摩挲，心中不知怎的，想起科举案后，流徙众人自午门外领罪起行，囚车过正阳门时，本在槛车中端正跪坐的原礼部尚书移膝转身，向着自己的方向深深一拜。

一瞬车入门洞，喻青只是愣着，到马蹄车轮声都听不见了，才想起四下看看。

这方向上，只有自己一人。

“……喻大人？”

喻青起身，“那匹最快的绝影，千万借我几个时辰。”

京城九门卯时齐开，如今巳时刚过，以姚骐的脚程想必未出洛阳地界，绝影千里之速快马加鞭，应能追上……

喻青自皇城边门策马而出，不敢向朱雀大街骑行，只凭儿时印象将马驱入民居巷陌，避开大道迂回来至洛阳北门。城门方出，喻青顾不得再加顾忌，扬鞭甩出一声鞭啸重抽在绝影后胯，那雪色的宝马昂首惊嘶，绝蹄狂奔。

一路疾驰了近两个时辰，官道上全不见半匹青黑马影，喻青心急如焚，忽想起当年吐谷浑马语，便单手控住缰绳一面前驰一面将手指曲在唇间，吹响吐谷浑草原代代传承的凄厉马哨。哨音裂云，声声连绵不绝，身后一侧的原野中突然传来一声回应，喻青猛然勒紧缰绳，绝影人立而起，前蹄未及落地便被喻青扣住辔头用力一扯，马身就地拧转，直向方才马嘶传来的方向驰去。下道跑了不到半里，见远处一骑黑马碎步行来，马上之人远远望向他，神色疑虑。

喻青抬手掀下头上的笠帽，“三殿下！”

青商原上日当正午，毓疏用手搭住阳光仔细看来，神情至为疑惑，半刻道：“你这是……”

他的马上除了一只鸡冠铜壶，没有半件行李，穿的是烟紫骑服，刻纹丝罩着瑞绢里衣，全不似远行装扮。

喻青顿觉尴尬已极，恨不能登时坠马折颈。

毓疏看他座下的白马喘着粗气热汗横流，再回想他掀帽的一刻焦虑恼恨的神情，迟疑道：“……你从宫中一路赶来寻我？你当我要……”

喻青翻身下马，跪地叩道：“微臣以短见陋识妄揣殿下大慧之心，微臣万死！”

静了好一阵，毓疏道：“你当我要去向古北口，出关寻他？”

喻青深叩不起。

毓疏下马，丢下缰绳走到他面前，原想攥住他的肩膀拉他起来，手扶在他肩头一刻，却蹲下身面对着他。

“说过日后若只有你我二人，你可以名自称。”

“……喻青……喻青竟将殿下想得那般不顾大势不识大体，喻青……”

“关心则乱，并不怪你。”

再开口时，喻青的声音中已有一丝哽咽，“殿下昨日借了长途马匹，今日告病，喻青以为……”

“你所虑非虚，果然寻我于此。”

“殿下避开朝堂锋芒行缓兵之计，喻青却在这里妄揣殿下耽于，耽于……”

“一己私情？”

喻青点头，深深伏在地上。

毓疏笑起，“其实你想的，我又何尝不想？”

喻青怔了怔，抬起头看着他。

“我这几日心烦，昨天借下这匹马是想试试它的脚程，想算算看这样一匹马将我载至他处，需要几多时日。”

毓疏的笑意带苦。

“只是你想想看，若我一路寻至他，他淡淡看过来，用那般又静又冷的语气说，‘殿下这样不管不顾地跑了来，将我的辛苦牺牲置于何地啊？’你说我怎么答他？”

喻青静默片刻，轻轻摇头。

“所以说，”毓疏低下头看着自己的掌心，“想要对得起他，对得起你们，就要忍，忍到可以不忍的那一天。”

“陛下的意思已经说得很明白，传位遗诏中的名字早就定了。”

毓疏几分惊异，抬起眼看他。

……旁观需冷眼，这世上……此人有最冷的那种眼睛。

毓疏起身，亦拽喻青起来，牵过自己的马说：“我方才在东边林子里坐着，这马不知怎么听见了你，惊嘶惊跳地要寻去。”

喻青知道他想避开道路寻密处商谈，于是牵马随上。

“是吐谷浑人呼马的口哨，传得远了人便听不见，但马能听见。”

“你在草原上独自一人时，都想些什么？”

喻青看着毓疏牵马徐行的背影，静静想了一刻，道：“草原寂寞，无边无涯，喻青身边有羊有马，有狼有鸟，唯独没有人。喻青就想，若我朝食夜宿就此终老一生，与这些牛羊狼鸟有何分别？”

“依你说，如何才能有所分别？”

“为鸟兽所不能为。修身、齐家、治国、平天下。”

毓疏转回头来看着他，“好大的志向。”

喻青急随道：“喻青的志向还需殿下成全。”

枝叶间漏下的光斑投注在眉头，毓疏微微眯起眼睛，“你想建议我……”

“逼宫夺位。”

毓疏转过身来，“好胆色。你怎么敢赌定我会如此不忠不孝？”

喻青摇头，“喻青不敢。喻青只知江山社稷不是珍玩赏赐，家国亦不可托于一己私情。”

“来日我若辜负江山社稷，你一样会另择明主，推我下台？”

喻青深深看进毓疏的眼睛，片刻言道：“殿下明察。”

毓疏低声笑起，“那宝座没有半分舒坦，我千难万险坐上去，是为江山社稷，为黎民百姓，还是为谁？”

“殿下为的，不是一代盛世名垂青史？”

毓疏一瞬之间神色微凉，“身后声名，于人于己有何益处？”

“人活一世留不了多少东西，能为后世明识谨记，方不枉为人。”

眼前人复又笑起，“不知道的，真当你柔顺温和，不想骨子里竟傲到这个地步，我是该说你年少气盛，还是年少轻狂？”

喻青张口欲辩。

毓疏笑着截下他，“我也好，陌楚荻也好，又有哪个不狂？安然一生是至上福分，只是这样的福分，我们这些人没有一个想得。”

那便试上一试，成事在天，谋事在人。

“我这几日原就想向京畿大营传一趟话，待时机得至，皇城内外可同时起事。”

京畿营参领罗九修为罗妃族兄，执掌洛阳城防。

喻青闻言却摇了摇头，“喻青劝殿下再忍三个月。”

毓疏疑惑看他。

“六殿下现在京中，亦有亲兵驻于城内营馆。边军凶悍，京城营防纵使人数占优，兵戎相接未必能稳操胜券，故喻青劝殿下再忍三个月。”

“你有计策在三个月内调开毓清？”

“朝中乏大将，一旦国有战事，六殿下必定离京赴边。”

毓疏凝神看他，缓缓问道：“战事何来？”

“我朝西北边境西沧、吐谷浑两国向来均势制衡，但不久之前吐谷浑王暴薨，其兄弟子侄蜂拥夺权，致使吐谷浑朝局大乱。西沧国主趁机出兵侵吞楼兰国土，楼兰与吐谷浑代代联姻，即向吐谷浑求援。然而吐谷浑自顾不暇，于是建议楼兰求助我国。楼兰国小兵弱，却为西沧与我国之间唯一屏障，所谓唇亡齿寒，朝廷必不会坐视不管。吐谷浑辞绝借兵的文书至少已发一月，如此算来，横竖不出三个月，楼兰求使必至。”

“这些绝密军机向来由兵部直呈天子，你是从——”毓疏半句出口，骤然顿住。

喻青点头，“这些军机即便兵部与天子也不知道，喻青直接得自吐谷浑内廷。”

“……我朝朝局你也会告知于他？”

喻青谢罪拜道：“我二人只为两国安宁。”

“信涉此等机密，你不怕为人截得？”

喻青抬头，片刻笑了笑，“我二人用的是吐谷浑古语。吐谷浑的各种朝堂文件俱需以上古文字草拟一份，焚告祖先。我那时参与起草两国通商文书，有幸习得这种文字，用它写成的书信即便在吐谷浑境内也没有几个人能认，进入我朝更是天书了。”

毓疏看着他明朗的眉眼，心道这样的内蕴城府，何年何月才能看透？

是否……又是一个你……

“——来日我还真不敢杀你了。”

喻青低笑出声，“殿下怎知来日会是善阑哲为吐谷浑王？”

以名互称，果真莫逆之交。

毓疏笑开，“你看上的，应不会错。”

喻青略觉窘迫，垂了眼睛，听见毓疏道：“便依你之计，暂且按兵不动。你日后也要沉得住气些，这样要紧的位子，不可再擅离职守了。”

若不是我跑了出来，哪里有这样方便说话的地方。喻青心中想着，嘴上却说："喻青真的，再也不敢了。"

毓疏摇头，"你啊，什么都好，就是太过聪明。真正的智者要懂得藏拙。"

喻青的脸上顷刻间隐去了所有笑意，抬眼看着毓疏道："唯独对三殿下，喻青永不藏拙。"

毓疏从城外回来，因与喻青一番话，心定了许多。晚间在书房对灯静坐，忽然管事良凡飞一样跑来，慌乱说有中官急传，道克贵妃病得不好了。毓疏一阵惊慌失措，胡乱抓了外衣骑马出去，罗氏、如虹追到门口，吓得直掉泪。

毓疏骑马进了宫门，到下马处顾不上什么皇子仪态，一路奔入贵懿宫。克贵妃一向身体康健，怎么一报就说病得不好了，毓疏心慌意乱，冲进殿时见皇帝用一张胡床对榻坐着，毓清坐在母亲榻边。克贵妃脸色灰败，见他来，眼中涌出新泪。毓疏赶到母亲榻前跪下，几乎说不出话来。

"何至于此啊……"皇帝的声音也在发抖。

"陛下……"一旁贵懿宫的大宫女云珠哭着跪下，"奴婢说实话吧，从年上江淑妃没了，娘娘是伤着心了，夜晚常哭，本来晚间还吃一餐补药，现在也不肯吃了……这个月以来特别不好，每天梳头都下来一大把，以前娘娘的头发多好啊……今天早上起来就不想吃饭，玉露勉强吃了点，娘娘不让说，我们也不敢告诉……说早睡下，就听娘娘又咳又呕，我们掀开帘子看，枕单上呕红了一片，娘娘还想藏……"

毓疏听不得了，掩口而哭。

"……娘娘还不让告诉，我们哪敢再瞒……"

皇帝转向一旁侍立的几名太医："究竟是什么病？"

太医们都看翟怀羽，翟怀羽道："大悲伤心肺，云女史说得不错。"

"有什么办法？"

翟怀羽刚要说话，克贵妃伸手握住皇帝的手腕，"陛下，也别为难太医，他们岂不比臣妾更想让臣妾好。"

皇帝转向她道："你是怎么回事？不好了这么久，怎么也不告诉我？我是事多，难道不顾你的事吗？”

这几乎是毓疏有生以来第一次听皇帝自称为“我”，他不由转头看着自己的父亲，第一次觉得从“龙”的影子下，看到了一个“人”。

“陛下，臣妾也说实话吧，臣妾觉得，可能江妃姐姐，想让臣妾去陪她了。”

皇帝大恸，怒道：“那贱妇敢来缠你，寡人将她从坟里扒出来！”

“陛下……”克贵妃强撑起身去扶皇帝的双手，毓疏赶忙上前支住她。克贵妃道：“臣妾不是胡话。臣妾知道，当年不是江妃姐姐格外介意我，陛下也不会另眼看我。不是我与姐姐有胜负之心，臣妾也不会撑到今天。”

皇帝回攥着她的手，看着她摇头。

克贵妃双眼又涌出泪来，“陛下，这宫中……冷。臣妾早知道，我与她是此生相系的，没有江妃姐姐在这儿，也没有我的位置了。姐姐去时，我看她停在棺里的样子，就知道我也不会久了，我的心气儿没有了……我簪支新凤钗出去，是给谁看呢？陛下的新人岂有不好的？那何美人，臣妾看了心里都喜欢。臣妾不过与江妃姐姐一道，守着些旧日子，想那些我二人穿了尚衣局最新样的衣裳，一前一后去太液池边……听其他嫔妃宫女对我们评评点点的时候。”

皇帝从贵妃手中抽回手，双手扶住额角低下头去。毓疏想扶克贵妃重新躺下，他看着母亲的面庞。在他心中，克贵妃艳冠一世，从未变过，那此时榻上这憔悴黯淡的女人是从何方来的呢？

皇帝抬头去看翟怀羽，翟怀羽轻皱眉头回看他。皇帝弯腰凑近克贵妃道：“你总要有个念想，寡人一定照办。心气儿这回事，不想怎么能有呢？”

克贵妃为难地看着皇帝，片刻说：“我这两个孩子，陛下都能顾惜，臣妾就够了。”

毓清从榻沿滑跪下来，跪在毓疏身边，伏在榻上抽泣起来。克贵妃抚着他的头，皇帝道：“这是一定的。还有什么？”

“还有……”克贵妃垂了下眼睛，似想笑，却没笑出来，“臣妾伴了陛下一辈子，从才人到充容、昭仪、贵妃。陛下对臣妾恩重，臣妾家的出身，不过末等文官，并不曾指望得与陛下匹配。陛下赐臣妾无所不有，只那一样，臣妾也知奢求不到。臣妾现在这样，并无甘心与否之念，也知道陛下若此时因为怜我，封我为后，会变动正庶……搅乱天下。但臣妾来此一世，已走到这里了，求陛下将皇后玺绶取来，给臣妾看看……”

皇帝闻言微微心悸，然而素日深知克贵妃为人，不愿她以为自己疑她，附身痛切道：“我岂不想封你为后，寡人克死了两个苻皇后，你现在这样，寡人难道害你……”

云珠在皇帝背后哭着说：“娘娘现在已经这样了……万一冲克一下，反而好了呢……”

皇帝直起身，回头看着她，点点头说：“是……”他对身边内侍急说：“快去，把皇后玺绶取来。”

如此乱了半夜，到四更天时，皇帝实在支持不住，克贵妃时睡时醒，再醒来时，让毓清送皇帝回寝殿，陪护他一夜。又命云珠仔细闭了殿门。

殿内剩下毓疏，他暗了灯火，喂母亲喝了水。贵妃又寐一会儿，毓疏在榻边偎着，一时觉得母亲面色转好，一时又觉得母亲呼气变弱，心里七上八下，无一刻安宁，正不知怎么抑住这浑身的微抖，听见贵妃唤他。

毓疏连忙低头，“母亲……”

克贵妃握住他的手，“你别慌，为娘没有那么不好。”

起初毓疏以为克贵妃在逞强宽慰他，但看进她眼里，又觉得不像。

克贵妃伸手抚了抚他的脸，“我儿，为娘委屈你这些年了。”

毓疏将额头在贵妃手心中叩一下，连连摇头。

“你要知道，清儿不是为娘亲生的，所以陛下将清儿交给为娘养育，为娘只有对清儿比对你更好。”

“儿子如何不明白，母亲莫要说了。”

克贵妃摇摇头，“娘先说些与江淑妃的事，你听着。你父皇登极前只有故苻皇后一个有位分的妃子，及进了宫，苻皇后的身子不好，江淑妃最大的对手是一个姓贾的昭仪，是上柱国的女儿。姐姐觉得皇后的位置如果空出来，她和这个贾昭仪必择其一，所以她从后宫的小妃子中挑了我，有意向陛下提我，当然，话是反着说的。陛下知道她心高，她在意我，陛下自然也在意了，果然我封充容之后，贾昭仪就不受宠了，我的出身又肯定是做不了皇后的。”

这些事克贵妃从未提过哪怕一丝一毫，毓疏讶然看着她，转念又怕母亲是交代后事，心中一时恐惧得连想都不能想。

“不想苻皇后去了,陛下又立了小苻皇后。那时我已是昭仪,与姐姐都有一子,加上还有皇长子的母亲卢氏，但陛下再立后时没有一点犹豫。姐姐大约觉得后位无望了，来同我说，一起活下来吧，让她们去斗吧。说老实话，为娘是不会斗的，姐姐教我说，我们在外面看起来不能和好了，她觉得陛下宠爱我的时间是长的,所以我要唱好角,她做出与我对峙的样子。陛下对她有怨气时,我说好话,则陛下也会觉得我好，也会觉得我都这样说她，一来不能拂我的面子，二来她也不是真那么不好。有第三个人来时，我们都找时机说些怨言，则陛下觉得我们两个对立，却都说那个不好，看来是真的了。”

毓疏听得心惊，木然看着克贵妃，从来没有想过有朝一日会从母亲口中听到这样的话。

克贵妃笑了笑，“这就是宫廷，为娘这些年就是这么过的。姐姐怕我失宠，这些年凡是有挑东西的时候，我是好角，她又年长，她先挑，却总是挑那些我用着不好看的，把那些我用着好看的剩下来给我。早些年我也不知道我用什么好看，反正姐姐剩下的，我穿上戴上，就是好看，陛下就喜欢。……我们，我们立有血契，今生荣损与共，绝不相弃。所以为娘说，看见姐姐停在那里的样子，就知道为娘也不久了。”

“母亲说的什么……”

克贵妃摇了摇头，虽然知道殿中绝无旁人，也不由压低声音说：“但今天这呕血，不是真的。”

毓疏大愕。

“是为娘喝了浓醋。等呕出来之后，被人闻见酸气也没要紧了，因肠胃里面本来也是酸的。这个法子，也是原来姐姐教我的。”

“翟太医，没有……”

克贵妃眼神温和地看着他，“为娘知道，翟太医是跟你的人哪。”

“……总归是，醋灼了肠胃，才有血出来的。”

克贵妃又笑了笑，看向榻旁小桌上金盘里盛的皇后玺绶，“为娘真是没本事，到头来也没能名正言顺地拿到这个。纵使为娘呕了血，说了那些肺腑之言，陛下可曾动过念，真要封我为后？”

毓疏心里也只有这样想，但仍宽慰克贵妃道：“母亲言重了，方才父皇痛得那样，哪有心想这些封册的仪式？”

克贵妃仍看着那金盘说：“名正言顺不重要了，为娘有了这个，好过没有。来日无人掌天子玺时，为娘授你以皇后玺绶召群臣，总名正言顺些。即便为娘到时不在了，你的亲娘掌过皇后玺绶，总名正言顺些。”

毓疏从听闻克贵妃重病起一直乱到当下的头脑，一刹清明透彻，他终于明白克贵妃今夜要说什么。

“清儿无母，为娘岂不当他亲生骨肉？为娘本不想在你两个中取一舍一，从头到尾，只想像姐姐当年说的，一起活下来，让他们去斗吧。可那天十公主来了，问了为娘一件事，真把为娘给问住了。”

“灵淑？”

克贵妃点点头，“奇怪吧？十公主是小苻皇后嫡生，这些年从来没来看过为娘一回，那天她来，说了她端午日代陛下去北营劳军的事。”

端午是一年中毒煞最重的一日，本朝惯例劳军，掌京城锁钥的北营皇帝历年必去。但今年皇帝病沉，不堪山路，劳军之事原有说臣子代去，礼部还为此预拟过规程。然而临近端午，上了谢罪表后从清凉观返回宫中的十公主请缨为皇帝代劳。皇帝大约觉得她乖巧孝顺，且天家嫡生，又因为齐陵的事想安抚北营，居然准奏。这件事天下间当一美谈传讲，毓疏此前并未多想，此时急问克贵妃道：“灵淑说些什么？”

“她说，齐陵是北营出来的，她过去那边，将领们对她极爱戴。既然陛下没去，北营的都指挥使厉元锋就委婉问她陛下身体怎样。十公主没有正面答他，厉元锋又暗问，陛下如今属意哪位皇子。”

毓疏心惊，听克贵妃道：“她答，是你。”

毓疏垂下眼，心中又乱起几分。

“十公主说，厉元锋听了十分喜欢，说早已知你端和仁爱，值得追随。她来跟为娘说这些，为娘起先心乱，不敢答她什么。后来十公主问我，将来为娘身后，配享太庙时，新帝是哪个，我才必定能够因太后而皇后，牌位与陛下并置？”

毓疏看进克贵妃的眼睛，听她慢慢说：“十公主说，她是无母的，她母亲的牌位已经在那儿了，可剩下的位置，万一有谁最终还是更爱亲娘呢？”

毓疏的眼里有泪涌出来，咬唇忍住。克贵妃也落下泪来，“她还说，我不用疑心她，她选你，是为你救过齐陵，也为你不爱征伐，能让齐陵早些回家。何况这些事里八九分，是荻哥儿媳妇教给她的。”

“陆……漓？”

毓疏已不知自己还能听懂什么。到头来，这能验遗诏的十公主，是因陆漓而来的？这北营，是由陆漓伸手，借十公主的手替他拿的？

克贵妃看着毓疏，露出一个凄凉又怜悯的笑容，“这个名字为娘知道，为娘当时就知道她是我儿心上人。但陆家是文臣，罗家涉京城营防，岂是可以比的？为娘平时不愿对罗氏假辞色，是怕她拿住你，但这个媳妇是为娘亲手选的，你要明白为娘的用心。”

毓疏回不过神来，克贵妃又道：“如今看来，这陆氏或许来日在宫中更能助你，但世事如此，哪有什么十全十美呢？”

“……儿子明白，儿子早已……”

“疏儿，为娘今日与你说后宫事，为的是你来日面对后宫事，心里能有个底。为娘十三岁入宫，早年苦熬，等见到姐姐时，就决定不要自己了，没什么自己了。她说得对，否则我一个才人，怎么活下去，活上去？为娘好角演了这些年，我就是慈爱、纯善、与人无争、逆来顺受，我自己都觉得这是我自己了。为娘从前常想，你姨母，嫁到陌家，她郎君只她一个，疼她一世，虽然荻哥儿入朝前她没经历过什么大富贵，但也衣食无忧，儿女双全。当时我家入宫的，要不是我呢？”

毓疏双泪滚落面颊，不敢放声。克贵妃支起身来揽了他的头，“我儿，为娘是不愿你再这样过活了……为娘对你，就是这些话了，即便明早就跟姐姐去，为娘也无憾了。”

毓疏泣道：“儿子不孝，这些年从没安慰过母亲一丝一毫，母亲切莫说这样的话，来日方长，容儿子尽孝啊。”

克贵妃摇头，“你是我最好的孩子。疏儿，你来日莫伤清儿，就是对为娘尽孝了。”

翟怀羽已许久没来过如虹住处，这院落在皇府一隅，满院浓绿，她又挑了荫蔽的一间起卧。翟怀羽从暑气中走入房内，凉气扑面。如虹从桌前起来问礼，衣裳还是春制，翟怀羽回她礼，如虹让丫头采萍下去，自己又浅浅坐下。

翟怀羽上前，在桌旁另一绣墩上落座，想寒暄几句，起不了话头，开口仍是问诊。如虹果然在意的还是受孕之事，翟怀羽忍着心中苦涩，做个尽责的医生详细对她答了。到话说尽，两人都沉默下来，听窗外知了声嘶力竭。

翟怀羽不想就这样告辞回去，看着窗边砖地上投下的树影摇动，想起心上放的事，将六皇子在朝上以弄碧起头与毓疏争执的情形对如虹说了，问她是否听闻。

如虹摇头。翟怀羽犹豫道：“……也就是，三殿下并没来责你什么了？”

如虹点了点头，手指抚着翟怀羽还没收回去的脉枕，“今日不是哥哥过来，如虹全不知道此事。”

翟怀羽微皱着眉头，没回话。

如虹解释道：“那幅画像是贵妃娘娘当日想看，想来殿下也知道如虹不是存心的。”

她的头发精心梳起，却没有插一支钗，只一副小耳铛垂着，脖颈上傅些薄粉。翟怀羽侧向坐着，不敢看她的脸，想想说：“我看还是跟三殿下说个明白好，免得他有根刺存在心里。那画像既然是贵妃娘娘让画的，他也说不出什么来了。”

如虹笑笑，“我去找殿下说话也没那么容易……他不常在府里的。”

翟怀羽转过来向她，低声急问：“可是那正室阻你？”

如虹静了一刻，没有摇头或点头，“何况朝里的事殿下回来从来不说的，到时问我怎么知道的，反而不好讲了。”

见如虹忍气吞声如此，翟怀羽心尖上揪着痛，也不知能再说什么。他一时又觉得自己可怜，对着她，反而要考虑她与那人怎样，忍了好一会儿，问她：“他如今，还过来吗？”

如虹一下眼圈红了，摇了摇头。

翟怀羽再开口自己声音也发哽，“用度上亏你吗？”

“那没有，只是……”

翟怀羽走过去站在她身边，弯腰问她：“只是什么？”

眼泪从如虹眼中落出来，打在面前桌面上，“我哥的事下人也都知道，再要什么定例外的……就没了。”

从那孩子落时，翟怀羽生平第一次见如虹哭，此后次次见面，无一次她不落泪。翟怀羽只有掏出帕子来为她擦拭，如虹又哭了一会儿，两人才心觉此举唐突。如虹转开头背向翟怀羽，翟怀羽攥住那泪湿的帕子站着。

一刻，如虹说：“哥哥也去吧，如虹身上没什么事，哥哥说不妨害以后要孩子，如虹也就——”

翟怀羽从背后抱住她。

如虹低下头，眼泪接连打在翟怀羽胳膊上，翟怀羽将手臂收紧，如虹却双手挣开，起身走到窗边，背身面墙，只是抽泣。翟怀羽扶住自己的胳膊，手指深扣进肉里，看她良久，轻说：“我就去了，从此不能常来。你有话，要对他讲，我信他能知好歹的。”

如虹点点头，并未转过身。

翟怀羽携了药箱，逃一样地出门。

他对如虹此心，不知起自几时。那十来岁的孩子穿红披绿，在花园里与下人追逐打闹，牡丹芍药也不及她耀眼。他那时总信，来日她嫁时，风光十里满城争看，总信无论是谁求到她，都会将她视若珍宝。此时也不知该去恨谁，能恨的只有自己，当时若说出来，如今一切，真能不同？

七月盛夏，他只觉得身上冷。

主人今日从宫中回来，脸色差得怕人，推了晚膳一句话不说只向寝院走。小糯战战兢兢一路跟到卧房门口，原要进去伺候洗漱，却被一个眼神吓定在门槛外头，两扇雕花门生生在眼前砸上，过了片刻，上了闩。

小糯叹气再叹气，自家主人肝火硬，从小犯起脾气来简直就是个混世霸王，但真的被气到伤心时，反而只闷头怄着。皇上下旨召方大人回国已过了两个多月，今日是不是……得了那边什么消息。

他担心归担心，毓清闩了门，他也不敢拍不敢问，闷闷在门口站了许久，只得打发底下人熄灯收拾，早早歇下这一天。

心中放着事，小糯在值房里迷迷糊糊睡到三更天，突然一声撕心裂肺的马嘶刺空入耳，惊得他一个激灵翻身坐起。

冷汗透了前后襟，却再没有其他动静传来，小糯愣怔了半刻，当自己是做梦魇住了，正待重新躺下，又是几声凄厉的马嘶接连传来。这下小糯听得真切，是在后院马厩方向，他匆匆披了外衣跑出房门，也顾不及点灯，慌慌张张直向马厩跑去。下人们纷纷惊醒，个个推门出来张望，小糯一路摆着手叫他们先不要过去，顺手接过有人递来的灯笼，在马厩偏院的门口顿了顿，抬脚进去。

浓重的酒气在院中郁结，毓清只披着一件单衣，扬手向宝马踏云骢的背上又是一鞭，那马儿的身上已被抽出道道血痕，惊凸着一双眼睛连连惨嘶跳脚，剧烈摆动着脖颈只想将缰绳挣断。小糯搁下灯笼扑上去紧紧攥住毓清的手，疾声道："主人！这是发的什么邪火啊，踏云骢是您最宝贝的马，明日酒醒了必定要后悔心疼的啊！"

"什么踏云骢！"毓清推手将他搡在一边，扬鞭再抽，"我要玉髓轻雪！"

"玉髓跟着方大人去了吐蕃，现下叫小的们上哪里找啊主人！"

"那他为什么不回来？"毓清说着又是狠狠一鞭，声音里已带了几分哭腔，"他为什么不回来！"

小糯怔在一旁，眼皮随着那马嘶一下一下抽跳，过了好一阵，讷讷问道："方大人……"

"'使命未尽'，上表辞归。"毓清丢下鞭子，转身靠在拴马的横杆上，抬手抵住眉头。

"主人……"小糯方才心疼马怨他乱发脾气，如今看他这个样子，又只觉得万分心疼他，走过去扶住他的胳膊道："等方大人差事尽了，自然就回来了。主人多喝了酒又受了风，这会子头疼了吧？小的扶主人回房歇着，再喝点姜汤。"

"他是在躲事，他是不想见我了……"毓清掐住眉头蹲下身子，开口时已然低低哭了出来，“连他都怪我了……”

“主人啊，”小糯心疼得难受，却不知如何去劝，只能随他蹲下像哄孩子那样双手搂住他，“方大人必定真的有事，那吐蕃又不是什么好地方，断不会因为不想见主人就不回来的。再说，方大人也不是那么僭越的性子，这怪罪的话又是从何而来啊，必定是主人想多了。”

“……他是怪我起了争位之心了。”

小糯心口拧了一下，这皇位之事实在不是下人能谈论的，他只好抚着毓清的背，犹豫说：“……也不是坏事。方大人……有什么资格怪。”

“他就是这样，书生意气，百无一用……凡事只知道劝我躲……说什么，身处险地，要独善其身，要不卑不亢……什么叫不卑不亢？哪有个成样给我学？写来的信里也是……全是客套，全是大道理，什么知长幼之序……明天下之大义，什么叫天下之大义？哪个圣人有个准主意吗？”

小糯伸手慢慢顺着他的背，边想边说道：“方大人想的是……想让主人平安，那些信兴许皇上也会查验，若不是……若不是皇上看方大人对主人说的都是好道理，也不会这么爽快地放人回来。方大人是为主人好，待来日——”他不敢直说毓清登极，便道：“待来日事事平定了，方大人自然就回来了，自然也就不会再走了。”

毓清摇头，泪湿的眼睛蹭在小糯肩膀上，“如今连他都怪我了，他在信里暗暗提点我的那些话，原只为了我不被三哥算害，如今却被我用来算害三哥邀宠父皇了。他见我不听劝，我决意要做这皇帝，便寒了心不愿再回来了……”

“这做不做……”小糯的声音放得极低，正在毓清耳边，“也是皇上说了算。皇上说给做，难道主人说不做？”

“我为什么不做？为什么我就不能做？”毓清抬起头，声音扬起来，“就为我有一半异族的血？就为我没有亲娘？”

小糯被这话吓坏了，伸出手想挡住毓清的嘴，被毓清偏头避开。

毓清带泪的眼睛狠狠瞪来，小糯双膝落地，因离得近，也叩不下去，双手撑在地上抬起头，看着毓清在灯笼光中映出的异色眼睛说：“主人这话从何来啊……主人是生得与常人有些不同，可这不同，在好看处，走到哪里去说，都只当是福相……那庙里塑的尊者、菩萨，哪有一个是我们这俗样……还有贵妃娘娘，不就是主人的娘？我们出去说时，也是我们的脸面……”

毓清向后坐在地上，头枕上拴马的横木。踏云骢已静下来，喷出一个响鼻，弯下颈子蹭了蹭他头顶。毓清也是后悔打它，伸手揽住马头拍拍，又将脸颊贴上去，低下声说：“母亲是疼我，可更疼亲生的。”

“……主人。”

“前些日子，母亲看着病得不好了，我也吓坏了，父皇也吓坏了。母亲说想看皇后玺绶，父皇就让拿过去……母亲的病情还就安稳了。”毓清一只胳膊勾着踏云骢的脖子，眼泪蹭在马毛上也干了，“你说，真是冲克的缘故？还是这病，就为了皇后玺绶来的？”

小糯这一晚上的心，此刻真是揪到了一个尖儿上，觉得都吓木了，讷讷道：“主人，这话可真不敢乱说……原本也没皇后，拿不拿去，贵妃娘娘和皇后什么区别……”

毓清放开马，按住前额又垂下头去，摇头带起一片衣纹的簌簌声，“有区别，大有区别。你们不懂……拿了皇后玺绶，长此下去，世间真将母亲视为代位的皇后，三哥就成了……嫡长子，我就再无可争了，你们懂吗？”

小糯愣愣地看着他，说不出话。

毓清的声音闷在双臂之间，“若是方杜若，必定跟我说，那就不争了吧，天地这么大，不是只有皇帝可以做。他就是这样的性子，凡事从来不争，只知道躲……躲来躲去，又是个躲不过事的软心肠。卢衡一回、弄碧一回，我不争，我连他都保不住……我真能不争？天地是这么大，可是是我的吗？”

感到小糯的手又抚上胳膊，毓清抬起头，“我关的这些日子，都想透了。皇子又怎样，太子又怎样，父皇一句话，赐死、圈禁，两三个月之后，就像从来没有过这个人一样。”他醉酒头重，一时又将头垂下去，“三哥在朝中显赫无匹，又怎样，不是父皇不想再多事端，他又有什么下场？……我们这样位置，‘皇权’，以为多了不起两个字，其实就是把斧子，不握在手里，它就悬在头顶上。”

“主人，小的明白，主人别说了……”

毓清头晕，喉中发渴，挣开小糯的手哽了一下，闭起眼睛慢慢说：“你不明白……我活这一世，也只求两个字，叫‘自由’。你家那抱琴是插草卖过的，你问问她，什么叫‘身不由己’？”

方杜若带了小粳去吐蕃后，府上唯一的丫头抱琴许给了小糯安顿。小糯听提起这话，虽不敢说全懂毓清的苦处，也明白这样天潢贵胄一旦失势，下场及不上一般人家的仆役丫头，不由也有眼泪掉下来，心中只愿上天有眼，将面前这个从小看大的主人护住。

听见小糯哭，毓清一只手按在太阳穴上，抬眼看着他，“这些话本不是你听的，可我在世上还有谁能说？原说母亲疼我，到一定要选一个时，还是选三哥……原说方杜若是最不会负我的，我总信，让他在我和他那菩萨之间选一个，他都会选我。可我掏心掏肺地对他，为他拿命去争，这千钧一发的时候，连他也不肯回来帮我……一样是父皇的儿子，这天下我来坐，怎么就那么不可以？我为自己争，怎么就错了？”

小糯连连摇头，“主人没错，主人没错。天下是皇上的天下，皇上愿意给谁，他们那些拿不着的，自然说谁不对。可……小的也不知该怎么说……可只要主人顾好了皇上，由他们说去吧。”

毓清点头，双臂抱在膝盖上，“就是这道理。真心疼我的，只有父皇。口说无凭，只有天下给我才是真的。”

小糯仔细看着毓清，小心说道：“小的不怕死说……必定是真的。那兵权，不是只有主人有吗？”

毓清抬袖子擦了擦脸，站起身，“是，如今出兵救楼兰，我要痛快地去。那边军三十万，要让父皇都给我。”

刚一入秋，口外的天气便骤然冷了下来，采荇抱住打饭的陶碗搓搓被风刮得有些麻木的脸，排在队伍里慢慢向前挪，不停寻思着到哪儿去讨件棉服给少爷添上。造饭的马老头见他排到跟前还在发呆，拿饭勺叩了叩他的碗。采荇回神，咧嘴一笑。

“马老爷子。”

马老头问他：“今儿个天冷，你家主人好不？”

陌楚荻帮马老头写过几封信，因此马老头常常问候，有新鲜菜蔬时也往往多添一勺。

采荇叹了口气，“精神倒是好，身子就……我也不是大夫，主人说不妨事，我也不知真的假的。”

“身上不合适也装不了假，”马老头说话间将瓠瓜片向他碗里又兑了半勺，“精神好就好。”

采荇点点头。

排在他身后的人此时捅他一下，采荇当人家等得急了，连连点头要走，不想那人却道：“是叫采荇吧？你家主人准看一眼不？”

队伍前头哄出一阵笑来，采荇有些恼，但也知道对方没什么恶意，便道：“人人两只眼睛一张嘴，有什么好看的。”

远处有个人扬声：“不是说生得跟神仙似的，却是假的？”

这话采荇不爱听，撇了嘴道：“神仙算什么，自然是比神仙好看的。”

周围人又捅他，“那带我们看看，我们也看看神仙啥样。”

又是一阵笑。

采荇抱好了饭碗也笑了，“你们就都向老天爷念叨念叨，待明年开春天气暖了，主人身子若好起来，必定出门溜达，到时候想看多少眼不行？你们就都替我家主人向老天爷念叨念叨啊，保佑他身子康健病早点好。”

人群里七七八八地应和，哄笑成一片。采荇摆摆手，匆匆忙忙往回去了。

地方蛮荒，人倒都是好人，若不是有人帮衬，自己一个人也难应付得来。采荇抬头看了看日色，心道今日若再不按时候吃药，病恐怕就压不住了。偏生少爷连件暖和衣物都没多带，每个流戍人头准带五斤行李，一方端砚就占了一半，笔架纹墨哪个不是占分量的东西，若能省下几件，也能带上多撑几个月的药材。只不知下一次京中邮车几时能到，若是大雪封路再没了药，可真如何是好。采荇一面叹着气，一面脚下加快了步子，踩着结了薄霜的黑土路小跑起来。

掀开土坯房的茅草帘子，一阵寒意兜身而起，不见太阳的房间里比屋外更冷上几分。陌楚荻披着薄被蜷在炕桌边写信，见他进来，浅浅笑了笑，道：“今日冷得很，营役辛苦吗？”

本地的兵营统领得了京里的好处，规定陌楚荻应服的营役可由采荇代过，更将他二人单分出来安置在一间有灶的独屋，也算格外宽待。

采荇摇头，“天气冷，动动反而暖和。少爷又是一天没动了吧，小的煎上药扶您下地走走。”

陌楚荻笑，“不碍事，我是怕冷不想动。今日还有几封信，我写好就歇着了，你把药煎上就不必管了，到时候我自己去端，你累了一天也早些躺下。”

“昨儿个就不知道少爷是几更睡的，今天还写信？日日写，都攒了一大摞了，寄到后年都够了。少爷听劝，今天下地走走，吃了药早点歇着。”

“我再写上两三封，就真能寄到后年了，”陌楚荻说话间放下笔搓了搓手，“我是怕日后待久了惯了这里，手上懈怠，一并写好了按月寄去，免得洛阳担心。”

采荇向灶房煎药，话音隔着草帘子传来：“话是这样讲，少爷也不必写这么些。以小的看少夫人与小姐合一封便可，给翟太医的信更可省了。”

陌楚荻的神情淡了下去，遏住几声咳嗽。

“已将爹娘与夫人的信合成一封了，再合如虹如何使得，她是出了门的姑娘，也不好常常跑回家来。翟太医又是挚友，何况在信中叙些病情，他也可给些指点。”

“少爷说话是什么时候都有理，小的说不过少爷，少爷就别说了，省省气力好生歇着。小的给少爷热饭啊，今日马老头不知从哪里弄了个瓠瓜来……”

陌楚荻淡淡笑了笑，重新提起笔。

吃过饭服了药，采荇服侍陌楚荻简单梳洗过，便在灶房里铺床躺下。陌楚荻原先让他一起睡在炕上，他是无论如何也不敢行这个造次，何况床铺在灶边就着余温也算暖和。他累了一天，脑袋甫一沾上枕头便要沉沉睡去，恍惚间听见屋里陌楚荻一字一句郑重地吩咐：“来日不管出了什么事，这些信都要一封一封按月寄出，一定记住。”

采荇迷迷糊糊应了一声，低低打起鼾来。

陌楚荻将左手拢在油灯上护着火苗，胸口突然一震，手上顿时烫了一下，惊痛之间笔端的墨汁洒下一点，滴在信纸上慢慢洇开。

“……山河相望，唯待重逢。楚荻白。”

他想将此信弃去重抄一封，抬了抬笔，重又放下。

无力亦无心。

他看着床头按顺序排好的一叠叠信封，默默又数了一次，的确足以撑到后年。

到后年，万事总该尘埃落定了。

写了这么些，终是欠了一封。

他揽起袖子至为仔细地研墨，墨汁干了些，便从水碗里添些水进去，再慢慢研开。湘妃竹管的湖笔缓缓抿过，第一等的狼毫。能将它们带了来真是好事，否则怎么配得上，这些字。

“如有来世——”

笔尖停在信纸上方许久，再次转折动作。

“如有来世，愿得相知白首，相照肺腑，长伴长随，同生——”

他摇头笑了笑，蘸过新墨将这些字重重抹去，墨迹一层层洇透十数页信纸。

何必，令你大吉之日过得不顺畅舒服。

炕桌上的所有信纸俱已废尽，他挣扎着向床头取了新纸，抖着手指一点点铺开裁好，咳了几声，又向砚台里补了些水。

冰冷的空气吸进肺里，每一下都像瓷刀在刮。

漫说洛阳桃花，便是明早的太阳都见不到了吧？

他嘴角挂着笑，深深呼吸几下平复了咳嗽，用左手握住右手腕，努力令笔端稳定下来，然后用这一生最专注的眼神注视着自己的笔，横竖蕴骨撇捺得仪，化出他那名动天下的楷字陌体。

“上新帝。”

“山居闲养经年病，暂辞朝衣缓归程。洛阳东风明午至，桃花得似旧时——”

红……真红。

心已脏成这样，吐出的血水居然还能这般鲜红。

他唯恐血迹弄脏信纸，歪向一侧蜷伏在炕上，身体随着胸口一阵阵剧烈的抽痛颤抖震动。毛笔落在炕上沾湿了褥子，墨迹叠着血迹在眼前洇开，他想伸手去抓笔，然而完全没有力气，连掩住口中的血都不可能。

最后一个字，只剩最后一个字，怎么能断在这里……

是我骗了你太多次、负了你太多次，这最后一次，上苍不许了。

上苍疼你也是好事，佑你一生一世再不为人辜负。

三殿下，三哥哥，若我唤得出口，你会不会来……

若我说我自十五岁起做的每一件事都错了，是不是就算没有活过？我用半辈子换你再看我一眼，算不算晚……

到了这个时候居然都不想哭，居然没有一丝后悔，我还真是合该去死。

能在你心里留个位置……让你恨我一辈子……也算，值得。

眼前漫漫铺开的血红像洛阳春暮的花，艳艳灼灼，直烧到天边仍不见败意。他骑在五花马上，穿着碧青的进士袍，帽上插的宫花是木芍药。路两旁观礼的百姓都穿着家中最鲜亮的衣服，女子簪花别翠，就像上元节。他的马慢慢前行，人群呼喊击掌杂乱热闹，那人群之上，又像有一袭白幡飘飘荡荡。他有些迷糊，没有仔细看、仔细听。转过街角时，他看见自己的三殿下哥哥远远站在人群里冲他笑，穿着葛色的寻常衣服，但是那么高，那么英气，一千一万个人里也能一眼看见。他扭着头一直望过去，马越走越远，人声、鞭炮声都像潮水般退了下去。于是他听见有人在唱歌，年轻的女孩子，拍着手，围在马前欢快地唱，一遍又一遍。他到现在还记得她们唱些什么。

“……白玉谁家郎，回车渡天津，看花东上陌，惊动洛阳人……”

第九章
塞上秋临繁雨雪，帝城花尽黯流年

“……荻哥儿，慢点跑……”

孩子穿着生色丝褂子，光着脚，一路向池边跑去。

“……别往上爬，哎！听话……荻哥儿，下来……”

他的脚下快不了，只能一点点随过去。孩子爬上池边的太湖石，伸手去够倚向水面初开的春桃，忽然脚板被石棱划了一下，鲜血长流。孩子转头看过来，脸上却没有半滴泪水，身子一歪向后张了过去。他扑到池边伸手去抓，找不到孩子半分身影，触目只见满池鲜血。

毓疏猛地睁开双眼，汗透重衣。

屋内响起脚步声，罗妃秉着烛火掀开床帐。

“殿下？”

毓疏摇头挥去满目血色，在刺眼的火光中紧蹙眉头。

罗妃忙将蜡烛吹熄，掏出丝帕为毓疏沾额上的冷汗，“可是又魇住了？”

毓疏闭上眼让心中镇定一刻，开口道：“我这几日睡不安稳，说了你们不必陪着，有人在身边反而更容易醒。”

他平时极少对家眷抱怨，今日这几句已算相当的重话了，罗妃心中惶愧，咬起嘴唇低下头，半刻低声道：“……妾身……见殿下歇得早，便进来在房中做些女红，想着殿下若中途醒了，也好递杯茶水。”

毓疏握住她放在额上的手轻轻带开，“是我心里有事，并不怪你，你只体贴我些，让我静静待着就好。”

罗妃点头，将手从毓疏手中抽出，“妾身知道了，妾身这就下去，也叫下人们不许进来，殿下再睡吧。”

“什么时辰了？”

“刚过二更。”

“如虹睡了吗？”

罗妃心里一阵酸涩，“许……没有。”

毓疏披衣起身，没再说什么，直接出了房门。

罗妃站在未点灯火的房间里，暗暗忍下眼泪。

毓疏过了东厢花门，见如虹的房中果有灯火，犹豫片刻，推门进去。

如虹正伏在案头作画，伺候调色的陪嫁丫头采萍看见毓疏进来，连忙叩头问礼，抬头看了如虹一眼，起身下去。

如虹蘸起白矾在月亮周围勾出一环月晕，放下笔。

“殿下过来了。”

毓疏点头，一时两人都不说话。那宣纸上的最后一笔慢慢干了。

“你哥可有信来？”

如虹笑了笑，“我哥的信向来是每月一封按时寄到，这个月还没到时候，自然没有。”

房中又静了一刻。

“先前那些，我拿去收在书房信格里。”

如虹走到画案前重新提起笔，“信是哥哥写给如虹的，为什么让殿下拿去？不然如虹下封信里问问哥哥，看他为什么不给殿下写信。”

毓疏没再说什么，转身走向屋外，“天也凉了，你早点歇着。”

“都这会子了，殿下今日不宿在这儿？”

“我这些日子睡得不好，每夜俱是独寝的。”

“想要睡在身边的人夜夜独守空闺，自是睡不好的。”

毓疏停步回身。

如虹笑，“罗妃姐姐是老实人，或许看不明白，殿下当如虹也看不明白吗？殿下那书房信格里，除了我哥的信，还放些什么？”

毓疏咬牙，按住心头怒火，“你是聪明出息了，连我书房的东西也敢去翻？”

“殿下是有什么见不得人的东西要掖着藏着？十几年前的只字片纸，一张张都跟宝贝一样收在那最显眼处，殿下真不想让人看见，她已嫁作人妇，早该烧了。”

看见毓疏的神情，如虹放下笔笑着向他近了一步，“也是，这些日子恐怕又勾起什么旧事来，殿下又得了些新的也未可知，自然要放在好取放处。”

毓疏的脸色骇人，“你又听下人胡嚼些什么了？”

“我这地方，冷门冷户，哪有下人过来嚼些什么。只殿下前段去我家里去得勤，我哥既然不在，殿下是去看谁？既然关门闭户做出事来，殿下也不惧人言吧？”

自从陌楚获出京，毓疏起先忧虑陆氏的身体，后来因为北营之事，也要与陆氏谈些详细，是去看过她几回。毓疏难保自己全无私心，但说唐突之心，当真一丝无有，自问可对天地。他听如虹说出这些话，不知怎的，像是气过了一个限度，突然成了旁观人，觉得她疑得有理，又觉得她疑得可笑。

如虹见他不辩解，当他认了，一时几乎将嘴唇咬破，“我哥还没死，她已不愿守了，平日里知书达理的样子，事到临头，不说在家中多照看我爹娘，三五日就回娘家去。她即便再嫁，即便我哥乐意，休书总要一张，还是说殿下出张令文召她就可以？”

“你母亲对我说时，尚说是看她独自在家，身子又弱，又怕她天天对着得了孩子的妾，心中过不去，才让她多回娘家，去与兄弟姊妹相处，好休养精神。她回陆家……”毓疏摇摇头，不为陆氏本就懒去说什么，更不想让如虹知道九公主、十公主这些事，“她回陆家是你母亲让她去的，你想回娘家，也随时可以，一问便知。”

“殿下护她倒护得紧，只有如虹是个不好的，”如虹又向前行出几步，站近对着毓疏，“我还说提亲时，我哥怎么让她家陪来的下人跟着我，当时却只顾着心喜，没曾深想。你们三个心知肚明，只将我蒙在鼓里，来看你们作这好戏，打这好哑谜。当时若有半个人对我说解一句，我可会华年盛貌，在这院子里像弃妇一样度日！”

如虹双泪涌出眼眶。毓疏知道该上前安慰，却并不想动。他与如虹年岁相差甚远，从来只把她当成小女孩，容貌性情都说不上喜欢，只一些言谈举止会觉得可爱。嫁过来之后，见她拗逆个性，一味柔顺，虽然感心，日日相对，却从不觉得动心。如今她那酷肖陌楚荻的嘴角边盈满了泪水，毓疏看着颗颗泪珠自她的颔下滴落，一阵心灰意冷。

就是不喜欢。只是不喜欢。

“你来提亲时我并不愿意，他没有亲身过来，我知他亦不愿意，但你嫂嫂的下人说，若婚事不成你便决意出家，我才明白他二人为何应许你前来。当日说，你只想跟在我身边，说你能有我一个名分便心满意足，如今这些我都给了你，我可能也给不出更多了。你要怨要恨，只管冲我，他是你亲哥哥，你莫怨恨他。他知你如今这样可会好过？讲你嫂嫂的那些也罢了，你将浅香的小像画给毓清，你险些害死你哥知不知道？”

如虹一怔，“殿下的意思，如虹是故意的？”

毓疏看她不语。

如虹带泪而笑，“殿下心中，原来是这样看如虹的？”

毓疏摇头，向她走近一步，“不说你知轻重，浅香的身份都觉得奇怪，你就莫向毓清多提。就算是寻常妾室，是能将小像画给小叔的？”

如虹仰头看着他笑，“浅香的小像，是娘娘要看，如虹能说不画？一张工笔，与真人相对，能像到何处？如虹当日已有意往不像处画了，六殿下真要疑心生事时，靠的是这张画像像与不像？他不过要因个由头去告，如虹画张昭君出塞图，他也能说出像来！”

毓疏知她说得有理，但气在头上，不想理论。他兄妹二人长相神似，毓疏看如虹这言语逼人的样子，忽地想起陌楚荻往日温文、一朝翻脸时，心头一悸，转开头不再看她。

如虹还在说，“殿下说是我险些害死我哥？殿下知不知道，今年开科之前我哥就已经每夜咳血——”

毓疏猛地转回头，“什么？”

如虹笑出一声，“殿下此时来装什么好人，太医哥哥说，我哥押在天牢里，几次血吐了一地，殿下竟只去过一回？如虹多少次想求你，即便我哥有天大的错处，人已病成这样，就容他关在京城也是好的，总有太医能去照应。可你几天几夜宿在衙门里，回家也把书房院落下门，始终不肯见我！殿下是觉得我哥丢了你的脸面，恨不得他就死在外面，好落殿下个清静吧，还是觉得我哥去了，于你们是行了方便？究竟想害死我哥的，是我还是殿下？”

毓疏脸色苍白，双手扶住如虹的肩膀，弯下腰去。此番话于他简直晴天霹雳，他纵在心中怨过陌楚荻千万端，也如云烟散了，早听不见如虹骂他什么，只剩一地鲜血的样子在眼前来去。

“……我不……我不知道……”

“是，殿下什么也不知道，”如虹垂眼看着毓疏的发顶，“殿下不想知道时，自然什么也不知道。连我哥快死了，殿下也能不知道……连殿下的孩子没了，殿下也能不知道……”

毓疏抬头，“什么孩子？”

如虹面无表情。

“什么孩子？！”

“殿下和如虹的孩子。”

毓疏看着她，整个人僵住。如虹也没了眼泪，慢慢说：“殿下刚从益州回来时，来过一回。那个月如虹没见红，可就这一回，也没敢就高兴了。又过一个月，请太医哥哥来看，说的确是喜脉，但说脉象不很稳……我娘落过三个孩子，我也听得多，怕这个真保不住，殿下当我不会生，更厌弃我了，就求太医哥哥先瞒着，等胎稳了再说。后来果然没两个月，就掉了。”

毓疏看着她，攥着她肩膀的手越来越紧。如虹疼得又崩出几点眼泪来，仍说：“我躺在这张床上，出着血，看着外头的天，只有采萍陪在旁边哭，太医哥哥在这儿行针。这满院，满家，可有一个人过来问问，我这几日怎么吃得少了？怎么不见出去了？可是我身上不痛快了？心里不痛快了？”

毓疏听她这样，心中酸痛，漫起怜惜之意，搂了她，抚着她的肩说：“你实话告诉我就是，何苦这样委屈着。怎么翟怀羽一个外人都能知道，我就不能知道呢？”

如虹靠在他胸前，然而一动不动，“这事原不是好瞒的，起先如虹还担心，后来看就这么瞒过了，倒觉得好笑……在殿下心里，如虹恐怕什么都不是，只有我哥来时，殿下对我能在意些，我穿的什么戴的什么，殿下能多看两眼，如今我哥也贬出去了……再也回不来了。”

这话毓疏听不得，搂紧了她，低喝道：“休说这不祥之辞！”

如虹还是木然着，“说殿下怎么不能知道，太医哥哥都过来了，殿下若有一分心惦记着如虹，来看一眼，岂不什么都知道了？我有时想……我与太医哥哥，就算真闭门做出苟且之事来，殿下都不会知道。”

毓疏静了一瞬，在她耳边冷冷道：“你胡说些什么？”

如虹浑身抖了一下，但久违地觉出些毓疏对自己的在意，心中怦怦跳起来。然而下一句话让她整个人如坠冰窖，毓疏推开她一点，看着她说：“我不疑你，反是我的不对。你若想再嫁，我绝不阻拦。三媒六聘，一样不会给你少下。”

如虹顷刻泪流满脸，双手掩住眼睛，低头痛泣。毓疏退出一步，看着她无话。

如虹哭了一刻，挂着满脸的泪水扬声笑起，“如虹早知道了，在殿下眼里，如虹从来不是妾，不是殿下的女人，只是‘陌楚荻的妹妹’。殿下但凡对我有一点好处，都只因为看在我哥的面上，因为我是陌楚荻的妹妹……我生来万事，都绕着一个他转，小的时候在家里，他一闹病，全家眼里再没了我，连殿下过来也看不见我，连娘娘，一天几次差人问话，送东西。我站在他卧房门口，看你们来来去去，全在床边围着他，哪有一个回头看我？现在长大了，嫁人，还是一样，他在外头风光了，下人对我声气好些；他如今失了势，我这院里，一个人也不肯进来！”

她向前逼至毓疏身前，仰脸看着他说：“殿下也是个可笑的，他是好的，连他的妻室也是好的，被殿下如珠如玉放在心里。连他的妾室也是好的，不过画一张小像出去，殿下就这样兴师问罪自己的女人！殿下当他是什么好的？殿下不知道的事情多了，你知不知道他拿太医哥哥给他的毒，下在宫宴御酒里？那个姓赵的将军，不是什么四殿下下的蛊，就是这么毒死的！”

“——这话是翟怀羽跟你说的？”

如虹一愣。毓疏再生气时，她也没有听过他这样说话，止不住又开始浑身发抖。

毓疏盯着她，用眼神逼她回答，如虹抖着嘴唇，只有实话说：“……是他们在我家说话，我听到的。”

毓疏声色不动，像眼里有什么东西冷掉了。如虹只不甘心，只想动摇他些，扶上他的手臂说："殿下，如虹有什么不合你意的地方，如虹可以改。如虹也不知道怎样做个好妾室，还以为夫妻之间，该像我爹娘那样……像我兄嫂那样。可每每想起，我不是殿下的妻，如虹真不知道该如何自处……我总以为我尽了全部心意，对罗姐姐，对孩子，不敢有一分让她们不满意。殿下爱静，我将玩乐都免了，女红针凿也学起来，总以为能招殿下几分真心疼爱……如虹用了全部力气，什么苦都能吃下，只求殿下为我倾些心……若殿下还不肯要我，如虹真走到绝路上了……不如……把知道的都说出去，大家毁在一处死在一处，热热闹闹干干净净！"

毓疏伸手拽过她，搂进怀里。

"别说傻话。"

一番长长哭诉换来如此一句话，如虹呆住半刻，伏在毓疏肩上痛哭起来。

"夫妻情分靠的是相处，闹到头里谁也落不下好处。这些日子是我委屈你，今日不走了，好吗？……你再哭下去我真没法待了。"

如虹忍了眼泪，抬起头看着他。她心中隐约有庆幸，还好自己没踏过什么界限，毓疏终是被打动了。又微微觉得怕，像一切只是个开始。

毓疏笑笑，伸手罩灭了案上宫灯，然后低头亲她，慢慢去解她外裳的衣带。

他的胸口很痛，眼睛是涩的。一瞬之间不知想去报复谁。

热闹干净。

他在心中冷笑。这伶牙俐齿，百转机心，真有几分像你……

汉兵大举压入楼兰国境时，西沧军队火速后撤回国。

毓清大略验看过楼兰国都兵祸之后的损失状况，在皇城外扎下军营，召集属下决议后续兵事。将领们多数主张向西沧国内进兵征讨，唯独齐陵神色忧虑不发一言。

齐陵在西陲从军已有些时日，毓清喜他秉性，见他在边境军中，便将他调至麾下亲兵为都尉。毓清在意齐陵的意见，于是在诸人散去后单独留他询问，齐陵犹豫再三，开口言道："属下也知应痛击西沧，绝其再犯之心，只是，属下现时不想劝殿下进兵。”

“为何？”

“边军役苦，战士们双年之内已两度远征，加之天气酷寒，属下已闻苦戍之声。”

“在军为兵理应为国效力，况我封赏犒劳向来不遗余力，他们怨些什么？”

齐陵抬起头来，面露郁色。

“从前属下在兵部时也不知道，但犒劳封赏实际并落不到这些普通兵士的头上，有几句旧歌谣，不知殿下听过没有？”

“你讲。”

“去年桑干北，今年桑干东。死是征人死，功是将军功。”

毓清皱眉，片刻道：“你方才也说西沧再犯之心未绝，若我军撤回，西沧国主又举兵戈，我再千里奔袭与他作这猫捉耗子的戏吗？”

眼见毓清火起，齐陵忙道：“属下的意思是，不若殿下向陛下上书建议，于楼兰置军府，分兵留守，一来可震慑西沧，二来可将我朝势力延入西域。楼兰如今国土难守，必定应承。”

确为上佳之计。毓清看着齐陵，敛了怒气。

只是——

“耗时三月，行军千里，这样回去你就甘心？”

齐陵一时无话，过了好一阵才慢慢说道：“殿下不甘心，属下自然知道，只是……不忍下这不甘，万一更有令殿下不甘之事。”

毓清听他言辞支吾，一阵烦躁，沉了声音道：“把话说明白。”

“……此地相距京城何止千里，万一陛下……”皇帝的生死齐陵不敢直说，“……万一殿下那时赶不回床前，岂非一生憾事。”

毓清冷笑，“漫说父皇这几个月来玉体康健，便是三哥真的乱宫闱挟玉玺，我统合手下三十万兵马还攻不下一座洛阳城池？”

齐陵本来全无意指毓疏或篡，闻言心中大震，不敢再作他言。

毓清狠狠道：“这西沧与我，新仇旧恨不止一回。我生母出自回鹘叶护部，我这一半血亲根脉便是绝在西沧手里，今日既然来此，不能没个了结。吩咐下去，我亲属将官以下，制精兵一万五千，整兵备马，明早出发，速战速决。”

胡天八月即飞雪，如今已入十月，金莎岭上积雪盈尺。

“殿下，此岭一过，楼兰向导亦不识路了。”

毓清紧了紧雪貂裘，看向说话的副将何澄林一眼。

“楼兰人不识路，西沧人总识得。你带一支精兵向前探路，捉几个西沧人回来。”

何澄林得令而去。毓清望向眼前茫茫雪海，轻轻磕了一下马。

长长的兵队在雪岭上一步一步拔起毡靴，马也懂得踩在前马的蹄印中前行。冷风带起雪籽抽在脸上，沙粒刮磨一般疼。

傍晚大军在岭下扎营，铺了三层油毡的大帐里依旧寒气逼人。毓清凑着炉火喝了些精熬的油汤，身子渐暖缓过了精神。何澄林带进一队捆绑结实的胡兵，报这些人是在岭下五十余里处捉得，应是西沧的边防哨卫。毓清命人唤过楼兰译官，问他们西沧大部的动向，不想那些胡兵个个骨硬，即便鞭笞棒打也无一人作答。

齐陵站在一旁，看着毓清一双水色的眼睛慢慢眯起，不觉一个寒战淌过肩头。

“将帐帘掀开，带他们出去，帐前站成一排。”

几个亲兵依言上前，将俘虏带了出去。

毓清向帐外扬声，“从第二个开始问，若不说，便杀了第一个，再问第三个，还不说便杀第二个，以此为例依次下去。”

行伍中人即便不惜己命，也往往顾惜身边同生共死的兄弟。帐中诸人听此命令，俱有些脸色发白。

帐外西沧战俘已然倒下五个，月下雪地上鲜血凝出阴凄的紫黑色。译官走向排在第七的俘虏发问，那个兵士看着身旁的最后一个战友，浑身颤抖，突然飞速低声说了句什么，那第六个兵士高叫着将他踹倒，待要再踹，却双膝一弯跪在雪地里号啕痛哭。

“——他说什么？”

亲兵进帐回话，“回禀殿下，他说此地向西北一百四十里有西沧边境第一大营，高叶土城。”

毓清拢起手，低头笑笑，“赏他们一顿热饭，对他们说清，若将我军顺利带到，还有重赏。”

雪地行军一百四十里，楼兰人道即便西沧骑兵也要三天，毓清率精兵奔袭，两日赶至。

战马滴汗融雪，将士抬首却见一座空城。

唯有留守的百十个西沧士兵，见大军围城，慌乱抵抗惨败收场。

毓清驱马进入土城，已于先前攻入城中的何澄林带过守军头领，向毓清道："看城中光景，西沧人许是得知我军入境，匆匆迁营。"

毓清身上疲惫心中失望，只向他道："迁去哪里，问出没有？"

何澄林摇头。

"将上次俘虏的那两个带过来，让他们告诉这些人仔细交代大有好处，若不据实讲来，统统杀掉。寻不到西沧主力，大不了我军去劫他的王城。"毓清说着转向马侧营务参将沈重道："以此城为营驻扎一夜，待后军赶上再向前行。"

城中积雪过厚无从清扫，只能用马匹踏出几条通向各营的道路。毓清用毕晚饭向城内巡营，至勤务营时，伙夫正在熬制驱寒汤药。毓清见一锅沸水中只漂着几片薄姜，心知此次出兵稍嫌仓促，烧酒、生姜等物带得不足，若不速战速决，恐怕难以为继。

踏雪行军十余天未见西沧主力，绝非佳兆。

出得营外，冷风凝起心头郁虑。夜空晴澈，寒月照于城头积雪，璀璨如银。

"殿下。"

毓清勒马回头。

"那几个西沧俘兵交代，他们不知大部的动向，但是愿引我军去向西沧王城。"

毓清点头，向何澄林道："明早发兵。"说罢拨马向中军回转。夜风疾起吹开了狐白斗篷，他不得已伸手去抓，指骨刹那冻得生疼。他将戴着鹿皮手套的手重新掖回雪貂裘下，抬头看着月亮，在风中站了一刻。

风向南去，昆仑山之外便是吐蕃。

这样的冷风你吹了一年有余，还不厌吗……

次日大军行进一日，向晚到达鹘貉峰下，亘于路前的是一道绝壁深谷。

毓清驻马，眉头紧锁。

众骑将聚在毓清马后，无一人建言。谁都明白高山无路，向前只有过谷，而这天赐的关隘实在太适合埋伏诱敌。

“如今我倒真的相信这是通向王城的正路了。”毓清没有回头，声音中有些许寒意。

据此天险，进可攻退可守，怪不得纵使强如吐谷浑骑兵，也从未有一次到达过西沧王城下。

如今雪晴四日，却又是另一番军机。

毓清叫来天象军师，问道：“下场降雪几时来至？”

“依属下看，今晚恐怕就有大雪。”

“几成把握？”

“十有七八。”

新雪一下，盖住旧雪上的痕迹就麻烦了。

毓清沉吟之际，天象军师道：“其实属下正想向殿下建议，如若可能，最好尽早过谷。”

“你是说风向？”

天象军师点头，“如今风向西南方去，若我军过谷扎营，此山可挡大半风势；若留在此地扎营，属下恐怕营盘难稳。”

毓清本打算驻扎一夜明日从容过谷，如今两害相衡之下，决定冒一次险。

“齐陵——”

“属下在。”

毓清看他一刻，驰过来握住他马上的辔头。

“你带精兵三千过谷探路，要吩咐下去特别注意两侧山上积雪可有破损之处。若有半分足迹马迹便速速撤回，若无恙过谷，便派一个兵士回来传信，明白吗？”

查无异样，便为前军在谷外接应；查有异样，恐怕……有去无回。

齐陵明白毓清授他这样先锋敢死之任，是为了令他立功，好尽快擢升。他目视毓清重重点头，“属下得令。”

毓清向周身看了看，取下腰间存酒的银壶挂在齐陵坐骑的褡裢上，没再说什么，偏头示意他出发。齐陵向身边同僚抱拳一周，领兵而去。

云挟雪意，慢慢压上山头。天幕苍灰。

风一刻紧似一刻，将士们呼出的白气在睫毛上结起严霜。亲兵给毓清递上烧酒，毓清并未接过。沉默的等待持续了大半个时辰，忽然满目银白中一点红旗疾速驰来，劈开谷口风雪。汉兵骑队中爆发出一阵欢呼，毓清从亲兵手中取过酒碗，一饮而尽。

“走！”

将士们个个面露喜色，马儿似也变得欢快起来，旌旗重起，队列开拔。

空中阴云渐厚，然而谷内的积雪反照着天光，视野并不昏暗。毓清催马小跑向前，见两侧山雪平整如缎，风过处扬起的细痕如同织锦暗纹般连绵不绝，终于彻底放下心来。

峡谷深长，汉兵走得急促，然而后队入谷时前队仍未到达谷口。毓清遥望军前旗帜，刚想下令前军减速将队列拉紧，忽听山头一阵阴风激响。他扬首看向天空，“风雪到了？”

身后的亲兵一声惨呼，毓清猛然回头，对山上无数西沧士兵如幽灵异鬼般掀开漆白的坑道暗门自雪下涌出，飞矢骤降如雨。

毓清心中大骇，抽刀格箭厉声高吼：“由我殿后，侯新集、乔良玉分攻两侧山地，余下随何澄林向前！”

主帅的声音淹没在士兵的号叫中，高处的骑兵不及拔刀便被乱箭穿胸落马身死，尸身被伤马踏碎，飞溅的热血浸化积雪，失去骑将的惊马一匹匹滑倒在泥泞的血泊中，绊倒更多士兵和马匹，人马相践，残尸纵横，情势大乱。

齐陵本已在谷口，见状率部回马向一侧山顶冲锋，指望控住出口让后部得脱。然而积雪松滑，马匹如何也无法攀上。情急之下齐陵翻身下马，单手持刀，手脚并用竭力向上蹬爬，手下兵士纷纷弃马强攀，甚至几人相叠将战友往上送。西沧人将攻势转向，暴雨般的利箭倾盆而下，汉兵前锋身中数箭纷纷自山腰滚落，身体裹挟积雪带起大片雪雾，登顶前路全被遮蔽，唯有利箭四下袭来，惨呼之声填坑满谷，仿若冰山地狱。

“撤！撤！！护六殿下突围！”

副将的声音从下方传来，声嘶力竭。

齐陵将战刀插入雪下冻土，从腰间拔出匕首向更高处刺去。

“向上！撑下去！引开箭阵！！”

他的士兵用匕首、短刀甚至战靴上的马刺将身体挂在雪壁，挣扎着一寸一寸向上攀爬，殷红的鲜血在坡地长流，染透整面山崖。谷中箭雨少稀，汉兵向中央集结，跟随帅旗竭力向谷口突围，然而西沧的箭阵重新压下，奔跑中的步卒跌仆倒地，人身枕藉填塞谷底，残存的骑兵疯狂抽马，顾不上马蹄踏过多少一息尚存的伤兵，拥堵撞击着混乱奔逃。数匹军马鞍具钩结接连翻倒，彻底堵死前路，无数汉兵垂死挣扎的哭号声摧肝裂胆，直如修罗死场吞灭人间。

“殿下！”何澄林探出大半身体挂在毓清马上紧攥缰绳，“不能回头啊殿下！！”

毓清挥刀割断缰绳，揪住马鬃回骑向谷中冲去。

“殿下——”

天顶突然传来一声裂响，如同罗刹厉鬼的索命号啕，西沧的箭雨骤然止息，两侧山巅响起惊恐的疾声祷念。

狂风乍起，昼夜反转，暴雪如嗜血狂龙湮天灭地。

西沧人如临末日般高叫着将长枪羽箭掷向谷中。毓清奋力策马，在如山尸骸中跌撞向前，用尽最后一丝力量挥挡着战刀，世界被死白吞没前，汗血模糊的双眼映入泞透泥血的帅旗。

刺入肩胛的箭折断了箭尾，四下全是雪，狂蜂癫蝶一般的雪，他连两侧的山壁都看不见，连自己的马头都看不见，方向早已不辨，身边再没有任何一个活人。

他低伏身体扣在马背上，踏云骢惊跳狂嘶，在天塌地陷的大雪中剧烈地弹动身体，所有的伤口都劈开，心肝俱碎。他抓住鬃毛、鞍头，一切可以抓住的东西，腰侧又是一凉，甚至不觉得痛，那穿过侧腰的利器从腹前突出，他的血冻住战甲撕开血肉。他冷得像冰，像尸首，手再也抓不住任何东西，只能用双臂箍紧马颈，鞍头一下下撞在胸口，滚热的血从嘴里吐出来，红的血，红的雪，红的……

火……是火……

“过去……”他不知道自己是不是在磕马，“过去……踏云……火……”

苍穹中的法华经，悠远绵长，声声不歇。

……我绝不死。

……我绝不这样死。

……

有人停住他的马，有人叫他的名字，有风声，过年一样的鞭炮声。

有温热的东西滴在他脸上。

“殿下脉象虚燥，想必近日心神不宁。”

毓疏从脉枕上收回手，点头。

“微臣医得身子医不得心，只能给殿下开几味清火安眠的药，殿下随意吃些。”

翟怀羽说着取过笔墨为毓疏写方子，毓疏盯着他抠在纸缘的手，片刻转开头，慢慢吞下哽在喉头的恼怒。

“陌楚荻写信让陆氏传话于我，说你愿助我大事。”

“陌大人的请托，微臣绝不推辞。”

毓疏笑了笑，“他说我可以全心信你，只不知你能帮我什么？”

“微臣可以动些手段，让当今陛下在殿下想要的时日龙驭上宾。”

毓疏摇头，“我却并不想为弑君之事。”

翟怀羽抬头看着毓疏，片刻露出笑脸，“若非微臣以上古奇方为陛下延命，陛下早已在天多时，微臣放手不管，才真是顺应陛下天命。”

毓疏低眉不语。

“其实微臣向殿下说句实在话，陛下数月以来精神矍铄，实为灯烛将尽、回光返照之象。医者治病不治命，事到如今，即便微臣想为陛下续命，也没有那个本事了。”

“你知几时灯灭？”

“若殿下不想令微臣去吹，便不出两个月，只不知殿下是否等得？”

毓疏并未直言答他。

楼兰至京城有三月脚程，纵使人能乘快马星夜驰回，军队也不可能同时抵达，应该无碍。

“你尽你太医的职责便是。”

“殿下，”翟怀羽的声音中蓦地涌出焦急，“殿下早一日出头，陌大人便可早一日返京，殿下三思。”

毓疏抬眼看着他，静了一刻，问道：“你看他信中言辞，身体是否还好？”

翟怀羽犹豫再三，点了头。

毓疏自案上取过茶盏，“既如此，你听我调配好自为之就是。”言毕端茶送客。

翟怀羽站在原地看他许久，施礼告辞。

此夜宫中，承乾殿内烛影昏黄，偌大的金殿只余君臣二人。

“韩卿，你知寡人屏退旁人，所为何事？”

韩紫骁跪在皇帝榻前，叩首道：“陛下有令，微臣万死不辞。”

皇帝命他在榻前交椅上坐下，握住他的手，“你随寡人多年，忠心不贰，寡人知道即便天下人负我，你也不会负我，所以将这几样东西托付于你。”

落入手中的锦袋分量甚轻，韩紫骁惊讶地看着皇帝。皇帝轻抬下颌，示意他打开。

“这是……”

“一为传位密诏，一为传国玉玺藏处的地图。”

韩紫骁惶恐已极，将锦袋推回皇帝手中，俯身再拜道：“陛下近来龙体安泰、精神健铄，万不可起此不祥之念啊！”

“寡人的身体究竟怎样，寡人心中清楚。”

韩紫骁连连摇头，眼中涌出泪来。

皇帝支起身按住他的肩膀，“韩卿，寡人身为天子，富有天下，然而死期来至，身边却没有几个可托后事之人，寡人能信的，只有你。”

韩紫骁忍泪抬头，“陛下何出此言……既然陛下圣意已决，何不将诏书公于朝堂，令百官为证天下皆知……”

“你知寡人要将皇位传于哪个皇子？”

这不是臣子应当议论的话题，韩紫骁摇头不语。

皇帝轻皱眉头，似是对他几分无奈，“寡人将死之人，现将后事托付于你，你直说无妨。”

韩紫骁看着皇帝的眼睛，片刻咬牙道：“三殿下。”

“为何？”

“贵妃娘娘为后宫之首，又代掌皇后玺绶，论立嫡立长立贤，都该是三殿下。”

皇帝轻笑，“看吧，寡人就知道。满朝文武哪个不是如此想法，但寡人诏书上写的是毓清。”

韩紫骁闻言失色，一时无话。

“毓疏政务高明，寡人焉能不知，但他心机过密城府深险，绝非仁君之相。相比之下毓清心净无垢，又善兵事，以他为帝可保我朝一代安宁。”

其实毓疏宽厚些、毓清严苛些是朝臣普遍的感觉，韩紫骁听到皇帝这番话，稍感奇怪，但他向来唯君命是从，并不多想。

“何况，那时毓清处处回护方杜若，为一个挚友，他尚愿意争上朝堂以命相搏，足见他重情重义内心纯善。然而陌楚获陷罪之时，毓疏为求自保，对这个一起长大的至亲竟无半句回护之言，如此心狠冷血之人，岂可交付天下？他二人虽非一母所生，实近同胞，来日毓清登极，必念兄弟情分善待毓疏，但若毓疏登极，必对毓清斩草除根。寡人赐死太子，近日常觉悲哀痛悔，万不想过身之后再令天家骨肉相残，这些心意，韩卿可否体谅？”

韩紫骁重重顿首，“微臣愚钝，方才不曾领会天心。然而微臣一介武夫，听陛下一席话尚觉醍醐灌顶，陛下若将这些心意对百官言明，哪个不会感动服从？天下是陛下的天下，陛下的旨意就是天命，陛下不必多加顾虑。”

皇帝摇头轻叹，“韩卿啊，你对百官，对朝廷，想得太浅了。如今满朝官员与毓疏勾连极深，必然害怕一旦毓清即位会遭清算，你说他们是会听我的令，还是救自己的命？如今毓清不在京中，寡人骤然病笃，独困禁宫孤城，到时诏书不能公于天下，寡人的性命却不得保全了。”

“微臣与属下侍卫即便肝脑涂地也要——”

“御前侍卫有多少人？禁宫侍卫有多少人？能与京城营防争衡？”

韩紫骁不解，抬头问道：“京畿营统领罗九修是陛下亲点的，他怎会……”

“你只知寡人对罗九修有过大恩，却不想想若毓疏登极，罗家身为皇后外戚，荣华无尽。当年同生共死的卢家亦会争权夺势背叛寡人，寡人亲手养大的女儿问她愿随哪个也答是毓疏，你说寡人现在还敢信谁？”

韩紫骁急道：“如今形势紧急，请陛下速召六殿下回京！”

“旨意虽出，只怕来不及了，”皇帝深深叹息，“寡人本以为令毓清掌兵便可万事无虞，不想寡人的天命偏偏尽在他带兵远征之时，全怪前几个月寡人身体大好，疏忽轻视了。”

“微臣如何才能为陛下分忧，请陛下明示！”

皇帝将锦袋重新递入韩紫骁手中，“寡人为君一世，最后求的不过一个善终。事到如今，寡人一日不表真意，毓疏党人便观望一日期待一日，料以毓疏的性情格局，不至于铤而走险。寡人已将传位诏书置于太庙太祖画像之下，随身也带一份，待来日寡人归天，若负责启封遗诏的御史还有半分忠心，就该将真相公诸于四海；但若他昧心卖主，还需由你将这第三份密诏亲手交给毓清。寡人知你武艺高强，又熟知宫中各处暗门地道，一旦寡人发丧，你要速走。”

韩紫骁接过锦袋仔细揣入怀中，忍泪叩首道：“微臣向天起誓，绝不辜负陛下重托！”

“方大人——”雪停而风不止，何澄林凑在方杜若耳边大声喊：“末将看西沧人一时半刻不会再攻了，大人进帐歇息吧。”

方杜若张口想答，喉咙却痛得发不出声音，只得从工事矮垣上抓起一把雪塞进嘴里，“……下官不在这儿，将军如何同吐蕃火铳手协调？”

“若大人累倒了，末将营中就再没有听得懂吐蕃话的了。”

方杜若点头，向吐蕃头领大声交代几句，复向何澄林道：“下官向医帐去，若西沧再犯，将军速来唤我。”说罢刚走了几步，胳膊却被何澄林拽住，一只锡壶递到眼前。

“大人千万喝些，大人连外袍都给伤兵盖了，这样下去顶不住的。”

方杜若回手推辞，“下官在吐蕃待了一年多，这样的天气是惯了的。下官乃受戒之人不能饮酒，将军的好意下官心领了。”

“连命都保不住，还持什么戒！”何澄林多年行伍脾气刚直，硬将锡壶塞进方杜若手里，又从后方搡他一把，催他速走。方杜若心中无奈，只得勉强向他笑笑，持壶离去。

“西沧人退了？”

方杜若掰着结在战甲胸前的冰层，向小粳点点头。

“三天攻了五次，今晚上不会再来了吧？”小粳说着给方杜若递上在怀中揣暖了的水。

方杜若接过壶喝了几口，雪水刮过喉咙引起一阵刺痛。如今营中乏火，仅有的燃料只能用来化冻食物，分不出半点用以煮水，这样下去若激出疾疫，只恐回天乏术了。

方杜若虽然心中忧虑，怕惹小粳担心，便没露在脸上，“何将军方才说此次进攻西沧人吃了亏，一时半刻不会来了，你到其他帐子里好生歇一觉，后半夜好替我。”

“小的一睡下，主人绝不再叫小的起来，昨儿就这样，今儿还当小的傻吗？”

“我在风雪地里喊了一天，绝撑不了一夜，你只管去睡，后半夜一定叫你。”方杜若说话间伸手去解身上的战甲，弄了半天，却不知道肩上的搭扣怎么拨开。

小粳绕到背后帮他，边替他卸甲边道：“主人穿六殿下这身甲儿还真似模似样，以后小糯再跟小的显摆他家主人有多英武帅气，小的也有话回他了。”

方杜若没有回话，小粳明白过来后十分懊悔，连声道：“主人不必担心，六殿下有天神加护，如今只是不醒，并没有大碍的，方才那两个吐蕃大夫过来，小的看那神色也是说不妨事的。”

“……今天一天状况怎样？”

“烧还是烧，说些胡话……叫娘叫母亲的，叫主人的名字也有。”

方杜若心中一阵抽痛。小粳看他皱眉，想想又道：“其实依小的说，天气冷成这样，烧些不是坏事，那些伤兵里有几个身子冷得厉害，怕撑不住了。”

方杜若起先点头，听见小粳后半句话，道：“我从何将军那里得了些烧酒，若实在撑不过去，最后只有喂些这个。你也睡不了多一时，赶快去吧。”

小粳整好战甲出了帐子，方杜若向帐外取了些雪添进水壶里，也将水壶揣进怀中。由军旗、油毡和马上褪下的障泥连缀起的帐子相当低矮，搭合之处透入阵阵寒风。伤兵时有呻吟要水的，方杜若便将暖热了的雪水喂给他们，有两个体温过低眼看不行了的，只能喂几口酒。到了后半夜，帐外风声大起，帐内却安静下来，方杜若走回毓清旁边，掀开用以遮挡的残旗钻进去，伸手向颈边去试体温。

还是微微有些烧，比起昨日却似乎好些。

方杜若的手停在他颈边片刻，慢慢向上，轻轻抚住他额头。

“方……”

他尽力动了动嘴唇，然而靠在身边的人没有听见。

伤口像火烧一样疼，应该不是做梦。

他的右手还能动，于是伸出被盖去推，那人歪了一下，并没有醒。

他的身子，非常非常冷。

毓清惊得翻身坐起，一阵胸口剧痛，咬牙忍住，抓住方杜若的肩膀连连摇晃，听见他胸口有水声，伸手去摸，居然是冷得像冰块般的一壶水。毓清吓得连话都说不出来了，抖着手好一阵才抓稳水壶取出丢开，慌乱之间又听见一阵水声。

酒。

他抓起锡壶拨开盖子往方杜若嘴前送，然而酒液倒不进去，情急之下只好将方杜若推倒在地上，捏住他的两颚推起头将他嘴打开，整壶酒倾进去。方杜若呛住，喉咙激得几声咳嗽，毓清拽过自己身上的毯子与衣服全部盖过去，自己也过去紧紧搂住他，肩上的伤口经这一通牵扯又开始出血，毓清浑然不觉，手扳在方杜若身后不断摇晃。

血色渐渐浮上紧闭的眼睑，睫毛动了动，眼睛慢慢睁开。毓清直直看进去，心都僵在胸口。

“……毓清？”方杜若笑，声音沙哑温软。

耳边冤魂的号哭声略略远去，血流的声音充斥进来，还有扑通扑通的心跳声。

“你——”

“——你吓死我了。”两个声音叠在一起说。

毓清向后躺倒在他那用碎毡布铺起的睡垫上。

方杜若挣扎起来，支持身体咳嗽着，酒气漫了一身。他将衣服和毯子又堆回毓清身上，见毓清肩上的绑带又红透了，也没办法，只能帮他紧了紧。毓清一动不动，仰面看着帐顶。方杜若想喂他些水，但实在没有暖的，想要喂酒，又怕发散伤口，半跪在旁边呆呆地看着他一刻，想说叫医官来，见毓清嘴唇动了动，低声问着："是我错了吗……"

方杜若伸出手，覆上他的眼睛。

毓清受伤乏水，并没有泪，睫毛微微颤动，很慢很慢地问："我们……出来多少人？"

"将近两千。辎重在后，这几日雪小时，冒险拉回来一些，我带来一些，所余不多。"

"……将官，出来几个？"

"参将以上，只有何澄林、沈重。"

"……尉官呢？"

"剩十四个。"

"……齐陵呢？"

"没有。"

毓清的眼皮猛地颤了下，他抬手，抓住方杜若覆在他眼睛上的那只手。

"方杜若……你说，我回去，怎么和十妹交代……"

方杜若沉默着。

"……乔良玉，是我第一个教兵法的教习……侯新集……是我战吐谷浑的先锋，你说……我怎么和他们的家人交代……"

"造饭的时间到了，该有米汤，我去取些来。"

毓清抓着方杜若的手不松开，"为什么，我活了呢……我不想死，他们也不想……齐陵劝我了，说别向西沧进兵了……你说，他死的时候，是不是在怪我……"

"毓清，齐陵是战死的，"方杜若靠近过来，另一只手也覆上毓清的手，"你现在不该想这些，但你能明白他们是因你战死的，这没有错。"

毓清抓下他的手，张开眼睛看着他。

"可是，你再让更多人因你战死，就是你的错。"

毓清动了动嘴唇。

方杜若紧紧攥着他的手，"毓清，西沧人还在外面，你要振作。"

到毓清可以勉强下地走动，已是两天后，由方杜若扶着他出帐巡营。经峡谷一役，汉兵折损一万三千余人，仅余何澄林、沈重旗下不到两千骑兵，加上方杜若由吐蕃带来的三百火铳手，已在谷口不远处砌雪为垣固守了五天。士兵们见主帅伤情恢复，即便身陷险境也一一面露喜色，何澄林带领众将尉上前问礼，提起谷中惨状，皆尽哽住喉咙。毓清并未出言安抚，只向属下道："哀兵必胜，汉军如今定能攻下西沧王城。"

将领们闻言变色，有数人脱口问道："殿下仍要……"

何澄林接言道："若不攻城，我军如何出这雪原？"

毓清点头，"如今军中缺食少药，连生火的油柴都将告罄，西沧人两日以来放弃进攻，摆明是想等我们困死在这茫茫雪海，我们难道束手待毙吗？"

话虽如此，将领们回想起日前惨败，皆觉前路无望。

毓清的视线扫过人群，声音扬了起来："先前有吐谷浑一仗的教训，此次叫兵士们将大半军粮各自背在身上，眼下补给虽失，人却不致挨饿，只是喂马的草料无从得来，还需从口粮分取，即便杀马为食，也无火料用以烹肉。如此一来，无论原路返回还是南入吐蕃，无论留马还是弃马，全军都会半途饿死在雪野，若想求活，只能以攻为守，取食于敌。"

营中负责勤务的校尉此时向周围同僚环视一眼，点了点头。

将领群中响起低低的议论声。

"何况此地距王城已不算远，探子跟随来袭的西沧兵队，已然寻得王城的确切所在，自此我军再不需听从西沧向导，前路亦为一马平川，遭伏之虑已绝。想来西沧历代倚赖峡谷天险，疏忽都城防守，因而城墙修建得十分低矮，且全为土筑。方杜若自吐蕃带来的火铳中，最烈的一型弹丸大如儿拳，扳机一引十五连发，接连轰上几次，城土必松。我们全力进攻，只要能在城墙上撕开一个缺口，凭这些惯为前锋的虎狼之士背水一战，王城可下。"

这几日死守营地，全凭火铳的厉害，加之残留的将士皆为锋锐精兵，如此说来，战局的确尚有转机。将领们听完毓清这一席话，委顿之色俱消，目中重现猛士精神。

毓清察言观色，片刻言道："前次惨败，一在兵士不习雪战，二在主帅轻忽少决，来日得胜回朝，毓清必会负荆向父皇请罪，给死难将士一个交代。然而眼下，毓清既得上天庇佑大难不死，唯愿重掌帅印洗雪前耻，所谓胜败无常，知耻后勇，不知诸位可愿继续追随？”

将领们齐声响应。毓清向众人抱拳，然而谢字并未出口。

“既然如此，今日白天收整军队以备出击，若晚间雪晴有月，便于入夜后歇息一个时辰，此后全军急行奇袭西沧王城。你们下去各自准备，也要将方才的意思对部下讲明。”

何澄林插言道：“看殿下的身子，再延几日可好？”

毓清摇头，“如今没有再延下去的余地了。伤兵能走的，选些好马，让骑兵各缚一个骑马带走。”他说着向何澄林递了个眼色，吞下后半句话。

何澄林点头听令。将领们各自散去，毓清让方杜若扶着向营后峡谷方向走，何澄林原要跟上，毓清向他道：“时候不早，你做你的事去便好。”

何澄林略怔了一下，明白过来毓清这是要带开方杜若，好让营中送掉无法存活的重伤兵，于是叫过两个亲兵远远随上毓清，自己下去安排。这会儿小粳见毓清与方杜若久不回帐，也跟了出来，见他们要向雪地中去，便跑过来将一面绛色的厚旗给毓清披上。毓清单手一把扯下来给他塞回去，方杜若从小粳手中接过旗子，重新给毓清搭上。

“你让我省心些，现下实找不着其他东西给你添了。”

毓清没再言语。小粳看了看方杜若，给他递上棉服的外袍。

“这个伤兵……”

“方才死了。殿下和主人早去早回。”小粳说着转身回去，方杜若将外袍披在身上，抓着衣襟愣着。毓清牵他往营后走，边走边道：“在念法华经？”

方杜若摇头。

“我那时困在雪中神智全失，听见你念的经文才清醒过来，这才看见火铳的光。”

方杜若转过头，愕然看着他。

“你念的经，真的很灵。一会儿为谷中的亡魂念上几遍，好度他们瞑目往生。”

方杜若并未答话，前行几步，似转开话题：“你知吐蕃有座普陀洛迦山？”

毓清踏雪而行略感吃力，一边点头。

“那山上是观世音菩萨法座所在，其间有尊菩萨的金身塑像，宝相庄严眉目精雅。我日日对着菩萨参佛诵经，你猜我悟出些什么？”

毓清偏头看着他。

“我悟出，纵我穷尽一世，也得不了道，成不了佛。”

“为何？”

方杜若静下一刻，缓缓道：“我对着普陀洛伽山上的菩萨，心中却想，万法无常，可菩萨既然要塑作人的面庞，塑菩萨的人，心中该想着何人？”

毓清不解意，微微皱了眉头。

“我在吐蕃所见，上人所居铺金堆锦，梵香缭绕，如天上宫阙。下民衣不蔽体，在那酷寒之地，住所无顶盖，仅一浅坑，四面土围，与畜圈无异。那塑菩萨的人，既然要塑出人的面庞，他那时心中所想，是位上人，还是下民？若金身菩萨在高堂华殿，血肉之躯在土圈泥地里，我对这尊菩萨念经，有何用处？”

听方杜若讲出念经无用来，毓清有点愣住，想想说：“你们修佛……不是求脱轮回？不是普度众生？”

“今生不度，谈何轮回，谈何普度？”

毓清心照，“所以，你在吐蕃，不止是念了经。先前吐蕃进贡的火铳只合放火不合击发，现在居然厉害到这个地步，是你的手笔？”

方杜若点头，“我早年在京中见到吐蕃火铳时便有改良构想，只是我朝的金工虽强，锻造技术却达不到需要，且我当时觉得，火器害命，改良无益。可回头想来，吐蕃有这技艺，我朝无有，我纵度不了吐蕃下民，总该防备我朝子民被吐蕃上人仗这火器侵害。我便上书吐蕃赞普，以所造成品两国平分为酬，请他召集一批木工与铁匠，由我画图一试，几番调整后，近期才造出这些样式。如今冶铁与锻造的技巧我已编撰成文，来日回京呈献陛下，工部辖下亦可设局制造，到时将两方技艺相融，想必成品可比我为吐蕃赞普造出的更为精良。”

毓清听他深思远虑如此，心中感佩，半晌低道：“原来你……是真有事。”

“嗯？”

毓清拔起一步，转头看着他，“这是大好事，怎么听你话意如此忧虑？”

方杜若看着面前白雪，“兵者，凶器也。我造这火铳，原为用于我朝防备，可火铳面世，真能仅用于我朝防备？吐蕃赞普愿意发兵入西沧，大半为了试铳。我这几日亲眼见到十丈之外一弹中的，脑浆迸裂血肉横飞，这样的东西出自我手，便下血池地狱也难赎此罪。”

毓清摇头，扳住方杜若的肩膀让他转过来看着自己，“吐蕃与西沧两国世仇，即便没有这些火铳，吐蕃赞普一样会派兵来杀西沧人。何况战场上杀敌便是自救，不杀他们，他们便要杀你，若这样也算有罪，你的菩萨就是不通道理！”

“吐蕃赞普本意观望，若非我出言挑唆，又举出试铳之由，吐蕃不会出兵。”

“若这些吐蕃火铳手不来，汉兵恐怕全军覆没，你带兵前来是为救人，有何过错！”

“毓清，”方杜若笑，“有错无错，有罪无罪，都是心底自知的事。我不后悔，就是了。”

毓清看着他，眼里泛起一层水气。

他们的正前方，鹘貉雪山坦现青空之下，日光洒落漫山积雪，银洁无涯。峰间斜插而出的深谷，纵断如刀痕。

那冷寂的冰雪下埋葬着数万死者。不止是汉兵，当日的暴风雪摧垮了两侧坡地上搭建在雪下的暗道，西沧守军亦无人幸免。

满目亡魂。

“你说，这些火铳，将来会不会被我朝用来杀害无错无罪之人？”方杜若远望着山间如今已平整如初的雪面，轻声问。

“怎么？”

“吐谷浑敢犯我国，仗在兵强。西沧进占楼兰，亦仗兵强。若我朝军队大举装配这火铳，会不会依仗强兵凌犯他国？”

“后世子孙我管不了，我允你不会，三哥也不是好战之人。”

察觉到毓清话中隐意，方杜若转过头来瞠目失语。

毓清披紧身上的绛色残旗，向着雪山前行几步。

“父皇许将皇位传给我，我是知道的。但三哥的好处，我也懂了。若我不在的这些时候，父皇改了主意，真给了三哥，我也不争了。”

“毓清……”

“我原先觉得，那至高权柄就是斧子，不握在手里，就悬在头顶上，”毓清回头，整座雪山在他身后，“可你说，握着悬在全天下人头顶上的斧子，是个什么滋味？”

方杜若完全怔住，忘了摇头。

“是不是不能有一刻放松了手，不能有一刻走神儿，不能有一刻疏忽，不能有一刻太自负，更不能随心所欲，不能不受旁人的规劝约束。你说你那火铳是凶器，这斧子，不才是全天下最要命的凶器？”

方杜若点头。

毓清回身，望着他那万余亲兵的葬身之处，“你从前总劝我，要顾念苍生，要明天下之大义，我总觉得想这些无用，太没边际。我现在也不知道什么是天下之大义，可苍生，好像明白些了。”

“……我即苍生，苍生即我。我杀一人，便是杀苍生。我救一人，便是救苍生。”

毓清缓缓地点头，“没有什么看不见摸不着的苍生，埋在里面的那些，都是。我埋在里面，我也是。来日我埋在哪里，我都是。”

这是大慧大勇，几如大彻大悟。

方杜若看着他的背影，说不出话来。

“那斧子，太重了。若是父皇给了三哥，我便去问他要个山明水秀多丽人的封地，对他要紧的我全不要，做个闲王自由自在。三哥不是记仇的人，一定允我。那把斧子他拿着吧，论谨慎持重，我们谁也比不了他，他必定能拿得稳。到时候你要愿意，来给我做国相可好？”

“没有更好了的，毓清。”

毓清背对着方杜若面向雪山，但方杜若能够感觉到一个清淡的笑意浮现在他脸上。

“只要过了这一仗，最后一仗。”

他披在绛色纹锦上的头发在寒风中飘动，被雪光映出暗金色光华。

“你信吗，我打这最后一仗，不是为了军功，不是为了雪耻，甚至不全是为了求生。我只是想让齐陵，让这些埋在谷中的将士不致白死。”

方杜若低下头。可冤冤相报何时了。

然而说这些话却也没有资格，若你当日死在谷中，我又何尝不想为你报仇。

改良火器，纵兵害命。杀生戒破。

搬弄是非，离间两国。妄语戒破。

破人都城，窃人国土。予取戒破。

佛祖在上，弟子诸戒皆破，心知已无资格再往净土。

唯愿我佛慈悲，令弟子以污秽之身代此人承异日之劫，即便死后永堕修罗苦道，弟子无怨无悔。

他注视的人此时双膝跪下，两腿没在齐膝的深雪中。

除了敬天礼父母之外，今生今世第一次下跪。

“葬于此地的汉军将士，我穆毓清对天发誓，定用西沧王城城门为尔等镌刻墓碑……”

“陆大人。”

早朝之前天色漆黑，陆妙谙在西华门前停下脚步，看向来人。

“下官造次，”来人走至近前，伸手帮他正了正衣襟，“大人上朝还望注意仪表。”

陆妙谙正要谢过，却感觉一张纸条暗暗递进他手里。喻青看进他目中一瞬，点头致礼，转身离开。

次日夜间月值下弦，喻青在四门桥畔等了小半个时辰，见一顶双抬小轿转过街角，轿夫远远停下，轿中人付过银钱，缓步走来。

喻青躬身下拜，“大人来此鬼魅之地相见，下官先行谢过。”

越临川笑，“横竖我不信鬼，何况霜天淡月，佳人相约，即便此地真的有鬼，在下又岂肯不来。”

喻青抬头，轻轻笑了笑，“那几个轿夫看来却没有大人这样的胆子。”

“可不是，害我付了双倍脚钱，此行若无值当的因由，在下的亏可就吃大了。”

“若无等天的大事，下官焉敢约大人冒险前来，只是能想到方便说话的地方唯有此处，还望大人谅解。”

越临川放下嬉笑态度，“直说便是。”

喻青不觉压低了声音，“越大人知道前日晚间陛下下旨，说这几日身体欠佳，命三殿下入宫侍病？”

“不知。”

“旨意是由内侍传过去的，故而朝中诸人多数不知，下官原以为只是寻常吩咐，但三殿下自此再未出宫。大人知道内宫势力由陛下直接统辖，下官这两日用尽解数也无法取得三殿下的半点消息，下官恐怕，侍病是假，软禁是真。”

越临川目露惊愕之色，片刻深深皱起眉头。

“下官甚至担心，三殿下是否……”

越临川摆手，“陛下若想对三殿下下手，不会拖到现在。”

“但陛下若想保全六殿下的皇位，不是不可能在临死之前赐下一杯毒酒。如今形势万分危急，下官知道三殿下最信任的就是越大人，因此找来大人商议对策。”

越临川一时无话。

三殿下最信任的，此刻远在天边，也许一世不得回还。

“……想得内宫的消息，在下知道一个人。”

“望大人明示。”

“太医院院判，翟怀羽。”

喻青神色疑惑。

“此人相当可靠，喻大人信我便是。”

“我方人物殿下对下官有过详细吩咐，有关这位翟太医，殿下从未提过一言半句。”

这翟怀羽的可信之处，三殿下知不知道是一回事，即便知道，想必有不快堵在心口，如何放下颜面开口提及。

越临川左思右想，片刻轻轻叹气，道：“看你为人谨慎，若不对你说清，想你也不会全心信任翟怀羽。翟怀羽苦恋着三殿下一位身边人，他想保心上人一世无虞，唯有令三殿下登极，为了这个，你让他冒再大的风险他都愿意。”

喻青呆了一瞬，垂下眼睛想了想前因后果，不敢轻信，“常理而论，这样关系，岂不唯愿三殿下不好？”

越临川笑了笑，“三殿下若是街边卖药的，他不好，翟怀羽或许能落着。可三殿下真领了毒酒，一并送去的就是白绫红绫了吧。”

喻青心口紧了紧，终说：“翟怀羽日日入寝宫为陛下诊病，得此一人，形势应能逆转。”

越临川点头。

一事既毕，喻青换过话题，“还有一件事，需由越大人去做。”

越临川稍顿了下，“传话？”

喻青点头，“下官的身份无法在京中走动，大人目前停官在家远离朝堂视线，并且下官知道越大人在市井之中广有人脉，向京畿营传话之事，还要有劳大人。”

“想必京畿营早已有所准备，若要两边一同起事，只需约定信号便可。不如你向宫库里找些信号烟火，一旦见皇城上空升起火花，就让罗九修举兵。”

喻青却摇了摇头，“非年非节燃放烟火，百姓难免觉得疑惑，若有人猜出此中蹊跷，来日对殿下声名不利。依下官说，不如以丧钟为号，一旦宫中起事，无论陛下真死假死，下官都会命人敲响皇城角楼的四座门钟，以后论起京畿营出兵，也可说是大丧之下维持京城治安。”

这倒周全。

越临川道：“这样好，在下一定将话带到。”

“此外还有一件事，非越大人不能为。”

越临川在心中笑起。这是商议，还是支派啊。

“你说。”

“陛下不打算明诏传位，待龙驭归天之后，需由御史大夫开启太庙的传位遗诏。如今左恭迟免官，御史大夫位缺，陆妙谙陆大人身为御史中丞，身负验诏之责。陆大人为人耿直，若到时见到诏书传位于六殿下，难免据实昭告，这防备劝说之事只能依靠越大人。”

越临川看着喻青，又是片刻没有说话。

面前人年纪未满两轮，官高不过五品，统合大事居然周密到如此地步。

去了一个陌楚荻，上天却又给三殿下送来这样一个人，莫非这就是所谓，天助天子？

“我那陆师傅是不惜命的言官君子不错，但并非迂腐愚忠。此事你可放心，我们已经论过。”

喻青的眼中终于露出了一丝笑意，“大人这样说，下官彻底放心了。事出紧急，劳烦大人。这许多事都不曾先得大人同意，言语之间若有怠慢之处，大人千万体谅。”

越临川笑，“以后日子还长，你我慢慢都会习惯了。”

喻青在心中飞速计算着日后事态，并未听懂越临川的话意。越临川细细打量他，琢磨着回去之后怎么对陆妙谙从头讲解这位来日的朱紫卿相。

还真是年少有为。

大约因为雪地里的一跪，天黑前毓清又低低发起烧来。他坚决不肯将攻击推迟，何澄林也知战机不可错过，于是按毓清的意思向属下隐瞒了主帅的病情，只道六殿下肩上的伤让他无法控马，于是与方大人共乘，以便调度吐蕃战士。

小粳寻了一块干净的帐毡给毓清添在软甲外面，又将白日里割成斗篷样式的绛色纹锦给他披上。方杜若骑在马上，穿着毓清的战甲，兵丁过来扶毓清上马，将绳子绕过毓清背后，穿过方杜若甲上的几处扣环，收紧绳子后在胸甲前扎成锁心结。

兵士施礼下去，方杜若低头看着胸前的结，轻声道：“我算知道为什么都不愿意缚伤兵了，这可真是一体两命。”

毓清伸手拍拍他胸甲的侧面，“用刀砍断这里的绳子，整个结就会脱开，什么时候想甩包袱只是一眨眼的事。”

方杜若像怕绳子断掉那样立刻伸手去护，听见毓清在背后的轻笑，又道：“驮两个人，马吃得消吗？”

毓清静了一瞬，方杜若知他想起拼死驮他脱险、重伤不治的踏云骢，不知如何安慰。

毓清再开口时声音倒还轻快，“你这玉髓轻雪可是天下一等一的宝马，何况你又瘦成这样，多一个多两个都不算事的。”

方杜若也笑了，“这是什么话，你这身甲儿若不是减了一层衬里，我都罩不进去，你说究竟你瘦还是我瘦？”

“我平时在里面穿貂裘，你穿这样厚的棉服在里面，罩得进去才怪了。”

“横竖我连骨头都比你重几斤，你就不用说了。”

他们周围的营地上骑兵纷纷上马，将领们各自整理着自己的队伍，气氛紧张却兴奋。

毓清挂着笑，眼神是冷的。

月已东升，方杜若驱马来至军前，停在何澄林马旁。毓清向何澄林道：“向南中速行军三十里，按撤退的队形布军，此后转向西北方向全速奔袭，要在天亮之前到达西沧王城。”

何澄林、沈重扬声传令，骑阵开拔。

玉髓轻雪步态轻稳，疾走在雪原上身姿如飘，方杜若想到这样一来不会震到毓清的伤口，略略安心。他探手向身后去试毓清的体温，掌心触到的温度却比方才更高了些。

“不妨事，我脑袋清楚得很。现在一体两命，你全心顾马、顾战局，就是顾我了。”

“你不时叩叩盔甲可好？我便知道你无大碍。”

后肩的甲面响起轻轻的叩击声。

破晓之前，汉军兵临西沧城下。

千余士兵静如衔枚，马也不作任何声响，只不时刨动蹄下积雪。毓清令方杜若回转马头，向这些跟随在他马后的将士道：“古语有言，一将功成万骨枯，然而今日，穆毓清与尔等同生共死。”

回应他的是整齐的拔刀声。

“依计攻城，生入玉门！”

生入玉门，主帅口中这四个代表家乡的字眼激起汉兵心底最深的血性，骑阵干净利落地分开，腾起一道烟雪向西而去。

方杜若拨马面对王城正门，用吐蕃语扬声道：“火铳准备——，放！”

第一发弹丸重击在石质城门上。

留下的两百名汉族骑兵高声呼喝，刀身在盔甲上击出巨大声势。四十名吐蕃火铳手轮番放铳，弹丸在石门与土墙上激出阵阵白烟。城头开始有飞矢射下，重甲佩盾的骑兵驰向前方抵挡，火铳手的射击方向亦全部转向城垣之上。箭雨越来越密，毓清竭力喊道：“顶下去！顶到主攻开始……”

一刻后王城西面铳声大作，城头的箭阵顿时变得杂乱，正门前的火铳手犹豫了一瞬，在方杜若的令下重新开始放铳。城上射下的箭矢渐渐稀疏，方杜若向身后问，“西沧人分兵了，我们还要顶多久？”

没有回答。

寒意刹那从胸口漫起，方杜若想起已经好一阵没有听到叩甲之声。

“毓清？”他单手抓住缰绳用牙齿褪下左手的手套，伸手向身后去摸，触到的脸颊烫得吓人。他拍着毓清的脸接连唤他的名字，然而身后人完全没有醒转的迹象。骑阵越来越向内部收缩，士兵在等待新的命令，方杜若几乎将牙床咬出血来，逼迫自己高声说道：“持续放铳，维持阵形后退，退出弓箭射程后向西与大部汇合。”

西面城下火药爆裂声密如急雨，重型铳弹接连打在城墙中部，多数嵌入墙体。天已渐亮，骑兵在火铳的掩护下冲至城墙脚下，将拖挂长绳的铁钩抛上城头，纷纷在马上蹬鞍立起，手拽绳索攀爬城墙。西沧人自城上泼水，水沿城墙泻下凝结成冰，使墙面滑不溜脚，攀城的士兵多被阻在中途。方杜若骑至将旗下寻到何澄林，何澄林见玉髓马至，急向马上人道：“殿下，城墙比预计的结实许多，目前攻势未见实效！”

方杜若与他骑至并驾，低声向他道：“下官现有建议，试与不试，全凭将军定夺。”

何澄林已经看清毓清紧闭双目伏在方杜若背上，大惊失色道：“六殿下——”

“六殿下道攻城不同野战，一旦奇袭得成，余下只是勇者为胜。”

拼的无非是谁能撑到最后，这书生的话一点不假。

何澄林不由也放低了声音，“兵士们知道主帅出事，又如何能……”

“天知地知你知我知，你我传出的仍是六殿下的命令。”

“你方才……”

方杜若点头，“除你我之外尚无一人知晓，但下官不通兵法，指挥调度还要仰仗将军。”

何澄林见他一介书生大乱临头竟能镇定至此，心中也渐渐冷静下来，“大人的建议是？”

“再用一次疑兵之计，于此处维持进攻假象，大部人马急转向北，集中火力攻击北侧城墙。”

“为何？”

“工程隐患中有一项称为风蚀，塞上常年风向西北，北墙当风，受损最为严重，若西沧人不曾着意加固，便为薄弱环节。”

何澄林喜道：“为何先前不讲！末将速去调兵，大人请跟在末将马后。”

“……我也是方才才想到，方才才知道，不能不战。”

方杜若转头向身后，然而战盔阻挡视线，看不到毓清的脸。

大慈大悲观世音菩萨求现马头明王愤怒身，佑我汉兵，佑我吐蕃援军……佑我毓清……

晨光从西沧王城的背后升起，城下骑队疾驰转向。

“对准城墙西北角，不惜弹药，用力打！”

远处小粳帮一名吐蕃人架起重型火铳，轻声道：“主人这句话小的听得懂。”

弹出如天陨密雷，王城北面腾起十数丈黄尘，城墙在汉藏士兵的呼喝声中轰然坍开一道缺口。前锋骑兵蜂拥而上，挤身进入裂口，用钢刀砍噬城墙断面，缺口越裂越大。城内这时才有箭矢射出，然而攻城军队的欢呼声压过了一切，骑兵前沿突入城中。

何澄林猛拍方杜若的肩膀，磕马欲向缺口驰去。

“何将军——”方杜若向何澄林抱拳，“请将军直下王宫，无伤平民。”

何澄林回头朗笑道：“末将听令！”

“主人，”汉军已经完全掌握局面，小粳跑回方杜若马前仰首向他道：“主人帮六殿下传令传得好威风！”

“……主人？”

他看见方杜若左手反在身后扶着毓清的脸，满面泪水。

“……总要等到进城……总要……”

声音从他不断咬紧的唇间漏出来。

第十章
凤去台空江水定，寒斋长掩暮云深

外宫一间偏僻的值房中点着如豆灯火，两人于案上写字交谈。

“六殿下的捷报八百里加急传回京中，三殿下得知了吗？”

对面人迟迟没有回应，喻青拿笔管敲敲他的手，用眼神询问。

“应已知道。”

翟怀羽有些恍惚地写了四个字，重新看着喻青的字迹。

……怎么像到这个地步。

“何时起事？”

“似乎仍要等。”

喻青微微皱起眉头，笔尖一遍一遍抿过墨池。

“殿下的原话，明确要等？”

“下官看三殿下是下不了弑君决心的。”

不是弑君，是弑父。天家无父子，殿下却放不下父子之情。

喻青止住升到喉头的叹息，看了翟怀羽一眼，斟酌字句提笔道：“然而情势紧急，六殿下一旦回京，我方前功尽弃，大人可否劝谏殿下一二？”

“他最不会听的就是我。”

翟怀羽的双眼映着火光，流露的竟是恨意。

喻青迅速垂下眼睛，只要三殿下无恙，这些私怨他不想过问半分。

“在下写信，大人能否带给三殿下？”

“入内宫之前会有侍卫彻底搜身。”

那……

“以陌楚获陌大人的口吻去劝，是否可以？”

翟怀羽的笔停顿了一刻。

“他最后一次吩咐这件事时，说三殿下心软，必定不愿弑父，即便为形势所迫勉强下手，此后也会自责一生，叫我不要在这件事上催促干扰。我曾试探过一次，知他说得不错，以后也不想再违他的意思。”

喻青的笔停在墨池缓坡上，墨汁顺着笔端缓缓流下去。

逼他到这里的，不是他吗？

“殿下在宫中境况如何？”

“只是行动受限，并不吃苦，陛下似没有杀他的意思。”

喻青轻轻咬住下唇。

“那便依殿下的意思，等。”

翟怀羽抬头，启唇欲语。

喻青原要送客，看见他的神情，心中一动。

“现下陌大人在关外受苦，他这番深心的确不该违逆，就看陛下与三殿下的天命哪个熬得过哪个吧。”

喻青写完最后一个字，将案上的两张纸拈起凑近火苗，仔细地将纸焚尽成灰，其间没有再看翟怀羽。

翟怀羽的双拳慢慢捏紧，起身走出屋外。

喻青吹灭灯火，在暗中又坐了一刻，额头轻轻抵住手掌。

几时起，我也变得如此不择手段了。

“原说过……无伤平民。”

方杜若立在西沧王宫挑楼的窗前，看着宫外陈血凝滞的街道。汉军马匹自其上踏过，溅起暗红的冰凌。

何澄林本以为他待在王宫深处照看毓清，不会察觉此事，但是毕竟纸包不住火，不出七天，还是发现了。

何澄林只得说道：“士兵们为谷中死难的将士报仇，当时群情激愤，将官弹压不住。”

“汉人是命，西沧人就不是命？……这些平民百姓何尝伤过汉兵一丝半毫？”

何澄林有些无奈，“这些话大人去对将士讲，将士也是不会听的。末将说句实话，若六殿下醒着，恐怕直接下令屠城了。”

方杜若骤然转过身来，“你们将毓清想成什么，真是修罗？！他已决心不再无谓杀戮，现在这桩血孽又要加在他的头上！”

漫说是何澄林，就连小梗也从没见过方杜若发火，一时只是愣着。

方杜若闭上眼睛，似是想摆脱眼前的噩梦，片刻从袖中掏出佛珠紧紧攥在手里，径自离开。

“……连睡觉都在念经？”

趴在榻缘的人猛地撑起头，手中的念珠掉落身边。

“……这么大一张香木床，偏要趴在床边睡。”

枕在丝垫上的人声音虚弱，眯着漂亮的眼睛看着他笑。

方杜若渐渐清醒。

“……你眼睛肿得跟核桃似的，是一天还是两天没睡？……这是西沧王宫？……今儿什么日子了？”对面人一句一句接连问道。

方杜若压住嘴唇的颤抖，轻声说：“攻城是十二天前，你时醒时睡的，记不清楚了是吗？”

毓清点头，一声咳嗽，方杜若伸手扶他肩膀，听见他笑着说：“天底下再没有比这更好打的仗了，我在马上睡了一觉，城就下了。是你方菩萨降下天兵来了？”

方杜若也笑，摇了摇头。

他的脸色很差，毓清将一只手从银狐皮的被子里伸出来握住他胳膊，“……是出了什么惹你不高兴的事了？底下人杀人放火了？”

“将士们英勇得很。是我自己的心事，你别多想。”

“说说。”

方杜若低了下头，抬起眼笑笑，“我说一堆佛经道理出来，你就听得懂吗？

我的大将军临战前说了一箩筐的大话，什么身体不妨事脑袋清楚得很，结果城还没下人就晕过去了，一睡就是十几天，把我吓了个半死。现在罚你，不说。”

毓清看着他，笑得出声，“真吓得半死？你吓我的次数更多，蓝田关那回，还有大理寺，两次对一次，你还饶了一次呢。”

“山谷里那回算不算？”

提到山谷，毓清突然说：“用王城正门刻墓碑，吩咐下去了吗？”

“嗯。”

“……我有一刻，还真担心发过的誓应不了了。”

“你有天神加护，一定应的。”

毓清摇摇头，“不是天神，是你。”

方杜若没说话。

百无一用的书生，如何护你。

“你不知道，”毓清像是有些急，声音微微扬了起来，“你那些大道理，真有事时，管用。”

方杜若低下头，沉默着笑笑。

毓清看出他有些不对，想想说：“明日就启程回去吧。”

“你身子这样，怎么能走？”

“慢慢走，我坐他西沧王的大车，把这些垫子褥子都带上，点四个暖炉，穿三层貂裘还不行吗？”

方杜若笑出来，“一开心就要小孩子脾气，三层貂裘裹上去还不得成只白毛熊了，总之这次绝不——”他突然停了口。

“怎么了？”

方杜若起身，从一旁的珐琅台子上取过一张黄色折子，握在手中一刻，递给毓清。

毓清单手抖开看，“父皇急宣我回去？”

“三日前送来的，想是已在楼兰滞了一段时日。”

两人对看，一刻无言。

“……那斧子，是我的了？”

虽然手诏里并未明言，但文辞下的紧迫急切之意将什么都说破了。

方杜若点头。

“三哥，不肯丢开手？”

若非京中已至非常局面，内外通信可能都被限制，皇帝出一明旨即可，不用下这文辞暧昧的手书。

方杜若点头。

毓清捏着手诏的胳膊垂下去摊在床上，仰脸看着王宫殿顶以金宝镶就的繁复卷纹。

“你意如何？”

方杜若沉默着。

毓清点点头，“不用问你，你还是那些大道理。可从今往后，我得做主了。”

他静了一刻，慢慢从床上坐起来。方杜若上前扶住他。

“君命父令，这是最大的道理。不是我的，我不会争。可是我的，我也不会让，”他偏头看着方杜若，“何况这也让不得，真让出去，我可还能有个好下场？”

方杜若轻轻点头。

毓清笑了，“那把斧子我也能拿好，大不了你在旁边看着我。”

方杜若眉头平展，看他不语。

“……你要不想搅在这些朝局乱事里，到时我给你个山明水秀的地方，吹你的笛子去。”

“我会随你的，”方杜若说，“我会跟随你的，殿下。”

承乾殿寝宫内炭火烧得极旺，从屋外的寒天素地里进去，翟怀羽周身渗出一层薄汗。

皇帝在榻上躺着，毓疏与几个年纪较小的皇子陪在一旁，此外还有近卫统领韩紫骁和几个宫人。翟怀羽上前问过礼，药童从药篮里取出给皇帝熬制的汤药，用银质的深匙舀了一勺递给翟怀羽。翟怀羽接过欲饮，皇帝却向毓疏道：“为父也没有多少时日了，你就尽尽孝道，为寡人尝药吧。”

毓疏垂手立着，神色看不出变化，片刻答道：“儿臣遵旨。”

他说着走向翟怀羽取他手里的药勺，翟怀羽将勺子捏得很紧，毓疏一取之下没有取过，抬眼看着他。

翟怀羽道：“陛下，此药为暖肺养气之用，性温舒，三殿下这些日子身犯燥症，正在吃些清寒调理的药，两药药性相冲，对三殿下病体不宜。”说着脱开毓疏的手，仍将药勺递向唇边。

皇帝没有阻止，毓疏回身施礼道：“谢父皇体谅。”这当口翟怀羽将药汁饮尽，毓疏转头对他微微欠身，“有劳翟太医。”

一时无人说话。

皇帝盯着毓疏的眼睛，韩紫骁站在榻旁紧张地看着翟怀羽，心中不祥之感一刻重似一刻。然而那二人面如止水，一个平静回视，一个将银勺轻轻放入案上托盘。

暖炉中的红炭发出轻微的噼啪声。

“你的病是怎么回事？”皇帝衰弱的声音打破良久静谧。

“还是前次告病的因由，太医院说是气脉虚燥，这些日子一直吃药调理。”

“既如此，闲事就不要想得太多，安心养病是正理。”

“儿臣知道了。”

低眉顺目，语调平缓，完全看不出在想什么。

皇帝的脸色变得沉暗，就是这样永无破绽的嘴脸令人厌恶。

他仔细看向翟怀羽片刻，在宫人的搀扶下略微支起上身，“药端来。我也乏了，都下去吧。”

宫人端上药碗，皇子们一一施礼告辞，翟怀羽道：“微臣去给三殿下请脉，晚间进药时再来觐见。”

毓疏居住的涵华宫偏殿景物萧索，翟怀羽看过脉，写好药单后向毓疏道：“殿下的病情略有好转，微臣将方子拟成这样，请殿下过目。”

他将药方从案上推给毓疏，房门口的侍卫看了一眼，没走过来。

毓疏按住单子的一角拉到眼前，一味一味看过去。甘草和金银花之间写着一段字：“诸事备，钟为号，喻白。”

毓疏用手指压住字迹，“这几味先前吃过，没什么用处，能去便去了。”

翟怀羽点头，拖回单子蘸新墨将那八个字抹掉，等墨迹干尽，折起单子交给药童。

“殿下保重，微臣告退。”

出门天已半黑，翟怀羽紧了紧帽带，揣起双手，抬头看见北天密积的彤云。

口外的冬天不知如何冷法，这个月的信，为何还不来……

能看见最后一封信，我也就——

“大人，”药童这时说，“大人快走一步，就要变天了。”

“这得用八匹马拉吧？”小梗一面将皮被丝褥锦垫彩绣向车内堆铺，一面向车外问。

“看这轭的样子，应是十匹马前后拉的。”

“嗬，”小梗惊呼，“十匹马拉车什么架势？小的还从没见过呢。要说这西沧王也是，城墙修得不怎么样，宫里的物什倒个顶个儿的盛大，主人进过咱汉家皇宫，宫里头也这样么？”

“我平素上朝去的都是外殿，内宫里什么样子全不知道。”

“那待会儿小的问问六殿下，说不定这些东西带回京里，连陛下都开眼了呢。”

方杜若看向厢车后面三辆满载西沧珍宝的大车，眉头轻蹙。

王宫里最好的珍品分给吐蕃一半还余下这么些，此外被将官瓜分或是被士兵从百姓家里抢夺的，不知又有多少。

军队里这些事，到了最后还是看不惯。

他举起鞍具放在玉髓轻雪背上，马儿喷了个响鼻儿，小梗在车里喊：“主人给玉髓上什么鞍具啊，这车不就是给六殿下和您备的吗？”

“此行要急赶回，再装一个我，更走不快。”

小梗掀开帘子将脑袋从车窗里钻出来，声音放低说：“听那意思，六殿下回去，就是……”

方杜若没应他。

“都到这会儿了主人还避什么嫌啊，营里哪个人不知道，都指望着回去加官进爵呢。”

方杜若没回话，一个接一个地扣好鞍下的皮扣。

“主人，”小粳的口气忽然变得十分认真，“等回了京城，您可千万要百尺竿头更进一步，把这场浊气给出了，把这官职给改了，可别拉不下脸来跟六殿下说。那吐蕃，可不能再去一次了。”

方杜若看他这样，憋不住笑出来，“怎么个不能去法？”

“往吐蕃那一路山长水远的，主人生的那几场病，还有滑下山崖那次，小的现在想起来还后怕。主人若有个三长两短，小的真没法跟方老将军交代了。”

方杜若心中有些感慨，捋着玉髓的鬃毛道：“说实话，若再叫我去一趟，我是愿意的。”

“去哪儿？吐蕃？”毓清这时查验过军队启程的编制，绕回宫中来，“那可不行，我是怕冷的。那天我问沈重，他说他家乡若耶溪好，西施故里。你想远游，最多去那儿，真遇见丽人了，你又不要，给我留着啊。”

方杜若翻翻眼睛转开头，想笑又忍着。小粳从车里爬出来问礼，方杜若道：“这车他铺了小半个时辰了，你不进去躺躺，也夸句舒服？”

毓清向方杜若笑，登上车轭钻进车里。

用过早饭大队出发，打头是何澄林带领的亲卫骑队，毓清的厢车行在中段，向后是战利品和俘虏，押解西沧国主进京的囚车就在其中，最后是压阵的骑兵。

千余人的车马长龙自王城主道上经过，残余的西沧百姓有许多从街巷中走出，面色寂然地聚在路边，目送他们被俘的君主。城门已被卸去，汉兵马队行进无碍，走得很快。毓清挑着帘子看向路边百姓，不时看一眼方杜若。方杜若却无法与西沧人对视，只注视着马蹄下凝结的血污。玉髓轻雪忽然后蹄一弹，方杜若猛地一震，不明就里地回头查看，见马的后胯上刺中一支不知哪里射来的冷箭。

护驾的骑兵一阵骚动，纷纷抬头寻找箭来的方向，近处的几个围上来掩护方杜若下马，不想此时又是一箭急至，擦着方杜若的肩膀刺在马颈上，玉髓轻雪大痛失控，剧烈惊跳着撞开周围马匹向前奔去。毓清扯开帐帘从车内赶出，见小粳已然腾身而起，接连踏过几人的马背跃上方杜若马后，探腰抢过缰绳紧勒惊马。然而玉髓蹄速极快，猛然减速却难以停步，两侧的骑兵鞭打百姓为惊马让路，混乱之中几名妇孺被挤出人群，一个孩子躲闪不及，正撞在方杜若马下。

马又向前跑了几步，一声痛嘶终于停下，方杜若回骑，脸色惨白大睁着眼睛只盯着地上的孩子。一旁的骑兵赶开其余西沧百姓，弯腰拿刀拨拉了孩子几下，摇了摇头。

亲卫校官带过一名捆绑结实的西沧人，踢弯膝盖搡在毓清车前。

“箭从后街民宅的挑楼放来，还好距离太远，力度不大准头也不足。”

毓清没说什么，看向隔了半条街的方杜若。小粳不敢让玉髓再走动，便自己先翻下马来，拉紧缰绳扶方杜若下马，拽着仍在失神的他一同向厢车走来。

“埋了。”

校官抬头看着毓清，没太听真。

毓清瞥地上的西沧刺客一眼，“去，埋了。”

校官得令下去，方杜若见有人要将刺客带下，急向毓清跑了两步，经过那孩子的尸首时，却不由停下。

小粳扯他，“主人，是这孩子命不好，不怪主人。”

方杜若愣愣地低着头，不做任何回应。

毓清自车上起身，向这边走来。

“走吧主人，六殿下过来了。”小粳拖着方杜若的手向前走了两步，见方杜若还是不动，叹了口气回过头。

时间好像忽然停了，视野变得恍惚而怪异，那死去的孩子站在方杜若身旁，手中的匕首没入他腹部上缘。

血，刀口喷出瀑布一般的血。

有人从身后冲来，小粳跌在地上，放开方杜若的手。

然后有新的血喷出来，那孩子碎成不止两块。方杜若倒下去，泞在一地鲜血里。

“……这是……伤到肝了吧……”他的手从伤口上举起，血顺着手掌淌下手臂，刹那洇红衣袖。

毓清紧紧抓着他的肩膀，哭都哭不出来。

方杜若看着从自己身前涌出的血，“……血池地狱……就是……”

“——军医，军医！”

已经赶来的军医向毓清跪下，抖着双唇闭目摇头。

毓清挥刀去砍，被方杜若反手握住手臂，毓清扔下刀双手摇晃他，声嘶力竭地喊他，“……方杜若……你要敢死，我杀了他替你陪葬，听见没有？！”

方杜若越来越白的唇边泛起笑意，“……总有……不能用杀人解决的……你就记住了……”

他闭上眼睛，开始竭力呼吸。

毓清摇头，用力摇晃他。

“神佛——老天爷——你们是瞎了吗——”

撕裂的声音割破天宇，然而有沾满鲜血的手安抚地覆上他的脸，沿鬓角，到额头。

“……你受我一戒……毓清……”

方杜若摸索着，食指点在毓清眉心。

“……戒杀生，否则我……”

“方杜若，你想管我，就起来……”毓清的声音全哑，“你这戒没用，你们佛家，告与一人知晓便可除戒……你自己起来……”

“……我来不及了。”

朱砂色的一点离开指尖，方杜若的手滑落下来，搭在毓清心口，“你的戒，在……”

他最后两次沉重地呼吸，归于沉寂。

天地间的一切都变得安静。

毓清看着血泊中没有血色的脸，想，不是真的，不可能是真的，他不可能死在这种地方，雪污成黑泥，连血都冻成黑的。

若耶溪的春天明明很好，不会冷的。

“殿下！”小粳坐在不出三尺的地方，一动不动。

“玉髓轻雪给我，我去，向方老将军报丧。”

“吃下这副药，陛下可以安睡两三个时辰，此期间不要打扰。”

皇帝已然浅浅睡去，神色安稳，韩紫骁示意宫人放下帐帘，向翟怀羽道：“有劳翟太医对陛下日夜看护，在下送大人出去。”

翟怀羽笑了笑。好一副防范态度。

“韩大人护卫陛下要紧，下官告退。”

走出承乾宫，夜风甚冷，翟怀羽在袖中揣起双手，右手搭上左手的脉门。

……不出半个时辰。

他一路急赶向涵华宫而去，廊外的宫灯光中飘下几点细雪。

“殿下！殿下——”

看管偏殿的侍卫上前阻拦，“觐见时间已过，有何事体明日再议。”

翟怀羽双膝一软跪倒在地，高声哭喊道：“殿下！陛下，陛下不好了……”

毓疏已披衣从殿内赶出，急向他道：“父皇怎样？！”

“陛下……驾崩了……”

侍卫大惊，毓疏向翟怀羽迎去，经过侍卫身边时，瞬间抽出他腰间佩剑，举手刃之。

鲜血喷溅一地，翟怀羽面色苍白，双手按上心口。

涵华宫当值的宫人此时闻声赶来，见殿中景象，一个个傻在当场。毓疏提剑扬声道：“父皇新丧，御前侍卫犯上作乱，速向宫外传信！”

宫人们回过神来，争相向殿外跑去。

“承乾宫丧讯已出？”毓疏回头问向翟怀羽。

翟怀羽摇头，撑地起身，靠在门旁书架上。

毓疏弯腰在死尸的衣摆上拭净剑锋，接着将剑鞘解下，收剑还鞘佩在自己腰间。

“想不到殿下这般身手。”

“哪个皇子不曾习过武艺。——你验清父皇已死？”

翟怀羽笑，“微臣以性命担保，陛下今夜必死无疑。”

毓疏的眉头轻轻皱起，转头看向门外冥黑夜色。

“你向宫外去，确定喻青起事之后，直接向御马监借马，无论事成事败，都带如虹远走，不必再回来。”

“……这样的赏谢……微臣如何担待得起。”

毓疏回头，利剑出鞘。

翟怀羽扶住书架，微微弓起身体，笑道："原来殿下也不将如虹看作送人的东西，那微臣这性命，丢得还算值得。"

毓疏的眼神由疑惑转为震惊，厉声道："你有无解药？快吃！"

"相思无解，殿下亦知。"

翟怀羽已然无法支撑身形，按紧胸口沿书架边缘滑坐在地上。

毓疏的语调变得极冷，"父皇是？"

"毒药混在安神汤药中，陛下于梦中故去，不会受微臣这样的苦楚。"

毓疏举剑架在翟怀羽颈边，止不住微微颤抖。

"弑君是凌迟之罪，"翟怀羽每说一句话都伴随着痛喘，"微臣代殿下担下千古罪名，殿下不谢我，反要怪我？"

"父皇余日无多，你何必以身陪葬！"

翟怀羽越来越紧地蜷起身体，话中的笑意已难维持，"殿下这样说，是怜悯微臣，还心疼如虹伤心？殿下大可不必，如虹的眼泪，不会为微臣流的。"

毓疏剑尖颤动，几乎割破翟怀羽颈侧。

翟怀羽尽力抬起头，"殿下不用疑她，微臣这样，是出于我心，并非如虹有求于我。如虹自小开朗，微臣平生所见，她有一分眼泪也是为殿下流的，是我要顾她，她不会顾念我。"

皇城四角丧钟突起，裹挟风雪破空而来。

毓疏的声音仿佛浸着雪水，"你这样死，再怎么顾她？"

"殿下！"翟怀羽叫住转身欲去的毓疏，"殿下顾她就足够了，微臣这样助你，是要你从今而后令她少流些眼泪。殿下知不知道，她躺在床上，哭着说今生今世那可能是她和殿下唯一的孩子了……殿下知不知道微臣在旁边……心里是怎么过去的……"

"痛得厉害？"毓疏回身，重走至翟怀羽面前，看着他扭曲的身体。

"今日这毒……叫'寸相思'，是心痛至死……殿下听听应不应这名字？"

毓疏点头，将剑尖抵在翟怀羽胸口，穿心而过。

至承乾殿时，已有后妃闻钟赶来，金阶上下哭声一片，毓疏带剑入殿，见御榻的帐帘已然掀起，诸皇子与近卫宫人跪在榻前，哀声响彻。

韩紫骁自榻前起身，“弑君弑父的贼子，来得正好！”

几位小皇子见侍卫骤然拔剑，都惊惶地躲向三哥身边，毓疏揽住十一弟、十四弟，向韩紫骁道：“方才涵华宫侍卫行刺于我，原来是你的指使！父皇究竟如何死法，与我说清！”

“殿下，”一名近侍此时膝行至毓疏面前，“陛下原已安然入睡，方才殿外却传陛下驾崩，我等慌忙查看，见陛下……已然断气。陛下之死与我等宫人全不相干，殿下明察啊！”

韩紫骁搡开近侍直逼毓疏，“必是翟怀羽下毒！”

“翟怀羽已为侍卫杀害，如今死无对证，你倒推得干净。”

“你！”韩紫骁仗剑削向毓疏颈侧，毓疏将两位弟弟掩至身后，身形不动背手而立，“看你再怎狡辩！”

韩紫骁的剑半途落下，身形疾起掠出殿外。几名侍卫起身向外追去，毓疏没有回头，缓缓行至皇帝榻前，双膝跪下深伏于地。

眼中有泪，不问悲喜。

再深的密道也挖不过护城河水，韩紫骁自金水桥畔的暗门钻出，潜身桥下向对岸望去。天色未明，火光人影密密层层，已将宫外完全包围。

韩紫骁按住怀中锦袋看向面前河水。无数火把光焰荡入水中，明波不绝。

“……韩大哥？”桥畔有人轻唤。

韩紫骁不敢作声。

“韩大哥，我是喻青。京畿营已将皇城围定，大哥现下无法走脱，不如先向外宫寻间偏房躲避，待守备疏忽再做计议。”

见韩紫骁仍无回应，喻青续道：“大哥若不信我，喻青现在回去，但会为大哥留开西南角驮马门，有无埋伏，请大哥自去分辨。”

韩紫骁自桥下探出头来，喻青已然走远。

他思揣片刻，知无他计，便以宫墙阴影为掩护，轻动身形向西南掠去，至驮马门时，果见门开一线，韩紫骁仔细查探门内动静，知门后十丈之内并无一人。

他小心闪身进去，空中薄雪沥沥，前方远处一点微火，喻青手护烛光独立在空场中。

韩紫骁缓步上前，微微施礼道："谢喻贤弟救助之恩。贤弟怎知于桥畔候我？"

"韩大哥速随我向藏身处去，你我边走边谈。"喻青说着吹灭手中烛台，向外宫东侧走去，韩紫骁紧随其后，听喻青轻声道："内宫骤然传出丧讯，小弟心觉事有蹊跷，见京畿营围城，便知有人逼宫篡位。小弟参领皇城防卫，曾于巡视之时仔细确认过各处暗门，这金水桥畔的暗门便于过河，小弟心知最为重要，此番见内宫有变，预计到会有忠义之士出宫传信，因此于桥边等候，小弟并不知道等来的会是韩大哥。"

"你助陛下大事，功劳非浅，来日一定——"

"韩大哥，后事休提，眼前危机未解，大哥保命要紧。这里是粗使宫人旧居的值房，如今已然闲置，"喻青说着推开宫巷拐角处的一扇矮门，"大哥进去暂躲一刻。"

韩紫骁点头迈步，一柄冰凉利刃无声架上颈项，他惊欲回头，那握刀的手顿加力道，刀锋切入肌肤。

屋内忽然火光大盛，几名下等侍卫霎时涌上，四五剑锋分遏韩紫骁脖颈两侧。

喻青收回呼雨短刀，绕至韩紫骁身前，将刀身插回伪为烛台的刀鞘中。

韩紫骁怒目相向，几乎将眼眶眦出血来。

喻青揣呼雨入怀，上前向韩紫骁周身摸索，搜出胸前锦袋。

韩紫骁伸手回护，侍卫们剑锋骤紧，喻青道："韩大哥，如今你性命受制，不可轻举妄动，留得青山在，许能将先帝口谕传于六殿下。"

"你为何依附那乱臣贼子？！"

喻青取出密诏，看过之后，就着墙上的火把点燃。

"你为何追随那年少寡德之人？"

"六殿下是陛下亲选的皇帝！"

"三殿下是百姓认定的真龙天子。"黄绢焚尽，喻青取出袋中另一密帖。

韩紫骁孤注一掷，诚意言道："你知陛下为何传位于六殿下？六殿下重情重义，登极之后必会善待三殿下，而三殿下心狠手辣，必对六殿下斩草除根！"

"你知这是什么？"喻青将手中密帖展向韩紫骁。

"传国玉玺藏处的地图。"

喻青摇头，"所谓传国玉玺，宫中暗传早于前朝亡失，先皇使用的也不过是天子印。无论是真是假，这都不是藏处地图。"

他展开密帖迎向火光，让韩紫骁看清其上文辞。

——"寡人深喜三皇子毓疏，龙驭归天之后，需令此子随葬，以安寡人泉下百年。赐金屑酒死。"

"这是先皇对六殿下的吩咐。这是先皇要为六殿下斩草除根。"

喻青的眼睛映着火光，泛出如水光华。

"先皇说话做事如此高妙，也可死而无憾了。"

"杀剐由你，勿对陛下不敬！"

喻青收回密帖，仔细放入袖中。

"小弟若想杀韩大哥，何不先刃后搜，更为稳妥？"

韩紫骁猛地挣动身体，"你究竟想做什么？！"

喻青抬眼看着他，"小弟想的是，放韩大哥出宫，若韩大哥自有天助，可将口谕传于六殿下，到时韩大哥便知何人堪当天子之名。"

"六殿下早知陛下本意，定会率兵讨平这谋篡之贼！"

喻青退远一步，脸上的神色相当平和，然而目光深处怒意如冰。

"韩大哥口中谋篡之贼，是喻青眼中安民之君。相比之下，六殿下从不曾将江山社稷放在心中，喻青不信苍天无眼。然而口说无凭，你我如今各为其主，不如自此分道扬镳，待新君登极之日，分晓自见。"

他以目光示意，侍卫们落剑回撤护在喻青身前。见韩紫骁迟疑不动，喻青道："西南驮马门现下仍然开着，宫外是另一番龙盘虎踞，韩大哥好自为之。"

韩紫骁狠狠握紧双拳，抽身没入屋外夜色。

于东宫暖阁相见时，毓疏已然身披重孝。喻青跪地呈上先皇密帖，毓疏看毕久久无语，末了轻笑道："一个不愿犯弑父之罪，却日日掐指计算父皇死期；一个不愿负杀子之名，却嘱咐新帝以失位皇子殉葬。好一对父慈子孝。"

喻青静跪无言。

“传位密诏呢？”

“已焚为灰烬。”

“为何独留下这张？”

喻青的目光闪动一瞬，摇了摇头。

“怕我为弑父自苦，望我借此帖开解？”

喻青静了一刻，点头将身子伏低了些。

“传信之人呢？”

“……微臣取诏之后……放韩紫骁出宫。”

“有那样的勇气放人，为何现在声音听起来如此恐惧？”

语气平和，却令喻青微微发起抖来。

“你始终有些怕我。”毓疏声音很轻。

喻青点头。

“为何？”

“……殿下心思难猜。”

“常听人说喜怒无常的，不是毓清？”

“……喜怒不形于色的，更可怕些。”

毓疏从座上起身向他走过去，“你性情很怪，敢为常人不敢为之事，能忍常人不能忍之苦，可发抖流泪都是平常事，一面又去犯颜冒险。你说心思难猜的究竟是谁？”

喻青抖得更加厉害，此次却不只因为恐惧。

“你一面不懂藏拙，一面又足够聪明，即便不去藏拙也不致妨害自身。我知你必有足以开脱的理由，至少必有足以说服我的理由，”毓疏说着将喻青自地上扯起，“直说便是。”

喻青咬着嘴唇抬起头来，“……宫外京畿营围如铁桶，韩紫骁未必能够安然渡河逃入城中，何况他已失遗诏，见与不见六殿下都无伤大局。”

“若毓清得知先皇欲传位于他，或许起意兴兵夺他应得之位，这样也叫无伤大局？”

“六殿下早知道先皇有意传位于他，他既有意为帝，无论有诏无诏，他都会宣称殿下矫诏篡位。”

“但韩紫骁指我以毒弑父，即便毓清本无意为帝，不会为父报仇？”

“六殿下临征西沧前，揽下三十万大军，殿下真信他无意为帝？一旦六殿下起兵，无论有无韩紫骁，他都会假殿下弑君弑父为出师之名。则，”喻青抬眼看着毓疏，“不若放韩紫骁出去，由他去说。他一张嘴，与全宫廷、全洛阳相违，他能安然脱身，手中却无实据，世人见此会信哪边？可想而知，反而彰显殿下宽容无愧。如此六殿下纵有万般说辞，世人只会视作兴兵谋反的借口。”

“反客为主？你动这样脑筋，冒这等风险，只为替一个韩紫骁开脱，值不值得？”

“……殿下从来是主。可韩紫骁忠义之士，如今声名已灭，喻青只不想令殿下手上再添无谓杀孽。”

“你要的不是救下这儿时玩伴？”

“喻青要的是……”他突然有些不敢看毓疏的眼睛，“无伤国事的前提下，无愧于心。”

“不是试探我对你的底线？”

喻青心中一慌，毓疏攥着他的胳膊阻止他再跪下去，“你所言有理，即便赌得大些,也是难得的胆识。有此一点,我不至于为了一个无伤大局的韩紫骁杀你。”

喻青没有回话，他知道这是一句私人允诺，不需言谢。

毓疏坐下提起笔，边在纸上写字边道：“我现在需要一个武功好、骑术好又放心得下的人选向口外去，你那里有可用之人吗？”

喻青看着毓疏折起信笺，压上私章。

只有涉及那个人时，语气才会有些许波动。

喻青想着说道：“……若殿下放心，微臣——”

这时门外有人通报请入，毓疏示意喻青开门，自起身将手中信笺揣进袖中，“不必你去，你有更要紧事。”

来人是位缁衣中官，手捧一物，上覆锦幛，向毓疏行礼后，快步前趋将手中物放置在案上。

毓疏并不去看，向喻青道："你二人应没见过面。这位是黄门令谢慎，掌内廷枢机。"

喻青向谢慎行礼，谢慎浅浅一礼行回。毓疏又道："这位是……兵部主事喻青。"

喻青有些讶异地抬起头。谢慎又行一礼，从毓疏之命退出门外候传。

毓疏一手揭开案上锦幛，露出一个机巧的木盒，接着不知怎样一扣，盒子展开为三层。喻青看时，果为兵符。

他轻轻地舒了口气出来。

毓疏的手自盒上划过，盒中每层置九格，二十道兵符随形嵌入，另空着七个。

"余下在毓清手里。"毓疏低道。

喻青惊异地发现，他从盒中挑出所需兵符的手没有半分游移。

"此一枚，制兵部库部司，令绝西北粮道。"

喻青双手将符接过。

"此一枚，制北营，令补三成兵力入潼关，余部与我死守孟津、平津、函谷。"

喻青一样接过。两符在手，寒铁如灼。

"襄阳和上党方向，我会出令文安置，你确保方才两令行出即可。"毓疏复低头取过一张笺，匆匆写下任命，盖印交过，深看着喻青说："北营之令，你赴兵部取主事印后，要亲往监摄。"

"微臣知道。"

门外内廷总管高声报道："殿下，验诏之仪已准备妥当，御史台陆大人率九卿取遗诏返回，十公主殿下也差人往请了。"

毓疏准备动身，关上置兵符的盒子行出两步，闻背后喻青犹豫道："微臣……"

毓疏回头。

"微臣以为，殿下既然增兵上党，那与其补兵力入潼关，不如……撤兵力出潼关。"

毓疏整个转回身，拧眉凝神看着他，片刻道："与放韩紫骁一个道理？"

喻青躬身下拜："殿下贤明。"

毓疏垂目一瞬，道："可以。"接着转身走向屋外，"韩紫骁在牢中无恙，你不必挂心。”

喻青心中剧震，“……殿下？”

“宫外京畿营围如铁桶，你自己也看见了，”毓疏说着回头笑笑，“但我不会杀他，我要让他替父皇看看，这个天下，我究竟配不配得。”

三皇子毓疏由先皇以密诏成法传位、承继天下的诏令高悬在朝邑县城正门内外，虽寒风萧瑟，那新制的糨糊粘得死紧。

毓清驻马，将那诏令全文细读了一遍，看向城中空阔的主街。

“殿下，”一旁沈重小心言道，“过长安后，属下见诸郡县城墙上都已张此令文。如今京里断绝了自中原入雍州的粮道，属下看，殿下再不起事，万一他们恶人先告状，宣布我军为叛，这开城借粮的事也行不得一二回了。”

朝邑正仓已开，城中百姓闭门不出，由兵士运送的粮车源源输向城外营地。

毓清看着身边经过的粮车无话。

沈重咬了咬牙，又道：“殿下，属下斗胆，猜猜你的心思。起先殿下带伤，不能乘马，难以亲自指挥大战，所以先不跟京里撕破脸，行个缓兵之计。后来，见京里除了绝粮道，也没什么大动作，一路行来不曾受阻，咱们欲开粮库、欲索农人冬积的草料牧马，不过受些地方上的零散抵抗，便索性将计就计，先将大兵带进关中来。”

毓清转目看向他，点头。

“可……殿下，如今关中已过，眼看去向崤山了，那潼关至函谷关，自古天堑一条路，京中必定派重兵把守。他们如今容我们过去，属下怕他们是想以逸待劳，将我们掐在崤函谷地中。”

毓清反问：“可向南向北，能走得通？”

向南翻秦岭取道荆襄，过山涉泽，长途千里。向北渡黄河越王屋太行，上党之地陈有重兵。若兵携锐气、进击神速或可一试，可如今六殿下的亲兵战西沧时损失近半，且皆为远征而返的疲惫之军。余下以兵符收束的边军数量虽众，但主帅多怀犹疑观望之态，未必愿意劳师死战，且一旦远派，难以尽在掌握。的确，只能向东。

见沈重不语，毓清道：“所以何澄林这些日子专心准备攻城的石机木料，他比你看得明白些。”他将马拨了一下，慢慢出城返营，“我军欲胜，只有以我亲属兵马力战克潼关，见此战绩，边军将领才会振奋士气归附于我。到时凭借潼关固守，向崤函谷地中谨慎推进，每进十里，筑一营垣。”

步步为营，确需如此。沈重点头。

毓清看着城外战马踏过的郊野之上萧索冬景，轻轻磕着马，“我料潼关函谷关之间，双方必定互有胜负，但向来由西向东破函谷易，由东向西守函谷难，河水流向之故。只要潼关不失，以边军护好后方侧翼，据雍州输粮征役，缓图上党，我军倚仗连下蓝关、西沧王城与潼关之余威剩勇，一旦函谷关击破，两日可临洛阳。”

见毓清虽因方杜若之死连月以来情绪低沉，但于战略已这般心中有数，沈重大松一口气，策马笑道：“殿下有这决胜之心，属下就放心了。属下是想，既然已到了非战不可的时候了，殿下这出师的大旗也得立起来了。殿下晚一日昭告天下讨伐那弑君篡位之贼，他那龙位就坐稳一日。他放殿下进关中，也未必就是好心，咱们取义仓、侵农户，这恶名传出去，还是殿下担着，到时候反是咱们名不正言不顺了。”

毓清点头，却说：“我自边关已带入十万军队，为保潼关不能速克时，两三个月内不致挨饿，需再开数城以给。我若传檄讨伐他弑君篡位，他必然宣布我为谋逆造反，到时对我这‘叛军’，万一有一两城池拼死抵抗，我未至潼关已损兵折将不说，声名岂不更恶一重？”

沈重听毓清仍不愿正式起兵，心中隐隐觉得京中和六殿下这是在打着什么商量，但毓清说的话没有一句不在理上，他又觉得十分信服，想来便道：“殿下说得极是，如今诚需养精蓄锐，力保一役定潼关。属下看，咱们带回的那些方大人的火铳，也能用上。”

毓清驻马，并无回话。沈重勒住缰绳回头，见毓清远远注视着停在中军大帐一侧的载方杜若棺木的灵车。

“……殿下。”

“清点粮草，着人严加看管。明日拔营，进屯华阴。”

大军在潼关前三十里停驻，已至第四天。

探子回传的情报再次确认后，中军帐中一片沉默。

潼关守军竟于三日前尽数撤走，留下一座空城。

沈重看见主帅的脸上浮出一个笑容。

“殿下，此事恐怕有诈，我军不可轻举妄动。”

毓清看向他，然而何澄林道：“白得雄关一座，我军小心进驻、仔细布防就是，怕他诈我们什么？”

毓清未做表态。

沈重急道：“潼关这要命的地方，他们敢使这空城计，必有后手。末将虽一时想不明白他们诈我们什么，但还是小心探明敌情，谨慎打算为上。那鹘貉雪谷的教训，还不惨痛？”

何澄林向他摆手，“你也知这是‘空城计’，不过是想令我们生疑，不敢前进，拖延这战机。我们进驻关城即可，又不入谷，怕他什么。我们这一犹豫，过两日他们将谷中的布局全做好了，再派兵驻回来，我们岂不还是需要下这雄关，白白多打一场。”

“真能有这好事？那关城之中就不能有些埋伏？”

“我军豪勇名播天下，如今连一座空城都不敢进了，还谈什么一鼓作气勇往直前啊！”

毓清抬手止住他二人争执，“我带三百骑，到关前看个究竟。”

沈重、何澄林同时转头说：“殿下不可。”

两人都是一愣，沈重又笑了，向何澄林道：“你看，你不还是担心。”

何澄林刚要说话，毓清道：“我军勇往直前，一向靠主帅身先士卒亲临险地。何澄林说得是，若这一座空关能吓住我，非但令边军看轻，也不必再谈天下了。探查敌情而已，做好防卫就是。”

两位将领也就不再阻拦，但坚持要随行。毓清留沈重监营，带何澄林前往。

潼关之前，视野开阔，两侧山势在关后收窄，高墙下峙滚滚黄河，涛声噪耳。

毓清策马向前，两名持盾的甲兵护在左右。那关楼凭天险而立，墙色青灰，楼下正门洞开，可一眼望穿至关后。内里悄无一丝声息，冷风穿关而过，片片黄尘随起。

毓清向周遭四望，又回头看向何澄林。何澄林点点头。

此处给人的气息相当安宁，他们在沙场日久，心中已能断定，确为一座空城。

毓清驻马，沉默地看向关城一时，扬声向关上说："摆了这场好戏，总得留个看戏的人吧。"

他身后的兵士大惊，驱马向前将他围定护住。毓清扬手说不必，只见一个五品服色的人从关城门道的阴影中缓缓行来。

来人深施一礼，仰头看来，"六殿下。"

毓清想起当时吐谷浑草原上，此人也是这样立在马下，仰头对答他和吐谷浑王子。那时自己心里在想什么来着。

"喻大人这升迁有些慢，从五品的紫门都尉，转做五品的兵部主事。三哥何不将兵部尚书授你啊？"

喻青笑，"升迁之事，需排功论绩。三殿下授微臣这位置，不过念微臣善骑马，传令方便。"

毓清静了一瞬，"你仍称他'殿下'？"

"三个月热孝未出，登极大典尚未举行。三殿下承继正统，急什么。"

毓清笑了，抬头望向潼关空城，"三哥礼让我至此，我今日若挥师进了这关城，便是不折不扣的乱臣贼子兴兵作反了。"

"殿下！"

和着何澄林的声音，喻青再次躬身而拜，"殿下明鉴。"

毓清垂头看向他，"这剑走偏锋的主意，不像三哥的风格，是你的手笔？"

喻青未做回答。

"我今占了这关城，一路克函谷下洛阳，他又能奈我何？拿这咽喉命门之所质个名声，这'正统'二字，对他就那么重要？"

"对三殿下不重要，对天下人重要，"喻青走近一步，有些费力地仰脸看向马上的毓清，"若殿下愿意担下这'兴兵作反'的名声，三殿下便可号令天下群起而诛之，则战时四海同心，胜时也可九州同庆，六殿下岂不为这天下一统做一大好事。"

听见何澄林拔刀的声音，毓清回头笑说："他只身前来，手无寸铁，自然是不怕死的。"说着转回向喻青道："我自不必攻取四海九州，只须克复洛阳，凭我手中先帝手诏即位，再传檄天下，诛那谋篡之徒。'声名'二字，成王败寇，这乾坤终究是以武论定的。"

喻青也笑，"师出无名，恐怕不易。三殿下至今未指殿下作反，但殿下若执意兴兵乱国，来此虽易，去路却难了。"

毓清淡淡道："如何难法？"

"洛阳四面雄兵，北营厉元锋扼守孟津，方平居老将军，出扼函谷。"

毓清一怔，抬眼向潼关后望去，半晌轻道："你们这些'胸怀天下'的人，都这么薄情吗？"

喻青不解看向他。

毓清垂头，笑着看他说："我若在此停下，是个什么结果？你们的天下人都好了，只有我不好了。"

喻青刚要开口，毓清回马，向何澄林与随来的三百骑道："这天下，尔等看我当不当取？"

将士应声如雷："殿下当取！"

"这天下，尔等看我能不能取？"

"殿下能取！！"

毓清点头，"我心亦同，愿尔等知。"

他向前磕马，扬声道："传令，骑兵缚马，步兵弃枪盾，全军原地待命。"

何澄林一时没有听懂，"……殿下？"

毓清向他笑笑，"三哥不是记仇的人，你去随他，是一样的。"

何澄林驱马向前抓住毓清的胳膊，"殿下不可啊！殿下也说，如此殿下就不好了！"

他身后兵士纷纷涌上，争说："殿下不可！""我等愿为殿下死战！！"

毓清摇摇头，向他们抱拳行礼，"到此便好，我不需要再有人为我死了。"

毓清扶灵抵京的傍晚，洛阳降下入冬以来第一场大雪。

策马缓行之人衣色缟素，面容略憔悴，几乎化在漫天漫地的素白中。

毓疏单骑迎上，停在白绫裹覆的棺木旁。

“三哥。”先开口的是毓清。

毓疏点头，看向他身后长长的灵队上方在风中飘动的招魂白幡。

孤魂千里，如何真能引回乡关。

“欲向何方归葬？”

毓清看向他，“方老将军说依我。想寻个山明水秀的地方。”

“依你。”

“父皇是如何晏驾的？”

“太医院判为寿终正寝。”

“母亲好吗？”

“身体无恙，一直在盼你回来。”

毓清笑了笑，“弟弟如今回来了。”

一瞬之间毓疏产生上前去抱住他的念头，然而两马之间的距离，隔过天涯。

“你要继续掌兵，或是想去哪里散散心，三哥都依你。晚间到母亲宫里住下，咱们细细说话好吗？”

“三哥，”毓清的表情很静，看不出哀伤或动容，只是一分清淡的疏离，“兵戎事，我既然放下，不会再拿起来了。宫，府，我都不愿住，三哥若不疑我，就让我住在寺里吧。”

“毓清，……谢你体谅。”

毓清摇摇头，“弟弟也谢你一路行来不曾阻我，能将他的棺木好生带回来。可齐陵，是留在那儿了。”

“我们回去，三哥和你一起，跟十妹好好说，好吗？”

“三哥知道方杜若为何会死？”

毓疏摇头。纷纷扬扬的大雪在他们身前飘落，簌簌如低语。

“他穿着我的战甲骑着我的宝马代我领兵，西沧人以为他才是汉兵统帅。他们原本想刺杀的，是我。”

无数雪片仿佛纷飞的白蝴蝶，苍穹赐下的洁净，覆盖尘世所有污秽。

“他代我折了阳寿，代我下了血池地狱，代我入了修罗道。我犯的杀孽，我该遭的报应，神佛都降给了他，他是代我死的。所以，我想代他参些经，求些佛，指不定积下些福德，来世还能相见？”

“你是不信这些鬼神之事的。”

毓清点了点头，“也不必强求了。他说，‘我即苍生，苍生即我’，可我与苍生，毕竟不同，他终是选了苍生，舍了我的。”

毓疏摇头，雪片落在睫毛上，融化出近似泪光的痕迹。

在他开口前，毓清看着他笑，“三哥，弟弟已经舍了这么多，你可真能许个清静的太平天下给我？”

登极大典定在春分不久，料峭春寒尚未完全退去，日出前的禁宫内，更漏之声浸着些微霜气。

毓疏坐在金殿配厅中，已将九龙皇袍穿戴齐整。

喻青最后看了一眼手中的便笺，细细折好后绕过屏风，行至毓疏面前。

“殿下，派去的人由口外回来了。”

毓疏转过头。殿中的烛火照在龙袍的织绣上，泛出鳞光点点。

喻青抬起眼睛看着他，瞬息之内屏住呼吸。

“陌大人这些日子身体欠佳，想休养一段时间之后再返京城，这是陌大人让人带回的信笺，请殿下过目。”

他将那张薄薄的纸页双手奉上，近侍接过，呈于毓疏。

是天亮前最晦暗的时分，四台烛火不曾增添殿内的光明。毓疏展开纸页映向火光，至为专注地凝视，仿佛要将此后的一生都用来注视那纸上的字样。

“山居闲养经年病，暂辞朝衣缓归程。洛阳东风明年至，桃花得似旧时红。”

四句，二十八个字。外张华艳、内蕴劲骨的陌体。

最后一个“红”字，无论怎样相似，终究不是。

毓疏的唇角泛起一丝笑意，仿佛远山的雾气，缥缈凉薄。

“传旨——”

这是他第一次以天子的姿态颁布旨意，殿中诸人齐齐仰头，目光中都带出几分紧张。

“平去陌楚荻坟冢，永世不得祭奠。将陌府花房浇油焚尽。销毁陌楚荻存世的所有墨迹。”

所有人木然不动，无人出声。

毓疏起身，在烛台上点燃手中的信笺，直到火苗灼烧到手指，仍紧紧捏着信纸一角。

“……陛下……”

毓疏回身看着喻青，声音非常轻，“欺君大罪，纵是死人，也不能恕。”

一语双关。喻青伏在地上，愧悔之外并无惶恐，然而有泪水滑落面颊，打在膝前的砖面上。

即将登极的新帝从烛光中走出，“将陌家的侧室女儿陌碧情，指与皇长子庆麟为婚。”

他的难测心思在那个时刻不是开始，其后也永无终结。

黄钟大奏，礼乐齐鸣。

他没有等待司礼官的唱念，径直走出殿外。他的面前是黎明时分跪候在金殿阶下的千数朝臣，以及正在苏醒的整座江山。

空如此生，静如彼岸。

崇熙三十八年二月初八日，三皇子毓疏承大统，改元景安，开两朝盛世，历七十三年。

< 正文完 >

番外

番外一·洛阳花

毓疏二十一岁那年，陌楚荻只十四。十四岁的孩子，御笔钦点探花郎。

毓疏站在街边看三甲巡街的热闹，陌楚荻穿着葱翠的进士袍，纱帽上别着碧牡丹。极稀奇的花，几年也不见得开一次，开也不见得开几朵，筹备宫花的皇后娘娘却舍得摘下给他。

真是宠。谁又能不宠他？这些围观的百姓有哪个将半分心思分出去给别人，眼看着状元和榜眼的脸色，一层层地青了。

毓疏心中极受用，昨日里听闻陌楚荻硬被绌了，两位的怨愤也忘得七七八八了。

就仿佛，毓疏想，自己藏了多少年的宝贝，一朝现世，倾绝天下。

若说不得意，假的。

毓疏望着他的宝贝笑，他身量比常人高出不少，倒也不在乎被人群越挤越远。陌楚荻是书香世家养出的少爷，并不习惯这样的抛头露面，攥着缰绳微笑着，浑身上下却绷得很紧，只看着紫花马前行的方向，并不看旁人。眼看队伍即将行过去了，毓疏盘算着要不要牵马随上，等天色晚了也好接陌楚荻回家。远处的孩子这时在马上转过头，与他视线相触，蓦地绽出一个笑来。

身边百姓瞬间停止击掌和笑言，像受了某种惊吓那样齐齐抽气。毓疏也是愣了，半晌才发觉这一侧的百姓全体转头向他望来。

毓疏觉得几分窘迫，很想抽身退走避开这些讶异或羡妒的目光，但又舍不得将视线从陌楚荻身上挪开。他的宝贝自从看见了他就再没有转头回去，即便马队渐行渐远，还是扭转身子一直看着他。

脸上的笑，就好像，只有知道毓疏在看，今日的欢欣热闹才算是真的。

紫花马的缰绳被主人扯着，马走得越来越慢。年轻的洛阳姑娘结队在马前拦住，拍手唱起“白玉郎”的情歌。

陌楚荻不得不转回头，微微红了脸。

到天色入暮，观礼百姓尽数散去，新科进士的马队停在花街街口。

登第之夜眠妓庆贺是不成文的惯例，礼部官员们将进士送到这里，也便收拾仪仗回衙门复命去了。陌楚荻见今日事毕，向四周张望有没有家人前来迎他。状元和榜眼知道他身份尊贵年纪又小，一定没有出入过花街这样的地方，于是相互递了几个眼色，商量着哄哄他寻个开心。

“陌贤弟这就要回去了？”

陌楚荻转头向状元笑，“小弟府中晚间还有家宴，早些回去免得爹娘挂心。”

状元心中暗笑真是孩子，口中却道：“都已走到花街门口了，不进去看看岂不可惜？”

陌楚荻向灯火渐起的街内望了望，“这花街是不是卖花的？有什么奇花异草吗？”

榜眼忍着笑，接口道：“全洛阳就数这里的‘花’最标致，贤弟进去看看就知道了。人都到了这里了，也不在乎这一时半刻的。”

陌楚荻一听有花，上了十万分的兴致，加上街中的五色彩灯和欢声笑语招他好奇，便点点头和状元榜眼一同进了街口。

等到毓疏随到花街门前时，早已找不见人影了。

他左看右看，想着陌楚荻许是被陌家人接回去了，正拨马要走，却见不知从哪里冲出一个人来，扯住他坐骑的缰绳天塌了一样张嘴就哭。

“哎呀我的皇子爷啊，您可救救小的啊……少爷啊我的小少爷啊，我——”

“怎么了？！话说清楚！”

采荇抬手抹了把眼泪，“小的就晚了一步，没迎到少爷，别是被他们唬进花街去了吧……”

毓疏差点当场吐出血来，“那还不进去找！”

“这三里长街数百窑馆的，叫小的怎么找啊……我的少爷啊……”

毓疏被采荇哭得心慌意乱，匆匆吩咐他先回陌府找找看，自己鞭马进入花街。无奈他对这种地方同样一窍不通，只觉得满眼花灯满耳浪笑将心拧了百八十转，全然不知从何找起，只能严肃地考虑起要不要请父皇发兵将这整条街从头到尾拆个干净。

春寒尚在，街边招徕客人的姐儿却都已着上薄绡，一想到这样的浪荡身子往陌楚荻的身上偎，毓疏简直连骨头上都要生出刺来，张嘴喊了几声荻哥儿，混在嘈杂的市声中哪里传得远？毓疏急得直咳嗽，一边策马一边向街两边的门堂里张望，个个都是红灯酒桌花衫子，哪里有他宝贝荻哥儿的影子？毓疏抬头看了看被灯火映得有些发灰的天，这会子也有点想哭了。

“你，过来。”他拿马鞭指了指街边一个看上去老成些的姐儿。

“哟，这位客官真是年轻俊气啊，奴家今日是摊上什么福分了。”

毓疏皱眉，忍忍说道：“你们街上的花魁，住在哪间馆子里？”

那姐儿撇了嘴一甩手里的丝绢，“我说这位爷，您还真是不懂规矩啊，冲着这么如花似玉的姑娘再问别家花魁，您说奴家能乐意答您吗？”

毓疏简直想栽到马下死了算了，深深吐了一口气，自袖中摸出二钱碎银子递过去，“我是问你，这街上最红的馆子是哪家？”

那姐儿接了银子掖进胸口，向毓疏媚笑道：“要说最红的馆子啊，就数我们家红袖招，爷您看上奴家不就因为奴家比那路边的寻常货色出彩吗？我们里面的姑娘啊，更出彩，爷您进去看看就知道了。”

“这个，”毓疏又掏出二钱银子，“我再问你一遍，然后进去寻个恩客问，若他说的和你一样，这个就给你。”

那姐儿咬了咬嘴唇，跺脚道：“是东面凝芳楼！就是地方大了些，论人才还不如我们呢。”

毓疏将银子掷给她，鞭马向东。

到了凝芳楼门口，毓疏抬头，见那三层楼阁建得十分排场，应是这街上体面像样的地方，那些新进士们为了博面子，多半应该聚在此处。

有守门的小厮过来牵住他的马，毓疏下马进门四周望了望，果然在大厅里见到几个穿进士服簪宫花的，陌楚荻的那枝惹眼的碧牡丹却不在其中。鸨母见毓疏衣裳穿得平常，并没有迎来，上前招呼的是跑堂的小厮。毓疏问他："今年的探花在这儿吗？"

那小厮冷了笑脸，"敢情客官不是来逍遥是来找人的啊，咱这儿可不做找人的买卖。"

毓疏想他必是怕自己把人叫走不付他银子，于是说："这儿的魁娘子什么身价？"

那小厮上下打量了他几下，笑道："便是看一眼，也要十两银子呢。"

毓疏从里衣的腰间解下一个翠玉佩，"你看这个值多少？"

那小厮顿时青了脸色。他长年在青楼打混是识得货的，论母料，论雕工，这佩子少说也值三四千两。

毓疏将佩收回去，"我不是使气糟蹋东西的人，这东西也不打算赏你，你明白我问的话要仔细答便是。今年的探花在这儿吗？"

"……三甲的老爷都在二楼锦莲居雅间里，小的带您过去？"

鸨母这会儿看见架势也笑脸迎了过来，毓疏不等他们再说什么，径自上楼梯，转过大半个回廊找到锦莲居，顾不得分辨屋里的动静，推门而入。

屋中众人被他那汹汹气势全体骇住，抱着姐儿的、掩住衣服的、瘫在案上的个个呆如泥塑，毓疏猛一见那满室春光也有几分尴尬，看清其中没有陌楚荻的身影后，心头的焦虑又盛几分，一面却又暗暗念佛。

这当口陌楚荻察觉外面有事，从里间探出头来，看见毓疏的神色，忙唤了声："三——"他想到毓疏穿着平民服色，中途改口："三哥哥！"

毓疏几步冲过去，抓住他一把按进怀里。

"这是干什么去了？！啊？！"

那声音简直是气急败坏，吓得陌楚荻直往下缩。毓疏看他这个样子，忘记了生气开始心疼，连声说："好了好了，哥哥不是怪你，谁欺负你了没有啊？"

"……我说，"桌边的状元知道陌楚荻是独子，当毓疏是他家里哪位管事的表哥，想到把人家孩子拐了来，总要说几句话交代交代，于是道："这位……我们带陌贤弟过来也是图个喜庆，怎会欺侮于他。”

毓疏冷脸就要转头，陌楚荻想到若让毓疏记住了这状元，估计他一辈子都要仕途无望了，赶忙拖住毓疏的手，道：“三哥哥进来看看，这里面才有意思。”

毓疏当然急着知道陌楚荻方才在里面做什么，便揽住他的肩膀不让他走开，随他掀帘子进入里间，不想这一层纱帘内外竟是两重天地，里间全没有外面的混乱猥亵，精雅得如同书香门第的闺室。房里似乎点着极品的熏香，淡得像水一样的香气直透人心，一个身着嫩黄绢衫的女子上前款款施礼罢，抬起头来浅笑嫣然。

陌楚荻向毓疏道：“这位是凝红姐姐，姐姐种的几品兰草出色极了。”

毓疏顺着陌楚荻的视线去看，见花案上摆着几盆兰花，想必这房中弥漫的，便是幽兰国香。

凝红此时道：“方才奴家与探花公子谈些兰草养护之道，耽搁了公子回去的工夫，还望这位哥哥见谅。”

陌楚荻突然插话：“我三哥哥的身份不同寻常，姐姐不能这样叫他。”

凝红神色疑惑地看向毓疏。毓疏已然松下心神，笑向她道：“这孩子对自己的东西护得紧，吃味罢了。”

凝红忍了忍，轻笑出来：“别看探花公子在外人面前说话沉稳得体，到了至亲身边才知道，果真还是个孩子呢。”

陌楚荻抿住嘴，片刻推说去外面向诸同年辞行，掀帘子出门躲过窘涩。毓疏看着他的背影笑，回头对凝红道：“今日多蒙姑娘照看。”说话间向怀中去掏钱袋。

凝红看着纱帘外陌楚荻影影绰绰的身形，“奴家既然身在这里，也不是那样的善心之人，只是这孩子实在太干净，奴家无从下手，也不想便宜旁人罢了。一场闲聊而已，尊驾不必太过客气。”

凝红将话说破，毓疏听她是有意将陌楚荻从外面的腌臜堆里撇出来，反而更加感激，将腰间的翠玉佩重又解下，双手递上，“以银钱答谢的确折辱了姑娘这份深心，现下我身边没有其他东西，姑娘若不嫌弃，将这个放下给姑娘留个纪念。”

凝红看见那佩子，方知道毓疏的身份的确不同寻常，粗粗想了想先前闻得的陌楚荻的家世，登时惊白了脸。毓疏安抚她道："与姑娘为我护下的宝贝相比，这块石头算不得宝贝，姑娘但收无妨。"

凝红蹲身施礼，"奴家从命。尊驾不怪奴家有眼无珠，已是奴家的大造化了。不如请探花公子进来选选，看得上哪盆兰草，便搬回府中养育吧。"

"他一直养不好兰草，必定不舍得搬回府里委屈了它们，姑娘若真有心，日后寻些机会与他多讲些门道再说。"

凝红见毓疏并不嫌弃她的身份，仍然愿意她与陌楚荻来往，一时倒不知道如何回话了。

一忽儿陌楚荻回屋来，向毓疏道："都辞过了，咱们回家吗？"

毓疏点头，向凝红颔首告辞。陌楚荻向窗台去取插在水瓶中的碧牡丹，凝红道："公子不是怕这花缺水早凋吗，将瓶子一并取去吧。"

陌楚荻转头向她笑，"这是百年的钧瓷，姐姐不心疼？"

凝红讶然于他小小年纪这般懂得风雅，看向毓疏一眼，笑起言道："下次见面，公子还来便是。"

陌楚荻抱着水瓶同毓疏出了凝芳楼，小斯牵过他二人的马，陌楚荻眨了眨眼睛，向毓疏道："小荻抱着这个没法骑马了，三哥哥载我。"

毓疏看向周围的人流，半晌说："……雇辆车回去不好吗？"

"那三哥哥一起坐。"

车里有些气闷，陌楚荻打开车窗，抱着花瓶坐在窗边。毓疏坐在他对面，看着那朵碧牡丹层叠的花瓣间留驻的重重阴影。今天一天折腾得厉害，现在终于在小小的空间里咫尺相对，毓疏心中静得很。车子慢慢走，陌楚荻轻声叫他："三……三哥哥？"

毓疏极喜欢这个称呼，只是听着，便想笑出来。

"嗯？"

"花街卖的不是花，是那些女子对吧？"

毓疏知道以他的聪明也瞒不住，便点了点头。

"等小荻大了，也会像那些同年一样喜欢这样的地方？"

"不是人人都喜欢花街的。"

陌楚荻像是得了什么宝贝，忙问毓疏："那三哥哥喜不喜欢？"

毓疏怔了一刻话才出口，"……荻哥儿说呢？"

"以后小荻再不来这样的地方，三哥哥也不来好不好？"

毓疏笑，"不向凝红姑娘讨教兰花了？"

"请她去家里不行吗？或是在园子里见面也行。小荻日后绝不再来了，三哥哥也不来了吧。"

"若不是为了找你，我来做什么？"

陌楚荻将花瓶抱紧了些，片刻又低了声音问："……爹和娘，在房中也像他们这样吗？"

毓疏伸手拍他，"夫妻情意与这些逢场卖笑怎能比在一起。"

"夫妻情意是怎样？"

毓疏不知如何回答，只得说："哥哥又没有成过亲，怎会知道。"

"那三哥哥几时成亲？"

毓疏被他问得有些急，也不好意思了，"小孩子问这些做什么，我去年才行冠礼，今年还上学呢……哪有那么快。"

陌楚荻低了头不再说话，毓疏看出他不高兴，将先前的谈话仔细想了想，凑到他身边笑着问："荻哥儿是怕哥哥娶了亲，就不再疼你了？"

陌楚荻点头。

"那荻哥儿想想，姨母是更疼你些，还是疼姨父多些？"

"爹要是责备我，娘肯定是护我的。"

"可见夫妻也不一定是彼此世上最宝贝的人，哥哥最宝贝的是荻哥儿，到什么时候都不会变的。"

毓疏知道这例子举得不恰当，陌楚荻却只听着他后半句话，笑起来高兴地依在他身上。毓疏伸手抱住他，触到他怀中抱着的瓶子，觉得这一个抱一个十分有趣，便垂了头笑，鼻尖擦过陌楚荻的头发，一阵洁净的淡香。

车窗外的夜色宁和，毓疏抱着怀中的宝贝，一生一世都不想松手。

那时许多事，尚未开始。

番外二·缘生

仲夏天气，山中虽然阴凉却没有风，稍微动一动就有汗意浮上。方杜若抱着一摞经书从高处的安善堂下来，迈过一道小山门走石台阶，下了一多半，抬眼看见底下的净水池里多了个孩子。说“多”，是说那孩子仿似从水里长出的一般，穿着嫩黄绫的刺花褂子，肤色白得像玉，真像是水月观音座前的金童子。

方杜若看呆了，忘记了迈步，站在石阶中段发愣。那孩子一扭脸看见他，直向他道：“我是一路跑了来的，他们都追不上我，可热死我了。”

水珠子顺着他的头发和脸往下挂，一双大眼睛的颜色就像是池中碧水。

方杜若还是站着不动，那孩子看见他手上的书，问他：“你干什么呢？”

“我搬经书……去下面藏经阁。”

“你几岁？”

“十二。你呢？”

“我八岁。你是住在这儿的？”

方杜若点头，“你从哪儿来？”

“从京城来。”

“你是汉人？”

“我娘不是汉人。”

方杜若往下走，走到池子边站在他跟前，“你跟谁来的？做什么来了？”

“——若儿。”池后的远处有人叫他。

方杜若从孩子的肩头张望过去，见自己的爹爹慢慢走过来，边走边道："热了没有？爹从窖里取了些酸梅汁出来，现在想喝吗？"

方杜若刚想叫爹爹看这孩子，方平居已经问道："那是竹儿吗？一起过来喝。"

毓清转身，"我是毓清，认错了。"

"……这是……六殿下？"方平居愕然看着毓清的瞳色。

毓清点头。

"怎么自己就……"方平居急走几步鞠身下拜，"微臣方平居携犬子拜见六殿下。"

"你是方将军？"毓清从净水池里翻出来，湿淋淋地站在方平居面前，"父皇说了，见了方将军要好好问礼，"孩子说着双拳一抱，施了个端端正正的礼，"父皇问方将军安好。"

方平居见他这般乖巧模样，倒有些不知所措了，"……微臣谢主隆恩。"

毓清说完皇帝交代的话，转回头拿眼睛找方杜若。方杜若绕过池子走到他身边，看他光着两只白净的脚，站在花砖地上。

"你硌得慌吗？我给你找鞋穿？"

"我鞋子在那儿。"毓清指着池子朝向山门的一边。

方杜若要过去帮他拿鞋，这当口一群身着宫装的男男女女打着宫扇捧着行李跌跌撞撞从山门进来，一见毓清，就差没歪在地上了。

"我的皇子爷小祖宗啊，可算是找着您了。"为首的内侍撑着腰一边喘气一边出声。

"我又不会丢。"

毓清走过去坐在池边往脚上套鞋子，方杜若抱着经书在旁边看着他。

内侍过来半跪下帮他擦脚穿鞋，"咱们有一百个脑袋也不能让您有个好歹啊，您体谅体谅咱们天天伺候您不容易啊。"

方杜若觉得好笑，抿了嘴偏开头去。毓清看见他的神情，挣开内侍自己蹬好鞋，道："你们跟方将军去说父皇的话吧，我们去玩了。"说着拖起方杜若就走。

"殿下您的衣服……"

"湿着凉快。"

方杜若回头看向自己的爹，方平居笑着点了点头。

“你叫方若？还是方什么若？”毓清一边走一边拖着方杜若的胳膊不松开。

“方杜若。”

毓清笑，“草名儿。”

方杜若点头，“香草。”

“香草也是草啊。”

“你呢？名字有什么讲究吗？”

“我三哥叫毓疏，大哥叫毓宁，四哥叫毓希，我母亲说取的都是和泰、事少的意思。”

毓清已经两次提起母亲了，方杜若想起自己的身世来，觉得胸口有些闷。

“你娘知道的真多。”

“我母亲不是我娘，我娘生我的时候死了。”

方杜若微微张开嘴，转头看着他。

毓清问他：“怎么了？”

“我娘，也是生我的时候死了。”

毓清讶然，“咱们一样？那现在是谁疼你？”

“我爹啊。”

“只有你爹？我父皇就不是天天管我，还是母亲疼我。”

方杜若转过去垂了眼睛，“我爹又没娶过亲，我是我爹抱养的。”

毓清想了一瞬，对方杜若说：“我父皇娶了好多嫔妃，不过我母亲最漂亮，将来你去宫里玩，我母亲肯定也疼你。”

方杜若埋着头，淡淡一笑。

“你抱的是什么书？”

“经书。”

“经书是什么书？”

“修心的书。”

“我父皇就是让我来念经的。”

“那我教你念。”

毓清点头，向前面张望，“哪个是藏经阁？”

“就是那个三层楼的。”方杜若带他过去登上浸润青苔的砖台阶，走到廊下时抬头看了看椽头上的燕子窝。

“……露头了。”

“什么？”毓清在宫里没见过燕窝。

“小燕子，过不几天就该能飞了。”

“我没看见。”

“那稍等会儿，你往那口儿上看。”

毓清盯着看了一刻，跑到阶下捡了颗小石头回来，扬手瞄准。

方杜若拿胳膊撞他，“你干什么？”

“打下来看小燕子啊，我打得可准了。”

“打它做什么啊，打下来就活不了了。”

“不就是鸟吗，不活就不活呗。”毓清说着就要出手。

方杜若扔下书抓他，“人家活得好好的，凭什么不让人家活啊？燕子也是有爹娘的。”

毓清不听，扭开他的手还是要打。

“我不睬你了啊，”方杜若急了，“你要打了我以后不睬你了。”

“不打了。”毓清把石头扔了。

方杜若蹲下身闷着捡书，毓清从上面看着他，“都说不打了，还不睬我？”

“过些日子小燕子飞出来不就看见了么，”方杜若整好书往藏经阁里走，“你进来不？”

毓清跟着方杜若进门，随他上三楼，看着他放下书，一本本地核对好，摆进相应的架上。

“这是做什么的？”

“这地方归我管。”方杜若的语气带着些微自得。

“怎么说？”

“这里的书太多，若是人人都来自取，必定弄乱，日后也不好再查。我和定惠方丈说好，由我来管这个藏经阁，把书籍按类分好，编成书目，若有师傅想看哪部书，便从书目里挑出来告诉我，由我来取，看完之后也交由我归库。已经这样管了好几年了，旁人都是不能上来的。”

“那怎么让我上来了？”

方杜若愣了愣。

毓清从层层书架间走到窗边去，一眼便能望尽整片绿树和禅房。

“你平时就在这玩儿？”

方杜若点头，“规整打扫，每次也要大半天，弄好了就看书。”

“知了好吵，看得进去？”

“到了夏天总得让它叫，惯了就好了。”

“我住的宫里也没什么树，有个知了内侍也会粘走。”

方杜若想到那知了必定死了，淡淡皱起眉毛。

毓清回身靠在窗框上，“这么多书，有什么好看的吗？”

“《工物志》你看不看？上面有好多画。”

毓清摇头。

方杜若看见毓清衣服的下摆还贴在腿上，问他道，“屋子里阴，你衣服湿着舒服吗？我带你去换干的好不好？”

“你住哪儿？”

方杜若走到毓清身边向窗外给他指，“那边的半山腰上。”

毓清扭回头往窗外看了一眼，“那我肯定比你到得早！”话音未落就下了楼梯，一路噔噔噔跑下去，方杜若不甘心，咬牙紧追，一直赶到房门口才追上毓清，喘着气半笑半抱怨地说：“你怎么就没一会儿老实劲儿呢。”

毓清推门往方杜若房里走，扬起声音道：“真大，比我住的还大。”

“这原来是间禅堂，供十几个师傅打禅呢。”

“你家还住和尚？”

方杜若看着他笑，“还没明白意思吗？这不是我家，是禅寺。我爹带我在这儿清养，不是我家住和尚，是我住和尚家。”

“方将军也住这屋？”

“我爹住隔壁。”

“你一个人住这儿？”毓清睁大眼睛惊讶地看着屋子，“连伺候的人都没有？”

“我伺候我自己啊，”方杜若说着走到墙边打开箱子翻拣衣服，“你穿素的还是蓝的？”

“我穿堇紫的。”

“没有紫的。”

“那穿蓝的。”

禅堂的床是大条炕，毓清觉得十分新鲜，换好了衣服在上面跑来跑去。方杜若站在炕下看着他笑，“衣服太大了，像个唱大戏的。”

毓清蹦过来揪他，一弯腰正好踩住前襟上，整个人往前一栽。方杜若慌忙去接，两个孩子嘻嘻哈哈闹成一团。

吃过午饭，内侍和宫人说什么也不让毓清再玩了，衣服也换下来了，一群人堵着他由方平居讲禅。毓清是好动的性子，听这些经文佛法根本坐不住，方平居也知道皇帝的意思不过是用这禅寺的氛围磨磨他的躁性，哪里会真的指望这小皇子参禅，便只挑些本生故事讲给他听。方杜若在门口经过几次，惹得毓清盯着他看，只急着想出去，方平居只好叫方杜若不要管寺里的事了，进来陪毓清坐着听讲，这才让毓清老实了些。好容易挨到晚饭，方平居去做晚课，两个孩子散了堂，毓清便问方杜若还有什么好玩的。

方杜若想想说道：“我们替静能师傅去添灯油吧。”

毓清点头就要走，有内侍从后面跟上。方杜若道：“能不叫他们跟着吗？就是人少才好。”

毓清回头道：“不许跟着了！”

内侍为难，“殿下，这山里头树多，眼看要黑了，怎么能不叫人跟着呢？”

方杜若道：“我对这里熟得很，没人会害他的，我们就向佛殿去，也不出院门。”

“就这么说。我没吃饱，你去给我备点心。”毓清说着拖方杜若往外走，内侍无奈，只能安排人从远处随上。

毓清虽然话说得硬气，但等方杜若从静能处取了油壶，带着他一同往山顶大殿走去时，他听着四面八方从黑暗中传来的杂乱虫鸣，还是觉得有些心慌。

“……怎么说是人少才好玩儿呢？”

方杜若听出他声音不对，回身牵了他的手，“你害怕？”

毓清想摇头，但的确是害怕，便没搪塞。

“这是寺院，有菩萨庇佑，妖魔鬼怪自动避退的，别怕。”

“不是怕鬼，是……”

怕黑。皇宫里处处有灯，毓清哪里见过这人烟稀少的山里入夜是个什么样子。

方杜若将他拽得紧了些，“你往上看，看见大殿的火光没？到了那儿就好了。”

毓清半依着方杜若的身子，这才觉得不怎么害怕了。

佛前点着三排长明灯，方杜若用长嘴的油壶一一向灯中添油，毓清仰头看着檀木精雕的释迦牟尼像，觉得那双佛目似在盯着他看。他匆匆转开眼睛，又看阿难和迦叶尊者，还有两旁的罗汉，个个都像居高临下在审视着他。毓清向方杜若走了几步，扯住他的衣服，“这儿不好玩，走吧。”

方杜若将油壶放在香案上，回头向他笑，“要像这样，我教你。”

他走到毓清身后扶住他的肩膀，过了一刻，变作轻轻揽住他的动作。

“你抬头看。佛祖，尊者，还有罗汉，都只看着你，就像在和你说话，是不是？”

毓清靠在方杜若怀里，心里慢慢静下去。佛祖看着他的眼神变得很慈悲。

“白日里香烟缭绕，祷声不绝，谁也听不见佛祖说话。只有这个时候，心里想的都能传给佛祖，高兴的、不高兴的事，佛祖都能体谅。”

“我说什么他们也能听见？”

方杜若点头，下巴轻轻磕着毓清的头顶，“法由心生。”

长明灯的火焰熠熠闪耀，佛祖与罗汉衣纹上的镏金泛出华暗光泽，灯油的余味有兰麝的香，暗处空气宁和。

小小的毓清赖着身后人的体温，一瞬之间有种皈依的错觉。

“后面还有观音菩萨的尊位，咱们过去吧。”

毓清任由方杜若牵着手，从无数罗汉面前走过。观音菩萨案前只点了两盏灯，方杜若仔细添好油，双手合十闭眼静祷一刻。

“观音菩萨大慈大悲，是最怜惜我们这些世人的。”他睁开眼睛向毓清道。

“你刚才求她什么了？”

“求你今晚不要想家，一夜好睡。”

他的脸背着光，笑容在光影中隐现。毓清心里想，这个样子，也和菩萨没什么分别。

到夜深方杜若刚刚睡下，听见有人叩他的门。他下地迎过去，开门看见毓清穿着单衣，手里端着个盘子，有两个内侍跟在远处。

“他们下山去弄点心，这会子才回来，你吃不吃？”

方杜若将毓清让进来，点了灯，那两个内侍候在门口没有进屋。毓清放下盘子自己拿了一个先咬，边嚼边道：“中午晚上吃的都是菜叶子，可饿死我了。”

“是酥皮点心？”

毓清点头，“桂花豆沙馅儿的，挺甜的，吃吧。”

“酥皮是大油做的，我吃素，不能吃这个。”

“你不能吃点心？”毓清也不吃了，十分同情地看着方杜若。

“不是，”方杜若忙摆手，“像糯米点心，清清净净的，就能吃。”

“那我明天叫他们弄糯米的。”

方杜若笑。

“我一会儿叫他们把铺盖搬到这儿来睡。”

“嗯？”

“你不是叫我好睡吗，不跟着你睡我睡不着。”

方杜若愣了一会儿，笑话他道：“这么胆小？拿我当钟馗啊？”

毓清嚼着点心含糊地说：“你不是能跟佛祖说话吗，妖魔鬼怪肯定怕你，比钟馗还灵。”

吃完了点心，宫人也将铺盖搬了过来，方杜若的卧具自然不能跟毓清的比，并排摆在一起显得十分寒酸。宫人们退下去在外面值守，两个孩子洗漱过，躺下说了一会儿话，毓清困了，便从自己的缎面夹被里爬出来往方杜若身边钻。方杜若掀开被子让他钻进来，两个孩子脑袋顶脑袋，方杜若问：“皇上让你待多久？”

毓清快没声音了，“半年……”

方杜若也闭上眼睛，“那还有半年减一天。”

到下次分别，还有半年减一天。

番外三·未了时

“停妻再娶，依律可斩？”

听见十五岁的太子爷忽然冒出这么一句来，越临川有些纳罕，但点了点头。

太子庆麟继续翻着手上的《判律典则》，“若是已有婚约，又另娶他人呢？”

“若婚约未解，法同停妻。”

庆麟抬头笑，“婚约等同已娶，怪不得陆师傅明明没娶过亲，却算丧妻之人。”

陆妙谙加太子太傅，越临川加太子少傅，一授经史子集，一授典狱刑名，庆麟对他二人皆称师傅。

越临川摇头，“陆大人的情况却又不同。当日秦家小姐身染恶疾命在旦夕，秦家劝陆家退婚，陆大人执意不肯，更在病床前拜堂为秦小姐冲喜，怎奈秦小姐福薄，礼成之日香魂殒没。秦家人怕耽误陆大人日后婚娶，便将此事瞒下，陆大人自己倒愿意直言，传了这么些年，这事便传出了好几个样子。”

庆麟放下书，“陆师傅真是至情之人。”

越临川轻笑点头。

“这些事若拿去讲给母后听，不知是否有用。”庆麟皱起眉毛，低低一句。

太子一贯勤敏好学，这两日课上却时常心绪飘忽，越临川早已看出不对，今天听他这几句话，便借机问道：“殿下可有烦心事？能说给微臣听听吗？”

“……你们过些日子就都知道了。”

“宫中事？”

庆麟点头，“尚书令蔡大学士的孙女，或是京畿营统领梁大人的女儿，不出几日即将进宫。”

“进宫是做……？”

庆麟垂着眼睛笑，“自然是太子妃。母后道碧情与我同岁，若待至成亲，她少则二十，怕误了她的青春，叫拣选几个年纪小些的养在宫里，让碧情也好择人早嫁。”

说辞而已。如今后宫又有其他妃嫔育有皇子，皇后想稳固她母子的地位，这没落的陌家看似不够了。

越临川想来便问：“陛下的意思呢？”

“父皇没说什么。父皇原就不喜欢碧情。”

皇帝只是心思太重，何况这桩婚事本就是他指下的，如今不表态，意图恐怕是……

越临川略低声音，“那殿下打算如何？”

“慢慢劝解母后，再向父皇表明心意。要我停妻……”庆麟摇头笑笑，“不可能。”

庆麟性情温和，对抵触的事情不会横抗，认定的事却从不轻易回头。

或许皇帝此番想看的，就是这太子爷有无本领化解此事，一抗到底。

“如何不可能法？”

“母后只有我一个儿子，不会连这个都不依我。”

就是说一旦双方闹僵，皇后娘娘再无依靠，因此只能留些余地。

越临川有些许得意，自家学生果非凡品。

“话虽如此，母子失和总非好事，何不取个折中之法？”

“越师傅的意思是……”

“停妻再娶固然不对，纳几个妾律法却是不管的。”

笑意从庆麟脸上消失，他摇摇头道：“我这辈子只娶碧情一个，是妻是妾都不会再有了。”

越临川看着这孩子严肃的神情，心道，以你的身份，怎么可能？

庆麟似乎看出越临川的心思，笑起说道：“等庆麟做到，越师傅就知道了。”

从东宫的垂花门出来，越临川看见陆妙谙正从内宫方向向东华门走，便紧随了几步跟上他，点点他的肩膀。

陆妙谙回头，看见是他，淡淡笑起。

“就说这悄没声息跟鬼似的一定是你。”

越临川跟他走至并排，“向涵华宫议事去了？”

陆妙谙摇头，“皇后娘娘下懿旨准情儿回家省亲，妹妹央我过来接，孩子已经坐上轿子送走了。”

陆氏夫人将碧情视如己出，所谓父不在舅为大，这些年陌府诸事多由陆妙谙打点。

越临川听见这话，想皇后的用意怕是趁太子读书之时遣回碧情，将他二人分开以便安排后续事宜。碧情也是个聪明孩子，听到懿旨的一刻就该明白了。

“碧情在宫里的情况，没跟你这个亲舅舅说说？”

“我是想问，但孩子走得仓促，想必思家心切。”

越临川叹气，又是个心重识体的，也不知这些孩子都是跟谁学的。

“陆师傅，有件事，我只能跟你这个代碧情做主的说。”

陆妙谙转头，疑惑看他。

“你先答应我，知道之后不许明日上朝参本，或是径直找陛下讲理。”

“出什么大事了？你先说啊！”

就知道这是个立时就要跳起来的……

越临川粗粗将庆麟在课上的话对陆妙谙讲了，陆妙谙一听，气得脸色发白，“他堂堂天家竟然悔婚？！我去——”

他原想说去找陛下讲理，想起方才越临川的话，断了声音。

越临川忍着笑，“其实依弟子看，陛下此次的意思是试练太子处理家事的本领，你我不妨平心等待。”

“若陛下不发话，太子小小年纪能有什么办法？到时候苦的是情儿！”

越临川摇头，“那可不一定，我二人的徒弟究竟出息到什么程度，怕我二人亦未看真。陆师傅不想看看？”

说话间已走到东宫随馆门口，陆妙谙没再说什么，只向自己的房内走去，越临川从后面叫住他，“依弟子说，此事暂不向陆氏夫人与浅香夫人讲明为好。”

陆妙谙低声道：“这我自然知道。”

次日上过早朝，他二人一同往东宫去给太子授晨课。东宫门口的石榴花谢了一地，刚进垂花门，总管内侍便迎上来道：“二位大人，今日的课上不了了，二位大人回去歇着吧。”

陆妙谙昨天夜里没好睡，愣怔了一刻才明白意思，忙问：“殿下病了？可否容我进去探视？”

“不瞒您二位说，”内侍面露难色，“殿下现在不在东宫。”

“不是病了？那怎么不上课呢？”陆妙谙的教员脾气犯上来可是顶真的。

“您二位是师傅，是该对您二位说实话，殿下……”总管显得十分为难，“殿下为情主子的事与皇后娘娘闹了些不快，现下正在太庙打坐请罪呢。”

“娘娘罚殿下打坐？”

“不是不是，是殿下说不该惹娘娘生气，自去请罪的。还说要吃斋减食，昨晚上加今早上，已经两顿没吃了……”

总管急得团团转，越临川与陆妙谙对视一眼，眼底起了些笑影子。

“既如此，”越临川道，“我二人就先回去了，还请禀告皇后娘娘，这几天的课业耽误了，我二人日后只能尽量去补。”

陆妙谙的唇角僵了僵，匆匆转身，露了个半是责备半是无奈的笑出来。

“……这招苦肉计，也不知是谁教的。”越临川向大理寺办差，陆妙谙往吏部去，两人向乘轿子的地方走了没几步，陆妙谙突然说。

“对负荆请罪之人，事主往往无从责罚，太子殿下活用史典，还不是陆师傅的功劳？”

陆妙谙没跟他计较，只皱眉说道：“这都两顿没吃了，饿坏了怎么得了。”

“太子爷说的是减食不是绝食，想是打定主意一日一餐。若不做得像样些，如何让皇后娘娘与外面顶抗？”

“你是说……”

前后无人，越临川压低声音，“皇后娘娘少主见，必是罗家的意思。”

“这青天白日天子脚下，他一家外戚如此猖狂？”

“皇后娘娘老了，太子也大了，他们不打主意才奇怪呢。这样想来，还是该仔细问问碧情的意思，就怕这孩子顾全大局，劝陌家说出些主动退婚的话来，逞了对方的心意就麻烦了。”

陆妙谙点头，“我去衙门里告个假，一会儿就去。”

“若今天衙门里没事，我也过去吧，怎么说也是干舅舅呢。”

陆妙谙笑，点了点头。

“碧情呢？”越临川比陆妙谙到得晚些，与陆氏和浅香各自见过礼，坐下便道，“我这干舅舅过来了，也不出来见见？”

浅香抬起头看着他，没有说话。

越临川想起他二人早年的纠葛，一时也有些失神。

年少心仪之人换作干哥哥这种身份……只算造化无常。

陆氏起身道：“孩子自打回来就不大舒服，是我们没说舅舅们来了，舅舅们进去看看她吧。”

陆妙谙向越临川道：“我见得多，你过去吧，免得一去一堆吵了孩子。”

越临川明白他的意思，向陆氏笑笑，自向碧情的房里去了。

房门开着，越临川叩了叩门框，见碧情在花几前坐着，与她的保姆玉姨正下棋。碧情转头看见是他，亮亮笑起来唤道：“干舅舅！”

玉姨施礼下去，越临川笑着踏进门，“哎，碧情真乖。”

“舅舅怎么过来了？”

“知道你有烦心事，就过来了。”

碧情忘了笑，一双大眼睛看着越临川。

“碧情这么聪明，肯定明白皇后娘娘的意思吧？”

碧情垂了眼睛，点头。

“那碧情的意思呢？”

“……碧情想了这几天，今早上给庆麟哥递了一封信。”

越临川坐在她面前的凳子上，“说的什么？”

“要让他不娶我，庆麟哥必定不愿意，我就劝他……不妨容她们进宫，横竖这些事，日后还要多。”

“你劝殿下纳她们为妾？”

碧情摇头，“是妻是妾都无所谓，碧情排第几……倒是无妨的。现下各退一步不是最好？我家这样，的确帮不了他……”

是最好不假，可——

“碧情就不委屈？”

“这样的委屈要想不受，除非嫁个贫寒人家。我爹不是也娶了两房吗？若爹只娶大娘一个，哪里有我……我不就是大娘受了委屈，才得生的吗？”

越临川心中叹气，这小小年纪心思细成这样，真不知是跟谁学的了。

“当年的事你不知道，你爹纳你娘进门，也有帮衬的意思。”

“娘对碧情提过，爹对娘是恩远大于情。只是这样想来，那蔡大人的孙女与梁大人的女儿要进宫的意思都已经传出去了，来日若不成事，她二人恐怕不好再嫁，不是也该帮衬吗？”

饶是越临川能言善辩了一辈子，这会子也找不到话说了，只得抬庆麟的原话出来，道：“太子亲口对舅舅我说，是妻是妾他都不要，只认你一个。他现下看了你这封信，必定难受。”

碧情轻咬嘴唇，片刻摇头笑，“庆麟哥要做太子，能一辈子只要我一个吗，碧情也是念书知史的……此番过了这关口，日后也少些不痛快，舅舅说呢？”

这倒是句实话。

“长痛不如短痛也是好事，皇后娘娘既说出另嫁的话来，就是给各退一步留余地的，你入宫的年头在这里放着，再找几个人来也不可能高过你。你千万别应允另嫁，不出几日事情应该能结。”

“听舅舅这么说，碧情心里也舒服多了。”

越临川笑，“碧情是好孩子，若是舅舅的亲甥女就好了。”

“碧情本来就是舅舅的亲甥女嘛。”

看孩子撒娇，越临川笑着拍拍她的头，心中却有些感慨。十五岁，换了别的人家，是该嫁了。

这贴心地叫舅舅，又能剩几年？

舅甥俩又说了几句话，采菲匆匆来至门前，向他二人道："舅老爷，小姐，太子殿下到前堂了。"

碧情惊得站起来，越临川也有些讶异，起身带着碧情向前去迎。

到得堂中，见一干人等都在门边站着，庆麟身上穿着淡青绫的斋服，像是直接从太庙过来的。他看见碧情和越临川从堂后出来，直向碧情道："现下与你做主的长辈都在了，你好好听清。"

越临川远远与陆妙谙对视一眼。这学的又是哪个典故啊？

庆麟此时转身向陆妙谙躬身下拜，复又向陆氏夫人深施一礼，"二位长辈在上，庆麟今日起誓，一生一世疼惜你家女儿，绝不再娶他人，请二位长辈共鉴。"

其余人全愣着，庆麟又回身对碧情说："纵你能忍，我是忍不得的，横竖是我娶亲，你再怎么愿意，我不愿意就不行。我也不管你那些话是真心还是违心，我不会听就是，你日后也不必再说了。"

碧情抿着嘴唇，有眼泪涌出来，在眼眶里打转。

庆麟的声音和缓了些，"这不是也不愿意吗？……说这些假话就算识大体了？若是骗人就算识大体，伤己就算识大体，识这大体做什么？说清楚了一起商量着办不好吗？"

碧情点头，招人疼的乖顺样子。

堂中诸人都松了口气，各自笑起，越临川这才赶上向庆麟问礼。庆麟向他们道："我回去继续吃我的斋了，过两天母后回心转意了，我再来接碧情回去。"

一行人送庆麟出门，两个孩子拖着手说了半天的话。越临川站到陆妙谙身边，低声道："这个……"

陆妙谙接口，"绝不是我教的。"

"……于是太子殿下就说，'若是骗人就算识大体，伤己就算识大体，识这大体做什么？说清楚了一起商量着办不好吗'……"

越临川一边说着，一边抬眼去看龙案后的当今天子。那人看着自己的手，一直静静在听。

他的指尖有个火烫的伤疤，究竟是怎么落下的，越临川也只是听过半个传闻。

这已足够让他觉得，此时这位越来越难猜透的九五之尊，与他想到了同一个人。

“不是事事都有不用骗人伤己的办法，”天子抬头，充耳在他脸颊边摆动，“不过有心去试，也是好事。”

“微臣也觉得如今朝堂安定，若能人人无伤才是造化。”

皇帝笑了笑，“寡人是让他们闹得大了些，你明早去对庆麟说，再不上课，寡人就要罚他了。”

越临川点头。

“下课之后让他过来。你那干甥女喜欢什么，你知道吗？”

越临川低头想了想，“碧情最爱刺绣女红，又爱读书，珍本或是金银线，应该喜欢吧。”

像有一丝低低的不解传入耳中，越临川抬头，并未看见皇帝有什么特殊神情，只听他向内侍吩咐道：“就按这些，添些上好绸缎，装车备着。”

“那紫金石榴……”

“免了。栽去瑞香宫。”

“……所以说，”越临川晚间隔案向陆妙谙道，“陛下原本给碧情预备下了一株奇花，听说碧情不喜欢，就栽去贤妃那里了。”

他二人各在衙门任职，又要承担太子的课业，皇帝体谅他们早朝辛苦，便在离东华门不远的位置辟出东宫随馆给他们值宿。今日事多，两人都住下。

“这回总算平安落幕了，我们这些经过事的，倒叫孩子上了一课。”

越临川点头，片刻却又说：“只是太子真能一辈子只要碧情一个吗？他现在年纪小，心思单纯，想事情也简单，将来大了再掌了权，花花天下在眼前摆着，碧情再上了年纪，他还能这么念旧吗？”

“这话说的，谁家娘子能青春永驻，况且纵无花花天下，花街人人能去，依你的意思，世上再不会专情之人了。”

“身份不一样啊，天家的姻亲是笼络臣子的手段，又不是说不要就能不要的。”

“用姻亲才能笼络住臣子的，那也不是明君！”

越临川笑，“陆师傅都调职吏部多少年了，说话还是这副言官腔调。”

“是都多少年了，都成一把老骨头了。”

这话含着一股子怨气，越临川想了想，该是方才那些“上了年纪”之类的话惹起来的，他向陆妙谙伸出手，带着耍赖的意思，“陆师傅说什么呢，弟子虽学不来师傅这专情不贰，要老必定是一起老的。”

“你怎么会老，”陆妙谙将他的手拍回去，“看你现在的样子，光鲜惹眼，与十年前，十五年前，有什么分别？”

越临川埋头笑，“弟子至今尚未出师，当然没法老。”

“对，”陆妙谙的语气极肯定，“就是你这半辈子的‘师傅’把我叫老了。”

越临川笑得轻颤，“陆师傅教出弟子这样的学生来，不算生涯有成？”

“我授业生涯里最愧对先贤的还就是教出你这个不听圣人之言的了。”

“其实弟子这些年收敛多了，陆师傅现下也不能硬是视而不见吧。”

陆妙谙没说话。

“所以，”越临川道，“都老了，一起老。能一起老不也挺好，多少人想要却要不着呢。”

“——陆师傅？”陆妙谙低头写字好半天再没回音儿，越临川轻轻摇了摇书案。

“嗯？”

“等将来老了，陆师傅想做什么？”

“……请陛下准我去太学教书。你呢？”

“我要写部书，将办过的案子都记下来给后人看。”

“能活到那一天吗，两个白发没牙的老头子？”

“那正好到时候谁也不嫌弃谁了，你也不怕我笑你老了，我也不怕你恨我太年轻了。”

“我二人一双老光棍，没后人呐，大不孝。”

“若是有先贤下来责罚，我先顶着，陆师傅就去拖太子爷过来给他看，‘一日为师终身为父’嘛。”

“一百个先贤也能被你气死。”

“那日后陆师傅成不了先贤了，到现在还没被我气死……”

已凉天气未寒时，洛阳城的灯火，尚未全熄。

番外四·满帘风

“这事说大不大，说小却不算小。”

春寒将尽，刚下过第一场春雨，略带土腥味的风从尚书省朝房后的高墙刮进来，吹得两人的官服啪啪叠打。

越临川背风站在尚书省通向涵华宫上书房的便道旁，只似一场偶遇闲聊。

喻青偏头，示意越临川跟来，并肩向涵华宫方向慢慢踱去。风大，路上除了抱着文书匆匆来往的文吏外没有其他人等。

“说幽州最近出了一桩案子，一户豪绅看上了同村佃农家续娶的儿媳，想用减免地租的法子换人过去。佃农家不干，这豪绅碍于面子不好硬抢，便雇了个偷儿趁佃农全家赶庙会的当口去他家翻检，指望翻出些违制啊、侮上啊、迷信邪神之类告官的由头来，到时候再与官府递些银两单把媳妇赎出来，人不就到手了吗？”

喻青点头，却不知越临川为何提出这桩不合由朝廷直接插手的民事来，莫非他最近监摄刑部彻查旧案，以此为引查出了幽州什么舞弊枉法的大事。

“不想这一翻啊，”越临川凑近了些，扬起语调却压了声音，“当真翻出事来。那豪绅吩咐那偷儿将佃农家的契约、信件这些写着字的纸带回去，好从言辞上寻些把柄。那偷儿果然偷回几封陈年旧信，说被佃农家当宝贝似的压在炕头。信里的话倒都是家常言语，那信尾的落款里，却有四个不得了的字。”

电光石火一个念头划过脑海，喻青停步转头看着越临川，脸色微白。

越临川在两人袍袖间的阴影里用指尖点了点花园方向，声音混在风里几乎听不见，"'……代笔'。"

两个人对面当风站着，都是好一阵没有说话。

"信的原件下官见过了，这过了快二十年，那人的字迹究竟是何模样下官记不真了，但的确极像台辅你的字。那佃农家的公爹姓马，早年在徒河兵营做炊火杂役，死在任上，就地下葬。这几封家书是他留给家里唯一的东西，主母一直小心保藏，也不知是不懂旨意，还是穷家破户旨意根本没传过去，便一直留到今天。依下官看，情状是对得上的。"

喻青重向涵华宫方向慢慢起步。

越临川在他身后问，"是压下，还是呈上？烧了，还是留着？"

"按律是该烧了。"

越临川摇头，"台辅是极聪明的人，该知道若依律行事，哪天被上面瞧见这份案档，下官以下，连带幽州办事的大小官吏，指不定招来怎样祸事。但若献宝般地呈上，知法犯法，触的又是这片逆鳞，下官是想都不敢想上面转念之间能给下官什么下场。如今这块熟山芋落在下官手里，烫得厉害，台辅一定要与下官商量个主意出来。"

你不敢碰。喻青极浅地笑了笑。普天之下那片逆鳞有谁真敢碰吗？你来问我，有何用处？

"瞒下一条案档，对你刑部、大理寺，很难？"

"但……"越临川从后面跟上来，声音中已听不出半分玩世意味，"这或许是那人留在世上的最后一样东西，台辅真忍心……不让陛下看见？"

喻青看着眼前御花园宫墙后刺向天穹的寒枝，慢慢说："放着吧，放着最好，只当寻常案件那样入档、上报，看不看得见，都是命数。"

越临川没有回话。

"那信却不能烧，按抗旨罪的证物严密保存。那姓马的人家，按律从轻罚些徭役之类，背地里给些钱财安抚，罚得太重或赏得太重，都不妥当。你我只当这案子是件案子，该怎样，便怎样。"

"既然话是台辅说的，下官明白了。"

"春闱将至，估计一时半刻也看不见。能过去便过去了。"

喻青抬手紧了紧衣领。已是春风，依然冷。

殿试的座次按会试成绩排布，程握儿的座位安在最前排。大殿里静得只能听见几个举子瑟瑟发抖带出的衣褶声，檀香缭绕间仿似东海仙宫。俯身跪候的时间太久，程握儿的双腿都已麻了，他低着头看着膝前镜面一样光滑的金砖，紧张兴奋得几乎忘记该怎么喘气，一忍再忍，嘴角还是微微翘了起来。

殿下对他说过，好好读书，将来也能到京城去，也能到皇上家去。

看他今天，果然来了。

他忍不住抬头向御座上瞄，远处司礼官一声咳嗽，他慌忙低下头去，过了一刻，还是想笑。

整整一十八年，殿下不知变成了什么样子。其实仔细想，也想不清他原先究竟是什么样子，就是一片温和疏朗的影子，这世上最沉实、最宁心的影子。

其后一十八年所有的温暖，所有的好，都由此而生。

忽然震耳的礼钟从大殿两侧响起，司礼官高声唱念，举子们齐齐叩头紧伏在地上。皇帝大约走上了御座高处，叫举子平身入座，威严平缓的声音，听不出与记忆中的究竟相同还是不同，在程握儿眼帘的余光里，那仍然是片柘黄色的影子。

程握儿忽然决定不急着抬头去看殿下了，若被他认出来，若点卷子时被他刻意留心，还算什么本事？

司礼官在御座边高声宣读考题，程握儿打开砚盖，蘸饱自己的笔。

喻青被从中书省叫到上书房时，皇帝正在点看三甲的卷子，看他进门行礼，招呼他道："你来看看今年的三甲里有谁。"

主考陆妙谙在边上站着，向喻青略微行礼，递过记榜名的红纸。

"程握儿"三个字突兀地跳进眼底，喻青一愣，片刻笑起道："握儿？"他拿手在身边比了个高矮，"那个握儿？"

"益州人士，父母双亡，前益州丞姜宜养子，合上这样的名字，还能是谁？"皇帝浅笑着向手中的卷子看了看，低声道："殿试之上，寡人倒没认出他来。"

"点进三甲，果然当年就是聪明孩子。"那红单子上只有三个名字，程握儿写在中间，该是考官们拟定的榜眼。

“知道紧抓着饭主儿不放的，可不是聪明孩子吗？”皇帝今天兴致很高，像是想立即见见握儿，当面打趣他的样子。陆妙谙插言问道：“三甲的次序，陛下再有圣裁吗？”

皇帝落了笑，“还是看看卷子再说。”说罢向喻青道：“你也看看。”

喻青领命，取过案头的卷子细看。三张卷子看了多半个时辰，皇帝放下卷子问喻青道：“你怎么说？”

喻青犹豫片刻，“这预拟的状元卷，论文采见地，均可谓十全十美当之无愧。这榜眼与探花各有所长，微臣看来，程握儿的卷子笔灿莲花，堪称锦绣文章，但策论见解上，略微流于表面，相较之下拟为第三的这张卷子文笔朴淡却扎实，提出的几条时政议论也更为切实。但我朝取仕向来文与理并重，想必诸位考官将见地最深的一张点为状元，便点文辞华美这张位榜眼，显盛朝气韵，亦为妥当之举。”

陆妙谙道：“台辅所言正为臣等所想。状元卷胜于理，榜眼卷胜于文，两相平衡。”

“陆卿到什么时候也是这样老实，听不出他在怨你们将握儿的卷子点得太高吗？”

陆妙谙略微尴尬，浅躬道：“微臣愚钝。”

皇帝笑，“你这样反而好，像他那样对谁说话都将话讲得滴水不漏，听的人说的人反而一起受累。”

喻青低头称罪。

皇帝拿笔蘸朱墨在最上面的名字上点上一点，定为状元；最下面的名字上点两点，定为榜眼；在程握儿的名字上，三点稳稳点过去，低语道：“做探花，也没什么不好。”

三甲谢天恩领御赐锦袍的时候，喻青作为丞相在一旁陪同。当年刚过他膝盖的孩子现下长过了他的肩头，也不知益州的水米怎就这样养人，记忆中干瘦的苦孩子如今出挑得气朗神清，一派珠玉之色。礼毕之后皇帝叫程握儿留下，程握儿起先有些紧张，抿着嘴唇不敢抬头，后来抬起头来明亮的眼睛看着皇帝只是笑，沉郁庄重的大殿被这年轻纯净的笑意染得仿佛带上几丝喜气，连喻青都觉得心头涌起长久以来难得的轻快。皇帝招手让程握儿站到身边来，细问他这些年的身世，又问他今年几岁，程握儿答道：“二十二。”皇帝转向喻青，看着他对程握儿说：“寡人初见喻丞相时，他也正好是这般年纪。你要学他的样子，为国为民，成栋梁之材。”

喻青躬身致谦。

是了。他在那一瞬想。栋梁之材。

“新科进士按说有三条路，”皇帝续向程握儿道：“一是外放补官员缺额，二是入翰林院，三是在尚书省或六部做文墨和编修。依寡人的意思，上书房平日事多，每每命中书省增派文墨过来也不方便，此后就新添个上书房文墨的职位由你来做，一支妙笔文辞之间能生出许多用处。愿意吗？”

这是要让程握儿做草诏的事务，虽说是个品级不高的位子，但朝堂机密日日由手头经过，加之切近天子身边，实在是贵得不能再贵的差使。喻青低头想着，这便是圣心极眷了，但恐怕这孩子……

“陛下，”他赶在程握儿开口前道：“中书省与上书房的各项分工定制已久，人员早已熟谙职责，微臣看来，似乎没有再添余职的必要。”

皇帝的眉头微微皱起，“陆妙谙一代国士，只因文章写得漂亮，便日日困在这上书房里为诏书起稿润色，倒是省下一个‘余职’了，喻卿不为朝廷社稷叫声可惜？握儿论文笔是陆妙谙都极赞的，如今他年纪尚小，先做这些文书差使历练几年，陆妙谙也好专心顾他吏部政务。”

喻青向后退了一步，“陛下圣明，微臣多语了。”

皇帝没再对他说什么，又问程握儿道：“你自己呢？是想留在这儿，还是出去做大事？”

程握儿方才一直看着喻青与皇帝争执，此刻眼睛仍看向喻青，听见皇帝问他，转头答道：“微臣想留在，”他说到这里突然顿了一下，像是匆忙改口，“陛下身边，无论大事小事，只要陛下安排，微臣一定尽力做好。”

皇帝笑起点头。

眼见快到清明,御花园里春花开了六七分。清明是皇帝最不喜欢的日子之一,皇宫上下早摸透了这个脾气，这几日说话做事都带着三分小心。程握儿在上书房供职已有一个多月，礼仪制度学了八九成，但惯例没人专门教他，因此他虽然觉出周围气氛不对，却不明白其中因由。偏生越临川彻查刑部旧案，突然翻出湖广粮道转运使侵吞漕粮变卖国财的大案来，皇帝连日寝不安枕，不分昼夜旨意连出。整个朝廷忙乱惶恐，程握儿专职草诏，更是片刻不得休憩。他有时歪在书案上眯个一刻半刻，再醒来时，不远处的殿下仍在龙案旁翻看各样文书，两只眼睛熬得发红。程握儿看不过去,想过去劝,却被近侍总管拦住,反复说“大人万不可造次”。书房内室外室只一道门槛，他却从没迈进去过一次。

除了贴身伺候的近侍，能过那道门槛的，就只有一个人。

“一件漕粮案，拟凌迟五人，各样死刑七百一十七人，流徙以下近三千七百人，微臣以为，是否株连太大？”

“越临川的折子你看过了？这些人里哪个无罪？”皇帝从案上翻出越临川申报案情的折子，摔在喻青脚前。

喻青弯腰将折子捡起，“举凡大贪巨蠹，主谋皆为高官，这些人掌控一境之内升迁生死，其下众多小官小吏，即便本无贪心，牵扯局中为求自保，也不得不三缄其口向上遮掩，主谋还会分与他们些蝇头小利，以求同上贼船彼此牵制。这些涉事的小官知情不报固然可恨，但千百人中未有一人上报，可见情势严苛。我朝太平盛景潜藏如此大案，陛下震怒之情微臣全然领会，但因天子一怒，便无端加重刑罚、涉事即杀，恐非仁君当为。”

“仁君？”皇帝冷笑一声，“我非仁君，你便是仁臣？早说过六部之中重在兵吏户刑，兵部指望不上你们，吏部陆妙谙、刑部越临川都看得安生，只剩下一个户部给你丞相看着，还与寡人看成这个样子！若非你姑息宽缓妇人之仁，安致如此？！”

喻青双膝跪地，叩首道：“微臣无能，九死难辞其咎，恳请陛下依律责罚。这漕粮案中涉事的大小官吏，也请陛下依律责罚。”

“越临川久掌狱令，寡人如此裁决他没有说出半个不字，你倒在这里教训寡人依律责罚？”

“陛下问过越临川，不知问过陆妙谙没有？”

皇帝无话。

“昔年陆妙谙久为御史，整座御史台中只他一人敢言，如今陆大人一样刚正，陛下何妨问问他，看这裁决妥是不妥。但如陆妙谙一般仗义执言之人满朝之中又有几个，普天之下又有几个，当年不敢说话的那些御史，换在陛下朝中，陛下就要全体杀了？朝廷大员尚且如此，那些地方小吏畏事求存亦为人之常情，律法上明白写着罪不当死，清明将至百鬼夜哭，陛下非要见这千数荒坟新起，万数骨肉离散才算痛快？”

“你好大的胆！”一句话碰到皇帝此生最痛的伤疤，忐忑侍候在书房内室门外的众人只听房中一阵裂响，门被飞溅的硬物砸开，龙案下奏章玉玩散碎一地，皇帝起身指着跪在地上的丞相怒喝道：“将这个犯上的东西拉出去扔出午门，跪到饿死为止！！”

程握儿从没想过会看到殿下如此震怒，此时有些讶异地看向身边的近侍总管，总管只摇头让他千万莫要插语。侍卫过来将丞相押下去的时候，丞相的面色很淡，看不出任何心情。

通向内室的门重新关上，近侍总管凑近程握儿的耳边低声说，“这也就是喻丞相，换成别人……”他轻挥手做了个“除却”的手势。

程握儿瞬间有些了悟。饿死一个人，得要好几天工夫，何时反悔，都还来得及。

他看了看书房内室那扇紧闭的门，重新在自己的书案前坐下。

看着进晚膳的托盘第四次原封不动被端出来，近侍总管有些沉不住气了，招来几个最贴身的近侍，商量着要不要请贤妃娘娘过来劝劝。已经半冷的托盘搁在一边，程握儿走过去端起来，径直去推书房内室的门，几个近侍慌忙围过来拦住，程握儿笑，“我不怕死，也连累不到你们。”

我这条命，本来就是他捡的。

推门的时候皇帝没抬头，程握儿把托盘放在门旁的雕花桌上，回身掩上门，就站在那里等。好一阵之后皇帝抬头向这边看了一眼，程握儿迎着皇帝的眼睛笑，叫一声，“陛下。”

“握儿，”皇帝的声音听起来已很平和，“做什么？”

“陛下的晚膳，”程握儿把托盘端过去，伸手推开龙案上的几份折子，将托盘放在皇帝面前，“可惜冷了。这个八宝盅盖着盖子，还是温的，陛下吃这个吧。”

他把八宝盅的盖子打开，又拾起勺子递过去。皇帝接过勺子，舀起八宝盅看了看他，低头吃了一口。

“微臣现在还记得陛下喂微臣吃粥呢。”

“你那么小，记得倒清楚。”皇帝说着，再咽一口八宝盅。

“就跟着陛下的那些日子记得清楚，之前之后都不怎么记得。”

“那是记着粥了，哪里是记着寡人。”

程握儿笑出声。

“这粥你吃吗？”皇帝指指一旁的莲子糯米粥。

“陛下吃吧。陛下若懒得吃，握儿喂陛下吃也成。”

“这是什么话，”皇帝皱眉，片刻忍不住，倒露出几天里第一个笑来，挑看着顺眼的菜又吃了几口。

程握儿站在旁边看着。

“陛下吃不了的，握儿拿去给喻丞相好吗？从昨天晚上到现在，他快一天一夜没吃东西了。”

皇帝的声音冷了些，“他饿不死。”

“饿着难受得要命，陛下是没饿过。”

皇帝一时没说话，末了点点头，“跪还让他跪着。你吃了吗？”

“吃过了。”

“这些冷了，”皇帝拿筷子点点托盘上的菜，“就不让你吃了。”

程握儿端着托盘从内室出来，近侍们围上去见菜色消下去一小半，都是一副讶异神色，程握儿向他们笑了笑，端着盘子向上书房外走，道：“剩下的这些，陛下让我给喻丞相送去。”

他出了涵华宫沿便道往正南走，路过御花园后墙时停了一刻，将饭菜倒进御沟。

跪到第三日上午，喻青再也撑不起腰，用手肘支着膝盖半蜷在地面。早晨飘下一阵小雨，这会儿内里的衣服还没干透，紧糊在身上。他恍恍惚惚看见一双官靴停在眼前，以为是定时给水的侍卫，便伸手去接水碗，不想来人弯下腰，递进手里的像是蜜浸桂花糕。

“听人说饿久了该吃些甜的。”

喻青抬头，越临川。

他摇头，将糕点推回去。

越临川道：“上面原就没想饿死台辅，何苦怄这口气。”

喻青声音极低，缓了一阵才说得清楚，“仔细与我同罚。”

“下官是来问这犯上案的口录的，分内之职，”越临川蹲下身，凑到喻青面前说，“何况台辅这场罪算是替下官受的，下官冒点小险也不算事。”

“……裁决，改了？”

“早朝递了新折子，批不批尚不知道。不过这一年一轮的火既然在台辅身上发了，该能换出几百条性命来。”

喻青浑身的骨头疼痛欲裂，桂花糕的蜜香令胃饿得几乎痛穿，又像要吐出来，只能更低地蜷起身子。头上越临川说，“台辅这丞相做得真不容易，好歹吃些。如今曾在台辅辖下当差的宫门护卫换得一个不剩了，除了下官这顿，该不会再有人偷递点心过来了吧。”

喻青强忍疼痛，道：“……若不饿晕过去，事不算完。”

越临川一愣。想来也对，被丞相一番进谏顶得朝令夕改，陛下哪里下得来台，除非人再跪不下去了，中途停罚是不可能的。

“台辅不会装晕？”他看着喻青被风刮乱的头发披在脏兮兮的官服上，压低了声音支招。

“若装不像，反而难看。”

越临川有些想笑，心中却不是滋味，站起身道：“那台辅跪着，下官帮不上忙了。”

他转身往回走，走了两步，回头看了看那跪在五凤楼下阴影中的人。

宠臣，宠臣，到头来君臣之间的信任倚赖，能剩几分？

……物伤其类，至诚之言。

晚间皇帝正在用简膳，近侍递进侍卫传来的禀报。程握儿跟一干文墨正在拟定漕粮案定罪的诏书，他往内室那边转头去看，也听不见究竟说了些什么。皇帝又吃了些菜肴，起身放下筷子，走来对程握儿道："一会儿有旨意，你随我过来。"

程握儿和几个近侍陪着皇帝出门，转向涵华宫一间不常用的偏屋，屋中的内侍开门跪迎，靠在榻上的人也起身下地，在内侍的搀扶下叩头。

"罪臣恭迎陛下。"

皇帝叫平身躺回去，自己站在榻边看着喻青的气色，片刻说："喻卿的身体比寡人想的弱。"

话有他意。喻青不解缘由，只能说，"罪臣何德，劳陛下挂怀。"

"怎么醒的？"皇帝问一旁的太医。

"回陛下，臣等给台辅进了些蜂蜜水，半刻左右便醒转了。"

皇帝回身对屋中侍奉的诸人说："丞相府中没有女眷，他这样回去下人必定照顾不周，就让他住在这里养到复原为止，你们好生调理。"

众人领命，皇帝向门外走，喻青在身后急唤，"陛下——"

皇帝回头，看着他的眼睛一刻，挥手叫旁人退下。程握儿有些犹豫，皇帝向他道："先出去，有事叫你。"他只得携带录事簿随众人退出，内侍掩上房门。

皇帝转身等喻青开口。

"罪臣请辞相位。"

皇帝笑，"这是急流勇退，还是暂避风头？"

喻青靠在榻上，自觉礼数极不齐全，撑起身子在床沿上叩首，"微臣监管户部不力，致使如此大贪经年犯案，恳请陛下准微臣辞相位以谢天下。"

"他户部尚书柳迎还没说话，你丞相倒先出头。说将户部剩给你管，寡人并未像对陆妙谙或越临川那样明确下诏，你丞相的职权监摄六部，与漕粮转运使隔了五六层，寡人几天前一句气话，你是要抓住不放，将这烂摊子扔下不管了？"

"微臣岂敢。但百姓心中我朝一向吏治清明，如今陡然出此大案，朝堂之上总要严惩明责，以平民心。丞相职责监摄六部，六部之事便是丞相之事，罪臣责无旁贷。"

皇帝在房中一张禅床上坐下，"六部事是丞相事，天下事便是天子事，以你的意思，天下暗藏如此大贪，寡人不能明察秋毫，应该下诏罪己了？"

喻青再叩，“微臣惶恐，微臣全无此意。”

“朝中大小事体一日万千，要你事事看清，只是苛求。寡人知道你素日勤勉，他漕粮转运使的事自然怪不到你丞相头上，你就不必‘罪臣罪臣’说这些虚套。”

喻青正待谢恩，皇帝续道：“但你话说得不错，朝堂上总要给个交代，寡人既不能下诏罪己，这个‘严惩明责’只能由你来担，你能识这大体，寡人甚慰。”他说着起身轻掸袍襟，“罚你去丞相职，停官领罪，其后寡人再有安排，你只当养病就是。”

“……微臣谢陛下隆恩。”

皇帝走了两步忽然停下，回身看着喻青，唇角像挂着一丝笑意，“一日一顿饱餐还能饿晕，你倒真该好好养养。”

与前面那些话不同，这句才是重责语气，喻青抬头看着皇帝，全然不知如何接话，皇帝走到门边，推门出去。

门外一片恭送之声。

如此过了四个月。到立秋时节，皇室宗族有例行的家宴。皇帝与皇后、太子和准太子妃坐在主桌，席间向碧情询问她去白马寺探望定乾王的事项。

碧情很怕她未来的公爹，含笑知礼的恭顺语气里略有些怯：“六皇叔身体很好，比上次见面时没有清减，下人说他吃穿用度都与平常一样，近日里时令瓜果也多吃了些。碧情裁给六皇叔的袍子六皇叔也说穿着合适。袍子是日常样式，六皇叔既然换上了，便起兴带碧情到寺外的集市上走了走，”说到这碧情不好意思地看了庆麟一眼，“都说六皇叔看起来还是二十多岁的年纪，有些不认识他的商贩，还问皇叔碧情是不是……”。

皇后庆麟都笑了，连皇帝的嘴边也难得出现了一丝笑影。

碧情接着说：“到傍晚时六皇叔要去奠香做晚课，碧情想跟去不合适，便辞回来了。带去的各样东西都放下了。”

皇帝点头，“辛苦了。”

“不辛苦，碧情喜欢去六皇叔那里，皇叔待碧情很好。等中秋节时，碧情再过去。”

皇帝这时说：“你也是天家身份，今日不必换便服就能与常人一般走在集市上，可见衣着是怎样素简。你这样的年纪，也不用太委屈自己。”

皇帝对碧情素来冷淡，当下说出这样体恤的话来，令碧情的眼神透出一丝茫然，一时不知如何回话。皇后接道：“陛下说得是。这孩子太懂事，不要说以她的身份常常额外有赏，便是宫例的丝绸锦缎分下去，也没见她怎么穿过，总是些素色暗花的东西在身上，从不张扬。”她转向碧情道：“只是如今陛下都这样说了，你也一定要改改。”

碧情欠身称是。

庆麟却明白碧情是因为父亲客死，不得丧仪祭祀，因此自从懂事便一直素服加身不着艳色，像一场漫长的戴孝。他心中怜惜，开口道：“父皇不知道：碧情最手巧的，她的衣服都是她自己新样裁制，颜色布料嘛，虽然不华贵艳丽，但是精致巧思是别处哪里也没有的。儿臣觉得碧情怎么穿都好看，这样最合衬她。”

皇帝笑向皇后道：“听听，会护短了。尚衣局百十号人都被他贬下去了。”

皇后笑道：“这倒是实话，听宫人说，尚衣局总管事上次见到碧情裁给臣妾的春衣送去洗晾，还问是哪里的新样呢。”

这会儿庆典的焰火升空，周遭宫娥们拍手欢笑，十分热闹。太子庆麟看了碧情一眼，又看看皇帝的神色，欠身道：“父皇，儿臣有个不情之请，值此佳节，万望父皇应允。”

皇帝笑起看他，“你说。”

“昨日儿臣翻看这次刑部彻查旧案的报表，看到幽州一桩抗旨案，案由是景安元年时没有照旨销毁……碧情的父亲陌楚获流配徒河时代笔的书信。如今这些书信作为罪证在刑部封存，儿臣想，旨意已过了快二十年，陌楚获再有怎样的过错，总是天家姻亲，何况如今他尸骨已销，求父皇能否网开一面，容下这几封信。碧情从小没见过她父亲留下的任何东西，陌府的两位夫人更是多年寡居，儿臣恳请父皇开恩降旨，将这几封信笺赐给陌家，好令二位夫人和碧情睹物思人，聊以慰藉。”

烟花接连在空中炸响，席间却静得出奇，碧情紧咬着嘴唇等皇帝发话，眼中沁起一层水雾。皇帝低头看着自己的酒杯，意识到手中的象牙筷子在颤，从银杯上磕出细碎的声响。他猛地扣下筷子，庆麟、碧情心头一抖，但见皇帝静了一刻，起身道："这案子寡人还未看过，先向刑部主事问问，若将证物取出不坏常例，再说赐予陌家的事。"

他说着转身离席，直向上书房去。

程握儿是贴身文墨，远远见皇帝离席，便随同跟去。皇帝的脚步极快，一路不发一语，走入上书房时不待近侍过来迎驾，径直迈向内室。程握儿在他身后紧随，不想走到内室门口时，皇帝回头对他道："去叫越临川……不，叫喻青……去府上叫喻青，叫他把东西拿来。"

程握儿从没听过皇帝这样的语气，像喉头含着血。他愣在那里讷讷问："……什么东西？"

"他知道。"皇帝说着迈进内室，在程握儿眼前合上门。

到喻青府上时已近子时，不大的前相府几乎全无灯火，前来应门的只有一个小厮，听说是圣旨，慌得飞跑向府内传话。程握儿站在前厅中等，再无一个下人过来招呼，点起一盏烛火的厅中陈设简朴，一片萧冷之气。

……无亲族，无家室，无嗔无欲。这数十年为官作宰的生涯，他究竟图些什么？

程握儿正在出神，喻青衣装齐整从厅后出来，扬襟便要跪拜。程握儿道："不必了，是口谕。陛下命你把'东西'拿去。"

喻青的眼中闪过疑惑，转瞬是惊恐，但他很快平复神色，只向程握儿道："下官知道了，有劳程大人。"

"在下随大人一同去取？"

"不必了，今日事多，程大人早些安歇。"

他看着程握儿的眼睛，眼神中是个冰冷的警示，程握儿笑，"如此，大人快些，在下先回宫复命了。"

赶到上书房时夜已极深，喻青见程握儿从书案边起身看向自己，便对他举起手中的木盒，程握儿走到内室门口轻叩，"陛下，喻青到了。"

皇帝从房中走来开门，脚步急促，门打开后他看着喻青迈步进去，回手便将门推上。

四更鼓响，值夜的内侍都露出困倦神情。程握儿重在书案边坐下，继续写他自请北上戍边的表文。

暗色木盒放在皇帝面前，皇帝却并未打开，只用指尖轻划过盒盖，问喻青道：“东西无错？”

“证物由越大人手封，微臣没有看过。”

“烧了。”

喻青骤然抬头。

皇帝向屋角的香炉摆头，“全烧了。”

喻青不敢动，“……陛下，三思……”

“你替寡人烧东西，不是第一回。”皇帝的手按在木盒盖上，声音极低。

……传位遗诏……这是在暗示传位遗诏。喻青瞬间汗透重衣，他伸手从皇帝的手下抽出木盒，捧着向屋角走了几步，背对皇帝，打开香炉的炉盖。

身后没有传来任何声音。

他打开木盒的盖子放在香炉旁的案上，从盒中拈出第一封信。炉火柔缓地舔上，纸烟升起，他看着发黄的纸张渐渐化为灰烬，从盒中再抽一封。

“算了，”皇帝这时说，“放着吧。”

喻青将信塞回盒里，在案上放下盒子，不及行礼告辞，逃一般退开。

“身子养好了吗？”他抬手开门时，皇帝在身后问。

喻青回身深躬，“一直未有大碍，陛下费心。”

皇帝的语气像微微带笑，“这才罚了你几个月，吐谷浑便不安分起来，你们的消息传得倒快。”

“陛下明鉴，”喻青直跪下去，“罪臣自任职丞相以来，再未与吐谷浑传过一封书信，天日可证。”

“总之寡人的朝廷，似是离不开你，”皇帝起身踱到香炉旁，盖上木盒的盖子，“你自明日起官复原职，尽心办事吧。”

喻青叩首。

“信烧干净了吗？”

“……烧干净了，一点不剩。”

皇帝点头，“明日立秋，吩咐下去，免早朝。”

他拿起木盒走过喻青身边，开门离去。喻青跪在地上，一瞬之间像卸去全身力气，空茫看着满室烛火。

此后三日，早朝皆辍。皇帝的心痛病久不复发，一复发便来势凶险。程握儿哭肿了眼睛，怕旁人看见，混在殿外候传的近臣堆里尽日低着头。忽然周围的大小官员齐整整拜下去，程握儿一愣之下抬头去看，便慢下半拍。当朝皇后在八名宫娥的环绕下走出殿外，受过众人的见礼后来到喻青身前，微微弯腰对他说，“喻丞相，陛下叫你进去。”

喻青再次深拜，“有劳娘娘亲身来传，微臣这就过去。”

殿中陪侍的诸位嫔妃此时由宫女打扇遮面，陆续从殿内出来，匆匆退向内宫。皇后待喻青直起身，陪他向寝殿的台阶上走了几步，轻声说：“秋来天燥，陛下向是虚燥体质，这些日子先是漕粮案，又是边关出事，他心中着急病就发在身上。丞相去与陛下商谈国务，千万多说些宽心的话，待陛下身体大好了，再详谈不迟。”

眼前是后宫中唯一可以将容颜示与臣下的女人。视臣如子，这便是皇后的荣耀与身份。这个端和的女人曾经雅艳的容貌在日复一日的宁寂间耗尽，如今眉眼边残留的，只是岁月累积的疲乏。

喻青低下头去，“微臣知道了，娘娘放心。”

进入寝殿时，除了角落中值守的贴身近侍，再无他人，偌大的殿宇空空荡荡。御榻前自天顶挂下一面金纱帐帘，殿两侧的轩窗全开着，帘子在微风中轻轻拂动。皇帝穿着浅至发白的蓝色中衣靠在引枕上，即便隔着帐帘，仍能看出脸色灰白。喻青行了礼，低头站在御榻对面，风中的纱帘子轻轻扫起，在碰到他的脚面前又缓缓落去，一来一回，极安静。

“这几天要紧的朝务，你一件件说。”

“寻常朝务都分付有司照惯例处置了，西北边境上的军事，昨日有飞马回报，说只是边防军之间的小摩擦，并非吐谷浑大举进犯。安西将军何澄林已从榆林分兵示警，想必不日便宁。”

“善阐哲的脑袋也不是骤然会坏的，两国相安无事已久，他犯不上此时邀战。他朝廷里派系斗争愈演愈烈，想来双方争权，各想在边境上挑起事端攒些功劳。

你对何澄林说清，叫他沉得住气些，因势利导，诱使敌兵内讧内耗方为上策。”

“昨夜接到陛下的传话，兵部揣摩意思拟出的条文大约就是这个说法，陛下要再加道诏书吗？”

“是兵部的条文，还是你的条文？寡人的心思你倒摸得最准。”

这话不像是责问，喻青便没随上一句自责。过了一刻，见皇帝没有其他说法，喻青试探说：“若陛下再无旨意，微臣告退，陛下静养吧。”

“你留一会儿，”皇帝说着向下靠了靠，有近侍过来帮他安顿枕衾，皇帝的声音隔着帘子传过来，“寡人想起事来再吩咐你。”

喻青垂手站着。风有些凉，寝殿的金砖地微微泛紫，很干净。

“自己找地方坐。”

喻青一怔抬头，皇帝已经背向他躺下了。他向四周略看了看，走到靠近窗子的地方，在紫檀椅上坐下。这不是他第一次进入涵华宫寝殿，却是他见过寝殿里最清静的一次，若不是皇帝病着，清静得几乎有些闲适了。几盆御花房培植的晚芍药在初秋的天气里开到将颓，皇帝却没有命人撤下，凉风过处，总有几片深红的花瓣从枝上坠下，掉落在青玉雕龙的柱础前。

皇帝轻说：“寡人头痛，寻首诗来念念。”

无人答话，喻青好一阵才明白这是对他说的。

刹那入心的绝句，没有多想便念了出来。

“……‘共惜流年留不得，且环流水醉流杯。无情红艳年年盛，不恨凋零，却恨开。’”

良久再无人说话，深红的花瓣打着卷儿滑向殿心。

“你知他信上写些什么？”皇帝忽然问。

喻青摇头，然后想起自己摇头，帘中人也看不见。

“……‘此处白面价三十钱，似较家中便宜，下次返家，定携五斤。望惜身体，勿以为念。’……他这样写，不知那户山村人家看不看得懂。”

喻青静了一刻，轻声说：“越大人说那户人家的主母将这些信压在炕头，像宝贝一样存着。”

“那也不是为了写信的人，是为了有心写这些信的人。”

家书抵万金。

有眼泪悄无声息地落下，在这多年之后。

“烧掉的一封补不回来了，余下几封还回去，连带一百两银子，送到马家主母手上。”

“微臣知道了。”

喻青低声领命，对帝后其余毫不知情。

待皇帝病愈后将议事地点由寝殿搬回上书房，程握儿才得以在旬日内第一次见他。皇帝一整天忙着处理被病情耽搁下的大小事务，没有与程握儿说过半句私话。到晚间照例在内室用简膳时，皇帝吃了几口，抬头看见程握儿与几个文墨仍在外间抄抄写写，便扬声说：“累了一天，你们散去歇息吧，有事明日再议。”

众人谢恩。程握儿收拾着桌上的笔墨，听见皇帝唤他道：“握儿，你进来一起吃。”

程握儿看了近侍总管一眼，后者没敢说什么礼法不便的话，他便迈进内室陪在皇帝身边站着。近侍给他添来筷子和碗碟，又送上一碗伴菜的汤，程握儿端起碗来吃白米饭，皇帝夹了些山菌与鸡脯放进他菜碟里。

“寡人看见你的表文，说要自请戍边，上西北前线？”

程握儿点头。

“怎么突然想起这个来？”

“吐谷浑频繁犯境，累陛下劳心，握儿想替陛下分忧。”

“你在这里替寡人处理文书，一样是替寡人分忧。”

程握儿摇头，“事有大小，陛下不也说出去才是做大事。”

皇帝笑，“寡人还当你真想留在寡人身边。也罢，既要出去，寡人给你一县之地，先治出个样子来给寡人看看。”

“握儿就想去边关。”

“你是文臣，去边关做什么，打仗是好玩的吗？刀箭无眼，懂不懂得？”

“不是好玩，”程握儿放下碗筷，“握儿是想为平边出力，让陛下再不为战事烦恼……让陛下……”他说到这里抬手抹眼睛，“……陛下这次生病，吓死握儿了……”

皇帝见他这样，放下筷子轻拍他的背，“寡人是天子，天子就不许生病吗，一场小病把你吓成这样？”

“握儿是怕……”被皇帝一劝，程握儿的眼泪更忍不住了，“怕好不容易又见到陛下……却再见不着了……握儿生得晚，若陛下龙体有恙……握儿还能在陛下身边陪上……几年……”

“放肆、放肆，”近侍总管皱着眉头拦他，“程大人话说过了，快向陛下请罪吧。”

皇帝只是笑，“好了好了，好端端一顿饭吃成这样。你这样哭，外面真当寡人快要晏驾了，你不图吉利，也该替寡人讲个忌讳不是？”

程握儿忍住哭声，眼泪还是往下掉，抬手在脸颊上胡乱蹭开。

“去边关便去边关，当朝丞相不也是行伍出身。但不许你上锋线，若伤了性命，即便寡人活到百岁，你又拿什么陪？”

程握儿点头，“待边事靖了，握儿立刻就回来。”

“这话你也就是对天子说管用，”皇帝又添了些菜在程握儿碟子里，“换成别人，哪里是你想走就走，想来就能来的。”

程握儿破涕为笑，点点头。

这一去便是四个月。战事远比皇帝预料的拖得久，尤其进入腊月以来，吐谷浑几场突袭都正打在边境防御的薄弱点上。据前方战报，一支吐谷浑兵队驱入关内数十里烧杀抢掠，百姓伤亡惨重。宿将何澄林似乎忽然变得不会打仗，一条边境线上捉襟见肘顾此失彼，而吐谷浑方面似乎忽然多出了什么神机妙算，竟能将汉兵的防御要点处处卡牢。

“……这不是有人通敌泄密，又是什么？”

说这话时，皇帝的眼睛看着喻青。

近日愈发清瘦的丞相没有回话。

“兵部协同大理寺，派遣得力人手，与寡人详查！”

下得朝堂，皇帝心绪烦闷，他抬头看了看层层金殿的歇山顶上清寒的冬日苍天，不理玉阶下候驾的御辇，步行向宫内走去。

经过妃嫔散居的西华门宫落便道时，忽见一个女孩子从不远处一扇侧门中匆匆跑出来，抬头看见皇帝仪仗，愣了愣，跪下哭起。

近侍总管赶上几步，呵斥道："放肆！还不快回避领罪！"

那女孩子抬起头来，近侍总管顿时十魂骇去了七魄，原来那是准太子妃碧情，只因她服饰向来简朴，加上事起突然，竟被误认为宫女。近侍总管慌忙自己掌嘴，皇帝走近来看清碧情，问她道："怎么了？"

"……陛下……"女孩子哭得几乎无法说话，"……陌贵妃……我姑姑快不行了……"

"怎么好端端的？"皇帝皱眉，看向近侍总管。

其实陌贵妃的病起起伏伏已半年有余，但皇宫上下哪个不知陌贵妃有位无宠，非但无宠，皇帝对她可说是嫌恶，若非成亲年久，恐怕早已贬去了。如此一来，一是揣测皇帝对她的病情不会上心；二是担心提起名字来反将皇帝的恼怒落在自己头上，竟未有一人对皇帝言讲。近侍总管此刻只是低着头，未敢回话。

"……姑姑已经病了半年多……她说她的病不该让陛下操心，不让、不让我们告诉陛下……如今她人真的不行了，太医已经交代让准备装殓……姑姑一直不肯闭眼，太医说是……回光返照……她是在等您，陛下……碧情求求您，碧情求求您，您去看看她吧……碧情求求您……"碧情的额头一下一下重磕在青石地上，近侍总管看不过去，示意后面执宫扇的宫女过来搀起她。女孩子勉强站起身来，仍不断向皇帝哭求，皇帝却不做任何表示，只怔怔看着那双泪如雨下的眼睛，许久之后慢慢伸出手去，像是想替碧情擦泪，低语道："从没见你……"

他的手在半途停下，紧紧握拳，接着用力甩头，疾步走过碧情身边。

"……陛下……来吗？"看见碧情的身影走进门中，陌贵妃强撑起头。

碧情方才在外面用新井水洗过脸，眼睛肿得不那么明显了，她尽量用寻常声音说："陛下早朝还没散，碧情没见着，但找着了总管，总管说等陛下一下朝就将话传过去，陛下一下朝……就过来了。"

陌贵妃的脸上浮起笑容，抬头摸摸自己的鬓角，"那……我这个样子……"

"姑姑很好看，稍微病着，脸颊反而有绯色，省了……胭脂了。"

"你扶我起来，镜子拿过来，我梳梳头。"陌贵妃的眼睛像所有将死之人那样，亮得不像话。

碧情几乎将嘴唇咬破出血，她将镜匣端过去在陌贵妃床前支好，把她扶起来靠在自己肩上，拿起梳子慢慢拢她的头发。

好一阵子陌贵妃只倚在她身上闭目无声，碧情害怕得以为她再也醒不过来了，但陌贵妃忽然轻问："现在是什么月份了？"

"……腊月。"

"那没有鲜花戴了。"

碧情鼻间一酸，眼泪滴在陌贵妃的头发上。

"……你，记不记得你爹的模样？"

碧情忍住哽咽，摇头道："爹去时碧情还是襁褓中的婴儿，自然——"

"想不想知道？"

碧情手中的梳子停在陌贵妃发间。

"你看镜子，"陌贵妃尽力抬起手，掩住自己的眼睛，又用另一只手遮住碧情的下颌和嘴，"……你的眼睛，加上我这嘴，这下巴，脸颊两侧再清减些，鼻子添些男子气度，差不多一模一样了。"

碧情看着镜中的映象。陌贵妃常年流泪，自病重以来，双眼已经看不清东西了，所以她不知道自己的容貌憔悴成了什么样子，以至于碧情无法想象将自己的眼睛放在这张脸上，能勾勒出怎样一张父亲的容颜。

她的眼泪不可遏制地涌出眼眶，打湿陌贵妃的手背。

"……他是……不会来了，对吧？"陌贵妃问。

碧情点头，哽咽出声。

镜中映出陌贵妃惨淡的笑意，"他唯一看得上我的，就是聪明……和'他'一样聪明。"

这一个他又一个"他"，碧情没有听懂。

"你知道你公公为什么不喜欢你？"

碧情摇头，心惊。

陌贵妃的双手脱力放下，"他不是不喜欢你……你只，你只不知道你的眼睛生得有多像'他'。"

“……像……”碧情的心中闪过彻悟，“……我爹？”

“我呢，”陌贵妃没有答她，只接着说，“总说只眼睛不像，处处像‘他’……我若是生得不那么像‘他’，你说他会不会多看看我，会不会喜欢我……你说……”

碧情已经一个字也说不出来了。

“天下间只有哥哥最疼如虹，”陌贵妃突然哭出来，“哥哥死了之后如虹再没有一天好过……等到了那边，如虹要向哥哥告状，说殿下哥哥对如虹不好，如虹委屈……看哥哥向着哪个……”

她反复喊着，哥哥，哥哥，一忽儿又是三殿下哥哥，这么喊了一刻，再没了声息。

碧情抱着她呆呆坐了许久，直到门外响起宫人的哭声。她将怀中人在床榻上轻轻放下，用素色的衣袖沾去她脸上的泪滴。

走出西华门时，一双手伸过来牵住碧情。

“——陌贵妃怎样了？”

碧情闭目摇头，再没有眼泪可掉。

庆麟犹豫一瞬，看左右无人，轻轻拉过她，将她的头靠在自己肩上。

碧情的眼眶滚烫，但是眼泪流不出来。庆麟慢慢顺着她的背，轻声问：“陌贵妃最后，留什么话了吗？”

“……姑姑一直在等陛下过来，旁的……什么也没说。”

“父皇最后也……”庆麟忽然伸手紧紧抱住碧情，“你别伤心，我会对你好，只对你一个，我不做父皇那样的人。”

“不怪陛下，”碧情咬住嘴唇，眼泪重新断线而下，“是命数……不怪陛下……”

庆麟抬手擦她的眼泪，“陌贵妃的丧事我们好好操办，别哭伤了身子。”

“我以前偷偷给爹绣的那些魂幡和棺椁幔，还有灵帐……都能拿出来用了，”碧情靠在庆麟肩上轻轻说，“……爹不会怪的。”

越临川将奏文送到涵华宫龙案上时，皇帝并未向其上看去一眼。

“天大的事，明日朝堂，直说。”

越临川大理寺卿的朱红官服十几年来从未变过，早朝众臣见他出列言事，个个心惊，有几个偷眼向丞相看去，那极品的玄紫官服下展平的肩膀一动不动，竟似石雕。

“……通敌之人做事极秘，前后交接人等彼此皆不相识，微臣属下顺藤摸瓜上去，至最顶时，只道信由京中大人物派人送来，信使蒙面，不知是谁。除了那人口中这位直接信使外，传信诸人皆为贩夫走卒，将信递与吐谷浑信兵后，由对方付给现银。这些人为厚利所动，对信内是何机要皆不知情，与朝中军中亦全无干系。”

“原来折腾这许久，‘大人物’是谁并未查出？”皇帝的声音极淡。

越临川摇头，“微臣属下查无可查时，一个看守城门的小吏给这案子开了个缺口。”他的话音里全无半点平素陈述案情时那丝自得的张扬，只是一板一眼，语调平涩，“战事既起，城门查验较平时细致，据这城门小吏回忆，他曾在一名涉事的马贩身上查到过一封信件，由吐谷浑语写成。当时马贩说信是与吐谷浑人交易马匹签立的文书，这小吏并不认得吐谷浑文字，听他说得像样，便放他过去。微臣属下想，两国边境交易频繁，用吐谷浑语写成的文书并不稀奇，便问那小吏为何单单记住了这封信，那小吏说，信原本不稀奇，但那信纸独特，他开信过了一目，便记住了。”

“如何独特？”

越临川抬头看着皇帝，慢慢说：“浅碧蓝水纹，压双线卷云金边，带香。”

有轻微的不解声从群臣中升起。

越临川停了一刻，续道：“便是现下殿中的全体朝臣，也不是个个见过这样的纸。金云碧水笺供上书房内室专用，习惯上用于记录一些无关国体，但必须处理的小事。之所以将笺做得如此醒目，是因为笺上所记之事往往不走诏书，以此谨防忘记。换言之，能拿此笺用以写信之人，必须能独自出入……陛下的私书房。”

那一刻大殿之内冷如冰窖，像一头无形异兽顷刻间吸去所有声音。

喻青垂下头去，深深闭上双眼。

“以金云碧水笺给吐谷浑王写信，倒是合身份，”皇帝看着御座下朝夕不离相伴十余年的丞相，声音淡似冰雪，“只是那城门吏既然不认得吐谷浑文字，如何知道信上是吐谷浑文？”

越临川很快答道：“即便不知文辞如何，字的样子总是认得的，他在边境生活多年，按常理推测，该不会认错。”

“确实是吐谷浑人惯用文字？”

越临川有片刻迟疑，想来这文字上有什么皇帝在意的机巧，于是道：“陛下若不放心，微臣这就前往边境收押之地，当面细问。”

“你是要去边境，”皇帝的目光转回越临川，“与喻丞相一道去，命何澄林停战，押程握儿回京入狱，付大理寺细审。——喻卿，吐谷浑草原，劳你再入一趟。”

越临川愣住。喻青屈膝跪地，叩首道：“……微臣，谨遵圣命。”

他的肩膀抖得很厉害，如身边吹过猎猎罡风。

历时数月的边境战斗在喻青一行进入吐谷浑王庭的一日全面告结。吐谷浑王在确认汉兵已息兵十余日、单方面防守之后，急命吐谷浑全军撤回，并以谎报军情为由收回了两名主将的军权。汉家朝廷则由喻青致歉，称于边境上挑拨两军作战的主犯已严密收监，不日定将案情始末通告吐谷浑。官面文章打毕，两厢重归安好。

“你的皇帝不错。”善阑哲于错嘉湖边在喻青身旁坐下，放下酒瓮后第一句便道。

王庭之上他们以吐谷浑语对话，现下猛然听他讲汉话，流畅的句子里已经几乎听不出吐谷浑口音。喻青转头看向他，有些惊叹地笑笑。

善阑哲看出他笑的意思，也笑着说：“我这些年一直还在学。”

一时无话。喻青转回头去，傍晚的错嘉湖水面上有淡青色的水烟、暗的鸟影穿梭其间，日头已近完全落下去了。

“他能信你，这很好，”善阑哲说，“我也是王，我在朝廷里却不知可以真信哪个。”

那“能信”二字，细致微妙的双关含义。喻青想一个可以如此精准地领悟一门异族语言的人，他不需要为他担心。

“当初真不该让你走。”语气里带着一半玩笑。

喻青也笑了。眼前的错嘉湖与印象里别无二致，快二十年的光阴就这样无痕无迹过去。

“我已经有五个儿子，我们吐谷浑人不立太子，前王一死，有资格继承的便去抢，胜者为王。如今朝廷裂成几派，彼此争功，我前段时间大病了一场，边境就这样打起来。你是汉人，这些你比我懂。”

“我朝太子天赐英华，深得圣心眷宠，我朝本代不会有这些事了。”

善阑哲望着越来越暗的平静水面轻呼一口气，“我也知道中原是吐谷浑吞不掉的，想要去吞的都是疯子和傻子。这次中原主动示和，让我有机会取回派系分去的兵权，是中原帮了我。我在一日，两国不会有大战，你的皇帝也明白这个。”

“日后我朝会支持你选的一方。”善阑哲未对他自称孤王，喻青也同当年一样，对他平辈相称。

“我不会选，”善阑哲像是放下最后一丝不愿流露的疲惫，“吐谷浑人不信死后有魂，死后之事我们从不去管。”

喻青看着善阑哲的侧面，塞上风沙凛冽，那面颊上年岁消磨的痕迹比喻青自己的更加明显。喻青想起他从不曾这样凝视过“他的皇帝”，不由一时有些出神。

他想自己是汉人，自己毕竟是汉人，若斯人仙去，汉人唯愿死后有魂。

“你的皇帝和我年纪相近，不知道身体怎样。我病的时候回想一辈子曾经想过一定要做到的事，保护母亲和妹妹、娶狼儿、称王，还有很多年以后和你在错嘉湖边喝酒。如今又能划掉一项，值一场大醉。”

“善阑，”喻青像从前那样叫他，抓起酒瓮为他祝酒，“我一辈子曾经有过唯一的朋友。”

“又说汉人的假话，”善阑哲笑，“你一点都没变。”

他看着喻青与他对视的眼睛，忽而说：“不，孤王明白，是双关。”

喻青仰首饮酒，随后欠身施礼道：“谨祝陛下万年。”

赐死程握儿的当天，皇帝命喻青监刑。程握儿在大理寺牢中跪地从喻青手中的托盘里将酒杯小心端过，笑着说，“这是殿下给我的最后一样东西了。”

牢中只此二人，喻青站在离牢门很近的位置，沉默地看他。

“你是要看着我喝完？”程握儿扬着的笑脸依然很明丽，没有任何阴险在其中，只是些不知愁滋味的纯净冷酷。

“本官须向陛下复命。”

“殿下真与上天相感吗？”程握儿站起身，端着酒杯在牢床上坐下。

“称陛下。”

“你不挑我起身，却挑我称呼，”程握儿露出一些得意的神色，“喻丞相，你嫉妒。我不怕死，所以能达到比你离殿下更近的地方。”

喻青很想笑。

“殿下真与上天相感吗？我家乡那里人人都这么说。不然我计算得如此周详，他怎么一眼就看穿了？别告诉我是殿下信你。”

喻青并不想回答，但有些他不愿仔细去分辨的微弱争胜心迫他开口，“当年本官与现吐谷浑王通信，从来只用吐谷浑古语，文字与通用的吐谷浑语截然不同，天下没有几人能够识得。本官曾对陛下提过一次，陛下至今记得。”

“……现下能进上书房内室拿到金云碧水笺的，贴身内侍之外非你即我，而我又恰好跑到边关去了？”程握儿大笑，“就错了这一点，倒把自己赔进去得这么利索。你怎么不笑话我呢？”

“蠢事人人年少时都做过，自可一笑了之。你做的却是私泄军情、通敌卖国、为害江山社稷，有何可笑？”

感觉到喻青难以抑制的怒气，程握儿再度大笑，然而笑过之后，他像是陷入了目的达成后无所适从的惶乱，声音终于开始发抖：“若我雇死士杀了你呢？不碰战局，只杀了你，还是蠢事吗？我只害你，你还这样生气？之前的事你不是连辩解都没有吗？只要朝局无伤，你怎么样都可以，谁代替你都可以，对吧？”

喻青寻不出话来回驳，离开或者催促他饮毒酒都是示弱，然而他不想从他嘴里再听到任何一句话。

“所以也可以是我，”程握儿突然提高的声音在低矮的天顶下震响，“我只恨我生得晚，我只恨我生得晚！探花及第有什么用？我遇见殿下的时候你已经在了！若我早生二十年，现在在他身边的就会是我不是你！”

帝国的丞相一动不动地站着，不再做出任何回应，他看着程握儿满足地端详了他的表情许久，最终饮下那杯酒，听他在神智丧失后反复说着“我只恨我生得晚……”药力发作的尽头他挣扎得很剧烈，发出像喉咙被撕破般的哭声，然后整间牢室静下来。

喻青转身从牢门走出去，踏上通向地表的台阶，几级之后，气力难以为继，他回身贴墙坐下，尽量远离牢门那一侧死去的孩子。

很阴冷，但是很安静。

他努力在这孤身一人的绝对安静中平和下去，几乎感激这可以不理会世间一切的喘息之机。

当身后的脚步声响起时他便知道是谁，他听着来人一路拾阶而下走至他身边，他知道自己应该问礼。那人在他能够动之前在他身边坐下，低声说："免了。"

喻青背向他转头，将额头靠在身侧的墙壁上。

"天字一号间，寡人到这里来过两次，登极之后才知道这里说的话上面有间密室中真的可以清楚听见。"

喻青抖了一下。

"寡人也想过，该如何处置可能听到过寡人在这里所言所闻之人，后来想开，只要听者足信，无事不可与人言。"

那墙壁极凉，令喻青剧烈的头痛有所好转。

"几人足信，却是另一回事，"皇帝看着牢房的深处，喻青以为会听到叹息，然而皇帝没有把话题继续下去，转而说，"你又不同，即使在这里面对欲陷你于死地之人，你仍如此慎言。自寡人登极，你从未错过。"

"……微臣不敢错……错了就不能再在这里。"有轻微的哭音，那语气像极了他们都曾熟悉的当时少年人，一面发着抖，一面赌上世间最大的风险。

"若非你在这里，寡人绝不会再踏入此地一步，"皇帝静了片刻，"只是，寡人信你，你信寡人吗？"

巨大的顿悟感从喻青身体里贯穿过去，他转头直视皇帝，直到意识到自己正凝视着这张已经长久不能抬头去看的脸。

皇帝起身伸手将他拉起来，牵他向上走，直到他能看见地表的光。

是春风最冷的日子，长空瓷青。喻青的手被松开，他看着那个将至死自称寡人的身影独自离开。

FONGHONG
凤凰联动出品